日記三

乙未

正月初一日駐署獻歲至四月三十日大定試院校射

緒二十一年乙未正月初一日癸酉　陰

卯初起　赴萬壽宮　藩臬以下畢至　又刻許　署撫帥
亦到　同詣正殿　階下行禮　撫居中　學政立於右　爲一
班　司道以下各就其班之位　贊行三跪九叩禮　畢　少
坐而散　出署時先易朝服　至官廳乃易朝冠加披肩　初到官廳相見不揖　行禮畢始揖
歸時順路拜年　於藩臬道首府縣凡六處　辰正回署
榮卿病大好　夜間服藥　腹內覺不適　聞谷鶴矢云其素嘗患
病不能睡　以沉香鼻入洋藥吸食之頗效　乃如法試之　初吸便
有睡意　再吸則沉沉睡去矣　至晚乃醒　神氣爽朗　同人來賀
午後睡一時許　晚題學政全書冊面約四百餘字

今日無接文書　昨命孟僕房歸房　有文來當日便呈　不必拘
而未過初三之例也　今日又再屬之
爆竹之聲終日不絕　郭文由舊任移居如來　燈光鈔目

初二日　甲戌　陰　晚見夕陽　及晚微霽　暮靄
辰正起　看學政全書　看黎文肅任黔臺一本
收文一件　安化縣學中何訓導補院試全丁真陳序缺
會尚蘊齋
貴州守兵第一千有奇　戰兵七千有奇　戰兵由綠營改練　第守
兵守兵仍綠營也　合之不足二萬人　歲餉四十四萬　取諸鹽釐　貴州
協餉由四川包辦　歲協四十八萬　盡以充餉　費本有歲入　猶憂全
十餘萬　如丁十餘萬耳　尚云
會吳樾臣

日记原稿

蓉卿之病日见减，惟痛未遽止，以未来又改定此方
汉之一两当今之二钱七分，汉之一升当今之一茶钟许，最为之
方与地用至七八两，盖泥于古而不知衡量之异同也。吴云
午后拟出门拜客，因马不至，日将暮矣，乃止

初三日　乙亥　晴　至申复阴　忌辰　天气渐暖，蜒蝶飞矣，俱见
辰初二刻起　午后复饭宗　检点书棚，庋弆书
收文一件　○正安州学中文生张凤翥禀草本项
批文廿二件　晚批随阅文学稿　目中文例不画一，不便结核也
批罗雪锦字
蓉卿病无增减，日内觉汗太多，梦中常惊悸

初四日　丙子　晴
巳初起　看林甫任宪本　诵近思录一卷
批文五件
拜年十余处　按藩吴道、鲍山长、候补唐三处为宗蘭，赞为吴寓
赞李石川遍满亭铭骈　晦未拜年道三处
贺岁王预设果盘于林几，读望去装果，欲点心，或并写汤或莲子
羹以益肌，岁之加旬，其中汤羹亦出有仿以往迎者
蓉卿服药如昨

初五日　丁丑　晴阴半
辰正起
收文一件　○镇远府学中廪生黄祖元起复

批文四件
会客五　吴医　按藩臬　来镜波四度
余以因左肋之痛询诸吴君，吴为诊脉，视后云以却任论立当以包纸
过肺之处，因示一方：生姜参全当归各三钱，口嚼极碎和唾敷
患处，切鲜姜一片覆之，乃以蕲艾三钱加麝一星，丸而炙之，不过数
次即可消矣
蓉嫩梅按军以为即痰之梅也，四五月时开花盛，署中后庭之前
有一株，其果即其微奇底也

初六日　戊寅　阴
辰正起
收文一件　滇学论写稿手批题稿
会客三　道　吴藩府石小峰作棟　王仲文立岐
蓉卿觉胸腹胀闷，食不甘味，余疑服药太数，则偏胖气，今日停服一次
明日拟再延吴君诊之
走院来询出棚需包头若干，询以前任之例，复云约四十余挑，乃令备
黑红挑四十挑，护送得李俱全，开一纸给付之
卖吏随棚例领支价二十二两
右太守以兴义为未问考，并称考亦为未举行，并请缓出棚，三月全
移房李某言向来出棚之期从无二月初十以内，惟张任于正月按临兴
义育十八始出棚也
余观兜李房吏之上费需房吏愿外间所知者，费亦靳不肯出，今日会
同稿房来面求全去，以被要求等不第，学吾亦不第，上费既先刊
考生，更为出三金，不管以谦，提可省力，则此举纵可免迟矣，吾弟看
此后尚未积压再为定夺

初七日　己卯　阴　忌辰　寒暑表四十五度
辰正起　摘钞科场条例第四　演算　午后睡两时许
写贺年函信信签
陪吴医　蓉卿昨来腹胀，吴云系大便燥结，然不宜用下药，今日改立一方

本书获

2018年贵州省出版传媒事业发展专项资金资助

贵州古近代名人日记丛刊

第二辑

蟫香馆使黔日记（上）

原著 严修

点校 汪文学

丛书主编 汪文学 刘泽海

贵州出版集团
贵州人民出版社

目　录

凡　例

一、丛书命名为“贵州古近代名人日记丛刊”，实由两部分构成：一是黔籍文人撰写的日记，包含黔人在黔地和外地撰写的日记。二是外籍文人在黔地撰写的日记。或为黔地文人写的日记，或为外籍文人在黔地写的日记，虽题名易生歧义，然目的是为全面呈现黔人的日常生活和黔地的地方性知识。

二、丛刊收录日记文献，起于明代，迄于1949年。明代以前贵州无日记文献传世，现存黔人撰写日记最早者，是杨文骢《台荡日记》；外籍文人在贵州期间所写日记传世最早者，是徐霞客《黔游日记》。贵州日记以清季民国居多，故丛书命名为“贵州古近代名人日记丛刊”。

三、丛刊所收日记，有稿本、抄本、刻本等。凡为古近代黔地文人所撰日记，外籍文人写于贵州期间的日记，皆尽力搜寻，整理收录。

四、丛刊所收日记，凡黔地文人所撰者，皆全文收录；凡外籍人士所著者，或全录，或节录，视具体情况确定。

五、丛刊以类编录，分辑出版，分册印行。凡篇幅较大可独立成册者，单独成册；篇幅较小者，则以类相从，合编成册。或一人数种而合为一册，如黎恂；或时代相近而合编成册，如清代宦游于黔者之日记；或主题相近而合编成册，如抗战期间流亡于黔者之日记。要之，视情况而定，以便观览。

六、丛刊收录日记若干种，于书首冠以“总序”，总论日记的史料价值和学术意义，说明丛刊的编纂缘起和编辑旨趣。于每部日记前冠以“前言”，介绍作者生平行状、日记写作之背景，评估日记所具之史料价值和学术意义，说明本书整理所据之版本情况。

七、丛刊以标准规范之简化字和现代通用的标点符号进行整理，横式排印。异体字、通假字、古今字、繁体字径改为标准规范之简化字。人名、地名、机构名中若无对应的简体字，则不作改动。

八、原稿漶漫不清不能准确辨识者，用（ ）注明；有完全不能辨识者，用□代表；有脱字、衍字、误字者，以脚注改正；有眉批者，以脚注示之；有双行小字者，以小于正文字号单行排印。

九、原日记中有对少数民族或地方人士之轻侮性称号或恶意性评说，或因政治立场之差异而发表的攻击性言论。丛刊本于文献整理之通行原则，保持文献原貌，不作更改。

总　序

搜集、整理、研究和出版贵州古近代地域文献，是我们近年来特别关注的事情，亦是我们学术团队开展的中心工作，“贵州古近代名人日记丛刊”便是其中的一项重要成果。经过长期的搜集和整理工作，如今丛刊即将陆续出版。故著此序言，略述本丛刊之编纂缘起和编辑旨趣。

一

在中国历史研究中，历来存在着两种叙事模式或研究方法：一种是以王朝政治为载体，以帝王将相为中心的叙事模式，通过以帝王将相为中心的王朝政治的研究，自上而下的寻绎传统中国社会的演进轨迹，此为宏大叙事和宏观研究。一种是以日常生活为载体，以个人或地域为中心的叙事模式，通过对个人日常生活的研究，对特定地域的地方性知识的发掘，自下而上地呈现传统中国社会的发展历程，此为微观叙事和微观研究。随着“新史学”之学术观念和研究方法的逐渐成熟，及其深入人心的影响，相对于宏大叙事和宏观研究而言，对历史细节的微观研究，对作为历史之主体的个人的日常生活之意义的呈现，对特别地域的地方性知识的关注，通过日常生活细节和地方性知识以呈现整体历史的长时段演进规律，逐渐为学者所认同和采纳，并成为一种颇具学术活力的学术研究新动向。

此种学术观念和研究方法的转向，是学术研究向纵深发展的必然结果。宏大叙事和宏观研究，在呈现长时段历史发展之趋势上，自有其不可磨灭的价值。但因其有不可避免的空疏之嫌，而常常遭遇学者的诟病。因为历史总是由若干个体的日常生活经验和若干地域的地方性知识所构成，宏大的历史叙事总需建立在日常生活细节和地方性社会经验之基础上，离开了对个人日常生活意义的诠释和地方性知识传统、社会经验的发掘，宏大叙事犹如聚沙成塔、空中楼阁，其可靠性令人置疑，其危险性显而易见。

历史由具体的人物和事件构成，历史又是发生在特定的时间和空间之中。因此，历史研究当以时间和空间中的事件和人物为核心。或者说，人物和事件只有在特定的时间和空间中才有意义，其意义亦才能获得合理的解释。所以，历史研究当是对特定时间和空间背景下活动着的人物和发生的事件做出合理的解释，并进而呈现其活动或发展的规律。时间、地点、人物和事件，是历史研究的基本要素。比照传统中国的史学体例，以时间为核心要素的是编年体，以地点为核心要素的近于国别体，以人物为中心的是纪传体，以事件为中心的是纪事本末体。

孟子提出的“知人论世”说，虽是就读《诗》而言，实际上亦可作为历史研究和文学批评的基本准则。今人解读文学作品，一般是首先考察创作此作品之作家的生平经历和思想性格，是为“知人”；其次考察作家创作此作品时所处的时间和空间背景，此为“论世”。所以，“知人论世”作为一种文学批评方法，虽然遭到新批评家提出的“感受谬误”和“意图谬误”说的冲击，但仍然不失为一种有效的、重要的文学批评方法。因此，在作家和作品的研究中，为作家编年谱，为作品系年，仍然是学术界特别强调的文学研究的前提，是文学研究者的基本功夫，其目的就是为了给作家和作品进行时间和空间上的准确定位。通过对时间和空间的精准定位，达成对作家思想和作品内容的准确理解。文学研究如此，历史事件之研究亦不例外。任何历史事件皆是特定历史人物在特定时间和空间中发起的。所以，关于历史事件的解读，“知人论世”亦是一种行之有效的方法。钱穆《刘向歆父子年谱》就是一个典型案例，他通过排列刘氏父子年谱的形式，呈现出西汉末年刘氏父子在学术思想活动中的若干细节，及其当时的政治、文化背景，从而揭穿了长期以来流行于学术界关于刘歆伪造古文经的学术谎言。

总之，地方性知识虽然琐碎，日常生活细节虽属个案，但它们是构成历史的基本要素。历史发展的普遍性规律，往往就是在这些琐碎的地方性知识和具有个案特征的日常生活细节中呈现出来的。因此，历史研究由宏大叙事向历史细节的演变，由宏观研究向微观研究的发展，从学理上看，是学术研究向纵深发展的必然趋势。

二

呈显日常生活细节的方式很多，年谱和日记无疑是其中最重要的两种方式。但是，就其呈显的精准性、具体化和私密性而言，日记远胜于年谱。或者说，日记是对个人日常生活细节最精准、最具体、最真实的呈现。概括起来，日记的特征主要体现在以下几个方面。

其一，精准性。日记的精准性远胜于年谱，这是由日记的写作方式决定的。一般而言，年谱往往是由他人编写的，虽然亦有谱主自编年谱的情况，但并不常见。而日记则完全是由本人撰写的。自撰日记记录本人的日常生活，肯定比由他人撰写的年谱，更具精准性。再说，无论是自编年谱，还是由他人编写的年谱，均是事后的追叙。自编年谱，多是在晚年光景对一生行事的追忆。由他人撰写的年谱，则常常是谱主去世后由他人撰写。无论是自己的追忆，还是他人的追叙，均是在事后若干年进行的，故而皆有失真的可能。或者仅仅记下能够被追忆或追叙的部分，而遗忘或遗失其中的诸多细节。或者在追忆或追叙中不可避免的有误忆或误叙的内容，总之，失真不可避免，因而其精准性便要大打折扣。而日记则是由记主逐日所记，或当日所记，或间隔一二日追记。不仅能完整记录若干生活细节，而且一般不会失真，除非是有意回避。所以，日记的精准性超过年谱，不言自明。

其二，具体化。日记的具体化亦远胜于年谱，这是由日记的写作形式决定的。古代的年谱和当代学者为古人编写的年谱，由于史料的限制，往往是按年编撰。晚近时期的年谱，亦有具体到月日的，但一般多近似于大事记，即主要记录谱主一生中经历的比较重要的事件，日常生活细节往往缺而不录，或是不需记录，或是因史料的缺乏而不能记录。即便是谱主自撰年谱，亦常常如此。日记则不同，它非常具体，在时间上，它必须具体到日，否则不能称为日记。甚至具体到时刻，包括起床、就餐、会客、睡觉等具体时刻。一般亦记录天气，气候环境对人的情绪的影响是不能忽略的。不仅记录一日生活之细节，还记录一日情绪之变化。因此，可以说，日记呈现的才是最具体的日常生活细节。其具体化，远远超过年谱。

其三，私密性。与年谱相比，日记的私密性是显而易见的。对于年谱来说，无论是他撰年谱，还是自撰年谱，撰写者皆是当作著作来写的，其意欲公开发表或出版的目的是显明的。因此，年谱一般不具备私密性，亦较少流露个人情绪。而日记则不同，虽然亦不乏记主为发表或传世的目的而创作的日记，故而较少叙说个人隐私或个体情感。但是，在一般情况下，大多数日记在写作时，记主并非是为了出版或传世，而是把它当作自我交流和自我反省的载体。在写作日记时，记主往往是自言自语，通过笔端下的文字，清理思路，整理情绪，调整心态。通过自我交流，实现倾诉欲望。通过自我反省，达成改过自新。无论是自我交流还是自我反省，皆可能暴露个人隐私。所以，日记中有较多的情绪或情感的流露，私密性极强，亦更能体现记主的真实自我，更能呈现记主的日常生活细节和内心秘密。

总之，日记具有精准、具体和私密的特点，真实再现个体的生存状态和内心隐秘，精准呈现个人日常生活的具体细节，因而受到晚近学者的重视，成为“新史学”研究日常生活的最重要的史料。日记写作之被文人重视，并成为一代文人的风气，是在晚清民国时期。而“新史学”之兴起，“新史学”学术观念和研究方法之形成，重视日常生活细节和地方性知识的研究，亦基本上是在晚清民国时期。日记写作之渐成风气，与重视日常生活细节研究之“新史学”，大体同步出现在晚清民国时期。这不是一个偶然的巧合，至少说明二者之间有一定的互动影响关系。

关于如何利用日记来研究历史的问题，桑兵先生的见解值得参考，其利用日记研究历史的方法值得借鉴。他在《治学的门径与取法——晚清民国研究的史料与史学》一书中，专著“日记内外的历史”一节，分析了日记作为史料的种类和属性，提出了利用日记研究历史的方法问题，他认为：

“要把日记当日记看，不能泛泛而论地仅仅作为史料看。”因为这样“容易以己意从中摘取片断，割裂作者原意，而组成另外的意思”。因此，他建议：“不要以某一种日记为信史，应将各种相关日记相互参看，以求近真；不要简单地以为日记即第一手材料，应将各种文献比勘印证，以便把握其中真的成分和真的程度，不要以日记所记即为全部事实，应掌握基本事实来看日记所记；不要仅仅从日记中各取所需地寻找自己要的材料，而要了解记日记之人的为人行事及其记日记的习惯方式。”[①]在这种日记史料观的指导下，他著有《走进共和：日记所见政权更替时期亲历者的心路历程（1911～1912）》[②]一书，选取清末民初不同阶层、不同年龄、不同职业者四十余人的日记，按时间顺序将各人的日记内容进行年谱式的排列，对1911～1912年间的社会变革和社会动荡以及时人的骚动和不安，进行描述，讨论在这个重大历史变革时刻不同亲历者的心态及其对当时社会变革的观察。这种做法别开生面，虽然在具体日记史料的取用上亦颇遭学者的批评，但他的确拓展了历史研究的史料范围，开辟了一种新的历史研究方法，是应该引起学者高度重视的。

---

① 桑兵：《治学的门径与取法——晚清民国研究的史料与史学》，社会科学文献出版社，2014年版，第94～95页。

② 桑兵：《走进共和：日记所见政权更替时期亲历者的心路历程（1911～1912）》，北京师范大学出版社，2016年版。

三

近年来，受“新史学”学术思想观念的影响，受人类学学术研究方法的启示，我对地方性知识和个人日常生活领域的研究，甚为关注，并有浓厚兴趣。同时，作为一名黔中子弟，作为一名在黔中这块土地上教书育人并研究、传播中国传统文化的学者，出于回报桑梓、感恩故土和宣扬家乡文化的个人情结，我对地方性知识和日常生活的关注，重点放在贵州地域文化和文学的研究上，以及贵州世居少数民族日常生活的探索上。整理贵州地方文献、关注贵州地方性知识，研究贵州地域文化和文学，呈显贵州世居少数民族的日常生活，便成为我近年来的主要学术方向。

我在大学图书馆工作过五年，主要从事地方特色文献资料的搜集和整理。追溯我对贵州地域文化和文学的研究，大概就是从这个时候开始的，《贵州古近代文学理论辑释》一书就是在这段时期做出来的。后来又在文学院工作过五年，主持中国语言文学学科建设，根据学院的实际情况，提出建设以地域性、民族性和应用性为特色的中国语言文学学科，带领团队侧重开展贵州地域文献、文化和文学的研究，亦以身作则做一些具体的研究项目，《道真契约文书汇编》《边省地域与文学生产——文学地理学视野下的黔中古近代文学研究》《贵州地域文化精神研究》等著述就是在这种背景下做出来的。

我和我的团队成员热衷于贵州地域文献、文化与文学的研究，还存有另外一个学术野心，即通过研究，建构一门具有特色的中国地域之学——黔学。鉴于贵州地域文化与文学长期以来处于一个被轻视、被忽略和被描写的尴尬地位，因而构建黔学可能会遇到诸多障碍和质疑，甚至有“夜郎自大”之嫌疑。黔学能否为“学”？构建黔学有无学理依据？这是可以继续讨论的问题。我认为，黔学之所以能成为“学”，是有充分学理依据的。“多山多石”的山国地理和“不边不内”的通道地位，以及“割川、滇、湘、粤之剩地”而构成的区域地理和因之而形成的“五方杂处”的地域文化，及其以“大杂居，小聚居”为特点的民族分布格局和因之而形成的“和而不同”的民族文化，使贵州的地理特征、地域区位、人文风尚、地域文化和民族性格皆自成一体，与其它地域相比，皆有相当明显的特殊性和独立性。所以，以自古及今与黔地、黔人相关的精神文化为核心内容，建构一门有别于其它地域之学的黔学，不仅是可能的，而且亦是有学理依据的。

构建黔学，首先面临的问题，就是黔学文献资料的搜集和整理。因此，近年来，关于贵州地域文献的搜集、整理和研究，便成为我和我的学术团队集中致力的工作，如中国乌江流域民国档案、贵州古近代珍稀家谱文献、中国西南布依摩经抄本文献、贵州彝族古抄本文献等大型地域文献和民族文献的搜集、整理、出版和研究工作，皆在积极筹划和有序实施中。“贵州古近代名人日记丛刊”的编纂出版，就是在这个背景下提出并实施的。

尽力搜集，持续整理，陆续出版，以期有更多的日记被发现，被整理，得到出版，是编者的心愿。故此尚需境内外学人添砖加瓦，共襄盛举，或提供线索，或协助搜集，或参与整理，皆是我们所需要的，亦是我们特别感激的。

汪文学

二〇一七年二月五日于花溪

前　言

《螴香馆使黔日记》是清末民初著名教育家严修在出任贵州学政期间撰写之日记。其起于光绪二十年（1894）九月十六日，讫于光绪二十四年（1898）闰三月九日，共三年半时间，约三十万言。该日记对于研究清末民初之教育史、社会史、交通史和学术史，尤其是对于研究清末民初贵州的教育、文化、政治、经济、交通和风俗等，提供了具体可靠的史料，具有重要学术价值。

一

严修（1860～1929），字范孙，一字梦扶，号偍漏生，天津人，原籍浙江慈溪，世业盐商。严修自幼读书治学，光绪八年（1882）中举，九年（1883）中进士，选为翰林院庶吉士，十二年（1886）散馆授编修，二十年（1894）出任贵州学政，二十三年（1897）在贵州学政任上，开办新式学堂，奏请开经济特科，二十四年（1898）任满回津，聘请张伯苓为塾师，共创新学。

光绪二十八年（1902）至三十年（1904）严修两度赴日本考察教育，回国后，受直隶总督袁世凯之邀，总理直隶学务，着手推广新式教育，创建新式学堂，以家塾为基础创办敬业中学堂（后改为南开学校）。三十一年（1905）出任学部侍郎，着手推动全国教育改革。三十四年（1908）皇帝、皇太后相继离世，摄政王载沣夺袁世凯之权，命其开缺养病。严修本着"本为衰朝惜异才"之心，抗疏援救袁世凯，保荐其留任外务部尚书，由此开罪摄政王载沣，终以"学部无可为"而请假归里，结束人生的仕宦之路。

武昌起义后，袁世凯复出组阁，力邀严修出任度支大臣、直隶总督、教育总长等职，均被婉拒。此时之严修，兴趣不在仕途，而在教育与实业，"教育救国"成为他的人生理想。为此，他赴欧美游学，考察欧美新式教育。回国后，继续私人办学，与张伯苓一道创办南开学校、南开大学等学校，被后人尊为"南开校父"。

严修与袁世凯私交甚笃。袁世凯任直隶总督，委任严修总理学务，自称："吾治直隶政策有二：曰练兵，曰兴学。兵事自任之，学则听严先生所为，予供指挥而已。"[①] 摄政王载沣夺袁氏之权，严修抗疏相救。辛亥后袁氏复出组阁，力邀严修出任教育总长。袁氏称帝，严修数次面谏其不

---

① 陈宝泉：《严范孙先生事略》。转引自陈鑫整理：《严修日记（1876～1894）》前言，天津古籍出版社，2015年版。

可为。袁氏帝国梦幻灭，严修第一时间前往探望。袁氏亡故后，严修又亲赴北京吊唁，专程至河南彰德袁宅祭奠。

晚年严修，息居津门，主持城南诗社，与当时云集津门的名流遗老、寄公逋客诗酒唱和，创作了大量的诗篇，后人将其与赵元礼、王守恂并称为“近代天津诗坛三杰”，今存《严范孙先生古近体诗存稿》，凡八百余篇。另外，1928年严修与华世奎、赵元礼于天津创立崇化学会，在新学蜂起、国学陵替之际，力图补偏救弊，希望解决新旧文化之间的冲突问题。

作为晚清民国的文化名人，学者对严修推崇有加，如胡适称其为“最具公德心的爱国志士”，《大公报》社评称他是“旧世纪一代完人”，傅斯年以“清正”品鉴之，袁世凯以“国士”称誉之，周恩来说他是“封建社会的一个好人”。他的教育改革，被梁启超称为“戊戌新政的原点”。其作为教育家，亦被称为“教育界之道德家”“南开校父”。

严修一生阅历丰富，交游广泛，与上层名流交往频繁，足迹遍及日本、欧美，且勤于著述，留下了大量的文字著述，包括日记、书信、札记、书稿及任职期间的档案，计有《严范孙先生遗著》《严范孙先生古近体诗存稿》《严修日记》《蟫香馆手札》等等，其中对于研究清末民初政治、文化、学术和教育有重大史料价值的，就是他前后坚持五十四年基本不曾中断的日记，即学者所谓的“严修日记”。

和晚清许多著名文人一样，严修养成了数十年如一日地认真撰写日记的习惯，且早年日记多用印好栏目的日记本记录，还曾制版印刷专门的日记本，如有“毋自欺堂”“恒斋日记”“无恒斋日记”“枣香书画室”等字样的日记本，均印有专门的栏目，将每日按“晨起”“午前”“午后”和“灯下”四个时段分为四栏，又有“记事”“杂识”“日知”等栏目用于日常备忘和读书札记，有的日记本还有“身过”“口过”“心过”和“敬”“怠”等用于自省的栏目。他经常与友人交换阅读日记，晚年还对日记做过一次专门的整理。[①]严修对于日记的重视，于此可见。其以日记传世的目的和意图，甚为明显。

据统计，《严修日记》原稿共七十四册，每册均有标题，如《恒斋日记》《无恒斋日记》《使黔日记》《东游日记》《欧游日记》等等。赵元礼在《蟫香馆使黔日记序》中说，严修日记“经章式之先生察检，计分四期，曰翰苑时期，曰督学贵州时期，曰侍郎时期，曰退老时期”。严修去世不久，家人便对其所遗留的文字资料进行整理，于1935年影印出版《蟫香馆使黔日记》。2000年南开大学影印出版严修日记全文。2012年天津图书馆影印出版馆藏严修手稿，收录日记全文。另外，1986年刘泳唐整理出版《蟫香馆使黔日记选辑》，1995年武安隆、刘玉敏校注《严修东游日记》出版，2015年陈鑫整理《严修日记（1876～1894）》出版。

陶孟和在《辛丑日记序》中说：“因为做乡会试的考

① 参见陈鑫整理：《严修日记（1876～1894）》前言，天津古籍出版社，2015年版。

官赴黔而作日记的，我所知道的有三人：丁伯厚、严范孙及华瑞安。严的日记六册已由其哲嗣慈约、季约、季冲诸昆仲影印分赠戚友。严在黔三年间，兴学、开通风气、提倡新学，功绩极大，从他的日记上可以看出。但在描写的细致一点，严的日记较比华的则有逊色。丁的日记尚未刊印，似仍在严范孙先生家中。”关于丁伯厚日记的存佚情况，尚须调查。①华学澜（字瑞安）的《辛丑日记》，于民国二十五年（1936）由商务印书馆铅印出版，学者取资参考甚为便利，其记录之细致，固有甚于严修日记者，关于其学术意义和资料价值，陶孟和《辛丑日记序》说：“我认为最有价值的还是以后三节。由北京赴贵阳，由贵阳返保定的两节，是最好的游记，大可以供地理学者之探讨。其中如关于征发夫役、供应食宿、仪仗郊迎诸端可以表现人民的疾苦与州县官之不易为，在贵阳主持乡试之一节实在是关于我国考试一个最详细的记载。梁章钜《制艺丛谈》关于试场的情形曾有几段极写实的叙述。但华先生这五十几天的日记可以说是中国最严重的典礼，中国教育上、官吏制度上，最重要的制度——考

① 按，《蟫香馆使黔日记》中多次提及《伯厚日记》，如1894年9月20日：“昨夕至定兴换马时，安肃县役请示尖宿所，余狃《伯厚日记》之例，答以尖安肃，宿保定。”10月8日：“见桥石榜曰‘子路问津处’，以为是即《伯厚日记》所谓‘耦耕处’是也。”10月9日：“扳倒井景物，已详《伯厚日记》中，兹不具赘。”10月14日：“《伯厚日记》云：人有恒言，皆曰学问，问之不可已也。”10月15日：“因《伯厚日记》云：凡再宿处，答以联扇。从其例也。”按，严修自京赴黔，携带《伯厚日记》为路途之指引。犹如华学澜赴黔，亦携带《蟫香馆使黔日记》为路途之参考。

试——一个最翔实、最精细的记录。”[①]的确，华氏日记之最值得重视者，一是行程中所见所闻的详细记录，二是乡试之详细过程和具体环节之全面描述，其学术价值固不待言。而严氏之日记，行程记录之详尽，尤其是对沿江而下抵达上海之水路行程的不厌其烦的记录，实可与华氏日记相得益彰；关于在全省各地巡回视学和主持院试，其记录之精细，又可与华氏日记相互补充；[②]而其关于读书治学、修身反省、改革书院、推广西学、整顿士风等活动的记录，则为华氏日记所不具。总之，严氏三年半的使黔日记，与华氏五十余天的使黔日记，其记录之详略和价值之高低，各有千秋，实可合为一体，相互参考，作为研究晚清贵州政治、教育、文化、交通等问题极其重要的第一手材料。

《蟫香馆使黔日记》之学术价值，概括地说，主要体现在以下几个方面：一是体现了被誉为“旧世纪一代完人”的严修的仁者之心，及其勤于自省和严于修身的功夫；二是体现了作为一代著名学者的严修的好学之志，特别是对西学和时务的浓厚兴趣；三是体现了严修作为一代杰出教育家的教育救国理想，对教育改革的探索和实践，以及对边省文教事业的关注和重视。以下分别略述其大概。

---

① 华学澜：《辛丑日记》卷首，商务印书馆，民国二十五年（1936）铅印本。

② 严修巡行贵州各地，主持院试。所谓院试，又称郡试、道试，是参加县试、府试后的童生取得生员资格的考试，考中者称“秀才”，有资格“入泮”（进官办学校）学习。华学澜到贵州主持乡试。所谓乡试，每三年一次在省城举行的考试，考中者称“举人”，有做官的资格，第一名称“解元”。故严氏巡行各地主持院试的日记，与华氏在贵阳主持乡试的日记，合而观之，则可完整了解晚清贵州的教育、文化和考试情况。

二

《蟫香馆使黔日记》体现了严修作为“一代完人”的仁者之心，及其严于修身、勤于自省的功夫，和严于律己、宽以待人的君子品格。

写作日记，除了记录日常事务以供事后翻检外，还有更重要的目的，就是自律自警，反躬自省，修身养性。严修的日记写作，就是按照慎独、居敬、治怒、谨言、静坐、散步、遏欲、慎医、早起的要求，砥节砺行，故其早期日记中多有“身过”“口过”“心过”和“敬”“怠”等用于自省的栏目。使黔日记中，虽然未有此等栏目，但反躬自省、自律自警的记录，确是随处可见。如在自京赴黔途中，严修观“舆夫之例，遇有泥淖、坑窝窒碍，则前者唱喁，以警后者，……当竦臂拄腰、喘吁不定之际，全神凝注，唯目前之视，口与目应，不敢一字差桀，稍差则后者有颠蹶之患矣”。对此，他发表人生感慨说：“用志不纷，虽小事莫不有定法焉。若夫寐然凝坐，心力俱逸，而精神外驰，语多失序，吾得不愧此舆夫？”（1894年9月22日）此因“舆夫之例”而悟人生行事当守“用志不纷”之定法。又如1895年8月1日严修会见客人后，在日记中写下了这样几句话：“与客谈，语多失检，心不存也。”“语多失检”，是由于“心不存”，即在谈话中“精神外驰”，导致“语多失检”，是有违处事“用志不纷”之定法，故记于日记以自省和自谴。

“用志不纷”，方能认真行事，避免差错，此为严修一生行事之准则。如1895年1月10日：“提塘于年前寄来《京报》，余以为报已过时，竟不拆看。昨闻孟志丈选守石阡，欲检选单，开而视之，则公文三件在焉，已经十日余矣。设不检选单，则将终搁置之矣。凡 事 物不可不经眼，不可不留心，戒之戒之。”1月14日：“每夜恒谈至丑，好夜居者，不善早起，戒之戒之。”1896年4月23日：“昨约寅初二刻三炮，睡熟逾限，孟仆呼诸梦中言：寅初三刻已过矣。连日情绪苶然，倦不自振，恐误大事，戒之戒之。”通过反躬自省，以求改过自新，是严修每日必修之功课。1987年7月6日：“久不濯足，殆几半年，今午梳剃后，辄一濯之，轻快异常。若将心垢照此濯涤，其快又将何如耶？吁！其难矣。”7月15日：“是日口占一联云：事无姑待神常暇，食不多贪味始甘。余恒以因循废事，致心中无闲适之一境，体仁盖屡言之。又饮食不节，往往致疾，澄兄亦屡言之。拈此自惕，庶几勿忘，以对贤友。”

从以上记录可知，经常反躬自省的严修，谨言慎行，实可谓严于律己之道德模范，旧称其为“教育界之道德家”，可谓名副其实。严修在严于律己之同时，却又能宽以待人，有道德家的仁爱之心。如在自京赴黔途中，为了兼程赶路，行程往往不按程尖宿，致使尖宿倒置，给沿途接待的官员和差役带来诸多不便，如行至河南新野骆庄，其地“仅备茶尖，又咄嗟而办，殊草草也”，“徐仆向办差有嗔意”。严修批评仆人说：“吾前失信于人，使人不复吾信，理之宜也，尚何尤乎！自今后，力戒不可过站。”（1894年

10月12日）其宽以待人之风范，于此可见。第二天新野邑侯马干卿来旅店送行，严修“延见之”。出郊后马干卿又送于道，严修“悔延见时不面辞之”。给人麻烦如此，故在日记中自我反省说：“人益恭，我益倨；人益密，我益疏。直与失礼，若不相似然。”（1894年10月13日）

严修的贵州之行，邀约好友尹澂甫、王式金、王荣卿诸人同行襄助。“随行诸公，至樊城始舍车而易肩舆，车行困顿，固不待言，肩舆之逼仄而卷屈，苦又有甚于车者。大轿则怡然甚安，无二者之患。诸公去家万里，为将伯之助，殊有古人急难之义，乃人常劳而我常逸，人常苦而我常甘，人常恤我而我不能恤人也。口占四绝，以志吾愧。”（1894年10月19日）“诸公辅余而行，虽交有新故，于余皆推心相与，不避劳怨，律以往来之义，余滋愧矣。余于诸公，虽极钦服，而无敬礼之诚。虽极慕悦，而无关措之实。戏谑既久，流为轻薄，是谓不敬。辩驳不已，习为便给，是谓不逊。人之所不便者，往往忽之，是不忠也。人之所不习者，往往强之，是不恕也。不敬不忠，泰之萌也。不逊不恕，骄之伏也。恃人之我谅，而怙过以终焉。呜呼，小子危矣哉！”（1894年11月5日）其于友道之反思与反省，至为深刻。

对于仆人、差役等弱势者，严修颇具同情之心。如赴黔途中，有川籍古姓轿夫，因为“舁轿到京，困不能归，欲附此南返”，即受雇随行，沿途追随，未依惯例“按站代换”。严修“怜其惫，又悯其无以归也，令充余夫，日给百钱，去留听之。然与约，勿自居夫头，忽抽索小费”。然在行进过程中，“闻其有向办差索费之事”，严修觉其可怜，“向古申儆再三，姑观其后耳”（1894年10月11日）。后来又“闻其自居夫头，向办差日索钱一串”，严修意欲遣之，“孟仆代之乞恩，言伊回川须道黔省，刻已至此，进退皆难”，经再三请求，亦“姑允之”（1894年11月10日）。古氏之可怜而又可恶，严修悯其“困不能归”，再次容忍之，足见其宽厚仁慈之心。又如湖北李姓轿夫，自樊城追随严修来黔，在署司茶两年有余。其为人拙讷谨饬，稳细可靠，深得严修信任。严修出棚，“因三使欠缺，欲以李充之。李愿留署，不希随棚之沾润也，则以有足疾对”。严修命其随行，且多方优待，意欲以“随棚之沾润”犒赏之。不意其人因病死于客舍，严修在当日日记写道：“至之日，病且剧，不能入棚，寄于逆旅，服药两剂而死。至之次日，余犹注问之，试事作，乃忘之。使余少加意，禁勿令服药，或不至死。呜呼！由我而死，可伤，亦可咎也。”（1896年10月14日）对一小人物之不幸死亡，严修自责如此，亦可见其怜悯仁爱之心。

科场上自有其严明的纪律和严格的规矩，但在特殊情况下，对于弱者，严修亦常常通融处置。如在安顺府考棚中，交卷时间已到，“有清镇一卷首艺尚未写毕，余亲掣之，已而念其大考可怜，复令补足。命承差一人照看之，而余退堂”（1895年2月10日）。又如，在平越州考棚中，严修郑重告诫当地教官：“考选拔者，务设法令寒士得与考。”

（1895年9月2日）州学文生任孝德，请其弟子徐作周顶名入场代考，被人攻出。后查明真相，乃是“任孝德因病未能入场，徐作周怜师而代考，无它意。乃俱宥之”（1895年9月8日、10日）。严修痛恨生员考试作弊，严明考试纪律，一旦发现枪替，往往严惩不殆。但是，在此案中，对于应考者和代考者却是“俱宥之”，虽然有违考试纪律，但亦足见其对弱者之同情，体现其仁慈之心。又如，在石阡府棚试中，文生应考者有二人患病，“其一执卷苦求，问所欲，盖恐因不完卷而误科考，又恐另日补考而学中索卷费也。乃属以明日若病好，即随经古覆试者同来，仍用原卷接写，不须另备，乃诺而去。据称腹痛不可支，面如死灰，气不能毕其词，盖真病也”（1895年11月20日）。此举虽然违犯考试常规，但是，严修的通融处置，其仁慈宽厚之心，昭昭可鉴。

三

《蟫香馆使黔日记》体现了严修作为一代著名学者，对于知识学问的浓厚兴趣，其手不释卷、刻苦钻研之治学精神，其对西学之强烈爱好，对时务之特别关心，在日记中亦有具体生动之呈现。

严修一生中，除了公务活动和必要的社交活动外，无其它嗜好，读书向学是他人生中的最大乐趣，是他每日必做之功课。其手不释卷、刻苦钻研之学习精神，在近代学人中堪称楷模。其对学术学问之兴趣，尤其是对算学和英文的浓厚兴趣，在近代学人中亦属少见。从其早期的日记中可以发现，他的读书生活是有计划和规律的。从阅读方法上看，有诵读、温书和点读之别；从阅读时间上看，有枕读、辨读和车读之分。在督学贵州期间，公务活动繁忙，交际应酬很多，大量的时间和精力还得用在出棚考试上，但读书向学仍是他每日必修之功课。据1895年10月15日日记："昨夜就枕，手书一卷，移烛枕旁，未终页而睡已熟，烛花落褥，烧其三袭，而床亦炙透。将曙乍醒，烟腾遍室，惊而起，呼僮，炬视无所见，久之，乃知其之重茵下也，盖昨夜之疲甚矣。提调遣人送褥两重，而督工治其已烧者。"劳顿如此，仍不忘读书，以至发生火灾。其读书之勤奋，于此可见。

考察严修在贵州期间的读书生活，首先是阅读中国传统典籍，"四书五经"和史书，是其常读书目。此外，他研读过的著作还有《近思录》《思辨录》《愧讷集》《山姜文集》《榕村语录》《李文贞年谱》《先正读书诀》《池上草堂笔记》《呻吟语》《拙修集》《曾文正公年谱》《中日问答》《公车上书记》《圣武记》《经世文编》《皇朝通典》《日知录》《养新录》《史通削繁》《杨园集》《薛文清读书录》《朱子文集》《四书反身录》《曾文正公家书》、杜诗、韩文等等。值得注意的是，严修不仅广泛研读中国传统典籍，还对西学有特别浓厚的兴趣，对算学和英文特别钟爱。严修学习算学比学习英文早，大约在二十一岁时，他便对算学发生了兴趣，开始把演算术作为日常的必修课，还广泛阅读清代数学家梅文鼎、丁取忠、华蘅芳、傅雅兰、屈曾发等人编著的算学书籍。据考察，严修学习了代数、几何、三角、对数、开方、立方、微积分、函数等算学基础知识。还在三十一岁时与好友陶喆甡、王荣卿等人，为学习算学结社，组建“九九小课”。“以今人观看，严范孙的数学水准一般，其他西学、科技知识有限，但是他是在一百三十年前的清代学习西洋文化，是在大多数国人不屑西学、基本不懂西学的情况下，主动自学，其精神令人感佩。而其所得，不仅是开阔眼界，获得近代西洋科学知识，更重要的是开放思想，为他日后近代教育理念的确立与实行做了准备”。①

在督学贵州期间，严修仍对算学保持浓厚兴趣，经常演算算术，阅读算学书籍。从日记可以看到，他在贵州期间阅读过的算学书，有《代数术》《勾股草》《学算笔谈》《代数细草》《形学备旨》《数学理》《八线备旨》《算法须知》《算算大成》《数学拾遗》《代数备旨》《白芙堂算书》《少广缒凿》《开方古义》《七纬捷算》《洋文代数》《勾股细草》《微分术》《微积须知》《代微积十级》《几何原本》《算学丛存》《数理精蕴》《中西算学大成》《五纬捷算》《天元算草》《圆锥曲线说》《九章演代》等。还经常与朋友切蹉讨论，问难解疑。1895年7月30日：“协中之参戎颇喜算学，既敏且专，学之不过一二年，而大略俱已通晓矣。”1896年8月10日：“（裕）福田为余说《少广缒

① 冯尔康：《从日记观察严范孙成为教育家的历程》，见陈鑫整理：《严修日记（1876～1894）》书首，天津古籍出版社，2015年版。

凿》《开方古义》两书之法，并各演算以证之。数年蓄疑，今稍豁然。甚矣，口授之贤于冥索也。”协中之和裕福田二人，是严修研习算学的亲密伙伴。此外，研习算学不仅是严修的个人兴趣，他还在贵州推广算学，在书院中开设算课，指导生员演算题，进行专门的算课考试，刻印算学书籍分发诸生阅读，还筹备成立算会等等。

习洋文是严修督学贵州期间的日常必修课之一。据考察，严修习洋文就是从这个时期开始的。据1897年4月14日日记：“始学洋文，延（祁）听轩每日来署口授，兼译算书，月酬八金。福田为介绍，听轩慨允，而逊谢束脩之仪，定以明日始。”祁听轩，上海人，是严修在贵州期间的洋文教师。他以候选通判帮办青溪矿务，后被弹劾候讯，故有闲暇逐日教授严修学习洋文。自此日之后，严修日记中逐日皆有学习洋文的记录，如“学洋文二十六字母，大楷”（4月15日）。“学洋文大草约两时”“晚同澄翁习洋文字母”（4月16日）。“学洋文字母小楷、小草约两时”（4月17日）。“洋文四体以学童认字号法认之”（4月18日）。“学洋文两字拼法，兼习写大小草”（4月19日）。可见严修学洋文是从零开始，且态度端正，学习认真。他还带动身边的朋友同僚一起学习，据7月10日日记说：“习洋文，自四月十五日始，从祁听轩通守受洋文，每日祁以辰正来，午初散，至今将周三月，祁未尝一日不至也。澄兄、荣弟俱肯著力，福田尤敏锐，余则虚应故事。虽已受八九百字，而开卷茫然，与不识一字者无以异。因念时日不居，事会难再矣，余不学后益何望。数日以来发愤早起，签判之后便治洋文，且读且抄，手口并用，其能有万一之效与否？盖不可知，少尽人事，以免他日之悔耳。拟自明日起，选洋译《聊斋》手抄读之。”后因出棚考试，公务繁忙，“与听轩约停课半月”（7月17日），然仍自学不辍。至8月7日，“洋文复开课”，以后又逐日学习如故。

严修如此认真学习算学和洋文，体现了一位传统学者对西学的深厚兴趣，这在当时实属少见。严修之热衷于西学，非仅出于个人的兴趣和爱好，而是因为他深切地认识到西学于富国强兵之重要意义。严修受张之洞“中学为体，西学为用”观念之影响，以为“经济之学，中西并受，中其十一，西其十九”。[①]因此，在督学贵州期间，积极传播西学，鼓励士子学习西学。对通晓西学的贵州生员格外关注，高度重视。

学习西学，是为致用。严修一生治学，注重经世致用，对时务尤其关注，以为“学者不可不通时务”。在督学贵州期间，经常勉励士子留心时务，并订《时务报》分发书院弟子传阅，对关心时务的生员尤加照顾，用心培养。

四

《蟫香馆使黔日记》体现了严修作为一代著名教育家的教育救国理想，对教育改革的理论探索与实践，以及对边

---

① 王斗瞻：《严范孙先生别传》。转引自陈鑫整理：《严修日记（1876～1894）》前言，天津古籍出版社，2015年版。

省教育事业的关注和重视。

督学贵州之前，是严修一生中读书向学的知识积累阶段。督学贵州四年，则是他的教育改革思想的探索和实践阶段，其教育救国理想的形成，与这四年的教育实践和探索是分不开的。在此期间，他开办书局，改革书院，提倡西学，得风气之先。其代表性事件，就是他在督学贵州之后期蕴酿形成的“奏请开经济特科折”。其后，他受直隶总督袁世凯之请，总理学务。在他的建议下，袁世凯联合其他督抚上书朝廷，发动了中国选官史上的重大改革——废科举，从而终结了延续一千多年的封建选官旧制。严修任学部侍郎期间，制定了中国首部官方颁布的教育宗旨，推动了中国教育的近代化改革。这些中国近代教育史上的重大举措，皆与其督学贵州期间的教育实践和教育改革，有比较密切的关系。因此，研究严修教育思想之形成，探讨中国近代教育改革之契机，严修督学贵州的四年经历，是一个不可忽略的重要环节，而《蟫香馆使黔日记》正是研究这个重要环节的第一手可靠材料。

秉承“中学为体，西学为用”，通晓时务，重视西学，主张经世致用，是严修督学贵州期间坚持的教育指导思想。其开办书局，改革书院，革新考试内容，创新教学方法，皆是围绕这一教育指导思想展开的。

作为学政，严修督学贵州，其职责就是发展教育，培植人才，砥砺士风。但是，当时的贵州，交通闭塞，经济贫困，文化落后。培植人才最大的困难之一，就是士子无书可读。据《蟫香馆使黔日记》，严修在自京赴黔途经镇远时，在镇远书院中，“据两学言，此地读书，讲求根底者亦颇有之，唯得书甚难，五经亦无善本也。借《京报》于府、县两署，皆无之”（1894年11月19日）。在贵州，镇远地处交通孔道，经济文化相对比较发达，而士子“得书甚难”，尚且如此，其他地方的情形，便可想而知。因此，严修督学贵州，最为关心亦是最急于要解决的，就是士子有书可读的问题。

离京之前，严修就深知贵州士子“得书甚难”。因此，出都时所携带的行礼中，书籍就占有相当大的比重，有十四箱之多。这些从北京带去的书籍，除了供自己阅读外，主要是用来供贵州士子借阅。如1895年8月9日：“邀澄、式二公代为检点书籍，凡书四箱，将发县学，备诸生借看也。”8月10日：“编写存学书目，并拟借书章程，自辰至申乃毕。”是将自己从京城带来的图书发送县学供诸生借阅，并编写书目和借书管理办法。严修所到之处，特别关心士子的读书生活，如1895年4月16日，在大定府考试中，“于发题时，以纸书数语示诸生，叩以家藏何书？所常读者何书？所最好者何书？平时所作诗文何体最多？各令用片纸行书开写”。正因为士子“得书甚难”，所以他常以图书奖励品学兼优的生员，如1895年7月16日：“学古书院向来俱发奖银，此次改奖书籍，就资善堂现售之书，择购若干种，每书用纸包好，并题签识。”7月17日：“题奖赏书签及卷面名次。”以奖书取代奖银，就是为了解决士子“得书甚难”的现实问题。他还数次建议书院多购图书供士子借阅，如1895年6月17日在安顺府，“次珊前辈来访，谈甚久。以古州书院新增章程四条见示，又属拟应增书籍之目”。即受安顺府赵次珊之请求，为古州书院拟定图书采购目录，故次日日记云：“为次珊拟应购书目。”其他书院亦常常请严修推荐应购书目，如1896年1月28日：“复威宁县学官周少轩、赵仲权信，言收到买书费百一十金，与商买书事，并寄目录一本。”严修对威宁县学买书一事甚为关心，1896年9月4日：“代威宁学酌定买书单，与澄兄商改。”1897年2月12日：“到官书局为威宁学选书。”对个别好学之士，亦开写书单，热心荐书，如1895年11月27日在石阡府，为幼童徐心孝“开一应买书单，当堂付之”。

解决“得书甚难”问题，最好的办法是设立书局。因此，设立官书局运售图书，便成为严修关心的头等大事。据1894年11月2日日记，严修自京赴黔，途经湖南常德，延见谭芝云，谭向严建议：“黔省宜设书局，运各省局本，如天津例。由海入江，道常德，常德至镇远，一水可达。到镇远，再易驮扛，每驮可载两箱。但使当道肯为，固无患其难致也。”严修采纳了这个建议，抵达贵阳不久，便着手开展官书局的建设工作。1894年12月20日：“与（文）仲瀛太守议设局购书，仿津局例。”即仿照天津官书局的做法，在贵阳设立官书局，运购省外局本图书到贵阳销售，解决贵州士子买书难的问题。严修参与书局的筹建工作，亲自撰写书局章程，1894年12月21日：“拟书局章程草底。”1895年1月14日：“写信致首府，为运售官书事。”6月24日：“袁舜卿以书局章程呈改。”8月12日：“拟书局章程，约数百字，至晡乃毕。”8月26日：“早抄书局章程一纸。”“写信致劭吾，……附寄书局章程五条。”还亲自草拟运售书目，1894年12月23日：“拟购书局书目，价目用白折缮清。凡书三十四种，为册九千有奇，价一千串有奇。”1895年8月14日：“晚与澄兄商官书局应买书单。”8月25日：“写书局应购书目，托澄兄选择。”1896年2月15日：“接陈邵吾信，附更正书目。”2月21日：“写致绍光信草，寄致书目。”7月23日：“岫松携来善后局详稿，为书局赴各省咨取官书也，余为增入上海局书八种，又湖北局《旧五代史》。”1897年2月21日：“与澄兄议买西学书单，为书局谋也。”为方便士子选购图书，他还建议刻印书局领运书目和价目，1895年7月4日：“梁伯恒秉钧来，托其刻书局价目。”8月8日：“晚校新刻各局书目。”并将其赠送友人和士子，供其选择。1895年8月19日：“诸生札记九本，交杨广文手，又付以官书局《书目》十三本，送诸生九人各一本，四学两广文各一本。”8月23日：“《先正读书诀》印成，送抚、藩、邵前辈、黄廉访、文观察、严绍光、李章武。唐、邵、黄、严、文五处，并配《书目》各十本。”8月26日：“写信致劭吾，还书两种，又送《读书诀》及《书目》各十本。”8月27日：“写信致绍光，送《书目》百八十本，书板三份。”

书局设立的时间，已不可详考。1895年6月24日：“澄兄新购《蚕桑实济》二册，马玉山年伯刻于粤西者也。开首有奏稿一件，奏请设官书局，并请旨饬吴、浙、川、楚、粤，凡六局，将经、史等书及五经局遗规，各印十部，由粤西运领，其书价即由各省报销。余见之甚喜，本日席上与中丞言之，中丞拟即援案奏请。”估计应当是这个时候成立的。至于其地点，当是在资善堂。1895年7月9日：“午后赴资善堂看新到局书，仲瀛约也。堂在北门内车家巷，北向入而东，厅事三楹，极宏敞。”此“仲瀛”，即严修初到贵阳时便与其讨论“设局购书”的文仲瀛太守。

严修还建议在地方府县设立官书局。1895年6月14日：“杨子实来，托其到镇远时，劝办学田及官书局。”作为交通孔道之镇远，士子亦常常无书可读，严修自京赴黔途经镇远时，已有所耳闻。故杨子实赴镇远任职，严修便建议他在镇远办官书局。1895年10月8日，严修在镇远府考试，“杨大令凡四见，与商书局事，棚书费，即以棚费捐入书局”。解决镇远官书局的经费问题。

官书局领运销售者，皆省外书局刻印之书。为满足士子读书之需要，严修还筹划自刻图书。如他曾于1894年夏天获得友人赠送的周永年编撰的《先正读书诀》，以为可作学者读书治学之门径（1894年8月13日）。[1]于是，初到贵阳，便筹划刻印。1894年12月28日：“商刻《先正读书诀》，照原板略放，而行款仍旧，凡二万九千余字，刻工

①《先正读书诀》，清代学者周永年编撰。周永年（1730～1791），字书昌，济南人，乾隆三十六年（1771）进士及第，协助纪昀编纂《四库全书》，翰林院庶吉士，散馆编修，充文渊阁校理。乾隆四十四年（1779），出任贵州乡试典试官。其书采录唐宋以来学者三十余人的读书经验汇编而成。

二十二金，写工五金。”1895年1月22日：“校《先正读书诀》十许页。”8月11日：“晨撰《先正读书诀序》约百余字。”从经费、版式、校勘到作序，皆亲自为之。印成之后，分送同僚、友人和诸生。此外，还刻印有张之洞的《輶轩录》《书目答问》等书，《近思录》《四礼翼》等书亦列入刻印计划。1896年3月8日“写信致绍光商三事”，其二是“铅版价昂，拟请方伯将署存活字木板发局”。是亲自协调图书印制中的具体事宜。在他的影响下，贵州士子读书蔚然成风，书籍需求量大增，故有“杨德懋等议立刻书会”之倡议（1897年5月24日）。

五

在边省贵州，制约发展教育、培植人才的瓶颈，是落后的经济状态。士子读书向学，政府兴学立校，皆受到落后经济状态的制约。因此，严修以学政身份督学贵州，面临的首要问题，就是教育经费的严重短缺。概括地说，他是深切地感受到落后的经济状态对培植人才的严重制约，而力图以置办賨仪田之途径以解决之。

严修初到贵阳，前任学使叶肖韩便告知贵州教育受制于落后经济的状况，叶云：“黔中应出贡者，往往迟迟不出，畏费重也，此事无善法。因需费不止本署一处也，即以本署论，科房之费，亦万无裁理。”（1894年12月1日）面对此种窘境，严修试图解决。1894年12月29日：“向例，补廪一名，房交上费三两，门印二两，随封如门印十之一，候廪上费一两，无门印、随封。出贡一名，上费二两，门印一两，随封如例。闻此间补廪一名需费十余金，出贡尤多，寒士畏难，往往学详之后，积搁数月，尚未批发，甚至有迟之二三年者，此弊政也。今晚房交上费十分，因发朱笔谕帖，令嗣后免交上费，而廪文、贡文限以日期拟批粘呈，如逾限，即不候拟批，径行批发，其十分上费一并发还。命孟仆交稿书李德华，转交各房。李书请见，代各房面求，据言：各房办公之费，取给于此。如果限定日期则概不付费，无以为生。余谓：吾意亦欲不重苦各房，但公事积压至二三年之久，则断乎不能曲徇。令李书与各房妥商办法，禀明再酌。”严修“令嗣后免交上费”以解决“弊政”，此举于士子大有好处，可科房办公之费因此落空，因为“各房办公之费，取给于此”，故引起各房之不满。1895年1月6日：“余既免去廪贡之上费，众房书恐外间闻知，交费者靳不肯出。今日会同稿房来面求，余告以只要尔等不苛索，吾亦不尔苛也。上费既免，则考生少出此三金，尔等议价总可省力，则公事总可从速矣。吾第看此后有无积压，再为定夺。”由此可知，“免交上费”带来的问题很多，并非轻易可为。

其次，考试中填亲供所收之竹本费，亦成为士子的一大经济负担。1895年2月25日在安顺府：“是日本系武童覆试之期，然武童填亲供者，较文生更迟，候至晚间，仅有三五人耳。文童昨日未覆试之三十余人亦迟至。是日灯后，始行点名，其中未填亲供者，仍有十数人。大抵皆家贫无资，不能办竹本也。呜呼！竹本之法，谁实始之？未填亲供者，许以先行覆试，后仍补填，此不过遮掩耳目，恐武童效尤也。”“其有极寒者，并竹本免之。”2月27日：“武童覆试，……午后又补十余人，所补者，率皆寒苦无力办竹本者也，悉免之。”1896年3月8日在铜仁武童覆试中，“不论其印仪讲妥与否？亲供之填写与否？一律先令射箭”。考生在填亲供事情上，之所以延宕，主要就是收费太高，士子“家贫无资，不能办竹本”。1895年6月16日：“房书收竹本费，用大戥称收，文太守、杨大令皆言其弊。”因收费问题而发生的争端亦屡见不鲜。1895年2月26日：“安顺、普定两学师请见，一为罗锡恩事，一为张翰珍事。皆因印仪滋闹者也，婉言劝之而去。”10月2日：“房书与各行因亲供事屡有争，稿房乞余示定准价。余从荣弟之议，改钱数为银数，朱书而示之。”1896年5月18日：“黎平及所属共五学文生彭汝鼒等数十人联名具禀，为学官所取规费种种加厉，请立章程，以全师弟之情，并开清单叙增减情形。批仰黎平府查照单开各条，禀公核议，详复立案。单内末一条云：‘稿房取补廪费，从十金至三十金，收廪从十金至十八金，似亦太重云。’乃批定分上中下三等，上不得过十六，中不得过十二，下不得过八金。收廪，照此减半。该房求至再，因木已成舟，不许。”5月19日：“官厅晤俞太守，与商各学规费事，并劝其创办蚕桑。”

总之，依规取费，士子不堪重负；免交上费，科房办公之费落空，这确是一个两难处境。张之洞鉴于此种两难局面，而在四川推行的劝办学田方法，于严修解决此问题，有重要启发。张之洞督学四川期间，亦深为教育费用问题所困，其描述当时四川之情境，与贵州颇为近似，其云："川省学校事体，使者于所当为、所得为者，竭力图之。独有一端蒿目疚心、寝馈不适，莫如新生复试计较束脩一事。……每至复试之日，终日旁皇，如芒在背。若操之过蹙，则恐狡黠生童，藉词挟制；若听其迟缓，更恐贪恶书斗，逼勒孤寒，操纵皆非，无从亭决，故使者不以昼夜考校不寝不食为劳，而以复试日为苦。由衷之言，有如皦日。"此乃身为学使之张之洞的尴尬处境。至于生员之苦况，更有甚之，其云："试思童生应试，蹑屩担簦，三旬九食，欲谋一馆，艰如移山，终岁脩羊不供事畜，甚者寄食无门，敝履无下。侥幸而获隽，安得多金，即或饘粥粗给，而博一青衿，遽责其破家弃产，亦可谓忍情拂理、伤心惨目者矣。"此乃生员狼狈困苦之惨状。又云："尤可患者，由今之道，书斗利舞弊，幸进者之一切从丰，必致包庇串合，无所不为，而陆续送复、随棚带复、单身补复、大届补复诸弊，终亦不能禁绝，顶替鬻贩百弊伏焉，试事安望澄清？真才安望吐气？"此乃书斗营私敲诈之痼疾。张之洞以为，解决此种现状之唯一办法，就是办学田，其云："若得各处绅宦粮民感发，集议公捐一款，置买学田，计其三年收获之租，足敌两考束脩之数，分年匀给，送考时酌加资斧。取进后，限定只以千钱为贽，一切书斗小费、认号、转案、补廪、帮增、出贡、举优、报丁、起复、录遗诸费，取办于此，陋款概为湔除。士民定议于下，然后禀请长吏，督率行之，由本州、县详明立案、立石，永永不得变革。”①此为置学田以解决各种规费之办法。

受张之洞的影响，严修督学贵州，特别关注学田管理事宜。初抵贵阳，据前任学使叶肖韩介绍：“各属賔仪田，多由绅士把持，教官无可如何。”（1894年12月1日）是知贵州各地方多有学田，但常由地方绅士把持，未能充分发挥作用。故劝办学田和整顿学田管理，成为严修视学贵州的一项重要工作。

严修视学贵州，所到之处，皆不忘询访当地学田管理情况。如1895年1月25日会见黔西刺史曹慧高，“曹言：黔西有红（当作‘賔’）仪田，月资学师十金，榜发不取印费。水城、平远亦有賔谷，唯毕节、威宁则不然矣。查光绪五年九月初三日张任旧稿，威宁议定章程，刻石公所，并咨部院存案，名曰‘威宁州学规’。据曹刺史言，则威宁至今仍不免计较印费，何也？”是知威宁的学田管理不善，故虽有学田而“仍不免计较印费”。黔西的学田管理甚为得法，故“榜发不取印费”，因而甚得严修称赏。4月10日严修途经黔西，再次提到：“黔西有学田，故不讲印仪。水城、平远亦皆有章程，讲者唯毕节、威宁耳。”

严修巡行各地，皆不忘督促地方办理学田。如1895年1月26日会见普安廖味三，“托其办学田”。2月5日，会见

---

①《輶轩录》二，《张之洞全集》卷二百七十三，河北人民出版社，1998年版，第9820～9821页。

安平赵文伟，“与商簀仪田，初以为难，寻谓：近因某庙田产屡讼不休，乃断拨其三分之一，禀经锡师批准，作为修县志之费，刻下始议举办也。俟修志毕，即移此项作学谷。虽不足，亦可敷衍，其田岁可得二百大石，约二白金之谱。”6月14日：“杨子实来，托其到镇远时，劝办学田及官书局。”7月1日：“杨仲三委署湄潭，余托以簀谷一事。仲三曾署黔西，深知其利，慨然而诺。”7月2日：“承述之，癸未同年也，实缺都匀，调署修文。……述之云：都匀簀仪每名只一千，学官另有谷也。余托其到修文时，相几仿办。”9月2日在平越州，延见署侯裴玉山，建议“招考之费拟收为簀仪之用，属直刺议章程。”9月3日：“与裴太守议，以招考所收费作为本届簀仪。”9月17日：“裴太守来谈四事：一、簀仪章程，现已定议。”1896年1月27日：“复裴玉山贺年，兼论簀仪事。”是为平越州筹备簀仪事，严修与裴玉山有数次往还讨论。

督办簀仪田，还在于有效管理，避免如叶肖韩所谓由地方绅士把持的局面，使其发挥应有的作用，故制定和实施簀仪章程，便是有效管理的重要保障。因此，他在与平越州裴玉山讨论簀仪时，特别强调制定簀仪管理章程。他亦经常审定地方簀仪管理章程，如1895年9月26日：“看麻哈簀仪章程。”据日记，当时贵州簀仪办得比较好的是黔西和平越。平越簀仪之创办，严修有倡导督促之功，裴玉山实施亦甚为得法，生员由此获利。故严修在平越时，“州属生童，因簀仪事送联额尾。发落之后，由龙门舁入，导以爆竹。生

童登堂跪拜，余半跪而揖还之。簀仪之议，裴太守创之，太守不自有其功，归于貌躬。”（1895年10月2日）

六

严修督学贵州，开办书局运售图书，解决士子“得书甚难”的问题。督办簀仪田，筹措教育经费，解决士子求学的经济负担。此为培植人才、发展教育之基础工作。而改革书院，革新教育内容，推广教学方法，则是其核心内容。

严修为学，重新学和时务。其培植人才，主经世致用。他深知旧式书院教学内容单一，教学方法传统，不能适应经世致用人才培养之需求。因此，改革旧式书院之弊端，着力推广西学和新学，便成为他的一项重要工作。他于光绪二十二年（1896）年九月，着手对贵阳的三大书院（贵山、正本、学古）进行改革，重点放在学古书院上。[①]他聘请雷廷珍为学古书院的山长，选择高材生入院学习，分别设置中学、西学课程，由雷廷珍主讲中学，他本人主持西学，开设天算、洋文、格致、地理、财务等课程。改革书院的管理和

① 严修改革学古书院，是受李端棻发起的教育改革的影响。光绪二十二年（1896）五月刑部侍郎李端棻奏折，建议“自京师以及各省、府、州、县学，皆设学堂”，“省学选诸生年二十五以下者入学，其举人以上欲学者听之。学中课程，诵经、史、子及国朝掌故书，而辅之以天文、舆地、算学、格致、制造、农桑、兵矿、时事、交涉等书，以三年为期”。李端棻的奏折，随即经总理衙门议奏和光绪帝谕旨认可：“请由各省督抚酌拟办法，或就原有书院量加程课，或另建书院肄习专门，果使业有可观，三年后由督抚奏明，再行议定章程，请旨考试录用。”严修改革学古学院，就是在这个背景下展开的。

教学，他首先从制定书院章程入手，日记中记录了他亲自拟定书院章程的过程。1896年8月21日："拟书院章程。"8月28日："拟书院章程。"8月29日："抄书院章程草稿。"8月30日："抄书院章程草稿，至此，凡五易稿矣。"9月1日："再抄书院章程。"9月2日："抄书院章程。"1897年1月24日："绍光送来书院章程刊本，并序文。"拟定这个书院章程，反复再三，可谓审慎之至。这个书院章程，包括学校管理、学生学习与生活等方面的规定，是一个较为完备的学校管理规章制度，亦是贵州第一个近代教育的学校章程。这个改革后的书院，称为经世学堂，是贵州第一个近代新式学堂。它的成立还早于长沙的时务学堂和北京的京师大学堂。同时，严修对地方书院的建设和改革亦甚为关注，如1895年4月15日到访玉屏书院，5月10日"改正玉屏书院条规"，闰5月17日日记中提到景阳书院。10月10日在镇远，"大令送来秀山、文明书院章程一本"。

严修改革书院的管理体制，着力推广新式教育，主张经世致用，并以此为目标改革教学内容。其中，尤其注重推广西学和算学，关心时务和世务。

"西学为用"，是晚清一代学者的共识。因此，在当时，主张经世致用的学者，学习和推广西学是一个较为普遍的取向，严修便是其中的显著代表之一。他本人热衷于算学，刻苦学习洋文，是其重视西学的重要表现。在督学贵州期间，虽身处边省之地，却不遗余力地在边省士子中传播西学。1895年10月17日在镇远府的考试，有题为"论西学之用与用之之法”，1896年7月10日在贵阳府的考试，有题为“拟辑西学书目序例”。此事深可注意，在边省士子的考试中，提出如此考题，足见严修对西学之重视，亦体现严修在边省之地推广西学之用心。他对通晓西学的学子特别关注，如1896年5月8日在黎平府，“看温兆麟一卷，颇知时务，尤熟洋事”。5月9日：“因温兆麟观风卷特佳，召与语，询以何由多知洋事？盖伊久居广东之嘉应，故闻见颇多，然非留心者，亦不能也。摘卷中数条问之，应对无滞，且申言之。问锦屏尚有留心此事者？答以周宗潢。周生于湖南肄业书院，故知锦屏僻陋，不能得此两俊也。本日定选拔案，周正而温陪。”此周、温二人因“多知洋事”而得到擢取，可见严修重视西学之用意。又如，他对郭竹居的推崇亦是因为西学，据1896年6月1日日记：“荔波郭竹居广文，贵筑举人，其尊人任兴义教官时，芗涛先生之尊人适为郡守，芗公从而受业。公督两粤，调竹居往，使充水陆师学堂稽察，兼教习洋文。先是，竹居从其乙亥座师毕东屏于苏州郡斋，颇习洋学，通算法。既之粤，益进，于中外情形，泰西学术大略能言之。黔中有此人，庶几一开风气乎！竹居自撰有《勾股细草》，又拟改定《代数术》，删繁就易。”次日郭竹居即将所著《代数细草》《张文笺注》呈送严修，此后二人过从甚密。

推广西学，当从推广阅读西学书开始。1896年12月18日，严修收到从天津寄来的《西学书目表》和《读西学书法》。1897年1月26日借与陈伯完阅读，29日归还。29日又借与雷廷珍阅读。2月21日：“与澄兄议买西学书单，为书局谋也。”即通过官书局运售西学书籍，方便贵州士子购阅。5月11日：“山长送来《西学书目表》并《读法》各五十部。”即把二书刻印，以分赠友人和士子。如9月15日赠黄厚田《西学书目》并《读法》一部，11月6日送勖吾《西学书目表》五部。因推广西学，在贵州引起较大反响，故当地绅士请立中西学堂（1897年10月23日）。

严修在贵州推广西学，重点是洋文和算学。严修在书院中开设洋文课程，据1897年5月12日日记：“属诸生学洋文者备束脩，交山长送于仲方处。”但具体开展情况，日记中没有记录，未能详知。前面说到严修本人学习洋文，虽极认真，亦下过苦功夫，但效果并不显著。据此推想，他在书院中推广洋文学习，可能是对少数有兴趣的学员加以鼓励，是属个别培养，并未普遍推广。至于算学，严修本人有极大兴趣，大体掌握了算学方面的基本知识，且有较高水平，故其推广甚为积极有力，在其身边的朋友圈子中和书院里，形成一股研习算学的热潮。其推广算学的工作，有以下几个方面值得注意。

其一，在各地府试中考算学试题。如1895年2月7日在安顺考棚：“招考算学，及童生十五岁以下默经。”这是日记中关于考算学最早的一条记录，但其具体情况未予记录，不得详知。1896年7月7日于贵阳府文生科考：“阅生古卷四本，俱算学。”具体情况，亦未详记。10月12日在遵义府府试中，考了两道算学题，其二曰：“良（田）五十亩，瘠田八十亩，岁收粟一百四十石；良田八十亩，瘠田五十亩，岁收粟百八十五石，问二色田每亩岁收粟各若干？务演细草。”风气初开，习者多亦不精，故此场考试，参考者少，“唯邓耀先一人，邓骏崧之堂侄也。初学，殊不精”。11月5日在大定府经古试中，又考算题三道，如其三：“今有数自乘之三，而一以减二十，则余八，问原数几何？”此种算题，用今日之方程式演算，自是极为简单的题目。但于未习方程者，则有难度。

其二，在省城书院中开设算课。严修于1897年1月完成安顺府考试后，回到省城，于2月19日在学古书院“考试各属保送之高材生”，于2月20日“拟算题六”，于2月21日“考算学”，于2月26日“看数学两卷”，于2月27日“看数学有半”，于2月30日“晚间因报考算学者太多，又拟算题五道，合前十而用”。此为考各属保送之高材生的算学水平。完成考试后，便于3月1日在书院开算课，据当日日记：“月课算学，是为第一次，生监文童共三十人，辰至午，午至酉，俱在堂上监视之。”自3月2日至6日，逐日皆有“看算课卷”的记录。当时能在书院中为诸生讲授算学者只有严修和裕福田等人，3月5日：“晚与福田演算，因诸生课卷演示多误，属福田逐题推演，余辅之。”推行算课，师资很成问题，据3月13日日记：“方伯得长沙钟太守复函，言算师因道远脩微，皆不肯应聘。”是知严修欲从长沙聘请算师到书院中教学，但未能成功。

其三，刊刻算学书。1897年4月24日：“《算法须知》刻成。”5月9日：“到书院散《算法须知》。”5月24日：

“杨德懋等议立刻书会，拟先刻算书。”

其四，拟设算学山长。1896年10月6日：“写信。在沙子哨写致簠青太守，商定算学山长事。”专设算学山长管理算学教学事宜，足见其对算学的重视。但涉及此事之记录，仅此一条，故其实情未能详考。

其五，拟建算学会。1897年11月12日：“熊继先呈所议《算会章程》。”11月16日：“晚与福田商改《算会章程》。”拟建算学会，可见一时学者在严修的影响下对算学的浓厚兴趣。但涉及此事之记录，仅此两条，故其实情亦未能详知。

以经世致用为中心的教学内容，关注时务和世务便是题中应有之义。因此，通世务或时务成为严修对生员的基本要求。这个要求首先体现在考试试题上，如1895年11月18日在石阡府的考试中，就以“学者不可不通世务论”为题。在11月23日的考试中，基于贵州地界中插花地比较普遍的情况，就以“胡文忠《论清贵州插花境事宜》书后”为题。12月25日在思南府的考试中，基于贵州士子好诉讼的风气，就以“论士子好讼之弊”为题。1896年2月16日在铜仁府的考试中，又有“论洋务”这样的题目。基于贵州吸食鸦片的现象比较普遍，就以“广《輶轩语》戒吸洋药说”为题。6月4日在都匀府的考试中，有“论东西各国强弱”这样的题目。此类考题，皆在于考查士子关心时务、解决现实问题的能力，体现了经世致用的教学目的。

严修自己非常关心时务，经常阅读《京报》《申报》

《时务报》等报纸。他亦常常勉励生员留心时务，如1896年5月19日："由黎平起马，……文武生童郊送，凡降舆四次，最后一次，拟陪拨之温、李、赵三人也，略谈数语，勉以留心时务。"他还要求生员通过阅读《时务报》以了解时务。据1897年2月4日日记，严修收"段少卿信，付定《时务报》银十两"。3月6日"写信，致绍光商《时务报》事"。3月8日"写信，致绍光商三事：一、《时务报》以书局作代派处"。3月14日"首府送来《时务报》四十份"。3月15日"到南书院散《时务报》"。3月28日"熊尚桓借去《算法须知》一本，《时务报》三本，助书院"。4月15日"写信，致段少卿寄《时务报》"。7月3日"善后局送来第廿号《时务报》，翌日送交玉峰"。8月9日"善后局送来第廿六、七、八三号《时务报》，各四十一份，即送玉峰处"。8月20日"改通饬各学劝谕诸生购买《时务报》札，原稿李孝廉拟"。据以上零星记载可知，在严修的支持下，于设在善后局的书局中设置了《时务报》的代派处。预订《时务报》四十余份，散发到书院中供诸生阅读。亦将《时务报》合订本借与书院诸生阅览。还通饬各地方学校劝谕诸生购阅《时务报》。总之，通过阅读《时务报》以了解时务，是严修特别重视的工作。

严修在贵州期间的教育教学改革，值得一提的，还有他推广的日记学习方法。重视日记的写作，在晚清民国的那一代学者文人中，是一种风尚，或者说是一种普遍养成的习惯。严修亦不例外，他非常重视日记的写作，前亦述及。

值得注意的，是他把写日记当作一种学习方法，在师友、子弟和生员中推广。他不仅数十年如一日地坚持不间断地记日记，亦这样要求他的子弟和生员，把记日记当作砥励学行的重要手段。比如他经常与友人交换阅读日记，在他的日记中常常可以看到“阅式金日记”“看体仁日记”等等这样的记录，就是在朋友之间交换心得交流学行的一种方法。在早期，他便在家塾中推广这种学习方法，定期检查子弟的日记。即便是在宦游贵州期间，他亦要求子弟定期寄送日记，并写信反馈检查结果和阅读心得。

在贵州学政任上，他便在贵州生员中倡导记日记或写读书札记。1895年2月3日：“署中旧设锡类义塾，……正月十六日开馆，学生旧额二十名，余嫌其多，减为十五名。又酌定条规五则，照余家塾，每生授日记一本，按月汇交。”即把天津家塾中实施的“劝行日记法”推广到贵州学政官署之义塾中。7月7日：“贵筑训导杨鑫影，遵义人，下第回任，来见。余以叶肖韩曾以品学兼列保奖勉之，并属其传集诸生举行日记课。”是将这种学习方法推广到府县学中。8月7日：“县学送来文生日记，凡八册，始七月十五至八月初五。”是知杨鑫影已遵严修之命，在贵筑县学诸生中举行了日记课，并将日记呈送严修审阅。据当日日记，贵筑县学所呈诸生日记，实际上是诸生逐日读书之札记，如刘培良读《汉书》，谢钧、陶其淦读《易知录》，李其芳、杨文清读《诗经》，石毓岷、史钟英读《尚书》，徐德荣读《了凡鉴》。严修对县学诸生如此学习很是欣赏，故于8月9日“邀澄、式二公代检书籍，凡书四箱，将发县学，备诸生借看也”。诸生呈送的日记，严修皆亲自阅批，如8月10日“看诸生札记”，11日“晚批诸生札记”，18日“晚补批诸生札记”，足见其对诸生札记的重视。又8月19日：“诸生札记九本，交杨广文手，又付以官书局书目十三本，送诸生九人各一本，四学广文各一本。”此“杨广文”，即前述在贵筑县学推广日记课的杨鑫影。据此可见，严修批阅完札记后，便将札记发还，并赠送官书局书目以资奖励。

严修对贵筑县学推广的日记学习方法，甚为满意，便进一步推广到其他府学中。8月20日：“府学造文生行日记功课名册，李启煃、游起鹍、何治忠、严俨、刘增礼、丁树奇、杨德楙、杜运钧。”8月25日：“批严俨札记，是日送交府学。”8月26日：“晚批杜运钧札记。”亦对行日记功课者进行奖励。1896年7月20日“酌定札记课生奖赏，凡书资八十四金”。

严修督学贵州的后期，主要是在省城书院中从事教学活动，其中评阅书院生员的日记，成为他的一项重要工作。在这个时期的日记中，多有到书院评阅日记的记录。如1897年4月3日“到南书院，阅日记”，4月16日“到南书院，阅诸生上半月日记”，4月25日“评邵、薛日记二本”，4月28日“潘德明呈日记，姜斯美呈日记、札记”，5月1日“张有白呈日记”，5月15日“评书院四月日记八十本，自未至亥乃毕”，5月25日“到书院，评日记十余本”，5月26日“到书院，评日记毕，传观后仍交监院”，7月17日“六月札记，并下半月日记，均还付监院”，8月1日“七月下半月日记，并昨借刘显治《朱子全书》，均送交监院”。同时，还抽空评阅外地书院送来的日记。如1897年4月20日“收信，倪书田广文信，附生童日记四本”，4月24日“评阅古州书院吴在福日记”，5月23日“复倪书田，并寄还生童日记五本，附奖书数种”，7月25日“收信，曹慧高、倪书田，附日记六本”，7月26日“评龙冈书院日记”，10月28日“批黎古州、龙冈书院日记”，11月3日“复倪书田，并寄回日记十本”等。

前文提到，严修早年日记多用印好栏目的日记本记录，还曾制版印刷专门的日记本。他亦曾将这种做法在贵州推广。1897年3月22日：“阅诸生日记，为定画一律，朱书之。”所谓“定画一律”，就是用朱笔画制有统一栏目的日记本，分发诸生使用。其用心之良苦，于此可见一斑。

七

陶孟和在《辛丑日记序》中说：“严在黔三年间，兴学、开通风气、提倡新学，功绩极大，从他的日记上可以看出。但在描写的细致一点，严的日记较比华的则有逊色。”其实，客观地讲，《蟫香馆使黔日记》在“描写的细致”方面，未必就比华学澜《辛丑日记》逊色，只是二者的侧重点不一样，其于古代科举研究之价值，实可等量齐观。《辛丑日记》是关于乡试环节最具体的记录，而《蟫香馆使黔日记》则是关于院试环节最翔实的记载，二者各有侧重，实可相互补充，其于晚清中国科举史研究之价值，同等重要。概括起来，《蟫香馆使黔日记》在科举史料上的价值，主要体现在以下几个方面。

其一，科举考试各个环节之日程和具体事宜。作为学政，掌握科场条例，是最基本的要求。因此，严修上任伊始，即查阅相关文献，了解科场条例。如1894年12月24日“看《科场条例》两本”，12月25日“看《科场条例》一册”，12月26日“看《科场条例》数十页”，12月27日“看《科场条例》”，12月28日“看《科场条例》”，12月29日“看《科场条例》《礼部则例》各数十页，考试之例分见二书及《学政全书》内。唯事例或有变通之处，骤检恐不易得，若能竭一年之力，分门编辑，去繁去复，合为一书，则便览矣。惜案牍纷错，无暇及此，出棚后更恐不暇也”。1895年1月1日“晚题《学政全书》册面，约四百余字”，1月7日“摘抄《科场条例案由》”，1月21日“看《学政全书》”等。

在日记中，有关于考试环节最详尽的记录，如1895年1月23日记录前三任（叶肖韩、陈荣昌、杨文莹）考试日期、环节及其具体事宜，据此可知当时棚试的一般日程安排。3月9日日记很详细地记录了考试期间每个日程及其环节的具体事务，依次为“到棚前一日”“到棚日”“谒庙日”“考古日”“生正场日”“生童古覆日”“一等覆试日”“童生正场”“考教日”“磨勘日”“面试日”等十一个环节，于每个环节的具体事务及程序，皆有详细说明。11月2日日记对武童步射之整个过程，有特别详细的记录，如点名、参堂、称弓、设架、量道、校射、报筹、司鼓、司钲、放牌等十个环节之具体内容，有详细说明。如此详尽之记录，实可作为新任学使之工作指南。若再参诸日记中关于严修巡行各地举行考试之具体工作情况记录，则晚清时期府州棚试之情况，则可获得具体、生动、翔实的呈现。因此，其史料价值绝不次于华学澜《辛丑日记》关于乡试日程及其具体事宜之记录。

其二，贵州清代历任学政之简历及其任职时间。作为新任学政，严修赴任伊始，即特别关注贵州历任学政之情况，以作工作之凭借。如1894年11月28日："旧任奏折，俱有存稿，大可依傍。存稿每遇交待时，面相授受。"查阅历任奏折存稿，便成为赴黔早期的重要工作，如1895年1月2日"看黎文肃任旧稿一本"，1月4日"看林前任稿一本"，1月16日"看旧稿，晚看历任奏稿"，1月18日"整理历任旧稿，并查官阶、姓氏、加签记等"，1月25日"阅张任旧稿"。值得注意的是，严修利用现存史料，对贵州清代历任学政的情况进行了一次比较全面的清理，计整理出贵州学政乾隆朝十人，嘉庆朝十二人，道光朝十二人，同治朝八人，光绪朝六人。均标出其姓名、籍贯、任前官阶、任职起讫时间、奏稿存佚情况等（1895年1月17日）。此份名录，并非是由旧籍中原文抄录，而是由严修在现存旧稿、文书、悬联题语等史料之基础上整理而成，当是严修个人的整理研究成果。在传统社会，一时一地之学风、文风和士风之养成，与学政个人的学术、思想和情操，有较大的关系。因此，经严修整理并载于其日记中的这份贵州清代学政名录，对于研究清代贵州的学风、文风和士风之养成及其流变，均有重要的学术参考价值。

其三，公务活动中各种物品和费用的供给记录。如1895年 8月22日记录投文小费，“号房禀求出棚，因将投文小费粘呈，恰好余欲知之也，开于后”，此投文小费单，可为研究当时生员的经济负担提供原始依据。11月16日记录棚试期间每日物品供给，“志丈询问（饬）后每日供给之数，余以照上棚办理对。然余屡忘之，附记于后”，供给物品中包括银朱、夹纸、单纸、川连、普茶、细茶、米、灯油、牛烛、煤炭、水、油、肉、盐等，还详细注明数量。此供给清单，可为研究当时地方考试成本之计算提供原始依据。1895年1月29日记录出棚所携执事名目，包括传事、茶房、承差、舍人、皂班、外班等执事的职责和数量。2月1日和3日记录出棚夫马数目，包括用夫总数，大轿、师轿、杠、马等数量，及其折合银两数目。这些资料，虽然琐碎，但对于研究当时科举考试的经费支出，是不可多得的重要材料。

其四，关于清理冒考，打击枪替，维护考场秩序的记录。考试作弊，古今有之。尤其是在科举制度已经实施了千余年的晚清时期，科考作弊现象尤其突出，且手段高明，形式多样，往往出人意料。素以作风严谨、行事认真著称的严修，对考试作弊深恶痛绝，其督学贵州，于打击枪替、清理冒考，整顿考场秩序方面，尤其用力，在日记中对各种作弊现象和打击情况有详细记录。如1895年5月22日在贵阳府，“皂班搜检，受贿其常，而此棚为甚。当搜检时，凡署中书吏，若稿房、承发房、茶房、传事之类，麇集于前，遇其同好，则眉禁则唇诱之。间有考生袖银钱若许，暗递皂班之手，则虽腰缠万卷，可以坦然直入矣，此荣弟暨邢仆所目睹也”，考场风气之败坏于兹可见。日记中比较详细记录的案件，如1895年6月6日记录各地冒考情况，9月6日记录遵义府棚试清查枪替情况，10月10日记录清查歧考情况，11月17日记录石阡府棚试清理冒籍情况。1896年3月16、22日，5月8、9日，6月7日记录清查枪替情况，11月1日记录黔西州清理冒籍案，等等。这些具体翔实的作弊案例，对于研究古代科举考试秩序，具有重要的史料价值。

其五，关于奏请开设“经济特科”事件始末的记录。严修督学贵州，积极推广新式教育，以奏请光绪帝开设“经济特科”并进而改革科举制度而闻名于世，这项重大举措就是在贵州学政任上完成的，日记于此事之始末有比较具体的记载。1897年8月15日：“会客，劭吾谈极久，与商奏设特科事，劭吾大以为然，余志乃定。”8月16日：“拟折草，先与澄兄商榷。”，8月17日：“仍拟折草。”8月18日：“奏单一，附片一，请假片一，属草略就，先自书之底稿。”8月19日：“澄兄来代誊奏草，未毕。”8月20日：“澄兄代誊奏草，并附片。”“就澄兄商改奏草，复易两纸，因自书之。”8月21日：“诣劭吾，以奏草就正。”9

月14日："劭吾送来代拟清折。"9月15日："与澄兄商改折稿。"9月17日："晚改折稿。"9月18日："早改折稿。""晚仍改折稿。"9月19日："折稿略定。"9月20日："折稿写一通，自巳正至申初毕，复请澄兄审定。是日，凡客皆谢不见。""晚，便衣诣劭吾商折稿，劭吾以为可用矣。"9月23日："汪巡捕来包折。"9月24日："是日拜发条陈设科折，附请假修墓片，交抚辕桂巡捕，附寄二十六号京信一包。"是知此奏折之写作、修改、定稿到拜发，前后经历了四十余天，其立意出自严修，而陈劭吾、许镜波（字永澄，故称澄兄）二人出力尤多，实际上是三人共同完成的，是集体智慧的结晶。写稿用了四十余天，而严修蕴酿开设经济特科之立意，则当更早，或者说，是严修在督学贵州时期从教育实践活动中反复揣摩和认真思考的结果，是在张之洞"中学为体，西学为用"思想的影响下，是在他学习西学、注重时务之基础上形成教育新理念。换言之，严修通过在贵州学政任上的教育实践，意识到改革科举制度的必要性，推广经邦济世之学的重要性，打破八股取士垄断科举功名的迫切性，进而向光绪帝提出开设"经济特科"。这项举措，开启了改革科举制度之先声，开启了中国教育近代化进程。正是在此基础上，在他的直接推动下，袁世凯联合各地督抚上书光绪帝，废除科举制度，终止了历时千余年的旧式考试选官制度。亦正是在这种背景下，他出任学部侍郎，推动了中国教育的近代化进程。因此，我们认为，在中国古近代教育发展史上，严修之奏请开设"经济特科"，具有特别重大的意义，因为它不仅动摇了延续千余年的科举考试制度，而且开启了中国教育的近代化进程，打通了科举考试与新式学堂之间的联系，给学习新学和西学者以政治上的出路。其在中国教育史上的影响，近似于阳明心学在中国学术思想史上的地位。而尤其引起我们关注的，是王阳明以“知行合一”为核心内容的心学体系之形成，严修以开设“经济特科”为代表的近代教育改革理念，皆蕴酿、发生和形成于贵州。贵州地域与此类创新理念之形成，或有相当重要的关系。此为研治贵州地域文化的学者，尤需关注的学术课题。

在晚清民国教育史上，改革传统教育体制，推动教学内容和教学方式的近代化进程，有三个重要人物，即张之洞、李端棻和严修。有三份重要文件，即张之洞的《劝学篇》、李端棻的《请推广学校折》、严修的《奏请设经济专科折》。值得注意的，是这三个人物皆与贵州有密切关联。

严修与贵州的关联，前已述及，兹不赘论。李端棻（1833～1907），贵州贵阳人，晚清戊戌变法的重要推动者，被学界誉为“中国近代教育改革第一人”。他于光绪二十二年（1896）五月二日上呈《请推广学校折》，提出“一经五纬”的教学改革纲领，主张从中央到地方创建新式学堂，引进新思想和新知识，设藏书楼、立报馆、选派游历者等，为国家培养务实有用的人才。他的建议得到光绪帝的采纳，并下令全国实施，京师大学堂及各省的新式学堂因此相继成立，为中国教育的近代化改革做出了重要贡献。

张之洞（1837～1909），直隶（今河北）南皮人，是后期洋务派的重要首领，历任山西巡抚、两广总督、两江总督、湖广总督，在任内开设不少新式学堂，推动教育改革。光绪三十三年（1907）至宣统元年（1909），他供职中枢，兼管学部，主持全国教育工作，对晚清教育改革影响巨大，晚清旧教育制度的废除和新教育制度的确立，与他有密切的关系，其以“中学为体，西学为用”为核心的教育思想，主要体现在他的《劝学篇》中。其书分内外两篇，“内篇务本，以正人心；外篇务通，以开风气”，内篇讲中学，突出中学之体；外篇讲西学，强调西学之用。值得注意的是，张之洞出生于贵州贵阳，成长于贵州安龙，十八岁后才离开贵州，其人生观、价值观和教育思想之形成，与贵州地域文化的熏陶当有密切的关系。其西学启蒙教师还是贵州人，据严修1896年6月1日日记：“荔波郭竹居广文，贵筑举人，其尊人任兴义教官时，芗涛先生之尊人适为郡守，芗公从而受业。公督两粤，调竹居往，使充水陆师学堂稽察，兼教习洋文。先是，竹居从其乙亥座师毕东屏于苏州郡斋，颇习洋学，通算法。既之粤，益进于中外情形，泰西学术大略能言之。黔中有此人，庶几一开风气乎！竹居自撰有《勾股细草》，又拟改定《代数术》，删繁就易。”

严修的《奏请设经济特科折》上呈于光绪二十三年（1897）九月，张之洞的《劝学篇》发表于光绪二十四年（1898），李端棻的《请推广学校折》上呈于光绪二十二年（1896）五月二日，此三份中国近代教育改革的重要文件，先后发表，其间的互动影响关系相当显明。可以说，中国近代教育改革，就是在这三个人的直接推动下完成的。中国教育的近代化进程，就是在这三份文件的指导下开展起来的。而这三个人物皆与贵州有密切关联，张之洞成长于贵州，李端棻是贵州贵阳人，严修督学贵州四年。三人之间声气相投，相互影响，共同推动了中国教育的近代化进程。此为研究贵州历史文化者，不可不注意的重要史实。

徐世昌序

范孙侍郎没已六年矣。其子印行其《使黔日记》，属为题识。余兄弟与范孙同乡里，同膺乡举，又与余同官京朝，以道义相切劘，数十年交谊至笃。昔年视学炎方，事事必与余商榷，别后又时有书牍往还。其之官也，不携眷属，唯偕至交尹月坡孝廉往。振兴文教，培植人才，竭尽心力。清俸所余，皆出以济其用。清风满袖，飘然而归。濒行，黔人颂其联语，有“二百年无此文宗”之句。其德泽入人之深，可想见矣。乙亥（1935）八月，水竹邨人识。徐世昌（印章）

赵元礼序

呜呼！范孙先生没世今逾六年矣。属在亲交，其思慕先生之情，六年如一日，觉先生之精神笑貌，若临其上而质其旁也。然则，先生固不死也。先生歿后，其诗集其手札已陆续刊印，人争宝之。而其数十年之日记，久藏之家，予屡促哲嗣持约付印，以资纪念。经章式之先生察检，计分四期，曰翰苑时期，曰督学贵州时期，曰侍郎时期，曰退老时期。持约谋之同人，拟先印督学时之所记。工未蒇而持约又死，深可恸也。今季约、季聪继乃兄之志，幸竟其工。出以示予，觉先生居心之诚怛，莅事之廉勤，从政之暇，不忘其修省与研诵，胥于所记见之。而不施伐劳善，不臧否人物，则尤见其德量焉。予安敢赞一词哉！先生往矣，读其日记，如遇之于车尘马足风檐寸晷之间，而其时之接笑语通翰札之师友亲族子侄，就予所知，今亦死亡太半。人事有代谢，往来成古今。予为此序，不自知其感怆之何从也。共和二十四年（1935）乙亥中伏，天津赵元礼。眉祐（印章）

日记一

甲午（1894）九月十六日由京启行，至十一月初五日宿桃源之新店驿。

出都时行李件数：衣箱大小十七个，大小帽盒八个，衣包一个，毯包一个，鞋包一个，门帘一捆三棉二夹。书箱十四个，烟包二个，油布纸一捆。

甲午（1894）八月初一日，奉视学贵州之命，九月十六日出都。尹溦甫兄湝先于七月间丁母忧，余恳求同行，慨然见允。又约王式金鋆襄校，亦承允诺。又约表弟王荣卿司会计，而溦甫兄之内弟许镜波永澄副之。王云舫帅荐其戚卢选卿文昭充襄校。选卿之先人客死于黔，停柩未归。高曦亭前辈荐其戚陈栗堂学宽办庶务，栗堂之尊人随其宗人某太守任，亦客死未归葬。两君皆欲趁此迎柩也。余此行凡师友之荐幕友、荐仆役者，概未承诺，独卢、陈两君则慨诺之。

仆役从行者，孟成、王顺、姚升。孟成，借诸三河盐店，旧侍先父者也。张□、陈顺、邢福，侍予在京寓者也。徐有，借诸菊人同年。彭顺，借诸亲戚谢家。

十六日　己丑

大雨彻旦，至辰少止，叩别兄长，兄命一路小心，含泪相对，诺而出，遍揖亲友，冒雨登舆。辰正二刻启行。

兵部马七匹。包一、引二、骑马四。按勘合例，包、引各一，骑马三。而向来出差者，往往于例外多索，可得十马、两车。余因仆从不多，但用七马。骑马四者，按人数预已派定。多一引马者，为备道上或有不敷用时也。自雇三套篷车三乘，两套轿车六乘，篷车载行李。余之行李，书箱大小十二，衣箱大小五，并零星各件：帽盒、赏对箱之类。总共三十余件，俱在大车，余地装宾友箱箧及家人行李。轿车人乘之，襄校二君各一车，帐房二君各一车，又随行迎柩之陈君一车，余一车俟至涿州备襄校卢君乘用。卢君，涿人，候于其家。不骑马之家人，命骖诸君之乘。巳正二刻出彰仪门，未初二刻至长新店，轿车未正至，篷车至丑初乃至。篷车向载七八百斤而止，俗有“三不过七”之谚，言三马则载至七百斤也。此次载物太多，每车约逾千斤，又值阴雨之后，积潦没胫，跬步辄阻，甫出彰仪门，即颠覆其一。悉卸他车之马，辅以人力，仅乃就道。计自出京至辛店，如是者五次。最险者将至辛店时，覆车石路之上，压御者于下，从者惶急号呼，村人众擎始举。适有天幸，两石中凹，御者夹焉，遂以不死。然已遍体作痛，不良于行矣。次日，另雇一人代其执鞭。

向例，兵部夫马送至良乡而止。至良乡，则酒饭、刍豆之费取之于官。若不及程而宿，则酒饭、刍豆之费悉责于我。往往肆意婪索，有增至十数金，意犹未厌者。不厌，则抗不赴程，借此要挟。闻今夏陈同年同礼典试使黔，宿长新店，有与马夫谐价，竟迟一日之程。陈因函致兵部马馆监督陈同年鸿绶，予杖荷校以惩之，自此以后，其风稍戢。今余宿此，又以故智尝试，乃计所应给之数，命老仆用言开导，略谓本与陈监督同年至好，尔等奉监督之差而来，于路良苦，岂肯苛待。今赏尔等钱若干，以奖尔劳。如以不逊之言要挟，则行止听其自便。仆从本简，易马而车可达良乡，至良乡，则吾有勘合在，到良乡不患无马。汝去即去，但以一纸达陈监督，历叙刁索情状，孰福孰祸，听汝择之。遂竟驯服，凡给津蚨十二缗又缗之半。

十七日　庚寅

卯正起。督检行李装车，以三黄宝蜡丸予被伤之御者，令用黄酒送服。辰初二刻行，篷车前发。

初，篷车命两仆分坐，以便照顾，因经昨夜之险，改令骑马随行，以减车重，轿之前后只用两马，易昨日骑者二人，马不足，则参诸君之乘，大轿前后只用两马，轿车次之，轿又次之。及出店，未里许，轿已突过车前，未几，轿车亦突过篷车之前。巳正，轿已至良乡，又一刻轿车至，篷车过午始至，尖于城外之吴家店，遂宿焉。

将至良乡约五六里，初望见塔。命徐仆前行，知照驿纪。余至后，久之乃到。午正早饭，上席一桌，盘、碗各十二，大四、小六、汤二。颇不简恶，中席二，不折。饭后，徐仆与县役议夫马之数。役云：马当如数，车则不能。范邑侯例，不肯备车也。又云：湖南庞学使昨日过此，索车不应，自买两车而去。此妄言，余在京知庞系十八启程。余命徐仆持帖至署，拜其邑侯，并与其差门面商，初犹不应，后言实系车不足用，令代雇两车，价由我给。最后乃云：有三套车二乘，乡车也。若代雇，每日发刍豆价，车各三千。乃予之。

向例，兵部夫马至良乡交替后，由良乡发一传单，凡酒食几席，马几，车几，悉载单内，以下各站凭单照备，不能再增矣。往往学政家人反向差役贿送规费。传单之外又有差信，家人所以贿属者，因差信中可以任意增写，以为折价地步，传单主人所知也，差信非主人所知也。余宿此，县役又以为言，据谓，向系索房费四金，差费两千。自午至昏，矢口不改。乃令老仆告以将见县官，乃让至三金。余亦不欲辞费，遂予之。

良乡邑侯范六吉大令履福，以其尊人所著《问园遗集》见赠。六吉，德化人，其尊人元亨，字直侯，壬子乡举，集凡三册，六吉刻于任所者也。无端受馈，无可为答，乃以茶食两匣、茶四瓶，命仆致之。

晚餐命店家预备，照发价值。

饭后闲谈许久，至亥正睡。预属仆人，如传单送来，即来告。夜半闻敲门声，澄兄即起开门，余于枕上略审一过。见单内支离浮冒，直出情理之外，乃起为之改订删削，但较现有之数略有加增而已，另有簿记。单外附范侯甘结一纸，另存原文并抄存。传单仍令持回改写，因用印不及，原开之单亦未及用印，因夜已深，印在内室，不能惊动也。车轿先发，嘱其俟用印毕，即遣马夫追送至窦店。此亦因伊之请而许之，究竟不妥，传单总以先日早订为妙也。

传单，其名曰"溜知"。

十八日

卯初二刻启行。大车先二刻，轿车先轿。临行，唤差役入，命其检阅什物，有无遗失。既讫，乃予名片一次，令其复命，并赏联二。

辰正，尖窦店大瓦房，饭自备。传单逾巳未至，而大车因前途尚须绕越，屡催开行，乃饬先行，颇悔不在良乡候索也。至午初乃亦就道，余恐良乡差役诪张为幻，或竟不送单，亦未可知。候至午初，遂决然就道，私念到涿州再开新单，未尝不可，且夫马即令照现数预备，虽无单可也。

申初一刻，至涿州，寓南关外涿鹿驿，行台，舍宇阔洁，而榻甚少，反不若茆馆之适用也。

行台向不卸车，车至，则入对门之客店。马槽等事，行台所无。余入后，轿车继至。仆人因行李未解，难于照顾，令卸车行台之前院。御者谓车马不便划分，并欲饲马于此，向办差逼索马槽，两相口角，喧哗良久。命老仆叱止，犹未寂也。轿车御者皆津人，颇以与余同乡，恃势使气。到良乡，与店主互诟，今早启行，又与居民争詈，至此凡三滋事矣。当在京雇车时，有以津车相商者，余意殊不谓然。因无定见，曲徇其说，今乃知其决不可用也。

儒学缪铁珊光芴及冯孝廉学彦，先以食物来馈。少顷，偕来访，谈甚久。询知涿州牧为谢君锡芬，字辛菴，其尊人讳增，曾赐及第者也，仪征人。幕友卢选卿来会。

溜知一事，变局层出。良乡之单，至晚未至，乃与涿州差役商，令另发新单，又索费如良乡时。议既[①]价至二金，既谐矣，而良乡马夫之随至涿者，立将良乡之单送至，

① “既”字右边有两点，即作者删去之衍文。

盖其通同变诈，不问可知。徐仆之意以为，前单既到，则新单之费可省。又到州署与差门面订，则言本官公出，单无由开，必欲令开，亦须三金，如良乡例。次日黎明，夫马已具，余思既有夫马，便可开行，有单与否，无足轻重，乃遂不候溜知，亟催就道。差役视其技之不售也，乃减价至一金。孟仆又来申请，始允其议。而使徐仆候取单，银交而单已探诸其怀矣。

十九日

卯正启行。回拜铁珊、俊甫，俱过门投帖，不拜会。因轿夫催趱程，且天色尚早，恐主人未起，而惊扰之也。

午初，至高碑店。距涿四十五里。

选卿昨日来店，遂偕行。

申正二刻过定兴，换轿夫及包、引等马。城之中街有牌楼，换夫在其下。

酉初渡拒马河，遂至北河，声炮相迓，宿其行馆。

渡北河时，命仆询河名于舁夫，答以拒马。晚与选卿谈，始知拒马在涿城之北三里许，《涿志》八景之一，所谓“拒马长虹”者也。北河之水，系白沟支流，与拒马无涉。志地舆者，证之土人；规形势者，访之乡导，谁知其不尽可据也。

二十日

卯初起。窗色纯白，以为天明久矣。开户一视，则凉月满庭，远星尚烂如也。卯正二刻行。昨夕至定兴换夫马时，安肃县役请示尖宿所，余狃《伯厚日记》之例，答以尖安肃，宿保定。及至北河，则日已曛，大车去尚远。北河差役云：自此向保定，迂道甚多，且须渡河，恐不能至。余以昨日八十里程证之，甚然其言，遂改计，仍宿安肃。悔适间不思，致失信于安肃邑侯也。本早未行时，先遣包马知照改尖为宿之说。

巳初至故城，舁夫欲饭，停舆中路，许久乃行。继知此处固有饭店，略一坐茶，未始不可。

未初到安肃，邑侯胡恪三宾周，两榜同年，又久在津。余意欲先拜之，至行馆，则轿夫已去，马亦解鞍。县役言，其县尊已在中途矣。少顷来，礼毕，让余客座，固辞不可，畅谈约两小时。犒其轿夫、伞夫、夫头，津蚨各一百。答拜，不遇而返。大车酉刻始至，益知不宿保定为善计也。

兵部至良乡交替，良乡之马羸，中途屡蹶，七马皆然。未至涿州，竟毙其一。涿州差执上站之数为辞，遂损其一。至北河，更不肯增矣。今日到，与安肃差婉商，始复旧数。按勘合例，只五马，而例外通融，常可增其四五。当出京之前，余意止需其六，徐仆谓：可再加一马，以防缺用，且沿途可以随时任减，议减则易，议增则难。至是，始信其说。减一马，则车中多一人，载重则行愈迟，故甚不便。且六马虽亦敷用，倘再有倒毙，如良乡故事，岂不累赘？

二十一日

寅正起。篷车已前行。连日程限，为篷车所累，行路甚少。昨晚命陈仆早催趱程，试其能否与轿同到。

邑侯郊送，延入寺中，谈少顷。卯正后起行，班车来甚迟，候彼来，始就道。巳初至漕河，渡而南，舁夫欲饭，憩舆路侧。路西有寺，额曰“慈航”。南北祠各一，与寺为矩形，南曰“宫傅周大司空祠”，北曰“方恪敏祠”。入寺小步，正徘徊间，宾友亦至，邀同浏览。又入客堂小坐，堂后即周祠也。周名元理，号燮堂，曾任直督。

午正二刻至清苑，宿西关外之文魁店。一名泰和店。

藩、臬、道、府、县及武营各官，俱持帖来拜。道以上愚弟全帖，府、县皆手本，武营唯余游击子才用手本，余皆愚弟全帖。先各付一回拜，次命差各持帖答之。道以上用（治）愚弟帖，武营用愚弟帖。府尊陈伯平，前辈也，用年家眷晚生白柬。邑侯徐子树庶常前辈，用年家眷侍生白柬。

是夕，湖北学使庞纲堂前辈亦宿此，寓皇华馆。庞后余二日出京，而同日到此，始知余行之太缓。满城县差来请示明日宿所，答以尖方顺桥，宿望都。并诫陈仆押篷车，中夜即发。

发寄兄第一号禀，九月廿八日。寄崇儿第一号谕，九月廿八日到。由省城政大源局。

二十二日

丑刻起。即诫行，寅刻启程。藩、臬、道、府以刺送行，各答以名片。二十里至大吉店，天始明，微雨一阵。又二十里，巳初刻至泾阳驿换马。换马换车不换夫。又十五里，巳正刻至方顺桥尖。有"靳文襄神道碑"，澄兄阅桥下碑记，知方顺得名之由，盖河源发于完县之白茅、马耳两山，至此方顺流而东。又有碑，题"郭隗故里"。

清苑之舆夫皆壮佼健步，马亦膘伟，且肴馐精腆。行馆更鼓，终夜不绝。虽主人之贤，亦地为之也。

舆夫之例，遇有泥淖、坑窝窒碍，则前者唱喁，以警后者。滑曰滑，数步以外曰长滑。坳曰窝脚，垤曰提绊，坳之甚者曰登空，垤之甚者曰大提。各加左右字别之，远者加长字别之。碍曰靠，在上者谓之罩，树与杆曰立木靠，邱垤与垣曰硬靠，相逼太近者曰靠的紧。其余如左右易肩，前后易班，各有口号。前有呼后有应，前者语全后者语半，如应声于虚谷也。当竦臂拄腰、喘吁不定之际，全神凝注，唯目前之视，口与目应，不敢一字差舛，稍差则后者有颠蹶之患矣。用志不纷，虽小事莫不有定法焉。若夫寐然凝坐，心力俱逸，而精神外驰，语多失序，吾得不愧此舆夫？午初行，约二十五里外，舁夫两班，番迭相代，五里为准，五里换班，以此知之。一阙西向，额曰"望都东关"，以为城也，而旁无垣堞，岿然独存。又南行折而西，始见城垣，又折而西，宿于南关外行馆。自涿州至此，经四州县，涿、定兴、安肃，并此而四。城皆完好，远胜吾津。戌初一刻睡。

满城无印结，即不索取。

二十三日

丑正起。寅初启行，三十里，至清风店，停舆小憩。

又二十里，有水一渠，深及马胫，居民赤股肩舆，凭河而渡。又五里，有小溪，野桥半断，渡如前。又五里，至定州西关外大街，入其行馆。知定州者，为仁和徐幼岩司马庆铨。

今夏，朱幼山以周书昌先生《先正读书诀》一册见诒。前有序文六首，寿阳祁文端，朝邑阎文介，会稽宗稷辰，曲阜孔宪彝，吴郡顾复初与天津王大淮而六。阎序言王为曲阜令，王序自言“命儿子鸿选工校此书刊行”云云。私惭生长津门，不知邑中先达姓名。顷次定州行馆，壁间悬石刻墨竹四幅，名贤题咏甚多，祁、宗二公亦在焉。末有王鸿跋语云：“先太母薛太安人，性明敏，教先君笃学立品，迨登乙科，宰山左，时以正己勉。章节庵姑从大母受画竹法，守志三十年。兹四帧，鸿昔求合作，忆侍砚侧，此乐不复。谨摹于石，传诸永世。咸丰元年上日，章武王鸿志于海右小辋川。”以序语证之，薛即大淮之母也，俟见吾乡父老一问之。

午正行，三十里，过明月店，又二十里，宿新乐西乐驿，壁上题句有“两行绿柳当车合，几点青山附郭堆”，此郊情景，宛然在目。

二十四日

寅正起。卯初行，出店南行，未数武，长河亘前，待渡约半时许。其南岸，河水上溢，积浸未退。渡船抵岸后，人夫舁舆，乱流而涉，凡越行潦三道。比就道，已卯正二刻矣。行四十五里，巳初刻至伏城驿。一路柳色葱郁，夹道相向，殊可怡意。饭后小睡，午初行，又四十五里，至正定县，宿其南关行馆。澄兄偕诸公游龙藏寺，瞻大佛像。

陈仆失絮袍一，姚仆失短褂一，夜起究问，御者晋人，言语支饰，将送之官，再三跪求，同御者亦为乞恩，乃以含糊了之。差役不逊，召而诘之，悻然见于面目。余亦不欲多事，略予申诫而已。传曰：与其素厉，宁为无勇。丑初复睡。

二十五日

卯初起。行至滹沱，与澄兄诸公同舟而渡。回顾郡城，气势雄杰，屹然巨镇。卯正二刻，始登岸就道，行廿里，至廿里铺，假客店啜茶小憩。又行四十里，未初二刻至栾城早尖。栾城距正定，缙绅据刻本以为六十里，实则逾八十里也。申初行，行三十余里，天已曛暮。又炬行十余里，戌正至赵州大石桥宿。差役极殷勤，肴馔亦精洁。荣卿鉴于昨夕之失物也，命店家夜间照看，次日酬以青蚨焉。

二十六日　己亥

卯正起。小餐后，辰正启行，渡小河一，行三十里许，至逆旅茶尖。又行二十余里，未正至柏乡南关外行次，遂宿焉。邑侯江聘三南金，江西进士。自正定以南，棉花绝盛。乡间妇女囊布为裙，结队掇采，田家景象，花样又一新矣。

二十七日

寅初起。寅正二刻启行，三十三里，停舆暂憩。行二十七里，至内丘南关早尖。午刻复行，行三十余里小憩。又二十余里，至顺德府南关外宿。今早在舆，感受风寒，头昏鼻塞，食不甘味，因杂进果实以清。晚睡甚早。

二十八日

夜得汗甚畅，寅初起。寅正启行，鉴于昨夜之感冒，将舆中帷帘等事，遮覆周匝，并添服背心以御寒。日出以后，阳和四辏，遍体适然，宿疾顿失。行三十五里小憩。又行三十里，午初至临铭[1]关早尖。未初一刻复行，行四十五里，至邯郸南关外宿。邑侯吴寿一子明，乙亥乡榜，丙子会榜，会典馆，与余同充详校，子蔚之四令兄也。款接丰备，可感之至。舆夫之舁至赵州者，老羸杂出，偻形竭蹶。余命孟仆于换[2]班时，略为简择，汰其大不任者。孟仆与差役商之，乃增二人，合前数为两班又班之半。自此以后，每日皆然。入河南增为三班，加班车焉。[3]

二十九日

忌辰。卯初起。卯正启行，是日换珠毛袍褂，昨晚询诸邯郸县役，知彼处官场于廿八日始换也。行三十五里，有水潦，徒涉舁行。又十五里，停舆小憩。舆夫之例，凡行

① “铭”，原文作“洺”。
② “换”，原文作“唤”。
③ 页眉。向县署借《京报》一看，至十七日止。

三四十里，必小住啖饭，饱乃后行，概可听之，唯督从者催其勿多延时刻而已。

未初刻至磁州，宿鼓楼南行馆。写信六封，寄崇智第二号，又寄陶、赵、徐、高、陈各一封。十一月初五日到。拟明日至安阳时，托玉如代寄也。

未至磁城二十里许，过石桥，水出桥下，过桥以南，则断为二渠，夹路如带，阔者五六尺，狭者二三尺，径直无曲。残荷剩芰，蒙密相接，水光溶溶，向风骀荡，殊可人意。每间数十步，则有横浍，旁通田中，四达六辟，土膏万顷，绮绣错注，悉成上腴。水利之美，可为“五省沟洫”说作一坚证也。水抵郭门，循垣磬折，各自东西，莫能穷其止处。目远视之，蘋藻交萦，殆与所经二渠，情景无异。

三十日

卯正起。辰初启行，行二十五里，渡漳河。先用水夫涉而舁行，至深处，登渡船。抵对岸，其大车、乘车，则乱流而驱，至舟前而止。梯板于舟，缘之而上，众水手邪许齐力，仅乃得登。计一舟可渡三车，往返者再，而乘车毕渡。余与澄兄诸公在南岸游眺，北望畿郊，烟树空茫，与山气相阖。河风吹面，寒涛弄声，有成连海上之想。候乘车登岸，乃先就道，里许，至丰乐镇早尖。地属安阳，自此始为河南境矣。大车阅一时许乃至，闻陈仆云，余既先行，大车尚在北岸，水手窜散，置车不顾。陈仆呵叱指麾，几向舟人用武，后乃渐次拘回，故许久始得渡也。水手积习如此。

未初行，四十五里，至安阳。先拜辛亲家于北门西街，玉如、莲如与其二令兄俱见。登堂拜母，各谈许久，将蔚如信一件、物两事，面交玉如，而去至南门内公馆，陈秋圃太守，桂芬，山西己未进士。董子勤邑侯已候于此，延见，谈片刻，已而玉如亦至，又谈许久。上灯后，莲如又至，玉如先遣人馈酒食，遂留莲如晚饭，畅谈至二更后乃散。大车之御王姓，哭诉于荣卿表弟，言卸车后，伊失去短裘一袭，大钞数贯，乞为究寻。当令孟仆与办差言之。余以为车系该御自己监视，失将谁咎。意将稍予赏恤，姑未发也。

仆役八人，自出京后，有骑者，有乘者。骑者劳，乘者逸。骑而在肩舆前后者荣，骑而押守辎重者自以为辱。初，余欲其稍均也，令更迭相代以休息。其劳者乃事无专责，头绪楚然，黠者观望而不前，勤者假扰而无纪。每至日暮卸车，各车御者及听差闲人，交相负运，狼藉满地。正定、安阳两番失物，未必不由于此。至是，余从荣弟之教，每人责成一事，自此至樊城，守定不改。并召八仆来前，详予申儆。嗣后卸车时，不令车夫运物，但责在旁监守，一切闲人，饬勿近车。

丑初始就寝。第二号京信，托玉如代寄。

十月初一日

卯正起。辰初行，迂道答拜陈、董二公。行四十五里，至汤阴城。拜邑侯王紫翔，癸未同出尹琅师门下者，未晤，乃出南关，至行馆，王踵至，延见，畅谈。饭后又来送行，又谈良久。情致勤恳，供给丰腆，甚愧之也。澄兄诸公游岳忠武庙，买墨刻数事。未刻行，行二十五里，酉初宿宜沟嘉树堂。

初二日

丑正起。寅初行，行二十三里，至大仁店。又十二里，至淇河，水清见石，深不数尺，浪花翻激，波声砰磕，响震数里。水手八人，扛舆徒涉，至石桥而止。《氓》之章曰："淇水汤汤，渐车帏裳。"乃今始知此八字之妙。桥下石罅，百道飞泉，喷薄而出，其激如溜，其幻如沤，如蒸在甑，如沸在鼎，其千态而万状也，如缫如缕，如苎如絮，羽雪不能方其白，冰玉不能喻其洁，如彩翦花而绮散缬也。中有一石罅，长而仄，水出其中，薄如蝉翼，遍作爪纹。研晶以作纸，吹汞以为脬，虽仿佛其万一，究难语于揣称之侔也。俯听良久，心目清澈，长桑上池之饮，殆不足言矣。又行二十五里，巳正至淇县义和店早尖。午正一刻行，五十里，酉刻至汲县城外，去城里许，邑侯命民壮二役夫一来迎，即为前导，至城外，邑侯降舆，立俟于道，因停舆出见，揖与数语，复行至北关和顺店行馆。侯又来见，延话片刻而去。

选卿省其令叔于城内。

初三日

丑正二刻起。寅正启行，五十里，巳初至新乡。邑侯魏子方正儒，壬午四川同年也。遣刺郊迎，并仪卫鼓乐前导，尖于北关外之陆桂泰店。饭后，午初一刻行。入自北关，自南关出。北关之内有坊二，南曰“河朔名区”，北曰“鄘南古治”。坊之南数十步，有寺东向，额曰“萧曹庙”。南关外有绿杨一株，大可盈抱，横粘赤纸，字大数寸，上曰“诚则灵”，下曰“果然应”。前设石几一，香炉一，左右植两竿，高约五六尺，是类有所禳祀者。韩诗云：“偶然题作木居士，便有无端祈福人。”此之谓矣。

去新乡四十里，至小冀店，停舆以息舁者。又五里，过一村，榜曰“杏庄寨”。又十里，道一土寨，中有演乐者，声出林薄间，管弦铙鼓，杂以鸣梆，盖秦腔也。“渭城朝雨”耶？“黄河远上”耶？春祈秋赛，大蜡之遗也。又五里，至亢村驿宿。舍宇湫隘，几不容趾，而肴馔特精。

初四日

寅初起。寅正行，四十里，至河干，近马庄。时巳初一刻也。有市食物者，支席为蓬，就而小啜。巳正二刻登舟，凡两舟，一载篷车，一载乘车及轿，其马各随其车。余与澄兄诸君入其官舱，方不过数尺，略坐共话，复出眺望。波澜壮阔，心目一开。午初三刻抵岸，至就道，则未初矣。将渡时，舁夫、车夫欲使溯流逆行，为抵岸时，距荥泽可近十余里也。舟人则谓：逆水且逆风，恐今日不得到岸。各执一说，澄兄以为能滞于陆，毋滞于舟，乃从舟人。又行三十余里，至荥泽县，宿其北关。邑侯连梅岩魁来见，言此地堤工，属上南厅管辖，上南厅汛地上下百余里，郑州决口处，亦在其中。又言河之南北，天气寒暖不同，恒若差一节气云。

初五日　阴晴半　午后大风

卯初行，四十里，巳初一刻至郑州西关外早尖。

午初二刻行，五十里，至新郑之郭店驿宿。

早饭前，州尊卲叔曼，承裕，大兴人，原籍浙江。差帖来接，当用乡愚弟帖答之。旋复来见，询知为卲太夫子灿之堂侄，遂改称世叔。卲曾随嵩武军西征哈密，到任甫月余，人甚稳练，蔼然可亲。临行，入自西关，迂道答拜，改用世愚侄帖，未晤，自南关出。

郑州办差人言：郭店系尖站。余曾受隽峰诫令，勿尖宿倒置。在安阳时，莲如亦云。至是乃细加考究，即以本日而论，郑州所换之马，系由民间雇用，每马各随一人，即马主也。官价，每马日大钱八百。假如尖郭店，宿新郑，则新郑第发一日之价。今宿郭店，尖新郑，则新郑应加半日马价矣。由此类推，其不便于人可想。余闻此说，拟明日即宿新郑。盖不宿新郑，则宿石固。石固之例与郭店同，皆尖站也。而徐仆以为，明日如宿新郑，则新郑系备两宿站矣。其说甚是，只好过石固至襄城后，再行改正可也。出京已廿余日，且屡受人教，而模糊不了了如此，岂不可虑。

初六日　己酉　晴　午风

寅正行，四十里，辰正至新郑县早尖。

巳正二刻行，三十里，小停，又行三十里，申正一刻至石固驿宿。

新郑邑侯魁捷甫联郊迎，复到馆来见。临行，复郊送。

答拜如前。

两阜劈分，中通一径，其高逾丈，其长数里，既断复续，或十余里不断者，天津车夫呼为夹沟，其仄不可以方轨，其尤仄者，不容旋马也。自郑州至石固，两日所经，十里而九，垒丘四蔽，如入幽谷，唯恐不速尽也。偶缘斜阪，陟行其上，则平畴一碧，弥漫无垠，时见近村，环以杂树，青赤参半，映日蕤蕤。田夫三五，牵牛控御，徜徉陇上，西山横地，映带成趣。顿觉此中境地，非复人间。

初七日

卯初行，二十里，至兴元堡小憩。又四十里，渡颍河，至颍桥早尖。午正二刻行，四十里至襄城。入自北关，自南关出，渡汝水至行馆。

余此行，立意不欲骚扰州县，沿途体察，颇有与初意刺谬者。姑就所知，约记四条，其所未知，容俟续记。

一、兵部班车可不用也。驿站号马有时短缺，须雇民马。每马日发官价八百，縻费甚重。马系勘合例有之物，不遑恤也。若车，则可以已矣。官价及民，不免克扣，是官民两病也。且班车并不能任重，不过载仆人铺盖之属，而到站有装卸之烦，临行有催索之扰，是不便于人，而亦不便于己也。若在京多雇两大车，则节节省事，且可分匀装载以减马力，一举而数善备矣。况勘合例本无车，去之，亦得理之正。

一、尖宿宜按程也。沿途间有一县两驿者，如正定有恒山驿，又有伏城驿。新郑有永新驿，又有郭店驿之类是也。又有本系一驿，因道里稍远，中设尖站者。如安阳既有邺城驿，又在丰乐设尖。汤阴既有宜沟驿，又在县城设尖是也。凡此之类，一尖一宿，总以并归一日为便。余以十月初四渡黄，应初五宿郑州，初六尖郭店，宿新郑，则顺矣。因贪半日之程，初五宿郭店，而初六尖新郑，遂致新郑多发半日马价，说详前。是即无形之扰也。闻张燮钧同年亨嘉，自湖南回京，按定程站，日止行数十里，己不劳而人称便，可以为法。

一、短价可不收也。余在京闻人言，沿途间有给车价数千者，可收以充赏。至安阳，遂收之。汤阴、汲、淇三县，又收之。后闻在安阳有谐价之事，在淇县有议价未谐，强纳车中之事。因思名不正则言不顺，将入己耶？名为充赏，实自利也。将予仆人耶？则因以为利，毕力取盈，何所不至？到新乡，遂决意裁去。并嘱仆人，如有送茶资者，收至两千而止，如其不送或不足，吾亦按站给发，勿争较也。如此，似稍得情理之平。又有折席一事，自出京以来，所过驿站，令备上席一，中席二，上七人一席不为少，下九人两席亦不为多。至郭店，众仆欲减其一，折价五百。余以为此尚无伤，且亦两宜也，乃听之。

一、津车不可用也。八月间，梁莅垣前辈面荐庆和车店，业许之矣。及将行，天津隆和车店求八叔祖力荐，余徇乡谊，且利其价廉，又仓卒不及择也，遂用之。其实，津车于樊城一路，甚不熟悉，而又哗嚣使气，一语不合，则恶詈向人，甚则寻斗，此不便者一也。由京至樊城，向例三十二站，此庆和吴姓自言之也。隆和写票则执以二十八站为词，过期一日，则加一日之价。余出京时，因道路阻滞，六日始至保定。前既太迟，后乃求速。此中牵制甚多，并站则不胜仆马之劳，破站则尤有扰累之患，能过限，勿破站，因惜小费而不便于人，非恕道也。此不便者二也。且探支包封，问索水席，诸多辞费。彼恃乡谊，固知无奈彼何也，故不可用也。长车亦有索水席之例，余恐因此反生挑剔，致滋事端，故不许，而给饭钱，以塞其望。此事应于雇车时，预与约定也。盖不约定，则彼意有所指望，竟将车价留充家用，沿路包封，数必不足，而探支之事起矣。

以上四条，津车之不用，甚易易耳。至尖站，则临时必须细询为妥。若夫多雇篷车，不过多费百余金。不收短价，不过少得百余金耳，愈多，愈不可问。不当惜，亦不足惜也。兵部之马，若能照勘合例，一不多取，亦有许多省便。良乡溜单，先无权矣。

襄城邑令王一卿薪侍，癸未同年王梅生肇修之堂兄也。其嗣君燕泉编修景禧，庚寅出唐前辈椿森门。余初以与其嗣君同馆，称为老伯。后谈次，知有年谊，乃改用年愚弟帖答拜。

邑令及孟少尉（侍）郊迎于北关外，入馆后，又同来见。次日，又郊送。

初八日

卯正一刻起。辰初一刻启行，四十里，至汝坟桥，入逆旅小憩刻许。渡汝水，又二里，见桥石榜曰“子路问津处”，以为是即《伯厚日记》所谓“耦耕处”也。复前数里，又横、直两石，横曰“沮溺耦耕处”，旁注“叶县十里铺”。直曰“孔子使子路问津处”。一问津耳，而两存遗迹，孰是孰非？请质知者。又十里至叶县，宿试院。旁有城隍庙，外垣横额三，中曰“显道明威”，左曰“鉴观有赫”，右曰“独照无遗”。邑侯赵梅厅鼎五迎于郊，见于馆，如襄城礼。

初九日　晴　大风

寅初启行，三十里，过旧叶县。又卅里，巳初一刻，尖保安驿。午正行，二十里，至龙泉镇。又十里，至柳林镇，即扳倒井也。又十里，至平原寨，即招抚冈也。又十里，至十里铺。又十里，至裕州。

驿马不足，则雇民马以充数，自新郑已然。受雇者随马步行，仆仆于道，发价又不足，民已苦之矣。乃郭店受雇之马，沿站续充，直至叶县，尚未交替。内一老民，肩背布袋，追随两日，计程将二百里，尤为可悯。嗟怨之声，一路不绝，马亦疲殆，一日数蹶。昨夕至叶，命仆嘀嘱差役，务令更换，并裁一骑马。乃至夜行，仅换其二，其余许至保安驿全换。迫于行也，姑许之。包马常在轿后，引马则出城即逃。闻人言，樊城换夫以后，往往中途而逃，盖已肇端于此矣。

旧叶县，叶县之尖站也。扳倒井，裕州之尖站也。本日由叶县启行，并站趋裕州，遂不尖旧县而尖保安驿。裕州探马至保安驿问信，告以直宿裕州。渠言：扳倒井已备茶尖。告以过时可以小憩，无庸预备饭尖。比至扳倒井，入而小坐，办差唐某言茶点、酒席已备矣，不胜歉歉。因延师友诸公同入游览，索其小食而去。扳倒井景物，已详《伯厚记》中，兹不具赘。光武祠有碑，言祠旁为往来官员尖宿之所，盖此地为公馆，由来久矣。公馆正厅悬额一方，文曰“八千为秋”，款署张辅，盖道光初年人，曾督学贵州，而又曾署天津府者也。

平原寨内多售梳篦者，其招牌之首，皆署“招抚镇”三字。余疑一地何以二名？或招抚冈系梳篦出产之所与？澄兄言，过柳林时，见一官卡，题东距柳林若干里，西距招抚镇若干里。以其地考之，即平原寨矣。

邑知州事徐秋崖佐垚来见，秋崖与菊人同宗，言与性臣世叔同学同年又同门又同姓也。

初十日　傍晚微雨　不久即晴

欲答拜徐君，办差言：绕道太远，且过河不易。再三阻止，遂不答拜。自入豫镜，凡遇邑侯来拜者，次日必迂道答拜，遵小圃教也。若中夜启行，不便惊扰，则不答拜，但属办差代致歉意而已。本日启行时，天亦未明，余因是日，万寿庆辰，地方官有拜牌之举，署中必早起，故欲答之，而仍未果。

卯初二刻行，五里为三里河，又五里为十里铺，又十余里为廓封。额曰“豫扬管钥”。又十里涉小河，至赵河，至行馆小憩。今日本尖博望，虽赵河已备茶饭，乃援扳倒井例，小餐而去。又三十里，至博望早尖，时午初三刻。

未初二刻行，三十里，宿新店镇，宿李君若仙承瀛家。李之先籍长垣，贸迁至，遂居之。新店本尖站，往来使者，有由博望过站者。邑侯则假李舍以馆之，壁间有高勉之前辈书联。姚樱丞亦宿此。

赵河办差言：该处距裕州三十六里，距博望三十里。据此则与缙绅所载小异。《水道提纲》注：赵河即淯水。

博望东门额曰“楂客肇封”。

新店至博望三十里。是夕，李君以楹帖索书。为撰二语，并识缘起。余则杂取习见联语书之，凡四副。李君候选县丞，五品衔翎。

十一日　晴

卯正二刻行。临行，以缙绅留赠主人，为其昨日问及价值也。三十里，巳初二刻，尖宛城驿，俗称里河店也。戴侯作乂来见，复郊送。

午初二刻行，六十里，酉初宿林水驿，俗称瓦店也。

向来宛城与林水之间有尖站，曰三十里屯，距两驿俱三十里。若由宛城直趋林水，则另有捷径，可以不经三十里屯也。晚至甚早，似不足六十里者。林水驿有长河一曲，舆夫谓之白河，不知通于何处。轿夫四川古姓，当出京时，即受雇随行。向来轿夫按站代换，古则沿途追随，迄未去也。询知古以五月舁轿到京，困不能归，欲附此南返，日所得直，又资以沾润也。年五十余矣，余怜其惫，又悯其无以归也，令充馀夫，日给百钱，去留听之。然与约，勿自居夫头，勿抽索小费，古甚感。今日闻其有向办差索费之事，当加究问，孟仆力白其无他，乃令向办差通知，勿予规费。又向古申儆再三，姑观其后耳。

十二日

辰初行，三十里，至骆庄寨。又行三十里，未正至新野南关外宿。

裕州之柳林、赵河两处，俱系尖站，余因兼程之故，皆仅啜茶而去。南阳之三十里屯亦尖站，吾竟不过其地，而直趋林水。本日吾意前日尖骆庄，宿新野。新野探马到新店，即如是告之。比至骆庄，则仅备茶尖。又咄嗟而办，殊草草也。徐仆向办差有嗔意，吾禁之。吾前失信于人，使人不复吾信，理之宜也，尚何尤乎？自今后，力戒不可过站。

新野邑侯马干卿嘉桢郊迎，复来见。马，吴县人，戊子、己丑两榜人也。

写寄兄第二禀。寄崇智第三信，附寄内子书，十一月十三到。寄陈竹翁第二信。

近新野处，有石曰“汉关神武演水军处”。

白河，据邑侯云：即白水真人所由名也。

十三日

辰初启行，三十里，渡白河，大车先渡，乘车次之，轿又次之，人最末，凡三刻。至新店早尖，时巳正二刻。午正二刻启行，十里，有石曰“河南南界”。又越桥，有石曰“湖广北界”。又三十里，申初二刻，宿吕堰驿。

晨起，拟先答拜马邑侯，将升舆矣，邑侯先来，延入。再三阻答拜之行，乃止不往。虽出郊后，邑侯又候送于道，悔延见时不面辞之也。人益恭，我益倨。人益密，我益疏。直与失礼，若不相似然。

初十日，新野探马至李家，曾告以十二日宿新野。昨过骆庄，不设饭尖，固疑之。见新野邑侯时，又留宿，似疑吾尖此者。然余又疑之，今早新店办差言：昨晚燃炬数十，维渡舟于东岸，候至三更两点，始见新野来信，知已宿于县城矣。三者互证，则探马之误听可知，抑徐仆之谬传，亦未可知也。为此不怡者久之。今后遇下站来问时，拟亲笔写一条，写某日尖某所宿某所，与之。

写寄伯举吁门信。知襄阳事丁侯国桢持刺迎。

十四日

卯正行，三十里，憩舆于路。又三十里，渡一河，越一桥。午初一刻至樊城。自定中门入，其内又一门，颜曰“北门锁钥”。街仄而人稠，碎石铺路，中夹巨石，廛肆之繁匝，途巷之回曲，绝似吾津风景。闻前导鼓吹之声，忽不觉黯然以戚也。

邑侯固始丁干臣国桢来见，以鹤峰州牧来权襄阳县篆者也。

昨夕在吕堰，商订诘旦启行时刻。余意四钟发，十钟到，尽下半日之力装载行李，则十五日即可首途，不必久累地主也。该处办差则谓：换轿换夫，事甚繁重，绝非一半日所能了。向来使者到樊城，皆须多留一日。且吕堰之南，有陡[1]坡数处，夜行极险，不若天明后启行为便。遂从其言。行不二三里，果遇险坡，车至，几不能上，卸马齐力，更迭为之，仅乃得登。到樊城未午，办差言：包杠已备三十抬，可以尽用。师爷轿，三人舁之。家人轿，二人舁之。俱备妥，俱须明日装载。次日，侵晓即起，先将箱箧等物应袭者袭之，应急其缚者急之，至午犹未毕也。午后抬夫至，分配搭载，凡用红杠四，红杠以席为四周，底、盖、四柱、横阑悉具，髤以朱，故曰“红杠”。两木为杆，略如轿形，加小杆，四人舁之，可容二百斤，盖可加扃鐍。竹杠三十，竹杠编竹不覆席，似轿形，而截其上方之半，两巨竹为杆，加索为横阑，可容百余斤。上幂[2]单席，穹如车顶，底亦藉席焉，二人舁之。至申正始装毕，果穷一日之力。《伯厚日记》云：人有恒言，皆曰学问，问之不可以已也。如是，今益验矣。余因在此两宿，太累人，却其次日之馔。向办差言之，办差人不肯。又向邑侯面言之，侯愈不肯，反申命焉。余反自恧，此一却为多事也。次日办差仍执意供具，但属从简而已。十四日晚餐，具满汉席。次早减为大小碗各四，于意少安。

京信第三号，交郭万昌信局。内澄、式家信各一，栗堂由津寄家信一，荣卿由恒昌寄郭宅信一，余寄兄信一，第二号，又寄辅叔信一，附寄陈三表叔信，又寄郑亲家信一，附寄伯举信。

---

①“陡”，原文作“斗”。
②“幂”，疑作“罩”。

十五日　晴

卯正起，写送丁侯扇一。因《伯厚日记》云：凡再宿处，答以联扇。从其例也。晚复写八言对一，又写七言四对，赏办差人，人各一。因其求而予之，以奖其勤。

三人轿，此地谓之中轿，幕友乘之。二人者，曰小轿，仆从乘之。初，余闻此两项须在樊城自购，每乘不过直二三金，颇怪其廉。比至此，知已备妥。晚间舁至，乃知无怪其廉也。虽具轿形，而敝席不帏，缚竹为辕，简陋不适观，且逼仄浅狭[①]，颀者妨帽，伟者不能容膝。又坐处板仅数寸，足下则编竹纵横，了无茵藉。左右方窗，或布或纱，完好者甚少，间有嵌玻璃[②]者，亦仅见之作矣。众仆饬其更换，答以止此而已，更无出其右者。闻古姓言：旁有轿铺，可以任购。荣弟合其往相，据谓仓卒不可立办，计无之，只得督其添補坐板，并施茵藉，权且应用，俟至荆州，再舍旧而谋新可也。

樊城店主问有衣服应洗者否，付以袴褂各一。次日交来，宿垢尽涤，而烦搁不力，多皱纹。

开遣津车，各给酒钱二金，大车亦如之。惟王姓多给一金，以其在安阳失物也。

十六日　己未　晴

辰初行，四十五里，午初一刻尖于欧家塘之泰丰当。

---

①“狭”，原文作“陕”。

②“玻璃”，原文作“颇黎”。

由樊城渡汉水，至府城，入自临汉门。过一阁，曰古昭明台。其南曰文昌门。出而南行，过城濠，越两山，迤逦南下，缘汉而至欧家塘。

午正二刻行，十五里，未正三刻至小河茶尖。又三十里强，酉正至宜城县北门内紫峰书院宿。

红杠、竹杠，统谓之杠。其舁者，统谓之抬夫。人数既多，势难整齐。未就道之前，声沸如鼎，许久未定，避重就轻，争取便易，虽有夫头两名，不能呵禁。且夫头但知按名抽头耳，他非所知也。余昨晚派定，以两骑在轿前后，余四骑监杠而行。仆九人，原拟五轿、四马，办差以用夫太多，愿增二马。樊城、襄阳，皆俯临河干，高墉双障，不辨途径。一渡之后，监者遂与抬夫相失，一路忽隐忽见，落落如晨星。距樊城十五里，遂纷纷觅渡舟。盖因顺流而下，去宜城只五里，即可抵岸，可省脚力，而不顾欧家塘尚有尖站也。中轿轿夫亦欲仿行，强呵禁之，乃与大轿同行，师轿宜在大轿前，有落后者，则停大轿以候之。澄兄之轿过染坊，盖为布牵，遂至露顶。张仆之轿，轿倾席裂，破壁而出，如是者再。张仆遂舍之而步随。其余折辕而断索者，不可胜记。

襄阳丁侯，因查命案赴乡，以刺送余。知其忙[①]也，遂不答拜。

宜城黄兰生邑侯佑麟郊迎，时已曛暮，到馆后，复迎于阶，因延入略谈。黄，戊子孝廉，出古微门下。

抬夫每站更换，轿亦宜然。然有因无轿而借前站之轿

---

①“忙”，原文作“亡”。

偿以短价者，名曰使过站。闻樊城之轿，须至荆州乃换也。

晚，丁侯以名版来问抬夫交代清楚否，余已浼，镜波验讫，乃予刺答谢。饭间，夫头将辞归，求赏一片为复命之据，予之。

红杠、竹杠，皆襄阳备办，直至贵州不再换矣。

至小河时，宜城练勇四名来迎。

今早启程稍迟，里数又较多，据轿夫云：樊城至宜城足百二十里，虽未必确，然余验轿夫之换班，实不仅九十里也。及至宜城，邑侯月下立候，心殊不安。有句云："行舆朝发已平明，濡缓恒迟十里程。惭见鄢城东道主，寒天月下尚郊迎。"[①]

十七日　晴　早风微寒

卯正后行，四十五里，巳初三刻尖新店。

午初二刻行，四十五里，未初三刻宿丽阳驿。出新店即蛮河，渡河，二十五里，过快活铺，又二十五里，至丽阳驿。

早答拜黄侯，出城，侯已候于道，劳谢数语而别。县署两坊，一曰"鄢都古邑"，一曰"冠盖名区"。

昨因抬夫棼乱，已饬四仆监行，二人在前，二人在后，以防散逸。今早将行时，孟仆来言：宜城办差者，有一人押送至丽阳驿交代；又昨派帮轿之练勇四名，亦令护送。余谓如此，则前后各用一仆随行，已足敷用，替出二人随师爷之轿，以备呼唤。

---

① 杨传庆：《严范孙先生古近体诗存稿》辑录此诗，题作《宜城道中》。

今日抬夫稍有纪律，得办差及练勇之力居多。唯斤重太多，有举莫能胜之苦。竹杠亦不坚密，非裂即折，沿路屡加绳索，不胜其烦。至丽阳，商诸办差，添募挑夫十名，以减各杠之重。大约每杠以不过百斤为妙，再少愈佳。不特恤夫役，于己亦便也。余所带书箱，在京秤验，俱在百斤以外，且有至百二三十斤者。并夹板竹杠计之，百五十斤不只矣，至此大以为累。红杠多不过百三四十斤。练勇至新店时言：向例，护送至渡河而止。渡后，求赏名片回县复命，许之。有句云："杏黄蔽膝墨缠头，两日殷勤汔未休。三十里迎三十送，稳扶舆马渡行舟。"[1]纪实也。

自在邯郸易羔裘，天气反日暖，向午则烦热不胜。一路所见邑侯，罕有衣裘者。余因既已易矣，惮于又改。今早面风而行，微有寒意，始觉称体，午后复不耐矣。南北天气之不同如此。丽阳距钟祥九十里，中隔汉水。知县事者为徐姓臣世叔嘉禾，菊人之从叔父也。

在新乡删改之溜单：大公馆一处，大轿一乘，轿夫三班，灯笼夫二名。上席一桌[2]，中席二桌，水席足用。短车三辆，骑马六匹，包、引马各一匹。茶、烛、柴、炭足用。前站茶资酌送。

在樊城改订之溜单：大公馆一处，大轿一乘夫三班，中轿六乘夫三十六名，小轿六乘夫二十四名，骑马六匹，包马一匹，引马一匹，红杠四抬夫十六名，白杠三十六抬夫

① 杨传庆：《严范孙先生古近体诗存稿》辑录此诗，题作《次丽阳驿》。
②"桌"，原文作"卓"。

七十二名，挑夫四名，灯笼夫十六名。上席一桌，中席二桌，水席足用。纤夫三十二名，轿夫头一名，抬夫头一名，柴、炭、纸足用。前站茶资酌送。

至樊城丽阳驿，挑夫增其六。

十八日　晴　愈暖

巳初行，四十里，午正一刻乐乡关茶尖。

未初行，十里过桐树铺，又十里，未正一刻宿石桥驿。

晨，钟祥兵房吴姓求赏一对，予之。

由丽阳驿至乐乡关，山路回复，忽陡忽降，舆夫甚苦。而峰峦层叠，渐入佳境。虽不逮田盘之雄兀，已胜豫境矣。

《伯厚日记》谓“石桥无宿处”，言之甚详，云南姚学使亦过站而宿荆门。余因荆门距丽阳百二十里，经山路之崎岖，又有担夫之牵缀，燃炬而行，非计之善。昨夕荆门侦者至丽阳，询以石桥行馆情状。据称：向遇宿者，皆借地为之。有质库之别院，舍凡四五楹，计七榻。可以容下，唯稍仄屈耳。仆从九人则不能悉容，另有客店可以分宿。余与澄兄相商，澄兄谓：逼仄尽可将就，胜于冥行索途，仆马委顿也。遂以决宿石桥告之。顷至石桥，天色甚早，计六十里程仅用五小时，似足可兼程而进。俟明日到荆门，计所行之时刻，再一印证之。

十九日　夜大风　至晡未息

辰正二刻行，二十五里，巳正二刻。南桥茶尖。

午初行，二十里，过安字口。又十五里，丑正宿荆门州试院。石桥、荆门两站，皆不足六十里。

昨日天气奇暖，不胜烦躁，余拟今日舍裘而棉，已饬仆人检出矣。戌初三刻即就枕，梦中闻怒风呺起，窗纸大震，顿觉寒气逼人。晨起，诸公各检寒衣，裘羊裤絮，顶巾而足屦，纷纷更易。余仍重裘，乃加袭衣。既首途，觉风声虽猛，而寒气尚轻，究与北方不同。

大轿因风势甚厉，加索曳行，谓之挂纤。其法于轿底之前两隅，各系一绳，斜缠前杆之两端，各作一结而空其中。又以两长绳贯结而出，绳端有横板，略如行舟之纤。前一人以臂承板，又二三人以力掣绳，每至缘坡而登，则众力齐举，其行甚驶。

包杠抬夫，多中途委之而逃者，夫头则另雇以足数。闻每名发价二百四十文，不为少矣，乃弃去而不顾耶？抑或先已发价，则法已不善，宜黠者之生心也。

随行诸公，至樊城始舍车而易肩舆，车行困顿，固不待言，肩舆之逼仄而卷屈①，苦又②有甚于车者。大轿则怡然甚安，无二者之患。诸公去家万里，为将伯之助，殊有古人急难之义，乃人常劳而我常逸，人常苦而我常甘，人常恤我而我不能恤人也。口占四绝，以志吾愧："柳雪三年万里征，千金一诺竟从行。藁砧自是奇男子，只怪斯人太

①"卷屈"，杨传庆《严范孙先生古近体诗存稿》作"蜷局"。

②"苦又"，杨传庆《严范孙先生古近体诗存稿》作"更"。

不情。”“十月霜天踏早寒，梦中惊起促征鞍。主人饥渴求贤意，日昳才闻具[1]一餐。”“不断当头棒喝声，心摇几欲碎悬旌。冯谖只识无车苦，却是无车苦尚轻。”“不道无车苦更多，敝庐残竹小行窝。便教悻避风兼雨，欲奈籧篨不仰何。”[2]竹轿总宜自购，若于到樊城之前一日，先遣皂役前往订购，虽十余乘两日可成矣。

州尊诸肖鞠可权，钱塘人，来见，谈片刻。

自石桥抵荆门，除茶尖耽搁时刻不计外，只五小时而到，合前日为十小时，若合饭尖时刻计之，不过十二小时耳。一日足可兼程，终以不宿石桥为是也。

诸君[3]肖侯言：接省报，有初十旅顺失守之说。果尔，则大沽势在危急，京东一带亦将震动，奈何奈何？私心祷祝，唯冀所传之诬耳，否则，大局不堪设想。

入夜，闻更鼓应时，继以鸣点，一如试院之例。

二十日　晴　风不止

辰初一刻行，二十里，过掇刀石铺，又二十里，午初一刻尖团林铺。

午正一刻行，五十里。申正三刻宿建阳驿之龙蟠书院。午后，所经山路绝少，道俱平坦。

---

① “具”，杨传庆《严范孙先生古近体诗存稿》作“聚”。

② 以上四首诗，杨传庆《严范孙先生古近体诗存稿》题作《宿荆门书院有引》。

③ “诸君”二字右边各有两点，即作者删去之衍文。

晨行，答拜州尊，州署在试院西，不足半里，出城必由之路也。

甫出外郭，即缘山而行，石磴中亘，舁者甚艰。

二十一日　晴　风止

卯正一刻行，四十里，巳初二刻，尖四方铺。午初一刻行，三十五里，过龙背桥，又十五里，申初三刻宿荆州试院。一路小河数处，皆有桥通。

自闻荆门州尊之言，嗒然若丧。虽疑信参半，然思此言果信，则全局瓦解，不只一身一家之私惧也。本日发电至津，报平安到荆州之信。又电至京寓，问东事究竟如何，津郡有无警信。令即电复，须明日得见回电。

荆宜施道周子瑜观察懋琦，曾任天津道者也，先以刺迎，旋又来晤，袖一纸见示，云系从英新闻纸录出，略言：九月二十九日，我师败于九连城，城为倭据。倭人声称，十月下旬犯盛京云云。询以旅顺之信，观察谓：此间亦有谣传，恐未确也。

邑侯朱恕斋有声，原籍诸暨，寄籍光州。本日来见，论及倭信，言初六、七日，宋军门已复九连，未知果确否。

樊城易杠以后，至此已越六站，每日役夫百四五十人。除大轿十二人外，师轿六乘三十六人，仆轿三乘十二人。红杠四抬十六人，白杠三十抬六十人，挑夫十人。合之凡百四十六人，虽不足数，大略如此。将行时之喧聒，行路时之错乱，到站时之参差，姑不具论。该夫率皆乡民，仓卒应雇，既不任重，又不娴熟，巧力俱穷，困惫良苦。往往行至中路，委之而逃。或为夫头追及，则箠詈交加，强使复进，汗泪俱下，苦况愈不忍言。或已经逸去，人不足额，夫头则沿途另募，勒逼而行。建阳道中，有梳发匠被夫头募入，弃其梳具，肩负以从，悲怨之声，不绝于路。陈仆大为不忍，许以到站时，亲视发价，不令夫头克扣，匠意少解。到站后陈仆据情来白，当嘱严约夫头，不准勒募平民以图自了。然亦空言无济，细思竟无良策。余拟到荆州多雇骡驮，以省夫力。询诸办差者，谓此地无骡行，有马行。马力不能耐久，若多添数杠以分其力，犹可也。又闻姚学使到此，舍陆而舟，舟至常德而止。正犹豫间，周观察来谈，询以水陆孰宜，但言舟行较为安逸。余意不在安逸也。朱侯继至，始剀切言之，据言：此地募夫尚易，唯公安甚难。公安连困水患，民力已疲缺，尤瘠苦，彼处邑侯，曾经函托，如星使到时，可将下情代达，倘能改路为舟，则受惠不浅等语。姚星使至此，亦承下问，辄即采纳，此前两日事也。舟至常德，凡历六站，舟不必大，而多雇以敷用，更派火食船相随。每到一站，有船则易之，无船则过站，自有两县差役私相通融，无事筹虑。余闻其说，昭如发矇，遂定舟行之议。侯即面谕差役，如约备办。唯舟由沙市雇募，须多宿一日以候之。朱侯情意周挚，语言详尽，殊可感也。

樊城竹轿既不中乘，立意至荆州购换。及至建阳，闻荆州亦无佳者，佳者皆在沙市，距郡城尚十五里。本日早尖时，饬陈仆先行，除发电外，令阅市以求之。城中不可得，则求诸沙市，沙市不肯送，则雇人舁送。及到此细问，不但无佳者，虽劣者亦不可得，不但城中无之，虽沙市亦未尝有。沿途差役，类皆送客出门，自图了事，其言率不可据。此处：此处轿行可以修补旧者，若新作，则须十余日乃成也。常德买轿最易，亦未敢遽信也。

二十二日　晴

留江陵一日。

午后，子瑜观察馈酒食。予以谢帖，并犒使一千。

初，莲如谓余：凡拜客，或于初到未入公馆时，或于将行已出公馆时，迂道过之最便。若由公馆拜客，则本地将备仪从，设吹炮，未免大作声势。余始悟小圃临行迂道之说，一路谨守不改。今早，县署欲备执事，以昨夕道、县俱至，今日必答拜也。余知而止之，告以拜客尚无定时，无庸伺候。及观察馈物至，余感其勤至，且昨夕之晤，略迹倾谈，迥异泛泛。与澄兄商酌，今日即往过之。澄兄以为然，荣弟亦赞之。恰好行馆有轿夫未去者，又有过站之马尚在者，遂命预备，不必知照，但命号房送信耳。自道而县，两均未晤。归后以袖、领、京茶、缙绅四事报之，又以联扇赠邑侯。至晚，观察又赠袍料、缎单、石砚、巴巫沱石，书籍、《张文忠集》，四事，受书、砚而却其余。邑侯又赠茶饼、柑脯、荆缎、书籍八事，受其书而却其余。次晨，邑侯复来见，又坚以荆缎二事见投，不忍更却也。周、朱二君情意殷拳，一见如故，尤可感者。将开船时，观察遣使以刺送，并封近日电译谕旨及《汉报》数纸见示。《伯厚记》述劳次芗句云“主人何处不关情”，恐尚无此周至也。

二十三日　晴

辰正二刻行，巳初二刻至杨林矶江岸，午初开船，溯江行二十里。未正二刻，泊舟太平口。申初二刻行，约行二三里浅阁，日落后乃进行。子初泊于弥陀寺。

昨夕改写溜单录左：

一、大人坐厅子船一只。船户陈宝华，每站每只实发水脚钱十二串文。余所乘船，船户确系陈宝华，而船则沙窝也。

一、坐沙窝船一只。船户彭盛贵，每站水脚钱七串五百。师爷所乘船，船户确系彭盛贵，而船则倒扒也。

一、师爷坐倒扒船一只。船户陈桂福，每站水脚钱四串。此船仆役乘坐。

一、坐拨船一只。船户杨道富，水脚钱船四串三百。

一、前站坐拨船一只。船户陆邦见，水脚钱四串三百。

一、坐山船一只。船户李兴祥，水脚钱四串二百。

一、包杠坐板艕船一只。船户王天佑，水脚钱四串六百。

一、坐山船一只。船户邓光甲，水脚钱四串。

一、轿子板船一只。船户吴家宾，水脚钱四串二百。

一、随船划子各站至雇。打锣原差钱一串二百。

溜单自江陵起均开两分，一写船数如右，其一仍写陆路应备公馆夫马之类，以备到常德后仍接传也。

太平口即虎渡口也，大江支津由此南流，合澧水入洞庭。

各船水脚，荆州发一次，公安发一次，汇口发一次。汇口，澧州属也，自汇口直送常德矣。

沙窝船，其长足用，深亦可以立人，唯中低而前后高，前横一榻直接门舱，后为船户居处，亦高与前舱齐。自舱门入，非不得进，自窗门入，则须步横榻而下。若越级而降阶，足索地不得，于延客甚不便也。故余在舟中，遇客至，皆谢不见，或就岸上行次见之。倒扒船，长视沙窝之强半，中舱与前平，无升降之碍。然高不及肩，能坐不能立。二者均不如我乡艕船之适用，更无论大沙飞、满江红矣。沙窝船可容五人，倒扒船可容四人，若载货物则俱能任重。据船户云：倒扒可载万斤，沙窝不止倍之矣。

二十四日　阴　风

辰初开行，三十里。巳初一刻至李家口，即孱陵驿。泊舟早尖。巳正二刻行，二十里至黄金口，又四十里。申正二刻宿公安对岸之港关下。

舟至黄金口，泊舟早餐。至李家口时，火食船迎至，尚未举火，因复开行。适吴棣轩前辈、陈润甫同年归自黔中，茶尖于此，经泊舟处投刺。当以舟中太狭，出入不便，请到公馆暂候，二公由陆路。余饭毕，更衣乘舆，赴岸答拜，谈二刻许。

孱陵司巡检大兴胡安田长庆来谒，因舟仄，谢之，以刺答。

此行凡用八船，余偕诸公分占两船，众仆两船，红白杠三船，轿一船。今午，彭仆押包杠之一船，自黄金口行不二三里，风利舟急，驶入河塆，桅挂树枝，船即倾侧。前七船均已去远，舟中柁工止三人，计无所出。彭顺草树猱升，缘坡上岸，呼村人至。穷众人之力，乃得复行。而尌桅之夹木已粉碎矣。初，余至站时，漫未加察，不知尚少一船也。晚饭后，天已昏黑，姚仆始言之。余甚焦急，责诸仆之不过问，而怒姚仆之不早白也。立饬沿岸迎探，时风力甚猛，不能笼烛，黑夜不能辨途径。正纷议间，远见河心荧荧灯火，彭仆来矣。每到站时，应查点船数人数。

船丁短价，据溜单注写，均系实价实发。至公安，只发一半，众船纷纷求之于我，当告以自与办差人言之，于我无涉。后闻发价六成五而议定。

二十五日　阴　小雪　夜风益猛　至晨少杀　晚风息　见星

辰正行，或云六十里，或云七十里。午正至干家场泊，行至半，舟又搁浅一时许。未初行，数十里至大汇口，又约一二十里。戌正三刻宿汇口。

按站官厨，以小舟相从，谓之火食船。江陵之火食船送至孱陵驿，而公安之火食船即在此接替，办差人亦在此交代，铺垫、茶碗之类俱换。厨茶赏钱，办差赏联，一如陆路之例。厨茶按餐计，办差按人计。

昨夕至公安，泊西岸。岸上城隍庙悬灯彩，闻系预备茶座。初，公安办差迎至孱陵驿，言县侯必到船拜谒。当属先为挡驾。办差人言，县尊尚须查验船只，恐不听阻也。既至泊所，余预诫孟仆，如县尊到岸时，即请至茶座相见。少焉，侯至东岸，降舆，渡而西，步至茶座。余乘肩舆登岸往，晤谈少许。侯居东道位，迎送如礼。回舟后，命仆持刺谢步。因县署尚在隔岸，明日开船早，恐不能答拜也。县侯在茶坐处开发船价，至灯后乃归。侯，余君名彬，字汲斋，丁丑分部后改知县。

江陵朱侯言，公安缺瘠民苦，募夫甚难，水路备船较为省易。余以船价计之，所费亦须四五十金，合供给等项，则百金不只矣。余所用船似觉太多，大约至多六船足用，多一船则多一累，己之精神亦苦不给。更事多者，必有以处此矣。

至大汇口时，已薄暮，船户欲泊。余因昨与澧州探马约定，今晚住汇口。如竟失信，恐彼处终夜守候，又如白河、新店故事。仍催速之行，再速而再进。比至汇口，已将九钟，而澧州办差人及火食船并未迎到。

自大汇口以南，港汊颇多，船至此，忽改上水。

二十六日　己巳　晴

未刻行，约四五十里。戌初后泊卡口。船户语不可晓，以声辨之，似是此两音。《胡图》汇口之南有羌刀塘，羌卡声相近，刀口形相近，或即此与？船户所说里数，言人人殊，数日水程，只可得其约略，不可以道里计也。

辰正起，问澧州办差者，尚未到。溜单须在此换，船价亦须在此发，除候之，无他法也。公安火食船本应送至甘家场而止，至汇口则属澧境矣。昨夕澧船未来，晚餐仍由公安预备，已属格外供给，若再令守候，太为不情，当饬孟仆传令回县销差，而令张厨备食，作久候计。公安厨工及差役感谢体恤之意，唯言仍须候代乃归。盖铺垫尚须交换，昨夕代备酒食，亦须算索津贴也。张厨赴岸买米，称兑未毕，而澧差适来。据云：昨日四钟始得信，连夜追至，故至今方到耳。火食船至过午乃至。

澧水之北，源出施南府境者，曰九溪河。九溪河与陵江河会于澧州慈利境东北，至澧州城南分为二派，夹津市而东，至王家嘴合流。别有曹田湖、七里湖、白湖、南湖诸水自西南来，与澧水合于汇口。过汇口以南，又分数汊，至安乡县西北之西台瓦，始毕合而入洞庭。

澧州发船价，按七成发给。

向闻船户有夹带私货之弊，此次登舟遂忘之。廿三日午过太平口，舟胶不前约一时许。栗堂言：此船货太重，故他船不胶而此独尔也。余始忆及，饬船户设法雇纤，否则立查夹带，不交官则沉河。船户惜雇纤之小费，欲以己力为之，或推或绞，始终罔济。迨天已曛暮，虽欲募夫而不得矣。前船有候久来迎者，众力相协，始获开行。比至弥陀寺，已三鼓矣。余恐明日复然，有碍程站。且夹带私货，大干例禁，亦不欲为人受恶名也。亟嘱船户设法，而船户无法。仆从有云：他船颇轻，若揭此分注，则两得其宜。船户惊遽之余，亦不能听也。余恐迟至明日，又生变态，立志夜间必令将货起出。候至一钟，船户不至，乃饬仆督篙工入舱起货。凡起廿余件，皆以木桶装封，形如巨鼓，篙工壮者两人不能举也，总计约数千斤。顷之，船户另雇一舟来，移此装载。迨事定而漏四下矣。次日询知，伊所雇船暗移白杠数具，覆诸船上，意图淆混。余甚怒，严饬仆者督其解还，并嘱嗣后不令彼舟杂入我舟之列。当余发作分饬时，盛气干云，不可卒遏。自宾朋以至仆从，无置一词者。余亦自信太果，以为必如是乃无遗患也。又次日，乃知船户大受窘矣。该货过太平口，既未报税，已属偷漏，无可挽回。至港关时，始令新募之船与税局关说，彼说未谐，而我船已开，我船泊汇口，自辰至午，彼船尚未到也。船户既虑受罚，又惧扣留货物，忧惶无计，舟妇亦涕泣不止。因向荣弟哀求，意欲求予名片，令公安差人到税局说情。余饬却之，而自悔此举之太刻也。乃令孟仆教船户与公安差言之，令其过港关局时，代船户将实情一说，作为差人怜恤船户之意，于我乎无涉。差人罗姓，人颇忠厚，亦允船户之请。议甫定，而彼船适来，船户大慰，举家相庆也。询悉在港关多交半倍之税耳，他无所伤也。每件例税百廿文，今交百八十文。但船价及多交之税，皆船户任之，计耗大钱十二三千之谱。始愿不及此也，余意亦释。每上船时应预先属查，自无此累。如我所为，所谓不教而诛者也。

二十七日　晴

卯正二刻开船，三十余里，巳正二刻。泊麻河。《胡图》有麻河塘，似即此地。

午正行，约四十里。申正二刻泊夹堤。

由麻河行数里，港汊曲折，前船后舫但见桅颠，殊有帆随潮转之妙，如是者十余折。过此以往，则明湖一片，长约二三十里，舟行湖心，左右涯岸不能辨识，但见远树苍烟，知为水穷处耳。湖色淡绿，日光滉漾，明若琉璃。远帆数十，参错于澄波夕照间，真画所不到。湖水甘而香，不知视惠泉何如？然已诧为创遇矣。以湖名询舟子，多不能对。有知者曰：此白渡湖也。按《胡图》，汇口上游有两湖，一曰南湖，其一缺名不书。《水道提纲》谓：汇口受南湖、白湖诸水。然则，《胡图》缺名者，其即白湖与？白湖，其即白渡湖与？姑缺所疑，以俟知者。

二十四日绁树之船，因桅趾折伤，不能张帆，连日与他船缆而为一，方驾以行。遇顺风，则借彼帆之力以运之。今日不肯因人，独橹而行，故相失在后。至夹堤时，七船并至，唯彼船不能望见。或曰：相去应在十里外也。乃傍岸暂驻以须之。迨彼船至，天已向暮，遂泊于此。此处距村舍尚二里许，四顾荒僻，寂无人烟。傍夕，岸头有窥舟者，曲而觇，俛而瞯，既进而复却，良久不去。余与式弟疑其意不良，拟之以远镜，始徘徊而复去。余意欲再行二里许，至近村处停泊。舟子谓：船多人众，即有警，能奈予何？时泊已许久，篙楫之属俱已束置，泊而复进，舟子盖亦惮烦矣，遂安之。入夜，邻舟有呼声，余闻而疑，倚枕不寐以觇之，卒无事。事后思之，终以移船为妥慎也。当暂驻之时，即应择近村处。

二十八日　微阴　晚半晴

卯正后行。约三四十里，午刻泊崇河，时辰表停而复转，颇不足据，不能定某时某刻也。午正后行，约四五十里，酉正后泊牛鼻滩。

早间又过一湖，清如昨日，而阔不如。

昨行一日皆逆流，今日又皆顺水。支脉纷歧，竟莫知其原委矣。崇河之名，得诸土人。以手画索而书示。《水道提纲》：自常德发源者，曰从河。吾乡读“崇”如“从”，南音亦多有之，岂“从”即“崇”与？抑别一水与？《胡图》谓之“后河”，“后”与“从”形又相近。

两岸竹林渐多，但高者少，树有棕。

橘味腴，笋味鲜，皆吾乡所未有，唯茄不佳。

船主曰陈宝华，其子七龄，曰秋娃。篙工四人，一四十许，曰李霞亮；一二十许，曰张里业；一四十一岁，曰王长福。一彭得胜，年三十六。张，安化人，余皆湘乡人。

昨宿夹堤。据云，已入武陵境。武陵大令周锡晋与郑侯相善。澧差仍相送不去。或言武陵周侯与澧州郑侯雅故，故代送至县城也，未知确否？

二十九日　阴

卯正后开船，约四十余里。未初泊浔山早饭。一曰马口峪，对岸有塔。

未正后行，约十余里。申正一刻泊武陵小南门外，额曰“神鼎门”。

昨夜就枕未久，雨声骤至，继以雷电，势猛甚，不似深冬光景。睡梦中漏痕堕面，初犹以为偶然耳，继而连堕不止，手摩近窗处，皆有湿迹，乃呼船户苫覆。余亦遂起，求火不可得，暗中摸索，闷极无措，已而船工燃灯至，始得移检枕蕈，避湿而坐。雨亦辄止，坐一小时许，天乃向明。

湖色益清碧。

到武陵时，天色向晚，县役闲步岸上，不知余船之来也。仓卒间，诸未预备，差役言：请明日下船。许之。行李诸须查检，余意亦恐今日赶办不及也。

周筱冈邑侯锡晋到岸来拜，因舟仄且泊岸未具，谢之。文俊卿太守杰以刺来，已又来拜。

邑侯遵义人，选翁属询遵义距镇远水路通否？陆路几站？温水距遵义几站？遵义距镇远水路不通，陆行约须十日。温水，遵义镇名也，去县城约百里。周君云。

十一月初一日　癸酉　阴

卯正起。检行李，巳初三刻下船，入自神鼎门，答拜府县后，至贡院住宿。贡院在青阳街西。

常德郡署两坊：一曰“三湘要地”，一曰“九郡繁区”。

周邑侯复来公馆，延见。侯，遵义人，因询遵义文风。据谓：尚知讲求根底。黎莼斋之嗣君、郑子尹[①]之文

---

①“子尹”，原文作“子颖”。郑珍，字子尹，贵州遵义人，晚清著名学者、诗人。

孙，皆为诸生，能世家学。周之季子名沅，癸巳、甲午联捷。癸巳出刘伯崇之门，甲午出华再云少蘭之门。去后以朱卷七本见赠，并分致西席六君。

周侯面订明日音樽之约，余以桃源侦使已知明日宿彼，不便失信。侯谓此固无妨，此处自能专信致彼。又以他词称谢，意似不允。午后以金柬七分来，兼请西席。当即复以辞帖，已而，又遣人将还，再三挽留，不忍终却矣。

红杠增四抬，白杠增为四十抬，去挑夫不用。自市四人轿六乘，备西席乘用。其由樊城带来之轿八乘，原系中六、小三，荆州馆中失去其一。去其残破者，尚有五乘可用，令仆役乘之。骑马去二余六。合而计之：红杠八抬，用夫三十二人。白杠四十抬，三人者六，二人者三十四。用夫八十六人。四人轿六乘，两班夫四十八人。二人轿五，两班夫二十人。大轿夫三班十二人。合溜单之灯笼夫十二名，纤夫四十八人，包一人，引一人，凡用夫二百六十人，每夫每里钱三文。此就抬夫之数论之，若大轿等夫，恐尚不只此数。准此计之，自此至贵州，约一千六百余里，则所费需大钱八百余串，盖五百余金矣。呜呼，侈哉！

常德阛市整齐，廛货充溢，为荆襄所不及，望而知为富庶之区。荆州田间尚多麦，自舍陆而舟，不经田陇，未知土宜何如？唯数日泊舟处，市麦食者绝少矣。

樊城轿夫，自荆州随舟至常德者十五人，沿路有水席。

行路时，衬衣宜用装棉者。

初二日　阴　微寒

馆宇高阔，非裘不暖。

酉后大雨，至亥乃止。

辰正起，再留武陵一日。

包杠虽覆重席，皆疏恶不能蔽雨，油布宜多制备，愈多愈妙。常德竟无售者。

地主投刺于西席，自裕州始，后此者，或有或无参半。余同行诸公，多未携名纸，至樊城始刻木为之。往在京时，或谓西席无酬接之礼，名纸无所用，兹乃知其不尔也。名戳必须带，出京时各印出二百张，不为多也。

常德轿铺有三，一在……[1]

早书扇一，应邑侯请也。书联六，应县差求也。

午后谭芝云太史启端来见，行词馆相见仪。谭为序初前辈公子，今岁留馆者也。据言，六月出京，由苏州到此，暂泊东门外河街之岸，将回镇远一行。年前省序初前辈于滇抚节署，明春始回京也。谭言：安顺府有学田。又言：黔省宜设书局，运各省局本，如天津例。由海入江，道常德，常德至镇远，一水可达。到镇远，再易驮扛，每驮可载两箱。但使当道肯为，固无患其难致也。

礼对宜多备，选吉祥冠冕语预书之。缙绅亦宜多带，十余部不为多也。茶叶亦便。

酉正出神鼎门，道河街，河街，河岸之第一街也。一街又画分

① 原文有缺。

数名，如永清、清平、沅清、仁智桥之类，余尚未遍历也。南至河干，回拜谭太史。复入城，赴周侯未刻音尊之约。同坐四人，谭之外，有唐少陔右桢，由己丑庶常本年选广西知县，武陵人也。李鹤亭泰开，捐纳道衔。彭幼甫其翥，捐纳工部主事。李，江西人。彭，贵州人。亥正席散，即归。往返皆冒雨，驺从甚苦。

晚写八言联一，配以缙绅，赠周侯。

初三日　夜复雨　晨止　午后见日　俄又阴

卯正二刻起。饭毕，巳正行，三十里。未正茶尖陬市之关帝庙。未正三刻行，四十里。酉正后宿桃源试院。

晨起，周侯郊送，庙中茶话片刻，并以刺遍送西席。

陬市百货阗溢，繁富为镇铺中所仅见。过陬市而南，每间数十步，辄有丛竹一区。左右参向，时相交亚，扶疏森蔚，寓娟秀于苍古。短垣回匝，缭以枳棘，万千亭立，窥隙可见，高者两丈余，粗者几盈掬。一路饱看，不暇问主人也。风人写兴于淇水，史公专美于渭川。以此例彼，正恐未遑多让。

桃源邑侯余芹塘良栋，四川万县①人，笼烛郊迎，旋即来见。询以桃源古迹，言在城南三十里，新建台树，皆侯之为。地临驿道，明日过此，拟一游眺。

侯遣纪送《桃源记》二纸见赠，记凡四纸，清卿前辈作，而刻石者也。

---

①“万”后原脱“县”字。

过陬市十五里，渡白洋河，又二十里，渡延溪。两河皆仄，易渡。

初四日　阴雨　晚益甚

辰正行，三十里，渡水溪河，过桃源洞。茶尖水溪，复游桃源洞，水溪河广数十丈。未正二刻行，二十三里，渡羯羊塘，又七里。戌初后宿郑家驿。规模宏敞如公署。

晨起欲拜余侯，闻已出郊候送，遂不果往。侯送于三里外。

出郊未数里，遵沅而行。左右茶山，俯切河浒，石径迂仄，仅乃容趾。灌木丛筱，缴绕山路，循陂下行，间渡白马。方舠而驾，骈木为藉，柔橹跳波，飞雨溅面。渔船数十，纵横①中流，绿笠青蓑，荡烟出没。登岸而东，便涉山趾。行未数里，一转入深，双壁危向，下瞰绝壑，长林蔓就，滃然以幽。又左行数百步，东山见缺，山居数椽，环以疏陇。又折而南，一峰如屏，杰然特峙。雨后层阴，黝然苍郁，湿云喷涌，蒙接岚气。役者曰：此桃源洞也。桃源洞距水溪二里。初，余与诸公期，先至者候于洞门。舁夫不耐，诡词竟过，诃叱不止。比余至此，寂无一人，大为败兴。澄兄尝诵坡句："江山岂不好，独游情易阑。"余习闻之矣。深念斯旨，嗒然别去。比至尖所，诸公相述，惘然如有失也。余思失今不游，后谁能料。乃复驱夫却行，啖以薄犒。天公作美，密雨更作，褰裳张盖，踵接而上。修篁罩岩，随

①"纵横"，原文作"从衡"。

阪高下，层青骈翠，却复疏朗。主客欣之，互相赞慰，以为不虚此行也。其亭榭之胜，泉石之奇，洎乎名贤题咏，前代古刻，备具清卿记中，兹不更赘。

至羯洋河时，天已昏暮，驿夫燃炬，迎于河干。仄路崎岖，更继晚雨，舁者颠踣者数数矣。桃源之游乐乎？自彼视之，其意以为何如也？

将诣桃源时，余计驿程尚远，恐暮不至，预诫徐仆遣夫来迎。仆之意中唯余是念，仆马灯炬，簇拥一舆，不知前行诸公尚滞中路也。式金、荣卿两舆，冥行数里，危险异常，事后相诘，谈犹色变。仆之咎与？抑主人之罪也？此非仆所得为也。

雨中踏云，岩坳品竹，可抵赏心一事否？大舆危径，暮夜风雨，可抵险语一则否？

郑家驿巡检周洪乔，浩江，杭人。以差来候，如礼答之。

一路湖山入望来，奚囊镇日订诗材。只今行过桃源洞，失笑从前眼未开。[①]

桃源桃花杳然去，万筱千篁翠交路。桃花作意待春风，岂知竹里春常驻。酒酣窃笑陶渊明，捃摭凡葩失嘉树。眼前便有此中人，何必渔郎问津处。意者落落千载前，此君未与先生遇。淇水籊竿久塞防，渭川千亩余空墓。古今陵谷犹变迁，地志山经且沿误。荆楚岁时代不同，南方草木今非故。惜哉千秋绝代文，遂使桃花名

---

① 杨传庆：《严范孙先生古近体诗存稿》辑录此诗，题作《游桃源洞》。

独步。[1]

初五日　终夜雨　晨止　昼阴

辰正一刻行，三十里。午正茶尖杨溪桥。

午正二刻行，二十八里。酉正宿新店驿。

终日行万山中，迤逦缘麓，虽无奇特之观，然迴岩沓嶂，时蒸白云。灌莽丰林，偶著红叶。水田万区，积波流畛，涓涓细鸣，与石泉相应答，亦足湔雪俗尘十斛也。

诸公辅余而行，虽交有新故，于余皆推心相与，不避劳怨，律以往来之义，余滋愧矣。余于诸公，虽极钦服，而无敬礼之诚。虽极慕悦，而无关措之实。戏谑既久，流为轻薄，是谓不敬。辩驳不已，习为便给，是谓不逊。人之所不便者，往往忽之，是不忠也。人之所不习者，往往强之，是不恕也。不敬不忠，泰之萌也。不逊不恕，骄之伏也。恃人之我谅，而怙过以终焉。呜呼，小子危矣哉！

曾亮丞开倬。安陆京山人，新店巡检也。迎于行馆之堂下，延与略谈。

藕味初能消酒渴，诗清都为饮茶多张星炳。数间茅屋遥临水，一枕秋声夜听泉王仁堪。水远山宽烟霞迴，天淡云闲今古同，曾文正书石刻。皆壁间悬联也。

闻自此以往，山路渐陡，当属办差加纤夫。

常德尺之半，据售者云：与亲裁尺同。

---

① 杨传庆：《严范孙先生古近体诗存稿》辑录此诗，题作《桃源洞有感陶渊明文因赋此篇》。

日记二

甲午（1894）十一月初六日宿沅陵之界亭驿，至十二月三十日驻贵阳使署度岁。

十一月初六日　戊寅　早晚阴　傍午暂晴

辰初一刻行。二十五里，茶尖太平铺，桃源属；又二十五里，茶尖黄土铺，沅陵属。

午正二刻，自黄土铺行，三十里，申初一刻宿界亭驿。

今早应答拜周君，出郊后始忆及，而已晚矣。

大轿增纤夫八人，中轿增四人。溜单所载虽系实数，而空额甚多。如大轿三班，应用十二人，实止十人；中轿两班，应用八人，实止四人；小轿应六人者，亦止三人。但就中轿言之，闻每站实发六人之价，轿夫以四人任六人之力，而取其赢。以理推之，似差役与夫头不能一无所取。或官按溜单而发价，而彼二人者，先扣以自润，未可知也。余以山路陂陁，恐舁夫力疲而偾事。昨属孟仆，务令各增二人，以资休息，又各设纤夫二名，以备涉险，比昨数则增，比溜单则减也。差役谓：夫价由县城俱已发讫。颇以议增为难。余谓：不照溜单已属迁就，且六人之价，有人目睹，不得谓中途议增也。孟仆与之申论，始帖然从命。唯大轿增纤八人，中轿增四人，而舁夫仍如昨日之数。盖舁者之值重，纤夫之值轻。差役盖避重而就轻，舁者亦不欲增人而夺利也。

山行如昨日，唯多堑坂。八夫引曳而登，有步步向上之势。然一陟之后，辄复一降，屡[1]陟则屡降，看似升高，其实未离平地耳。

自过桃源洞后，竹林渐少，而松杉殊盛，循崖排比，层叠而高，雅有苍穆之致。由黄土铺而西，巨石巉巉，兀然壁削，真山面目，于此始见。但锐上丰下，不似回盘之奇崛耳。

界亭县丞秀水唐申甫其煜郊迎。后来见，面递履历，逊谢璧之。

初七日　己卯　薄阴

辰初二刻行，三十八里。午正茶尖师子铺。

午正一刻行，三十里。申初一刻宿马底驿。

山路与昨相似，唯阪益长，登降需时。晨行二十里后，过一斜陂，碎石龂龂，颇碍人步，舁夫喘吁汗下，屡进而屡息。今日所历，以此处为最难。

晨，答拜唐贰尹，唐已待于郊。过时，劳慰数语而别。

路间所过有清捷塘，去界亭十三里。马安塘，去界亭二十五里。双溪桥，在师子铺南。其水皆沅水之支也。

马底巡检王湛臣之嘉。凤阳人，以刺迎，复以刺拜，亦刺答之。

赏对之例，多不过四，少不过二。如差役二人，赏两

---

①“屡”，原文作“累”。

联；三人以上，各如其人之数，至四而止。沿路备茶尖处，有一人办差者，即赏一联，两人则两之，仍视其勤惰敬慢为增减。间有以纸求书者，亦不必拒，图章宜置手下。

路上所应多备者，如油布、油纸之类，愈多愈妙。他如定南针、日晷、营造尺、寒暑表、《七政经纬宪书》《石印水经注图》《水道提纲》之类，皆须由京携带。师爷乘轿，宜各备气垫一分，此物唯京津有售者，荆州、常德、樊城皆无之。

每晨启程，先饭而后行，谓之坐尖。中途另有茶尖之处，以资休息。由武陵而桃源，而郑家驿，而界亭驿，而界亭及新店驿，俱援此例。盖茶尖处地多逼仄，不便具餐。且宿站多便，一餐不觉费事也。余悉听之。

初八日　庚辰　夜暂晴　昼阴

辰初二刻行，四十里。午初二刻至桃饭铺，暂息。

午正行，三十三里。申初二刻宿沅陵。

王巡检以刺送于郊。

马底差纪言：桃[1]饭铺备茶尖。比至，则行馆虽有，寂无一人，乃小食茗饮而去。晚询沅陵纪，据云：是处茶尖，或有或无，向来无定。

山路坡坎益多，长者几及半里。

循崖山径，阔狭无常，阔者逾丈，狭者或仅三四尺，

---

① 据上文，原文作“陶”，当作“桃”。

因下无陡涧，故不觉险。间有险峻者，亦为丛树所掩，不至眴转而失度耳。

丁侯以刺来拜。

初九日　辛巳　夜雨晨止　终日阴晦　时飞密雨

辰正一刻行，四十里。未初二刻，茶尖麻溪铺。

未正二刻行，四十里。戌正宿船溪驿。

夜将起时，闻雨声未止，辄复倚枕沾恋。其实，虽甚雨亦须就道，一时因循，致启行时，已逾辰正。里数既多，道路又滑，未至船溪十余里已昏黑，燃炬复行，踸踔中路，到站时更鼓已作，神疲力倦，心殊不适也。

午后过一大坡，长约二三里，余尚平衍，唯碎石礌砢，加以雨潦，颇觉窘步。

船溪县丞苏菊圃宝成郊迎，复来见。

苏君言：船溪距辰阳不止八十里。

初十日　壬午　夜雨彻晓　午止　阴如故

辰正后冒雨行，四十里。未正二刻，尖于辰溪县署。

申初二刻行，四十里。渡辰河，亥初宿山塘驿，辰溪属。

夜起绝早，雨声如注。因夫役不齐，候至辰正后始行。苏君来送，延与茶话，询以每站办差，需费几何？据云：如我所用夫数，每站需五六十串，沅陵兼辖四站，然则需二百数十串矣。苏君敦朴老成，可亲敬。

山路如昨，雨后滑汰，石磴跷确，殊以为苦。

辰溪以县署为公馆，已见丁记，似是向例如此。邑侯黄仙澈国琮郊迎，后问道先归，到署时来见，略谈，旋即持刺答拜。临行，黄送至堂下。

出郊即滨辰河，《水道提纲》云：辰河即沅江也。邑侯为余特备渡舟，制如划子，舱内左右有窗，正面设床褥，小具行馆规制，中悬一额曰“耐烦”，后有跋语云：“咸同间粤匪弄兵，湘乡曾文正创立水师，彭刚直、杨勇慤，皆以此建功业，铭旂常，然其始皆由卑而高，由劳而逸也。”云云。款署凤凰熊希龄。

去山塘十余里，天已昏暮，过十牌塘取火炬。火炬，办差所备也，每隔十里皆有之。

黄君晚至山塘，一则送行，再则藉此核定夫马也。宿于行馆之前舍，延见，谈甚畅，旋复答拜，又畅谈。黄，乙酉孝廉，分发湘省，戊子补今职。二亲具庆，迎养来署。子五人，且抱孙矣。其眉宇间偶似菊人，其年亦四十也。晚书一联赠之，云：“大夫九能，信乎可矣；君子三乐，而又过之。”

轿夫古姓，自□□改为长夫，一路勤谨耐劳，上下誉之。初，余意为其便道回川，今已将近黔境，仍随不去，余心疑之。昨日闻其自居夫头，向办差日索钱一串，遂属孟仆遣之。孟仆代为乞恩，言伊回川须道黔省，刻已至此，进退皆难，情愿充中轿舁夫，不领饭资。再三恳求，乃商之诸公而姑允之。余之不设轿夫头也，从小圃之例。嫌其按名克扣，不利贫夫，乃相沿之例，易于蒙充，众仆奉法，而他人取利，于理未协。古姓自充长夫，每站日有津润。闻自桃源以后，每站给夫头茶资一串，又大轿三班，发钱八串，而每夫实发六百，所余八百亦夫头得之。余既斥去古姓，因念此事苟无专人经理，则人人生心，弊且更甚。樊城相随之长夫，内有邓姓、郑姓，皆纷纷冒居，朋比为幻，古姓犹其稍谨者也。本日乃命陈仆经理此事，亲与办差商订，领价之后照实核发，应收茶资及九扣之余，即以沾溉众仆，以免另生弊窦，诸君均以为可，遂定。

樊城轿夫陆续散去，至沅陵时尚余八九人，因郑、邓二夫舞弊，遣之。相从而去者又数人，至辰溪，仅余四人耳。

本日夫役逃去甚多，中途缘此停舆数次，耽搁许久。因请黄君预为设法，黄言：早已筹及矣。

十一日　癸未　阴

辰初行，四十五里。午初尖中火铺之留云寺，辰溪属。午初三刻行，四十五里。酉初二刻宿怀化驿。芷江属。

黄君来送，又谈少顷。黄言：船溪距沅陵之八十里，足抵九十里，山塘距怀化之九十里，足抵百里也。但怀化一路稍平易耳。

山路渐平，本日所见云状最奇，竹石亦有绝佳者。

黄君派民壮四名护轿，又亲兵二名、班役一名护杠，又办差家丁一名照料发价，周密之至。中途夫役虽有卖替，而人数俱足。黄之情意，殷拳可感，其条理精详，尤可服也。

芷江邑侯李廉臣弼清来见。怀化距县城尚隔两站，李因查办仓谷，下乡道此，然亦似有意为之。芷江凡辖四站，夫马之数，皆视怀化为准，故彼亲来料理，防浮冒也。谈次，言缺瘠差繁，地面苦累，仓卒间雇夫数百，甚非易事。拟请核减大数，余立许之。然余所用夫数，本无浮多之处，溜单轿夫两班者，实止一班。所可减者，唯纤夫耳。李去后，遣役开单送阅，将围轿即中轿纤夫悉数裁去，大轿纤夫改八为四。又白杠原有三丁拐七抬，亦俱改三为二。余谓三丁拐之设，本为斤数过重，夫力不胜，故在常德时变通酌加。若骤减一人，恐中路疲惫，必有逃逸委弃之事。乃告以三丁拐七抬，仍须照旧，无已，可将大轿纤夫亦悉裁去，以省夫价。遂如约而定。本日发夫价，轿夫止发二百。

在常德时，徐仆言：此后山路崎岖，骑行甚苦，师爷既买新轿，其旧者无所用之，可否令众仆分乘？余以轿多则夫多，为人增累。且武陵周侯曾言：山路虽多，尚不似秦陇栈道之仄险，骑亦无恐。乃仍留四马，命众仆更迭乘之。桃源之马，驽怯不良。未至马底时，颠彭仆于山腰，又蹄其手，伤指。彭故习超距，跃崖下而避之，深逾丈许，竟无所伤，然指屈而不伸矣。

十二日　甲申　阴　晨大雨　至午乃止

巳初行，四十里。未初二刻，茶尖榆市。

未初三刻行，二十里。申正一刻宿公平驿。芷江属。

李侯寓巡检署，晨命舆迁道答拜，方持刺出，侯已至馆，乃相见于堂，数语而别。

李侯遣亲兵护杠，又有办差随行，今日抬夫俱整齐，无逃者。轿夫亦驯谨，无叫嚣堕突之习。

一路平坦，无登降之烦。李侯言：芷江四站皆然。

十三日　乙酉　忌辰　阴

辰正行，二十里。茶尖罗旧驿。

巳正行，四十里。未正二刻宿芷江县贡院。

山路不如昨日之平坦，幸不甚滑耳。过罗旧约十余里，舆夫贪近，抄[①]小路而行。陂陁极多，蹝踔而上，愈上愈高，愈高愈仄，愈仄愈陡，愈陡愈曲。当转折时，前趾后踵，彳亍以进，而行舆惝恍溢出崖际之外，下视平畴，人才如豆，可谓奇险。若在雨中，不堪设想。行至胡索铺，始就大路。闻小路止近四里耳，险易劳逸之不同，岂特倍蓰。后若过此，当预禁之。

自廿九日至今，久阴不晴，无两日无雨者。“天无三日晴”，黔谣也，不谓楚南已然。句云：“楚天定是白云根，漠漠山村复水村。听雨黄昏到侵晓，又从侵晓到黄昏。”[②]自发武陵，日行万山中，然无绝特可惊之境。一石一竹，偶然怡意，未足以厌心目也。盖每日止循山麓而行，真山佳处未能窥见。桃源洞仅陟半山，便已矫然脱俗，他可例推矣。句云：“平居好谈山，喜说山居好。山行今未半，

①“抄”，原文作“超”。

②杨传庆：《严范孙先生古近体诗存稿》辑录此诗，题作《湖南道中》。

看山眼已饱。楚山岂不佳，行人惜草草。”[①]“人自劳劳山自闲，山灵不语开笑颜。登山不登绝顶处，如入宝山垂橐还。”[②]

李倸行乡未归。代理经历黄聘侯献珍，江西东乡人；典史吕润芝懋泽，江苏阳湖人，郊迎，备茶座，入而小叙，旋复至行馆来见。松太守增以刺迎。

大轿长夫昨发价二百者，今日又减为百四十。

芷江贡院规模最闳，由大门入，再进乃至龙门大堂，复三进乃至后厅，其龙门外点名处，中设公座，树屏于后，小具大堂规模。生、童皆由两掖而入，其前左右有廊，可蔽风雨，为所见试院之冠，后厅五楹亦轩豁。

十四日　丙戌　晴　夜月

巳初行，二十里。茶尖裴家店。

午正行，五十里。申正二刻，宿便水驿。

午前路平，午后循沅水之浒，绕越山麓，坡路甚多，再升再降。怀化所派之亲兵，勤谨耐劳，每日不离大轿左右，升则挽之使前，降则控之使顿，得力远在纤夫之上。

---

① 杨传庆:《严范孙先生古近体诗存稿》辑录此诗，题作《楚山》。其中，“喜说”，《存稿》作“苦说”。参诸上句，当以“喜说”为是，“苦”字误。

② 杨传庆:《严范孙先生古近体诗存稿》辑录此诗，题作《楚山》。按,《存稿》将此七言诗与前五言诗合为一首，统名《楚山》，就形式和诗意看，当为独立的两首诗，《存稿》误作一首。另，“劳劳”，《存稿》作“劳兮”；“开笑颜”，《存稿》作“笑解颜”；“垂橐还”，《存稿》作“徒手还”。

十五日　早雾　午晴暖

辰正行，五十五里。申初宿晃州。便水二十里至对火铺，波州塘距新村十里，新村至晃州十里。

晨起大雾，选翁云：此晴征也，下午必晴。已而果然。又云：早雾主晴，晚雾主阴，久雨之后，不风必雾，然后畅晴。

午后暖甚，一路飞蝶颇多。

午行陂路，颇有崎岖碍步之处，但尚不多耳。

晃州通判冯仲泉承恩郊迎，设茶坐，后来见。冯，贵筑人，原籍常州之无锡，年五十余。

十六日　阴晴半

辰正行，三十里。尖于鲇鱼塘，入玉屏境。

午正后行，三十里。宿玉屏县。

冯君到行馆送，升舆出馆后，迂道答拜之。

出街即渡河，河之南有坊曰“晃州塘”，又十里为酒店塘，又十里为大鱼塘，又十里为鲇鱼塘，又十里为南宁塘，又二十里至玉屏。

玉屏学额八名，应小考者百四十余人，应乡试者止十余人。同治甲子、乙丑间，苗乱城陷，罹兵燹之祸，元气久未复，故文风亦未能遽振也。有书院一，亦有名无实。司训署倾圮，遂借居之。

玉屏邑侯乔范卿晋福，孝感人。偕典史苏竹齐培荣，教谕张瑞卿瞻云，玉屏守备张联三绍魁，镇远镇标左营哨长候补千总萧级三逢春，玉屏汛右哨把总杨海楼洪光，外委曾焕堂胜章郊迎，复来见，分四班见之。

十七日　己丑　阴

辰止二刻行，三十里。尖羊坪塘。玉屏二十里至秋溪塘，又十里洋坪塘，又十里漫坡塘，又十里渡河，即青溪。

未初行，二十里，申初二刻宿青溪县署西偏。

玉屏、青溪皆瘠薄，一路所见，多童山朽壤，蓬茅蔽翳，有废井萧条之慨。青溪邑侯饶星驭榆龄郊迎，后来见，道及此缺之苦累，为黔省之最。每岁地丁才二百余金，而驿务繁重，赔累不支。所恃岁领公费以资津贴，否则不可一日居也。署中服役才五人。

青溪应小考者百余人，与玉屏相似。

谢典史彤廷霭卿、王把总月亭鸿章俱郊迎，后来见，分班见之。王入宅门时佩刀，喝免，乃解而入。

十八日　庚寅　阴且寒　终日细雨如烟

卯正二刻行，五十里。午正尖蕉溪。青溪十里至鸡鸣关，又十里至铺田塘，又十里至小溪塘，又十里至平蛮塘，又十里渡河即蕉溪，蕉溪十里至两路口，又十里至箱子岩，又十里过桥，至镇远。

未初行，三十里。申正二刻宿镇远贡院。

王把总立送于郊，拱而过之。

晨行飞雨糁，径滑不受足。五里后，坡坎渐[1]多，间有仄处。将至镇远时，坦道较多。泉声不断，远听之，似暑月暴雨。

将至蕉溪，未渡河时，有清江营哨长候补都司周宗清率营兵郊迎。镇远太守全庶熙懋绩、署镇远大令清江通判杨苹洲葆、府学教授谢鸿臣渐逵、训导欧阳宣卿曙、县学教谕王玉笙琪林、训导徐鸿阶志勋、经历龚莼轩明琛、典史李念乔勋、厘金委员周兰亭明府琳森郊迎。又中营游击余纯武继祖、中营练军管带苟乐山忠仁、右营都司余列五天爵、左营守备方伯林年德。

府县两学，到馆来见，分三班见之。

镇远两书院，一曰秀山，规模甚整，谭芝云曾言之，全太守亦言其略。据两学言，此地读书，讲求根底者亦颇有之，唯得书甚难，五经亦无善本也。借《京报》于府、县两署，皆无之。晚间，太守遣价送电报一封来。杨大令言：自此至省，必须定雇长夫，按站领短价。因请多留一日，许之。

十九日　辛卯　小雨终日

再留镇远一日。

昨晚全太守以柬邀今夕觞叙，今早遣人辞之。一则不欲厚扰，又因腹偶作泻，故谢之。午后太守馈酒食一席，并

---

①“渐”，原文作“浸”。

犒从者，受之。灯后，太守过访，兼送行，谈极畅，约一时许。

孟仆与县差商订夫数，仍照青溪之例，唯围轿每乘加纤夫二名，总计用夫二百一十二名。轿夫每名发价二钱二分。

二十日　阴寒

辰正三刻行，三十里。午后尖刘家庄。

未初后行，四十里。戌初二刻，宿施秉县行台。

府、县两学暨武营诸君郊送。

轿杠俱改长夫，而办差恃为利薮，与夫头朋比侵扣，发价，既不如数，又冀享空额之利。晨将行，夫数缺者极多，严催夫头，始仓卒雇补，希图暂遮耳目，中途逃逸，则彼已置身事外矣。余唤办差，复面加诃斥。又属其派役押送，又与杨侯面言之，始派一差护行，然其人长厚，不能奈夫头何。至尖所，轿夫因未与水席之飧，又发价太苦，几至散去，辞费良久，乃得就道。闻二钱二分之价，夫头每名扣去七分，其苛削如此。

镇远十里至清镇塘，又五里白羊塘，又五里相见塘，又十里刘家庄，又十里甘溪塘，又十里望城塘，又十里偏桥塘，又十里渡河，即施秉县。

过镇远五里即登大坡，石磴荦确，舁夫跃肩拔足而上，汗透连发，数十步一小憩，喘吁相向，嘘气若蒸，如是者约长四五里。相见塘者，即相见岩之塘也。层阙北向，复栋三重，榜曰“镇雄关”。自关内窥之，洞然绝壑，下瞰无际。关门以外，陡梯数十级，折而西行。宾舆与之前行者，近在下崖咫尺，若可蹑而及者，乃每一左就辄先右回，凡折数回，始沿长阪而行。再望前舆，又循西山而登，已在数里之外矣。长阪尽处有石桥，或曰“相见湾”，即指此也。由此北折，乃陟高岭[1]，步步进攀，难可等计。回见经过之路，盘纡拗曲，径迹宛然，谓之“相见”，殆不诬矣。

午后行二三里，过华严洞，从诸君游，大石森秀，他无足观。

山不一色，大约以碧者为最，黝者次之，黄与赪者下。山不一形，大约以崛者为最，平者次之，宛与锥者下。宿雨冻珠，漫山出素，亦一奇景也。

去施秉十里许，天已昏，沿路未备火具，燃两烛照行，路险而滑，颇有戒心。

练军管带杨副将国桢，字辅臣。典史欧阳华，字显斋。教谕祝先施，字义安。训导王世仁，字子元。郊候余，不至，假他处小憩，不及迎也。余至后，先后来见。次日俱郊送。

二十一日　晴

巳初行，三十八里。飞云洞茶尖。

未正一刻行，二十三里。酉初一刻宿黄平州行台。

施秉十五里至乾地坪，又五里沿沙塘，又十里滥桥，

①“岭”，原文作“领”。

又八里飞云洞，又二里东坡塘，又十里十里塘，又十里黄平州城。

张聚五刺史，正煃，四川增生。练军管带副将刘海臣，喜一，平远人。黄平营陈子峰都司，翼，湖南醴陵人，庚辰武进士。学正兴义姜炳东腾甲，周吏目筠，刘千总灿华，俱郊迎。除周、刘外，余俱来见。

镇远夫头克扣太酷，舁夫有不受雇之意。昨晚荣弟思一法，除杠夫、纤夫不计外，凡大中小三等轿夫七十五名之价，俱由我自发。杨邑侯公出未归，其嗣君监办行台差事，慨然应允。随即将七十五名夫价送来，既送之后，彼受夫头之求，又欲领缴，仍交夫头照发，必不得请，或于七十五名之数，让减若干。令孟仆来言，余初拨减小轿十五名，而夫头不肯，继又按名扣二分归夫头，而夫头仍不愿，乃即立却其请，一切听其所为。夫头之言，以为如彼不得领七十五人之价，则轿夫之短缺，彼不任咎。余谓照实发价，何患无人？彼知无如何也。又言此价不得领，则包杠之事，彼亦不复与闻，词益不逊。杨侯嗣君颇以为虑，情愿出资津贴众夫，仍请令夫头发价，余拒之。彼所以虑夫头之迟误者，因王夔帅春属已在黄平道中，今午即到施秉，恐我若不去此，则彼差无以应也。余意既决，亦遂无可如何，往返商议，直至丑刻，余乃就寝。今早将行时，每轿按名发给木牌，长夫不给。众夫谓昨晚夫价未足，今早饭资无著，又有昨日张顺自募之夫，夫头并未给价，张顺小轿之夫，未曾领价，委轿而去，故张顺自募补之。纷纷告诉，乃分别支给夫价，然后启行，计时已巳初矣。晚间到站，令陈仆率同众夫以价银易钱。荣弟为之核算，而均摊之，每收一轿之牌，发一轿之价，依次面领，七十五人咸在阶下听候，并未喧呶，不移时而事举，此法甚妥。本日张刺史来见，余将此意告之，即照此例办理。

飞云洞之胜，详麟见高先生《图记》中。近年因遭兵燹，颇失旧观，寺宇皆新建者也。岩腰旧有飞瀑，李道士言：种稻之家，截其水以灌田，瀑遂不见。然石乳络垂，变态百出，亦足赏也。

二十二日　阴　更寒

辰初后行，三十里。尖重安江驿。

午正后行，渡河，四十里。酉初宿清平县。

黄平州五里有五里堆，又五里周洞塘，又十里黄猴塘，又十里对江塘，又十里洛仲塘，澄江云：十八里，坊题字也。入清平。又十里洛澄塘，所见坊额止此。洛澄塘距清平似是十里，然以黄平、清平两处相距之里数考之，则不合。

张刺史暨昨见诸君复郊送。

出郊后，跨岭而行，五里堆以前，节节上升，及颠而渐平。黄猴塘以后，又节节降下，至重安江，乃见平地，盖江滨也。

清平大令刘荫清茂槐、管带练军刘裕成总戎复礼、教谕蓝经畲文耕、钱把戎国昇俱郊迎，复来谒。钱未见。刘侯，玉田人[①]，己丑孝廉，今岁选授是缺，八月间始到任。据言：此地瘠苦，为黔省之最，地丁岁入才六十余金，居民苗多而

① “田”后原脱“人”字。

汉少，苗民性多强悍，若稍解文字，则其悍有加，士子亦多好词讼。刘侯至，乃严禁之。唐懿坤……[1]

蓝君，贵筑人[2]，己巳补科孝廉，庚辰大挑二等，甲申选是缺，年五十八岁。是处本两缺，具一不能自存，故唯蓝在焉。岁入米二十石许，又每棚榜后，有黉地田津贴一款，学额八人，每人六金而已。黉地田者，乱后绝产之归官者，绅士掌之，以岁租代黉仪者也。数有一定，榜后无师生谐价之事，最为美举，然为数太微，不敷贴补。闻此处黉地田，岁租几至千石，他项公举，亦取诸此，喧客夺主，甚失本意。蓝君又言：黉地田，都匀、麻哈、独山皆有之。

刘总戎，湘乡人，谈及倭韩之事，言湘勇散在各省者甚多，立时招集，即可得数百十营，惜上游无言及者，故朝廷未之知也。似大有跃跃欲试之意。

二十三日　阴晴半

辰初二刻行，四十里。午初二刻，尖杨老驿。

午正二刻行，二十五里。申初二刻，宿马场坪。

清平约十里至洛邦塘，又十三里腊梅铺，又七里白泥塘，又十里杨老塘，又十里清水塘，二里甘坝塘，又八里阿里塘，又约五里马场坪。

刘大令、刘总戎、蓝习训、钱把戎郊送。

至杨老时，平越营练军管带熊参戎培德差帖迎送。

---

① 此后有欲记而未记者。

② “筑”后原脱“人”字。

马场坪距平越城尚二十里，刺史杨玉峰兆麒到馆来见。畅谈，旋即答拜之。清冈树桑蚕纺织局黉仪田。[1]

自清平启行，道多平坦，疑在平地。过白泥塘，乃迤逦下降。远望万山贴地，垒如废丘，始知终日在山半也。

二十四日　晴

辰初二刻行，十八里。尖西阳塘行台。

巳正二刻行，五十二里。申正二刻，宿贵定城。

马场坪八里黄花塘，又十里西阳塘，又十二里黄丝塘，又十二里冷溪塘，又八里谷濛塘，又八里岩头塘。岩头距贵定似是十二里。

杨直刺至西阳送，又谈片刻。西阳营千总文在兹郊迎。

自入平越境，石路皆平阔新整。

出马场里许，过涧桥，山势甚佳，已详澄兄记中。

贵定侯朱菜香廷劢，（太）冶举司训胡月波万川，典史艾勋堂，茂哉，岳州人。都司张仙洲，振瀛，景州乙丑武进士。刘把戎钦诏，俱郊迎。后来见，自刘把总外，皆延见之。又清平训导徐莘田天培在此掌教，亦来见。

二十五日　晴

辰初一刻行，十五里，游牟珠洞，三十五里。巳初三刻尖新安塘。

巳正二刻行，三十里。酉初刻宿龙里。

---

① 此句不通，疑有脱或衍文。

贵定十里干溪塘，又十里瓮城塘，又十三里新安塘，又十三里龙从塘，又十里麻子塘。

牟珠洞深邃不能穷，式金入之，阻[①]水而止。

去新安十五里为云顶关，在山顶，故名。四望寥廓，使人心旷神怡。

早，贵定诸君郊迎如例。

龙里署侯喻济臣，鸿钧，黄冈丙戌进士。管带练军曾森高，汉奇，邵阳人。训导屠光仪，号凤冈，癸酉举人。署教谕冉凌云，号诰之，岁贡，平越人。典史□□□，俱郊迎。复来见，见喻、曾、屠、冉四君。

昨夕有传事等项人由省来，据云奉旧任派遣。问其有无文件，言尚有稿书二人，在后未到，文件在伊手。又云：本应远接，因得信太迟，故至今始到。

今早稿书一人赶紧，乃传见之。传事等项依次进见，至尖所，稿书又到一人。凡稿书二人：稿房李国华、都匀房曾继昌。传事二人：章凤书、李升。茶房二人：张元相、鄢桂林。承差四人：景福、李春荣、马升、马炘。舍人二名：张贵升、丁培。

前任叶移文一件，照录。

提督贵州学政翰林院检讨叶空格，为移明事，照得另行贵学院莅任在即，所有书役人等，应于前途迎

---

①“阻”，原文作“沮”。

接，除一面派拨外，相应移明，为此合移贵学院，请烦查照施行，须至移者。

计开名已见前。

右移，另行贵州新任学院。

传事人云：明日须先持帖进城，因两院以下皆出迎，先以帖挡驾也。

二十六日　戊戌　冬至　薄阴

辰初二刻行，三十里。巳正三刻，尖谷脚塘。

午初二刻行，三十里。申正二刻，至省城南关内公馆。

谷脚塘下距高寨塘十里，上距黄泥塘十里。据所见坊额止此，余无可考。大约谷脚距龙里似不足三十里，距省城又似不止三十里也。图云关约距城七八里。

沿途迎者节节有之，晨遣持帖挡驾者，先迎于途，言抚院以下均已出城，不听挡也。内中有随帖带来回片者。至图云关，书吏八人叩迎，微拱答之。又数武，抚署文巡捕立迎；又数武，三教官立迎；又数武，镇宁教官袁舜卿照夔立迎，皆降舆答之。将及城门，有数起持帖者，自抚学两院，以至卒弁，仓猝不能阅记。然悉候于东关内某庙内，至庙降舆。自二门以内，站班者三起。又入一门，貂裘而立者，自堂及阶，踵相接也，登堂遍揖之。中丞送茶馔，略谈而去。

至公馆，袁舜卿广文候于堂下，延入略谈。

叶肖韩来拜，谈片刻。询以拜客服色，言未接印之前，仍用行装。又致抚院拜帖，仍以用侍坐为是。又言廿九系吉日，接印甚宜。如用此日，今晚即须标填告示。余谓诸事尚须商询，请俟明日再订。又荐一执帖之仆，亦如是答之。

杨仲二署侯廷杰来见，属以诸事从简，如有所需，及一切事宜，均须面谈，勿以仆隶之言为凭。杨，西宁人，由军营保举到黔。此初次署事，到任未一月也。

县署遣一走院来，名赵荣，四十六岁。走院者，本系县署家丁，日久熟悉，即蝉联当差。自两院以至道府，各署皆有之。

走院云：明日拜叶学院，须先行拜门礼，初入署门也。应预备羊豕诸品。因询拜门服色，或曰公服，或曰行装，或曰公服拜讫仍易行装。乃函询叶学使，答云：既具公服，即可不再易装矣。从之。闻叶初到省时，行箧在后未到。故行装拜门接印，后乃易公服云。

二十七日　己亥　晴

黎明起。移置几榻，余与帐房二公同一室，襄校三公同一室，事取相类，故以划分为便。余另除复室一楹，以备办公、静坐之用。

答拜通城，有拜会而会者，有拜会而不会者，有亲拜谢步不拜会者。会者抚帅、前学使、藩、臬、粮道及候补蒋君蓬史也，不会者府、县、参、游、都诸君也，不拜会者丞贰、营弁之类也，两学差帖答之，其他差帖来者，亦差帖答之。凡亲到二十余处，自巳初至申初，乃归。

到署，先行拜门礼。至龙门外，降舆升阶。至香案前，赞者立案之左，赞“就位”跪，叩首，再叩首，三叩首，兴，礼毕。以上皆赞词。拜讫，复升舆，至仪门前，拜前使者，候延乃入，与叶肖使长谈，问以接印前后事宜，商定廿九日接印。又面交文卷一匣。

晤抚帅，托以折本、题本暨开送幕友姓名等事。

袁观察面荐阅卷者，即昨来见之袁照夔也，婉却之。又荐仆一人，亦婉却之。

接印选吉，须核诸本人生年甲子。余夙不解此，学使以为廿九吉。抚帅以为辰刻佳，乃两从之。

回馆后，厘金总局提调吴君厚思号受之来见。吴，浙江人，候补府。

抚帅来拜，谈片刻而去。抚帅言：折差拟廿九日启行。

吏书八人来谒，稿房居首，承发房次之，余皆以府分名，如安顺房、大定房之类。

叶前使荐仆一人，名管升，系通州人，与徐仆有瓜葛之戚。余意不欲，而重违叶使之意，拟令明春侍栗堂回乡。盖前使请假旋闽，管系北人，不便携去，故献此策，为管作归计也。

晚间便衣访肖韩，谈许久。

拟到任接印折稿，用澄兄原拟之意，而稍易字面。

旧任奏折，俱有存稿，大可依傍。存稿每遇交代时，面相授受。

二十八日　庚子　大晴

辰初起。早会客十一：嵩书农方伯、袁杏村观察、蒋蓬史观察、许颖初前辈、尚蕴斋参戎、崇静廷、蔺瑞珍两游戎、张景山少尉、梁伯衡府参、徐雅斋库使、魏问秋刺史。午后答拜许、魏、徐、梁、张五处。归时，叶前使已坐候。谈次，黄让卿廉访亦至。

稿房呈接印礼节单，及题本稿。

折奏向附抚署折差而行，写折包折，亦可托抚署巡捕代劳。本月抚署差使已标廿九日行矣。本日遵前使之教，以拜帖请抚巡捕缪大令来馆。大令以日内有他事，言明早可来也。晚间袁观察以帖来，并持抚署发折护牌，言抚差明日准行。如欲附发，须持帖到抚署知照，拨留一人暂候。乃如其说行，抚帅亦诺。

本署有应管义学一处，课蒙童读书，延师一人，由我自主，岁俸四十金，分春秋两季致送，年前预致关书，三节各二金。许前辈荐一人，冷尚儒，号德清。

写第四号家信，正月十四日到。拟附折差行。

晚饭时，首县以手本知照，言许星使明日出都，通城俱差帖至官厅送行。

拟致沈鹿翁信稿。

叶使所荐之管纪来见，告以前意，渠似不欲者。言仍回见旧主，商定后再来，遂听之。

走院送来厨具一分，执事一分，俱有单。凡到省三日之内，首县供给，亦通例也。

黄廉访云：顷见云南来电，崧抚帅调署滇抚，兼署督篆，嵩方伯署黔抚。

二十九日　晴

卯[①]正起。辰正，前使饬赍关防到，奉入内厅，易新匣，黄袱弢之，从者奉匣先出，余朝服踵其后。至大堂，司事者预设金阙于案右，西南向。设拜垫于阙前，赞行九叩礼，又正向行拜印礼，亦九叩，乃入，后易蟒袍复出，至公座旁，教官参堂，三揖，还之，乃入座。

房呈咨送题本稿。咨奏事处。

叶使送来公文七件。贡文、廪文当即发房。

一咨送书役姓名；附册。一咨送额数；附册。一移交未办详文；贡文、廪文共九件。一移请查核镇远服满文童，黎镇明于乙未岁试时补覆；一交代关防等；一移交奏稿；一移交部文。

房呈例稿十三。午后。

一谒庙示，一放告示，一点卯示，一到任日期牌藩经臬经，一咨移抚及道，一牌各府、厅、州、县，一通行各属汇考，一札首县申送应用物件，一公务批驻京提塘，一咨通政司请批回，一谕提塘分送咨揭，一咨抚院开送幕友。

号房呈公文四角。

抚署文一角三件：一咨知照奉到更换学政部文；一咨革叠被控告聚众抗公之大定府附生周应康衣顶，初八日咨复。

---

① 原文作“辰卯”，“辰”，衍文。

一咨革侍衿狡展、控案累累之天柱县附生胡德元衣顶。初八日咨复。

安顺府学一角一件：造详附生陈廷策补廪生册。

天柱县一角一件：申详附生杨世霖起复。初一日批准，初三日发。

黎平府古州厅一角一件：申报到任日期。

午后缪巡捕来，将折稿托其携去，晚间写好送来，请阅后仍交回，以便包封。当命徐仆随去，候其包好带回。

印花黄纸须由京多带，此地无处可买，且包折亦所必需。松竹备办每分止一张，不敷，包时每折须二张。且折叠不平，宜另买，卷置箱内为妥。玻璃笺亦包折所必用者，亦须多带。折匣、折垫、棉花俱可否用，所必须用者黄袱、黄绦、黄纸、油纸、夹板、印花。

三十日　大晴

辰初起。画稿定初一谒庙并放告，初四日点卯。午后拜折，交折差。拜折之礼，设黄案于大堂，西向，具香烛，礼生赞，行九叩礼，毕。折弁跪于阶上，面向外，使者亲奉折匣，而折弁双手捧接，起，自大门出。

承发房开呈各房应管事宜。

稿房，起稿，拟杂文，批办咨移文。

承发房，承进发出公文批号，填封套。

贵阳房。

安顺房，兼兴义府、普安厅。

大定房。

遵义房，兼仁怀厅。

平越房，兼铜仁府、松桃厅。

镇远房，兼思州府、黎平府。

都匀房，兼思南府、石阡府。以上七房，丁忧起复，廪、贡各文档房呈批。

早晚会客四，候补府刘姜臣，廷忠，湖南。又柴珠泉，照，浙江。又邓缉斋，树兹；冷德卿茂才尚儒。

午后谢客，俱未见。

房呈收文十二角。

安顺学三角四件。初一日俱批准。廪生更名，贾国照更名建勋。又附生邓国相丁忧。又附生朱沛起复。附生陈常、廪生葛勃、黄全玺俱丁忧。

八寨厅二角二件。初一日批准。文生石占坤丁忧，武生黄忠贵丁忧。

古州学一角一件。初一日批准。武生胡炳元丁忧。

天柱县一角一件。初一日批准。恃衿咆哮、控案累累之文生胡德元，革衣顶。

余庆县一角一件。初五日批准。诘无恃衿估娶勒逼退婚之革生倪德海，请开复，初六日准，初八日发。

贵筑学一角一件。附生曹新铭等丁忧，初一日批准。

贵阳府学一角一件。初一日批准。文生吴士煊丁忧。

清镇县一角一件。岁试题。

镇宁州一角一件。岁试题。

晚接献夫电报云："荆黔电见，东紧交惶，津安，眷同郑归，尹未来。赵。"凡十八字。

行札首县文一件，行发折护牌。

拟信稿，致京友之曾饯行者。

十二月初一日　癸卯　阴　晚细雨而寒

辰初起。行谒庙礼。谒庙之礼，至礼门外降舆，步至更衣所，易朝服，诣大成殿阼阶下，九叩如礼。诣明伦堂，预设黄案于堂左，西向，生员一人升其上，宣讲圣谕，立听之，毕，退至更衣所，易公服蟒袍升堂，教官参堂毕，掣签，令诸生讲书，设几于堂檐下，向上展书讲之。进退皆一揖，拱而答之。凡讲者五人，各奖《尊经书院记》四本。教官复参堂，乃退堂回署。

午刻放告，公服升堂，听胥吏举行如例。放告牌设堂之帘，告者抵牌而跪，吏收呈奉进，或看或否，姑收，令其候批。当堂止收呈一纸，退堂后又补收一纸。

拟通饬稿及观风告示，又致赵次珊前辈信稿。

荣弟赴祥、通两号拜客。

晚访叶使，谈许久。归后阅文牍，房拟批十件，照批之。又外行咨移文四件，咨抚院一，移粮道一、移东西道各一，俱知照到任日期。牌票文二件，仰藩经及按照也。

房呈收文四角，角各一件。

滇抚文一角，抚文一角，仁怀厅一角，武陵县一角，凡四角四件，案由详另簿。

叶云：舆呈以收为是。又省绅清查监生录遗，事属可行。又架枪之罗青山已犯案，现在府署押禁。又兴义县笔山书院，向由刘绅作主，现已改为官聘山长。又孙培元保案。又各属黉仪田，多由绅士把持，教官无可如何。又黔中应出贡者，往往迟迟不出，畏费重也，此事无善法。因需费不止本署一处也，即以本署论，科房之费，亦万无裁理。

十二月初二日　甲辰　阴　甚寒

辰初起。拟观风题。京友谢信，托式金拟通用稿。

天顺祥孙怀信号仲孚来谒，见之。

午后赴通城观剧，约至八钟乃归。

房呈宪牌十六角三十二件，行十二府一州三厅，各一角，每角二件。一上任，一通行汇考也。监视用印，画行付之。

照拟批准之十件，是日盖戳用骑封印发出。

十二月初三日　乙巳　晴

辰初起。观风通饬、观风告示、观风题，是日俱发房。

写家禀未毕三。房呈护牌，标日画行。护牌者，派本署书吏承差十人，护送旧使出境也。牌中注：准用骑马十匹，夫几名，毋得骚扰等语。

晚房呈收文二角。平远学一角，附生胡光远、光壁丁忧。安平学一角。十月分查无文武生员控人、人控案件。

发致赵次珊前辈信。房拟杨罗氏、杨傅氏两禀批语。

新选提标右营游击大名王布沧洲来见。

午后回拜王游戎，兼拜三书院院长。正本书院徐步銮，号凤阶，丁卯补乙卯、戊午举人。贵山邓希濂，号莲波，癸酉举人，大挑，河东知县。学古熊湛英，号露阶，癸酉拔，河南罗山县，俱未见。

叶使晚来辞行，并交出入款单，又廪生花名册一本。

十二月初四日　丙午　阴

辰初起。收文一角，安顺学报廪生魏元奎丁。发文二角，咨抚军开送幕友姓名，咨方伯取养廉。收舆呈一，陶刘氏控夫生员陶崧升宠妾毒妻，并其弟助兄肆虐，开州人。杨罗氏、杨傅氏争伞缺，两廪。房拟批语太含糊，与澄兄、荣弟商，为改定之，是日发出，令照誊。房呈观风三稿。

院长熊露阶[1]、徐凤阶同来，延见，言经学以遵义为盛，贵阳则讲求宋学者尚多。熊之世兄名济文，己丑、庚寅联捷内阁中书。

崧抚军来谢步，谈片刻。

午后为肖韩送行。到袁杏村观察处，因闻其署臬篆也，比至，则知其尚未奉札，乃畅谈而去。[2]

---

① “阶”，原文作“陔”，据前文，当作“阶”。

② 页眉。古学熊露陔湛英，癸酉拔贡，朝考一等，签分河南，补罗山县。正本徐凤阶步銮，丁卯举人，保举知县，签分广西补陆川县。贵山邓莲波希濂，癸酉举人，大挑一等，签分河东。

十二月初五日　丁未　阴　忌辰

辰初起。杨罗、傅氏争伞缺两禀，批稿房照写牌示，是日标朱。

拟劝学告示，拟申明约束告示。

写第三号家禀毕。写致菊人信。写致道安、辅唐、璧臣、喆丞、雨人、云甫、瑞安、献夫、耀卿、益斋、子丹、伯彭、性安、菊人等信。写致崧生信。

据《视学须知》养廉须让前任一月。昨咨藩署，取一月养廉，因藩署不能立付，先令房书开写十一月廿九至除夕应领之数，本日由天顺祥取来，晚饬邢仆持函送肖韩处。肖韩后遣人送回，谓前接陈任时事，即系按日扣算，贵州向例如是，不能自我而改也。乃已。

天顺祥每月六次信使，百川通则按一、四、七发信。

十二月初六日　戊申　阴　濛雨　寒　忌辰

卯正二刻起。收提塘寄《京报》六封，八月十七至九月初一，附吏部咨文一角，前任保义田助振之生员孙培源，与例不合，改给县丞职衔。礼部札文一角，恩诏加额，大学七，中学五，小学三。收文三角。皖抚咨送题名，镇远府讯结姜腾甲被控一案，毕节县详革生员王用安。

拟劝学告示毕，附条约五则。

县署知照，明日八点钟送前学使。

十二月初七日　己酉　阴　细雨

辰初起。通城公送叶前使于接官厅。

余庆县革生倪德海开复，是日批准。

再改劝学告示，拟谢京友信草。

王布沧辞行。张景山禀见。

收舆呈一。

腊八日　庚戌　阴

辰初起。

收抚辕咨文三角十件。

一咨送抚军谢恩折稿，一咨送出奏幕友姓名片稿。以上为一角。

一揭送交印题稿，一揭送考试武举题稿。以上为一角。

一咨照天柱教谕委训导周元梁兼署，一安顺府训导委用训导罗庆云署，又永宁训导亦委罗兼署，又清溪训导教谕委试用教谕李敬禧署，又清溪训导亦委罗兼署。一咨考试教职，一咨甄别教职佐杂，一咨送武乡试录，一咨送俸满教职各员清册，附会稿二件。以上为一角。

收申文三角三件。

贵筑学申文生戴恩鸿丁忧。贵定县申署训导胡万川报到任。毕节学申附生郭元贞补增。

收文四角五件。

咨复抚院革周应康衣顶。咨复抚院革胡德元衣顶。行余庆县开复倪德元衣顶。札镇远县学张希仲出学。札开州讯结陶崧升被控一案禀发。

贺崧抚军交印，贺嵩护抚接印，贺黄署藩接印，贺袁护臬接印，贺蒋署粮道接印。唯嵩护抚见，余俱否。

归时，到学署一阅，有走院人在，彼指告某处签押所也，某处执帖所也，入后则客厅也，内签押也，师爷之所也，办公之处也。略一涉览而去。走院请示某处当修理，告以归与师爷议定居宿之所，然后酌之。

十二月初九日　辛亥　阴

辰初起。

收粮道文一件。交卸粮道印日期。

收平越州文一。请开复滥保枪替之廪生艾镜清。

收郎岱厅学文一。武生李廷钧起复。

收修文学文一。候廪徐应奎起复。

收呈一。都匀府荔波县文生覃懋德以被诬私铸勒罚羁禁，请批府提。

发复周武陵信。

护抚嵩、护臬袁来谢步，俱见，挡驾不住。护藩黄、署道蒋，俱未见。

同乡钱崧制军，邀余作陪，设音尊于中衡署。中衡署，中军参将尚蕴斋之署也。未正往，戌正归，凡演剧五阕。

中衡署坐中，闻和荣卿总戎煌曾十二日晋省，又邵实孚前辈十一日晋省。崧抚帅适以何日移署见问，余意恐久据行台，则和、邵须别设馆地，乃与杨侯面商，改为十一日移署，杨侯不肯，又与文太守试言之，太守则极代道感。余言既出，势不得不自践也。归后，呼走院至，告以改十三为十一之说。走院乃云：镇戎向寓武职署中，道台亦向来住店，无寓行台之例，且十一亦糊裱不及。遂罢论。

到任执事，由县预备全分，又厨具全分，同日运来。廿八日送来，因六、七、八三日下马宴，俱由县备，次日即须自己起火。廿九日又系接印之期，故执事与厨具同日送来也。

十二月初十日　壬子　阴

辰初二刻起。

申正，拜题本。题本由稿房拟稿，请抚署题本房代写，并包裹装匣等事，装讫，交驿站递发，付传牌一张，在匣外随带。匣中附咨文十三张，咨吏、礼、兵三部，吏、礼、兵三科，又都察院，又贵州、京畿、浙江、河南四道，又文选仪制二张。其咨本省者，滇督、滇学使、黔抚、黔提督及四总镇。

收文四件。

护抚一件，到任日期。锦屏乡二件，一丁一起。贵筑县一件。帮增。

十二月十一日　癸丑　阴　忌辰

辰初起。

晚饭后，房呈观风告示牌，示及题目各十六分，标朱用印。

又批汤洪发禀牌。

又各属详文十二分，房拟批条，俱照批，除姜腾甲被控销案，及斥革文生王用安两件外，余皆丁、起、帮、增，照例注册者也。

拟京友谢信稿，敷衍凑砌，殊不耐。

十二月十二日　甲寅　阴　午偶见日　晚月稍久　忌辰

辰初起。

收文二角。藩经历一角三件，旌表节表册。贵筑学一角一件。附生晏文林起复。

与澄兄校对观风题目。写京信签八十余，起信草十余。

和镇军、邵前辈同日到省，俱差帖迎之。

十二月十三日　乙卯　早雾　傍午浮云　北渡　时透日光

辰初起。自初八日始，每晨起写日记毕，诵《近思》一卷，是日诵，一周讫。

收文二角。护臬司接印咨，安顺府学详增生黄培修补赵元奎廪缺。

会客三。崧护督，邵实孚前辈，和荣轩镇军。

晚拟举优报劣通饬稿。

十二月十四日　丙辰　阴　夜雨有声

辰初一刻起。

收文二角。兴义学报附生黄春元丁。湄潭学报附生吴正乐起。

会客二。署平越州裴玉山良琨，华阳。开州知州陈邵吾唯彦。

午后拜客五处。崧锡帅，邵前辈，和镇军，俱见。

裴、陈二公俱未见。

早写寄徐荫师一封。

收舆呈二。杨先清因伞缺再诉。李杰忠又控伞缺系伊家祖业，为杨姓占去。头绪甚乱，晚间细阅数过，拟过明日调旧案确查之。

十二月十五日　丁巳　阴

卯正起。公送崧锡帅于北门外官厅。

收文五角。大定府学三角，附生杨光灿补章际芝廪缺。廪章际芝、附章际棻丁忧。附李清之、高续昌起复。大定府一角，王裕昌出贡。毕节学一角。廪生王玉清更名炳奎。

早诵《诗经》至《鄘风》，写寄贵坞师信、李高阳师信。写白折两开三行。

十二月十六日　戊午　阴

辰初三刻起。收普安学二角二件，廪生欧阳华杰丁，增生杨贵兰补欧阳华杰廪缺。石阡府一件。附生邵景尧补李绍莲中式廪缺。

写信四封，张中堂、孙夔师、乌达师、王云师。写白折半开。

十二月十七日　己未　阴　极寒

辰初三刻起。

收文五件。镇宁州申廪黄桂琛丁，粮道蒋申到任日期，武陵县周贺年，清平县刘贺任，广东藩成咨送题名录。

写白折六行。

写信八封。镜孙、蔚如、韵翁、飏升、菊人、泽叔、体仁、墨、辅叔、万顺。

托抚署折差带信致菊人。癸未信四十一封，壬子信二十五封，各衙门信十五封，师门信八封。又韵生、蔚如、晋笙、星岩、镜孙、宝宣、飏生、晋贤、万顺各一封。卢托交东天顺一封，王托寄恒昌一封，内余寄辅叔、体仁信各一，式托寄刘润翁信一，尚阁信一，尹致菊、道信各一。

十二月十八日　庚申　阴　极寒

辰初二刻起。

午后移入署。

嵩护抚、杨大令、黄护藩均亲到贺喜，蔺游戎差帖道喜。

余居来鹤楼之东复室，屋可丈许，而有二门，一南向而偏于东角，一西向而偏于北角，南北西三面皆窗，北窗之外直对黔灵、狮子诸山，因拟嵌玻璃二方，以延远岫。

房呈例办之稿十五件。

十二月十九日　辛酉　阴

辰初二刻起。

收文六件。护督岑揭兼护督抚篆日期奏稿。护抚嵩揭护篆奏稿。镇宁学申廪生萧瑛、章永昌应出贡，屡传不到，先开廪缺；又增生马坤顶补萧瑛出贡廪缺。贵阳学申附生李赓元帮杜运钧补廪增缺；又附生彭师古帮李汝潢补廪增缺。

谢客四处。嵩抚，黄藩，蔺游戎，杨大令。

安插书籍。

写白折九行。

议制蚊帐，许久未定。此间洋布价最昂，每尺索价五分半，洋纱四分，洋罗九分。虽价不甚实，然相去亦不远也。红毯索价三两。

县署送席票，上一，中一。却之。

十二月二十日　壬戌　微晴

辰初二刻起。

收文十一件。抚帅咨武闱奏稿奉批回。贵筑学申附生李濬帮、孙德章补廪增缺。镇远学申附生张有勋起复，又附生王贡墀起复，又廪梁廉隅起复，又附生陆志鹏丁。清镇学申附生陈鉴丁降服。镇宁学申增李光灿应补章永昌廪缺，又附生皮正莹帮柳应元增缺，又附生雷世杰帮张云程补廪增缺。郎岱同知贺任。

房呈牌八十件，灯牌、派保、汇童、优劣、加额。咨一件，孙培源改奖咨西道。发词一件，文生覃懋德禀发都匀府。存词一件，杨传氏。札二百一十件。造格眼册，岁考不到斥革，选择廪保，裁新见仪。

仆抱而入，堆列盈几，仅阅札六十余件，便已曛暮矣。晚又标牌十六件，余六十四件，分请澄兄、镜兄代笔。

会客四。抚、臬、府、县。蒋观察道喜，未见。

与仲瀛太守议设局购书，仿津局例。[1]

十二月二十一日　阴

辰初三刻起。

---

① 页眉。郎岱同知庆恩，字雨香。

收文一件。永宁学申附生王绍燧帮吴荣山病故增。

收森昌局来津信。兄谕一，第一号。辅叔信一，崇儿禀一，第一号。崧生信一，仲明先生信一，哲生信一。十一月初二日由津发。

拟书局章程草底。

十二月二十二日　甲子　微晴

辰正起。晚过澄兄处，适读韩文，因取一册归枕上看。

收文三件。遵义学申附生喻焕章补伍炳文出贡廪缺，湄潭学申候廪曹文翰补周永年中式廪缺。镇远府贺年禀。

批驳平越州诘开复滥保枪替之廪生艾镜清。房拟照准，悉易去不用。

批李在忠禀，照房拟，略改数字。

新署普安县四川廖味三书林来见。

拜客六处。嵩、袁俱见，蒋、文、廖、杨俱未见。

收舆呈。杨光荣控李光忠诬告，二十三日批。清镇增生戴锡纯因取列二等第六，应补许铸槐出贡廪缺，被二等第七刘鉴越补，学师及门斗皆索贿，来辕控诉。

十二月二十三日　乙丑　阴

辰正起。晚看韩文，阅《京报》。百川通送至，十一月初五日止。

收文二件。郎岱厅学申本年月课题目及生、童名次，安平县学申十一月分并无文武生员控人、人控案件。

批杨光荣禀。看稿十五件，内有繁冗者，删去若干字。

荣卿自十日前身体不适，每食辄呕，近数日益甚，遍体作痛。今早延医朱贡生诊视，立方一帖，余嫌其周章无主。午后又延正本山长徐凤阶大令诊视，谓胃有寒根，现在之热，乃浮热也。立方而去，晚煎服。生姜包烧，草蔻仁，陈桔壳，云苓，法夏，广皮，制香附，荆芥梗。引，红枣。①

拟购书局书目，价目用白折缮清。凡书三十四种，为册九千有奇，价一千串有奇。

房呈飞催兴义、大定、遵义三府，普安、仁怀二厅取齐稿。

十二月二十四日　丙寅　午前暂晴　晚阴益甚

辰正起。看《科场条列》两本。光绪十七年四月至光绪二十年三月。看韩文。

收文十二件。普安厅学申陈其纳帮杨贵西丁增，又杜发陵帮杨贵兰补廪增，又贺良英帮顾文兰补廪增，又任宝民帮吴英达故增，又骆芹芳帮冯乐熙补廪增，又增生吴英达、附生李秉琛、戴超凡、刘全衡病故除名，又附生董弼经帮冯之驹保举出学增缺，又增生顾文兰补唐思聪丁忧廪缺，又武生骆永壹丁，又廪生唐思聪丁。修文学申附生戴树声丁。正安州申革包揽捏控、抗传不到并平日伪造约契之附生张凤翥。

荣卿服药一帖，病无增减。晚间，胸鬲间气壅塞不畅，痛不可忍，遍体作颤。约二刻许，乃稍安。连日与澄兄

---

① 此药方之每味药后原皆有数量说明，因字迹模糊不清，故不录。

商，令仍吸洋药，荣意不肯。

接兄第二号信，崇智第二号禀。俱十一月初五发。

本日食斑鸠，味不适口。

十二月二十五日　丁卯　阴

巳初起。

收藩署文一件，移送十一月廿九至腊月三十日养廉。

号房收禀一张。正安州张凤翥。

看《科场条例》一册。光绪十六年正月至十七年三月。

荣卿病不减。廿二日晚，服徐山长药头煎，次日又服二煎，俱不效。今午吐虫一条，长半尺许。吐后腹仍搅痛，气上涌，乃劝其仍吸洋药。

早饭时，袁观察之世兄号伯华者来访。栗堂带来善后局会稿一册，摘抄于后。

光绪十八年十二月十九日崧抚帅片

再据善后局司道王德榜等详称，窃查黔省当咸丰年间迄同治初年，苗匪变乱，全境沸腾。守土文武各员，每以饷匮援绝，效职捐躯。其死事最烈者，如前贵州提督孝顺、佟攀梅，古州镇总兵桂林，都匀府知府鹿丕宗，署开州知州补用道戴鹿芝，署遵义县兼署桐梓补用知府江炳琳，署开州事补用同知直隶州石虎臣，署普定县事绥阳县知县崇璟并其子道员于钟岳，或愤激自杀，城亡与亡；或督阵死战，骂贼遇害；或从容就义。节著一门，或力竭殉忠，肢体被解，均经前抚臣先后奏奉。

谕旨分别赐恤予谥，准于贵州省城或原籍，暨死事各任所，建立专祠。维时军务繁兴，库藏如洗，无力举办，迄今已阅三十余年，深虑迁延日久，姓氏就湮。上负朝廷褒忠至意。光绪十二年，经前臬司李元度倡率同官捐廉集款，以省垣为观感首善之区，度地于城之南门外油榨街，查照历次钦奉谕旨，准建专祠者，文武九人合建一祠。又有署都匀府事候补同知直隶州知州石均，系与卸任都匀府鹿丕宗，协力登陴守御，城陷，犹督饥军巷战，力竭被执，骂贼不屈而死，奉旨准恤。又署麻哈州事归化通判何铤，与前提督佟攀梅，共守危城，同时遇害最惨。奉旨优恤，加赠道衔，该二员均系守土官，与城俱亡，懔然大节，并祀于祠，额曰“忠烈”。其随同殉难之妻妾、子女、员弁、仆婢，均附祀于两厢。先因捐项未齐，一时未能蒇事。兹经该司道于应用公费，历年撙节，抽款接修。现已一律工竣，仍俟库款充裕，再行筹办建专祠，用昭旷典。唯是祠宇既立，祀事宜修，理合详请，查核奏咨，列入黔省祀典，由地方官春秋致祭，以安忠魂。所有死难事迹，谨摘录案卷，并就地方传诵，当时实在情事，另缮清单呈核，可否一并奏请宣付史馆，以备采择等情。前来奴才覆查无异，合无仰恳天恩，俯准将殉节各员李顺等总祠列入黔省祀典，由地方官春秋致祭，以慰忠魂。并将死难事迹宣付史馆，以备采择之处，出自鸿慈，除事迹清单咨部查照外，谨附片具陈，伏乞圣鉴训示。谨奏。

朱批：著照所请，该衙门知道，钦此。

善后局移覆藩司光绪二十年三月初八

为移覆事，案准贵司移。据贵筑县瞿令鸿锡禀请，拟照曾文诚公祠春秋祭祀成案，发给忠烈祠祭品、银两等情一案。以此案系由局札饬办，理应如何筹备祭品、银两，移局查核办理等因，准此，查各祠祭品、银两，局中向未发过。兹准来文内开曾文城公祠年额支银七两，照贤良祠春秋二祭，每祭支银三两五钱，系由司库开支。所有忠烈祠祭品、银两，自应由司查照成案办理，自应由司查照成案办理[a]。以规划一，相应移覆。为此合移贵司，请烦查照成案核办施行。须至移者。

善后局详请合建忠烈祠采访事实清折摘记

孝顺，满洲镶红旗人。咸丰七年，驻军灰坡，粮尽援绝，燃枪自杀。光绪三年，准于省城建祠，先于咸丰七年，予谥“壮肃”。

佟攀梅，汉军正蓝旗人。咸丰八年，贼陷麻哈州城，遇害。同治五年，予谥“忠壮”，并准建专祠。

桂林，满洲正黄旗人。咸丰六年七月，教匪陷古州城，殉难。咸丰七年，予谥“壮恪”。同治六年，准于古州死事地方建立专祠。

鹿丕宗，直隶定兴县人。咸丰六年都匀府城陷，

①“自应”句重复，当删。

殉难。准于本籍建立专祠。同治八年，予谥“壮节”，并准于贵州各任所地方建立专祠。其随同殉难之家丁孙福、李寿、黄元，仆妇周赵氏、李王氏，婢女冬桂，一并附祀。

戴鹿芝，浙江兰溪县人。同治二年，开州城陷，遇害。三年，准于本籍及死事地方建立专祠。

江炳琳，四川江津县人。咸丰八年阵亡，十年，准于遵义及原籍地方建专祠。

石虎臣，云南昆明县人。咸丰九年，剿贼于瓮安属之高视地方，阵亡。光绪五年，准于开州及原籍地方建专祠。

崇璟，姓于氏，汉军镶红旗人。咸丰四年，普安城陷，骂贼遇害，妻张氏，女顺格、瑞格、秀格，及钟岳妻司氏、婢小梅，同时自缢死。是年，准于该地方建立专祠。

于钟岳，崇璟长子，同治二年阵亡。四年，准于死事地方建立专祠，并准其在贵州省城另建崇璟、于钟岳专祠。

石均，直隶滦州人。咸丰六年都匀城陷，巷战死。

何铤，四川璧山县人。咸丰八年，麻哈州城陷，与佟提督同时遇害。

善后局札贵阳府贵筑县

为转行事，案奏抚宪牌开，光绪十八年十二月十九日附奏殉节之前任贵州提督孝顺等合建一祠，由地方官春秋致祭，以慰忠魂。夹片一件，兹于五月二十一日，差弁赍回京片，奉朱批“著照所请，该衙门知道，钦此”。除咨督部堂钦遵查照外，为此恭录檄行，仰该局钦遵查照毋违等因。奉此祠内原止十忠神位，兹将原任麻哈州知州何铤添入，自应添设牌位，且应添设各妻妾、子女、员弁、仆婢位，以符原奏，门额应改书“忠烈祠”，合将奏稿抄录，转行为此札，仰该府县即便遵照办理毋违，特札。

十二月二十六日　戊辰　阴　闻澄兄云　偶见夕阳　余惜不见

辰正起。抄善后局稿。看《科场条例》数十页。

收文十二件。护院咨兴义训导孙家璠丁，以试用训导杨达木署。又遵义府教授郑荣增给凭赴任。又起复试用训导朱文奎验看注册差委。又前思州府训导杨德棻验看注册差委。又毕节县文生王用安暂革衣顶。普定学申附生任文荣补帅光宗丁廪，又廪帅光宗丁。玉屏学申候廪刘昌容起复，又武生李上品、彭显廷、胡文斗，附生夏宗贤、汪北川丁。荔波学申文生蒙永青起，又文生李家盛丁，又文生胡含章丁。

黄让卿署方伯来谈。

午后，贺护院改护为署喜，拜严绍先太守，答拜黄方伯，谢徐山长步，并再邀其来诊荣卿。

荣卿自昨午吸洋烟后，气稍顺畅，至晚又痛，更连吸之，夜竟不睡，腹仍搅痛，云：小腹有物作患，有时逆行而上，痛少止而气又上涌。夜间屡索便桶，然闭阏盘结，强之不出。今早试商以白蜜调麻油冲服，荣闻之，急欲索饮，乃饮一茶钟许。余恐其仍有虫，饬人买疳积饼，此间竟无售者，从栗堂之议，以使君子肉烧食四枚，俱无动静。午后又吐虫两条，食粥一盂，旋即哇出。傍夕，徐山长来诊视，据云：当杀虫降气。立方：法夏二钱，榧子钱五分，使君肉五枚去壳烧，广皮钱五分，西砂钱五分，制香附三钱，枳壳钱五分，云苓三钱，引用乌梅二枚。二更后服。

自发常德以后，将及两月。阳乌出驭，不过十次。然且倏焉而退，曾未见所谓万里无云者。终日冥冥昏昏，使人气闷。久居此者，得毋郁郁。所见居人，气色大半灰黯，奄奄少生人气。一则天气使然，亦由吸洋烟者十有八九也。

十月二十七日　阴

卯正二刻起。看《科场条例》。

收文八件。修文学申武生雷鸣春、和春丁忧。遵义学申附生黎汝恒丁，又武生曾世鸿丁，又增生李芬、附生熊炯钊、唐树屏、姚际唐起复。安顺学请开复刘镕衣顶，又附生易贵谦、张时中丁忧。郎岱学申附生黄文灿帮林德宣病故增缺。大定府讯结毕节县熊定芳控王靖南一案，并请开复王靖南衣顶。

发咨文一件。咨藩署为收到养廉事。

荣卿病久不愈，焦急无计，闻厘金局委吴君精医理，持刺延之，午前来诊，人极耐烦，询病时情状及平日体质性情甚悉。初诊右手不作声，及诊左手，指初下，作惊愕状，曰：肝寒也。乃立一方：乌梅五枚，干姜一钱，姜汁炒熟附片一钱，桂枝二钱半，花椒炒七分，当归一钱，川黄连三分，黄柏六分，细辛四分，灵潞参一钱，吴萸子去梗一钱，姜汁三分引。嘱日内服两帖，帖二煎。初，余因其小腹作痛，又喜用汤壶煨熨，颇疑是寒，见吴方，甚以为然，又喜其考问精详，非孟浪者比，乃决意服之。午后服头煎，半时许，痛如故，已而安睡，痛辄减。醒后，又以二煎进。至上灯时，平安将息，帖然无声，大家交庆。晚间因烟吸不畅，肝气掣动，痛又作矣。九钟服第二帖之头煎，仍未止痛。夜间时睡时醒，睡则稍安，醒则复痛。每痛则须人按摩，兼吸洋烟，便可小睡，唯腹间仍觉有物耳。吴，雅州府人，候补县丞，抚辕监印。

批戴锡纯禀行清镇县详覆。

县署馈海参四事，生禽二事，馔四，果四。受其馔、果而却其余。

黄让翁赠一品锅，并自辑《仪礼纂要》，受之。

石[1]榴、雪梨、川橘皆佳，橘为最，榴次之。二者之味，吾乡所未有也。

十二月二十八日　早晴　午仍阴

卯正二刻起。看《科场条例》。

收文一件。思南府学申增生丁鹤龄顶补喻廷泽丁忧廪缺。

---

① “石”，原文作“拓”。

收清平县贺年禀。

举报优劣札，各房缮就十六分，求澄兄、式金校脱伪，晚间过朱讫，继思尚未妥惬，拟从缓。

荣卿服吴药，颇能睡，唯痛仍不止。午前，吴来诊视。原方之药一无增减，而分量加多：熟附片姜汁炒一钱三分，干姜一钱三分，川连六分，黄柏九分，大乌梅肥大者七枚，花椒炒焦八分，细辛八分，桂枝三钱，灵潞参一钱，当归一钱三分，吴萸子去梗一钱，佛手片一钱引。吴去后，余甚犹豫，夙闻燥烈之品，不宜久服，今连用重剂，又日服二帖，其力可谓猛矣，而痛未止，恐收效有限而伏害无穷，踌躇不能决，既无更医之理，又无相信之医。乃诣式金，请占易以决之。得师之卦。“师，贞，丈人吉，无咎。”诸公以为，吴已有须，可当丈人，吉又何咎，无庸疑也。午后，乃仍服药。灯后，服二煎。夜半，又服第二帖之头煎。

接兄电报。

黔省通行之银，曰街市银，亦曰罗罗银。色甚低，其高者曰票银，以街市银易票银，须加色七八分不等。

来鹤楼北对常平仓，仓之北曰汉相祠，皆望见。汉相祠者，祀萧、曹之祠也。西北为黔灵山，黔灵之南，东向者曰师子山，师子之对面曰东山，东山距城最近，楼窗一开，则三面列岫，杂以烟树，绝好一幅泼墨图也。常平仓之左，与粮道巷相通，斜出学署之前，石径一线，时有行人。凭窗停眺，则回首上瞩，目光相值，凝睇不去。冬学既解，儿童三五，终日嬉聚路之左右，或燃爆竹，或作杂剧，童音浏亮而清脆，不似此中人语，虽久不厌听也。

麦面以贵定为最佳，贵阳少逊。肆间所售，类多羼以稻面，若自家磨制则犹可。澄兄不喜食面，余则偶及之。

贵州绸，又名府绸，廛肆招牌，题“府绸发兑”者是也，每尺不过银六七分。余买一袍面，价尺十分。衙门购物，向来须多出价。闻府绸以遵义为最。革器以大定为佳。

黔中土药之税，岁入十余万金。报部之数如此，实则逾二十万。按科则每千斤抽厘八金，是每岁运售者，有二三千万斤之多，无怪比户吸食也。

城中之路，东高而西下，盖因山之势而迁就之。地名有头浪坡、二浪坡、三浪坡。每历一坡，辄降十余级。藩署之二堂，高出于大堂丈许。学署之来鹤楼，悬空架木为之。其西偏在平地，而基与楼之趾适平，盖亦迁就坡坎而为之，宜其有“地无三里平”之谚。

商刻《先正读书诀》，照原板略放大，而行款仍旧，凡二万九千余字，刻工二十二金，写工五金。

走院小走院具领状，请发工食五钱。询之房书，实则五百钱耳。小圃旧账，堂吏月九钱，内吏月一两，各给灯油钱一百。前日开单领钱，堂吏亦署一两，又有煤炭云云。诘以何以与陈账不符，乃始吐实。甚矣，此邦之人，人实诳汝。

二十八至初五蟒袍，七日。十三至十六日蟒袍，三日。初三、十四俱忌辰，素服。

十二月二十九日　早雪　午止　仍阴

辰正起。醒时见窗纸特明，以为畅晴矣。启户则皑雪满庭，空中犹战白也。乃与澄兄步楼之廉，凭栏眺赏，四山顿隐，云雾苍合，树枝融雪，落地如溜，土膏蒸气，涌作紫云，虽无绝特之观，亦足小遣尘虑。将午，雪益大，漫空飞散，巨碎相间，但未久辄止。

收文三件。藩经历代藩司移交兴义府节孝妇女应会题者四人并册结。安平县学申附生曾纪人补罗乃雍丁忧增缺，附生张兆渔补陈棠政病故增缺，附生施启刘补胡文德补廪增缺，又武生廖必昌丁忧。

荣卿夜间睡甚安，唯醒则仍痛。今早吴君来言，右手病良已，病在左手。肝之病已愈十之七八。病在心包络。今日拟用两方，相间轮服。一清其痰，止其呕，其一则仍治肝寒之本病也。

向例，补廪一名，房交上费三两，门印二两，随封如门印十之一。候廪上费一两，无门印、随封。出贡一名，上费二两，门印一两，随封如例。闻此间补廪一名需费十余金，出贡尤多，寒士畏难，往往学详之后，积搁[①]数月，尚未批发，甚至有迟之二三年者，此弊政也。今晚房交上费十分，因发朱笔谕帖，令嗣后免交上费，而廪文、贡文限以日期拟批粘呈，如逾限，即不候拟批，径行批发，其十分上费一并发还。命孟仆交稿书李德华，转交各房。李书请见，代

①“搁”，原文作“阁”。“积搁”，即积压搁置。

各房面求，据言：各房办公之费，取给于此。如果限定日期则概不付费，无以为生。余谓：吾意亦欲不重苦各房，但公事积压至二三年之久，则断乎不能曲徇。令李书与各房妥商办法，禀明再酌。

县署知照，明日三点钟司道至院署辞岁，学使则随意。

看《科场条例》《礼部则例》各数十页，考试之例分见二书及《学政全书》内。唯事例或有变通之处，骤检恐不易得，若能竭一年之力，分门编辑，去繁去复，合为一书，则便览矣。惜案牍纷错，无暇及此，出棚后更恐不暇也。

缝工偷减，本系通病，此处更出情理之外。

十二月三十日　壬申　阴　入夜小雨

巳初起。

收文十二件。藩经历奉札转呈本年祭祀日期。水城厅学申附生范顺承帮黄慎修补廪增缺。平越州学申增生徐大治补王铭成病故廪缺，又廪生王铭成病故。安化县学申廪生陈砺金、附生陈希贤丁，又增生杜时新补田成勋出贡廪缺。黔西州学申附生单蔚湘帮李宗式补廪增缺，附生史守坊帮童福源补廪增缺，附生车培根帮童福荫补廪增缺，附生陈荣官丁忧，附生梁瑄帮萧兴仁补廪增缺。青溪县学申附生刘国栋丁忧。

收贺禀四件，托选翁创稿答之。

收诉禀一。安化廪生罗云锦科案，一等第四，旋因保枪，经前任斥革。本年七月，有安化廪生鄢肇琨等公禀邀恩开复附生，今因田成勋出贡，廪缺为杜时新补去，乃以革廪未革一等为词来诉。

荣卿病见轻，仍服吴方，昼夜服四次。

午前，署院来辞岁，傍夕答拜之。署臬以刺来，首县亲到，俱刺答之。晚阅号簿，见署藩、署道及首府皆上号辞年，复命传命投刺答。

大堂以外至两辕门，首县备灯火三日，通例也。爆竹声自昼彻夜。首县知照，明日寅刻拜牌。

子初后睡，解衣如平时。

日记三

乙未（1895）正月初一日驻署献岁，至四月三十日大定试院校射。

光绪二十一年（1895）乙未正月初一日　癸酉　阴

卯初起。赴万寿宫，藩、臬以下毕至。又刻许，署抚帅亦到。同诣正殿阶下行礼，抚居中，学政在抚右，为一班。司、道以下，各就其班之位，赞行三跪九叩礼，毕，少坐而散。出署时，先易朝服，至官厅乃易朝冠，加披肩。初到官厅相见，不揖。行礼毕，易服，乃揖。

归时顺路拜年，抚、藩、臬、道、首府、县凡六处，辰正回署。

荣卿病大好，夜间服药，腹内觉不适。闻谷轿夫云：其妻尝患病，不能睡，以沉香屧入洋药，吸食之，颇效。乃如法试之。初吸便有睡意，再吸则沉沉睡去矣。至晓乃醒，神气爽朗，同人交贺。

午后，睡一时许，晚题《学政全书》册面，约四百余字。

今日无投文者。昨命孟仆属号房：有文来，当日便呈，不必拘向来过初三之例也。今日又再属之。

爆竹之声终日不绝。部文由旧任移存者，求澄兄抄目。

初二日　甲戌　阴　见夕阳及晚霞　时俱甚瞥

辰正起。看《学政全书》，看黎文肃任旧稿一本。

收文一件。安化县学申何汝骧补陈砺金丁忧廪缺。

会尚蕴斋。

贵州守兵万一千有奇，战兵七千有奇。战兵由绿营改练军者也，守兵仍绿营也。合之不足二万人，岁饷取诸盐厘。贵州盐厘由四川包办，岁协四十八万，悉充饷费。本省岁入唯厘金十余万，地丁十余万耳。尚云。

会吴枢臣。

荣卿之病日见轻减，唯痛未遽止，吴来又改定两方。

汉之一两，当今之二钱七分；汉之一升，当今之一茶钟许。景岳之方，熟地用至七八两，盖泥古书而不知衡量之有异同也。吴云。

午后拟出门拜客，因马不至，日将暮矣，乃止。

初三日　乙亥　晴　至申复阴　忌辰　**天气渐暖　蝇蝶飞虫俱见**

辰初二刻起。午后复假寐，检点出棚应带书。

收文一件。正安州学申文生张凤翥暂革衣顶。

批文十二件，晚拟通饬各学稿。因申文例不划一，不便稽核也。

批罗云锦禀。

荣卿病无增减，日内觉汗太多，梦中常惊怯。

初四日　丙子　晴

巳初起。看林前任稿一本，诵《近思录》一卷。

批文五件。

拜年十余处。抚、藩、臬、道、熊山长、候补廖、三营尚、崇、蔺、厘局吴、右营李、百川通、济亨银号。晤者抚、臬、道三处。

贺客至，预设果盘于床几，让坐、送茶毕，献点心或燕窝汤或莲子羹，以盖碗盛之，加勺其中。汤、羹之外，亦有佐以糕点者。

荣卿服药如昨。

初五日　丁丑　晴阴半

辰正起。

收文一件。镇远府学申廪生黄祖元起复。

批文四件。

会客五。吴医、抚、藩、臬、袁镜波照夔。

余以左肘之瘤问诸吴君，吴为诊脉讫。据云：以部位论，适当心包络过脉之处。因示一方：生党参、全当归各三钱，口嚼极碎，和唾敷患处，切鲜姜一片覆之，乃以蕲艾二三钱，加麝一星丸而灸之，不过数次即可消矣。

紫薇树，抚军以为即痱痱之树也，四五月时开极盛，署中客厅之前有一株，其东即紫薇书屋也。

初六日　戊寅　阴

辰正起。

收文一件。滇学政高、杨交卸题稿。

会客三。道、兴义府石小峰作栋、王仲文在岐。

荣卿觉胸腹胀闷，食不甘味。余恐服药太频，则伤脾气，今日仅服一次，明日拟再延吴君酌之。

走院来问，出棚需包杠若干，询以前任之例。据云：约四十余抬。乃令备黑红杠四十抬，棕檐绳索俱全，开一纸条付之。

书吏随棚例领夫价二十二名。

石太守以兴义尚未开考，并县考亦尚有未举行者，请缓出棚之期。余询诸稿房，李某言：向来出棚之期，总在二月初十以内。唯张任于正月始接印，故二月十八始出棚也。

余既免去廪贡之上费，众房书恐外间闻知，交费者靳不肯出。今日会同稿房来面求，余告以只要尔等不苛索，吾亦不尔苛也。上费既免，则考生少出此三金，尔等议价总可省力，则公事总可从速矣。吾第看此后有无积压，再为定夺。

初七日　己卯　阴　忌辰　寒暑表四十五度

辰正起。摘抄《科场条例案由》，演算。午后睡两时许，写贺年回信信签。

陪吴医。荣卿昨患腹胀。吴云：系大便盘结，然不宜用下药，今日改立一方，加参蓍而去附子，又用柴胡至五钱。服药后，腹中似有行动，作痛一阵。晚又服二煎。

接电报。石小峰太守馈肴四品，受之。

贵州昼夜刻分，与京师颇有异同。冬至时，日出卯正三刻五分，日入酉初初刻十分。昼四十一刻五分，夜五十四刻十分，是昼长于京师四刻十分也。夏至时，日出卯初初刻十分，日入酉正三刻五分。昼五十四刻十分，夜四十一刻五分，是昼短于京师四刻十分也。唯春秋分与京师同。

初八日　庚辰　阴

辰初二刻起。演算。

收文三角五件。思南府学申武生田云山、张调元、附生陈正义丁忧，又附生柳灿金帮李炳补廪增缺；思州府玉屏县学申廪生姚大谟丁忧；清镇学申附生龙赐封起复，又武生吴怀钰起复。

收贺禀一件。安顺府赵秀生前辈时复。

拜客四处。徐凤阶院长，尚蕴斋，晤，罗军门之世兄，石小峰太守。

晤尚蕴斋，知孟志青姻丈选授石阡府知府。

荣卿服药一帖，腹仍痛。令仆人以手推按，格格有声，痛益甚。两日饮食甚少，汗终日不止。

初九日　辛巳　阴

终夜爆竹声不绝，盖此地开市多用上九，如吾乡之上六也。

辰正起。演算，用代数演《九章》盈不足类廿题毕。

吴枢臣来为荣卿改方，汤、散各一。

复赵秀生前辈贺启。

复石小峰太守贺函，并答其夹单，言拟二月初四日出棚，与商可否？旋接复函，如约而定。

午后，迎春者来献杂剧，升堂见之，赏银牌、铜蚨及宪书，各有差。

初十日　壬午　阴　立春

卯初三刻起。天未明，闻荣弟呻楚声，起问所苦，则一夜未睡，腹痛不止。再延吴君来诊，始立攻降之剂，终日心气不定，忧喜数变。栗堂因荣卿未痊，恐出棚时，人不敷用。初四五间即托澄、式二公代达，拟暂缓归期，襄考上游诸棚毕，然后扶榇北行。彼时余因荣病日轻，出棚之期又推缓，且栗之先灵已于初三启行，不久即至镇远，既有大事，不便久留也，婉言道谢。选翁亦如栗堂之言，介澄兄述意，余亦托为道谢矣。今早因荣病毫无起色，乃面与栗言，请暂留如前议，栗竟慨允。本日托袁杏翁函致镇远杨大令，如陈榇到时，托为照料位置。

收文三件。云南姚学使揭到任题本稿；普安厅同知申童生张永泰、张永熜捐置黉仪田，请立案并由；安顺府郎岱学申增生熊梦罴起复。

收部文三件。吏部咨查增生邓鸿宾奖案；礼部移会微敕书；户部移会孙培源保案，已由吏部复奏。

提塘于年前寄来《京报》，余以为报已过时，竟不拆看。昨闻孟志丈选守石阡，欲检选单，开而视之，则公文三件在焉，已经十日余矣。设不检选单，则将终搁置之矣。凡一事一物不可不经眼，不可不留心，戒之戒之。

十一日　癸未　阴

巳正起。写第四号家禀，是为黔字第二号，晚看《愧讷集》十余纸。

批文数件。

房拟饬贵阳府学行查邓鸿宾奖案，稿当即画行。劝学告示六百七十张，是日送来，约澄、式、选、镜四公，代为标判，至十二钟乃散。

昨因荣病不减，恐夜间又有变态，约式金来共话。夜，荣卿竟夜未睡，痛亦不止，余张皇无策。昨日吴君固言脉象已如平人，仅止大便未下，服药一两剂便可脱。然闻其意，似不欲数数来者。今早姑函询之，其复函云：照方再服一两剂，俟大便通利，再来诊视。

十二日　甲申

辰正起。接写家禀未毕，接判告示毕，用印毕，午后写礼扇一。

批文一件。

会客一。魏问秋。

问秋，临榆人，同治元年选云南石屏州，丁忧起复后，选贵州平远州。光绪五年，十年俸满引见，前中丞林以办事草率，人地不宜，奏请开缺另补。彼时魏引见在京，遂迟久未来。林去始来，刻派广仁堂差使，年七十四矣。老年宦游，去家五千余里，殊可恻然。

问秋有《治河条陈》，临行，出以视余，因留阅，大旨谓河宜仍归南行。尧时治河自京师始，以京师为重地也。因历引前代治河之法，以证南行之便。附筹款二十条。

十三日　乙酉　阴

巳初起。晚看《愧讷集》十余页。

批文一件。普安厅详篑仪田，十五日晚发出。

复邵实孚前辈信。

袁观察约晚饭，辞不获命，乃赴之。同坐皆乡人文仲瀛、尚蕴斋、崇镜廷、蔺瑞臣、杨仲三。

荣卿略好。

十四日　丙戌　晴　忌辰

写信致首府，为运售官书事。

巳初起。每夜恒谈至丑，好夜居者，不善早起，戒之戒之。看《愧讷集》十余页。

发饬贵阳府学查邓鸿宾奖案札。

栗堂接电报，言津宁安。首县送节礼，却之。

十五日　丁亥　昼阴　夜微晴　看旧稿

卯正二刻起。写家禀毕，二月廿八日到。写寄仲敏信。写寄锡智信。写寄崇儿信，二月廿八到。接电报，旋覆，并电隽峰。

申明约束告示，是日过朱讫，澄、式、栗、镜并与有力焉，晚发出。

十六日　戊子

辰正二刻起。看旧稿，晚看历任奏稿。

阅杨任旧稿，知定番州亦有黉谷。

通城团拜于四川会馆，余未正后到，戌初归。

十七日　己丑　忽阴忽晴

辰初三刻起。

收文一件。玉屏学详杨焕臣补增。

会客三。石小峰太守、朱采香大令、平越学正文良臣明。

陈荃，安州人，由侍讲任贵州学政，乾隆三十二年丁亥至三十四年己丑。

王士棻，华州人，由刑部郎中，三十五年任。奏稿失。

孙士毅，仁和人，由户部郎中，三十六年辛卯至三十九年甲午。

刘校之，长沙人，由检讨，三十九年甲午至四十二年丁酉。

萧广运，黄陂人，由检讨，四十三年戊戌至四十五年庚子。

潘曾起，荆溪人，由编修，四十五年任。奏稿失。

陈本忠，昌平人，由工部郎中，四十八年癸卯至五十一年丙午。

吴寿昌，山阴人，由侍讲，五十一年丙午至五十四年己酉。

陆湘，清苑人，由内阁中书，五十四年己酉至五十七年壬子。

洪亮吉，阳湖人，由编修，五十七年壬子至六十年乙卯。

以上乾隆朝，奏稿之存，自安州陈始。

谈祖绶，德清人，由户部员外郎，嘉庆元年任。奏稿失。当是乾隆六十年接洪任，此据张碑，碑中多以到任次年起算。

彭希濂，长洲人，由刑部郎中，三年戊午至六年辛酉。丁。

兼理学政巡抚琅玕。

周锷，长沙人，由吏部郎中，嘉庆五年庚申至六年辛酉。

陆以庄，萧山人，由编修，六年任。奏稿失。

顾皋，金匮人，由修撰，九年甲子至十二年丁卯。①

钱学彬，大兴人，由户部员外郎，十二年丁卯至十五年庚午。

胡枚，石门人，由户部主事，十五年庚午至十八年癸酉。

李宗昉，山阳人，由庶子，十八年癸酉至十九年甲戌。内召。

程德楷，麻城人，由编修，十九年任。奏稿失。张

① 页眉。字晴芬，见《周石藩诗抄》。

刻碑名至程止。

张辅，洛阳人，由吏部员外郎，二十一年丙子至二十四年已卯。

裘元善，奏稿失，名见戚奏稿。[1]

以上嘉庆朝。

戚人镜，道光元年辛巳至二年壬午。内召。

钱宝琛，二年壬午。[2]

程恩泽，奏稿失，据署中悬额题，年乙酉，当是。

胡□□，

陈□□，[3]

贾克湞，道光十七年丁酉至二十年庚子。

王庆云，署中悬联题庚子年。

钟□□，名裕，见下游某考棚悬额。

以上奏稿均失。

胡家玉，署中悬联题年乙巳，何奏稿言由胡交印。

何桂珍，师宗人，二十六年丙午到任后，旋丁忧。

丁嘉葆，二十七年丁未至二十八年。

翁同书，署中悬联题壬子。二十八年已酉至咸。[4]

以上道光朝。

黄统，二年壬子至四年甲寅。

---

① 页眉。庚辰。四面云山到此处尘劳小憩；三春花柳与斯文妙趣瑞生。裘元善。

② 页眉。道光二年，“敦诗书说礼乐，致德艺兴贤能”，娄东钱宝琛题。

③ 页眉。史绳之云：道光十一年辛卯，李铁梅（敬）端，放贵州学政。

④ “咸”字后有应记而未记者。此句原文有删除符号。

鲍源深，五年乙卯至八年戊午。

黄图南，九年己未至同治元年壬戌。

以上咸丰朝。

陆仁恬，淡吾，广西人，元年壬戌至四年乙丑。

黎培敬，简堂，湖南人，四年乙丑至六年丁卯。

廖坤培，西崖，四川人，六年丁卯至九年庚午。

刘青照，藜仙，四川人，九年庚午至十年辛未。

韦业祥，伯谦，广西人，十一年壬申至光绪二年丙子。

以上同治朝。

张登瀛，海峤，山西人，光绪二年丙子至五年乙卯。

林国柱，笃甫，浙江人，五年己卯至八年壬午。

孙宗锡，八年壬午至九年癸未。

杨文莹，九年癸未至十四年戊子。

陈荣昌，十四年戊子至十七年辛卯。

叶在琦，十七年辛卯至二十年甲午。

十八日　庚寅　晴

貂褂至开印止，崇镜廷云。

卯正起。整理历任旧稿，并查官阶、姓氏，加签记等。

收文三件。玉屏学申杨焕臣补廪，清镇申覆戴锡纯控争廪缺，郎岱学申武生严绍芳起复[①]。

答拜石小峰。收舆呈一，杨先清控先荣不服理论。

---

① “复”，原文作“服”。

十九日　辛卯　晴　风暖　开印

卯正起。午后睡一小时，是日去棉鞋。

收文二件。抚院咨正安州生张凤翥如详斥革，又桐梓县训导戚人杰考凭。

批杨先清禀，批清镇学申文，接赵次珊前辈回信。

二十日　壬辰　晴暖　是日去棉犊裤

卯正二刻起。看《山姜文集》，检点出棚应带书。

荣弟自十七日见大便后，病渐瘥。本日请吴君至署，酌立滋补之方。吴君有私相干，属向方伯一言，面诺之矣。晚又作书谢之。荣弟服药一帖。

二十一日　癸巳　阴晴半

点《思辨录辑要》一卷

午后接电报。

二十二日　甲午　晴　早阴寒甚　过午乃晴

辰初起。点《思辨录》一卷，出棚书籍装箱，看《李文贞年谱》讫，校《先正读书诀》十许页。

绥阳周玉书训导钟麟来见，适装书箱，辞不见。会云南迤南道陈昆山灿。昆山，松山太史之胞兄也。

荣卿服补剂。

二十三日　乙未　早晴　午亦晴暖

辰初起。点《思辨录》两卷，看《黔书》。

收文五件。吏部咨恩诏予荫，又咨恩诏给封，普安县学申禀生瓦光文丁，普安厅学申附生李文郁帮增，又增生周体忠丁。

吴枢臣来见。房呈点卯告示，标廿八已刻。房呈前三任纪题簿，前三任考试日期列后：

首日到棚。次日谒庙放告。三生童经古并补考。四文生正场。五生童古覆。六文童正场。七文生覆试。八考教。九文童面试。十[1]。十一武童步射并技勇。十二。十三武童骑射并内场。十四武生正场并补考。十五填亲供。十六文童覆试。十七补覆试。十八武童覆试。十九发落。二十空。二十一起马。

以上叶任。但举安顺一棚。

首日到棚。次。三谒庙放告。四生童经古并补考。五文生正场。六生童古覆。七文童正场。八文生覆试。九考教磨勘。十面试。十一武童步射并技勇。十二同上。十三武童马射并内场。十四武生正场并补考。十五填亲供。十六同上。十七同上。十八文童覆试。十九武童覆试。二十发落。二十[2]起马。

以上陈任。

首日到棚。次日谒庙放告。三关防。四生童古。五补考。六文生正场。七覆古。八安、普、郎正场。九文生覆。十镇、永、清、安童正场。十一考教。十二面试。十三一等

---

① 此日期后无具体内容。下同。

② “十”字后脱“一”字。

磨勘并永宁文童面试。十四安顺、永宁武童步射。十五 。十六。十七武童马射并内场。十八武童正场并补考。十九文童覆试。二十。二十一填亲供。二十二武童覆试。二十三发落。二十四起马。

以上杨任。

二十四日　丙申　晴　寒

辰初起。点《思辨录》两卷，看《榕村语录》。

午后拜客三处。答拜陈昆山，访文仲瀛，谢杨仲山步。

收舆呈一，张凤翥。又府辕经书某递呈，即掷还。史绳之方伯念祖祝嘏后回滇，本日到此，照抚帅例，差帖迎之。灯后，方伯来拜。

荣卿自昨日步出于堂，因吴君言，不忌风也。

二十五日　丁酉　阴　雨水

卯正一刻起。点《思辨录》四卷，看张任旧稿。

收文一件。抚院咨毕节训导周煦告终养。

收信一件。李钧甫鸿春自左江道瑞辑五观察幕中。

会客一。黔西州曹惠斋刺史。

曹言：黔西有黉[①]仪田，月资学师十金，榜发不取印费。水城、平远亦有黉谷，唯毕节、威宁则不然矣。查光绪五年九月初三日张任旧稿，威宁议定章程，刻石公所，并咨部院存案，名曰“威宁州学规”。据曹刺史言，则威宁至今

---

①“黉”，原文作“红”。

仍不免计较印费，何也？

附录威宁学规。

一学师印仪，上上户二十两，上户十二两，中户六，下户三。

一廪保谢仪，旧例照学师减半，仍之。但报名时，学内须见禀保凭飞，方可上册。

一礼房试卷，州府院汇试卷，价一钱五分，前十二钱，第一三钱，补考三钱。

一院内招覆红卷，银二两。

一等招覆卷，价三钱。

一学书册子，州府院册子每张二分，补考四分。

一竹本，即亲供册。上上户四两，上户三两，中户二，下户一。

一报名册，每童一名，共七钱二分，分之则学官四钱，廪保一钱，书斗二钱二分。

一每考派公正廪保轮充，不准任意充派。

一童生须过州考，方准应院试。不准不应州试，在府补考。

阅张任旧稿，知定番州于光绪五年捐置学田，立石存案，并咨抚院。

附录定番州学规。

一两学黉谷，自光绪四年始，每学岁百石，未满岁者按月计送。岁、科两考，不得再索黉仪及竹本等费。

一廪保岁考八名，谷一百二十石，命曰“贽仪”。

科考人数半之，谷亦半之，不得再索谢仪，统俟考毕，回州城分领。其保枪冒被斥革者，不给；或府考后院考前有丁忧病故事，别未添派者，仍给。

一本学廪保三十名，以补廪等第前后为序，自己卯岁考始，轮流换派，不得搀越。其不愿当保者听，曾经保枪有案者，永不再派。

一书斗工资，岁考八十石，科考半之，不得再索，各费亦于试毕回州领取。

一文武童生岁科报名，两学册费共六钱。

一文武童在州补考者，二三场至终场，每名两学报名册，共一两二钱。

一文武童生岁、科考会保，每名童生送认派保贽敬各一钱。

一文武童生新入学，由廪保带领谒见学官，每学贽仪六钱，书斗、随封共一钱。

一文武童生谒圣庙，送学见学官，每学贽敬二钱。

一科考新旧生员，报名册费，每学一钱，书斗共一钱。

一文武生员丁忧文费，每学一钱。

一起复文，每学一钱五分。

一科场录遗起文费，每学一钱，书斗共一钱。

一补岁考起文，每学一钱五分，书斗共一钱。多次者，照此递加。

一帮增文费，每学二钱，书斗共一钱。

一出贡补廪文费，每学六钱，书二钱，斗一钱。

一收廪收增文费，每学一钱，书斗共一钱。

午后接华芝庭世伯讣文。

午前接电报云：魏夫病故，如何？速复，急。即日电复四十五字。

二十六日　戊戌　阴

辰正起。点《思辨录》二卷。

收文三件。安平学文生罗乃雍、刘钟书起，郎岱学附生杨远谟帮增，又武生汪逢源丁。

批文三件。普安县学一件，普安厅学二件。

批禀一。张凤翥，批遵义府查明详覆。

会客二。备选队候补守备陈、委署普安县事廖味三书林，托其劝办学田，并行学，认真牒报人控控人案件。

电报局送来译发上谕，附粘一纸云：顷接津电，王夔帅署直督，廿五接印，合肥廿一赴都，驰赴旅顺议款。

二十七日　己亥　早阴午晴

卯正起。点《思辨录》三卷。

吴枢臣来，求书楹联。陈昆山辞行，畅谈。

迎高勉之学使于西门外官厅，旋至公馆拜之。

批文。收舆呈一。

二十八日　庚子　晴

辰初起。点《思辨录》二卷。

高勉之前辈来谈。

收文四件。永宁学训导罗庆云到任，委署安顺训导罗庆云到任，遵义学申附生刘玥暂革，贵定学申附生周燮钧丁。

巳正二刻点卯，当堂派定出棚人役。

叶任旧式，派传事二名，茶房二名，承差四名，舍人二名，皂班四名，伞夫一名，外班一名，大轿夫四名。

稿房代求传事、茶房多派一二名，俾得沾溉，乃各添一名，余如叶式之旧。看署承差、舍人、皂班、外班如随棚之数，唯传事、茶房仍留两名。

二十九日　辛丑　晴

卯正二刻起。晚点《思辨录》一卷。

批文四件。禀一件。方卢氏。

偕通城送高前辈于南门外官厅。

护抚嵩赠《物理小识》一部。

袁署廉访赠《汗简笺正》一部，郎苏门葆辰《黔南杂咏》墨刻四分，又朱拓一分，《三忠合编》一部，《历代纪元汇考》一部。附袁观察自叙生平一本，此系借观。

袁训导照夔来畅谈。

花红银两，先期于首府备送，府由藩库领，上游一次，下游一次，每次领五百余金。据稿书云：例领之数尚多，此不过一半耳。生之一二等，及三等前五，新生之全案，人给红布一条，纸花一枝，由稿房备办，每名发价三分。

传事：司投文、投卷、收卷、收发诗韵。曾怀仁、曾连升、张珍。

茶房：司铺设公案，领发封锁，沿途在棚照料开饭。邓洪顺、莫洪升、刘润新。

承差：司承办夫马，站堂巡号。马升、杨春荣、刘顺、谢顺祥。

舍人：司应管扛抬。汤贵、丁培。

皂班：司看守龙门，搜检夹带。莫洪升、陈升、刘河清、王春。

外班：司一切杂事。胡焜。

三十日　壬寅　晴　午到北省义园拜选卿之先灵

辰正起。点《思辨》一卷，看《家阴堂汇稿》，周教谕钟麟赠。

收文五件。粮道移请选廪生册，兴义学刘景祥、刘运祥起复，水城学严自荣请斥革，天柱学武生蒋庭春起复，安顺府陶开荣父子异籍。

黄彭年《一朵山房诗集序》：

> 先君尝语彭年曰："昔者，吾师小泉先生之设教也，从者数百人，先生语而进之，培而植之，各因其才之所进而成就之，或言义理，或言考据训诂，或言诗古文辞。大叩大鸣，小叩小鸣。尝慨谓：俗学溺于科举，有蕲进于古者，则骇怪诋毁，若不能容。先生欲挽其颓，而惧不相习，乃以科举之文为之阶梯，而论古人诗

与文，引为绳削焉，入于大雅之林而不自知也！”因指手所持，便面曰：“此先生自书所为诗，汝读之，有奇异过人者乎？而按之古无不合，施之今无不适乎。人之意，吾乡国朝诗人，渔璜为最显，其他见于《黔风鸣盛纪事》诸篇者，踵相接也。而先生之诗，平易而不弛于法，于学者为尤近焉。先君自髫龄从先生游，时学中弱冠、壮年者方众，先君始受书，诵辄中节，先生闻而异之曰：此子出诸生上矣。故周其贫乏，使无废学。先君每述少时益友，则唐威恪公、孔文余三、徐文毓东，而师则惟先生，易箦时，犹称道之。彭年既与先生之子青余廉访缔交，又重以婚姻。今青余将重刊先生诗集，邮寄彭年审较。因述所闻于先君者，附于卷端，盖距先生之卒垂四十年，先君之游亦八年之久，不禁怆然以悲，而更历世变，犹得与青余商量旧学，以课子弟。先生之教庶几不坠，是又所窃喜者也！同治十二年九月再传弟子同里黄彭年谨序。

二月初一日　癸卯　晴暖

辰初二刻起。点《思辨录》十页。

写黔字第三号禀，由马递，限四十日到，附寄辅叔信一封，托送瑞安赙仪廿金，寄瑞安一封，又代澄兄五封。

写寄清镇崔子敬明府信，托首县代致。

定夫马数，大轿夫三班，旧皆四班，裁减之。师轿夫四名，纤夫由各县预备。家人夫各三名，有愿骑马者，亦发给三名夫价。杠抬，余抬，师抬，家人八名抬，三使及厨。其传事等，共给夫九名，马十七匹，房书夫二十二名。

发电报。

初二日　甲辰　晴更暖　新署首县湖北李章武盛清来拜，未见

卯正起。终日料行装，未开卷。

收文五件。滇护督岑交卸题稿；又新任崧接印题稿；永宁州请由通饬驿路行走禀；普安厅学武生张铭成起复，又候廪刘雯章起复。

北七省团拜，余巳正至，到者二十余人，皆蟒袍补服，先诣正殿先师位前，次诣配殿关帝位前，皆三跪九叩，毕，至厅事赞行团拜礼，揖四拜，复揖而毕。堂设四席，终席散去。

杨先荣、先清兄弟，是日具结。

收舆呈二。方卢氏控劣生修文周登云，旧稿书控副稿李忠。

初三日　乙巳　晴暖

卯正起。看《池上草堂笔记》。

收文四件。平越州武生舒开元斥革，龙泉学廪生曾应星起复，抚院咨考凭两件。①

收信二件。常镇道吕镜宇、安肃县胡恪三。

辞行十二处。尚、崇、蔺、署藩、署臬、新旧任首

① 页眉。曾应星之名饩，粮册不载。

县、天顺祥、济亨、百川通，皆未见。署院、首府皆见。

午后来送行者，或亲到，或差帖，均辞不见，署院赠以紫金锭。

夫行，马行，各写认状。凡用夫一百七十三名。大轿十二名；师轿四乘，共十六名；杠三十六抬，共七十二名；家人八名，乘轿者二名，共六名；宅门外各项人役共用挑夫九名，房书等共用二十二名，总共一百七十三名，每名票银一钱八分。马二十七匹，宅门外承差人等十七匹，家人六匹，三使二匹，督、敕印各一匹，总共二十七匹，每匹市银二钱四分。凡市平一银，折票银八钱五分。

家人有轿有马，马劳轿逸，家人皆欲轿也。余思一法，每名各发给三夫之价，有愿乘马者，则以其价之余归之，乃皆舍轿而愿马，唯孟仆老不能骑，张仆拙不敢骑，此两人仍乘丁拐耳。凡应发夫价一百九十一名，家人六名，空夫十八名。马价二十一匹，家人六马不发价。夫价票银三十四两三钱八分，折市银四十两四钱四分；马价市银五两四分，折票银四两二钱九分，二共市银四十五两四钱八分，折票银则三十八两六钱三分。

署中旧设锡类义塾，延师课童，束脩岁四十金，分两季送。节敬共六金。去年师因旷馆，辞去。余到省时，许颖芝前辈适假居，荐附生冷德卿尚儒，余诺之。本年正月十六开馆，学生旧额二十名，余嫌其多，减为十五名。又酌定条规五则，照余家塾，每生授日记一本，按月汇交。学生中有杨炳章，年十四，甚沉著，读过“四书”《诗》《书》《易》矣。

二月初四日　丙午　晴

道中绒冠、珠毛袍、短褂，午后暖甚，若不胜。

卯正起。道中看《池上草堂笔记》二本。

抚、藩、臬、道、府、新旧首县，皆差帖送。辰正二刻就道，出北门，又西折自威清门出，署院又差帖送，吴少尉云卿、周司训钟麟、陈守备廷栋、张委员育璞及三学师，皆郊送，降舆揖劳。

署中书籍及衣物，尚存四十八件，交承差景姓、传事李升等，属其照看，并留谷、李两舆夫看署。

午正一刻，尖龙场。龙场距省三十五里，贵筑属。

未初二刻，行二十三里至清镇，入自东门。

邑侯瞿子濬偕典史许蓬洲，名步瀛，直隶人。把总郭孝先，名顺，贵阳人。郊迎。到行台后，延见瞿侯，畅谈。

正月中旬接次珊前辈覆函，论黔省士习甚详，大略谓：黔之民最苦，黔之士甚杂。岁进千余人，而详革之案，无月无之。欲清其源，当自任缺无滥始。其意盖主用威也！本日与瞿侯谈及，侯谓：在黔八年，从未详革一生，宜养其廉耻，不可轻革，革则不可轻复，轻革、轻复，辄玩法而不知愧。余深佩其言。

大轿前凡十马，传事三名，背勅书稿房清书一名，背印稿房清书一名，[①]背火牌皂班二名，缴夫一名，茶房三名。大轿后家人六名，余人及三使，均在包杠前后。

---

①“稿房”句，疑为衍文。

上灯后，南门外大火，延烧五十余家。

纤夫价三两，由县付给。

初五日　丁未　晴

卯初起。因候夫、马，辰初行，三十里，或曰三十四里。尖芦荻哨。

午正二刻行，三十四里，或曰三十，或曰四十。宿安平县行台。

安平赵侯文伟，号才石，广西永宁人，癸酉选拔，中乙亥、庚辰乡会榜，郊迎。旋来见，谈极久，询以地方利弊，对甚悉。与商黉仪田，初以为难，寻谓：近因某庙田产屡讼不休，乃断拨其三分之一，禀经锡帅批准，作为修县志之费，刻下始议举办也。俟修志毕，即移此项作学谷。虽不足，亦可敷衍，其田岁可得二百大石，约二百金之谱。

收舆呈三，即晚交李稿书。[①]

初六日　戊申　晴　路道中寒甚

卯初起。

卯正二刻行，三十里，尖石板房。

巳正行，五十三里，申正至安顺府考棚。

文巡捕、府经历、县典史、武巡捕、右营守备，迎至石板房，在行台阶下站班，半跪迎见，亦半跪还之。旋属至

---

① 页眉。同迎者，署典史补用巡检邓黼章，号服霙，四川人。安平汛千总王锦荣。

棚时再见，遂前行。

收舆呈九，及抵近郊约十里，乃不收，告以初八日放告。

六属教官迎于郊，府赵秀升前辈，县邹星枢迎于官厅，小与周旋。未到时，府先遣人送礼节单。

到考棚，先行拜门礼，如到省时。

至棚后，府县众教官，及[①]文武巡捕先后来见。

府持帖送一单，开列传事姓名，凡六人，催册卷及办刀、弓、石也。城守营都司梁正瑞送一单，派拨站围弁兵，计外委一员，前后围兵丁十名。

初七日　己酉　晴　微寒　忌辰

卯正起。同澄兄率孟仆、邢仆查号。西号十一间，间各三宇，宇至六止者十五宇，宇至八宇者十八，凡容二百三十四人。东号十一间，间三宇，俱自一至十五，凡容四百六十五人。东之东又十三间，间三宇，俱自一至十二，凡容四百六十八人。东西堂各五十人。总计容一千二百六十七人。

批呈六，标告示，张。随棚张挂。

会客一。邓明府。发牌示二。招考算学及童生十五岁以下默经。

午后，送进号戳两竹筐，又空筐二事，饬刑、王、陈、彭四仆点检一过，凡缺两戳，多一戳。

---

① “及”，原文作“乃”。

收文六件。安平学增生苏学海丁忧，文生赵怡被人控案，附生张北鱼、施启刘帮增，廪生胡文德更名荣安，廪生张鉴更名朝均，清镇学申廪生杨赓寅更名培荫。

初八日　庚戌

卯正起。辰正二刻，县持帖请谒庙，乃著补服朝衣，出与至头门，掉转面门暂住，茶房举封条，唱“封锁，请验封”，封毕，诣文庙，降舆如仪，巡捕前导，至更衣所，加朝冠、云披毕，至大成殿阼阶下，行三跪九叩礼，礼毕，至明伦堂东室更衣，乃升堂。府县各属教官皆庭参，廪保讲书如仪，凡三人毕讲，即止勿讲，给以《尊经书院记》各一本，对一各一，皆自备，纸笔则稿书所备也。府以下复庭参，毕，入东室小坐而归。

巳刻放告。凡放告，先鸣信炮，乃升堂，教官堂参，答以揖，然后入座。茶房启门，以二人舁放告牌于龙门内，告者鱼贯入，抵牌而立后。舁牌者、导告者至堂之廉，置牌于地，告者毕跪。稿书接呈，奏而献诸案左，乃一一取阅。凡无关学校，及[①]违例者，当堂驳还，其余概令候批，教官复参，礼毕退堂。

是日收呈十一件。

郎岱生员黄兰柱，控堂弟武生黄介卿丁父忧止五月，朦弊幸进。

郎岱监生熊玉贵，控豪棍杨敷峄父子，拦路调戏新妇。

① “及”，原文作“乃”，疑作“及”。

永宁王登富，控廪生吴采蕃，贿串州差，百般虐磕。

镇宁孀妇贺谢氏，控革生贺宪章、贺门斗等抢夺。

永宁武生彭庆恩，控已革武贡生罗声和暗霸田产，并冒把总罗占春之名。

永宁民人王开明、泰。控武生段春晖，盘剥为生，不遵讯断。

永宁文童孙光福，禀请伊母孙王氏旌表。

郎岱增生杨远谟，控武生熊成林其父熊辉堂，即二大爷[1]恃衿截抢，案件累累。

郎岱武生傅德聪，生员傅相清、相高，请开释伊父。

郎岱属孀妇刘熊氏同子刘舒春，控衿棍张修武捆吓逼毙。

安平孀妇魏龙氏，控劣衿杨永霖霸业。

初九日　辛亥　昼晴　晚雨

卯初二刻起。

考生、童古，凡童六十三人，生三十五人，终日坐堂。

大堂点名。初升堂时，各属教官参堂，每属先廪保；次本童、古童，毕；次古生；次补欠考者。

未正后放头牌，巡捕入，参堂后出。凡放牌五次，灯后犹有未完卷者，皆提堂，至八钟乃扫场。晚批文件。

收文二件。正堂州详革廪生冉钦尧，清镇附生高肇林起复。

---

①“爷”，原文作“页”，疑作“爷”。

当堂补检昨日所收文。

子初睡。

初十日　壬子　早阴　午后晴　惊蛰

寅正起。凡生、童正场，皆蟒袍补褂。武童正场，初日蟒袍补褂，次日以后可去蟒袍，但公服可矣。

岁考生正场，到者四百七十九人。辰正盖戳，午初退堂。

龙门内点名，坐南向。考生自左掖入。府县教官、巡捕参堂如仪，皆一揖。点名毕，亲奉坐号册授代办提调邹大令，留安顺教谕庭植宗，镇宁学正李炳钊监场，设坐公案之右，东向。款以早餐，碗盘各一，暨小食两次。盖戳时，命家人持印盒，教官持戳，历各号盖之。

申正放头牌，止出五六十人。黔人性缓，于此可见。

放头牌，茶房白请两教官随出。

巡捕入参堂，旋出。灯下未交者，尚有百余卷，悉命移卷于中庭，横列数大案写之，不许在号舍燃烛。已而，庭亦昏暗，乃移案上之灯畀之，于是各然火具，荧然并作矣。八点钟时，有清镇一卷首艺尚未写毕，余亲掣之，已而念其大考可怜，复令补足。命承差一人照看之，而余退堂。是日发古案，生、童各取三人。

十一日　癸丑

卯正起。生、童经古覆试，凡六人，甚清简。

十二日　甲寅

丑正二刻起。安顺、镇宁、永宁三属童生正场，到者六百六十九名。余点名后，终日坐堂，上灯后收卷，检数毕，乃退。是日发一等案。

十三日　乙卯

晚间赵秀生前辈来见，因闻安平有纠众阻考之说，请出牌示也。当与，口占授稿房起草。

卯初起。一等生覆试。

阅覆试卷，有雷同十句以上者两卷，是日发牌示，俱降二等末。因发题后，先有雷同四句以上皆降等之示也。

十四日　丙辰

丑正二刻起。清镇、安平、普定、郎岱四属童生正场，到者四百三十一名，余仍终日坐堂，灯后乃退。

十五日　丁巳

辰初起。考教，并一等生员磨勘。磨勘者，因正场卷中不免疵类，令其自行润饰，另卷录之以备咨部。余仍升堂，按名给卷，亲摘其疵处示之，旋即退堂。

考教之例，每员自备试卷一册。是日到棚参堂后，发给文、诗题各一，领卷而出。晚间在棚备两席款之，席由提调代备。越两三日，乃交卷。填榜粘于大堂之壁，其名次以县纲为序。

是日发文童草榜。

十六日　戊午

卯初二刻起。文童面试，点名封门后，分两次试之。先安顺、镇宁、永宁，次清镇、安平、普定、郎岱。前次交卷毕，然后再点后次。先令默经，次作小讲一。午正后两次俱毕。

是晚发文童正案。

十七日　己未　大风

卯正起。武童步射，辰初点名，凡点安顺二百四十余人。封门升堂，验称弓力讫，始八力，终十六力。乃视射，每射两人，立于阶之左右，相去不数步。龙门之内立箭的二，长方木牌画三目，阔一尺许，长约五尺许，木架承之，距立处不足三十弓。凡中的者，左则鸣鼓，右则钲，钲、鼓在两号舍内，与的参向。中不及三箭者，皆黜退，退入西号舍，未射者候于东号舍。已中三箭或四五者，上堂立候，足十人则请弓。弓毕，刀；刀毕，石，是为一牌。堂上以朱笔记其中箭多寡，及弓、刀、石之强弱于年貌册。是日，因点名过迟，校至日暮，不及二百人，余令且退，诘朝相见。

十八日　庚申　晴

卯起初。校步射，点安顺毕，接点镇宁五十人，校如昨日，至申正俱毕。

十九日　辛酉　阴　骤冷如深冬　笔墨冻　手足皲

寅起。卯点名，接点镇宁毕。继以清镇、永宁、郎岱，凡三百余人，至酉刻，俱校毕。

二十日　壬戌　天益寒　复衣裘

寅起。卯点名。点[1]安平、普定两属，约三百余人，校至酉正俱毕。

接崇儿第三号禀。

二十一日　癸亥　阴　天寒如故

卯正起。辰初赴校场视马射，提调、府县教官俱先至。到时，先拜将台，行三叩礼，入而小坐，然后升公座。中军参将协中之和会同校射，至午正毕，回棚。饭后晚点名，武童内场也。点毕，退堂。

晚与澄兄、式弟商定武童案，逾亥乃毕。

是晚发一、二、三等案。

二十二日　甲子　阴

辰正起。饬稿房写武童案，午前发出。

午后，武生正场并补考。教官参堂毕，退出，乃视射，不点名。两人同射，每人三箭，补考者每次一箭，射毕，散卷默《武经》，未正二刻俱毕。

牌示新进文童，催令赴学填册。

二十三日　乙丑　阴

辰初二刻起。看《呻吟语》。

二十四日　丙寅　阴

辰初二刻起。看《呻吟语》。是日文童覆试。先，余

① 点后有"普"字，衍文。

约午正点名，至时则册卷到者甚少，亲供则仅填十余人。候至上灯，更不能耐，乃升堂点名，发题。计候至亥正，不到者尚有三十余人，余乃退堂。

写对联数事。

二十五日　丁卯　稍晴　晚雨　春分节

辰正二刻起。是日本系武童覆试之期，然武童填亲供者，较文生更迟，候至晚间，仅有三五人耳。文童昨日未覆试之三十余人亦迟至，是日灯后，始行点名，其中未填亲供者，仍有十数人。大抵皆家贫无资，不能办竹本也。呜呼！竹本之法，谁实始之？未填亲供者，许以先行覆试，后仍补填，此不过遮掩耳目，恐武童效尤也。

早，水城广文聂桂舫来见，午前各属广文到，延清镇学刘、黄两君入，催其速送册卷，其有极寒者，并竹本免之。两君去后，镇宁学李、袁两君复请见。

二十六日　戊辰　忌辰

辰初起。安顺、普定两学师请见。一为罗锡恩事，一为张朝珍事。皆因印仪滋闹者也，婉言劝之而去。安平学两广文请见，言武童到者甚少，婉言催之而去。写对、扇、屏各一，求澄兄代写节孝扁字。

二十七日　己巳　晴　渐暖

辰初起。武童覆试，至巳正册卷尚未齐，逾期已两日，乃升堂点名，每人试以三箭，并默《武经》数十字。午后又补十余人，所补者，率皆寒苦无力办竹本者也，悉免之。

未正发落一、二等生并三等前三名，及七属新进文武童。一等文生前三名，新进文童前五名，各奖《尊经书院记》一本。新生不在前五而得奖者钱琦、姚思荣，皆古取者。

拜客数处，晤罗虎臣军门、赵秀升前辈，余俱未见。晤黄伯香，亦不见。

罗军门来拜，言其初起练团时，起于郴州之秀才乡。秀才乡者，州之学额二十，其乡恒得半，某学使赠以此名也。初练时，选三十岁以内，力可举三百二十斤者八百人，遂所向无敌。军门隶田帅兴恕麾下，由江西转战至贵州。

赴军门约，同坐者府、县两公，子初乃归。

二十八日　庚午　晴暖　自二十日衣裘　是日复去之

寅正睡，卯正起。辰初一刻启行。

军门暨府、县各武营候于官厅，各属教官及一等生、新进文童送于郊，凡四处皆降舆相劳。

午初刻，尖幺铺，去普定三十里。饭后又行三十里，宿镇宁城内。

张子祥卓管带，右营副戎也；刘杏城大琮，署州事者也；又哨长王少荣廷柱，厘金委员张龙门鸿达，皆郊迎。到馆后，刘来谈。写致邹明府信。为幺铺难民事。

二十九日　辛未　晴暖

卯正起。辰正行，午尖黄果树[1]。晚宿关岭。永宁属。

---

①“黄果树”，原文作“黄角树”。以下同。

镇宁备夫价，据承发房应办两站，缘关岭距永宁城尚远，无人备办也。回时则永宁亦办两站，至镇宁止，而州刺云应办一站，并执旧薄请见。余谓：多办一站，于我无所用之，但恐关岭无人备办，则夫马势将不具。姑令办出两站，如果关岭以上应永宁任之，则回时道经镇宁即可无庸办站矣。以此为预提之教，议乃定。

黄果树之前已有坡坨，过此，坡益多，迤逦盘折，直至关岭，山势杂匝，虽有可观，而夫力则苦矣！

过黄果树不里许，始见瀑布。

千总、外委郊迎。

三月初一日　壬申　晴暖[①]

卯正起。辰初三刻行，午茶尖于大水桥，去关岭二十余里。又二十余里，未正宿永宁城内考棚。

坡益峻，景益奇，夫益苦。

沈菊卿刺史毓兰，孙芝亭州尉思祥郊迎，后延见。

晚，刺史便衣来谈。

初二日　癸酉　晴

辰初三刻行，三十里茶尖。午尖新铺。未行，过大坡，缘山趾行，忽闻溪声，如涉淇时，转折而南，则两壁双巍，中隔一水，水激石上，万花攒沸，此声所由来也。又行数十武，远见一桥，亘于两山之间，去地甚远。众宾之舆，憩于

① 页眉。三月大。

对岸，固知必有奇景可赏。稍近而前，桥益分明，澄兄、荣弟立于桥上，笑而向余，乃降舆立眺，回视来径，一水环折，两峰沓交，云影波声，翛然意远。桥建国初，地有碑志，两山之足，高阙相望，阙之趾，絙两铁索，横索之上又缀立者数十，如阑干。其下则纵横钩连，上承木板，马行其上，则摇曳动宕，如履轻舟而踏秋千也。桥之西峰与四盘之翠屏相似，石上刻字极多，曰“一线缝空”，曰“铁锁盘江”，曰“天堑惊虹”，盖不能悉记云。

申抵凉水营宿，一路迎者，有盘江汛千总、右营把总等，及安南杨子深邑候谷成。凉水营去城二十余里，侯远来，意殊恳勤。

安南去永宁九十里，本可作一站，向来使者按（临），由永启行，则宿凉水营。由安启行，则宿新铺。此两处皆山村荒僻，无室可居。州县应差，甚以为苦。本日宿此，破屋数间，不蔽风雨，宾主四人，拳处一室，舆、杠等事，则露处中街。晚间适有雷雨，杨侯亲督苫盖，蹀躞甚劳。限于地势，亦无可如何也。

初三日　甲戌　晴

辰正行。二十余里，宿安南县署，晤严都司廷中，号绍唐，福建人。

初四日　乙亥　半晴

辰正行，四十里，有余。尖廖基箐，安南属。午后行，二十余里，宿普安厅属之安姑。是日道多险仄，早过三望坡，午经回龙寺。自行山以来，今日所登为最高。

至安姑时，接厅侯曾友山树芑信。友山，怡庄同年之兄也。晚作信答之。

傍夕与澄兄、式弟登土坡四望，有竹石之胜。式弟折竹为杖，各拄其一。

安姑宿所，室止一楹，既敞且散，列五榻焉。自安顺起行后，若关岭，若凉水营，皆逼仄破漏，而今日为尤甚。

杨子深大令直送至此，盖别有公务也。

初五日　丙子　阴

辰初行，四十余里，房开之单云三十五里，以舆夫之换肩数之，盖四十五里而尚有奇。尖高五塘。午后行，二十余里，房单云三十五里，实不及三十里。宿新城内行台。

高五塘之前，竹木泉石，各极其妙，尤多奇峰，与澄、式共游之。

普安县丞驻新城，丞李秉恭郊迎。此外有蔡厚管带长坝练军副戎、戴子廷守戎，又守戎、千戎、把戎之属。[1]

初六日　丁丑　早阴　晚半晴

辰初二刻行，三十余里，房单三十里。尖坉脚塘，普安县属。午行四十里，宿普坪塘，兴义属。去府城四十里。

府申送宪纲册、舆图及执役花名册。

镇军帖送，巡捕谭青山、戈什哈吴占元、蒋泽先、潘元

---

① 页眉。李号湘帆，蔡名起坤，戴名上运。

思、陶甫臣、孙国清、闵正海、杜玉堂、邬登林俱迎于普坪。府派文巡捕经历俞培钊，清苑人，号小廷，行一。与武同至。[①]

戴守戎送至普坪，乃辞而去。

中练营哨长蒋一忠，号沄卿，行二，云南人。

自安顺起行，一路所收呈词：

永宁孀妇林柴氏称，林氏祖遗宗祠及田产，于同治初年被天主教堂占去，氏夫控告，受刑身亡；氏子元叔，于廿年十一月三十日被教堂管事鲁某贿买佃户某一刀毙命。报州缉拿，有在教堂授读并禀天主教之文生毛德厚挺身夺案，将鲁某纵放。

镇宁举贡绅耆李荣时、吴耀坤、鲁定安、章永昌、李步高、彭祖荫、文玉章、梅有心、张义华、杨春田、汪守仁、唐麟书、雷增身、刘荣章、牛登汉、黄春选、白光宗、鲁廷扬等，为礼官不礼，虚位旷典，贪婪妄作，灭纪背章，恳思整饬事。

安南蒋全、陈海廷为计诬押害。

盘江桥大愿寺僧真益控千总黄胜发、武生罗成斋、武生罗河荣估霸庙产。

罗家屯罗锦先、陆正云、陆有俊控同前此三人，即庙佃也。武生罗成斋称，挟仇诬控。十七年奉冯县札委接管。

普安州民韩孝思控苏金龙刁拐其妻，至文生郑绍周家，郑反将妻断与金龙，又将其幼女断与金龙之子，

---

① 页眉。谭，号梓斋，行一，施南人，寄籍兴义。

禀县二次不理。

普安厅民支兴斗等控武生高冠英、高发达兄弟加派收粮。

兴义府北乡花韦、纳林寨民王朝珍控文生杨子静欺弱冒霸，抢掳追逐。

安南职员李景艳控伊子应县试，学中阻拦，要银千两，称系逆匪之后。

兴义府民李兴发控安南文生周斌夺其童婚为妾。

坉脚贡生杨世茂为教职选期太迟。原笔殊不明晰。

兴义府孀妇周景/朱氏控武生周景万占霸家业。

普安县属民宋宝珍控宋元勋顶姓冒考，贿串廪保陈永元。

普安州民妇王吴氏控陶殿丰仗衿殴毙伊夫，烧尸灭迹。

兴义府民张洪顺控武生郭开元威串夺婚。

新城讯民妇袁龙氏控文生周滨停妻另娶。

兴义县民妇皮樊氏控文生敖士昌督使张长生等殴伤其夫，因伤身故。

贞丰孀妇罗谢氏控文生吴树桐，逼强其女，始乱终弃，并被毒殴。

兴义府东乡控武生郭开元造磕伙串捏害。

初七日　戊寅　晴

卯正二刻起。辰初行，四十里，午初刻至兴义府城。午前会石小峰太守、景雨苍大令瀛。午后会各属教官及文武巡捕。

标初八谒庙放告，考经古，初九考文生正场牌。

晚检阅《史》《汉》《文选》《性理精义》。写明日经古题目。

夜收坐号戳，余已睡矣。

初八日　己卯　薄阴

卯初起。卯正二刻谒庙，掣签讲书者三人。辰正放告，册卷甫齐，随即点名。

巳初一刻发题。生十四名、童五十七名、补考三十九名。

普安厅黄兴礼、黄兴德册注背《十三经》，当堂试之。兴礼背《尔雅》两段、《诗经》一段；兴德背《尔雅》两段、《左传》一段、《诗经》一段，余经不甚熟。据云，不读经已一年余，因见余劝学告示，乃始温理也。《周礼》《仪礼》《公》《谷》俱未读。兴礼十五岁，兴德十三岁，同胞弟兄，其父监生。询其业师，据称受之庭训。

放告所收呈词，命稿房清查，计控呈十七件，请扁公禀廿二件，又不关学校一件，又自请扁额三件。

童卷六钟交齐，生古及补考卷八钟交齐。

阅房拟批语，为改削数处。又签咨部科及抚院文。

是日所收童古卷，当堂粗阅一过，于卷后批注数字，为襄校者省心也。

十钟睡，册卷至十钟后始毕送，荣、镜督仆盖印座号。余夜醒，闻尚未毕，盖已丑初矣。

初九日　庚辰　半晴　午后易夹袍褂　晚批呈词七件

寅正二刻起。卯初点名，卯正发题。

到者。府属七十二名、普安县四十名、安南四十三名、贞丰二十三名、兴义四十八名、普安厅四十八名，总计二百七十四人。

午后四钟放头牌，五钟二牌，六钟三牌，九钟始扫场。

监场学官署教授刘瞻五步云，普安厅训导李六生燕顾。随头牌发古案。

记考试应办事宜。

到棚前一日。检点所收舆呈，问府城各官行号，备送戈什哈等赏对。

到棚日。见提调，严示不得听家人婪索。见教官，严嘱举优以品行为主。见教官，属慎择廪保。见教官，催早送册卷。检点书籍，出牌示谒庙放告，考古及生正场日期。札府学送书籍并府志。见教官，告以考古廪保必须到。晚人定后，写经古题目。如谒庙、考古不同日，则于谒庙日晚间写之。备讲书时应奖书籍。

谒庙日。催房将舆呈拟批，并将是日放告所收呈词全数领去，分应准、应驳各为一束，加签送来。考古册卷齐后，注各属人数于簿。

考古日。教官参堂答揖，点廪保，点童，点生，点补考生。题纸交房写。有背经者，于发题后唤至案前抽背，赋一段，论解数行，毕，当堂盖戳印，略看其笔下如何，举止如何。饬房按点名册清理人数，开单送来，注到者人数于簿。

午放牌，即出正场更鼓牌示，并饬传事催册卷。

收卷齐后，点数包好，加票注清，饬送师所。

检生正场题，及圣谕起结，人定后书之，用纸一大张，朱笔写“文雷同四句以上，诗雷同两句以上，置四等；通体雷同者斥革”等字，愈大愈佳。写牌示草稿，稿云：经古坐号书于卷面，与正场坐号平列。点名后交房，于发题前出示。酌定监场教官，预告传事。

生正场日。提调、教官同参堂，答礼同。点名毕，即将坐号册亲交提调，教官交举优单，或在点名前。点名毕，提调、教官复参堂，监视封锁，退入大堂。题纸交房。饬开教官点心。备图章二方、印包二匣，届时或四刻或五刻家人二名各持印盒一，亲将图章交学官各一，请其代劳，东西分盖，先大号，次一号，已则督视之。饬房照点名册清人数，开清单，随即登簿。日记等取置堂上。举优考语即日注簿，并查其某人曾考经古，亦注于下。取夹带等书，查本日所出题，有旧作悉检出，令帐房用大字抄之。发经诗题。

盖戳毕后退堂，定经古案，开监场教官早饭。

视房书写经古案，须细校对，写案毕，即升堂。

开监场点心，放牌。按是日点名册实到人数将分卷票预先填好，以备收卷毕后粘贴，省得临时猝办也。

晚拟古覆题目。

生童古覆日。教官、巡捕参堂，廪保参堂。晚放牌时，巡捕入参堂。次日如系一等生覆试，则本日应于午后将名次定后，随放牌时发榜。一等卷须填注名次，或照卷面另开一单亦可，但必须细核，不惮烦复也。一等之外，落卷点数，包好存之。

一等覆试日。晚间拟童正场题，人定后书。

次日如系童正场，本日清早先差帖到本府处，托其速送册卷，以便盖印坐号，并须早索各属前十名单，备盖坐号时分别暗记。府考前十名无须要单，盖点名册即以府考长案为序也。

府、州、厅、县案首，应作一记，古取者一记，双前十者一记，单前十者一记，上下左右可任意区分也。

盖坐号毕，即开一清单，某字若干号，堂号若干号，以备次日盖戳时查号之用。

童生正场。例与生正场略同，唯多廪保参堂一节。必须终日坐堂，一、二、三等卷，是日定好发题目。

考教日。考教如与磨勘同日，则点名时教官参堂；如不同日，则教官但具手板请题。晚复禀到，备饭二席，人少则一席。

磨勘日。预将一等正场覆试卷套好，正场者备其照抄，覆试者令其覆阅，发文童草榜，不升堂。

面试日。前一日用废卷，令稿书拆成每分两页，填正场坐号，而盖覆试坐号于其旁。

初十日　辛巳　晴暖　去棉裤　忌辰

卯初起。复假寐，至卯正起，检书拟题。

经古覆试，辰初三刻点名，生童十一人，午正退堂。阅普安县卷廿本，申正升堂放牌，又二刻许扫场退堂。接看普安县卷廿本，共四十本，至灯后毕。定普定厅一、二等卷，一等七人。

初十一日　壬午　晴　清明节　忌辰

贵州日出卯初三刻许，日入酉刻[1]初刻许，昼四十九刻许，夜四十六刻许。

---

①“刻”，疑为衍文。

卯正起。检书，将无用者俱收箱。经解等书俱在第六号，文集等书俱在第三号。

与澄、式两公商订文生一等。

晚发一等文生案，是日忌辰，不得声炮，故迟至更后始发。

阅房拟批词，为加改削。

十二日　癸未　晴　天气愈热　去棉而夹

卯初起。一等生覆试，辰正点名，候交起讲盖戳，午正退堂。

午后假寐几两时，酉初升堂放牌，酉正扫场毕，乃退。

子正后睡。

十三日　甲申　晴　晚大雷　雨雹

丑正一刻起。是日文童正场，寅初二刻点名，卯正扃门，即发题，辰正盖戳。

府属二百四十七名王，普安县七十六名王，安南县八十七名王，贞丰州六十八名尹，兴义县一百四十三名王，普安厅二百七十五名，共到八百七十六名。

阅房拟批词，改削数件。

覆阅一等覆试卷，写一等卷面名次。

灯后扫场，俱未继烛。盖有暗中冥书者，寻以目力既竭，皆交卷而出。

写批词。

十四日　乙酉　阴　天复寒　著棉

辰正二刻起。提调府送来一、二、三等榜，当即张贴。由三等提附二等者七名。

阅批普安厅卷二百二十五本，自辰至亥。

是日考教。

石太守以柬邀廿七晚饭，以是日起马，辞之。旋复改为廿三日，予以廿三尚在文武覆试之前，未便出门。复遣人往达，必不得已，请改廿六日晚，石公许之。

请扁额者廿余起，是日烦荣卿及镜波代笔。张德昌，府属，府举。张德铭，府学举。旷应炳，安南县学举。盛恩，兴义县举。赵仕俊，普安学举。林世丰，兴义县举。罗锦楠，安南县举。

十五日　丙戌　昼晴　晚雷雨　夜复畅晴　月圆山静

卯正起。接阅普安厅卷五十本。至午后乃毕。

磨勘并补欠考，点名，散卷后退堂。

晚饭后发文童草榜。

收文五件。抚院咨试用教谕黄毓芳授效，又程克煊委署正安州训导，又教职青溪训导考凭，又绥阳教谕周钟麟考凭，又清平学申文生唐定坤丁忧。

晚与澄兄闲谈，澄兄谓：发案之日，宜稍展期，已校之卷，主人必须通阅一过。其论甚是。

十六日　丁亥　早雨　午阴　晚雷雨

辰正起。文童面试，巳初点名，未初扫场。

与澄兄覆阅面试卷，商定正案，酉初发榜。

取进七十二名如额，又取佾生八名，随榜挂牌。

普安厅李教谕送来新志一部。

晚看厅志。

十七日　戊子　阴

卯正起。武童正场，辰初点名，兴义府属到一百五十二名，看技勇七十二名。普安县到六十三名，挑技勇三十三名，酉正看毕。

十八日　己丑　晴阴半

卯初起。卯正点名，安南到九十名，挑技勇五十七名；贞丰到三十三名，挑二十名；兴义县到一百六十九名，挑一百名。酉正二刻退堂，晚阅观风卷。

十九日　庚寅　晚雷雨片刻

寅正起。卯初点名，普安厅到三百一十名。是日阅至二百三十名，挑技勇一百五十名。

二十日　辛卯　晴

卯正起。辰初升堂，接阅普安厅武童步射九十余名，挑技勇三十九名。午后无事。

二十一日　壬辰

卯初二刻起。卯正二刻赴马场看马射，约四百五六十人，午正后回棚。未初点武童试内场，共到四百二十四人。武童扫场后，看武生步射，定武童榜，批阅观风卷。

二十二日　癸巳

卯初起。因普安厅武童出色者太多，去取之间大费斟酌，因从澄兄之议，提十五人进场覆阅技勇一次。

午后发武童案，阅批观风卷。

二十三日　甲午

辰初起。批观风卷。

午后睡几两时之久。

普安教官萧君、安南教官盛君请见，因童生谒师者寥寥，恳出牌示催之。

晚由省寄来黄箱一个，到任折奉批回。又津来家禀一封，内仲明兄信、隽峰两信、辅叔信、郑献兄信、崇儿禀第五号。又京来曹赓笙信一封，附陈少秋讣文。又秀文斋复信一封。又包封一个，内文十件。又臬署马封一个。内选卿信。

批阅观风卷毕，丑初睡。

二十四日　乙未

卯正起。是日换戴凉帽。文童覆试，酉正后点名，未到者十余人。晚饭后又补点一次。写家信，写寄墨青信。

二十五日　丙申

辰初起。发观风案。武童覆试，酉刻点名，未昏而毕。接写家信。写石太守册页。

二十六日　丁酉

卯正起。发落，午初点名，兼发观风卷，午正后毕。

拜客，晤石小峰太守。晚赴太守约，同席者董善廷守戎，景雨沧明府，亥正归。

批发文件。

二十七日

卯初二刻起。俞小廷经历来谈，石太守来谈。午正启行，宿普坪。

二十八日　己亥

尖屯脚塘，宿新城。

二十九日　庚子

尖高五，宿安姑。安姑房主系安南武生陈占魁，其子名昌虞，亦武生也。昌虞因事被杨侯传讯，畏而逃，占魁哭诉于余，余令其具呈诉诸县。

三十日　辛丑　夜雨

尖廖基箐，杨侯迎。宿安南，严都戎癸未进士来谈。

四月初一日　壬寅　晴

尖凉水营，杨侯送至境上。盘江东岸憩舆，与澄兄立眺片刻。晚宿新铺。

初二日　癸卯　晴

午正抵永宁，即宿焉。

林柴氏控文生毛德厚一案。沈刺史云，已解府矣。

初三日　甲辰　晴

茶尖大水桥，午正后抵关岭宿。

郎岱文生黄文灿禀称，本年考取一等第一，应补魏廷士本年出贡廪缺。有上年考取之张世泽，在前任将交卸时蒙混预补，请饬查。

永宁州民卢占廷，控武生伍玉昌、新武生韦光材督欧扛讼。

永宁已革武生伍松林禀称，前因殷和堂悔婚，捏指伊放药迷拐，恳求开复衣顶。

永宁苗民韦升庭，控普定武生拐伊妹为妾。同列名有郎岱属伍老二。韦之妹，原许伍为妻也。

初四日

早尖黄果树，晚宿镇宁。

去镇宁十五里，村曰安庄坡。有癸酉举人李荣时，号春高，率其徒新生二人席铭光、钟斐然，迎于路。

周景昭之案，已经赵秀生前辈据实详复，余在兴义棚核定批行矣。本日复有牛登汉等（闻）递舆呈，据称周景昭捐入籍之项，并未收到，与赵前辈所禀暨刘刺史所面谈者，均不相符。诘以当府署提案时，何以不禀？答以彼时患病。情词闪烁，似系被胁无奈而乃出此者。余告以已据府禀定案，尔若有词，向府申之可也。

镇宁夫价送如数。

初五日　丙午　晴暖

早尖幺铺，未初抵安顺官厅，小坐入城，宿行台。

会罗军门、赵前辈、邹明府及四广文。拜客六处，晤军门及赵前辈。幺铺周济灾民五十金，面交邹明府。

安顺府属李刘氏再控刘镕，是晚批府学速查详复。广顺刘青天之元孙文童名铎，禀称寄籍府属有年矣，情愿改归原籍。

初六日　丁未　午后遇雨

卯正起。早尖石板房，午宿安平。

晨抵官厅，罗军门言：接丁镇军电，和局已定，台湾及辽阳以南地皆畀倭，又偿兵费二十千万。

赵才石明府，刘、黄两广文进见，谈极久。

朱焯、王华昌、曾纪人皆居县城，朱不吸洋药。

轿夫有患羊毛痧者。据长班田贵云：贵州时有之，饮水不调或骤寒不加衣，则易犯此症。症至危险，初起时胸、背皆有赤点，腹中搅痛。如能识症，立用针夹将点挑破以后，巴茿叶碎而涂之，即无恙。又云：同治十年，患马黄痧症尤厉，死者不可胜纪。有一家三十余口，死至净尽者。初起时，舌间有两黑线，应用磁瓦刮破，亦以菸叶丝抹之，即愈。

初七日　戊申

早尖芦荻哨，晚宿清镇行台。

接菊人信，二月初三日发。鹿莘信，属寄咨文封篙。汪芝房昆仲信，丁内艰，并属代送讣闻四分。宝瑞臣寄哀启，丁外艰。又各属各学申文二十余件。电报一封，第四号禀，俱自省发来，由马递，托沈太守转送，附寄崇智信、墨青信、辅二叔信，为本家事。五月廿六到京。是日交安顺房带回省城转寄，又不列号禀，附寄鸡血藤膏二斤。

初八日　己酉

早尖甘沟，三十里。宿镇西街。三十里。

初九日　庚戌　小雨

辰行，十五里，尖王家庄。午行，三十里，宿鸭池河东岸全盛店。自甘沟至鸭池河，皆清镇办差。

初十日　辛亥

辰行，渡河过小关坡，坡曲而陡。约五里许乃至山顶，山顶之上仍有山也。早尖空桐树，空桐去鸭池三十里，地属黔西州。黔西州误记日期，故办差者不至。午行又三十里，宿州城文峰书院。

州汇童三百余人，书院应课五六十人。

黔西有学田，故不讲印仪。水城、平远亦皆有章程，讲者唯毕节、威宁耳。

收舆呈二纸。武举周天鹏等，控文生王显荣填亲供册，内不书嫡母；武生杜明良等，控文生王显荣、革生刘光葆侵吞宾兴银。俱水城厅人。

津武孝廉杨宝泉以其舅崔都司恩仲信来，意欲一见，令孟仆探其意。据云：为求川费。乃予十金，而谢不见。

十一日　壬子　早极寒　午晴　稍暖

辰行，三十五里，尖杨家海。午行，十五里，乃下坡，五里，过西溪桥，又上坡，凡上十里，宿甘荫棠。

大定协委千总杨义春充巡捕，恩骏尉、郭继恩充引马，府派经历赵殿声充文巡捕。

收呈。

十二日　癸丑　晴

卯行，二十里，尖。午初行，三十五里，至大定城。

会客。吴太守、熊副戎、黄参戎、向都戎、各学广文、文武巡捕。

十三日　甲寅

辰谒庙，午放告，均如旧。放告令分两处投递，请扁额者东，则讼诉者西。

复会吴受之太守。晚与澄兄拟定明日经古题。

府送来志书一部，云系假诸绅士，尚须见还也。

十四日　乙卯　晴　生童经古

辰点名，生到四十人，童六十四人。至戌刻掣卷，不完者三人。阅观风卷三本。

十五日　丙辰　文生正场

寅点名，到者三百九十八人，戌扫场。

午后假寐时许，旋定经古案，随头牌发出。凡录生十二人，童八人，背经幼童二人。

十六日　丁巳　经古覆试

辰点名，先廪保，次童，次生。

是日于发题时，以纸书数语示诸生：叩以家藏何书？所常读者何书？所最熟者何书？所最好者何书？平日所作诗文何体最多？各令用片纸行书开写，随盖戳时呈阅。旋次第开送，各与叙谈甚久。

是日牌示，准其继烛，因题目太难，令各尽所长。戌扫场。

十七日　戊午　忌辰

巳初始起。阅文生正场荐卷，至晚乃毕。

二更时发榜，凡忌辰不得鸣钲声爆，唯至更后则可。

午后会受之太守。忌辰日龙门不开，故不视升舆，送至堂阶之上。

申正，各属童正场卷悉送至。自按试以来，送册卷时刻，以此为最早，缘日前预以名柬致意于太守，是日又面敦之也。凡千余卷，盖印号戳，自酉至子乃毕。

接抚辕咨文，附兵部火票，须发新修条例一部。

子正就枕。

十八日　己未　晴

大定、威宁、毕节文童正场。

丑正二刻起。寅初一刻点名。因人数太多，门外阗拥，应名者猝不得进，至辰以后始毕入。

凡到九百八十三人，廪保改出冒名一人，承交提调承差扭禀。穴墙传递一人，遂出。

写寄沈鹿苹信，复胡恪三信。

覆阅一等卷，批文五件。

十九日　庚申　雨

一等生覆试，起讲盖戳后退堂。看大、威、毕三处荐卷，兼看落卷。

二十日　辛酉

黔西、平远、水城三属正场，凡到四百九十八人。

二十一日　壬戌

考教，定大、威、毕三属草案，子初发。

二十二日　癸亥

面试大、威、毕三属文童，大定多取十九人，威宁多四人，毕节多五人。

二十三日　甲子　雨

寄沈鹿翁信并咨文封筒，信托嵩抚军代寄，由排递。

磨勘，写示诸生训语一纸，属邱生兄弟写《輶轩语》。定黔、平、水三属草案，子初发。

二十四日　乙丑

平、黔、水三属面试，黔西多取十一人，平远多取五人，水城多三人。

二十五日　丙寅　雨

校大定步射。

二十六日　丁卯　雨

校大定步射。

二十七日　戊辰　雨

接五号家禀，又锡三两信。

校大定、水城步射。发复胡恪三信，复崧制军信。

二十八日　己巳　雨

校威宁步射，发本衙门信一件，代式金发电。

二十九日　庚午

校平远、黔西步射。

日记四

乙未（1895）五月初一日大定校射，至十月二十九日镇远校射。

五月初一日　辛未

校黔西步射。

复次珊前辈信，吕镜宇信，裕寿帅信。汪药阶托送讣文四分，是日分寄。接善后局信，由排递来。

初二日　壬申　夜雨

校毕节步射。

初三日　癸酉

校毕节步射。

发信三件。复次珊前辈、吕镜宇观察、善后局严绍光太守。

初四日　甲戌　雨　寒甚

是日本为马射之期，因雨，改于初六日。

定武童草案。

端午　乙亥

武生正场。

武生多请人代射，内有武童数人，余所稔记，皆斥，勿令射。细思之，可以不必。晚牌示各属有欠考二次三次者，皆令赴学报名，示期补考。

初六日　丙子

六属武童马射，辰往申归，内场继之。

内场覆弓，从武巡捕之请也。天近暮，人数又多。大定未毕，已上灯矣。自平远以下，皆不覆弓。

初七日　丁丑　雨

定六属武童案，午后发。

发寄裕将军信，复黔西曹刺史贺节信，寄安南杨大令信。

初八日　戊寅　填亲供

看观风童卷二十一本。写[①]复唁汪药阶。复曹慧斋贺节。

毕节路承鋆以条陈六事及所著《禹贡地理通考》送阅。

初九日　晚雨

写邵实孚前辈扇，又实孚前辈代烦扇四柄。写袁舜卿扇对。

文童覆试，灯下始点名，止到七十余人。

初十日　庚辰

午后，补文童覆试，未刻点名，酉刻退堂，晚又补一人。

五月十一日　辛巳

早，受之太守来谈公事。

---

①“写”字右边有两圆点标记，即作者删去之衍文。

午后，武童覆试，至酉乃毕，大费唇舌。

发落，至曛暮乃毕。

灯下拜客四处，晤吴太守，余皆不遇。

补批禀件。

十二日　壬午　晴

清结未完事件，巳正乃成行。

早尖乌溪，晚宿甘荫棠，写致吴太守信。

文武巡捕暨引马之世袭恩骑尉，送于乌溪，别去。

十三日　癸未　晴

早尖杨家海，晚宿黔西文峰书院。

袁舜卿信贺节外，公文一角，附格眼册五本。

十四日　甲申　晴　芒种

早尖牛场泊，五十里。晚宿三重堰。三十里，或曰四十。

十五日　乙酉　晴

坐尖后行，五十里，宿新民里之新场玉屏书院。

分统练军廖游戎。鸿章，嘉应人。

大定护送之练军，至此替回。

玉屏书院创始于道光十二年吴兰雪刺史，有碑记。道光二十九年刺史蒋又踵修之，亦有碑，嗣是毁废。今刺史曹君慧斋，从新场绅董之请，就地捐敛，重加修建，规模甚宏，但未落成耳。余宿此，有恩贡生等联名具禀，乞书联额。又以新议条规呈定。条规颇详密，大旨有住斋，有应课，立意甚善，而款尚不充。新场一偏镇，而书院之制，阔于州城。盖此地田广人稠，既庶且富，而文风亦雅可观也。

晚与澄、式二公步月。自杨家海至新场，皆黔西供应。

五月十六日　丙戌　晴

坐尖后行，五十里，宿泮水。

十七日　丁亥　晴

早尖马蹄石，三十里，约足三十五里。午行，五十里，宿鸭溪。文武巡捕来迎。

十八日　戊子　晴

辰行，三十五里，尖八流水。舆夫云：此处有山洞，四处之水皆归焉，故名。午行，三十五里，酉初后至遵义。自三重堰至八流水皆平路，距遵义二十余里，有坡曰马坎，亦不陡。

王兰笙太守、刘子纯大令，皆山东人。子纯，癸未同年也。

沿路递呈者，自今日起，皆不收。告以放告时到棚呈递。

遵义米价腾贵，每石至七两有奇。太守、大令来谈，佥谓先考童生为便，童自府考时来城，候已月余，生则临时始到也。

遵义境中，竹树水石，色色俱佳，而田尤膏沃，稻苗葱郁，间以包谷，望而知为富庶之区。而米价乃如此奇贵，盖由省城久旱，而本地米商，亦不免窝顿[1]居奇也。

十九日　己丑

辰谒庙，午放告。

遵义廪生蒋灿，禀恳先考童场，与太守、大令之意合。余心许之，而留其禀未批。

五月二十日　庚寅　晴

生童经古，并文生补考。生到三十四人，童九十二人。

是日牌示：廿一日考试绥阳、正安、仁怀并仁怀厅文童，廿二日考试遵义、桐梓文童。从蒋生之请也。

每遇经古场，余必终日坐堂，与文童正场同例。因明后两日皆系正场，恐精力不继，转有贻误。今日盖戳后即退堂，午后假寐一时许，申刻复升堂放牌。

二十一日　辛卯　晴

绥阳、正安、仁怀、仁怀厅文童正场，到者七百四十五人。丑初点名，发题时，天已明矣。

向来起讲、盖戳，皆属监场教官代办。此次余亲按号盖之，颇觉迟钝。

二十二日　壬辰　晴

遵义、桐梓文童正场，到者八百一人。

始，余牌示：二更三点头炮，三更一点二炮，三更三点

---

①“顿”，当作“屯”。

三炮。试之前一日，诫仆人以十二钟当二更三点，每越二刻则放一炮，至丑初即点名矣。昨日睡稍迟，至放二炮时，邢仆来白，余睡中答以“三炮须候吾命”，邢仆乃立俟而不敢惊扰，迨余醒时，则已二钟后矣。睡中所命，余竟不知，精神惫甚，有不得自主之势，深可虑也。点名发题，则日上已高。

今日首题较难，因诸童多携《小题文府》等书，虽此次预饬严搜，然终未能净绝。故与澄兄商酌，改出长题以避之，童子军中未免棘手。余盖戳时，距发题已一时许，然完起讲者不及半。盖戳毕，则午正矣，始发次诗题，余恐不完卷者太多，次题乃择一极易者，以赎吾点名太迟之过。比至日暮，仍有十余卷未经终篇，或来吁恳，俱婉言劝退，然吾心终耿耿耳。

晚发经古案，堂上批阅仁怀县卷八十本。

五月二十三日　癸巳　晴　忌辰

是日批阅仁怀县卷一百〇六本，仁怀厅卷七十余本。仁怀厅卷，澄兄亦看一大半。

二十四日　甲午　晴

经古覆试，发第一场文童草榜。

二十五日　乙未　晴

绥、正、两仁怀文童面试，晚发正案。

二十六日　丙申　晴

府、厅各属文生正场，到者三百九名。

二十七日　丁酉　晴

遵、桐两属文童面试，夕时发正案。

二十八日　戊戌　晴

接善后局严绍光信。

看两仁怀步射。

二十九日　己亥　晴

校绥阳武童射。

五月三十日　庚子　晴　夏至

校桐梓武童步射。一百八十有奇。

闰五月　初一日　辛丑　雨

接陈竹翁信，初二日。崇儿禀。第七号，三月十八日发。

校正安武童步射一百八十余人。

初二日　壬寅　晴

校正安武童步射一百五十余人。

初三日　癸卯　晴

复善后局信，是日发。

校遵义武童步射，是日寅正点名，至昏时止，校二百三十人。余二十人，明日复来。

初四日　甲辰　晴

校遵义武童一百九十余人。

初五日　乙巳　晴

补校遵义武童七十余人，自卯至巳而毕。

商订武童案，备明日内场毕，即须发榜也。

初六日　丙午　晴

校六属武童马射，卯正往，午正回。提调备饭，固谢之。重抄武童案，内场到五百八十人。

内场不覆弓，因此间致考尚少也。大令刘同年来见，谈一时许。三更时发案。

初七日　丁未　晴

复保益圃、庆雨香、朱采香、韩均雅贺节信，是日发，皆请式弟为之。

文生覆试，三十九人。起讲，盖戳后退堂。

批禀。

初八日　戊申　晴

武生正场，到九十五人，内有当补欠考者廿六名。辰正二刻阅起，巳正三刻毕。

批禀。

闰五月初九日　己酉　晴　旱干殊甚　城中斗米一两一钱

考教，磨勘，补考。接蔚如信，嵩中丞回信，言寄京之件，已于五月初七交折差带去。陈子京回信，乌老师讣，冯子立世叔讣。

蒋生灿等联名具密禀，非其大夫。批饬之。

刘生镜蓉呈《郑征君文集》，与澄兄共观之。

初十日　庚戌　晴　城中断屠　午后睡一时许

填亲供，书扇二柄，改正玉屏书院条规，批阅观风卷。

十一日　辛亥　晴

批阅观风卷，写对、扇，复全庶熙信，致曹慧斋信，皆自书。复罗军门、严绍庚都司、赵才石、刘荫卿两大令贺节信，皆式金书也，是日均发。

正安两学官来见，为诸童抗不来谒也，慰勉之。晚，桐梓两学师亦来见。灯后点名，覆文童试，未到者二十余人。定观风案。

十二日　壬子　晴

午后，补文童覆试。写屏、对。

十三日　癸丑　早微雨　寻后晴

黔有“天无三日晴”之谚，前阅《普安厅志》谓：“近日地气顿改，往者岁恒二百雨，近则半之耳。”比至遵郡，闻粮价骤涨，以旱之故。子纯同年云：自吾来黔，固无岁不祈雨也，而今年旱尤酷耳。余以十八日下马，十四日起马，凡阅廿七日，就中唯初一日有半日雨，余日皆亢热不可忍。余初至，米价石七两，近则十一两矣。人心摇动，谣言颇多。米无来源，仓无旧积，倘再十日不雨，则大可虑矣。

巳初覆武童试。厘金局石大令作栋来见。甘肃，丙戌即用。

午正发落。申初拜客，晤府、县及李副戎。

绥阳司训周君来见，勉以训士务尽心。巡捕刘少尉晚来见。

遵邑境中通行私钱，两以当一，人犹不屑纳也。诸生观风卷多言此弊者。磐安门外有碑曰“永革毛钱”，盖空言矣。

府、县馈物多品，于府受其一扇，于县受其瓶茶。既而又以竹席固赠，乃并受之。

闰五月十四日　甲寅　夜有雨声　晓又晴　道中不甚热　著单袍焉

巳初启行，候夫不齐，故迟之也。

午尖黄泥保，出城三十里也。由郡城行十二里，曰忠庄铺，分路两支，右通大定，来时路也。左通省城。饭后行二十里，宿后坝场。此路逆旅多臭虫，余方高几为榻，夜睡甚安。

十五日　乙卯　晴　早薄寒　有衣絮者　小暑

辰初行，二十里，尖螺师堰。螺师堰以前，皆遵义供张。午行，四十里，渡乌江河，过霸王坡，宿美竹箐，屋较整洁。早午迎者，两都司、一外委。都司陈占标驻美竹箐，殷勤备至。

遵义革生谢定甲求开复，收其呈词，告以回省查案。

十六日　丙辰　晴

辰初行，四十里，尖黑神庙[1]。此地前月大火，烧毁民居大半。有团率首乡民递禀求恩，属以向县署求之。

午后行，二十五里，宿息烽，谢都司郊迎。

今日无大坡，然亦不尽平路。

十七日　丁巳　阴晴半

辰初二刻行，二十五里，尖洛布洞，尖站本在黎园哨，因彼处前月被火，居庐烧毁十之八九，故移此。一路所经黎园哨、狗场坝、清水等处，皆毁于火，村民皆有恳禀，答之如赫神庙之言。黔多板屋，适值亢旱，故火灾甚易。饥馑之岁，加以（回）禄，可怜之至。

午行，四十五里，宿扎佐。扎佐为川黔孔道，去修文城三十里。地方殷阜，有分驻巡检。景阳书院建于同治十一年，浙江俞明府渭实创始之。修文城本有龙冈书院，兵后废毁，旋改为县署。俞君既卸县事，寻驻扎佐办理防务，因移建于此。龙冈书院本阳明先生讲学之所，此曰“景阳”，志始也。

扎佐管带练刘兰舟镇湘来拜。

闰五月十八日　戊午　阴晴半　且风

辰正行，三十五里，尖于沙子哨。

午行，三十五里，至后抵省署。

---

①“黑神庙”，原文作“赫神庙”。下同。

郊迎。三营率其部下为一起，文巡捕及各教官张典史为一起。

会于书院，抚、藩、臬及蒋观察。书院立俟者，魏刺史、李明府及三书院监院。

晚李章武明府来见。县供晚餐，一上一中，多蔬品，求雨断屠也。

十九日　己未

牌示明日谒庙。三营来拜，各学教官来谒，两巡捕来谒。武无巡捕。

提调严绍光来见。牌示廿一日考经古。午后与……①

二十日　庚申

谒庙，放告。午后批呈，假寐。与澄兄拟明后日两场题。②

二十一日　辛酉

生童经古，生到五十六人，童到七十八人。考算学者，修文生二，贵筑童一，童默经者一。

二更扫场，午前退堂。饭后睡一时许，乃升堂。

二十二日　壬戌　午后雨　未足

八属文童正场，到一千九十二人。丑初后点名，点至

---

① 此处有欲记而未记者。

② 页眉。接崇儿第八号禀。

四属，天已向明，至发题时，日出矣。是日请教官三人监场，因此棚分东西两院。盖戳时须分三处，三处者，东大号、西大号、又东后号也。东后号隐僻，又邻市，耳目所不及，乃请三学官设坐于益堂而监察之。

皂班搜检，受贿其常，而此棚为甚。当搜检时，凡署中书吏，若稿房、承发房、茶房、传事之类，麇集于前，遇其同好，则眉禁而唇诱之。间有考生袖银钱若许，暗递皂班之手，则虽腰缠万卷，可以坦然直入矣，此荣弟暨邢仆所目睹也。当点名时，邢仆来白：东后号之墙外临衢巷，墙外抛入书籍甚多，请饬人监视。乃命邢、陈两仆往。来鹤楼之后，俯临义仓，仓之前即通衢也。自楼之后西南转，四通六辟，直达仪门，旷然无可扃镭之处也。余拟考后界之以垣，但留一小门，以通更夫过矣。

发二题时，注"断不继烛"，又朱圈焉。是日，不完卷有四五十卷之多，点名仍恨晚也。

午后发经古案。生古十八人，又算学二人；童古八人，又算学一人；默经一人，合之凡三十人。

闰五月二十三日　癸亥

经古覆试，盖戳后退堂，已过午矣。午后睡甚久。

看开州童卷五十一本。

二十四日　甲子　夜未睡　雨不足

文生正场，到者四百八十人，是日发题甚早，无继烛者。盖戳毕，甫及辰正，发二题后退堂，睡一时许。饭后，定修文草榜，申初复升堂，戌初退堂。晚定定番、广顺、贵定草榜，发草榜时已三鼓矣。堂上看贵筑县生卷四十本。

二十五日　乙丑

定番、广顺、修文、开州、贵定五属文童面试。

晨，候册卷不至，复阅贵筑生卷二十本。

巳正后点名，扫场时申正已过矣。收卷时核对笔迹，随收随对，至退堂，已对毕矣。退堂后，斟酌去取，较前几棚略有条理矣。

初更发榜，复看贵筑生卷二十本。

二十六日　丙寅　夜雨深透

考教。看龙里童卷五十五本。接看贵筑生卷七十二本，至晚毕。

审龙里、贵阳、贵筑三处草榜，申正发。晚看修文生卷四本。

二十七日　丁卯

贵阳、贵筑、龙里三属面试，巳点名，未正扫场，酉初发案。

看修文生卷六十七本毕。

定八属文生一等案。子正发一等案。

二十八日　戊辰

一等生覆试，盖戳，阅起讲毕，退堂。

二十九日　己巳

看贵阳府属技射一百八十四人。

六月初一日　庚午

校贵阳府步射一百六十三人毕。广顺三十五人毕。日暮始放牌。

初二日　辛未　大暑

校贵筑步射一百八十二人毕。

批修文生卷十余本。

初三日　壬申

校定番、开州步射，定属一百廿二人，开属廿七人，未刻均毕。补批修文二三等生卷。清理案牍。

初四日　癸酉

校修文步射九十六人，龙里九十四人。

一二三等卷，是日发交提调。

初五日　甲戌

校贵定步射一百九十四人，酉正毕。

托澄、式两兄抄技勇册。是日澄兄有腹疾。

初六日　乙亥

赴校场阅八属马射，将及四百人，午正回署。午后，略定武童去取。未正点内场名，申正毕，复与澄兄商酌去留，夜子乃发案。监射尚参戎，在校射略坐，以有事辞去。

八属武童以贵阳、贵筑、贵定为胜，修、龙里次之。视遵义及桐梓弗如远甚，更无论大定、毕节与普安厅矣。

黔省凡知府皆有专辖之境，有应收之粮，若大定、兴义附郭无首县者固已，即安顺之有首县者亦然，虽首府亦然。合之贵州通省，莫不然，唯遵义不然，遵义犹沿川例也。遵义府学学额，由所属州县中各拨几名，曰“拨府”，与吾乡同例，他府则否。童生应试，别有所谓府属者，自占其籍，亦自占其额，与他州县不相杂也。然府属之童，率皆他属冒考，而武童为尤甚。贵阳府武童几四百人，歧考者居其大半。有已取州县前十名，仍投府属报名者。名心太切，冀获一过，亦不足怪。所宜防者，两名皆录，则已承其一，而以其一售于人，此种情事往往有之，盖其初不敢知两名之孰得失也，故兼之以为固，迨两录矣，而一人不能承两名，故售之以为便，由侥幸之心成诈冒之局，于法则不恕，于情亦可原也。惟试士者，稽察为难。余前试安顺时，遇有面貌相习者，或于点名时逐出，或于请弓时诘问，往往得情。继而思之，逐之不可胜逐，诘之亦不能遍诘，若因此又生苛法，非吾心也。及至大定，吏拟稿呈阅，请饬府造名册，以姓相次。如长案第一名系赵，则凡赵皆次其后；第二名系钱，则凡钱皆次其后，可杜重名跨考之弊，余允而行之。然此法可以杜同州同县之歧考，而不能杜异州异县之冒考也。是以大、遵及贵阳三棚重名者，仍复不免。顾有一便焉，每至阅步箭之日，将各属年貌册悉列于前，如阅至赵姓，则将他属赵姓检出，先核其三代，次证其年貌，遇今日之某似前日之某，则记其前日弓之力、刀之花、石之尺寸于今日之名下，以备参证。若三代同，年貌、技艺皆同，则断为歧考无疑也。歧考者不必究问，姑记之，并详记其身材面庞，至马射日，再细辨识之，以为征信。内场点名之前，则严属廪保，有两名者，概不究其歧考之罪，唯须舍一就一。若另觅一人顶入，查出必重惩，然后于所暗记之人，细细留意，遇不符者指出之，一鞫便伏，而后者可稍稍退矣。或于阅技勇时，即详书其面貌，亦颇简易。余在兴义，用此查出冒名者颇多。唯阅技勇时，为时甚促，又短视者辨识或不真也。姑并存之，俟试下游时，验其孰便。歧考冒考，例禁綦严，而黔则习不为怪久矣。欲清冒考，当如胡文忠清理插花地界之议；欲禁歧考，当如遵义由各属拨府之例。虽不能一律禁绝，稽察亦较易为力也。

晤严绍光太守，言雨泽甚渥，年成可保二三分，田家犹有插秧者。晚发武童榜。

六月初七日　丙子

武生正场，到一百九十余。批阅观风生卷。

初八日　丁丑

文生磨勘。批阅观风生卷。

初九日　戊寅

填亲供，至晚始到三四人。批阅观风卷毕，定生卷名次。

初十日　己卯

是日系文童覆试之期，候至灯后点名，二更退堂，不到者尚六十余人。发观风榜。

十一日　庚辰　晴

是日本系武童覆试之期，候至日暮点名，灯下退堂，不到者尚有三人。

十二日　辛巳　晴

武童覆试，至日暮止到四十余人。是日本系发落之期，缘此改于明日卯刻。

十三日　壬午　晴　晚雨

辰初，发落文生、文童及武生。武童覆试未齐，故缓之。

午后，武童补覆试，日暮乃毕。

赵次珊前辈、杨子实大令是日来拜。适直发落未毕，及门而返。检点书籍及积牍。会杨聘卿宝泉。

六月十四日　癸未　晴

杨子实来，托其到镇远时，劝办学田及官书局。

拜客，晤赵次珊前辈、嵩抚军、唐方伯、蔡心田观察、蒋观察、黄观察、文仲瀛，余俱未见。巳出，申正返。

会客五。刘教谕、文太守、贵山监院丁、学古监院谢、正本监院黄。[1]

---

①页眉。丁彬檝，号绍梅，行四；谢朝赞，号襄臣，行六；黄宝书，号渔珊，行一。

十五日　甲申　晴　微热　然不必葛也

接杨谷翁讣。发寄孟志丈信，中丞意也。饬谷玉投送。

晨，会客四。刘中翰祖濬，陈伯珊年世兄，同年，四川双流凤楼侄也，就刑名馆。谢教谕，蒋观察。

午，会客。刘教谕、黄观察、嵩抚军。

请杨子实来寓，长谈，留便饭。晚与荣卿谈至丑正。

十六日　乙酉　晴热　晚风

诣仲瀛太守，为刘教谕事；并询兴义保案，石小峰所托也。又因府学余教官被廪保控告，拟批府查核，预与商之。

答拜刘中翰、陈伯珊，并谢子实枉过。

府县学送府志来，检查一过，缺页数百，乃于缺处加签，饬传事送还，托其补好。

拟复仲明信稿，未完。邢仆白事，述宰夫在兴义、大定等处欺枉事。

晚睡甚早，枕上看《数理精蕴》数纸。

房书收竹本费，用大戥称收。文太守、杨大令皆言其弊。

十七日　丙戌　早风

将出门，次珊前辈来访，谈甚久。以古州书院新增章程四条见示，又属拟应增书籍之目。并言张光辅有阿芙蓉之嗜，王敬彝始嗜而今戒之。

贺嵩抚军接部文。

雷玉峰孝廉廷珍来谒，雷以乙酉选拔，中戊子乡榜，治经学颇有心得。正月间曾以所拟《经义疏证略例》，介贵筑县学教官送览。余旋出棚，未及读也。本日面询，知所诣甚深。问以稿本已订否？答曰：尚未。又曰：拟尽三种先成一声韵，次《毛诗》，次《周易》。询其友，则修文程小珊棫林、印江戴锡之也。雷，绥阳人，年四十一岁，因乡里无师友，僦于省垣之王家巷而居焉。

看《数理精蕴》数纸。

六月十八日　丁亥　晴　立秋

补写寄陶师信稿。批牍三件。为次珊拟应购书目。

张奎垣大令斗南，伏羌人，甲午进士，本年三月到省，现充（侍）质所委员。闻其自伏羌徒步走三千数百里来黔，可谓能耐苦者矣。

饬役知照三书院，二十三日考试贵山、正本两书院，廿五日考试学古书院。

午后，陈韶吾刺史来见，谈极畅。询知本届列一等第一之钟奇，及新生李立成、李立恕兄弟，皆好多事，非循分人也。钟奇之弟钟炘，人较安静，颇知励品，而文笔不如。

接崇智第九号禀，自京发也，言家眷于五月十六日由津起行，廿日到京，禀则廿七日交天顺祥也。附益、智两儿禀各一，又二叔祖信，选卿信，仲明信，又梁佩馨致式金信。

选卿信言：五月初四到津，拟初六起身回涿。

阅仲明信，知时事日棘，为之气短。

十九日　戊子　晴　轻过有　躁过有　矜过有　惰过多

拟上游岁试奏稿。拜李子嘉前辈，未晤。过次珊前辈，略坐，知仲瀛太守已升它处。尚未见明文。贵阳府于通省拣调，严绍光补其遗缺，电传也。孙莱山尚书乞退，徐颂阁前辈补大司马，许筠师转总宪，廖仲山前辈调仓督，许竹筼补少司空，亦电传也。

过抚军，问折差行期。拜丁勉初邑绅泽安，贵筑大挑举人，前知湖南浏阳县事，以忧归，遂不出。闻其品学俱粹，讲求宋儒义理之学，陈昆山、雷玉峰、袁舜卿所述略同。本日过而投刺，遂延见，粹然有长者之风。请问所学，退然不肯尽言也。答拜雷玉峰、陈韶吾、张斗南、琴岩。午后，恳澄兄商易奏稿，澄兄并为缮清稿。

有轻心，有躁气，有矜心，有惰气，日间之过，不出于此四者。总而论之，止是不敬耳。拟以此四字为功过格。

六月二十日　己丑　晴　午后小雨甚暂

看书。晨读《礼记》一卷。

写信。写寄献夫信，寄谢李俭翁信，寄内子信，寄崇儿信。八月初四到。

收文批文。收文十件，抚军三件，各学七件。

拜客会客。嵩抚帅、严太守、缪大令、陈刺史。

收信。

写字。

杂记。

批文。写信。

杂记。新知。

二十六日　乙未

寅正起。万寿宫拜牌，辰初归。午后，四川馆公宴，贺万寿也。戌正归。

看书。会客。

写字。拜客。

收文。收信。

批文。五件。写信。

六月二十七日　丙申

看书。会客。绍光太守。

写字。拜客。

收文。三角三件，又部文三件，《京报》九封。

收信。津电云：贡生、郎中年廿五，光绪五年七月廿五，在直隶赈捐局报捐云云。

批文。写信。

杂记。新知。

二十八日　丁酉

看书。会客。

拜客。写字。写请帖，并求澄、式二兄分写之。

收文。收信。

批文。写信。

杂记。谨参某月某日某刻音樽恭迎，唯柬抚帅则曰候教。

新知。

二十九日　戊戌　看学古卷十本

看书。温《内则》。会客。

写字。拜客。

收文。九角九件。收信。

批文。阖署控卢书禀。

杂记。新知。

七月初一日　己亥　看学古卷五本

看书。会客。杨仲三、王少卓、孟丈。

写字。拜客。

收文。十一角十一件。

批文。卢书禀一件。

杂记。内阁中书满服与汉服不叙前后辈，军机、察院则叙。杨仲三委署湄潭，余托以黉谷一事。仲三曾署黔西，深知其利，慨然而诺。

新知。清厘插花地界，黎文肃诸公曾议及之，而民不愿也。杨仲三云。

七月初二日　庚子　晴　看学古卷两本

看书。诵《内则》毕。会客。承述之同年先，陈镜秋沄，陶厚坤，施沛生泽广。

写字。

拜客。施沛生、杨仲三、王少卓、严绍光。收文。一件。

批文。十件。

杂记。三品以上捐花翎，须银二千金，四品以下者半之。府、厅、州、县初履任者，例得支领津贴，府支两月，州、县支一季。陈镜秋云。施沛生，祖籍绍兴，沛生之祖始入大兴籍，其父官黔，沛生自八岁时随任至此，今三十余年矣。承述之，癸未同年也，实缺都匀，调署修文。述之，山西驻防旗人。述之云：都匀簧仪每名止一千，学官另有谷也。余托其到修文时，相机仿办。

初三日　辛丑

宴抚、藩、臬、道、府于四川馆，音尊凡三席，方伯不至。方伯及仲瀛、绍光，是日俱奉到升缺部文。

收文三件。

初四日　壬寅　处暑

拜客。贺仲瀛，答拜许太守、魏刺史。梁伯恒秉钧来，托其刻书局价目。

宴武营暨同乡之在省者于四川馆，山长预焉。

收文一件。

初五日　癸卯　看学古卷　学射自是日起

看书。看《拙修集》。收信二件。劭吾信，附《拙修集》《中西纪事》。王敬彝兄弟缴观风卷，附信。

写字。

会客。雷举人、曾友三、杨子深、梁伯恒、孟志丈。

拜客。

收文。三件。

批文。

初六日　甲辰

看书。看《拙修集》。

会客。志丈辞行，去后，晚复来，留便饭。

七月初七日　乙巳　看学古卷廿余本

看书。看《拙修集》。会客。仲瀛观察来。郝纬卿经邦，三河人，候补县丞。熊、徐两山长。

写字。拜客。与志丈送行，晚赴让卿廉访约。

收文。

批文。贵筑训导杨鑫影，遵义人，下第回任，来见。余以叶肖韩曾以品学兼优列保奖勉之，并属其传集诸生举行日记课。

初八日　丙午

看书。《曾文正年谱》。会客。严太守。

看学古卷三十余本。

忌辰　初九日　丁未

看学古卷二十余本。会客。饶焕奎求见，辞之。

午后赴资善堂看新到局书，仲瀛约也。堂在北门内车家巷，北向入而东，厅事三楹，极宏敞。

收文六件。

忌辰　初十日　戊申

看学古卷三十余本。

收文四件。收信。赵元香为其令兄谋荐平远书院。

七月十一日　己酉　晴　晴多日矣

看学古卷三十五本。

会客。杨子深辞行，湄潭高广文垲求见，俱未见。雷孝廉来谈。袁舜卿来，托其写《近思录》样本，又《四礼翼》两份，嘱其觅人分写，又嘱觅人分写《輶轩语》。

收文二件。

批文六件。

十二日　庚戌　晴

看学古卷二十五本。

会客。独山州知州伍星三，山东人。

收信。崇儿京字二号信，附家谱。又益儿、勇儿信。又辅叔信。又伯举信。锡三信言闰月十二日上馆。

十三日　辛亥

看学古卷三十余本。

十四日　壬子

看学古卷三十余本。

答拜杨子深，并送行。答拜伍星三。

十五日　癸丑

看学古卷十余本。

赴蔡观察约，戌正归。

贺绍光接印。

会客。万司马启光来，未见。谢广文。

七月十六日　甲寅

看学古卷十七本毕。

学古书院向来俱发奖银，此次改奖书籍，就资善堂现售之书，择购若干种，每书用纸包好，并题签识。

绍光来拜，云禀接印。挡驾焉。

十七日　乙卯

题奖赏书签及卷面名次。

十八日　丙辰　写白折两开

三书院案是日俱发。

会客。朴翰臣，安平县学唐广文光祖字伯荫，胡明经光铨字久皆。

收文二件。

十九日　丁巳

查锡类义学学生一名。

温《礼记》，写白折一开。

会客。杨广文。

收文三件。

二十日　戊午　白露

查学生一名，诵《解嘲》，温《礼记》，写白折一开，写陈诚甫扇。

收文一件。收信。陈昆山。

会客。曾友三，丁汝楫号瀛波，陈伯珊。

拜客。朴、胡、曾、万。

二十一日　己未

查学生一名，诵《解嘲》，温《礼记》，写白折一开。写任馨山扇、李谢庭扇。

写信。复劭吾。会客。魏问秋。

二十二日　庚申

查学生一名。诵《解嘲》《报任安书》，温《礼记》。写白折一开。写胡久皆扇。

收文七件。收信。冯梦华复去年信。

写信。复伯举。会客。袁舜卿。

七月二十三日　辛酉　晴

查义学僮一名。温《礼记》。写白折一开。诵《报任安书》《答孙会宗书》。

写信。致兄第七号禀，复体仁，复仁安、辅臣叔。

会客。邵实孚前辈，李章武。

拜客。邵、李、魏。收文一件。

七月二十四日　壬戌　晴

查义学僮一名。写白折半开。

写信。谕崇儿、益儿，寄燕笙、仲鲁。

会客。伍馨山。

七月二十五日　癸亥　晴

查学生一名。

写信。选卿、俊甫、小圃、元香、峻叔母、四弟、五弟、七弟、崧生、润生。

收文六件。

七月二十六日　甲子　晴风　不雨匝一月矣

查学生一名。诵《礼记》数页，诵韩文。

写信。致选卿信未安，更改作之。

发信，交抚署折差，明日行。凡两件，一寄京寓，一寄选卿也。

批文十余件。

会客。李谢庭、杨仲三。

七月二十七日　乙丑　晴

查学生二名。诵《礼记·祭义》、韩文、《解嘲》《报任安书》。

写信。第八号家禀，交百川通，汇银一千。发劭吾信。

会客。杨广文鑫鼎呈诸生行札记单。

批文一件。

拜客。贺朴、李两大令交印，送杨仲三行。

七月二十八日　丙寅　晴

查学生二名。晚诵韩文，作刘太夫人寿文。

会客。协中之参戎。

检点出棚衣服。

收文一件。

荣卿自百川通归，言：见今地方苦旱，粮价复昂。

七月二十九日　丁卯

查学生三名讫。是日定案，给奖者九名。一名一千，二至三八百，四至六六百，七至九四百。

晚点看韩文。刘太夫人寿文撰毕，是日送袁舜卿处。

收文四件。批文三件。

七月三十日　戊辰

撰翠微阁楹联。翠微阁在甲秀楼之偏，其前有铁柱二，西林相国及勒侯纪功者也。今岁因阁之旧而葺治之。李谢廷大令实董其事，既落成，中丞以下皆题联额，谢廷亦督余为之。

收文七件。拜客。协中之。

协中之参戎颇喜算学，既敏且专，学之不过一二年，而大略俱已通晓矣。

晚诵韩文。写信。拟寄仲明信稿。

抄上游五棚题目，拟寄仲明也。

写对二付。朴大令、陈守戎。屏八幅。徐山长、陈守戎。

八月初一日　己巳

起甚晚，接抄上游题目，诵《祭义》至《经解》。

拟劝应试士子稿，未就。晚点看韩文。

会客。陈、熊两太守。

与客谈，语多失检，心不存也。

学古书院第一两论皆佳，尤为澄兄所赏，其名署陈元前，询之杨广文，不能对。今日陈太守乃知其令子之为之也，年廿五岁，肄业尊经书院。余属其得暇来见。

八月初二日　庚午

晚点看韩文。会客。陈伯完。

八月初三日　辛未

祭文昌宫，寅往辰归。

晚诵韩文。

八月初四日　壬申

晚点看韩文。

会客。袁镜波。

收文七件。

八月初五日　癸酉　秋分

晚点看韩文，看代数。

会客。黄镜虚明，湄潭教谕也。

八月初六日　甲戌

会客。大定杨教授。赴陈佑之、王少卓、熊小岩、黎少卿、邓迪斋、李星吾、李篁青七太守之约于黎公祠，酉往戌归。

晚点看韩文，诵《礼记》，看代数术。

收文六件。

收信。全太守、保太守贺节，全附说帖。

八月初七日　乙亥

看代数术，诵韩文。

收文十件。

写信四封。贺制府，答昆山及全、保两太守。

县学送来文生日记，凡八册，始七月廿五至八月初五。刘培良《汉书》、谢钧《易知录》、陶其淦《易知录》、李其芳《诗经》、杨文清《诗经》、石毓岷《尚书》、徐德荣《了凡鉴》、史钟英《尚书》。

八月初八日　丙子

绍光拟翠微阁联，属予择定，一曰“山翠万重当槛出，清江一曲抱村流”；一曰“飞阁流丹层峦耸翠，大河前横万象在傍”。

看代数术。写屏对。会客。梁伯恒。

收文二件。晚校新刻各局书目。①

八月初九日　丁丑　晴　忌辰

文庙丁祭，寅往辰归。祭日遇忌辰，仍以朝服从事，礼毕易素服。

---

① 页眉。《小学》：单纸〡二，夹纸〢〤。《左传》：单〧，夹〡〤。《史记箐华录》：单〢〤，夹〤。按，此记数是用苏州码子，〡二（12），〢〤（24）、〧（7）、〡〤（14）、〢〤（24）、〤（4）。

邀澄、式二公代检书籍，凡书四箱，将发县学，备诸生借看也。自巳至未乃毕。

收文二件。

八月初十日　戊寅

编写存学书目，并拟借书章程，自辰至申乃毕。

会客。戴岫松太守，自石阡回省。

晚批文，看诸生札记。

八月十一日　己卯　忌辰

晨起。批陈其信观风卷，批文数件。

晚批诸生札记。会客。雷玉峰孝廉。

收文三件。收信。王兰笙、陈劭吾俱贺秋节也。

八月十二日　庚辰

晨撰《先正读书诀序》，约百余字。拟书局章程，约数百字，至晡乃毕。

夜写书局节略一扣。八百余字。

会客。曾友山司马。

八月十三日　辛巳　晴热

晚看《中日问答》。

拜客。抚帅晤、藩未晤、绍光晤，谢戴、李、曾、施四公步。巳初出，未正回。

会客。陈伯完。

收信。家信二：京字三、京字四。益禀、勇禀，锡侄信，伯举信二，仲敏信一，柘叔信一，少云信一，墨青信一而二，陆竺斋复函，孔辅堂及哲臣帚仲信一。家信附日记一本，又单袴一、小褂一、袜一双、袴带一、化坚膏一小包、《和议问答节略》三本。代交尹宅家信一，荣卿家信一，少云寄澄兄信、王成寄孟成信、孟成家信。伯举信内附寄澄兄信一、式金弟信二。孟丈翁到任信。罗军门贺节信。

八月十四日　壬午　小雨

晨兴，看《学政全书》"拨额""归宗"两类。试写翠微阁联。拟寄仲翁信稿。晚赴蒋观察约，戌正回。晚与澄兄商官局应买书单。

会客。杨苹洲藻。[①]

八月十五日　癸未　阴

晨，试写楹帖两分，不能入格，乃请澄兄书之。

会客。来拜者李篑青大守，谢镜泉广文，高广文恺，皆以有拜节之语挡驾。

发罗、陈、王三信，皆答贺也。

晚与澄兄小饮，饮两杯便不任，酒殊有力。问其名，曰大麦酒，即北方之高粱烧，而力则加猛矣。

八月十六日　甲申

终日检点书籍，抄记册中，以备到棚时便于检阅，且便装纳也。

---

① 页眉。《学政全书》借诸袁宅，余前买定一部，经舜卿手，渠赴任，家无知者，故先以此代也。

作寄体仁文。

收信。胡恪三、朱采香、庆雨香，胡海客、瞿子敬。[1]

八月十七日　乙酉

仍检书籍。作《寄怀仁安子诚墨青体仁诗》，未毕。午后，迎史绳之中丞于北门外官厅。

拜客。答拜俞秋圃太守、李篁青、杨苹洲。

史中丞言：滇南猛乌、乌得两土司，已为法人占去。

收舆呈一。写信。写寄伯兄禀稿。

八月十八日　丙戌

补作《寄怀诗四首》毕，皆五古也。晚补批诸生札记。

会客。唐方伯，史中丞，俞太守，史大令支昌、号游芳。

拜客。史中丞、史大令。

写信。柘叔、墨弟。

收舆呈一。

八月十九日　丁亥

检点书箱。晚与澄兄商出棚事宜。

会客。谢镜泉、杨定如。

写信。添写寄仲敏信草。

诸生札记九本，交杨广文手，又付以官书局书目十三

---

① 页眉。胡海客瀛涛，四川夔州府云阳县人，现年五十岁，癸酉拔贡，乙亥举人，丙子庶常，散馆改知县，选陕西城固，调补西安府咸宁首县，历署渭南、临潼等县，保荐卓异，丁内忧，服阕，选贵州铜仁县知县，庚寅五月到任，历充两省同考官。

本，送诸生九人各一本，两学四广文各一本。

八月二十日　戊子　夜雨至晡乃晴　寒露

检点文册信件。饬仆装衣箱。写扇二，曾友山一，其一房书代求也。

写挂屏六。平越房代求。写信。胡海客前辈。

送还梁伯恒书价。收信。和荣轩总戎、李子嘉前辈，皆贺秋也。

收文一。县学借去书架一、箱架二、方机四。

八月二十一日　己丑　雨

定示随棚书役告示。写一文、四诗寄墨青。

写信。华祝翁，西道，镇远镇。胡恪三，周绍黉，第九号家禀，答三侄信。

收文一件。

会客。陈伯珊、曾友山。

八月二十二日　庚寅　雨

朱笔写示出棚书役告示。午初点卯。

写伯嘿册页三开。写电报局团扇一。

写信。仲敏、伯举。

会客。赵秀生前辈。

号房禀求出棚，因将投文小费粘呈，恰好余欲知之也，开于后。

丁忧〥十，起复〡百，帮增〢百，补廪〥十，出贡〥十，收廪〣十。到任二三百，开复三五钱，贺廪〤

十，各学师初禀见二三百。[①]

以上各项，唯学师禀见一项，传、茶、号三项均分，余皆传与号各半。

号房之不随棚，历有年所，未便添派。余派令出棚之传事三人，所得之投文小费，照四股均摊，贴并号房一股。

府学造送文生行日记功课名册：

李启烽、游起鹍、何治忠、严俨、刘增礼、丁树奇、杨德懋、杜运钧。

下游派差花名：

传事：李升、何天培、萧学彬；

茶房：邬桂林、张元相、刘润新；

承差：施逢恩、莫如德、景福、李连升；

舍人：李荣升、张连升；

皂班：莫洪升、朱荣、方洪发、李志超；

外班：胡庆贵；

伞轿如旧。

都匀：都匀、麻哈、清平、八寨、独山、荔波。镇远：镇远、天柱、施秉、黄平。思州：玉屏、清溪。思南：安化、印江、务川。铜仁：铜仁。黎平：开泰、永从。石阡：龙泉。平越：湄潭、余庆、瓮安。松桃附铜仁。

① 此用苏州码子记数，即〥十（50）、〡百（100）、〢百（200）、〣十（30）、〤十（40）。

下游四棚程站：

由省起马，至谷脚尖，三十里，龙里办。至龙里县宿，三十里。至新安尖，三十里，贵定办。至贵定县宿，三十里。至沙坪尖，三十里，平越州办。至酉阳宿，三十里，平越办。坐尖。至平越州，四十里。自平越起马坐尖，至羊老平越宿坐尖，至清平县宿，四十里。至重安江尖，三十里，黄平办。至黄平州宿，三十里。至蓝桥尖，三十里，施秉办。至施秉县宿，三十里。至刘家庄尖，三十里，施秉办。至镇远府，三十里。自镇远府起马，至半坉尖，三十里，镇远县办。至金棚宿，三十里，施秉。至路腊尖，三十里，镇远县办。至大地方宿，三十里，石阡办。至平贯尖，三十里，石阡办。至石阡府，三十里。自石阡起马，至龙洞尖，三十里，石阡办。至塘头[①]宿，三十里，思南办。坐尖，至思南府。六十里。

收文一件。[②]

八月二十三日　辛卯

督仆料理行装。

收信。子纯同年贺节，并寄《遵义志》二部。曹慧斋贺节。

写信。崇儿。

---

① "塘头"，原文作"头塘"。

② 页眉。省至思南十四站：十尖、十宿、四坐尖。龙里一尖、一宿，贵定一尖、一宿，平越一尖、两宿、三坐尖，清平一宿，黄平一尖一宿，施秉二尖、二宿，镇远二尖，石阡二尖、一宿，思南一坐尖、一宿。

定亲供章程，由承发房所分，三百内减一百，贴并看署人役。稿房言承差李春荣家寒，求添派，未允。

《先正读书诀》印成，送抚、藩、邵前辈、黄廉访、文观察、严绍光、李章武。唐、邵、黄、严、文五处，并配《书目》各十本。

八月二十四日　壬辰　有雨

拜客。赵秀升前辈、曾友三。

曾友三招饮于观音寺之翠微阁，同坐蒋蓬史、黄让卿两观察，谭竹村、勉斋、范泽之希传三大令，未刻往，戌刻归。

收文四件。

八月二十五日　癸巳　雨

换戴暖帽。换季之日贺喜，如朔望例。

贺嵩中丞寿。收信。赵季轩复函。

发传牌。写信。郑亲家、孟志翁、朴翰臣、府学两广文。

写书局应购书目。托澄兄选择。

批严俨札记，是日送交府学。

收文二件。

八月二十六日　甲午　有雨

收文四件。

早抄书局章程一纸。晚批杜运钧札记。

收信。崇儿京字第五号禀，七月十二日发折差带来。

批文四件。

写信。致劭吾，还书两种，又送《读书诀》及《书目》各十本，附寄书局章程五条。

拜客。为赵秀翁送行。

会客。雷玉峰、绍光、蔡心田、杨定如。

八月二十七日　乙未　晴

收信。陈伯完将校过《先正读书诀》送来，将所著取去。陈劭吾信，附张南圃中丞致芗帅书。袁镜波信，附《愚志录》。严绍光信，收到书板三份、书目百八十本。王豹君同年送《留别湄邑绅士诗》四首。

写信。致绍光，送《书目》百八十本，书板三份，《蚕桑》二本。

拜客。辞行十一处：嵩晤、唐晤、邵晤、黄、文、蒋、蔡、严、尚、崇、蔺。谢步四处：朴、魏、李祖章、王豹君。

会客。王豹君。余送行者皆挡驾。豹君称陈生天柱。

收文四件。

终日忙乱。

八月二十八日　丙申

辰八钟行，三十里，尖于谷脚塘。未正行，三十里，宿龙里，时六钟也。邑侯张世瑶，字西池，江苏吴县人。

去年过此，遇喻济丞鸿钧大令也。曾森高汉奇，邵阳人。管带也。屠凤冈光仪，冉诰之凌云，平越人。广文也。张代喻署事，三月到任，其本缺则镇宁州也。冉已交卸，本任为谭广文彝德。张、曾、屠、谭暨典史、把总、外委，俱迎而后拜，延见前四君。

八月二十九日　丁酉

七钟行，三十五里，尖新安塘。未初行，三十五里，宿贵定。

邑侯朱采香、广文胡月波、典史艾茂哉、都司张仙州、把戎刘钦怡、清平训道徐莘田，去年过此所晤也。

朱、胡、张仍旧任，延见之，谈俱甚久。

平越文武巡捕至贵定来迎。

文巡捕晏孟林，四川重庆府人。

武巡捕屈干臣，贵阳。

九月初一日　戊戌　昨夜大雷雨

七钟行，三十里，尖平越州之沙坪。午行，三十里，宿平越之酉阳。

昨，采香大令谓余当爱惜精神，务令阳气胜阴血。盖以余有糜弛之象也，当志其言。

酉阳千总文在兹，去年所遇也，今岁复郊迎。

纤夫多乞丐相，常于途间攘攫人物，又有无赖之徒厕溷其间，亦乘间行窃。或遇卖饭者，恣意啖吃[1]，不名一钱而逃。余之舆行至黄丝塘，有卖饭妇人，口中絮絮作怨声，旁一人曰：此大差使，焉得不乱抓耶？余命舆夫询之，则一人欠十钱逃去，不可追。余命舆者赏其钱，而令承差追逃者，顷之得四人，其三皆窃物，其一则盗鸡也。俱交夫头押之，行到酉阳后，罚扣其一日之夫价而驱逐之。澄兄意也。

①“吃”，原文作“讫”。

九月初二日　己亥　雨

八钟行，四十里，至平越州。

署侯裴玉山良琨，四川华阳人，去年曾接见于大公馆。昨夕到西阳相迎，晤谈甚久。本日复郊迎。

署平越游击王彩云凤鸣，安徽歙县人。

延见裴直刺，与言棚中供应，杜绝冒取之弊。以虎皮笺印章于其上，属伊带去，再印一章，明日送来，以备取物时之征信。

又招考之费拟收为黉仪之用，属直刺议章程。

四学教官分三班见，属以三事：一举优，详加考语；一属严诫廪保，清查枪替；一考选拔者，务设法令寒士得与考。

平越考棚，系以招考费筹修，甚坚固。

九月初三日　庚子　有雨

辰正后，谒庙，讲书。午刻放告，收呈七纸。

与裴太守议，以招考所收费作为本届黉仪。是日与太守凡四见。与澄兄拟明日经古题。

傍晚时，臂瘤忽作患，傍腕处筋脉涨痛，若排针而刺者，然饭后辄瘳。

生、童经古，向来合棚，余以此次生古一场即选拔张本。前试遵义时，经古文生颇有请替之弊，盖生、童既合，则童在堂号，生在大号，可以为[1]所欲为也。此次乃分生、

---

①“为”，原文作“惟”。

童经古各占一日，明日生古场也。亥正，卷毕进，与式金议盖坐号戳之法，余亲盖之。子正睡。

申诫承差勿递夹带，申诫皂班勿卖（放），申诫稿房亲供勿加（平）。与裴太守论禁撞骗。因闻太守言，外言撞骗者甚多。余谆托太守张贴告示，并转恳武营协力访缉，获则重办。

九月初四日　辛丑　晨雨　晚微晴

六钟起，随即点名，凡到三十七人，平越十五、瓮安六、湄潭十三、余庆三。辰初发题，午初盖戳起。余在堂上早饭，饭后一钟退堂。

是日不准继烛，不完卷者，准其交草稿。凡交草稿者十三本，稍出色者，皆在十三本中矣。

晚写明日题纸，经古澄兄拟之，补考题式金拟之。

子初，童古卷送进，盖坐号讫，子正睡。

午批禀三。

刘歆《让太常博士书》赋，以“辞刚义辨文移之首”为韵。

赋得网罗旧闻[1]。

“终风”解。

“有实其猗”解。

汲黯论。

以明道希文自期待论。

诸葛铜鼓，七古不限韵。

① 按，“闻”字右上角有“△”符号，即得“闻”字。

九月初五日　壬寅　雨

六钟起，六钟三刻点名，童古到二十六人，平越六、瓮安一、余庆二、湄潭十七。补考到二十九名。

午初盖戳讫，退堂。

午后检石印小本，拟明日童正场题。就枕小憩，辄便鼾睡，自未初至申正乃醒。升堂发生古案，凡取十六人，但出坐号，不书名，亦不分甲乙，以坐号为次，如面试草榜例。盖古取为选拔之先声，恐有借端诓骗者也。

日未昳扫场。晚饭后，裴直刺来谈。

晚又与澄兄议题，议讫，书之。余牌示：明日三更一点放三炮。卷箱至二更后乃至，又颠倒错乱，极费爬梳。余视镜、荣二君率徐、王二仆盖印坐号，自子初至寅初乃毕。余因午睡甚酣，遂亦忘寝也。

童古：

网罗旧闻赋，以“述往事思来者”为韵。

刘歆《让太常博士书》。

“有秩斯祜”解。

“万福来求”解。

论学便为明理论。

第五伦自谓有私论。

补考：

举贤才。

“抑抑威仪”二句。

神仙[1]排云出。

二次：

焉知贤才而举之。

九月初六日　癸卯　夜雨　昼仍霏霏

寅初点名，卯初二刻封门，卯正发题。是日文童到者，平越一百九十一名；内招考者十八名。瓮安九十名；余庆七十九名；湄潭二百二十三名，总共五百八十三名。

点名时，州学廪保李献之攻出枪替一人，顶余焕文之名，交提调审办。牌示：李献之岁考，如系二三等，提一等末，科考如在三等，提二等末。盖戳时，西月二号瓮安童生宋光煊，喊攻西宿六号之伍思仁非本名，提堂罚跪，午后讯之。供称系贵阳童生伍子真，札交提调讯办。认保刘湘士斥革，派保王承霈革廪，其两人所保文武童生，饬学官逐名分别换保，参用叶任成例也。西月二号之童生准作佾生，以示鼓励。如岁考取入，别奖花红银四两，于发落日给领。细查西宿六之卷，文理清通，字亦秀润，虽仅完起讲，亦可略得大凡，心惜之而更恨之也。

是日搜检特严。

申初放头牌，酉正二刻净场。

出童古案，取七人：平三，湄四。

戌正睡。

---

① 按，“仙”字右上角有“△”符号，即得“仙”字。

岁考童正场：

若此其未远也。平。

若是其甚与。瓮。

不为不多矣。余。

如彼其久也。湄。

父母爱之，喜而不忘。次题。

义分明[①]于霜。

九月初七日　甲辰　夜雨　昼阴　寒甚　霜降

生童经古覆试，生十六人，童七人。

辰正点名，巳正退堂。酉初复升堂放牌，酉正扫场。

裴太守两次馈生鱼，本日又馈莲实、冰饧、灰面，鸡鹜之属，辞受之间颇无定见。

视盖坐号戳讫，子初就枕，近丑乃睡。

生古覆试：

马工枚速赋，以"人之禀才迟速异分"为韵。

童古覆试：

秀揽藜峨赋，以"即堂额以为题"为韵。

《出师表》，得"侯"字。

九月初八日　乙巳　阴如昨

夹袴、棉套袴、小夹袄棉袍、棉背心，犹觉单也。

文生岁考，到二百七十四人。平越百四十二，瓮安

① 按，"明"字右上角有"△"符号，即得"明"字。

四十七，余庆四十四，湄潭四十一。

寅初点名，寅正毕。发题后又五刻许，天始明。

州学文生任孝德，请其徒徐作周顶名入场。徐，湄潭童生也。被同考之刘起征、葛经邦攻出。牌示学官传任生讯明详覆，徐交提调暂押。

申正放牌，酉正扫场。

子正后，发文童草榜。

生岁考：

夫泚也，非为人泚，中心达于面目。

百姓归之名，谓之君子之子，是使其亲为君子也。

腹心[①]良平。

圣谕：

“且庭训素娴”至“与有荣焉”。

九月初九日　丙午　阴

辰正起。催面试册，至午后乃到。未正点名，平越四十一人，瓮安廿四人，湄潭廿八人，余庆十八人。堂号不能容，分两次试之，各试一小讲，限四刻交卷。

晚定文童正榜，八钟写，九钟发。是日体不适，类感风寒者。

平、余：士志于道。

瓮、湄：不贰过。

---

① 按，“心”之右有“△”符号，即得“心”字。

九月初十日　丁未　阴

辰正起。是日面课优生。午正到齐，试一小论。

考教。是日仍不适，自午至子，睡中过也。

晚发一等案，平越十六人，瓮安七人，余、湄各八人。

学详任孝德因病未能入场。徐作周怜师而代考，无它意，乃俱宥之。

考教题：

夫子循循然善诱人。

说士甘[①]于肉。

考优生：士说。不拘字数。

九月十一日　戊申　阴

卯正起。一等覆试，起讲，盖戳毕，乃退。

午后又大睡，申正放牌。

初拟十二日科试，文童各学以猝办不及，请酌缓，乃改于明日科试。文生册卷二更后到。余不及监盖坐号，但属荣弟督诸仆为之耳。裴直刺来见。

一等覆：

“富而可求也”一章。

爪牙[②]信布。

九月十二日　己酉　晨放晴　旋又阴

丑正二刻起。寅初点名，寅正发题。凡到文生

① 按，“甘”之右有“△”符号，即得“甘”字。

② 按，“牙”之右有“△”符号，即得“牙”字。

二百二十一人，平越一百一十一，瓮安三十三，余庆三十九，湄潭三十八。

辰初盖戳，辰正发策、诗题，旋退堂。申初升堂放牌，酉正扫场。午后，批丁起廪贡文。

科考文生：

天下之生久矣，一治一乱。

问历代舟师之制。

贾谊《陈政事疏》，得“安”字。

九月十三日　庚戌　晴　渐暖

辰初起。续补欠考。

午后畅睡约四小时，晚二更后册卷到，余子初睡。

九月十四日　辛亥　阴

丑正二刻起。寅初一刻点名，共到五百五十四名。平越一百七十二，内招考二十一。瓮安八十五，余庆七十九，湄潭二百一十八。卯初发题，辰初盖戳，申初二刻放头牌，酉正扫场。

午后定科考一等案。平越取十一人，瓮、余各五，湄七。

扫场后发一等榜。

标选拔日期牌：十八日头场，二十日二场。

点名时两号忽大哗，询之，则有一人乱号，由西而窜入东号也。呼之至，丁名泽昭，瓮安人也。乃逐之出，旋悔之矣。

科考童题：

平：父在观其志。

瓮：亲爱之而已矣。

余：非其友不友。

湄：远之事君。

次题：

将以复进也。

诗：

《圣主得贤臣颂》，得“褒”字。

九月十五日　壬子　阴　先妣忌日

一等覆试，辰正点名，盖戳后退堂，代澄兄看瓮安卷三十本。

十六日夜发文童草榜，平越三十八人，瓮、湄各十五，余庆十三。①

一等覆试题：

“孟子曰鱼我所欲也”全章。

李斯②《谏逐客书》。

九月十六日　癸丑　大风

科考一等磨勘，升堂，散卷毕，退堂。

代式金看余庆卷三十本。

子初发草榜。

---

① 此段是九月十六日事，记在十五日下，可知此数日之日记是事后补记。

② “斯”之右有“△”符号，即得“斯”字。

九月十七日　甲寅　晴　渐暖

巳初起。科童面试，午初点名，未初扫场。

烦澄兄、式弟核对笔迹，并定案，戌初发。

裴太守来谈四事：一、黉仪章程，现已定议；一、余庆童生陆志城抗不谒师；一、两枷犯已遵照开释；一、选派正场，请早点名。余许以准继烛，而不准替代。

面试小讲：

好古敏以求之者也。平。

愿无伐善。瓮。

不患莫己知。余。

多闻择其善者而从之。湄。

九月十八日　乙卯　晴

卯正起。卯正二刻点名，应考者二十六人，平越十二，瓮四，余、湄各五。龙门点名，无信炮。

辰初发题，起讲，盖戳后退堂。饭后升堂，申正退。酉初升堂，酉正退。晚饭后，戌正升堂，至子初一刻扫场乃退。是日发牌，革州学廪生刘金璧衣顶。以其忤裴太守，且侵蚀公款也。

选拔头场题：

“子曰岁寒”一章。

“父母俱存”二节。

“敷时绎思”解。

九月十九日　丙辰　晴

巳初起。午睡。

晚盖坐号戳。与澄兄拟明日题。裴太守来话。

九月二十日　丁巳　晴

选拔二场，卯正点名，辰初发题。令先作诗，呈草稿，阅遍退堂。三钟升堂，阅首篇，盖戳毕，退。

晚八钟升堂，收卷讫，十钟后扫场乃退。

选拔二场：

问贾谊《陈政事疏》切中时弊，果一一可见诸施行否？

李广程不识论。

束广微《补亡诗》笙。

九月二十一日　戊午　晴

辰正起。看平越卷四本。

一等磨勘，当堂散卷，至酉扫场。

戌初发选拔榜，凡取正五人，平越刘锡琪、杨承宪，瓮安杨文海，余庆陆承舆，湄潭周祥熙也。陪五人，平越胡吉卿、金家炜，瓮安胡光廷，余庆陆丙林，湄潭冯光浦也。

晚睡甚早。

九月二十二日　己未　晴　立冬

看平越步射，凡百五十余人。卯正二刻点名，申初毕，午睡。

晚分观风卷，生卷请澄兄看，童卷请式金看，作策论者余自看。其仅作一文一诗者不阅。

九月二十三日　庚申　晴暖

看瓮、余步射，卯正三刻点名，辰正封门。瓮安五十余人，午初二刻看毕，退堂。午正二刻升堂，看余庆百余人，酉初毕。

裴太守来谈。

九月二十四日　辛酉　晴暖

卯正起。看湄潭步射百九十余人，晚补看平越十九人。

托澄兄抄武童技射，晚复邀式金共写之。

九月二十五日　壬戌　晴

辰初起，看马射二百三十余人。辰正往，午初回，同监射者王彩云游戎。午后点内场名，到者二百一人。

与澄兄定武童案，各取如额，平越无佾生，瓮安四，余庆二，湄潭十有四。湄潭之佾生胜于平越之案首也。

七钟后发榜。

晚看观风卷二本，看《先正事略》。

九月二十六日　癸亥　晴

辰正起。看武生步射百二十一人，巳正升堂，未初退。

午批呈。定武生名次，发牌行提调。

晚收文，看观风卷二本。

看麻哈黉仪章程，看《先正事略》。

九月二十七日　甲子　晴

辰正起。看观风卷十一本。

磨勘选拔卷，巳正当堂授之。写对联。

看《公车上书记》。

收崇儿京字第六号信。附《公车上书记》一本，府考两场前十名单一纸，敕书底二纸。《勾股草》二本。日记三本，崇、益、勇。仿一包。仲敏信一，崧生信一，益、勇、忠禀各一。竹轩表叔信一，内附张顺、王顺家信各一。又仲敏寄澄兄信一，尹宅家信一。

接李俭翁回信。晚发观风榜。①

九月二十八日　乙丑　晴

是日填亲供，至夜填三十余份。拟致绍光信草。写扇半日。晚写致仲敏信，至寅初乃睡。裴太守来谈。

九月二十九日　丙寅　晴

是日本文童覆试，至上灯，册卷犹未齐，亲供填及半耳，乃改明日覆试。选拔二杨求见，谢之。

写屏六份。晚写寄家信，十号，至子初。

看《先正事略》。澄、式、境、荣四公，早午两次。治具，贺余娶儿妇。

---

① 页眉。平仄误用，烈腹拔弹趄趄服。

九月三十日　丁卯　晴　热

文童覆试，巳正点名，到百十三人，尚缺二十有七也。

写屏、联、扇俱毕。批发文件俱毕。

午后睡小时许。拟寄陈竹翁信草。

裴太守来晤。晚备小酌酢四君。

十月初一日　戊辰

午后覆武童，缺五人。补覆文童，缺六人。武生补考者二人。

裴太守来晤。

晚写第十号禀，附汇津平足银一千两整。

写寄辅叔禀，写寄陈竹翁信。

批文件，丑正睡。

十月初二日　己巳　晴阴半　燥热

辰题发落书面，选拔、陪拔予《读书诀》，举优生、童古取及岁科文童之前三名，予《书院记》，皆题姓名。王化行、刘思明，尤所赏也，予《读书诀》。裴世兄庆蕃，字润民，来谒，执弟子礼。

午初发落，散花红、书籍及观风奖赏。

州属生童，因黉仪事送联额尾，发落之后，由龙门舁入，导以爆竹。生童登堂跪拜，余半跪而揖还之。黉仪之议，裴太守创之，太守不自有其功，归之貌躬[①]。

---

① 此句文意不明，疑未记录完整。

午后拜客三处，裴太守晤，王游戎、吕守戎。

房书与各行因亲供事屡有争，稿房乞余示定准价。余从荣弟议，改钱数为银数，朱书而示之，另有底稿。

晚托澄兄批文，余簿记之。是日凡收文三十余件。

裴太守衣冠送行，谈片刻。

夜治案牍。看《先正事略》。丑后睡。

十月初三日　庚午　阴雨　寒甚

是日大儿崇智在京寓迎娶。

卯后起。夫马不具，午初乃行。平越至杨老半站，早坐尖，然后行。出南郭，循而东，约数里度葛镜桥。详《黔书》。壁陡涧深，桥工甚巨，水碧色。舆夫谓桥曰：豆腐桥[①]，张三丰所修也。或曰：斗富别是一桥，去城较近。未知孰是?

出城后，历三十里荒山，数百条欹径，线雨针风，絮云带草，萧条满目，感喟终日。至清水塘，即干坝哨。始入大路，又十里，至杨老宿。管带平越练军罗枫吕常有，浏阳人，驻此，列队郊迎，旋来见。文武巡捕送至此，文巡捕晏德尊，字孟霖，四川人。请见，托寄黄平州瞿刺史信。武巡捕屈经兴，字淦臣，贵阳人。

十月初四日　辛未　细雨如昨　寒愈甚

辰初起。坐尖，肴馔甚精，巳初行。路程详前。日记二。

---

①“豆腐桥”，原文作“斗富桥”。下同。

申正到清平县，刘大令迎于杠水塘，去城约三四里。存疑。刘副戎字裕成、蓝广文皆去岁旧识也，与王广文□□经厅……[①]，俱迎见。

十月初五日　壬申　早飞雨星　午略晴

卯正起。坐尖，辰正行，约四十五里，去年日记云三十里，与房开之路程单合，然实不止，刘大令谓四十五里，从之。渡重安江，早尖，午后行三十里，抵黄平，已曛暮。近城二里许，炬而行。瞿刺史暨同城诸公迎，延见刺史，余俱上号。

晏孟霖托交瞿刺史信，面交。瞿刺史面递文生学行单：

> 杨芬，孝行可嘉，幼失怙，两代孀居，伊祖母奉旌节孝，相随不离，敦品力学，言不妄发，事能让人，毫无嗜好。贺良桢，三代书香，且各有藏书，能率父教，读书为事，志趣争上，毫无嗜好。李琳，讲求品节，孝友无亏，无嗜好。张芬林，端谨尚志，无嗜好。黄华，有志读书，无嗜好。傅锡龄，不务外事，无嗜好。孙士琨，力学，知所警戒，无嗜好。张枢，读书敦品，无嗜好。张守铭，唯学是务，无嗜好。黄品超，讲求敦品，心地朴诚，无嗜好。陈敏，能知力学，尚无嗜好。骆家骏，品行有亏，尚无嗜好。乐嘉荃，家裕能学，近闻不免嗜好。杨玉光，亦知务学，嗜好太深。邬荣贞，唯利是图，不事学业。

---

① □□处有未记者。

十月初六日　癸酉　小雪节

卯正起。辰正行，廿三里，飞云洞茶尖。又十五六里，尖称钩坡。尖站应在滥桥外，行台近毁，故改移此处。又二十余里，至施秉。路程不确，尹记较核。

张纪堂蔚南，四川增生，知施秉，相见，颇为投洽。

杨副将国相，欧阳少尉华，去年旧识也，复迎谒，延杨入。

张云：李鹤鸣学行尚好。

十月初七日　甲戌　花衣期至十三日止

卯正起。辰初二刻行，四十里，尖刘庄。午行，三十里，酉初抵镇。到棚太晚，又因天柱考生未到齐，牌示初九日谒庙。

和总戎、金太守、杨子深大令、五学广文、四巡捕先后延见。

十月初八日　乙亥　晴

辰初起。杨大令凡四见，与商书局事，棚费事，即以棚费捐入书局。定考试先后日期。收文。赵辅臣游戎万忠选授镇远游击，是日来见。赵与星（廉）前辈子青主政，俱同族。

十月初九日　丙子　晴

卯正起。辰正谒庙，午正放告，午后检书。

晚与澄、式二公拟题。待经古册卷到后，编盖坐号戳，至寅初睡。

提调两次见。

十月十日　丁丑　晴煦

晚发生古案，取廿四人。

慈禧皇太后万寿。

卯初起。拜阙，行庆贺礼。

文生经古。卯正点名，到七十人。补欠考者四十三人。

盖戳后，午初退堂。午后睡一时许。申初升堂，旋即放牌，酉正后扫场，不完者仍交草稿。

文童经古册卷，亥初毕入。亥正就枕，枕上看《圣武记》。

坐号可容千五十二人，而五属长案，岁、科两册皆逾千二百人。余以号不敷用，拟分棚。昨午提调面白，述各学之意，仍以[①]分棚为善，杜歧考也。余举座号为言，提调谓：各学临点不到者，总在二百名外。余谓：临点始知其不到，印号时不能预知，若临时移换，则纷乱需时，势必不及。因属提调传各学转饬廪保清查，除实知其必不到者，约计每属若干，若能不溢于座号之数，则决给合考矣。自昨午至今夕，屡次催问，无以为答。今晚提调请见，又请展缓。余谓：牌示必须早出，若前一夕而出牌，则报名不及，必致三鼓以后始进册卷，而座号不及印矣。乃与商订，十二日不试童而试生。

---

① 据下文文意，"以"后脱"不"字。

大令送来《溓阳纪事》一套，《府志》七本，秀山、文明两书院章程一本。

太史公适鲁观夫子庙堂车服礼器赋，以“低[1]回留之不能去”为韵。

山行即桥，得“山”字。

《礼运》“选贤与能”解。

《孟子》“性无善”章讲义。

敦笃虚静者仁之本论.

陶侃励志勤力论。

镇雄关七古，不限韵。

十月十一日　戊寅　侵晨阴　旋晴

卯初起。文童经古到六十六人，盖戳后，巳正退堂，午后睡两小时。申初升堂放牌，酉初后退堂。晚发生古案，共取廿四人，府九，施秉二、镇远二、天柱二、黄平九。拟明日生题。册卷戌正毕入，子初就枕，久不寐。丑初后，睡一小时。

太史试学童能讽书九千字以上乃得为史赋，以“语在《汉书·艺文志》”为韵。

孝友光明，得“雍”字。

“无相犹矣”解。

“《七月》陈王业”说。

曾点漆雕开已见大意论。

---

① “低”，原文作“祇”。

大禹惜寸阴论。

漏月岩，七古不限韵。

铁山铁溪，七绝二首不限韵。

十月十二日　己卯

丑正一刻起。丑正二刻点名，文生到四百廿二人。寅正发题，卯正后盖戳，是日终日不退堂。加批古取生卷，抄成文三篇，又两半篇。申初放牌，酉正二刻扫场，不完卷者约十余卷。发童古案，取八人。晚看天柱生卷三本。酉吕肆录成文。五属文童卷，是日毕入，约千一百余本。亥正，就枕假寐，辄便睡熟，竟不解带。

“由君子观之”至“几希矣”。

“子云父母在”至“厚于慈”。

歌虞颂鲁，得“稽”字。

圣谕。

十月十三日　庚辰　早阴

辰初起。经古覆试，辰正点名。盖戳毕，未初退堂，牌示童生不得怀挟。检拟明日文题，视盖坐号戳，督令添编座号。晚，因号戳不敷，朱题于卷而以足之。亥正就枕，看《开国龙兴记》数页。

生古覆：

张怀庆好偷窃名士文章赋，以“士习不端于文见之”为韵。

诗免。

童：

毋剿说赋，以题为韵。

《说文解字》，得“文”字。

十月十四日　辛巳　阴晴半

子正起。丑初点名，至卯初三刻乃毕。五属文童到者一千一百一十二名。施秉文童邓嘉全攻出枪手一名，曰田荣，顶镇远县龙锦云之名，发交提调。卯正发题，辰初三刻盖戳，巳初毕，申初放牌，酉正扫场。终日坐堂，颇觉神倦。噫！自此以往，其渐以懈怠耶？堂上看施秉生卷廿本，又定镇、天、黄三处一等案。府属有于卷中粘写贿买等语者，延提调入，令传讯之。晚发一等案，府属十二，施秉五，镇远五，天柱七，黄平十。提调见。

《书》曰“天降下民”，府。

《诗》曰“不愆不忘”，施。

《诗》曰“经始灵台”，镇。

《礼》曰“父召无诺”，天。

《礼》曰“诸侯耕助”，黄。

次：博学而详说之。

文章[①]则马迁相如。

十月十五日　壬午　阴晴半

卯正起。昨夜就枕，手书一卷，移烛枕旁，未终页而

---

①“章”之右有“△”符号，即得“章”字。

睡已熟，烛花落褥，烧其三袭，而床亦炙透。将曙乍醒，烟腾遍室，惊而起，呼僮，炬视无所见，久之，乃知其之重茵下也，盖昨夜之疲甚矣。提调遣人送褥两重，而督工治其已烧者。

一等覆试，辰正点名。改四书题为经题，以避夹带，且援叶前使试黎平例也。令先作一诗，盖戳，午正退堂。

堂上阅天柱卷五十，但看诗耳。

午后睡一时许。提调见覆，田荣当枪及王家焯希图贿买两案。自午至晚，看天柱堂号卷十五本。

发斥革保枪之廪保牌。发各学不完卷各生令于十七日补考牌。发各学雷同录旧生分别褫革及戒饬牌。

案牍丛杂，有应接不暇之势。收文簿，请镜波写之。

谦尊而光卑而不可逾。

灌园粥蔬，居。

十月十六日　癸未　阴晴半

辰正起。考教，凡九人。续补欠考。

巳至午，看天柱童卷四十本。午后睡一时许。

申至酉，看天柱卷廿五本。戌至子，看天柱卷一百本。是日共看一百六十五本。丑初睡。

考教：

"修其孝弟"至"利兵矣"。

师[1]道立则善人多。

---

① "师"之右有"△"符号，即得"师"字。

补考：

仁以为己任。

礼从宜。

下马饮君酒，得“之”字。

二次：

其行己也恭。

十月十七日　甲申　阴晴半

辰初起。考优生，到廿二人。又交观风卷之镇远县学杨凌汉，传同考试。正场东列肆。

阅天柱卷九十本。

夜发文童草榜。

论读书之要。先总叙大意，次就性之所近，各拟一读书课程。

论西学之用与用之之法。

十月十八日　乙酉　阴晴半　夜有雨声

辰正起。文童面试，巳初点名，封门后分两次试之，先府属、黄平属，次施、镇、天三属，未初毕。子深大令见复王家焯事。定天柱案，余恳澄、式二公分定。戌初发正榜。

拟明日题，文生册卷戌正毕入。

亥初后睡。

府：民唯恐王之不好勇也。

施：非国之灾也。

镇：故能乐也。

天：固将朝也。

黄：古之人未尝不欲仕也。

作小讲，限四刻。

十月十九日　丙戌　阴晴半

丑正三刻起。文生科考，寅初点名，寅正封门，随即发题，到三百零七人。辰初盖戳起，辰初二刻发次题，辰正退堂。点名后批贡文七件，廪文一件，又丁、起等文钤小印。

午前睡一时许。未正升堂，放牌，酉正扫场。

全太守以禀单白：补考七名，欧阳训导再三请收考，恐不免弊端，可否邀准？候示。当函复以未便收考。

文生科考题：

禹思天下。

问自唐至明兵制得失。

陆詟水慄。宾。

点经。

圣谕。

十月二十日　丁亥　文童科考

子正二刻起。丑初三刻点名，到者一千〇四十七人。辰初封门发题。堂上阅岁考一等覆试卷，酌定一等名次。申初后放牌，酉正后扫场。是日获枪手二名。

亥初睡。

文童科考题：

君之视臣。府。

父子之间。施。

夫妇之愚。镇。

子之兄弟。天。

求与之友。黄。

作之师。次。

人伦寔始，得“初”字。

十月二十一日　戊子　晴

辰正起。定科考一等案。

午后发一等案，午至酉阅府属童卷五十七本。戌至子阅府属卷五十本。枕上看《经世文编》。

十月二十二日　己丑

辰正起。早阅府属童卷三十本，午阅七十本，晚阅五十本。

磨勘，巳初点名。

枕上看《经世文编》。[1]

十月二十三日　庚寅　阴　天气始寒　易灰鼠袍褂

辰正起。一等覆试，盖戳后，午刻退堂。看府属卷十本，凡三日内看府属卷共二百六十七本，余九十本，请式弟代看。午后睡一时许。覆试文生，至二更扫场。三更后发文

① 页眉。治彝仍出。敦享不改写。睦业。

童草榜。

以童题为生题：

作之师。

人伦寔始。初。

十月二十四日　辛卯　阴　益寒

辰正后起。文童面试，巳初后点名，府廿七、施十七、镇十五、天十八、黄二十。仍分两次试之，未初毕。定府属案，其施、天二属仍请式弟定之①，镇、黄二属仍请澄兄定之。二更后发科考文童正案，镇远县、天柱县各取佾生二名，府属、施秉各一名。

候选拔册卷，一钟后始毕至，盖座号讫，乃就寝，已寅初矣。枕上看《经世文编》。

府、黄：其使民也义。

施、镇、天：舜有臣五人而天下治。

俱小讲。

十月二十五日　壬辰　阴　仍寒

应试者皆携火盆而篋提之，或方或圆，或木或竹，坐则以承两足，而暖全体。

辰初起。选拔头场。辰初一刻点名，府属到十二名，施秉二名，镇远县四名，天柱、黄平各七名，凡三十二名。起讲盖戳，未初退堂。午后睡两时许。晚饭后约九钟许，升

①“定之”，原文作“之之”。

堂放牌，仅交四卷耳。子初后退堂，小食，子正复升堂，逮寅初鸡再号，仍缺一卷。问之，则仅缮首艺，经解且未作也。乃令扃门，留看堂一人伺应之，而余退。枕上看《经世文编》。

子曰性。

"古之人未尝不欲仕也"至"之类也"。

《仪礼》"缁布冠缺项"解。

十月二十六日　癸巳　阴

辰正二刻起。昨缺一卷，至巳初乃毕，盖黄平廪生张枢也。

续到补欠考一人，本日传补。午后阅科覆一等卷。

晚发一、二、三等卷。拟明日策、论、诗题。

十月二十七日　甲午　阴

卯正起。选拔二场，卯正点名，辰初发题，以写题需时甚久也。是日，天柱邓大宾因病不到，到三十一人。诗草稿盖戳，至午正尚缺两卷，乃退堂。饭后升堂，补盖讫，坐一小时许，复退。澄兄阅头场卷，余时就而旁观焉。晚一更后，复升堂收卷，至子正后乃退，尚缺两卷。退堂小食讫，坐候约一小时，两卷始入。

问赵充国陈屯田十二便云。

曹参论。

饭稻羹[1]鱼。

---

① 按，"羹"字右边有"△"符号，即得"羹"字。

十月二十八日　乙未　阴

辰正起。科考文生磨勘，当堂散卷。

与澄兄商订选拔去取，终日坐卧不定。

晚饭后，发选拔案。

贵州选拔之例，除案故事，就地拔取，府二人，州县各一人，分别有所谓陪拔者，如其正之数。正者中式及有丁故等事，则以陪者补之。吾直无此例也，有之唯优贡正取、副取各六人，正取中式，则副者补之，与此正同耳。正拔、陪拔同列一榜，其榜长丈，阔丈六尺，以光纸拓裱[①]，四周镶蓝纸边，尺画龙虎，加意精工，亦吾直所未有也。榜之首行以宋体字书提学衔、姓字，阔约七八寸，其式如下：

钦命提督贵州全省学政翰林院编修姓为

遴选事，照得本院考试〇〇〇〇〇〇某府或某直隶州属各学遴选诸生，业经选取在案，理合将该生等姓名、年貌并分别正、陪晓示于后，须至榜者。

计开　榜朱书

〇〇〇年〇〇岁〇〇〇学〇生

〇〇〇年〇〇岁〇〇〇学〇生　以县纲为序

以上正拟拔生〇名

〇〇〇年〇〇岁〇〇〇学〇生

〇〇〇年〇〇岁〇〇〇学〇生

以上陪拟拔生〇名

---

①“拓裱”，原文作“抳表”。

光绪盖印　年　月　日

榜　押　实贴甬墙晓谕[1]。

十月二十九日　丙申　晦日　阴　小雨　寒

卯正起。镇远府属武童步射，卯正二刻点名，称弓、步地后，巳初乃射。是日点到者一百七十九名。天短且阴，试院甬道上有罩蓬，昏暗更早。止阅至一百三十六名，挑技勇八十五名。午初一刻退堂早饭，午正一刻升堂，复阅，酉正二刻退堂。

---

① 页眉。附开拔贡榜应用各件：榜一张，尺寸详下。大笔二支，小笔二支。墨半觔，银朱一包。照稿房单开。

梁汝霖府正　聂相柄府陪　黄运升府正　潘德明府陪
李鹤鸣施正　何金声施陪　周开忠镇正　邓汉臣镇陪
吴亲臣天正　梁克标天陪　贺良桢黄正　李　琳黄陪

日记五

乙未（1895）十一月初一日镇远校射，至丙申（1896）四月二十日黎平棚到棚之次日。

诗赋用赛字○唯然对抑然○浸假作假令用○殊○盍不连用○殆作迨用○心中对念内○顾不⊿⊿者⊿⊿之⊿而必⊿⊿者⊿⊿之⊿○其⊿也与哉其⊿也○讲收用势必不能○必谓⊿⊿⊿矣然⊿⊿⊿⊿抑又⊿○刚作纲用○声身生等字互误○耶作也用○以已宜分○文用仔细○能不用贯矣字○恁字○顾固相混○名世误名士○咕哔○夫然对抑然○非指本朝亦好拟字○堂廉误簾○即既误用○朽误杇○曰字作实字用○窃误切○一亦不分○裨误俾○慨概互误○至误自○里肚纸等俗字○难免下加无字或不字均羡○无何作无如用○何常误何尝○及即既互误○固故顾互误○诗第二联不对收联对○不免误不勉○秣马作林马○锄字犁字作仄用○穆陵误穆林○磐石多作盘宜考○洵询互误○肱宏淡敦等字不必缺而缺，不必改而改者，甚有烹字写作熹者○矣也字互用○汗漫作汗出用○然字误用○嫉妒之妒误妬○绳纯○概慨

十一月初一日　丁酉　阴

卯正起。镇远府属武童步射第二日。

卯正三刻点名，候弓不至。辰正一刻始封门，是日

点入者，府属一百一十六名，有昨放出四十二名，施秉[1]六十二名；挑技勇，府属六十七名，施秉一百五十三名。阅至末牌，天已曛暮。舞刀、抱石，燃炬照之，乃获毕事。子深大令来见，长谈，因言随棚来者，匪人极多，有枪棚、冒棚、赌棚、镖棚等名目。冒非冒籍，盖冒充幕友及书吏、家丁，以诈人财；镖棚者，为三棚之护符，有祸则挺身急难者也。棚者，指其总会处所而言。假《申报》于庶熙太守处，凡四包，至十月初五日止。

十一月初二日　戊戌　薄阴

卯正起。镇远棚武童步射第三日，是日阅天柱。

卯正二刻点名，晨阅五牌，午后阅四牌，是日点进一百六十一名。挑技勇九十四名，酉初阅毕。退堂后小食，辄就枕睡，戌后起，小坐，复睡，遂达旦焉。

在镇远。

镇远棚号舍止九间，箭道不及三十弓，故中箭者较他棚为多也。此间所备量道之弓，视他棚独小，名曰三十三弓，实不及三十也。自阶下至龙门，亦不过三十弓有奇耳。刀有头刀、二刀、三刀之别，石有头墩、二墩、三墩之别，自安顺至平越无不皆然，此棚则刀仅头号而缺其二三，石则头号绝大，应试诸童无一能上膝者，间有举之离地者，然亦仅矣。凡武童步射之日，龙门点名，提调、教官、廪保参堂，如文童正

---

①“施秉”，原文作“施稟”。下同。

场例。稿房唱名，每一名入，则半跪报名于案前，既毕，乃封门升堂，武巡捕独留后，堂参如仪，乃称弓设架于堂阶下，弓有兵房承备者，有借诸武营者。架出短木，悬弓于上，坠以石，石自十觔至六十斤不等。视弦下坠，弯如引满之式，预以箭干作志。乃数石之若干斤，每十斤为一力，自六力、七力至十六七力不等。茶房以长方白纸请朱书大字曰若干力，黏于弓之近箭处。称弓毕，承差二人，一执量弓之步，一执小红旗架承之，执步者半跪唱曰：禀请弓步。执旗者唱曰：禀发弓步。执步者又唱曰[①]：禀请弓步几十弓。执旗者曰：禀请弓步若干弓，其若干之数预先请示。乃量道，鼓房吹号随之，执步者口唱一弓、二弓等字，且行且唱，每十弓则曼其声，而半跪向上似若禀白者。执旗者则置架十弓之处以为志，吹号者亦引长其声以应节，至二十弓三十弓复然，至止处复然。步毕，乃校射。凡校射，先设两木架于弓步之止处，曰把子。武童两人骈立阶下如古制，然两阶之旁设长方小几，设筹签于几上，架承而植之。签上书一签至五签，初射时，报筹签者叠五签于几上，每中一箭则插一签于架，使字向上，唱曰：上把几枝。不中，则倚签于架之横木，使堂上一望可知也。设把之近处，有司鼓、司钲各一人，左钲则右鼓，箭中则击，中三矢者为中格，挑阅技勇，不及三矢，则报名而下。初封门时，武童聚于号舍之一方，或东号或西号，中箭与不中箭而下者，则退入对面之号，不相杂厕。如

①“曰”，原文作“者”。

未射者在东号，则已射入西号，或射及半而放牌，早饭时，放牌一次。则已射者出，未射者待。

十一月初三日　己亥　晴　天气复暖　堂有蝇蚊　庭有蝶

辰初起。镇远棚步射第四日。

辰初二刻点名，接点天柱六十五名，又点黄平七十八名，天柱合昨日共二百三十六名。晨阅天柱三牌，挑技勇二十三人。午阅黄平五牌，挑五十二名。申正毕。

十一月初四日　庚子　阴

辰初起。镇远棚步射第五日。

辰初二刻点名，阅镇远县属步射，点入七十九名，挑技勇四十名，午正毕。

抄武童技艺册，未毕。

十一月初五日　辛丑

辰正起。镇远棚武生正场，并补考。

辰正二刻点名，到一百五十六人，午初毕。

接抄武童技艺册，毕。

十一月初六日　壬寅　早雾　午前晴　午后阴

卯正二刻起。镇远棚马射并内场。

辰初三刻赴马场，凡武童三百数十人。阅毕，与中营邓金坡嘉銮同饭。未初回棚，旋即点名，内场到三百一十余人，与澄兄商定武童去取。

丑初后发榜。

十一月初七日　癸卯　冬至

卯初起。拜阙毕，覆阅选拔卷，备今日磨勘也。辰初复睡，午初杨大令来谒，乃起。盖拔生候已久矣。

选拔磨勘六人俱到，当堂授以卷。留大令便饭。

午后复睡一时许，阅观风卷。

十一月初八日　甲辰

辰正起。镇远文童覆试，册卷未到，乃缓期。改选拔磨勘卷，阅观风卷。

接崇智第七号禀，附日记及储材馆议，府院考全单，益、智、忠日记，益、勇禀。

十一月初九日　乙巳

辰正起。文童覆试，灯后乃点名，仍缺五十余人。

阅观风卷毕。是日发榜。

十一月初十日　丙午

辰正起。补文童覆试，灯后点名，仍缺四人。

写屏、联、纨扇。全太守午后来见，赵辅臣来拜，以覆试，辞未见。

太守馈满汉席一。

十一月十一日　丁未

辰正起。武童覆试，申刻点名，缺八人。补写联、屏。

赴和军门约，同坐者府县及谭太史芝云。

昭文严子渔都戎以其尊甫殉节传记送阅。

十一月十二日　戊申

辰正起。镇远棚发落，巳初升堂，午初毕。严子渔都戎来见。

午后拜客，晤和军门、谭太史，余均未见。

全太守、杨大令、谭太史先后来拜，适均相值。

晚写致瞿子敬信。

军门派练十二名，明日护送，至石阡止。

十一月十三日　己酉　忌辰

卯正一刻起。由镇远起马。

巳初启行，晤军门诸公于西门之官厅。劳诸广文及生童于郊。

未初尖于半屯，杨大令送至此，同席早饭，又畅谈而别。

酉正宿金棚，一名下铺子。

半屯尖，镇远承办。金棚宿，施秉承办。明日路腊尖，又镇远承办。

十一月十四日　庚戌

卯正起。由金棚启行，约四十里。尖路腊，午行，约三十余里。宿大地方。文武巡捕迎至此。文，徐德刚，湖北人；武，杨再全，湖南人。延与问讯。

十一月十五日　辛亥　雨　到石阡棚

卯正起。由大地方启行，二十里。尖平贯。午行，约三十余里，灯后抵石阡，路滑且仄，险处极多。

志青姻丈及同城诸公迎于校场，而余轿夫以趋近改路，致与诸公相左，余列五都戎天爵来见，两学四广文来见。

志丈晚饭来后畅谈。

拟明日谒庙，以备办不及改期。

十一月十六日　壬子　晴

辰正起。在石阡棚。

饬茶房抄堂上碑文，碑载棚费始末，此间概由绅办也。

午后，志丈来谈，并先遣人送一棚费单来。

此间棚费，经万太守与绅士校定，龙泉县解棚费七百两，内津贴提调一百两。木厂税提三百六十两。盐捐每包十文，计三年，可得百余两。以上三项归绅士设局承办，谓之棚费局。

志丈询问（饬）后每日供给之数，余以照上棚办理对。然余屡忘之，附记于后：

宅门内，银朱四包，向来有用至数十包者，余叠次减之，然尚有余，间或不足，则再取之，亦未尝不应也。夹纸四刀、单纸二刀、川连四刀、普茶一筒、细茶四斤。

又每日应用：米三京斗、灯油三斤、牛烛三斤、正场加倍。煤炭、水随用。

以上各数，俱照向例大减，取足用耳。此外，向例供油肉，自平越棚，余裁去之。官价之肉不足食，且病民也。

又宅门外每日：米京斗四斗五升，油、肉共八斤，菜油四斤，烛三斤，正场加半斤。茶叶半斤，草纸四刀，盐斤半。

房开原单，每日烛四斤，正场加倍。余改为日三斤而正场加五斤。又有丝烟一斤，余抹去之。

收石阡府属观风卷，生十六本，童三十四本。

号舍，左右凡九百四十号，东西堂。

十一月十七日　癸丑　晴　在石阡

巳初起。

收龙泉县观风童卷四本。巳正谒庙，午正放告，收呈六，请节孝扁者一，革生求开复者二，其三则以清查冒考之新章，有被阻抑不得入场者，旧入之生有不得考拔者，纷纷来诉也。

七月间，戴岫松权郡篆，据郡绅徐臣辅等公禀，仿平越章程清查冒籍，并条规八则，详请立案，并详抚院，当经批准，其章程实未妥洽，如内称“三代已在阡庠，而无丁粮庐墓可据者，照未入籍例减半收捐”一条。与嘉庆十二年前使顾皋奏准黎平、开泰之案不合，不妥者一也。又“由冒籍入学者，不准考拔，若捐银入籍，则一律准考”一条，盖仿平越招考之例，不思招考者原非本属之人，寄籍者早在土著之列。平[①]空立禁，人情不协，且捐银则准考，又与平越招考之例不符，不妥者二也。尤不妥者，则“在外籍之人捐银

①“平”，当作“凭”。

四十两，便准入籍”一条，何也？平越招考之例，始自黎文肃。其时大乱未平，人民凋散，文肃补八届之考，学额不能取足，故创为此法，且欲以文教靖乱氛也。殆丙戌之岁，杨玉峰直刺为修建考棚，复踵前例，以至相沿未停，本属权宜中之权宜。阡郡则非其伦也，应试人数不下五六百人，书院、学宫、考棚俱完好无损，徒欲籍贴补棚费之名，岂理也哉？余之照详批准，盖愦愦之甚矣！拟与志青姻丈重议而更正之，并咨达抚院立案。

批呈词，因检查例案，尽半日之力，晚发府并悬牌。

请志丈来面商清冒事宜，戴太守之详文，志丈原不谓然，前已屡与余言之，顾余不省耳。

晚与澄、式二兄，拟明日经古并补考题。

卷册二更后入，生卷余自盖号，童卷托镜兄盖焉。

府属文童考经古者，至九十八名之多，龙泉亦过三十名，合两属百三十余人，合生童百七十余人，为前七棚所不及。

丑睡。

十一月十八日　甲寅　晴　晚月

卯正起。石阡生童经古。

卯正二刻点名，生到三十九人，童到百三十二人。生在堂号，童在西大号。

辰巳之间盖戳。堂号者，令送卷呈堂；大号者，余自循号盖之。

申正放牌，酉正扫场。

晚拟明日文生题，犹豫不决，屡易其稿，仍未妥惬。

卷册饭前已入，盖号戳毕，三鼓矣。

子初后睡。

生题：

董仲舒不治产业赋，以“修学著书为事”为韵。

赋得蔚若相如，得“英”字。

“厥民隩”解。

“敛弛之联事”解。

学者不可不通世务论。

汉之治过于唐论。

童题：

士食旧德之名氏赋，以“家承百年之业”为韵。

赋得寒卉冬馥，得“寒”字。

余用生题。

十一月十九日　乙卯

寅初二刻起。石阡文生岁考。

寅正后点名，府学到百二十八人，龙泉到五十人。卯初二刻封门，辰初二刻盖戳，辰正二刻发次题。巳正退堂，饭后阅经古取卷。睡两小时，申正升堂，又二刻乃放牌，酉正扫场。

定经古案，生取八人，童取六人，戌正发榜。

拟明日古覆题八道，主意不定，阅时甚久。

收志丈饬役送来公文两道。一为府学书斗争喜资，恳复旧章；其一则举人徐臣辅等，因见前日牌示而控诉也。拟批约数百字，屡易稿，亦阅时甚久。扯号用印，至发出，过丑正矣。就枕又良久乃睡。

生题：

苟为不畜，终身不得。

夫然故隐其学而疾其师，苦其难而不知其益也，虽终其业，其去之必速。

舄卤可腴①。

圣谕。“如事父母”至“不待外求而得者也”。

十一月二十日　丙辰

石阡经古覆试。

辰正起。随即点名。

昨日岁考，文生有患病者二人。其一执卷苦求，问所欲，盖恐因不完卷而误科考，又恐另日补考而学中索卷费也。乃属以明日若病好，即随经古覆试者同来，仍用原卷接写，不须另备，乃诺而去。据称腹痛不可支，面如死灰，气不能毕其词，盖真病也。随第二牌放出。其一则第一牌已出，而仅缮破、承，且支离不词，面色赤涨，盖体丰而多痰者也。今日病腹者来，授之原卷令补，其病痰者尚未痊（可）云。

当堂盖戳，午初毕，退堂。午后代澄兄看龙泉生卷六本。

---

① 按，“腴”字右边有“△”符号，即得“腴”字。

册卷申刻毕入，自大定外，未有如是之早者矣。盖戳极其从容，至戌初全毕。巡捕徐健侯三次入见，初次为冒籍不得与考之童生，议将纠众滋事，徐臣辅等以禀呈明；第二次言提调府已属两学调停；第三次言龙泉廪生安如磐，扭一撞骗人来院。

就枕数次，因事屡起，遂不能成寐，坐以待点名。

古覆试题：同巷相从夜绩赋，以“同巧拙而合习俗也”为韵。

赋得还庐树桑，得“还”字，八韵。师古曰：“还，绕也。”

“辞欲巧”解。

“坎律铨也”解。

毛苌、董仲舒最得圣贤之意论。

卫青、霍去病论。

童题：

司马迁年十岁诵古文赋，以“太史公有子曰迁”为韵。

赋得讲业齐鲁之都，得“迁”字，六韵。

十一月二十一日　丁巳　晴暖

石阡棚文童岁考。

子正一刻点名，寅正一刻封门。石阡到五百一十七名，龙泉到三百五十六名，志丈在头门点名，营兵执炬挡门，未点者不许闯入，故整齐为各棚之冠，妥而且速也。辰初二刻盖戳，辰正二刻发次题。

午后，倦极不能支，退堂睡两小时许，然后出。未初二刻放牌，酉初扫棚，向来无如是之早也。

定一等案，酉正发，石十六人，龙七人。阅龙泉童卷三本，皆长案之首。

晚饭后，方投箸，即就枕，一睡彻晓矣。

文童岁考：

石：是尧而已矣。

龙：如舜而已矣。

次：尧舜之仁。

赋得苞笋抽节，得“抽”字。

十一月二十二日　小寒　戊午

石阡棚岁考文生覆试。

卯正二刻起。辰正点名，盖戳后退堂。

阅龙泉童卷三百五十六本，挑出备卷四十二本。

午后睡两时许。

文生覆试：

陈代曰三章。

灌畦鬻蔬，得“陶”字，五言八韵。

十一月二十三日　己未　晴暖　蚊虫蜂蝶之属　交飞庭中

石阡棚考优生，并续补欠考。

辰正起。即点名。

阅挑出龙泉备卷四十二本，加批点，至夕乃毕。

定两属草榜。

拟明日面试题，子正睡。

稿房禀知，自此至思南，无马驮，须换包杠，例由绅局备办，宜预先传知，示以应用之数。

考优：

拟韩文公《进学解》。

拟曾文正《歧求诗》。

胡文忠《论清贵州插花境事宜》书后。

《辎轩语》跋。

补考：

仁义而已矣。

知不足然后能自反也。

春华与秋实，得“臣”字。

二次：

亦有仁义而已矣。

十一月二十四日　庚申　晴暖

石阡棚岁考面试。

巳初点名，府三十五人，县十八人，午初放牌。

定案申初发，向来无如是之早，以卷少易看也。

拟明日文生科考题，亥正睡。

接全太守信，寄来亲供册八本，又为王教谕辩诬，又言书局事。

面试题：

百里奚不谏，知虞公之不可谏。

作小讲领题。

十一月二十五日　辛酉　晴暖

石阡棚文生科考。

丑正三刻起。寅初二刻点名，府到百二人，县三十八人。

寅正一刻封门，寅正二刻发题，辰初盖戳，辰正发次题。

辰正二刻退堂，睡约两时。申初放牌，丙正扫场。

点名时，府学廪保成学栻，禀称昨日取进之东推五号黄元吉，谒见时忽易一人，即所谓"一根葱"者也。牌示交提调讯详。

拟明日文童科考题。

巡捕参堂时，禀称前扭获之枪架车二，已枷号于棚下。

晚批文件，就枕而不成寐，遂不寐。

文生科考题：

孟子谓齐宣王曰王之臣一章。

问明代学校之制。

赋得汉武帝贤良诏，得"良"字，五言八韵。

默经"日宣三德"至"庶绩其凝"。

圣谕。"树桑养蚕"至"树桑一也"。

十一月二十六日　壬戌　傍晚大雨

石阡棚文童科考，府属到五百五十三人，县

二百五十八人。

子正二刻点名，寅初封门发题。卯正盖戳，辰初发次题。

午正二刻放牌，申正二刻扫场。

补批龙泉岁考童廪卷一百五十本，棚费送来龙川书院存书目二本。写致志丈事商公件：

一、成学栻攻出“一根葱”之童生黄元吉。据本童供称，府考时仍系该童进场，请讯廪保知情与否？

一、书斗喜资，拟改二成为四成。

一、戴详章程，请逐条更订。

龙泉文童钟鸣盛，曾祖仕齐，祖启荣，父儒品。

府属：仁者以其所爱。

龙泉：贤者以其昭昭。

次题：人恒过。

诗题：高[1]志局四海。

十一月二十七日　癸亥　阴　天气骤寒

石阡棚考教，并岁考磨勘。

辰初起。辰正点磨勘诸生名，散卷毕，退堂。阅龙泉科考童卷，是日共阅一百三十八本。

午后大睡，至暮乃起。发科生一等案，府学取十八人，龙泉六人。晚接志丈信，复前商三事。

府属幼童袁仁修，十二岁。徐心孝，古场背经颇熟。

---

① 按，“高”字右有“△”符号，即得“高”字。

本日各奖书二本，银二两。又开一应买书单，当堂付之。

考教：

立于礼，成于乐。

朋[1]来当染翰。

十一月二十八日　甲子　阴

石阡棚科生一等覆试。

辰初起。辰正点名，散卷封门后退堂。阅龙泉卷，是日共阅一百二十本，亥初乃毕。午后升堂盖戳，假寐一小时许。

晚请式金定龙泉草案。

棚费局送来《皇朝通典》三十二本，借之也。

滕文公问为国二章。

东方[2]金马门。

十一月二十九日　乙丑

石阡棚科童面试。

巳正起。午初早饭，午正点名，申初扫场。

定龙泉案，请澄兄定石阡案，晚发科童榜。

与澄、式二兄议明日遴选题，候册卷至，丑正睡。

科面试：不知礼无以立也。作后比。

---

① 按，“朋”字右有“△”符号，即得“朋”字。

② 按，“方”字右有“△”符号，即得“方”字。

十一月三十日　丙寅

石阡棚选拔首场。

辰初起。辰初二刻点名，府属到八人，县属到二人。

起讲盖戳讫，午正退堂。午后睡片刻，与澄、式二兄久谈。

晚升堂放牌，至子正后收卷毕，乃退。

考拔第一场：

“诚不以富”二句。

“舜为法于天下”二句。

《士冠礼》“旅占”解。

十二月初一日　丁卯　大雨

石阡棚空日无事。

巳正起。发一二三等卷，牌行提调。写信二封。复管、秦、曹三同年，寄李秋圃赙敬五十金，寄管处，复俞筱垣。

查阅收文簿，视其未批发者，督房赶办，应销者注销之。

诵《孟子》，抄《皇朝通典》一条，职官门，学政事。点《近思录》三页。

十二月初二日　戊辰　阴

石阡棚选拔第二场。

辰初起。辰正点名，巳初发题，诗草稿盖戳，午正后退堂。

写致辅堂信，此信未用。午后睡一时许，看《养新录》《日知录》。

戌初升堂放牌，子初扫场，看《日知录》《汉书》。

耶，本作“邪”。《史记·刺客传》，《索隐》：“邪，不定之辞。”《颜氏家训》：“邪者，未定之辞，北人即呼为也。”以上二条《籑诂》引。《荀子·正名》：“其求物也，养生粥寿也。”注：“也，皆当为邪。邪，问之辞。”其正色邪，其信然邪，是邪非邪。

也，《颜氏家训·书证》：“也，是语已及助句之辞。”《汉书·哀帝纪》“非赦令也。”注：“也，语终辞也。”

盍，《庄子·盗跖》：“盍不为行。”《释文》：“盍，何不也。”《尔雅·释言》：“曷，盍也。”《广雅·释诂》：“盍，何也。”盍彻乎。盍去诸。子盍慎诸。盍纳王乎。

曷，《尔雅·释言》：“曷，盍也。”汝曷弗告朕。予曷敢不终朕亩。曷敢有越厥志。

讵，《汉书·高帝纪上》注：“讵，犹岂也。”《孙膑传》注：“讵，岂也。”《庄子·齐物论》：“庸讵知，吾所谓知之非不知邪。”《释文》引李注“何也”，又引服注“未也”。《集韵》引《字林》：“讵，未知词也。”《说文新附》：“讵，犹岂也。”

已，《论语》：“毋吾以也。”《释文》：“郑本作已。”《易·损》：“已事遄往。”《释文》：“已，本作以。”《广雅·释言》：“已，以也。”

以，《论语》：“毋吾以也。”《释文》：“郑本作已。”

浸。

浸假。

假令，《汉书·匈奴传下》：“假令单子初立。”注：“假令，犹言或当也。”

天下少双，海内寡二，《汉书》六十四上《吾丘寿王传》。买臣入室中，顾炎武曰：“即会稽邸中也。邸，如今京师之会馆。”国小地狭不足回旋，《史记》五十九《长沙定王世家注》。

所养非所用，所用非所养，《史记》六十三《韩非传》。能行之者未必能言，能言之者未必能行，《史记》六十五《吴起传赞》。

问：司徒职在敷教，而地官所属，大率掌土地、田野、赋税、兵车之政，所谓教官者，不过师氏、保氏、司谏、司教、调人、鼓人六七而已。或曰：古者养即为教，教即为养。或曰：养而后能教。二说孰长？能畅言之与？

王阳王尊论。

百里奚[1]为典属国。

十二月初三日　己巳　雨

石阡棚科考文生磨勘。

辰正起。巳初升堂，散卷，旋退。诵《孟子》，点

① 按，“奚”字右有“△”符号，即得“奚”字。

《近思录》三页，抄《学政事宜》一条。午拟复全庶熙信草未毕。阅旧稿。

酉正出选拔案：周棫、滕学圣、曾应星以上正，谭景仁、马文彪、萧序贤①。

武童册卷，晚间屡催乃到，仅府属耳。

十二月初四日　庚午

石阡棚武童步射之第一日也。

卯正三刻起。辰初二刻点名，凡点百三十余人，阅至日暮剩十人。

点看《近思录》，拟复全太守信草。

十二月初五日　辛未　忌辰

石阡武童步射第二日。

卯正起。辰初点名，石阡毕。

点看《近思录》，看《养新录》。

晚核对②武童名册，两属重名者几有十之七八。

十二月初六日　壬申　大寒节　忌辰

石阡棚龙泉武童步射。第三日。

卯正三刻起。辰初二刻点名。

晚核对武童名册。

---

① 选拔有正拔、陪拔之分，此三人当为陪拔。

② “核对”之“对”，原文作“兑”。下同。径改。

十二月初七日　癸酉　大雪如北方

石阡棚龙泉步射，第四日。收王季樵前辈贺秋节信。

辰初起。辰正点名，是日龙泉毕。

兵房云：雪后道滑，明日不便马射。乃改期初九，而提武生正场于明日。

十二月初八日　甲戌　阴

石阡棚武生正场。

辰正起。巳初二刻升堂，午初阅毕，到五十余人。

看观风卷二本，定武生案。

十二月初九日　乙亥　细雨

石棚马射。

辰初起。辰正赴校场，午正回，与澄兄议武童案。

申初点内场，三更发武童榜。

十二月初十日　丙子

石阡棚填亲供，并选拔磨勘。

辰正起。随即点名，散卷。写信，属草未毕。看观风卷二本。

十二月十一日　丁丑

石阡棚文童覆试，实填亲供之第一日也。

改选拔三人诗文。灯下点名，覆文童，候至丑正，只到二十人。

志丈午后过访，龙泉两学师来见。

十二月十二日　戊寅

石阡棚补覆文童。

巳初起。写复周、赵两学官信草，未毕。

灯下再覆文童，到二十五人，尚缺十五人。

十二月十三日　己卯

石阡棚再补覆文童。

灯下再覆文童，到十三人，尚缺二人，至子时乃到。

十二月十四日　庚辰

石阡棚覆武童，并发落。

辰正起。午正覆武童，尚缺二人。

未刻发落，拜客四处，仅见孟志丈，谈良久。

写家禀，未列号，略述考试情形，十一次。写谕崇智信。未列号，极略。

写寄辅叔禀，托兑尹宅喜事项。写谢和军门信。与回复全太守信同寄，全信荣弟代写。

清理案件，棚费局绅意图省简，已让之约百余金矣，仍未磨也。徐仆与执简而争，夜深乃去。次日携银三十两来，曰：张罗终夜，仅乃得止，过此不可得矣。旋去不复见。余曰：此三十金，彼失算矣，虽不送可也。

十二月十五日　辛巳

自石阡起马。

卯正起。夫马不能具，乃佐以舟，房书及行李皆舟。

余与众宾仍轿，其余或间以兜子，至巳正乃行。志丈及余都司列五郊送，略谈。龙硐早尖，去石阡二十五里耳，已申初矣，前途距宿站[1]尚四十里也，乃谋备火具，匆匆就道，行十余里，已曛暮。又炬行二十五里，至子初后，始至塘头而宿，晚饭就枕，丑初后矣。思南差迎至此。

文武巡捕先一日候于此。

十二月十六日　壬午

自塘头抵思南棚。

卯正起。辰正行，舍陆而舟，舟无四蔽，一路看山如游画图间也。酉初至思南，行祭江礼，礼与拜门同。

保太守、常游戎、杨帮带迎，话于官厅。提调胡大令、四属七学师迎于郊。到棚后，先后延见，至戌乃毕。

晚剃发、濯足、更衣，体为一快。

十二月十七日　癸未

思南棚下学，放告。

辰正二刻起。

午初谒庙，讲书者四人。

午正放告，收告四十余件，讼风盛哉。胡大令来与谈供给单。

拟明日经古题，至晚乃定。候册卷至夜半，只见两属，乃不候而睡。

---

①“站”，原文作“跕”。

十二月十八日　甲申

思南棚生童经古。

卯正起。辰初点名，凡到二百二十余人，人数之多，甲黔省矣。

辰正发题，午后盖戳，后退堂，假寐一时许，后升堂放牌，酉正扫场。

分童古卷六十五本，解论二十五本，未完而粘并稿者四十三本。

分生古卷十七本，皆解论。

晚看古卷三十余本，生古卷五本。

在思南。

生题：宣帝时征齐人能正读者张敞从受之赋，以“传至杜林为作训故”为韵。

赋得司马相如论巴蜀檄，得“郎”字。

“多草木岵无草木峐”解。

释腊

霍光小心谨慎论。

疏广论。

拟苏长公石鼓歌。

童题：

元始中征天下通小学者令各记字于庭中赋，以“说文字未央廷中”为题。

赋得食足货通，得“通”字。

余与生题同。

十二月十九日　乙酉

巳初起。思南棚封印。

午刻封印，太守候参堂，谢之，乃去。

看童古卷三十余本，生古卷十二本，至暮毕。

发赏格牌：扭送枪手、枪架及招摇撞骗者，皆赏银十两。文生则提一等，廪保攻出枪替，亦提一等，童生攻出枪替，奖银五两，并准先作佾生。应得奖银者，届时牌示，日期不出三日，当堂给领。

发禁止怀挟牌。晨，命传事告巡捕，知照各学早送册卷。册卷申时入，拟题，亥正就寝。

补考：

"士志于道"一节。

"无念尔祖"四句。

仓廪实而知[①]礼节。

二次：

无适也。

十二月二十日　丙戌

思南棚文生岁考正场。

丑正起。一点二刻头炮，两点二炮，两点二刻三炮。丑正三刻点名，卯初封门发题，共到三百七十三人。辰初二刻盖戳，辰正二刻发次诗题，巳初退堂。商定经古案，未正三刻放牌，酉正扫场。

---

① 按，"知"字右有"△"符号，即得"知"字。

发经古案，生取二十七人，童四人。堂上阅批印江生卷八本，复季樵信。

应答信者：鹿滋帅、王季樵前辈、熙小舫、孔辅堂、威宁学官、袁舜卿、菊人、仲敏、刘杏城刺史。

应寄信者：冯星岩、郑颤门。

晚批禀二件，发牌令诸生呈所著书，批阅印江生卷四本。

拟明日古覆题，亥正睡。

文生岁考：

有则髡必识之

故《诗》之失愚《书》之失诬。

招选茂异，得“宣”字。

十二月二十一日　丁亥　立春　晚雨

思南棚经古覆试。

卯正二刻起。辰初二刻点名，写复鹿滋帅信草。

茶房禀知，立春应设香案行礼。余以封门疑之，饬孟仆询之稿房，曰可免，盖与余意同。

批阅印江生卷十二本，午正放牌，过午退堂，盖戳犹未毕也。

册卷午前入。退堂后，批阅印江生卷十四本，牌示奖背经幼童。

孔安国承诏为《尚书》五十九篇作传赋，以“孔氏有《古文尚书》”为韵。

赋得巴蜀好文雅，得“文”字，五言八韵。

“光被四表”解。

张子《东西铭》书后。

作解者、作书后者，皆兼作一诗，作赋者诗免。

童：蜀汉江陵千树橘赋，以“与千户侯等”为韵。

诗免，余与生同。

十二月二十二日　戊子

思南府属文童岁考。

夜子初三刻起。始放二炮，子正二刻点名，至卯初二刻毕，凡到一千三百八十八人。辰正盖戳，巳正毕，发次诗题。

堂上批阅印江生卷三十卷，合前共六十八本毕。

复刘杏城信。

东兰七苏定昌年貌不符，交提调讯，系省城刘永彰当枪。西拟六小娃子，以文求教，意不在求教也，自明其幼耳。东寒七张书升，背经小娃也。

申初放牌，酉正扫场，发一等案。提调来见，举优生二名，又论枪手两案，又说棚费事。翻看童卷五十本，子初睡。

府属文童岁考：

征于色。

人岂为之哉。

汉帝恢武功[1]。

---

① 按，“功”字右有“△”符号，即得“功”字。

十二月二十三日　己丑　阴

思南府岁生覆试。

辰初二刻起。

巳初点名，除保枪之廪生，牌示毋庸覆试外，共到五十人。

阅府属童卷五十本，盖戳毕，退堂。午后阅童卷八十五本，戌正睡。

“其志将以求舍也”二句。

班固《封燕然山铭①》。

十二月二十四日　庚寅

安、印、务三属文童岁考。

子初二刻起。子正点名，卯初二刻毕，卯初三刻发题，辰正盖戳。巳初发次题，未正放牌，酉正扫场。

堂上阅府属童卷一百本，晚阅府属童卷一百四十余本，子初睡。

安曰：薄乎云尔。上。

印曰：尊者赐之。下。

务曰：有复于王者。下。

岂爱身。

文翁②化蜀。

---

① 按，“铭”字右有“△”符号，即得“铭”字。

② 按，“翁”字右有“△”符号，即得“翁”字。

十二月二十五日　辛卯

辰正起。考试举优各生。

阅府属童卷六本，又覆阅挑备之卷，定印江岁考二三等卷。

定府属草榜，二更后发，取三十八人。提调来见。

阅务川岁考童卷，盖戳十三本。

论士子好讼之弊。

魏默深《经世文编》书后。

十二月二十六日　壬辰

思南府属文童面试。

巳正起。午初二刻点名，午正二刻发题，申初二刻扫场。

定府属岁考文童榜，晚饭后发。拟明日文生题。

亥初睡。

曾益其所不能。

十二月二十七日　癸巳　阴　花衣期自本日起

思南棚文生科考。

丑正二刻起。寅初点名，四属共到二百七十三人，寅正封门发题。卯正二刻盖戳，辰初三刻发题，辰正退堂。堂上阅务川童卷五十本。退堂后，接阅五十本。巳正早饭，午正假寐，申初始醒，即升堂。申初二刻放牌，接阅务川童卷二十五本，酉正扫场。无不完卷者，早点名之效也。早点名，澄兄之教也。

晨拟复鹿滋帅夹篇，为壮节建祠事也，未毕。

阅务川童卷一百五十本毕。

“无尺寸之肤不爱焉”二句。

问明代说经家得失。

东方[1]朔《答客难》。

十二月二十八日　甲午

思南棚考教。

辰正起。接阅安化卷一百余本，余十余本，澄兄代之，至夕毕。

定三属草榜，二更发。

提调来见。

“君子尊贤”至“不能”。

松柏有本性，得“寒”字。

十二月二十九日　乙未　除夕　晴

辰初二刻起。思南棚安、印、务三属岁考文童面试。

辰正二刻点名，未初扫场，酉正发正榜。

晚看务川生卷二十五本，印江生卷五十六本，至卯初乃毕。

卯初拜牌。

安化：宫之奇谏。

印江：管仲得君。

务川：子产听郑国之政。

---

① 按，“方”字右有“△”符号，即得“方”字。

光绪二十二年丙申（1896）

正月初一日　丙申朔　在思南

卯初二刻拜阙，行庆贺礼，礼毕，书差、家人等以次来叩贺。

两巡捕固请见，见之，设小食，话良久而去。

看安化生卷五本，巳初早饭。

午初假寐，至酉初乃起。晚看安化生卷十一本。

亥初复睡。

正月初二日　丁酉

思南府文童科考。

子正起。又二刻点名，卯初毕，又二刻发题。辰初二刻盖戳，巳初二刻毕。看安化生卷三十本，午后倦不可支，退堂，睡两小时。

申初放牌，酉正扫场，定安化一等，发一等案。

看府属童卷一百本。

岂适为尺寸之肤哉。

则天下何者。

左太冲[1]作《三都赋》。

---

① 按，“冲”字右有“△”符号，即得“冲”字。

正月初三日　戊戌

思南棚科考文生覆试。

辰初起。辰正点名，盖戳后，约未初退堂。

堂上看府属童卷五十本。

亥初睡。

信乎朋友有道三句。

子墨客卿[①]。

正月初四日　己亥

安、印[②]、务三属文童科考。

子正起。又二刻点名，寅正毕，又二刻发题。

堂上看府属童卷五十本。

改派差役，写家禀，十一号。及谕崇儿信，十二次。交赴省之差带去。复韩均雅信，是日驿发。

安化：则人皆掩鼻。

印江：皆引领。

务川：虽袒裼。

其居。

班[③]孟坚上《两都赋》。

正月初五日　庚子

思南棚岁考文生磨勘。

---

① 按，“卿”字右有“△”符号，即得“卿”字。

② “印”，原文作“化”。

③ 按，“班”字右有“△”符号，即得“班”字。

是日阅府属童卷二百五十本，三更发草榜，丑正睡。

正月初六日　辛丑

思南棚府属科考文童面试。

巳初起。午正点名，申初二刻扫场。定案，一更后发。

晚阅安化童卷五十本，又十四本。

其操心也危。作后比。

正月初七日　壬寅

思南棚科考磨勘。

辰正起。升堂散卷毕，乃退。是日阅安化童卷三百七十本，丑正睡。

正月初八日　癸卯

在思南棚。

辰正起。是日阅安化童卷一百本，一更后发草案。

正月初九日　甲辰

思南棚安、印、务三属科考面试。

辰初二刻起，巳初点名，未初扫场，与澄兄定案，二更发。

晚拟选拔头场题，与澄兄议，良久乃定。丑初睡，册卷犹未至也。

卯初乃至。

安化：是以论其世也。

印江：辞达而已矣。

务川：笃信好学。

俱作后比。

正月初十日　乙巳

思南棚选拔头场。

册卷至，起视盖戳，并代填卷面。卯正又睡，辰初起点名，到者三十一人，府十三，安十一，印五，务二。盖戳后，午正退堂。

堂上校《又濂语录》二本。《又濂语录》者，印江故廪生周慎德字肃斋之所著也，凡六册卷，卷一曰主教，卷二曰道，三曰道体，四曰道语，五曰学庸，六曰国风。其学以宋儒为的，于义利敬肆之界，辨之甚严，而一一课之于行习，其言亲切，往往发前贤所未发，五、六两卷，尚非精诣。邑绅贡生田庆音，前署安顺教授戴绶荣、贡生周述先，廪生陈尹东、杜时新、李正纲，增生刘进德、李瑞昌、冉经贤，附生周爱莲、刘国瑞等，具禀呈阅。读而善之，将校阅一过，节抄而梓行之。

午后与澄兄检石印成文，又闲谈许久，傍夕假寐，亥初乃醒，闻已有交卷者，遂升堂放牌。

百世以俟圣人而不惑。

后名实者自为也。

“孝友时格”解。

正月十一日　丙午

正月十二日　丁未

辰初起。思南棚选拔二场，胡大令晚来见。

令先作诗，盖戳讫，退堂。傍夕又升堂，头篇盖戳讫，退，三更扫场。

问：

朱子贡举私议及司马温公十科举士法其义若何？能申其说否？

叔孙通论。

扬子云[1]《赵充国颂》。

正月十三日　戊甲

卯起。思南棚府属武童步射第一日。

晚发选拔案。

正月十四日　己酉

卯起。思南府属武童步射第二日。

正月十五日　庚戌

卯起。思南府属武童步射第三日。

正月十六日　辛亥

卯起。思南府属武童步射第四日。

---

① 按，“云”字右有“△”符号，即得“云”字。

正月十七日　壬子

卯起。思南府属武童步射第五日。

正月十八日　癸丑

卯起。思南府属武童步射，接安化武童步射第六日。

正月十九日　甲寅

辰刻开（印），选拔生领卷磨勘。安化武童步射第七日。

正月二十日　乙卯

卯起。安化武童步射第八日。

接镇远府全太守信，即日覆。

正月二十一日　丙辰

卯起。印江武童步射第九日。晚抄技艺册。答和镇军、李子嘉前辈贺信，复严绍光、承述之、马筱云贺柬。

正月二十二日　丁巳

卯起。印江武童步射第十日，晚抄武童册。

正月二十三日　戊午

卯起。务川武童步射第十一日。

晚抄武童册，答鹿滋翁信，廿四发驿。

正月二十四日　己未

卯起。思南各学武生岁考。

正月二十五日　庚申

卯正起。思南棚武童马射，到七百余人。辰往申归，校场距城约七八里。

常子明游戎启监射。

晚定武童草案。

正月二十六日　辛酉

辰初起。思南棚武童内场兼覆弓。

晚饭前假寐，醒后与澄兄议武童案，至丑乃发。

正月二十七日　壬戌

辰初起。填亲供。

终日写信。复胡恪三贺年信，曹慧斋贺年信，复朱采香贺年兼论书局事，复刘荫清贺年兼论两学津贴事，复何诚甫贺年信，复裴玉山贺年兼论黉仪事。

正月二十八日　癸亥

辰起。思南棚文童覆试，至晚，到三十九人。

终日写信。复熙小舫信，兑汇银，由百川通带。答冷德卿贺柬，复威宁学官周少轩、赵仲权信，言收到买书费百一十金，与商买书事，并寄书目一本，复袁舜卿信。拟复仲敏信草。

写寄电报局潘企曾信，托发电。恒昌代澄兄兑交立盛钱十千。

子曰其恕乎。

逍遥[1]综琴书。

---

①按，“遥”字右有“△”符号，即得“遥”字。

正月二十九日　甲子

辰起。文童补覆试，至晚到六十八人，尚差九人。

写信。写寄冯星岩信，托代办折件。写寄菊人信，答之也。写寄仲敏信。

吾必谓之学矣。

铜[①]似士行。

正月三十日　乙丑

辰起。武童覆试，至申刻，到十余人。昨文童未到之九人，早牌示，令随棚发落。至晚悉到。

写寄陈竹翁信，托拨发姚升银三十两。

二月初一日　丙寅　晴

思南棚发落。

卯正起。武童昨未到者，至午初毕复，午正发落，未正乃毕。

申后拜客四处，晤益圃太守。

写黔字第十三号寄伯兄禀，兑去银一千两，还德丰恒利息，并还恒昌垫款，由百川通带。

保太守请席，辞；送礼物，又辞。本日送席一桌，受之。

晚小饮，八钟即睡。夜丑初后又起，批文数件。

十三号家禀，寄崇智信十四次，内附寄菊人、仲敏、星岩及

① 按，“铜”字右有“△”符号，即得“铜”字。

陈竹翁信。寄小舫信，均交思南房带回省城，托百川通代寄。

又冷德清[①]信，潘企曾信，袁舜卿信，亦交当房。

二月初二日　丁卯

由思南起马。

文庙丁祭前朔两日，文巡捕萧润生参军请示与祭否？问故事于稿房李国华，国华云：向例届关防日，则其势不能与。今发落毕矣，乃告以往祭。昨与保太守面订，寅正为期。寅初二刻胡仲畲大令遣人来请，乃肃服而往。寅正到，卯初回。

辰刻行，辰正三刻。官厅小坐而别。生童送于江干，渡江而东，选拔五生及陈生源项在焉，与立话数语而别。行二十里，尖凉水井，已未初矣。未正行，升大坡，旋复降，自升迄降约十五里，又十五里，路稍平，然石断不受足，舆夫屡欲颠。宿印江县之典史署中。舆夫云：思南去印江五十里。与房开之单不合。

印江倚山枕江，田畴环匝，气势远在思南之上。

梵净山驻扎之练军统带吴都戎占先，总兵衔，（侭）先副将（借）补都司。遣其哨官倪致和千总，南京。率勇丁□□[②]人来护送，遇于距印江十余里途中。

梵净山距印江百余里，闻旧时按试铜仁，道梵净山而达松桃。故练营有护送之例，乱后改由今道，而护送之例仍

---

① “清”，正月二十八日日记作“卿”。

② □□处，原文空缺。

相沿也。梵净练军属松桃协镇远镇标也。

朗溪司为产纸之区，所称印江纸也。实则其地属思南。余问纸何以独此处最佳于乔大令，大令云：水不同也，造纸之地两水合流，故地名曰合水，两水只有一水可用，其一犹不中选，宜其迁地弗良也。又云：梵净山高九十里，为黔山最高处，泉清而流急，与造纸相宜。

乔大令化南，号汝为，陕西西安府人，来黔二十余年矣。曾在岑中丞署充文巡捕。黄晓沧典史崇德，善化人，其祖籍仁和，其尊人殉咸丰年间之难于归化厅，一门三十余口，悉及无免者，唯晓沧孑遗。赵千戎秉衡，号品三，仁怀人。

田轿夫云：由思州赴黎平时，过天柱之次日，有一长坡，曰黄少山，其长十五里，既长且陡①。

二月初三日　戊辰　晴

卯初起。辰初行，行二十里，陟大坡。尖朗溪司。午初行，二十里，至合水；又二十里，宿革当堡。午后坡坎较少，而逼仄回曲，不便旋转。

二月初四日　己巳　晴暖

卯初二刻起。辰初后行，二十里后，过槽木桥，大小

① 页眉。思南起马，廿里，凉水井尖，安化办。廿五里，印江县宿。廿五里，朗溪司尖，印江办。卅五里，革当堡宿，印江办。卅五里，木王尖，印江办。卅里，乌螺司宿，松桃厅。卅里，闷头坡尖，松桃办。卅里，孟溪场宿，松桃。卅里，大坪场尖，松桃。卅里，松桃厅宿。卅五里，麦地营尖，松桃。卅里，至正大营宿，松桃。廿里，大兴场尖；四十里，铜仁府。

凡九，尖木王，木王距革当堡盖三十里。未初行，三十里，至乌罗司甚早，宿飞山庙。早陟[①]一坡，午陟一坡，均不甚险，且不长。途中看《学算笔谈》，倪千总致和又迎于此，盖分驻于此也。

寺僧请题缘，予以香资四金。木王以前印江办差，乌螺司以后松桃办差。石板寨多大竹，在县[②]南二十里。

二月初五日　庚午　晨阴　寻晴

卯初起。辰初行，十五里，过闷头坡，一升一降约七八里，至坡脚尖。轿夫谓其地为八寨坪。午正后行，约四十里，宿孟溪场之禹王宫。午后又越两坡，澄兄闻诸纤夫，闷头凡三坡，晨行其一，午行其二也。

途中看《学算笔谈》。

接于五里外者，一世袭[③]。将至孟溪，一外委滕人喜来接。

镇远拔生梁汝霖迎，梁家镇远之四十八溪，距孟溪廿余里。

二月初六日　辛未　昨夜雷雨

卯初起。辰初行，三十里，尖大坪场。午行三十里，宿松桃厅，松高书院。风景了无足观，唯午后所见竹林甚多，间有大者。

---

①“陟”，原文作“涉”。下同。

②“县”，原文作“省”。

③“一世袭”句，文理不通，似有欲记而未记者。

未至松桃十里，渡牛角河，凡两次。杨果勇侯故第在两河之间。

松桃协副戎杨楚珍，国宝，滇人。松桃厅司马李仙圃，大梅，浙人。暨守戎、参军等迎，复来见。

松桃厅与四川界，四川地有插花入厅之南者。

“古意已闻兰缉佩，前语曾传木就规”，左文襄书联也，见诸大坪场之药肆，即早尖处也。

同治四年三月之杪，余与客同游焦山。怀宁邓传密守之与焉，其尊甫完白先生所书“海日夜色，云帆中流”八字，介航和尚出以示余，因属守之钩摹，刻石寺壁，与《瘗鹤铭》并传①于此。湘乡曾国藩识。

同治四年岁在乙丑秋九月，钱唐许道身、归安吴云、仪征吴让之同（观）。

二月初七日　壬申　大雪　极寒

卯初起。辰初行，四十里，尖盘丝营。房开路程单云：尖三十五里之麦地营。田贵云：杨任时尖麦地，自陈任以后，皆尖盘丝。

初行十余里，后登凉亭坡，高约七八里，过松阳关，复次第而降。万岩甄雪，间出蒸云，美绝妙绝。

午行二十余里，宿正大营，已昏暮矣。

田贵又云：此属营极多，每营一把总。

---

①“传”，原文作“专”，据文意，疑作“传”。

二月初八日　癸酉　到铜仁棚

卯初起。卯正行，二十里，尖大兴场。积雪满地，初行十里，踏冻而趋，不觉路难。十里后，冻解冰融，舆夫苦矣，屡颠。

巳正二刻行，约四十余里，至铜仁之北门，已昏矣。又炬行六七里，至江宗门内考棚。

武巡捕蔡景堂迎于尖所，文巡捕何英俊迎于二十里外，胡海客前辈暨各学官迎于二十里外，副戎梁正春，分统龚□□暨武营诸公迎于城外。

沿途有练军哨长及把戎等唱衔跪迎者数起。

延见客五起。协公、分统、大令、各学、文武巡捕。

接崇智第十号禀，十一月初六发，由百川通寄，铜仁房带来。附日记一册，锡侄日记，系十一号附。益、勇、忠日记各二册，九、十两月。账单一纸，德顺。博文书院禀底五纸，沙漏法一纸，菊人信一纸，于星岩信后缀数语。体仁信一封，十五条，附近作一本，入学全单。陈拓叔信，沈子洲表弟信，寄文烦改，又索贵州生童佳文稿。尹宅家信，式金家信，郭君寄荣卿信，王成寄孟成等信。

同日接第十一号禀，十一月二十六日发，铜仁房带来。附书院章程一册，益、勇禀各一，益、勇、忠功课各一本。辅叔信，附益源、恒昌清单。王云师信，复谢选卿事。郑亲家信，复夏间信，并言返眷退房。体仁信，附曳车园征诗启。尹宅家信。辅叔寄王表弟信。王成禀一。王成寄邢福等信。

接沈金门信，知鹿翁于九月十一日仙逝，又言贺折托星岩代办矣。

接选卿信，冬至前三日发。言八月廿六日葬事毕，又言款绌借债，期限甚迫，向严绍光、王少卓两太守通融数十金，属[1]为吹嘘。

以上两禀由号房交铜仁房带来。

接陈幼芝信。正信贺年，附信言书局延雷孝廉董事，月薪十六金。

在铜仁。

二月初九日　甲戌

辰初起。到铜仁之第二日。

发明早谒庙、放告牌，发十一日考经古牌，并补考。发扭获枪替撞骗赏格牌。

韩均雅太守来见，七十余矣，艰于步履，极可悯敬。

写复沈金门信，未毕。

从海客前辈处借来《申报》。

二月初十日　乙亥

辰初起。铜仁谒庙，放告。讲书者三属各一人，收呈十余纸。

午，请澄兄、式弟拟经古题。胡前辈便衣来见，商每日供应。

牌示：十二日文生正场，十四日文童正场。

---

①“属”，原文作“原”，据文意，当作“属”。

二月十一日　丙子　阴　午晴暂

铜仁棚生童经古。

卯正起。又二刻点名。府学，生三十一人，童四十一人。县学，生二十人，童十八人。厅学，生十人，童八人。辰初二刻发题。

铜仁考棚，邑绅周君之所建也，郡绅为之建祠于棚之左，提调借居之。胡前辈云。

写唁沈金门信毕，附赙敬百金。

写谕崇智信草，未毕。

看《代数术》。

生卷当堂盖戳，童卷下号盖之，午初二刻盖毕。

午后假寐一时许，申正升堂放牌，酉正扫场。

府属童生唐桂馨，年不及二十，文笔敏捷，书法亦佳。余盖戳时，见其赋之首段典富异常，奇之，提坐堂号，文不加点，至申已毕，美才也。

册卷酉正入。

晚拟题。

生题：

项羽救巨鹿赋，以“当是时楚兵冠诸侯”为韵。

赋得李善《上文选注表》，得“唐”字，五言八韵。

“钟县谓之旋旋虫谓之干”解。

《聘礼》“志趋”解。

明道谓董子度越诸子论。

为学大益在变化气质论。

梵净山七言，不拘体韵。

童题：

李广生得匈奴射雕者赋，以“号曰汉之飞将军”为韵。

赋得辞赋拟相如，得“如”字，五言六韵。

余用生题。

二月十二日　丁丑

铜仁棚文生岁考。

丑正起。寅初点名，寅正发题。三学共到百九十五人，卯正一刻盖戳，辰初二刻发经诗题，巳正退堂。

堂上写寄崇儿信十次。有稿，附寄沈金门信，寄伯矩信，十四日寄号房，送百川通。

写寄伯矩信。

复吕镜宇贺年信。式金为之，是日封发。午后假寐两小时，申初升堂，二刻许放牌，酉正扫场。

拟明日古覆题。三更发经古案，生取十人，童三人。唐桂馨古卷，字字典奥，与澄兄、式弟共检出典，两钟乃毕。

自暴者不可与有言也，自弃者不可与有为也。

中心疑者其辞枝。

酌醴焚枯鱼，得“田”字。

二月十三日　戊寅　暂晴　渐暖　去小夹襖

辰初起。铜仁棚经古覆试。

辰初一刻点名，拟寄省中诸公章程，未毕。午正盖戳毕，退堂。午后睡约两时。

唐桂馨覆试，诗赋更胜前场，为之加墨。

铜仁考棚咸丰七年重修，是年孟秋落成。

看《代数术》，亥正就枕，久不成寐。

生童覆试：

汲黯慕傅柏袁盎之为人赋，以“内行修洁好直谏”为韵。

赋得大将军有揖客，得“军”字，五言八韵。

伊川先生谓人有三不幸论。

朱子《小学》书后。

咏史绝句，不拘数，五七言皆可。

童：

冯唐论廉颇、李牧之为将赋，以“有味哉有味哉”为韵。

赋得魏尚为云中守，得“中”字，五言六韵，作八韵者听。

二月十四日　己卯　薄阴　午后晴暖

丑初起。铜仁棚文童岁考。

丑正点名，卯初封门，又一刻发题。辰初盖戳，巳初发次诗题。申初一刻放牌，酉正扫场。府到三百七十一人，县二百一人，厅百六十八人。

晚发岁考一等案，府取九人，县七人，厅四人。

点看《代数术》十余页。

凡平方根号式，若四乘其实，而二除其倍数，则其值不变。《代数术》四十五款$一五乂\sqrt{四乂一〇}$，即$三〇乂\sqrt{一〇}$可证。

凡立方根号式，若八乘其实，而二除其倍数，则其值不变。《代数术》四十三款$三\sqrt[三]{\frac{八}{二}}=\frac{二}{三}\sqrt[三]{二}$可证。

凡立方根号式，若六十四乘其实，而四除其倍数，其值仍不变。《代数术》四十三款$五\sqrt[三]{\frac{六四}{二}}=\frac{四}{五}\sqrt[三]{二}$可证。

凡平方根号式，如欲二除之，则必四除其实乃合。《代数术》一百十四款$亥^{三}=\frac{二}{一}未\sqrt{\frac{二七}{午^{三}}\mid\frac{四}{未^{三}}}$，其$\sqrt{\frac{二七}{午^{三}}\perp\frac{四}{未^{三}}}$之式，盖由$\frac{二七}{四午^{三}}\perp未^{三}$之式，二除而得之。由此推之，则立方根号式如$\sqrt[三]{八}$，欲二除之，则必八除其实乃合。多乘方根式可以例推。

文童岁考：

府属，而去之。

县属，而悦之。

厅属，而道之。

次题：

“自鬻以成其君”二句。

山居耕田，得“歌”字。

二月十五日　庚辰

卯正二刻起。铜仁文生岁覆。

辰初一刻点名，是日阅府属童卷一百七十一本。

接崇智第九号禀。附伯矩信，附礼帐、客帐、款帐、《幼学操身》、朱卷、《强学书局章程》。

接赵云卿答信，接路访岩信，接陈邵吾信，附更正书目、胡书、《圣论广训》。

孟子曰人皆有所不忍二章。

山樱发欲然[1]。

二月十六日　辛巳

昨夜就枕，久不成寐，丑正复起阅卷。

铜仁考教，考优，并续补欠考。

辰初后点名散卷，旋即退堂。

自丑至酉，阅童卷一百六十五本。澄兄代看三十五本，合前共三百七十一本。

请澄兄酌定去取。

---

① 按，“然”字右有“△”符号，即得“然”字。

二更后发草榜。

考教：

“成己仁也”二句。

坐看[①]云起时。

考优：

论洋务。

跋《尊经书院记》。

广《辅轩语》戒吸食洋药说。

铜仁竹枝词。五七言皆可。

二月十七日　壬午　雨

辰正起。铜仁岁考面试。

巳初后点名，点名搜检，至午初发题，未初扫场。

核对笔迹，阅面试卷后比，与澄兄、式弟各占一属，酉初发榜。

晚发一二三等卷箱。

拟题，首题请澄兄代拟。

胡大令来见，为韩太守接首府来信，询病状事。

午前调连三卷，内有四名未过县考，亦未补卷。询其故，据巡捕云：向来多有之。晤海客前辈，复询之，据云：童生惮于出资，往往不赴县考，至府考时径行报名，虽牌示不听也。上科有未赴县考，而府考首选，旋又连捷者，士子益视以为常。此应申明旧章之一事也。

---

① 按，“看”字右有“△”符号，即得“看”字。

府属俱不过县考，唯镇远、铜仁两处不然。

府：尽信书则不如无书。

县：多闻阙疑。

厅：述而不作。

二月十八日　癸未　夜雨

寅初二刻起。铜仁文生科考。

寅正点名，卯初封门发题，府到八十一名，县六十四名，厅二十二名。

批禀十余件，辰初盖戳，辰正后发题，巳初退堂。

与澄兄议题，午后睡一时许，申正升堂放头牌，酉正二刻扫场。看《代数术》。

《代数术》第五十三款：奇数多级如一三五七九以至卯层，则其诸级之总数必等于层数之平方，此因：$\text{甲}=\text{一}$　$\text{丁}=\text{二}$　$\text{人}=\text{甲}\bot(\text{卯}\top\text{一})\text{丁}$，所以其公式可作：$\text{申}=\frac{\text{三}}{\text{卯}}\times=\text{卯}=\text{卯}^{\text{二}}$。

修案：以上公式，可以说再证之一三五等级数，首末之和必为级数之倍，准么法首末之和，以级数乘之，得总数之倍，然则级数之倍以级数乘之，必与总数之倍等，而总数必与级数自乘之数等。夫申者总数也，卯级数也，三卯者级数之半也，二卯者级数之倍也，卯二者级数自乘之数也。$\frac{\text{三}}{\text{卯}}\times=\text{卯}$是以级数之半乘级数之倍也，半者倍之，倍者半之，其相乘之数必无异也。

晚视盖号戳许久，看《代数术》又许久，子初就枕，不寐又许久，丑初后略睡一小时许。

舜曰："惟兹臣庶[1]，汝其于予治。"

门[2]《通典》《通志》《通考》三书异同。

陆贾《新[3]语》。

二月十九日　甲申　夜大雨

寅初点名，铜仁文童科考。

卯正封门，大雨如注，童生拥挤无隙地，故点名需时甚久。即发题。府到三百五十四人，县二百九，厅百四十八。辰正盖戳，巳正发次题。

看《代数术》。

铜仁考棚始建于道光之中叶，客座有额曰"玉尺堂"。知府事周作楫道光己亥书也。重修于咸丰之季年。大堂有联，知府事吴□□咸丰丁巳书也。提调胡前辈云：郡人德周公，为建祠于考棚之右邻，经始之日所费几五六万串云。

《代数术》八十四款：有卖果子者，初次买进若干果，其价每两枚一文，二次又买进若干果，其价每一文三枚，及售出，均作二文五枚，共亏本四文，求两次所买果子之数。

命天为每次买进之数，则三天为初次之总价，三天为

---

①"庶"，当作"舜"，见《孟子·万章上》。

②"门"，当作"问"。

③"新"字右有"△"符号，即得"新"字。

第二次之总价，而其共买之果数为二天，所以有比例式：

五∶二天∷二$\frac{\text{五}}{\text{四天}}$为售出之共价，所以如题得方程式为：

$\frac{\text{二}}{\text{天}}\text{丄}\frac{\text{三}}{\text{天}}\text{丅}\frac{\text{五}}{\text{四天}}=\text{四}$，所以一五天丄一〇天丅二四天＝一二〇，即天＝一二〇。

修案：比例式之首率五，即题中五枚也；三率二，即题中二文也；五枚视全数，犹二文视全价，故得四率为$\frac{\text{五}}{\text{四天}}$。

又案：不用比例亦可，三天为初次总价，三天为二次总价，$\frac{\text{二}}{\text{天}}\text{丄}\frac{\text{三}}{\text{天}}$为共买价。二天为共果数，则共售价必为$\frac{\text{五}}{\text{二乂二天}}$，即$\frac{\text{五}}{\text{四天}}$于共买价减共售价，得式合问。

又案：此题初次二次买进果数，厥数维均，故仅立一元，否则虽不立两元，亦当用八十三款省代之法，题之界限疑未完密，俟质通者。

《代数术》八十四款第十题，有任大小两数之和为申，而其较为丁，求具两数之式。命天代大数，地代小数，则如题得方程式天丄地＝申，又天丅地＝丁，两式相加得二天＝申丄丁，两式相减得二地＝申丅丁，所以得天＝$\frac{\text{二}}{\text{申丄丁}}$，地＝$\frac{\text{二}}{\text{申丅丁}}$。

修案：此可为九十四款求亥人同数之坚证，即和较相加折半为大数、相减折半为小数之理也。

$\frac{\text{甲}}{\text{一}}\top\frac{\text{二甲}}{\text{一}}=\bot\frac{\text{二甲}}{\text{一}}$，盖$\frac{\text{甲}}{\text{一}}\top\frac{\text{二甲}}{\text{一}}$齐同通分，则为$\frac{\text{二甲}^{\text{二}}}{\text{二甲}}\top\frac{\text{二甲}^{\text{二}}}{\text{甲}}$，即$\frac{\text{二甲}^{\text{二}}}{\text{二甲}\top\text{甲}}$，即$\frac{\text{二甲}^{\text{二}}}{\text{甲}}$，即$\frac{\text{二甲}}{\text{一}}$也。及其号$\frac{\text{二甲}}{\text{一}}\top\frac{\text{甲}}{\text{一}}=\bot\frac{\text{二甲}}{\text{一}}$，此可知《代数术》八十四款第十五题之理。

申正放牌，酉正三刻扫场。

府：今滕绝长二句。

县：今鲁方百里者五。

厅：齐集有其一。

次：补不足。

诗：左太冲《咏史》，得“诗”字。

二月二十日　乙酉　阴　晚雷雨

辰正起。铜仁棚岁生磨勘。

看松桃科生卷廿二本，又阅府县两属一等卷。

看《代数术》，申后睡，至戌乃醒。

二更后发科考一等榜，府取九、县六、厅五。

子初睡。

二月二十一日　丙戌　晨阴晴半

辰初起。铜仁科生覆试。

辰正点名，批详文五件，盖戳后退堂。

写致绍光信草。寄改书目，并询中丞夫人之丧应若何致赙。拟唁中丞悼亡信草。看《代数术》，演算草。

晚请胡前辈便衣入，与商三事。

批阅科生覆试卷，未毕。

科生覆试题：

会计当而已矣。

司马相如慕蔺相如。[1]

二月二十二日　丁亥　细雨

辰正起。铜仁棚空。

阅府县两属荐卷，俱加批语。

自午抵戌，与澄兄酌定府属卷去取。

三更发草榜，府取廿一人，县十二人，厅八人。

丑初睡。

二月二十三日　戊子

辰初起。铜仁棚科童覆试。

巳初一刻点名，未初扫场。

与澄、式二公核对笔迹。

县属西张五一卷，正场文极佳。式金评云：典重不支，笔亦轩翥有致。余加批云：典实名贵，神理尤合。拟首选矣。本日招覆，笔迹不符，府考卷与正场卷亦不符，文理亦不符，乃摈之，相与惋惜者久之。

未昏发榜，除额取外，府取佾生四人，厅四人。

晚请澄兄拟遴选题，册卷二更后入，子正睡。

---

① “如”字右上有“△”符号，即得“如”字。

府属：入其疆土地辟田野治。

县属：故事半古之人功必倍之。

厅属：威武不能屈。

二月二十四日　己丑　晴

卯初起。铜仁棚遴选第一场。

卯正点名，府到十二人，县、厅各五人。

拟复陈佑之信草，盖戳毕，巳正退堂。

午后睡许久，晚升堂放牌，复改信草，子初退，丑正睡。扫场已五更矣。

不忮不求。

其虑患也深。

“灭谓之点”解。

二月二十五日　庚寅　晴　暖极　夕照射窗　室热如蒸

辰正起。检点信件，晚拟题。

亥正就枕，逾子乃睡。

晨，发科考一二三等卷箱，午后出榜。

二月二十六日　辛卯　晴　忌辰

卯初二刻起。铜仁棚遴选第二场。

卯正点名，铜仁艾寿山因科案列三等，遂不到，到者二十一人。

诗草盖戳，巳正后毕。

拟复劭吾信草。

戌正放牌，子后扫场。

问历代农政。

商君论。

萧收[①]图以相刘。

二月二十七日　壬辰　晴　天气愈燥

辰初起。铜仁棚科考磨勘。

代看松桃选拔卷四本。午写答劭吾信。

晚发选拔榜。

二月二十八日　癸巳　晴

卯初起。铜仁棚步射第一日。

阅府属技射九牌。

二月二十九日　甲午　晴

卯初起。铜仁棚步射第二日。

阅府属技勇九牌。

晚请澄、式二公抄技艺册。

二月三十日　乙未　阴晴半

卯初起。铜仁棚步射第三日。

接阅府属技勇一牌，县属八牌。

晚请澄、式二公抄技艺册。

---

① “收”字右上有“△”符号，即得“收”字。

三月初一日　丙申　雨　复寒

卯初起。铜仁棚步射第四日。

阅县属技勇六牌，厅属三牌。

晚请澄、式二公抄技艺册。

牌示初二日武生正场，初三日武童马射。因天未放晴，恐道有积潦，驰马不便，故缓期一日也。

三月初二日　丁酉　阴

辰初起。铜仁棚武生正场并补考。

辰正升堂，阅武生射，巳初二刻毕。

与澄、式二公接抄技箭册。

举优咨部单，是日发房。

胡海客前辈馈生鱼，昨日馈普茶。

三月初三日　戊戌　阴

卯正起。铜仁棚武童马射并内场。

辰初赴校场，距棚约四五里。午初二刻回棚，监射者梁芳亭协戎正春四川人，其嗣君梁瑄、梁永藩，俱入黔西学。

午后内场兼覆弓力，弓自十二力至十五力止，不能开十二力者，则不覆也。申正毕。

与澄兄议武童案，至戌正乃定。松桃武风名天下，铜仁实与相埒，盖割爱难也。

亥正发榜。

三月初四日　己亥　阴

辰初起。铜仁棚填亲供，选拔磨勘。

选拔四人，辰正到，当堂散卷，旋退堂。

定观风卷甲乙，自思南以后，观风卷不论策论、诗文，皆澄兄与式兄分阅。

三月初五日　庚子　阴　午后小雨片刻

辰正起。铜仁棚填亲供。

求联、扇、屏幅者极多，为他棚所未有。与澄兄分写，自巳至酉，仅过半耳。

晚假寐时许，醒时已三更矣，填亲供者尚无一人，册卷亦未毕入，又候一时许，无奈何而睡。看《经世文编》。

三月初六日　辛丑　阴　晚有雨

卯正起。铜仁棚文童覆试。

贵州天气寒暖无常，去年三月在兴义，热不可支，起马后经盘江，蝉蛩相答，居然夏末光景。四月至大定，骤寒，去单而棉，犹怯薄也。五月中旬由大定起马，犹著重棉，甫出境，暖气乍至，纷纷解去。至遵义则酷暑熏蒸，似吾乡三伏天气，犹或甚焉，此以地殊者也。今岁到铜仁，文童科考之日也，余著江獭冠、乾尖领狐裘鼠褂，犹寒栗不可忍，退堂加背心，易棉衬，复出，足下设烘炉而后适，此二月十九日也。二十四日选拔正场，犹灰鼠袍褂。越日畅晴，则大热，连日晴热益甚，二十六日之晚，则夹袍而单褂。二十八日试武童，袍褂皆单，而扇犹不去手，盖去狐裘鼠褂之时，未及十日也。初一日阴而雨，复重棉如故，此天气之以时殊者也。总之，晴则夏，阴则冬，衣备四时，时乎时无失时，是之谓识时。

收华祝翁回信，十二月初一自济南发。周绍敏回信。同上。

二更后点名，候至四更，到者二十四人，不到者三十五人。

躬自厚。

思[1]贤咏白驹。

三月初七日　壬寅　阴　偶雨

辰初起。铜仁棚补文童覆试，发起马牌。

与澄兄商改选拔磨勘草稿，午后写屏、联，并填款盖章。一更后接覆文童，到三十三人，其二人夜半乃至。

写寄崇智信草。第十六次。

以友辅仁。

荣名[2]以为宝。

三月初八日　癸卯　阴

辰初起。铜仁棚武童覆试并发落。

写寄崇智信毕，附考期单一纸，仿影十二纸。附式金寄伯矩信，尹宅家信，又澄兄寄陈蔗翁信。

午后覆武童试，不论其印仪之讲妥与否？亲供之填写与否？一律先令射箭。

---

①“思”字右上有“△”符号，即得“思”字。

②“名”字右上有“△”符号，即得“名”字。

傍夕发落，诸公观者，皆赞唐桂馨。

拜客五处。韩太守、胡大令、梁协戎、龚分统、洪都戎。协戎见，余俱未见。回棚后，梁、龚复来谢步，见之。

三月初九日　甲辰　由铜仁起马

辰正起。二十里，尖开天堡。又五十里，宿铁线坪，一作田心坪。雨后路滑，跬步维艰，到田心坪已二更后矣。

文武送如礼。

三月初十日　乙巳　道玉屏

辰初行，四十里，尖鲇鱼堡。渡江后，又行十里许。又三十里，宿玉屏，亦将近二更矣。玉屏大令曾翊廷忠，四川人，委办提调，偕两学官迎见如仪。

三月十一日　丙午　阴　过午微晴　渐暖　到思州棚

辰行，出郊即渡江，二十里，尖豆腐坪，大令云：二十里。或曰：三十。又二十里，抵思州。思州太守恩锡之纶偕山长晃州拔贡□□□，同迎城外。在思州。

会客五起。恩太守、曾大令、三学学官、文武巡捕，铜仁营派随行张守备。

号房寄文书、《京报》等件。收部文三件。一补欠考，一学额，一奏稿，获枪替未叙廪保。

阅《京报》，知云舫师兼三库，杨□□前辈补御史。芸阁同年被劾，永不叙用。陈砚塘师就知府，分省补用。

曾友山讣闻至，二月间故于省垣。

三月十二日　丁未　阴

思州谒庙，放告。

卯正起。

会客两起。青溪大令饶星帆、曾提调。

午初谒庙，午正放告。

午后假寐时许。

拟明日补欠考题，其经古题则请澄、式二公拟之。

册卷入甚迟，逾丑乃睡。

办差云：明日仍供给一日。听之。

三月十三日　戊申　阴

卯正起。思州棚生童经古，并补欠考。

辰初点名，生古共到四十九人，童三十四人，辰正发题。

府属文生罗名甲册注报考《禹贡》，别以"《禹贡》三江考"题试之。青溪文童王尚宾，十五岁，背诵"五经"、《孝经》，口齿清楚，节奏安详，间有小舛。《礼记》《左传》皆节本，本日所发题，问以能作何题？对曰：皆未习也，请试文题。乃摘《孝经》"修身慎行，恐辱先也"二语为题，使作文。

昨日与饶大令谈青溪机器局事，大令述颠末甚详，据云：自彭（累）之后，久停工作，刻上海有洋商欲以五十万金顶兑，议尚未谐。又云：闻中丞已出奏，将原派总办之曾太守参（追）矣。大令云：镇远、思州、青溪、玉屏一带煤铁之蓄颇盛，原办者不能得法，未免靡费，以刻下言之，又苦于款项不足也。

盖戳毕，未初退堂。午后睡一时许，酉初放牌，戌初扫场。

册卷灯后入，拟明日文生岁考题。看《左传》。

生：

李广画地为军阵射阔狭以饮赋，以“李广才气天下无双”为韵。

赋得颜延年《三月三日曲水诗序》，得“颜”字。

“以涉杨其芟作田”解。

《说文》《仪礼》用今文说。

诸葛武侯谓非静无以成学论。

先器识而后文艺论。

万卷书岩七古，不限韵。

童题：

樊哙带剑拥盾入军门赋，以“今日之事何如”为韵。

赋得王元长《三月三日曲水诗序》，得“三”字。

余同生题。

三月十四日　己酉　雨　午后益甚

思州文生岁考。

寅初点名，寅正毕，三学共到二百四十八名，寅正二刻发题。

纥也闻之，在上位者，洒濯其心，一以待人，轨度其信，可明征也，而后可以治人。夫上之所为，民之归也；上所不为，而民或为之，是以加刑罚焉，而莫敢不惩。若上之所为，而民亦为之，乃其所也，又可禁乎！《夏书》曰："念兹在兹，释兹在兹，名言兹在兹，允出兹在兹，惟帝念功。"将谓由己一也。信由己一，而后功可念也。襄廿一。

辰初盖戳，辰正发经诗题，退堂。

抄成文一篇。

午后睡一时许，酉初放牌，戌初扫场。

晚发经古案，拟经古覆试题。

文生岁考题：

恭俭岂可以声音笑貌为哉。

君子以同而异。

渊云[1]墨妙。

三月十五日　庚戌　雨

思州古覆。

辰初二刻点名，生九人，童二人。

叔向曰：子野之言君子哉！君子之言，信而有征，故怨远于其身；小人之言，僭而无征，故怨咎及之。昭八。

演立方得廉之级数，自十一至二十。自二十一以下，与其易位之廉同例，平方亦然。

（一一）^{三} ＝ 一三三一廉三三 ＝ 三乂一一

---

① "云"字右上有"△"符号，即得"云"字。

（一二）^{三}＝一七二八廉七二＝六乂一二

（一三）^{三}＝二一七九廉一一七＝九乂一三

（一四）^{三}＝二七四四廉一六八＝一二乂一四

（一五）^{三}＝三三七五廉二二五＝一五乂一五

（一六）^{三}＝四〇九六廉二二八＝一八乂一六

（一七）^{三}＝四九一三廉二八八＝二一乂一七

二四乂一八

二七乂一九

三〇乂二〇

六乂二一

九乂三一

一二乂四一

一五乂五一

一八乂六一

二一乂七一

二四乂八一

（甲⊥乙）^{三}廉 三 甲^{二}乙⊥三甲乙^{二}

（乙⊥甲）^{三}廉 三 乙^{二}甲⊥三乙甲^{二}

此可悟易位之理。

盖戳毕，午初退堂，午后拟题，睡一时许。

看《左传》，酉刻扫场，册卷戌入，晚就枕，久不成寐，乃不睡。

生古覆：

曹相国张饮后园与吏合歌呼相和赋，以“乃反取酒张生饮”为韵。

赋得学万人敌，得“人”字，五言八韵。

“阴鞫鋈续”解。

“东迆北会于汇”解。

天下无不是的父母论。

马援《诫兄子严敦书》书后。

童：

陈平门外多长者车辙赋，以“家乃负郭穷巷”为韵。

赋得桃李无言，得“溪”字，五言六韵。

三月十六日　辛亥　大雨

思州文童岁考。

丑正点名，卯初封门，又一刻发题。辰初盖戳，辰正二刻发次题。

府属到三百四十四人，玉屏一百〇九人，青溪一百三十二人。

《左传》定十五：葬定公，雨，不克襄事，礼也。杜注：襄，成也。雨而成事，若汲汲于欲葬。然则连葬非礼与。俟考。[①]

府属有顶吴文熊之名入场者，认保胡栋扬业答保矣，派保同众廪督其究诘，犹若不省。寻唤出令其细认，解其冠，抚其头，谛审良久，犹曰是也。已而吐实，又顷之，本

① 按，此条见于《左传》定公十五年。“十五”当作“十四”。

童至，自称昨夕到晚，求赏补名，盖欲掩其雇枪之罪，不知凡言昨夕到晚者，皆廪保未经盖戳者也。今既盖戳，则其为饰词可知。点名毕，将枪手及本童并交提调，牌革认保，其派保同众究诘，免议。

申初放牌，酉正二刻扫场，晚发一等案。

府：孔子曰唐。

玉屏：颜渊曰舜。

青溪：孟子曰禹。

次：由百世之后。

诗：何世无奇[①]才。

三月十七日　壬子　阴

辰初起。思州文生岁覆。

辰正点名，府十八人，青溪、玉屏各六人。盖戳毕，午初退堂。

看思州童卷二十本，午后睡一时许。

有私淑艾者。

诗仍用正场题，作八韵。

三月十八日　癸丑　阴

辰初起。思州考优，并续补欠考。

府属优生八人，到七人。玉屏六人，青溪五人，俱到。

看思州童卷五十九本，改一等覆试诗，覆试诗仍用正场

① “奇”字右上有“△”符号，即得“奇”字。

题，为缮入磨勘卷计。三更后发草榜。

论高邮王氏说经之例。

论桐城文派。

《曾文正公日记》书后。

思州杂咏。

三月十九日　甲寅　阴　到棚以来无日不雨　天寒　非重棉不暖

辰初起。思州岁童面试。

辰正二刻点名，府廿八人，玉屏十四人，青溪十三人。午初扫场，澄兄定玉屏、青溪卷，余定府属卷，酉正发榜。

册卷二更入，拟题，二更睡。

府属：学之弗能。

玉屏：思之弗得。

青溪：辨之弗明。

三月二十日　乙卯　阴

丑正二刻起。思州文生科考。

寅初点名，府到百三人，玉屏五十人，青溪四十人。

向来文童草榜示云，毋庸自备试卷。正榜则云，自备试卷。自备者，自己买卷也。毋庸自备者，由内备发也。昨日发榜后，三属礼房具禀言，生童见自备试卷之示，互相纠约，措不买卷，请牌示仍照旧章。本日点名时，提调又为代请。

寅正发题，卯正盖戳，辰初发次诗题，辰正退堂。

巳初睡至午正，申初升堂，又二刻放牌，酉正后扫场。

堂上改一等覆试诗，并定名次，晚发岁考一二三等卷箱。思州府学一卷，录旧太多，诗出韵，置四等。看《左传》。

拟考教题。

之则以为爱无差等，施由亲始。

问东汉循吏。

明经有高①位。

“皇极之敷言”至“以为天下王”。

三月二十一日　丙辰　阴雨　是日太守祈晴

辰正起。思州棚考教。昨晚封题交巡捕转送，是日免参堂，晚由提调代备酒席，在巡捕官厅款待。

拟文童科考题，看《左传》，午后批礼房禀。酉初后晚饭，饭后睡一时许，闻册卷至乃起，亥正复睡。

为其多闻也，为其贤也。

组织仁义，得“交”字。

三月二十二日　丁巳　薄晴

思州棚文童科考。

丑初二刻起。丑正一刻点名，寅正一刻封门，寅正二刻发题。

府到三百二十五人，玉屏九十七人，青溪百二十六人。

廪保攻出枪手一名，交提调。卯正二刻盖戳，辰正三刻

① “高”字右上有“△”符号，即得“高”字。

发次诗题。丑正三刻放牌，牌示明日换戴凉帽，酉正扫场。

晚看《左传》。晨攻之枪手一名，据提调讯，系铜仁府人，为府属卢叶琴杀枪，廪保并不知情等语。第三次放牌时，随参堂交供词一纸。晚间两巡捕来言，所开供词与原供不符，恐有情托等事，乃以柬交巡捕，托太守提讯。复阅一等卷。

府属曰：王无异于百姓之以王为爱也。

玉屏曰：王之所大欲可得闻与。

青溪曰：王如善之，则何为不行。

次：难罔以非其道。

诗：伊吕翼商周①。

三月二十三日　戊午　立夏　晨微晴　晚复大雨

辰初一刻起。思州棚岁生磨勘。

提调请假。阅府属荐童卷，看《左传》。

午后大睡，至上灯乃醒。

接抚军答信，劭吾信，还《巢经巢文》四本，又开示优行生二人。劭吾调署务川，将赴任，信系三月初八发。接蒋蓬史观察接西道印文。

接制军文一件，接部议复孙绶堂侍御、秦佩鹤学士奏请武科改枪炮两折，俱议驳矣。

晚发科考一等榜，府十人，玉屏七人，青溪五人。

改沈子洲文三篇。俱至四比止，未完篇也。

---

①“周”字之右有“△”符号，即得“周”字。

覆题系廿四：

苟不充之不足以事父母。

诗仍用正场题。

三月二十四日　己未　微晴

辰初一刻起。思州棚科生覆试，辰正点名。

改子洲表诗，盖戳，至午正退堂。

阅玉屏、青溪荐卷，晚二更后发草榜。

提调销假来见。

三月二十五日　庚申　畅晴

辰初一刻起。思州府科考面试。

辰正点名，府廿八人，玉屏、青溪各十三人。午正放牌。

午后阅府属面试卷，加批，其去取则请澄兄主之。

假寐一小时许。

晚发科考文童正榜，遴选册卷，三更后乃至。

府属：鲁卫之政。

玉屏：齐桓晋文之事。

青溪：管仲晏子之功。

三月二十六日　辛酉　晴如昨

卯初三刻起。思州棚遴选头场。

卯正一刻点名，府十人到九人，玉屏八人，青溪六人。

黔中音读多舛，故试律中失粘[1]者极多。一等之生、新进之童，举不能以此苛绳，甚至有褒。然居首而失粘两三字者，甚至一榜中不失粘之卷，仅二三者。甚至有一卷之中失粘至十字以外者。唯贵阳、遵义、思南则失粘者绝少，诗亦多可诵者。其次则铜仁、大定亦差胜也。而最劣者，莫如下游之思州。黔中工诗者绝少，应试者率取他题之同韵，录其全联，不论其去题几许之远也。或取其不同韵者，而强易其韵，不论其此句之作何解也。其自出心裁者，往往劣不成说，无奇不有。如《群公祖二疏题》云："鳖将行缓缓，笱亦步徐徐。"《流观山海图题》："老松鳞北岭，嫩藕鼻西湖。"《高志局四海题》，用俚传解士绅语云："踞龙头上角，拔虎嘴边毛。"此犹其文义之可解者也。就已考之十一棚而论，工诗者不过十数人。上游则黔西之廪生欧阳濬，贵阳廪生饶焕奎，修[2]文附生孙□□、王怀彝，开州新生胡嗣瑗。下游则黄平廪生张枢、附生李琳，务川选生申云藩，铜仁新生唐桂馨，玉屏新生郑以方、陈文彬，青溪新[3]李卓元。其次则翁安拔生杨文海，平越新生刘思明，亦犹可节取也。

欧阳濬《节慕原尝题》，全首俱佳，其警句云："士耻蛾眉笑，臣耽狗盗劳。绣丝忙几辈，珠履艳吾曹。"贵

---

①"粘"，原文作"占"。

②"修"，原文作"休"。

③"新"后脱"生"字。

阳岁考诗题《司马迁报任少卿书》，饶句云：“名应羞简末，人已比刑余。”王第二联云：“少卿真局外，太史竟刑余。”孙结句云：“他年杨恽笔，口吻尚相如。”李琳《饭稻羹鱼题》句云：“网晒半湖晴。”唐桂馨《山居耕田题》云：“元亮诗千首，南阳雨一蓑。”郑以方《何世无奇才题》，全首俱佳，中二联云：“天地菁英气，风云际会时。明良斯出矣，叔季亦逢之。”唐桂馨、郑以方诗文俱佳，清材也。童卷中有绝可笑者，思南科试题《则人皆掩鼻》，起句云：“且蝇蚋之为鼻也，一闻臭而趋承恐后，一闻臭而向往维殷。”又有小讲中四句“顾不当掩者”云云，“而必当掩者，维此污秽之女子”。又有领题云：“如西子蒙不洁，夫西子岂无鼻乎。”又曰中段云：“左右曰西子不洁矣，诸大夫曰西子不洁矣，国人曰西子不洁矣，左右掩鼻，诸大夫掩鼻，于是国人皆掩鼻。”此摈卷也。其录卷亦往往有可笑者，《夫妇之愚题》云：“视此衾裯中茫然之辈。”《王无异于百姓之以王为爱也题》云：“同是四足而爱有殊致，亦皆食草而舍有殊图。”如此之类，时或不免，就中比较，此犹佼佼者矣。思州童卷，凡对比必将出比之字面变换，如出比用“何况”，则对比用“奚矧”，出比用“如是”，则对比用“其然”，大率变虚字不变实字也。

小讲盖戳毕，午正退堂。午后与澄兄、式弟谈甚久，傍夕睡一小时许。二更后有交卷者，升堂放牌，候至丑正二刻扫场，乃退。

子曰述。

吾岂若使是民为尧舜之民哉。

“宅南郊”解。

三月二十七日　壬戌　畅晴三日矣

辰初二刻起。思州棚空，盖拔场两日之间也。

改磨勘诗科一等十余首。

三学学官来见，因新生抗不来谒，请出牌示。

锡芝太守来见，复讯办枪手一事，又言新生抗估情形。

赵辅臣自己拱来，派监射也。

拟题。三属礼房具禀言：藐批纠估，再叩示禁。

发科生卷箱。

三月二十八日　癸亥

卯正起。思州棚选拔二场。

批三属礼房禀，拟示新进文童牌约六百字。

起讲、小讲、领题、落下。送题，杀枪，扫场，估抗。

午正盖戳毕，退堂。

一更发牌，三更扫场。

问董仲舒《天人三策》，其大旨若何？

赵奢、赵括论。

咏周孔之图书，田。

三月二十九日　甲子

辰初三刻起。思州棚科考磨勘。

当堂散卷毕，退堂，看府学选拔二场卷五本。

改论一首、诗一首。

日夕发选拔案。

三月三十日　乙丑

辰初起。思州府武童步射。

阅百四十余人，挑技勇六十余人。

四月初一日　丙寅

卯正起。思州府武童步射。

阅二百十余人，挑技勇八十余人。

四月初二日　丁卯　早雨　午止

卯正起。思州、玉屏武童步射。

阅思州八十人，挑二十余人；玉屏百五十余人，挑七十余人。

延府学李训导，属勿苛索红仪，因本日有众绅禀诉也。

四月初三日　戊辰　晴

卯正起。玉屏、青溪武童步射。

阅玉屏九十余人，挑二十余人。青溪百四十余人，挑四十余人。

青溪武童袁用光，箭中潘绍维之额，血流晕仆，令其兄潘绍堂扶出，予以七厘散，晚又予以三黄宝蜡丸。能保命否？尚未可知。牌示明日阅马射。

四月初四日　己巳

卯正起。思州棚马射并内场。

辰往午回，提调重听，事多贻误，余意甚不快。太守之意，亦复慢懈，余颇欲发作，与澄兄一谈，气稍平，寻忆《左氏传》“与其素厉，宁为无勇”二语乃止，此特逊己所短，实不可以为训。

午后内场兼抽覆弓力，与澄兄议案，灯后发。

赵辅臣游戎来谈甚久，询以武童事宜。

四月初五日　庚午　晴

思州武生内场，并补考。

卯正二刻起。辰正点名，午初阅毕。

选拔四人领卷磨勘，午后看《鸿雪因缘图》。

延玉屏张教谕与谈，为陈步瀛以勒索控饶训导，而两学官又具文详请惩戒该生也。

写亲供牌二纸。

接张安圃前辈复函。九月初九日发，阅百九十余日乃到。

接全太守禀。四月初四发。

四月初六日　辛未　晴

辰初起。思州棚填亲供。

复全太守信，言刘生紫绶候札，送贵山书院，书局章程、书单，便中寄来。

写致尚蕴斋信，为赵辅臣事托其关照。

提调晚来见，为聂成霖事。

写寄伯兄第十四号禀，附题目单、考期单。写寄锡侄信。初十日交传事火夫带省，托百川通。

四月初七日　壬申

辰初起。思州府文童覆试，至晚只差五人。

写寄仲敏信，写寄崇智信第十七次。附尹家信、式家信，寄恒昌信、子洲信，初十日交火夫带省，托天顺祥。

接崇儿第十四、第十五号两禀，附日记四本，帐单。又高曦亭前辈信，尹宅家信，彭顺家信。

接辅臣二叔信，写致沈子洲表弟信。寄回诗文，劝其买书，并言文稿一时不能抄寄，因卷箱随棚寄省也。

四月初八日　癸酉

辰初起。思州文童补覆试，晚五人俱到。

写复辅叔禀。言西院事请作主，陶仲用项请如数付，子洲信请饬送，并为子洲垫付书价。

接写谕崇智信。

写致尚蕴斋信。九月廿七日，京托折差带八号信；十二月初六、廿三，托折差带十二号、十三号禀，俱未见，托为查询汇寄。

晚治酌，贺澄兄娶子妇。

四月初九日　甲戌　有雨

卯正起。发起马牌，思州棚武童覆试。

封信，收拾书箱，延青溪胡广文来谈，为刘紫绶送书院事。

午后鸣信炮，申正点名，看箭，只差一人。

提调来见。

四月初十日　乙亥　有雨

卯正起。思州棚发落。

巳初发落，巳正毕。武童陈云熊，因廪保聂德彰勒索，扣留竹本，未得覆。聂科考二等，发落时勒令取竹本来，午后令陈补卷。

午后拜客三处，晤恩太守，谈片刻。

清理文书，闲谈。

四月十一日　丙子　微雨

卯正起。由思州起马。

巳初起行，三十里，未初后至青溪，宿县署之右偏。

饶大令来谈，余俱差帖来。

四月十二日　丁丑　晴

卯正起。宿邛水县。

辰初行，三十里，尖竹坪。午行，三十里，舆夫云，是三十五里。宿邛水县。毛军门家。

山阴何焕章文炳，邛水县丞也，郊迎。八弓游府赵辅臣率两弁郊迎。同时延见，何去后，又留辅臣谈许久。

昨日饶大令求减夫马价，准叶前使之例，酌送三十金，余已诺之矣。比晚送来，仍五十八金，疑之。今早饶来见，询知先送三十金来，阍者推不纳，故又增足之。余恨未预示阍人，遂致食言，仍缴其所增之数面交之。

昨夕大令遣仆来言，拟备坐尖，以竹坪太狭也。余以六十里程大远，大轿重滞，恐旷时太久等语商之，仍准旧例，尖竹坪焉。

毛绅士号绩臣，堂前悬衔灯，一曰提督军门，一曰奇臣巴图鲁。闯乱时，此地先陷，借毛之力攻克，遂家于此，积功保今衔，曾充统领而未任，实缺也。

子规，土人曰“规规”，《字典》引。曰声如谢豹。听之良然。“豹”字上声起而去声落。

田轿夫：催耕雀有四种，子规之外曰“包谷”，曰“北方过河”，其一不知名，其声如“好”。

全太守以函致酒食四事，即日作信谢之。

四月十三日　戊[1]寅　宿瓦寨

辰行，四十里，午后宿瓦寨。

昨食汤饼不节，胸鬲膨腹，遂不甘味，到站即睡，凡废三餐。

邛水县丞何焕章随至求见，以感冒谢之。

四月十四日　己卯　宿执营

辰行，四十里，尖磡溪，镇远府署。午行，三十五里，宿天柱属之执营。

磡溪尖所，邛水丞候焉，盖为科理夫役也，立谈数语。

饮食仍不甘。

---

①“戊”，原文作“戊”。

四月十五日　庚辰　早凉　午晴暖　宿天柱

早饭后起行，候夫不至也，巳正就道，行三十里。未正宿天柱。

天柱令田来见，两学师来见。

热气蒸附，几如伏日。

四月十六日　辛巳　晴　宿毛坪

由思州起马，改用乡夫，沿站雇换，唯轿夫四十八名仍长夫也。据天柱令云，传牌过境时，言已全备长夫，是以未经预备，殆昨宿执营，始知尚须增署。连夜信催县城赶办，仅得是数。昨夜孟仆禀云：长夫照人数折价。余诺之。今早孟仆又云：折价彼不肯交。余亦听之。寻田大令来见，求减折价，并云：此次仓促募夫，夫价抬高有九百、七百、六百等（衰）。余讶之，呼承差张士清、轿夫刘光华诘之，佥云仅领三百。再问大令，则含糊不肯认真。余云：若办差冒销，则君当一查，以免吃亏太巨；若吾差役作假，则君当告我，我当究问。否则君虽多费，吾不唯不感，且反褊心，不能无少望也。大令预有成见，微笑以出之，它语以乱之。余因属词与争，良久乃云：向闻开九百、七百等数，今乃知其不然，容当查问。仍含糊答应而已。长夫折价，余命孟仆照常数收，无庸计较。事后思之，办法终未妥善。

辰行，二十五里，尖高阴。午行，三十五里，宿毛坪。

午后过黄少山，凌其绝顶，上下游所经，此为最高处也。

茅[1]坪属黎平府，府委锦屏乡县丞办尖，其夫马则本地团长积亩捐之款以应之。田二尹迎于此，初见即道瘠苦之状，并云一切折价俱不能办。余询诸房书，知向例皆然，乃悉诺之。即晚二尹禀辞而去，宿所无一人听差，薪、水皆不具。

辰行时，因天柱不发夫价，各乡夫委物于路，不肯行，比到茅坪，未至者尚十余抬，二更后乃毕至。余之衣被等物，初更始至也。

宿所假三江厘局为之。

黎平多衫木，茅坪滨江，通黔阳江、重安江。一水转输以达川楚，有三寨轮年承运，谓之当纲，茅坪其一也。三纲之利，官民皆资之。

四月十七日　壬午　宿锦屏乡　炬行约三四里

候夫不齐，逾辰乃行，三十里，至大篩尖。午行，三十里，至锦屏乡，宿于县丞之署。饮食渐复旧。

四月十八日　癸未　晴　宿小里

辰正行，二十里，尖磡寨。锦屏办尖。午行，三十里，宿小里。开泰县办。小里不傍官路，文巡捕黄少尉桢祥迎至此。

蜻蜓一绝，奇者绝佳。

四月十九日　甲申　晴　到黎平棚

辰初行，二十里，尖团溪。午行，三十里，至黎平。

---

① “茅”，前作“毛”。下同。

将至团溪时，有古州镇标左营把总邵承魁号友梅，以何镇军专函来迎。据云，奉派充武巡捕。而镇军信中但云求写扇、屏，未及此事。余疑之，告以到棚时再议。

初过团溪，有黎平营补用守备姚清号莲溪，奉参将姚应启之委，充当顶马，又千总二人充□□，唱衔迎于途。

提调王华如大令，文巡捕赵席珍参军迎于十五里外。左营守备率练军迎于五里外，五学学官郊迎。

俞太守、姚参戎迎于城外官厅。姚，号迪斋。

次第见客，凡五起。

四月二十日　乙酉　大雨　在黎平棚

辰初起。

自思州行后，路险天热，仆隶多病，而澄兄以右股生疮，饮食不能如常。余亦气移，乃空闲一日，牌示明日辰刻谒庙，午刻放告。

正月二十八日　壬子　大風且雨　御行復泊琴棋望昨記城牆望者誤也

終夜風雨四更後聲益猛屬風聲烏烏水聲洸洸船震震若漂心摇摇與之應　卯正二刻起　風急浪猛船不中繫泊處又無居民食用不具乃解維退行仍抵前日泊所　喚一蘿工來問以地名語不盡可曉問答許久書以示之屢易而後首肯曰是矣蓋琴棋望也上距林子口百二十里下距鹿角六十里岳州百一十里　是處草屋叢茂牆不相聯接與蘆陵潭同蘿工曰入夏水漲則徙諸營田吳公廟對廟岸也每歲居此半年耳　蘿工又言磊落石山前之小河不通平江與昨聞不同俟再考　甲午來時攜水道提綱及胡圖常在手下每日考驗甚便此番治行竟積歲之失計之甚

正月二十九日　癸丑　風雨如昨　再留琴棋望一日

夜屢醒反側不安以昨睡太早也辰初二刻乃起　終日悶悶看呂子恆訟過記一通兼看泰西新史　貴州文童額七百六十七名武七百五十三名　廩增各一千五百六十二名

正月三十日　甲寅　風雨如昨　極寒　再留琴棋望一日

辰初二刻起　夜風號呺萬籟竝作帖其一耳抵於枕其一則以指厭之但聞若鳴鼓若吹火若沸羹交集枕下良久始睡夜醒復然及旦風力稍殺雨聲反加　溫洋文　當十九日午後移過是舟也陽烏四照煩黎窗面面受熱心焦燥不可耐乃去小棉襖而易以袷其棉者則納諸裝近數日守風阻雨溼氣甚重寒寒若深冬矣憚于解裝但加一皮領而已午後加灰鼠馬褂

晚飲酒六大杯食鯉魚　夜風益猛

二月初一日　乙卯　風雪　　再留琴棋望一日

辰初二刻起　見舟子掃雪空中猶飛碎點若霰然　風力似稍殺聲亦稍遠然鄰船之旗動搖甚緊自下游來船僅張半帆而行已甚駛岸上行人皆疾趨而袂掩其口蓋大王之之雄猶不可狎也　連日天氣昏曀今午雲漸薄間有黃色然至夕並未放晴　晚坐近處不聞風聲而船舵猶軋軋作響諦聽之嗚嗚者在遠處也　溫洋文秉看英字入門是處阻風同泊之船無慮數百公車亦頗有之

二月初二日　丙辰　大風　　再留琴棋望一日

辰初起　三更以前風定矣四更又作至曉益狂　寫信致陳中丞借小火輪一隻拖帶至漢口並言備日內風定即馳赴岳州祇候不則仍候于琴棋望或輪船現不在省亦候覆函別作計議　午正信寓畢託賀觀廷差水軍一人送長沙賀丞明午以前足可送到　溫洋文　嚴鄉臣龔體仁來訪談一小時亦阻風六日者也龔云前屢次南旋俱道洞庭每次輒阻風然或三兩日或前後合計五六日未有一阻不前如是之久者又云自此至漢口若遇順風三日可到無風則須七日思南新科舉人張丙熙先與鄉臣同舟至常德而分手至沅江又相遇一次而到此六日不見其來未知其容過而前歟抑阻滯在後也計覆試之期

贵州古近代名人日记丛刊

第二辑

蟫香馆使黔日记

下

原著 严修

点校 汪文学

丛书主编 汪文学 刘泽海

贵州出版集团
贵州人民出版社

日记六

丙申（1896）四月二十一日黎平棚谒庙放告，至九月二十九日在省。

曾是作是故用。不胜作不甚。伊胡底作依胡底。慨作概。迨作殆。穀作谷。夫然对抑然犹不奇，从来对抑来乃真奇矣。敦登尊争皆相乱。然字顺接。涵丈。曾是正用。孟子讳。律历。荣用一稿而众人照录，绝不变换。无何作无如解。庸，岂知。

光绪丙申（1896）四月二十一日　丙戌　雨　黎平棚谒庙放告

卯正起。阴雨不止，巳初乃得下学。掣签讲书，每学一人。午刻拟经古并补考题，午后畅睡。晚延提调入，与议供给单，册卷三更乃毕入，镜波督仆盖号戳，余以体不快，早睡。

四月二十二日　丁亥　小雨　极寒　复着夹袍褂

卯初起。黎棚经古并补考。

卯正点名，辰初发题，生到六十九人，童四十三人，又背经幼童七人。

发题后，呼诸幼童至小公案前，次第背经。周培桥，九岁，背《小学》《诗经》《孝经》，俱熟。又读《三百首》《龙文鞭影》，亦熟。课以对字，出曰“花带雨”，对曰“柳垂霸”。周培梓亦九岁，培桥之堂弟也。背《诗经》《易经》《孝经》《三百首》《龙文影》，口齿不甚清楚，资质视培桥稍钝。课以“蔷薇架”三字，对曰“菡萏池”。二周之师张志书，即其派保也。蒋腾藻十一岁、李春暄十岁、李春芳九岁、李肇昌十岁。蒋背“四书”、《诗》《礼》《尚书》，未完，句读不清。三李书皆太少，亦不甚精熟也。以上六名皆府属。又开泰陈光彝，十三岁，背《诗》《书》《易》，俱不甚熟，《尔雅》则全不成诵。据称，此外读过《礼记》《左传》《周礼》，俱未携来。以此例彼，想亦未必能熟也。

盖戳毕，午正过堂，背书七人各予玉带糕。

午后睡约两时，酉初升堂，候二刻许放牌，戌正扫场。

晚饭不甘味，乃不饭。拟明日生题，堂上代看生古卷十四本。

子初前册卷至，余亦遂寝。

生题：

《吕氏》《淮南》字直千金赋，以“杨德祖答临淄侯笺”为韵。

赋得“随校篆轮”得“都”字。

舜典二十有二人考。

“不律谓之笔”解。

韩信多多益辨[1]只是分数明论。

---

① “辨”，当作“善”。

立宗子法则人知尊祖重本论。

童题：

王汤驱九折赋，以“非王所畏道邪”为韵。

赋得并包书林，得“林”字。

余同生题。

四月二十三日　戊子　晴　黎平文生岁考

寅正起。即点名，卯正发题，日上久矣。

昨约寅初二刻三炮，睡熟逾限。孟仆呼诸梦中言：“寅初三刻已过矣！”连日情绪茶然，倦不自振，恐误大事，戒之戒之。

五学共到四百四十二名，辰正盖戳，巳初发经、诗题，巳正后退堂。

黎平考棚，同治四年署知府徐达邦，开泰县胡鉴重修，堂有黎文肃题额曰“偃武修文”，其跋语云。

叶前院批开泰举人姜兴渭等禀光绪十九年二月十三日

凡筹公款兴善举，由绅士经理者，府禀请地方官稽核实数，妥议禀程。所以垂久远，亦所以明心迹也，此叶总达于建事之先，复（圃图）与禀报之后。此中窾窾，本院虽初临兹郡，亦一望而知之，两经府批，阐抉殆尽，岂不自悟。至称此外更派印仪一节，是直履亩再税穷蹙之计，遂尔加厉，于栽培后进之说，不自刺谬乎！敛怨于人，众众哗然。靡独无功，必至受咎，所禀著不准行，应遵府批办理，并仰该府查核实数，妥定章程，勿任闪烁，切切，禀并发。

又批开泰县学教谕司炳煃训导马开文禀十九年二月廿二日

该绅等牢执私见，借善举之名，为自利之计，巽言相导，置若罔闻，无庸再为顾惜，仰黎平府传集经手各绅，勒令具限全行缴出，从中筹划，使学官有资办公，新生不至重困，速速定议，勿误招覆试期，切切毋延，禀发仍缴。

又批黎平府学文生张庆云等禀十九年二月十九日

据禀各节，仰该教官，务令学书遵照向章办理，毋得任意勒索，自干咎戾，至书斗擅出朱单，尤属谬妄，生员石鸣昌受累，系何情节？一并查明，据实详覆，勿为徇隐，禀发。

申正升堂，酉正放牌，戌正扫场，未完卷者颇多。

批禀二件。

黔中试卷有通行故习：能（空）补而不肯涂改，能跳行而不敢背题，诗能失粘[①]而不肯复字。庙讳直书，而“宏”“肱”等字必缺点，“敦”“享”等字必改书，抬写不如式，而遇朝廷皇王等字，虽指前代，亦必抬写。慎其所轻，忽其所重，此类甚多。又凡涂改之字，其点必极小，又远在字之左角之外，不谛视之不见，不见则疑为文理不通，而彼则独以涂字为大忌，最易误事。

晚发经古案，生取二十人，童二人。体不快。

---

①“粘”，原文作“占”。

曰好乐何如？

能属能锻。

诗[①]折齐韩。

“古者家有塾”至“欲于一致也”。

四月二十四日　芒种　己丑　半晴　辰后畅晴　黎平棚经古覆试

卯正二刻起。辰初二刻点名。

房拟禀批，为之改定。

患疟疾者，忽而冷，重衾不能御，忽而大热，遍体如蒸。贵州天气似之，故多疟。虽水土使然，亦气候之颇相肖也。

盖戳毕，午初退堂。

拟明日童题，代看锦屏生卷十本。

午后睡，自申正至戌初。册卷亥正入，子初复睡。饮食仍少味。

生：

信陵君智夺晋鄙军赋，以“北救赵而西却秦”为韵。

赋得“折冲樽俎间”得“冲”字，五言八韵。

《说文》读若例。

“面（江波）”解。

周亚夫论。

文中子论。

①“诗”字右上有“△”符号，即得“诗”字。

童：

汉文帝之细柳军赋，以“此真将军矣”为韵。

赋得“明经拾青紫”得“明”字，五言六韵。

四月二十五日　庚寅　晴　黎平棚文童岁考

丑初一刻起。丑正点名，寅正一刻毕，到七百十二人，寅正二刻发题，卯正二刻盖戳，辰初二刻毕。堂上阅开泰、古州、锦屏一等卷。

黎平童生多以油纸为卷夹，而题名于其面。

未正二刻放头牌，至酉初，已寥寥无几人，酉正二刻扫场。

晚发岁考一等案。

关：夫时子。

司：而壬子。

永：又有微子。

开：然而夷子。

锦：吾必以仲子。

古：我故曰告子。

次：且人恶之。

诗：伊①尹辍耕。

四月二十六日　辛卯　早雨　晚晴　黎平棚岁覆文生

辰正起。即点名，五学共三十七人。盖戳毕，未初

①“伊”字右上有“△”符号，即得“伊”字。

退堂。

拟考优第题七百余字。

傍夕，阅一等覆试卷约十本。

“一箪食”至“乞人不屑也”。

诗仍正场题，作八韵。

四月二十七日　壬辰　晴　黎平考试举优文生并续补欠考

辰初起。又二刻点名，优生凡十五人。散卷毕，退堂。

阅一等覆试卷八本，间有改窜。午后畅睡。

略阅考优卷，亥正后复睡。

四月二十八日　癸巳　晴　黎平棚文生科考

寅初起。又三刻点名，卯初发题，五学共到三百一十人。辰初盖戳，巳初发次诗题。堂上评阅岁覆卷八本。巳正退堂，午后批阅岁覆卷十九本。

申正升堂，酉初二刻放牌，戌正扫场。

晚发岁考草榜，丑正睡。接何镇军贺信。

“故曰求则得之”至“不能尽其才者也”。

问西汉儒林。

稷契匡[1]虞夏。

四月二十九日　甲午　晴　忌辰　黎平棚岁考面试

卯正起。辰正点名，共一百三人，分两次试之。初次

---

①“匡”字右上有“△”符号，即得“匡”字。

午初后毕，二次未正后毕。意不快，坐卧皆不适。拟教子教女歌，拟寄京也。

面试卷请澄、式二公分阅，余全未经眼，式弟讽余懈怠，余恐以心神不清，颠倒失次也。晚饭后，睡刻许。如是者再。

子正发榜，丑正睡。接万司马贺禀。

关："固天纵之"二句。

司："是以论其世也"二句。

永："不遍爱人"二句。

开："君子之仕也"二句。

锦："其不改父之臣"二句。

古："可使有勇"二句。

五月初一日　乙未　晴　偶雨　黎平棚考教

辰正起。考教题纸送巡捕转交。看永从生卷，取一等四本。又阅廿二本，内有未批点者九本，（晚）式金为之。

午后大睡，傍夕乃醒。拟题，发一、二、三等卷箱。

二更时，册卷入。余复就枕，约子初后睡。

"中也养不中"三句。

庠序盈[1]门。

五月初二日　丙申　晴　燥热　黎平文童科考

丑正前起。候士子未齐，约候二刻乃点名。寅正一刻

---

① "盈"字右有"△"符号，即得"盈"字。

封门，又二刻发题，共到六百六十二人。古州一童生冒石大用之名入，方唱保，其认保杜祖勋曰：不是石大用。旋有童生入而扭禀，乃交提调审讯。扭禀者，名杨开第，亦古州童也。

辰初盖戳，辰正毕，巳初发次诗题。阅开泰一等荐卷。

未正二刻放牌，戌初扫场。

发科考一等榜，巡捕白：枪手供系龙吉祥，湖南人，本童石大用已遁。

起信草，复何诚甫，交荣弟眷真。初三日发。

关："（飞）所以要鉴"一句。

司：非疾痛害事也。

永：吾子与子路孰贤。

开："王自以为与周公"二句。

锦：然则曾子何为食脍炙。

古：然则善（为）者而不（穷）。

次：愿夫子辅吾志。

陶渊明《读山海经》[1]。

五月初三日　丁酉　阴　忌辰　黎平岁生磨堪

辰初起。检点废纸。午后畅睡。

阅锦屏科童卷三十九本。

---

①"经"字右有"△"符号，即得"经"字。

五月初四日　戊戌　晨雨　黎平文生科覆

卯正二刻起。辰初二刻点名，共四十一人。盖戳毕，午正退堂。

起信草二。复王季樵前辈，及古州厅万寿彝司马。是日发。万，江西人。

午后，代阅关厢童卷二十五本。睡两时许。阅古州荐卷廿一本，汰三本。何镇军赴镇远会操，是日过此，差帖迎之，旋来谢步，又差帖谢之。拟面试题。

子初后发草榜。

“苟善其礼际矣”至“敢问何说也”。

诗仍正场题。

五月初五日　己亥　薄阴　黎平科童面试

卯正二刻起。辰初点名，仍分两次面试。关厢、司属、永从为一次，巳正毕。开泰、锦屏、古州为一次，未初毕。

阅司属、锦屏面试卷，定去取，至夕乃定。

省号房寄来第十六号家禀，二月十六发，交百川通。及益、勇两禀，各附日记一本。附弟信，言去冬寄信一次，凡五封，内有寄孟志丈信。竹轩表叔信，附乙未挑费及销数单。又魏裕厚日课单及仿篇对字。伯举信。言二月初十上馆，近有志折楷兰坡，大见长进。

接到周、赵两广文函。言采买书籍，拟石印与官板兼采，俟余旋省后，专人赴省。又行日记课者止一人，见又他往。

接到鹿滋帅信。仍申前议，言李侍郎曾议在双槐树地方建祠，并拟自行捐款以补不足，有“迫切待命”字样。

接谢仲鲁信，附寄景雨沧大令信。仍托见景时吹嘘前项。

晚饭前发科童案。早睡。

爆竹之声数刻不绝，贺入泮者也。黔仍皆然，此处与思州为最盛。

关：仁之实，事亲是也。

司：臣事君以忠。

永：兄弟怡之。

开：困而学之。

锦：有为者亦若是。

古：彼所谓豪杰之士也。

五月初六日　庚子　薄阴　黎平遴选头场

辨色即起，写题纸，盖号戳。

辰初点名，共到三十七人。

府学周开鲁岁考一等一，科考一等三。昨见送册卷无其名，疑之。本日点名，周当堂恳求，言老师不肯送册，询诸学官，谓该生去年因木案被控，经赵观察札取年貌，将详咨革究，旋据同学公恳于袁观察后复札查，如无别项劣迹，即严行训斥，免其斥革。既有此案，遵照去年通饬，不敢滥送。周犹再三恳求，告以学师，送则收。既将封门矣，其侄周文德业已领卷入矣。复持卷出，跪而曰：生叔不得入场，生亦不愿领卷矣。纳诸案，泪盈盈下也。而周开鲁复由隙闯入，彷徨失措，言：案系牵连，业已消弭，不知学师入何人之潜也。余令其复请两学师来，乃告。学师，今日姑准其入场，俟将其被控及奉札取年貌全案送来一阅，如情节太重，二场仍不准入，其卷则借他人卷而粘其名。

盖戳至午正，尚缺三卷，乃退堂。起信草复伯矩。

午后复升堂，堂上批阅一等覆试卷三十三本，灯下乃毕，退堂。晚饭后辄即假寐，至丑初交十四卷，升堂放牌，候一小时许而退，尚缺七卷。梦中闻扫场炮，东方明矣。

孔子对曰："子为政，焉用杀？"

微服而过宋。

"斯螽"解。

五月初七日　辛丑　薄阴　黎平选拔两场间之空日也

辰初二刻起。濯足，剃发，更衣，标牌。代发谢仲鲁致景大令信。阅选拔头场卷，锦屏六本，古州八本之六。

拟二场题。

发科考文生卷箱。

五月初八日　壬寅　半晴风　黎平选拔第二场

卯正三刻起。辰初点名，人数如前。

批阅刘树观风卷，至午未毕。其《四库全书叙目》，依据《简明目录》，每书一种，韵为四句，一书不遗，洋洋巨帙，累五十余纸，可谓勤矣。

午正诗稿盖戳毕，退堂。假寐一时许。申正升堂。接看刘树观风卷。又看温兆麟一卷，颇知时务，尤熟洋事。

上灯后交卷五本，放牌一次乃退。

晚阅古州选拔头场二本，二场八本。

今早点名之后，开泰陈士杰、杨宏燮当堂禀称：廖振鹭平日本劣于文，此次科考覆试，由第二提升第一，众论未服，请今日提廖坐于公堂之前以防替代。少顷，古州周树杰讦周启方亦然。乃设案堂之正中，以坐两人。晚间廖卷交入，余急阅之，伪字颇多，如“山于”两字误合为“宇”，“逆谋”为“遂谋”，“盖”误“姜”，“幼”误“纫”，“摧”误“拥”之类，虽已涂改，然可疑也。与澄、式二公议，明日因磨勘之便，另题试之。缘开泰佳卷唯廖一本，恐诬之也。

问班马优劣。

万石君论。

陆士衡[①]《汉高祖功臣颂》。

五月初九日　癸卯　半晴风　黎平棚科考磨勘

辰初起。巳初升堂，散卷毕，召廖至案前，示以论题曰“叔孙通论”。缘伊昨日卷中论及之也，问以解否？乃曰不解。乃以《汉书》本传授之，使坐堂中，以片纸起草，而余对面监视之，至申初始毕，与前作显出两人矣。开泰遂无佳，勉以杨应春、陈献鑫（充）正、陪。彭汝鼐呈《育蚕合编》一本，其父孝廉应珠所刻，余向索一本。监场无所事事，因阅《育蚕合编》，首载郡中先辈胡进士长新字子何序文。胡君，子尹先生之高足弟子也。周开鲁观风卷，周启方考优

① “衡”字右上有“△”符号，即得“衡”字。

卷，俱称举及之。乃朱笔牌示诸生，问胡有何著作？其生卒年月及学术行谊，有知之审者，各一片纸叙其事略，随磨勘同交。至晚收卷，唯彭、周两生各作一段，周尤加详细。阅一过，始忆去年袁观察寿酒坐中，曾称其人，观察所刻《三忠合编》，即其校刻也。

因温兆麟观风卷特佳，召与语，询以何由多知洋事？盖伊久居广东之嘉应，故闻见颇多，然非留心者，亦不能也。摘卷中数条问之，应对无滞，且申言之。问锦屏尚有留心此事者？答以周宗潢。周生于湖南肄业书院，故知锦屏僻陋，不能得此两俊也。本日定选拔案，周正而温陪。

阅古州吴在福所呈日记，召与语，勉以不可作辍，负赵观察之盛意。又书院藏书，宜使人乐于借阅，掌书者之贤否，即于借书者之多寡卜之也。吴充司籍，故及之。其人忠厚而文不工，选拔既不得与，乃以优生咨部。

堂上起信草，复竹轩表叔，未毕。

退堂后，阅锦屏二场卷六本。酌定五学去取，极费踌躇。上灯始定，晚饭后发榜。

五月初十日　甲辰　晴雨间　又风　黎平及永从武童步射

卯正二刻起。辰初三炮点名，府属百五人，永从三十三人。

澄兄述荣弟之论，是棚武童人数太少，而学额则多，可一律挑阅技勇，余然之。本日凡中箭两支，皆挑技勇，凡挑府属七十九人，永从廿七人，不挑者才廿余人耳，中两箭颇有异能出众者。

午初二刻退堂，午正二刻升堂。早阅五牌，晚阅六牌，申正毕事，定咨部优生，属荣弟开写。请检册卷，存者存之，余发房。戌正即睡。

五月十一日　立夏　乙巳　晴　点名后雨　晚大雨　黎平棚开泰、锦屏、古州武童步射

卯正一刻起。辰初三炮点名。开泰五十一人，锦屏二十一人，古州四人。

开泰挑四牌，锦屏挑一牌，其中箭不及两支而能开十二力以上者，令其自请。开泰得四人，锦屏得二人。古州则先开技勇，然后步射。午初二刻退堂。

午后阅观风卷四本。

五月十二日　丙午　阴　黎平棚马射并内场

卯正二刻起。昨晚大雨甚久，孟仆谓：诘朝恐马射不便。因命房写牌示，马射与武生正场互易。尚未发也，比晓，县差来言马道已干。余不深信，复令武巡捕驰往复勘，如县差言，乃以辰正往。太守、大令暨姚参戎皆在，谈良久，然后升堂。发马颇迟，前者报名，次乃发马。故虽止百数十人，自巳初至未初乃毕。回棚已未正矣。

申正点名，考内场，酉初毕。与澄兄议案，二更发榜。

五月十三日　丁未　晴　黎平武生正场

辰初二刻起。

辰正二刻点名，到百三十人，午初阅毕。

阅观风卷四本。定武生案，发房，即日牌发。

批拔生卷备磨勘，令照改也。

接罗军门贺节信。朱采香贺节照行。

看《史通削繁》，抄《教子教女歌》。

五月十四日　戊申　午大风雨　黎平填亲供　并拔生磨勘

辰正起。定观风榜，发房缮写，午后发。

看《史通削繁》，属荣弟复军门贺节信，并朱大令照行。

午后睡一时许，晚接抄《教女歌》。

五月十五日　己酉　晴　黎平棚文童覆试

辰初二刻起。剃头，看《史通削繁》。

写复竹叔信、伯矩信、四弟信。改选拔磨勘稿两卷。

晚二更后点名，不到者四十二人。丑初睡。

学也禄在其中矣。

既耕亦已种，陶。

五月十六日　庚戌　黎平棚文童补覆试

辰正二刻起。改彭汝鼐经解。为四弟、五弟、七弟拟名号。

接尚蕴斋回信，由排单。附崇儿八号信，九月廿五日发。仲明信两封，伯矩信一封，澄兄家信二封，伯矩寄式金信二封。又十三号信，十二月廿三日发。伯矩信一封，崧生信一封，伯鹏信一封，仲明信一封，澄兄信二封，一家信、一内详。荣卿家信一封，又菊人信一封。（徵还）前年到任，寄汪芝房、张南湖两信。菊寄澄兄信。菊寄孟志翁信。《强学书局章程》二本。接鹿芝翁贺节信。接绍光信，附节界二扣，属为制军撰寿文。接佑之信。复军门贺节信。复采香贺节照行，是日同发。

改拔生磨勘卷两本。

二更升堂，补覆文童，俱到齐。

士志于道。

轻[1]扇动凉飔。

五月十七日　辛亥　晴雨杂　黎平武童覆试

卯正起。

复绍光信、佑之信、鹿滋翁信，均托荣卿信。

复仲敏信、菊人信。

写十五号家禀，起草。

第十八次谕崇智，起草，并写。

致藩企曾信，托发京电，起草。

傍夕覆武童射，至灯后仅到廿一人，尚有廿四名未到。

补写寄竹轩表叔信。赏薛明车蚨卅缗，又代孟成等五人垫送车蚨三十缗，请竹叔照拨。

澄兄代写联扇，自辰至亥乃毕。

---

① “轻”字右上有“△”符号，即得“轻”字。

写信至寅初二刻乃睡。

批文数件。

五月十八日　壬子　薄晴　黎平发落

巳初起。收拾书物。

午初后升堂，补覆武童，具毕。退堂少候，复出发落。

拜客三处，俞太守、姚参戎、王大令，俱未见。太守、大令随又来见。

晚饭后候应批文件，夜深始具至，依次清理，至寅正乃就枕。

第十八号京信交黎平房段书带省，托天顺祥寄京。附十五号家禀，寄四弟信。复菊人、复伯举、复陈表叔信、复仲明信。崇智正月日记一本。献夫致崇智信二纸。体仁致益智信五纸。考期单一纸。式金寄伯举信。澄兄家信，附劭询日记。

应复未复，到都匀后亟写。頠门，崧生，伯鹏，周、赵两广文，谢仲鲁。

黎平及所属共五学文生彭汝霈等数十人联名具禀，为学官所取规费种种加厉，请立章程，以全师弟之情，并开清单叙增减情形。批仰黎平府查照单开各条，禀公核议，详复立案。单内末一条云："稿房取补廪费，从十金至三十金，收廪从十金至十八金，似亦太重云。"乃批定分上中下三等，上不得过十六，中不得过十二，下不得过八金。收廪，照此减半。该价[①]房求至再，因木已成舟，不许。[②]

五月十九日　癸丑　晴　由黎平起马

辰初起。候大不齐，巳初后乃行。

官厅晤俞太守，与商各学规费事，并劝其创办蚕桑。文武生童郊送，凡降舆四次，最后一次，拟陪拔之温、周、赵三人也，略谈数语，勉以留心时务。早行四十里，申初尖（露）园，窗外苗妇来观者数辈。午行，三十里，似不止。宿毛硐。今日坡坎无多。

余自到黎平，每食米饭，便觉味异，似和吾乡所谓官粉者。然今日田轿夫云：考棚中有井，硝井也，伊等饮之，皆病腹。又云：郡城之水，以典史署之双井及东南之神鱼井为佳。

毛硐以西多大木，惜距河稍远，不能运销。亦田云。

杨梅价极廉，一钱可易十余枚。途间饱食之。

途中接胡海客前辈贺节信。[③]

五月二十日　甲寅　晴　去黎平第二日

卯正起。辰正行，四十里弱，至九朝。舆夫欲饭，至一肆，停舆而入。茶甚劣，不中饮，枯坐而已。邢仆言：肆中有熟鸡卵。余不欲之。又行二十里强，宿宰麻。出毛硐五

---

① “价”字有标记三点，即为衍文。

② 页眉。严淑，字孟若，号江孙，又觏荀；絜，仲易，次若，慈若；祜，季仍，季若，辑若；严倬，立如；恍，展如；兢，履如。

③ 页眉。鸣蝉节奏。

里，田贵云：今日凉快，明日则热矣。毛硐居高处，自此至古州愈趋愈下。毛硐苗妇较他处齐整，裙极短，在膝以上，每一轿过，则俯头凝视，或相与哗笑，间以“啧啧”之声。

九朝以前偶有坡坎，然苗夫背[①]纤极肯尽力，故行速而忘其险。九朝以后则沿水而行，一路平坦矣。

式金云：铜仁有黄杨梳。[②]

五月二十一日　乙卯　晴　去黎平第三日

卯正二刻起。辰初二刻行，二十里，尖八光冲。午正行，又四十里，渡河至古州宿。

袁观察，管带杜祖铭，古州厅万寿彝暨该文武迎于官厅，茶话少许时。杏翁来谈二刻许，万司马来略坐。回拜袁观察，略坐，导游后园。

答拜万司马、杜管带、党都司。

观察馈菜四品，蒸食两样。

与观察约晚间便衣过访，未去而观察先来，谈至三更。

刘奋照、王学成白：现署荔波贾岁梧、瞿子敬，皆为杏老所赏识。

去古州二十里，群山四敛，廓然空远，滨江稻田，万顷一碧。所过山寨俱整洁，非复荒凉湫隘之状。

---

①“背”，原文作“北”，疑为“背”。

② 页眉。廖基箐产纸，田贵云：甲天下。册亨产朱砂，然未经开采。遵义产盐。铜仁桐油，罗卜，有大至数斤者。兴义产糖。黎平产茶油、杉木。贵阳蜡。黔西州香米。省城南门外中朝司稻米佳，斗重二十二斤，他处米止二十斤。

观察亦谓，黎平之蚕可行，岁拼二百金，年复一年，终必收效。

多榕。①

五月二十二日　丙辰　去黎平第四日

卯正起。写对联六副。官厅小坐，揖诸君而别。

三十里至下都江，至一小店略坐，乃渡河。又二十余里，宿八开。今日路程，房单言六十里，轿夫言五十里，而其单开五十五里，大约五十五之数为近。一路沿河而行，路极平坦。

五月二十三日　丁巳　去黎平第五日

辰初起。辰正行，三十里至定旦。该处署游戎嘉应黎兆永应昌，特备茶尖，设小食，略谈片刻，道谢而去。渡河又行三十里，宿高旧。

五月二十四日　戊午　去黎平第六日

卯正起。坐尖，剃发毕。辰正乃行，约二十七八里，尖霸皆，都江厅备办。先是，古州差云：今日无尖。乃竟意外得之。田贵云：霸皆之有尖，自陈任始。饭后行，约二十里，渡河，乃上坡，又行不足十里，宿都江厅。

溧州石敬亭，增，通判。嘉应古上珍大儒署上江协，印江张汉臣署都司，郊迎，复来见。

---

①页眉。好生。老实。归宜亦云举宜，思铜一带亦云归折。一门四忠三节妇，王凯曾经肖韩咨请中丞奏旌，事未及举行，闻善后局有卷，旋省后查旧稿。

石丞云：此处应夫，旧例只八十名，后增至百五十名，闻此次用夫多，又多备数十名。余告以俟清查实数，再行知照。

自黎平起马，用夫至三四百名，所以如是之多者，其故有二：一则乡夫虑任重，往往通力相助，如包杠，或三人一抬，或四人一抬，一也；随行差役，向之骑马者，今或坐兜，向用两名，今或改丁拐，其他随意取便之处，所在多有，二也。盖彼处俱有夫田，三年一应差，故多用而不为虑。且有挥之不去者，至都江又一变格矣。

核定夫数约二百三十余名。石君云：已备二百五十名。

五月二十五日　己未　去黎平第七日

卯初起。卯正三刻行，十三里渡，约四十里尖打略。午行，约四十余里，凡渡三次，宿三脚。三脚者，犸山之分州也。州同邸会堂瞻云偕厘金局委员迎见如仪。八寨训导田来见，为黉仪事[①]。

为店主写屏、联。“冷八寨，热三脚”，俗语也。

八寨训导文一件。

五月二十六日　庚申　去黎平第八日

卯正起。行二十五里，尖交泥。午行，四十余里，宿八寨。

吴司马光崖，刘游戎定先，田训导，俱迎见。

吴君谈黉仪事甚详。

---

①“黉”，原文作“红”，疑为“黉”。

松桃文二件。八寨文一件。附夹单。开州贺禀一件。刘雨生。

五月二十七日　辛酉　晴　小暑节　去黎平第九日

卯正起。坐尖，辰正后行，四十五里，宿茅草坪。是日多坡坎。文武巡捕迎至此。提调许铁肩大令申送宪纲及履历册、地图。

收和铁军贺节信。

五月二十八日　壬戌　晴热　到都匀棚

卯正起。辰初行，十五里，尖牛角塘。午行，三十里，至都匀。

太守及文武诸公次第迎。到棚后来见者，守、令、三巡捕及各学教官。

罗斛最热。卖肉者一日而价三变。如晨卖六十，傍午则四十，晡后则三[①]，竟日则肉败矣。田贵云。

牌示明日谒庙、放告。

五月二十九日　癸亥　在都匀

卯正一刻起。剃发，谒庙，谒鹿壮节公祠。午刻放告。

午后提调便衣来谈。阅禀十件，发房拟批。

收崇儿十八号禀。并益、勇两禀，又贺禀帐单。附篇十纸，又四人日记各一本，又三人洋字各一纸。附菊人信。二月廿九。

---

①“三”字后疑脱“十”字。

墨青信并药方，二月廿七。晋贤前辈回信，无月日。由都匀房带来，百川通代寄。

曹慧斋贺节。刘子廙贺节。

保益圃、王兰笙、庆雨香贺节，俱照行。

提调来见，谈一时许。晚太守亦便衣来见。

托澄、式二公拟明日题，册卷子后乃入。丑正睡。

五月三十日　甲子　阴　都匀生童经古

辰初起。又三刻点名，近巳乃发题。生古到五十八人，童二十九人。

阅禀九件，发房拟批。盖戳毕，午正后退堂。

复和镇军、保益圃、王兰笙、庆雨香、刘雨生、胡前辈贺节，俱荣卿为之。

午后睡约两时。酉正放牌。上灯后扫场，未完卷者交草稿。

晚拟题。册卷亥正入。子正睡。

批梁樾讦杨树声不应考试禀。

主敬穷理，止是自家讨快活。

文翁遣相如东受七经还教吏民赋，以“于是蜀学比于齐鲁”为韵。

邑颂被丹弦[1]。

“攸介攸止”解。

① “弦”字右上有“△”符号，即得“弦”字。

"呻其占毕"解。

孝子爱日论。

教人不见意趣必不肯学论。[1]

童题：

相如为师赋，以"汉家得士盛于其世"为韵。

诗赋欲丽，得"文"字。

补考：

君子学以致其道，君子以虚受人。

开[2]径望三益。

君子学道则爱人。

君子不以言举人。

"且庭训素娴"至"与有荣焉"。

六月初一日　乙丑　阴　都匀岁考文生

寅初起。又二刻点名，卯初一刻封门，又一刻发题，共到三百八十五名。辰初二刻盖戳，巳初发经诗题。

阅呈词十件。改定批词十件。

与监场学官杜文屏同年嗣音、郭竹居中广畅谈。

荔波郭竹居广文，贵筑举人，其尊人任兴义教官时，芗涛先生之尊人适为郡守，芗公从而受业。公督两粤，调竹居往，使充水陆师学堂稽察，兼教习洋文。先是，竹居从其乙亥座师毕东屏于苏州郡斋，颇习洋学，通算法。既之粤，

① 朱熹语，原作"教人未见意趣，必不乐学"（《朱子性理语类》）。

② "开"字右有"△"符号，即得"开"字。

益进，于中外情形，泰西学术大略能言之。黔中有此人，庶几一开风气乎？竹居自撰有《勾股细草》，又拟改定《代数术》，删繁就易。

午正退堂，午后睡一时许。申正放牌，戌初后扫场。

“精神内守，病安从来？”《内经·天真论》第一。“精神内守”四字可味。

“男子四八，筋骨隆盛，肌肉满壮。五八肾气衰，发堕齿槁。”同上。吾今介乎二者之间，然去五八为近，吁！可惧也。

“适嗜欲于世俗之间，无恚嗔之心。”同上。二语可味。

《内经·四气调神大论篇》第二，于春于夏皆曰“夜卧早起”，于秋则曰“早卧早起，与鸡俱兴”，于冬则曰“早卧晚起，必待日光”。案，四时之中，言晚起者唯冬而已，然不过曰“必待日光”耳，未有日高不起之说也。

“故圣人不治已病治未病，不治已乱治未乱，此之谓也。夫病已成而后药之，乱已成而后治之，譬犹渴而穿井，斗而铸锥，不亦晚乎？”《四气篇》第二。

“治病必求于本。”《阴阳应象大论篇》第五。“非其人勿教，非其真勿授，是谓得道。”《金匮真言论》篇第四。“故善治者治皮毛，其次治肌骨，其次治筋脉，其次治六府，其次治五藏。治五藏者，半死半生也。”第五。

晚拟古覆试。发经古案，生取廿一人，童二人。

“如将戕贼杞柳”四句。

尚技而贱事则民兴艺。

果布辐辏，都。

“夫诬告”至“何利”三句。

六月初二日　丙寅　都匀经古覆试

辰初起。辰正点名，又二刻发题。

阅呈词十件，发房拟批。

郭竹居广文呈所纂《代数细草》三本，《张文笺注》二本。《代数细草》者，以代数演中书算题，始加减乘除，次正比例，次正比例带分，次转比例，次转比例带分，次合率比例，次按分递折比例，次按分加减比例，次和数比例，次较数比例，次和较比例，是为第一本。次就物抽分，次盈朒，次双套盈朒，次借衰互征，次叠借互征，次和数方程，次较数方程，次和较方程，次算学难题，是为第二本。次平方，次带纵较数平方，次带纵和数平方，次勾股，是为第三本。

《张文笺注》者，芗涛先生所为骈文，而竹居笺注者也。书虽两册，文只四首。一代恭亲王等进呈剿平粤匪方略表，一代恭亲王等进呈平捻匪方略表，一为同年刘榕楼太史画《乞假归娶图》征诗启，一即合肥傅相七十寿序也。

午正盖戳毕，退堂。

午后阅郭演《细草》，拟明日童题。

册卷初更至，余九钟睡。

为吏者长子孙赋，以“时无事，吏不教转”为韵。

执鞭珥笔，亲。

鹿壮节公祠堂记。

童题：

远峰隐半规赋，以题为韵。

赋得“山不厌高”[①]。

六月初三日　丁卯　都匀文童岁考

丑初起。又一刻点名，卯初封门，又一刻发题，共到七百九十六人。辰初盖戳，巳初发次题。

阅郭广文《代数细草》，演十余题。未正放牌。

批阅独山、麻哈县属一等卷。

戌初扫场。晚饭后假寐一时许。

两师阅卷毕，乃起。发一等榜。丑正复睡。

接姚稷丞信。附李讣。

接李若农前辈讣闻、哀启，其嗣君，名渊硕，字孔曼。

复刘子纯贺节信、曹慧斋贺节信、伍馨山贺节信。

府：喜而不忘。

清：则怒。

独：哀而不伤。

麻：何惧。

县：爱而不敬。

荔：所恶。

---

① “高”字右上有“△”符号，即得“高”字。

八寨：欲而不贪。

次：所不虑而知者。

诗：嵇叔夜《养生[1]论》。

六月初四日　戊辰　都匀文生岁覆

辰初起。辰正一刻点名，凡到四十一人。

改批呈词十余件。盖戳毕，未初退堂。

阅《代数细草》，演数题。复阅一等卷，间加批语。

“本诸身”六句。

仲连[2]却秦军。

六月初五日　己巳　大雨　午后晴　都匀考举优各生　并续补欠考

卯正起。辰正点名。散卷发题后，即退堂。

阅清、麻、都、荔、八五属岁覆卷，并批点。午后定独山童卷，阅呈词。荣卿始演代数。

册卷二更入，二更睡。

“气逆上，以草刺鼻嚏，嚏而已，无息，而疾迎引之，立已，大惊之，亦可已。”《内经·灵枢杂病》第二十六。

黄帝曰：“怯士之得酒，怒不避勇士者，何脏使然？”少俞曰：“酒者水谷之精，熟谷之液也。其气慓悍，其入于胃中，则胃胀，气上逆，满于胸中，肝浮胆杠。当是

---

①“生”字右上有“△”符号，即得“生”字。

②“连”字右上有“△”符号，即得“连”字。

之时，固比于勇士，气衰则悔，与勇士同类，不知避之，名曰酒悖也。”《内经·灵枢论勇》第五十。

好争者必不直，好盟者必不信，好怒者必不威，好察者必不智，好服药者必不寿，好著书者必不通。

论东西各国强弱。

同治中兴名臣赞。仿陆士衡《汉高祖功臣赞》。

鹿壮节公殉难记。

都匀竹枝词。

初伏　六月初六　庚午　都匀文生科考

丑正三刻起。寅初一刻点名。寅正二刻封门发题，共到二百八十五人。

阅改批词，发房。批阅府、学独山岁覆卷毕。辰正盖戳，巳初发策诗题，巳正退堂。定府属、清平、县属、八寨四处（招）覆卷，至未正二刻毕。申初二刻升堂，申正放牌。

夜发岁考草榜，子初睡。

曰仁义而已矣。杀一无罪非仁也。非其有而取之非义也。

问汉代边防。

当学卫霍将，功。

六月初七日　辛未　都匀岁考面试

辰初起。辰正二刻点名，共一百一十三人。

未初扫场，午后睡一时许。

核连三卷笔迹。定荔波、都匀、八寨去取。子正发榜。

都匀县县案首梅世明，已挑覆矣，以连三卷核对，笔迹迥殊，文理亦迥殊。乃柬邀提调入，告以故，并示以正场面试卷，则大骇曰：非其人也。持卷去，夜深复来，言：已提本童，并讯派保，讯明县考卷系雇湖南王姓捉刀传递换卷也。遂扣除其考名，因系入场之后舞弊，廪保免议。

丑正睡。考教题送交巡捕。

府：人少则慕父母。

清：仕则慕君。

独：有妻子则慕妻子。

麻：无不知敬其兄也。

都：友也者友其德也。

荔：亲亲而仁民。

八：欲仁而得仁。

六月初八日　壬申　都匀考教

辰正起。拟明日科堂题。

阅荔波科生卷，定一等三人，二等六人，三等七人。

睡一时许，发岁考二三等卷箱。

接萧策五之夫人讣闻。

接刘岘庄制府贺节信，胡恪三同年贺节信。

接绍光复信。四月初五发。

“仕而优”一章。

观[1]书鄙章句。

---

① “观”字右上有“△”符号，即得“观”字。

六月初九日　癸酉　都匀文童科考

丑初起。又一刻点名，卯初封门，又一刻发题，共到八百二十八人。辰正盖戳，巳初发次诗题。

阅《代数细草》，演廿余题。申正放牌。

晚发科考一等案。

府：吾尝闻大勇于夫子矣。

清：将终岁勤动。

独：目不视恶色。

麻：无他戚之也。

都：吾先子之所畏也。

荔：诗云普天之下。

八：有好仁者。

六月初十日　甲戌　都匀科生覆试

辰初起。辰正点名，接演代数题，勾股毕。

盖戳毕，未初退堂。

午后看府属科童卷，至晚看八十一本。

提调来见。

“以粟易械器者”至“何许子之不惮烦”。

冀与张韩[①]遇。

六月十一日　乙亥　都匀岁生磨勘

辰初起。辰至未阅童卷百一十本，午后大睡约两时，

---

①“韩”字右上有“△”符号，即得“韩”字。

酉至子阅童卷九十本。凡府属二百八十一本。

丽泉太守来见，交所托代画鹿祠图。

发科考草榜，时近三钟，四钟睡。

六月十二日　丙子　大暑节　都匀科考面试

辰正起。午后点名，凡九十人。酉正后扫场，定府属卷。是日托荣弟核对连三卷笔迹，府属有两卷不符，一为东致六，原拟首选，本日点名不到，廪保以出场即病对，核其连三卷，乃文理不通；其一为东调十二，本日面试，笔迹与连三卷系一人，正场别是一人，本日文理亦不通，乃摈之。微荣弟之细心，吾或不察也。

麻哈文童周恭寿，其叔曰周诚，叔侄写作俱佳，为全郡所弗及。恭寿器宇轩昂，颇不寒俭，其叔亦魁梧，性近爽直，皆美材也。恭寿系府考岁案首选，岁考时因病未能入场，科考重补府考。周诚亦补考者，故岁场中举，未见之也。

子丑间发榜。选拔册卷犹未至，又连催之，四钟乃至。

府统州县，州县所辖境皆府境也。贵州则于所辖州县外，别有所谓府属者。于是乎有府属之地丁，有府属之籍贯，有府属之学额。于是乎有府属之文武童生。首县不同城者，若兴义，若石阡，若大定。石阡、思南、铜仁、思州□□□无论矣。其首县同城者亦然，虽首府亦然。唯遵义独否，遵义本由川划拨，犹川例也。

插花地有三等，《胡文忠文集》言之甚详。其尤甚者，有此县所辖远在他县，而他县之境反在此县城下者，有中隔一县而旁县之境交错于左右者。余尝询其故，或曰：征苗之后，某地愿隶某县，唯民之从。未知信否？张寿谷《续黔书》，极言经界不正之弊。文忠守安顺时，画清厘之策，言之大府，议未就，文忠去黔，而黔亦军务旁午，未遑及此。乱后抚是邦者，若曾文成、黎文肃，复举斯议者数，而民不以为便，或谓苗性狃于安常，稍一变更，惧有同之见罔也。尝与文仲瀛观察论此事，仲瀛曰：是不为也，非不能也。

黔不产盐，仰食于川。往时黔商自行运销，官扼口岸而税之。自川盐改章，川省统一岁之厘以济黔，抽厘于产盐之所，一税之后，听其所之，而岁解厘金二十余万以济黔。于是黔无税盐之烦，而坐收一岁之厘，计甚得也。或谓此举也，便于川不便于黔。盖川借黔盐以消纳其滞（引），而黔之所入则减于旧额，未知然否？田山姜尝论黔中自应有盐，不应仰给于人。余以询之陈佑之太守，佑之曰：张石卿之督滇，黎文肃之抚黔，近时王方伯德榜皆有此议。石帅遣人赴水城一带采勘，卒无成。

黔之地丁，岁不过十万，厘金岁不过十二三万，其余悉资川省。川之协黔，月四万，岁则四十八万矣。黔之需次者，不闻有解饷之行，而时有催饷之役。于国课一无所资，而反挹他省之款以注之，黔亦贫矣哉。

贵绸与川绸相近，自他省言之曰“贵州绸”，自贵州言之则曰“府绸”。府绸者，以遵义府得名也。遵义隶黔之初，瘠苦与他郡等。乾隆三年，山东陈君玉壂守斯郡，见所宜之木曰：是可蚕也。自其乡募蚕师来教民蚕，逾岁得丝，丝不良，太守曰：工未良也。再遣募其良者，又岁余，丝乃大获。

以甲加乙与丙等，以丙加甲与乙自乘等，以丙减乙与甲自乘并三数。

府：舜相尧。

清：禹之相舜也。

独：益之相禹也。

麻：伊尹相汤。

都：周公相武王。

荔：管仲相桓公。

八：相秦而显其君于天下。

六月十三日　丁丑　都匀选拔第一场

辰初起。随即点名，到四十一人。盖戳毕，午初退堂。

看府学科覆卷十一本，午后大睡。

八钟升堂放牌。五更后始扫场。

收十二号家禀，乙未十二月初五日发。附《格致释器》二册，铁路图一纸，日记四册，四弟信。内婶母信，四、五、七弟各一信，孟志翁家信，又孟定生信。

收十九号家禀。附缙绅一部，袜四双。陈竹翁诸公信，伯矩寄式金信二封，尹宅家信。

收二十号家禀。附日记四册，益、勇禀，铁路章程一套，帐单一纸。

收严都戎贺节信。

收石小峰信。询案临日期。

收绥阳教谕周广文信。

仁亲以为宝。

尽信书则不如无书。

“相鼠”解。

六月十四日　戊寅　剃发　濯足　都匀拔场之空日

巳初起。阅科覆一等卷，至午粗[1]毕，晚发卷箱。

晚演算。

六月十五日　己卯　晴　都匀拔场第二场

卯正一刻起。辰初点名，人数同前。

盖戳毕，午正退堂。

午后大睡，酉正乃起，戌正放牌，子正扫场。

式金患腹泻已两日，消疲益常，犹勉看选拔卷，甚为吃力。本日与澄兄商，将式金所分索回，归澄兄代劳，其二场卷，则余分任之。式金犹执不肯，仍将府学卷扣留。

晚阅八寨卷二本。

批发公牍。演算。

区太守辞行，言明启行，以柬送之。

问：董子有言：为政而不行，甚者则变而更化之，当更化而不更化，虽有大贤不能为作也。能引申其说与？

① “粗”，疑作“初”。

荀卿扬雄论。

马服为赵将，得“奢”字，五言八韵。

六月十六日　庚辰　都匀科磨勘兼出选拔案

阅独山、都匀、荔波、八寨选拔二场卷。

二更发榜。

六月十七日　辛巳　都匀步射第一日

卯正二刻起。点府属武童一百八十五人。

早阅三牌，午阅六牌，戌初毕。

演算。

六月十八日　壬午　都匀步射第二日

卯初二刻起。点府属一百十五人，清平三十三人，荔波六十二人。早阅四牌，午阅六牌，酉正毕。

六月十九日　癸未　都匀步射第三日

卯正二刻起。点独山一百一人，八寨三十人。

早阅三牌，午阅四牌，酉初毕。

六月二十日　甲申　雨　都匀步射第四日

卯正二刻起。点麻哈一百三十七人。

早阅四牌，午阅三牌，未正二刻毕。

发优生牌。并咨各部院。

六月二十一日　乙酉　都匀步射第五日

卯正二刻起。点都匀一百六十四人。

早阅三牌，午阅六牌，酉正毕。

雨后道滑，改马射于二十三日。明日则先试武生。

演算。

六月二十二日　丙戌　午后雨　都匀武生正场

辰初起。巳正点名，到二百三十余人。

演算。定武生案。延提调入，与商夫马。

刘荫清大令自清平到郡，谒新守也，来见。

六月二十三日　丁亥　都匀马射

卯正起。辰初赴校场，未初回，申初点内场名。

间有覆弓者。定武童榜，三更发。

稿房言：须换用驰马，前三任皆然。提调言：夫可用。余不信，稿房执言不可信，因托大令发手票饬差，而余派丞差一人，偕之赴清平、贵定一带雇之，明日行。[①]

六月二十四日　戊子　都匀填亲供

辰正起。看观风卷，童周恭寿、罗鉴湘、夏荐升三本。

围队营兵及办差家人，恐亲供银不得波及，求批定，乃批定营兵二钱，办差家人二钱。提调寻入，意似怨伊等之私求也者。因言：旧例，一两二钱之外，另有各项人喜报钱一千二百文，足以塞欲。今既批定四钱，其余八钱，请牌批免收。余曰：与其免此相沿之八钱，何如免彼私增之一千二百乎？提调以为然，诺而出。

---

① 页眉。监射者刘辅臣游戎定光，八寨游击也。

六月二十五日　己丑　雨　都匀文童覆试

辰初起。看观风卷。改选拔诗文、策论，穷日乃已。

各属黉仪，均有定章，唯荔波未定，故册卷之入甚早，至夕时，交竹本者已九十余人。灯后点名，陆续补到又四十余人，只缺十三人耳，从来所未有也。

诗可以兴。

富贵非吾[①]愿。

六月二十六日　庚寅　雨　都匀武童覆试

辰初起。看观风卷毕，两日共六本。榜发之。

澄兄代书扇。申正覆武童试，不到者十人。向来武童覆试，必后期一日，仍须分作数次，今独不然，黉仪之益大矣哉。

武童府县通考，视为固然，亦莫之禁也。但重名则取入时，易于兼收而两据，己居其一，而以其一市诸人，或其昆弟子侄冒焉，可虑也。余试县属日，以府属年貌册逐一核对，其同者则记其技艺、中箭几、弓力几，以为印证。有黄德煋者，其府册之名曰黄德烇，德烇弓力至九而止，而犹勉焉。德煋忽请开十力，余靳之，以为其不能也，请之力，与之而开，又请十一力，开如故，且从容若未尽所长者。余大疑，饬役再称弓，弓力不甚悬殊，姑置之，以为或是同胞兄弟耳。翌日，提调入，言德煋之父来白，两名委系一人，其子也，初次因病，

① "吾"字右上有"△"符号，即得"吾"字。

故九力而勉。余姑置之，以为九力者，必不能取入，不重名即不害也。校马射日察之，仍系两人。偶与提调语及之，固无心也。翌日，提调入，言黄父又来白，委系两人，一其子，一其堂侄也。过府考、县考时，请其侄代其子两场，病故也。余笑而仍置之，犹无心也。本日覆试，点至黄德煋，顿非开十一力之人，诘之，不承，传其廪保吴泽昭研讯，吴模糊语不可了，乃令两巡捕押交提调，鞫之而服。盖德煋即德烇，皆其本名，前开十一力弓者，其堂弟德荣帮替也。提调以供词入白，请革之，余曰：革之不足蔽咎也。各枷号三日后，牌示以莫让元易其名，廪保发学戒饬。

灯后补覆文童凡十人，尚缺三人。

演算草。

复刘岘帅信、姚稷丞信、胡恪三信。是日驿发。

发起马牌。

不学诗无以言。

云无[1]心以出岫。

六月二十七日　辛卯　雨　都匀补覆武童

辰初起。检点书箱，提调禀知：曾太守于本日辰刻去世。

午后补覆武童，到八人，缺二人。

昨日不到之文童三人，傍夕始俱至。

提调来见。

---

①“无”字右上有“△”符号，即得“无”字。

六月二十八日　壬辰　晴　都匀发落

卯初起。剃发。巳初发落。

午后拜客四处，俱未见。本日拟吊曾太守，提调以帖代辞，乃巳。批发文件。

荔波卸署训导李国霖来见，因郭训导不践平分黉仪之约，余劝解之，旋延郭来谈。郭云：仍拟平分，两相争执者，盖有激而成也。晚间约马、蓝两学师来，属其代为调处。后闻照七百之数平分。

丑正后睡。

六月二十九日　癸巳　晴　由都匀起马　宿谷洞

卯初二刻起。巳初二刻行，文武送如仪，生童送如仪。提调特为一班，面交印结。行约三十余里，尖于文德。午行，三十五里，傍夕宿谷硐[①]。

麻哈署州周子廪炳堃至此经理驿务。周，鄜州人，来见两次。金外委来见。

七月初一日　甲午　由谷硐至贵定

辰初始起。巳初行，约三十里，尖落平。午行，约四十余里，日暮抵贵定。

晤采香大令，仙洲都戎。

行李未到，采香来谈，近曙乃去。又以衾、帐见借。

---

①“硐”，前作“洞”。

七月初二日　乙未　由贵定至龙里

睡一小时，卯正起。辰正二刻，夫具乃行。

炬行数里，至龙里。[①]

晤大令吴绎如前辈成熙，南昌庚辰庶常，丙戌与余同散馆者也。晤曾森高管带，余皆未见。

行李仍未到，并澄、式诸公行李亦杳如。吴前辈送衾、帐两份。余与荣弟各占一帐，余又占一衾，镜波自有帐而无衾，澄兄自有衾而无帐，式弟则衾、帐俱无。

七月初三日　丙申　由龙里旋省

卯正起。辰正后行，三十里弱，尖谷脚。午行，三十里强，酉初后至省。抚、藩以下至首县，皆候于官厅。

沿途迎者，两巡捕为一起，廖味三大令一起，两候补县曾一起，张荣山、冷德清一起，三营四练一起，八学教官一起，余有陶武弁一起。曾因代寄礼对，酬以四金，特致谢也。又有陈武弁开名号，乞说项，还却之。

到署后，陈佑之太守、张聚五大令先后来见。

两巡捕来见。

沈子敬太守托汇交其族人银信。[②]

---

① “龙里”，原文作“贵定”。

② 页眉。收崇智二十一号禀，附《代数备旨》一本，《八线备旨》一本，附禀一纸，信底二纸，仲敏信一，玉如信一，蔚如信一。收筱舫谢信。

七月初四日　丁酉　在贵阳　行李日暮始到

辰初起。

会客七起。黄镜虚一起，八学教官分四起。王少卓太守新委署都匀，来辞。与李勋臣分统景昌同见。提调府李篁青一起。

收诸生札记：

府学廪生杨德懋《春秋集释》一本。

贵阳举人王勋《匡时论》一首。

贵筑县文生陶其淦《八月札记》二本。

贵筑增生杨文清《愿学斋读诗札记》二本。

贵筑增生石毓岷《札记》八本。乙未七月廿五至丙申六月十二。

贵筑生员刘堷良《日记》八本。乙未七月廿五至丙申六月廿。

府学增生金问稺《括地略注》一本，又原稿一本，又手抄《通考序》一本。

贵筑文生姚华《说文便读初稿》一本，又《读段氏说文注逐日札记》一本。

府学廪生杜运钧《课程日记》一本。乙未八月，《春秋》《近思录》《纲目》《文选》。

府学廪生李启煃《日记》二本。乙未九月初一。《御批通鉴》兼《资治通鉴》。

府学附生严俨《札记》一本。乙未九月初一起，单日《公羊》兼《汉书》，双日《文选》兼《近思录》。

贵定文生杨耀宗呈点过《诗经注疏》一部，一夹板，又《札记》草本一本。

龙里文生余钟呈点过《史记》二套。照归方本。

贵定文生李维钰呈《札记》一本。去年曾呈二本。

七月初五日　戊戌　贵阳谒庙　放告

辰初起。辰正点卯，派定差役。巳正谒庙，晤陈、李两太守，未初放告。拟明日经古题、算学题、补考题。

册卷至子乃入，盖戳后，寅初睡。

七月初六日　己亥　贵阳经古补考

辰初起。即点名，经古生到一百五十四人，童二百七人。

终日坐堂，灯后收卷毕，乃退。

有顶府学黄培元之名入场者，廪保扭禀，供称陈璞，实则清镇廪生也。

子初睡。

张苍明习天下图书计籍赋，以“张苍主计天下作程”为韵。

怀[①]纪燕山石。

通其变使民不倦讲义。

《说文》著阙字例。

伊川看详学制请改试为课论。

大变则大益小变则小益论。

---

① “怀”字右上有“△”符号，即得“怀”字。

同治中兴功臣颂。

拟左思《咏史诗》。

七月七日　庚子　连日燥热　得时令之至　贵阳文生科考

丑正二刻闻二炮起。候提调至，寅初二刻点名，共到四百五人。卯初封门，又一刻发题，辰正盖戳毕。巳初发题，巳正退堂。阅童古卷七本。有用篆隶体及作《说文释例》者，式弟俱属代看。

阅生古卷四本，俱算学。

拟明日童题，睡两时许。

申正二刻升堂放牌，提调入白事，戌初扫场。

亥初二刻睡。

童题：霍去病不学古兵法赋，以“对曰顾方略何如耳”为韵。

思开函谷丸。余同生。

有是四端而自谓不能者自贼者也。

问《汉书古今人表》体例得失。

将遵甘陈[1]迹。

七月初八日　辛丑　贵阳文（童）科考

子正三刻起。丑初一刻点名，卯初二刻封门，共到一千七十六人。卯初二刻发题，辰初二刻盖戳，巳正始毕，发次题。看开州生卷廿七本。申正后放牌，戌初扫场。发经

---

① “陈”字右上有“△”符号，即得“陈”字。

古榜，生取廿四人，童十一人。

“惰其四支”三句。府。

徐行后长者谓之弟。定。

自反而忠矣。广。

上焉者（两）排。贵。

“取食之重者”二句。修。

是舍箪食豆羹之义也。开。

取伤廉。龙。

“不耻不若人”二句。贵定。

次题。虽百世。

诗题。贾谊位方尊[1]。

七月初九日　忌辰　壬寅　贵阳经古覆试

辰初起。巳初点名。

盖戳毕，看龙里生卷廿五本。申正后退堂，接看广顺生卷。

樊哙请以十万众横行匈奴中赋，以“遂不复议击匈奴事”为韵。

赋得季布重然诺，得“金”字。

宋五子论。

宋五子赞。

段王说经异同。

拟再续《皇朝经世文编》序例。

---

①“尊”字右上有“△”符号，即得“尊”字。

拟重修《贵州通志》艺文目。

拟辑西学书目序例。

拟阮籍《咏怀诗》。

童。朱虚侯行酒，以“请得以军法行酒”为韵。

召平[①]种瓜长安城东。

七月初十日　癸卯　两续补欠考　并补科考

辰初起。巳初点名毕，发题后即退堂。看广顺生卷毕，共三十四本。

看定番童卷。

批牍。发一等榜。

七月十一日　甲辰　雨　贵阳文生覆试

辰初起。巳初点名，即退堂。批阅定番童卷毕，共百廿三本。

午后升堂，盖戳。又小坐片刻，退堂。

批阅龙里童卷八十四本，至子初毕。

晚发定、广、修、开、龙五属草榜。定〡〦、广〡〧、修〡〤、开〡〇、龙〡〤。[②]

养生丧死无憾，王道之始也。

中国外如赤县神州[③]者九。

---

① “平”字右上有“△”符号，即得“平”字。

② 严修记数，多用苏州码子，即〡（1）、〢（2）、〣（3）、〤（4）、〥（5）、〦（6）、〧（7）、〨（8）、〩（9）、〡〇（10）。定〡〦（16）、广〡〧（17）、修〡〤（14）、开〡〇（10）、龙〡〤（14）。

③ “州”字右上有“△”符号，即得“州”字。

七月十二日　乙巳　定广修开龙五属面试

辰初二刻起。巳初点名，未初二刻扫场。

是日批阅贵定童卷一百四十一本。

午后睡一时许。

晚发贵阳、贵筑、贵定三属草榜，时五鼓矣。

李亦青廉访是日到省。

定：可以无大过矣。

广：授之以政不达。

修：取二三策而已矣。

开：孔子惧。

龙：今用之吾从周。

七月十三日　丙午　贵阳贵筑贵定三属童卷

巳初起。未初点名，酉初扫场。

定定番、龙里、贵定三属童卷。

四更后发八属正案。

接俞秋浦信，言各学规费，一时未能议定。

府："夫孝者"二句。

筑：授之以政不达。

贵定："虽愚必明"二句。

七月十四日　丁未　选拔头场

卯正起。册卷始至，盖号戳，补写卷面。辰初二刻点名。辰正二刻发题，盖戳毕，午正后退堂。

睡一时许。酉初后升堂，戌初退堂。

晚与澄兄谈许久。睡一时许，子正升堂放牌，旋退。荣弟来谈。丑正后睡。

“未得之也”四句。

“故天将降大任”一节。

“可食者曰原”解。

七月十五日　戊申

辰初起。拟策、论、诗题。

问宋神宗时诏议贡举，苏轼曰云云，王安石曰云云，二说孰长？

卜式论。

萧何[1]为秦刀笔吏。

七月十六日　己酉　选拔二场

卯正起。辰初点名，盖戳毕，午正退堂。

午后睡约两时。酉正升堂，戌初退。亥初放牌，亥正后退堂，才交廿卷耳。

七月十七日　庚戌　科生磨勘

辰初起。阅修文选拔二场卷。午后阅贵筑、定番选拔二场卷。改陈文英两场卷，改胡德元首场卷。

晚点《思辨录》十余页。

与澄兄议选拔案，逾子乃定。

---

① “何”右上有“△”符号，即得“何”字。

七月十八日　辛亥　发拔案并磨勘　填亲供

辰初起。巳刻发选拔案，正选拔卷破体字。

轿夫刘光华在黎平棚，与随棚撞骗之石阡裁缝黄姓，通同舞弊，被人告发。是日讯称，黄姓在黎平进棚缝衣属实，后因黄姓包开泰、赵姓童生入学，得银四十两，被众人拦索，求拯于刘，刘为排解，容其在棚隐匿，亦属实。乃札发提调府讯办，并揖拿黄姓。接点《思辨录辑要》十页。

接崇智二十二号禀，附禀四纸，五月十六日发，由百川通寄。附锡侄、益儿、勇儿禀各一，李伯举信一，内致澄、式信各一，沈金门谢信一，日记四册，帐单二纸，《形学备旨》二本。

晚与澄兄议，劝式金北旋，又与崇弟议一切琐事。丑正睡。[①]

七月十九日　壬子　文童覆试

辰正三刻起。

式金不肯北旋，澄兄议发电报，询其尊翁近况，以定行止。是日发津、京两电毕。点《思辨录辑要》十页，第四本毕。点《近思录》五页。

津电云："初三回省，贵阳科考毕，俱安，出棚须十月初。"京电云："初三回省，出棚须十月。式金虑父疾，恳锡师亲往一看，将近况详细电覆，求速速。仍赐长函交

① 页眉。收陈劭吾信。附录示钦定书序跋旧式，又到任查看情形禀稿。

折差。”

谷玉擅出，闻有向新选拔讨喜资情事，而刘得与之分用，是日并驱逐之。

写信致雷孝廉，索书局见存书籍单。

册卷傍夕至，府学止五本，广顺无一焉。填亲供者止二十人。

初更后以信炮速之。

二更点名，候至三更，到五十一人。

狂者进取。

凉风[①]起将夕。

七月二十日　癸丑　贵阳文童补覆试

辰正起。点《近思录》五页。酌定札记课生奖赏，凡书资八十四金。未刻点名，至申后仍差十五人，陆续至，三更乃毕到。

晚与澄兄谈。

批提调申文，为刘光华供出分钱诸人，饬令签提集讯。

狷者有所不为也。

蝴蝶飞[②]南园。

七月二十一日　甲寅　贵阳棚发落

卯正起。巳正二刻发落，午正毕。

---

①“风”右上有“△”符号，即得“风”字。

②“飞”右上有“△”符号，即得“飞”字。

贵阳府新入文童刘树琪，其叔父刘文泽，当丙戌、丁亥间因债务被控押追，褫革衣顶，殁于押所。本日树琪以文泽在押所著杂文二册，附以禀词，代求开复，情词甚哀。因将两册遍阅之，诗文格虽不高，尚不浅俗。其人自谓狂而直，侗而愿，悾悾而信①，其人可以仿佛得之矣。

开州一等生钟奇，贵定一等生许杨林，发落不到，降二等末。

会客。李篁青商刘光华一案，又言鹿公祠经绅士议，已于双槐树附近之指月堂相地，指日动工，并拟具禀矣。

收柯逊庵信。

七月二十二日　乙卯

辰初一刻起。

会客。李亦青廉访，山西庚申进士，其嗣君吏部郎中，己卯、庚辰联捷。程福照年伯，壬戌乡榜，久任贵州知府，丁忧（过）班后分贵州。去年十二月到省，其嗣君海年孝廉，壬午同年也，现在广东候补知县，湘南人。

拜客半日。晤抚军、方伯、廉访、黄观察、尚中衡，余俱未见。

晚倦极。篁青来见，言刘光华一案，拟将刘及续行缉获之胡发柯，一并交贵筑县照例惩办，仍缉余犯，另有文。

七月二十三日　丙辰　午后大雨

辰初起。

会客。黎少卿太守怀、卲前辈、戴岫松太守斐禀、王少

---

①《论语·泰伯》子曰："狂而不直，侗而不愿，悾悾而不信，吾不知也。"

卓太守继光。

收崇智二十三号禀，五月二十七日交天顺祥。附尹宅家信一封。

早拜客十余处，补昨遗也。

批文。收文。

岫松携来善后局详稿，为书局赴各省咨取官书也，余为增入上海局书八种，又湖北局《旧五代史》。

七月二十四日　丁巳

辰初起。

会客。抚帅，陈佑之太守，万以三太守，尚蕴斋参戎，张聚五大令，谢镜泉、黄镜虚两广文，李大令应华，张星垣斗南、张省三藻两大令，崇俊廷，蔺瑞臣。

收赵辅臣信。裕将军贺午。

晚批文，收文。诵《左传》第一卷。

黔中厘局大者十一，中者十二，小者十五。

省中城以内分东、南、西、北四保；城以外分五、八、六、七四保；南保又分为次南、外南。

七月二十五日　戊午　忌辰　晴热

辰初起。写制府寿联。

会客。吴枢臣，枢臣诧余消瘦，为余留药方五。

写信。复沈子敦、石小峰，寿崧制军，皆请书。

晚批文，收文，核对收文簿。

张省三藻，逊安同里而故旧也，以辛卯孝廉分发来黔，逊安（函述），为廉卿先生高足，昨日晋见，询以廉卿先生遗文，本日遣人送来《濂亭文集》二卷，集凡八卷。壬午刻于苏州，盖非全豹也。

七月二十六日　己未　晴热

辰初起。

会客。余、裘两广文，熊、徐两山长，廖味三，赵禹臣崇晋，东湖人。两大令。

写信草。寄鹿滋帅。

发寄石小峰信、沈子敦信。

接崇智十七号禀，二月二十六日托抚辕杨弁国清带。附尹宅家信，伯矩致式金信、荣卿信。

晚批文，收文。

七月二十七日　庚申　稍凉

辰初二刻起。读《濂亭文集》。

申刻赴中丞诸公翠微阁之约，酉正后归。

晚批文，收文。

会客。吴枢臣、喻济丞、黄观察。

七月二十八日　辛酉　小雨

辰正起。拜客。喻济丞，熊、徐两山长，赵禹臣大令。

诣实孚前辈，谈书院事甚久，午正归。

午后陈伯完来谈。作致鹿滋帅信草，毕。

植琴斋文炳，广东人，随宦至黔，受业于故广文杨鑫昆，追从最久。杨故后，文炳为之经纪。本日率杨之孙来辞行，将归其丧于播也。

七月二十九日　壬戌　阴　发寄玉如蔚如信　交折差

卯正二刻起。点《近思录》十页，诵《左传》第二卷。

会客。倪书田、谢镜泉两广文。

写信。复玉如、蔚如两亲家，交折差。

八月初一日　癸亥　渐寒　白露　发寄鹿滋翁信　答裕寿翁贺节信

卯正起。点《近思录》十页，诵《左氏传》第三卷，抄善后局月发三书院银数单。

会客。卲方伯。

写信。复谢仲鲁，唁王续雅，十九号家信草。

方伯携来三书院条规一纸，学古、贵山、正本应领款项单各一纸，善后局每月发三书院银数单一纸，高材生加饩章程单一纸，《尊经书院章程》抄本，《校经书院志略》刻本。

收文。

八月初二日　甲子　阴凉

卯正二刻起。点《近思录》十五页，诵《左传》第四卷九页，抄学古书院经费单三纸。

会客。史翔臣司马鸾者，平定人，前署威宁州事，由方略馆供事，选安顺府经历，保升知县，至同知，曾署上江厅、镇宁州，普安、桐梓两县。

郎定斋刺史承谟，忠州人，己丑孝廉，庚寅进士，壬辰庶常，甲午散馆改户部，就知州，指分黔省试用。现奉委解铅进京，兼赴各省领运书籍。

写信。誊十九号家信。写复体仁、墨青信。是日交天顺祥。晚答周、赵两广文信起草。

收周、赵两广文信，遣人领局书。

首县知照，明日祭文昌，司、道五钟到，中丞五钟二刻到。发十九号家信，又唁续雅信，复仲鲁信，复伯呐、伯嘿信。

八月初三日　乙丑　阴凉

卯初起。祀文昌，卯初一刻往，卯初二刻行礼。

拜客。史翔臣、陈伯完。

写信。誊写周、赵两广文信，付原差带回。

点《近思》十页，诵《左传》第五卷廿九页。抄记文武行号。自午至亥。发寄威宁儒学信。

八月初四日　丙寅

辰正二刻起。点《近思录》十一页，诵《左传》第六卷，廿三页。抄贵山、正本书院经费单。

会客。李廉访。

八月初五日　丁卯

寅初起。文庙丁祭，卯初行礼，卯正归。点《近思录》廿页，诵《左传》第七卷，廿页。抄管书局大臣奏稿。

会客。承述之。

述之言：景雨沧大令遗命，谓其子前欠谢宅之款三百两，余记谢宅云五百两。设法措还，其利不能如数，请余为酌定一数。余告以量力自认，俟余信商谢宅。述之又问：当日有无借券。余谢不知，亦俟函询谢宅。雨沧之子名裕增，述之之婿也。

拜客。答拜李廉访、承述之同年，访程辅羲年伯，俱晤谈。

写信。

八月初六日　戊辰　阴　始著棉袍

辰正起。点《近思录》第九卷，十六页。诵《左传》第八卷，廿八页。看《杨园集·年谱》一、《近鉴》一卷、《愿学记》四卷。

会客。程年伯。裕福田增，雨沧大令喆嗣也。学古监院黄渔珊宝书。

借学古书院《杨园集》二函十六本，黄监院亲送来。

裕福田年二十四，丁父忧，奉母居省。父在时，为捐通判，将俟服阕，指分贵州也。颇好算学，兼习推步。

八月初七日　己巳　阴

卯正一刻起。点《近思录》第十卷，十六页。诵《左传》第九卷，二十一页。看《杨园集·备忘录》二卷，又第三卷至廿页止。

会客。蔺瑞珍商为袁观察送寿礼事，张省三。

拜客。诣中丞为寿袁观察事，答拜蔺、黄、裕。

蔺瑞珍来言，袁观察七十寿，北七省同乡公议为寿，恳余探中丞之意，又以观察履历及自叙行实，为撰文之取材。午后诣中丞告之，中丞慨诺，乃以撰文嘱余。归后，延张省三大令，属其捉刀。省三，廉卿先生高足也，姑试之。

“司马温公议改科举法，范忠宣曰：朝廷欲求众人之长，而元宰先之，似非明夷涖众之义。不若清心以俟众论，可者从之，不可者更俟众贤议之。忠宣此言，深得君相之道，亦不止君相为然，凡居上以涖众者，非用此道，无以集众思，广忠益。”《杨园集·备忘录三》。

寄信。唁萧策五失偶，起草，付荣弟书之。

收信。崔少泉道谢，何诚甫贺节。

八月初八日　庚午　晴　稍暖

卯正一刻起。点《近思录》第十一卷、十二卷。共十三页。诵《左传》第十卷。廿九页。看《杨园集·备忘录》第三卷，廿一页至四十九页。第四卷，四十八页。又《补遗》，廿三页。《训门人语》二卷，廿四页。《书札》第一卷、廿三页。第二卷。

会客。蔡心田观察。

八月初九日　辛未

卯正二刻起。点《近思录》第十三卷，八页。诵《左传》第十一卷，廿一页。看《杨园集·书札》四、五两卷。共八十页。

写扇四柄。会客。吴小谷太史、式钊，云南甲午。雷玉峰孝廉。

写信。作复俞秋浦信草，荣弟誊真。澄兄代作复何诚甫贺节信草，镜波誊真。

庆博如珍，中丞哲嗣也，以其令叔嵩祝三《有不为斋稿》及家刻各种楹帖见赠。

雷玉峰以所拟井书堂课程见示。发何诚甫、萧策五、俞秋浦信。

八月初十日　壬申　阴晴半　寒暖间

辰正二刻起。点《近思录》第十四卷，十四页。诵《左传》第十二卷，廿八页。看《杨园集·书》第六卷。至廿页。写式金折扇。

会客。裕福田，留晚饭。

写信。作复周玉书广文贺节草。

寒暑不时，本日身体不快。午后同澄兄散步考棚之堂，归而倦卧，睡一时许，裕福田来，乃起。

福田为余说《少广缒凿》《开方古义》两书之法，并各演算以证之。数年蓄疑，今稍豁然。甚矣，口授之贤于冥索也。

福田携来余姚黄氏炳垕《七纬捷算》一本，留阅。

又借去《代数备旨》一卷。

八月十一日　癸酉　阴

辰正起。点《近思录》第一卷，十二页。诵《左传》第十三卷，三十页。看《杨园集·书》第六卷、廿页。七卷、三十一页。八卷。四十页。

会客。谢镜泉来，将府县学诸生札记携去，唯余钟《史记》存。

写信。写答周玉书信，行书。发复石小峰、周玉书信。

八月十二日　甲戌　晴热

辰初起，点《近思录》第一卷，十二页。诵《左传》第十四卷，廿五页。看《杨园集·书》第九卷、四十页。第十卷、廿一页。第十一卷。廿二页。晚赴廉访约于江南会馆。发复和镇军信。

会客，熊露阶。拜客，吴楚生太史、雷玉峰孝廉。

八月十三日　乙亥　晴热

辰初一刻起。点《近思录》第一卷，十二页。诵《左传》第十五卷，廿五页。看《杨园集·书》第十二卷，五十页。内有问答，未全看，第十三卷，三十九页。十四卷。十页。写竖挑一、屏四。

会客。史翔臣。

发贺王季樵秋节信。

八月十四日　丙子　雨晴相间　间之以风

辰初起。点《近思录·序列》，十二页。诵《左传》第十六卷，廿二页。看《杨园集·书》第十四卷、四十页。第十五卷。上书及疏、启等，廿五页。第十六卷。十页，序。写屏四、对一。

熊露阶送来《经正书院章程》一册。拜客。绍光、吴楚生、张省三、熊露阶、史翔臣。

收贺节信：保太守、全太守、曹慧斋、刘荫清、王兰笙。

写信。作寄伯兄十六号禀草，未毕。

八月十五日　丁丑

辰初起。诵《左传》第十七卷，十九页。看《杨园集》。数页。早微醺，午酣睡，晚大醉。

写对。收信。王少芝大令、王介臣大令，俱贺秋。

八月十六日　戊寅　晴热　秋分

辰初起。诵《左传》第十八卷。廿五页。

写信。复王少芝。

收信。接大哥电报、罗军门贺节。

拜客。戴、万、严、陈、黎五太守，承述之、李太守、张大令、史司马、裕福田。会客。承述之、裕福田。

发贺全、保、王三太守、曹刺史、王少芝大令、刘大令信。

八月十七日　己丑　晴热

辰初三刻起。诵《左传》第十九卷。廿三页。写屏四、对一。

写信。十六号家禀，廿号谕崇智信，致谢仲鲁信，寄锡智信，致二叔信，俱交折差。

收信。赵辅臣贺节。

八月十八日　庚辰　晴热

辰初起。诵《左传》第廿卷，廿三页。看《杨园集·记》。二十页。写对一、竖条一。

写信。郑献廷、允卿、璧臣，俱交折差。又选卿信，亦交折差。

收信。赵秀升前辈、朱菜香俱贺节。

会客。张省三、雷玉峰、黄镜虚。发廿号家信。答罗军门、王介臣信。

八月十九日　辛巳　晴

卯正二刻起。点《薛文清读书录》十页，自第五卷起。写送炭敬单。午后睡至昏，晚与澄兄谈。

收信。严绍唐都戎贺节。

会客。史翔臣赴铜仁查水灾，辞行。张景山道谢。俱谢不见。

八月二十日　壬午　晴热

辰正起。点《读书录》，十六页。第五卷毕，诵《左传》第二十一卷，廿八页。写对五、斗方四。

拜客。吊裴玉珊于扶风寺。答拜史翔臣、廖紫峰、曾漱之、张省三、承述之，到学古书院，登敬业楼，周览斋房，与熊山长谈许久。

会客。严绍光、廖紫峰、曾漱之。

收信。孟志翁。

发答贺赵太守、朱大令、严都戎信。

八月二十一日　癸未　晴热　去小夹袄　去棉背心

辰正起。点《读书录》十二页，拟书院章程。

会客。刘镜川大令增东。

收信。廿四号家禀，五月日寄[①]，附伯矩信，《时务新论》三本，《幼学操身》四本，益、勇禀，另附日记。许铁肩大令贺节。

八月二十二日　甲申　晴　愈热　去领去帽　拜客则单袍褂　闻铜仁有水灾

会客。保益圃、杨仲三、胡仲吾庶常。张省三送寿文稿。

拜客。访抚帅、方伯、绍光太守，俱久谈，笼烛而返。答拜保太守，杨、刘两大令。

点《读书录》不及两页。昨晚抄李苾园《奏请推广学校折》稿，三十余字。亦青廉访遣人送来。发答许大令信。

八月二十三日　乙酉　忌辰　晴

辰正起。点《读书录》，十页。诵《左传》廿页，第廿二卷。写对一、屏四、斗方四、纨扇二，看《杨园集》。十余页。

会客。裕福田傍夕来，夜深始去。谈算极详，伊去后，余又演算，寅初后睡。

八月二十四日　丙戌　早微晴　热

辰正起。点《读书录》，十三页。看《形学备旨》十二

---

① "寄"，原文作"记"。

题，《数学拾遗》。

拜客。李廉访晤，胡庶常、张省三俱未晤。

会客。曾仲方观察为其族兄筱泉太守邀题主。

写信。复赵辅臣，并贺其调署都匀游击。发复赵辅臣信。

八月二十五日　丁亥　晴热

辰正起。看《读书录》，八页。未点。演算，拟书院章程，看《形学》十二题。

拜客。答曾仲方拜，访蔡观察，贺抚帅生日并得孙，答魏刺史拜。

会客。李廉访、倪小耕大令、丁俊参军、魏问秋刺史。

八月二十六日　戊子　晴热

阅电报云：四川万县廿三日起蛟，冲没船百余，伤二百余人。

辰正起。点《读书录》十五页，下册毕。诵《左传》廿五页。廿三卷。看《形学备旨》十题，卷一毕。

会客。保益圃辞行。石敬亭，言归（榇）并建祠事。看《杨园集·见闻录》。二十余页。

拜客。保太守、石司马、倪大令、丁参军，俱未晤。

写信。复柯逊庵同年。

八月二十七日　己丑　晴热

辰正起。点《读书》十一页，诵《左传》廿四页，廿四卷。写对四、屏八，看《形学》十九题，卷二毕。看《杨园集·见闻录·近古录》约数十页。

写信。唁杨省臣丁外艰，托陈表叔为王顺拨付银三十两。

拜客。曾筱泉停柩大慈庵，是日往，为之题主。

会客。黄镜虚。发复柯逊庵信，托张省三转寄。

八月二十八日　庚寅　晴

辰正二刻起。点《读书录》九页，卷一毕。诵《左传》廿一页。廿五卷。抄总署奏稿，拟书院章程，看《形学》三题，又八题。

拜客。吊曾筱[1]泉太守。发寄竹翁信，送百川通。

八月二十九日　辛卯　晴热

王砥斋保送知府，张碧岑放陕西遗缺知府，康达夫分发广西一年期满，陈蓉曙署松江府。

巳初起，点《读书录》十一页，诵《左传》廿页，廿六卷。抄书院章程[2]草稿，看《形学备旨》七题，写对五、屏四，晚读《易》。

写信。致仲敏信，起草未毕。

八月三十日　壬辰　微阴　有风　稍凉矣

辰初起。点《读书录》十页，诵《左传》十八页。廿七卷。写扇五、对三、屏八。抄书院章程草稿，至此，凡五易

①“筱”，原文作“饩”。
②“程”，原文作“稿”。

稿矣。看《形学》四题，晚读《易》

写信。致仲敏信草毕，致伯矩信草。

会客。陈伯完携来《盛世危言》，系由曾漱芝大令处转借。

九月初一日　癸巳　阴凉

辰初起。点《读书录》十四页，卷三毕。诵《左传》十八页，廿八卷。看《形学》十题，写扇二、对二、直幅四、横幅一，再抄书院章程，晚读《易》。

写信。拟上子笏师信草，未毕。

收信。刘子纯大令贺秋节。

九月初二日　甲午　阴寒　衣絮袍

鲍印高选江西同知，华再云补御史，华卫瞻补学正录。

辰正起。点《读书录》十四页，诵《左传》廿页，廿九卷。看《形学》两题，抄书院章程，写琴条一、对四、屏八，晚诵《易》。

会客。邓廉波山长、李子芝孝廉、黄镜虚。

写信。拟上笏师信毕，又致敏斋信草，发答刘子纯贺信。

九月初三日　乙未

辰正起。点《读书录》十页，毕。诵《左传》十页，廿九卷。看《形学》五题，又从头看五题，晚诵《易》。

拜客。答拜李子芝、邓廉波、陈伯完。

写信。拟致道安信草。

收信。俞秋浦贺秋照行，杨玉峰贺秋禀。熙少舫丁内忧信，寄讣闻廿份。

九月初四日　丙申　阴　书院章程是日托镜波誊真毕

巳初起。诵《左传》三十二页第三十卷，看《形学》一题，诵《易》上下经毕。

昼间使工补窗，因就澄兄所闲谈，议刷印《书目答问》事。

收信。王少卓太守贺秋并附信。鹿滋翁、胡恪翁俱贺秋节。崇儿第廿六号禀，由折差带来，附锡三信，又致澄、式信，尹宅家信，张、王家信。

九月初五日　丁酉　阴

卯正起。点《朱子文集》十二页，课义塾杨炳章背书，晚听式金谈《易》。

写信。唁熙小舫信，致孟志翁信。

会客。李孔洙，字鲁岩，郴州人，候补按司狱；雷玉峰。

滇盐出于矿，卤水沃之，筑于员桶，桶十三斤，十桶以百斤算。商领运，付以工本而收一两之价。

发复俞秋浦信，致孟志翁信。

九月初六日　戊戌　午晴

辰初二刻起。点《朱子文集》十三页，诵《易·系辞传》，写扇一、琴条一、寿对一。

写信。复王少卓，致仲敏信誊真，贺袁观察寿，致苏丙亭信草。课义塾袁人瑞背书。

会客。刘子纯大令。

拜客。刘子纯、雷玉峰、承述之。

发复王少卓、胡恪三、杨玉峰信，又代小舫发讣文，曹、王、（继）、胡四处。

九月初七日　己亥　晴燥

辰初二刻起。点《朱子文集》十五页，晚诵《易》毕，又诵首卷。写琴条一。

收信。崇儿廿五号信，附益、勇两儿禀，日记四本，房图一纸，辅叔信，菊人信，仲敏先生信，尹宅家信。

写信。答仲敏此次信草。答菊人信草，未毕。

拜客。贺李廉访寿，访绍光。

课义塾鄢华祥背书。本日发牌，准于十月初六日出棚。

九月初八日　庚子　县署馈菊四十钵　受之　见大蛇

辰正一刻起。点《朱子文集》十四页，晚看《易》，午写扇一、寿联一、琴条一。

写信。致惺庵信草毕。致菊人信草，仍未毕。

收信。刘子纯送熙宅奠分八金，无信。

九月初九日　辛丑　夜雨

辰初起。点《朱子文集》廿页，诵《易》，质疑于式金。写扇一、屏八。课曾培光、王汉沅背书。

写信。眷致悭安[1]信，润民信。致益斋信，起草并眷真。

九月初十日　壬寅　寒

辰初起。点《朱子文集》廿页，课刘培忠、傅学滨背书，写屏四、对五，诵《易》。

写信。致辅唐信草，致镜孙、昆玉并伯鹏信草，写白折一开半，发咭小舫信。

九月初十一日　癸卯　早雨

辰正起。点《朱子文集》十七页，二卷毕。课义塾谢志臣、王洪庆背书，为鄢华祥校《尔雅》，写青溪书院对，写白折一开，晚诵《易》。

写信。致子丹、献夫、哲臣、昆玉、耀卿，俱起草。

九月十二日　甲辰　终日雨

辰正一刻起。点《朱子文集》二十三页，课何楷、施良瑚背书，校《尔雅》，写白折一开，诵《易》。

写信。眷寄子笏师信，写寄敏斋信，拟寄辅叔禀稿。

收信。刘岘庄制军贺秋节。

九月十三日　乙巳　终日雨

辰正起。点《朱子文集》二十二页，课朱世贤、张敬熙背书。校《尔雅》，写白折一开。

---

① “安”，前作“庵”。

写信。誊寄二叔信，拟寄子光、雨人、少兰、卫瞻、瑞安、殷礼斋、庞鹤翁信草。式金代拟复刘制军信草，镜波缮之。

会客。熊露阶，代访六十年内学使姓字、科分、籍贯。冷德卿谈学生功课。

九月十四日　丙午

辰正起。点《朱子文集》十三页，三卷毕。校《尔雅》，写白折一开，写都匀书院对，诵《易》。

写信。致晋贤、嗣香及齐寿翁信草。

会客。绍光，缪啸泉。

收信。选青。发复刘岘帅信。

九月十五日　丁未　母忌　晚晴　月明如昼

辰正起。点《朱子文集》十页，诵《易》，写扇三、屏二、对七，写白折十一行。

写信。致仙坡信，写致瑞安信。

九月十六日　戊申　晴暖

辰正起。点《朱子文集》十页，代众绅拟鹿壮节祠联额，校《尔雅》，写白折六行，诵《易》。

写信。誊道安、辅唐、晋贤三封。

拜客。答拜熊露阶、缪啸泉。

九月十七日　己酉　晴暖

巳初起。点《朱子文集》十三页，校《尔雅》，写白折六行，诵《易》，写对八。代威宁学酌定买书单，与澄兄商改。午前式金来谈，二更后澄兄来谈。

写信。誊雨人、少兰、子光、殷理斋信，又作复高熙亭前辈信草。

会客。雷玉峰送路承鋆《禹贡通考》，携去井书堂诸生日记，及李、陶、熊、姚、刘诸生札记。

九月十八日　庚戌　晴暖　午益燥　晚大雨如注　傍夕同澄兄式弟赏菊

辰正起。点《朱子文集》十五页，代绍光阅高才生卷，卷凡十二。昨托澄兄评定甲乙，今日余覆阅之，前六卷加批焉。写鹿祠联两份，额一份，俱不可用。校《尔雅》，诵《易》。

写信。写上齐寿农表舅信。

九月十九日　辛亥　雨后骤寒　寒暑表较昨日缩二十度

辰初二刻起。点《朱子文集》十页，校《尔雅》，诵《易》。

写信。誊寄镜孙昆弟、哲臣昆弟、味唐、耀卿、子丹、献夫、庞鹤舫、卫瞻、伯鹏、幼樵信。又誊寄伯矩信，补寄仲敏信，写二十一号家信。

会客。黄镜虚。

发信。廿一号信，附日记大小四十二本，仲敏信，伯矩信，附对联。辅叔信，附笏师信。敏斋信，交解贡折差武巡捕章奎。

九月二十日　壬子　仍寒

辰正起。点《朱子文集》十页。写鹿壮节牌位，祠门石楣，其堂额求澄兄书之。校《尔雅》，为札记课生拟杂作题，诵《易》。

写信。誊寄嗣香信，拟复高曦亭前辈信草。

收信。周玉书。

九月二十一日　癸丑

巳初起。点《朱子文集》十页，校《尔雅》。写对，甫一扇，客至而止。诵《易》。

写信。拟上座师信草。

会客。邵方伯，裕福田未刻来，亥刻去。

九月二十二日　甲寅

辰初二刻起。点《朱子文集》二十五页，校《尔雅》毕。

写信。写上座师信一封。

系二十三日，拜客。邵方伯，顺道答拜雷玉峰、裴润民。

会客。裴润民庆蕃，又名玉铭。

九月二十三日　乙卯　小雨

辰正二刻起。点《朱子文集》十三页，写对九。

写信。写寄高前辈信，未毕。

会客。张省三，雷玉峰。

九月二十四日　丙辰　天阴　益寒

辰正二刻起。点《朱子文集》十一页。

写信。接写寄高前辈信毕。拟寄鹿乔笙信草，附夹篇。拟寄王梅岑信草。补写菊人信草。

会客。李廉访，石敬亭。

九月二十五日　丁巳　寒甚　衣灰鼠裘

巳初起。点《朱子文集》十一页，批诸生札记。

写信。写上座师信三封，写寄乔笙信，并附篇。

会客。李篁青。

拜客。答拜廉访及石敬亭、张省三。

九月二十六日　戊午　晴暖

辰正一刻起。

写信。写上座师夹篇两封。

会客。陈佑之。

九月二十七日　己未

辰初起。写对十三。

写信。上座师信一封，夹篇三封。

收信。鹿芝翁信，并汇壮节祠银一千两。

九月二十八日　庚寅　晴

辰正起。点《朱子文集》十二页，看《申报》。

写信。上尹琅若夫子启，起草并誊真。答劭吾信起草，未毕。

会客。陈伯完、许铁肩。

拜客。答拜佑之父子、许铁肩、李篚青，吊曾观察之夫人，访绍光。

九月二十九日　辛酉

辰正起。点《朱子文集》十三页。

写致星岩、邃翰、元香、梅韵翁信草。

会客。玉峰谈半日，福田谈半夜。

日记七

丙申（1896）十月初一日将赴上游之前五日也，至丁酉（1897）五月十五日止，由安顺回省之后，一百一十一日也。

十月初一日　壬戌　晴

辰正二刻起。书院、书局事宜以纸记出，待绍光面议。

写信。王梅岑四六，再韩、元香、星岩俱附篇，梅韵生专信。恳澄兄写信签百余，余纳笺于筒，终日乃毕。

收信。吕镜宇贺秋。

会客。史翔臣、绍光。

李傅相入总署，孟志丈选武昌盐法道，盛杏翁以四品京堂总办铁路，从夔帅、香帅之请也。

十月初二日　癸亥

辰正三刻起。拟调高材生札。

会客。杨子深、彭履谦、刘子纯。

拜客。邵方伯、雷玉峰、杨子深、史翔臣、郑子瑜、彭履谦、李篚青。

写信。起草致四弟、五弟、七弟。

立冬　十月初三日　甲子　晴暖

辰正起。拟示各书役稿，拟示随棚差役稿，批鄢桂林等禀。

会客。廖味三、宝子申巽、黄观察、严太守、李太守、玉峰、福田、镜虚。

写信。誊寄诸弟信，拟十七号家禀，拟二十二号家信，拟寄二叔禀，致镜虚信。

于鄢桂林禀内批革承发房书卢炳光。伊苦求，又浼稿房代求，乃许其自行告退。

十月初四日　乙丑　暖　夜雨

辰初二刻起。写对三，看《代数术》。

会客。杨子深、省三。李廉访来，适值剃头，未会。张聚五。

写信。写十七号禀，寄辅叔禀，寄菊人信，二十二号谕大儿，答定生信，并啮积生信。均请澄兄缮之。

福田昨日演泛倍数，视之颇有所会，甚矣，师友之益人也。

十月初五日　丙寅　小雨　暖　入夜蛩蝼响答飞蚊复

辰初二刻起。

写信。寄华世叔信，托寄尹琅师银、信。

会客。绍光、镜虚、路仲量承鋆。

拜客。辞行十一处，抚、藩、臬、道俱见，三候补道、三营、首府俱未见。谢步五处，首县，杨、宝、廖、刘四大令。

路仲量，访岩前辈哲嗣，而菊人之中表弟也，以训导禀到试用，执受业之柬，以其所撰《亦辋川庄读书记》为贽，延见之，则执弟子礼甚坚，余弗心许也。《读书记》

者，举其家藏之本，每书略记其姓字、板本，盖兼陈、晁二家之例，参之以朱氏《经义考》，亦可谓勤于力者矣。

《代数细草》托镜虚返之竹居，澄兄签正颇多。《尊经记》板送书局，《盛世危言》还伯完，《禹贡地理通考》并观风卷、《匡时六策》还仲量。

发十七号禀，并汇款，交天顺祥。

寄辅叔禀，并寄定生信、四弟信，交天顺祥。

发二十二号信，附京信一总包，并汇款。啨积生信，省臣信，尹宅家信，式金家信，尹兄寄仲敏、伯矩各一信，曾漱芝寄益斋信，裕福田寄乐农信，均交百川通。

发寄华世叔信，并琅师银、信，交百川通。

玉峰言：黎莼斋之胞侄受生孝廉乙亥名汝谦，曾再出洋，通晓时务，古文则专学桐城，刻在上海《时务报》馆主笔，与玉峰极相善。

十月初六日　丁卯　出棚

卯正起。巳初二刻行，看《代数术》。

行路四十里，申初一刻尖沙子哨。申正一刻行，三十里，亥初二刻宿扎佐。炬行二十里。

会客。王介臣大令、刘兰亭管带。

迎送。早府学两广文，县学黄广文、史少尉湮、张景山少尉，杨、李、陶、苏、余、孙六选拔，中丞、程、蔡两观察，首府县，廖味三书林，俱差帖送。

晚，王大令、刘管带、张召棠、名荣林，广西人。邓雨田把戎泽沛，贵阳人。迎。

写信。在沙子哨写致簠青太守，商定算学山长事。

介臣大令言：现拟整顿龙冈书院，并增设义塾。

十月初七日　戊辰　出省之第二日　晚雨　入夜益甚

卯正起。辰正一刻行，看《代数术》。

行路。三十五里，未初一刻。尖黎园哨。未正一刻。三十五里，酉正二刻。宿息烽，炬行数里。

迎送。昨迎之四君，早送于郊。晚，定广协营左哨长都司洪沛霖字雨农郊迎。

会客。洪都戎，其子修智应贵阳试，其原籍含山县。

扎佐景阳书院，悬伯厚书一联云："奉魁承杓垂后不朽，钩河摘洛为学者宗。"

十月初八日　己巳　夜雨连晓　终日不止

卯正起。辰正二刻行，看《代数术》。

行路。二十五里，午正。尖黑[1]神庙。未初行。四十里，酉正。宿美竹箐。

迎送。早，洪都司送。晚，定广协右哨练军哨长都司邓有华，字凯亭，南宁人。贵阳城守营分防乌江汛外委谭必祥字吉安，贵阳人。迎。

---

①"黑"，原文作"赫"。

十月初九日　庚午　终日雨

辰初起。巳初行，看《代数术》，索解不得。

行路。行五里，渡乌江，又二十五里，未初。尖刀把水，未正。行三十里，宿后坝场。炬行二三里。

迎送。早，邓都司、谭外委送。初渡乌江，外委李庆云舫傍岸迎。至螺丝堰，遵义协练军右哨长都司秦致盛迎。至后坝场，遵义协黄瑞臣副戎千祥差帖迎，文巡捕刘弼臣少尉磊才，武巡捕马子高守戎凤山迎。

十月初十日　辛未　雨不止　到遵义棚

卯正二刻起。辰正行。

行路。二十二三里，午初尖黄泥堡[①]，午正二刻行，二十七八里，酉初到遵义。

迎送。提调张华庭大令济辉，迎见于黄泥保。

王太守、黄瑞臣副戎千祥，练军统领李星垣景昌，郑佩权都司庆忠，马庶侯守备锡藩，暨六学广文郊迎。到棚后，见太守、副戎、大令、文武巡捕。

十月十一日　壬申　晴　遵义谒庙放告

卯正二刻起。点《朱子文集》四页，午初谒庙，未初放告，拟题。

会客。七学教官分三次见之，告以申戒廪保，早送册卷，拔场卷价勿苛。延提调便衣入见，面交供给单。

---

① “堡”，原文作“保”。以下同义项径改。

十月十二日　癸酉　畅晴　遵义经古并补考

卯初二刻起。卯正二刻点名，辰正发题。生到八十七，童百八十七，补考四十一。

巳正盖戳，午正毕。申初二刻放牌，酉正二刻扫场，戌初退堂。

生古：三王之道若循环赋，以“承敝易变，使人不倦”为韵。

赋得“筐箧无尺书”得“书”字，五言八韵。

十薮考。

《说文》大小徐本异同考。

教人必尽其人之材乃不误人论。

涵养须用敬进学则在致知论。

赵武灵王论。

《巢经巢文集》书后。

残菊早梅七律二首，不限韵。

童古：无财作力赋，以“各劝其业乐其事”为韵。

赋得“秋兰被长阪”得“秋”字，五言六韵。

余同生题。

算学：有绿、练二营兵，不知数，但云裁绿六百人以益练，则练为绿之三倍，裁练二百人以益绿，则绿为练之三倍。问二营原兵各若干？

良田[1]五十亩，瘠田八十亩，岁收粟一百四十石；

---

①“良田”，原文脱“田”字。

良田八十亩，瘠田五十亩，岁收粟百八十五石，问二色田每亩岁收粟各若干？务演细草。

考算学者，唯邓燿先一人，邓骏崧之堂侄也。初学，殊不精。

阅禀呈十件。

十月十三日　甲戌　晴　遵义棚文生科考

寅初起。昨晚告孟仆，寅初二刻头炮，寅正二炮，又二刻三炮。梦中方与献夫、伯呐对语，闻二炮而寤。既起，视时辰表，未寅初也。盖司更鼓者，漫无准则，司炮者闻鼓为凭，故应声而作也。孟仆方诘之，余谓：早胜似迟。乃于寅[1]初二刻点名，寅正三刻封门发题。

七学册送考生共二百二十五名，临点不到者三，续名入册者亦三，数正相抵。

点《朱子文集》十一页，阅禀呈十件。

辰正二刻，发策、诗题，申初放牌，酉正归场。

代式金看仁怀县童古卷十四本，又覆阅县属十五卷。

议古案，子初定，子正发，生取二十四人，童六人。

生正场题：

且一人之身而百工之所为备。

问书院之名昉于何时？历代规制若何？

赋得“陆子优游”得“游”字，五言八韵。

收信。李篮青太守发三百里排递信一封，言接到沙子

①“寅”后有衍文“刻”。

哨信，已据达黄君矣。

十月十四日　乙亥　晴　遵义经古覆试

卯正起。辰初二刻点名，辰正发题，午正盖戳毕，退堂。

阅禀呈十件，又二件，拟明日童题，牌示诸生呈送札记、日记及纂辑稿本，阅府学一等卷。

未正放牌，绥阳、仁怀两童免诗，以明日尚须入场也。傍夕，睡一时许，酉正扫场，文童册卷戌正始至。

> 古覆生题①：
>
> 中国之人以亿计赋，以“既庶矣，又何加焉”为韵。
>
> 赋得“带郭千亩”得“钟”字，五言八韵。
>
> 自强策。
>
> 童：范蠡雪会稽之耻赋，以“深谋二十余年”为韵。
>
> 范蠡论。
>
> 赋得“农不如工”得“资”字，五言六韵。

湖北轿夫李姓，自樊城相从来黔，在署司茶，月给工食，将二年矣。人极谨饬，且稳细可任，但拙呐耳。前月将出棚，因三使欠缺，余欲以李充之。李愿留署，不希随棚之沾润也，则以有足疾对。余曰：能骑则骑耳，何足疾之忧乎？李不敢怫，遂从行，初仍步随，两日而瘃，易骑，其夜睡檐下中寒。翌日，并骑而不能，易兜而至播。至之日，病且剧，不能入棚，寄于逆旅，服药两剂而死。至之次日，余

---

①“生题”，原文作“题生”。

犹注问之，试事作，乃忘之。使余少加意，禁勿令服药，或不至死。呜呼！由我而死，可伤，亦可咎也。

十月十五日　丙子　半晴　桐梓、绥阳、正安、仁怀、仁怀厅文童科考

丑初三刻起。丑正点名，卯初二刻封门，五属凡到七百七十四名。

绥阳文童刘仕霖，攻出枪手一名，冒李光昌之名入。逐讯，系川人，何姓。供出随同作线之柯姓，同居元兴店。当令武巡捕带同差役二名掩拏，旋据回禀：柯姓因罗姓报信逃逸。仅将罗姓两人并店主邱姓带来。讯大罗供：系贵阳岁试新生罗新铭，与何中路结伴，素不相识。诘以"尔既身属事，深夜不寐，意欲何为"，对以"闻喧惊起，遂不成寐"。其供辩时，忽称文生，忽称童生，隐然是枪手惯家，乃将四人并发提调审讯。

傍午，奖刘仕霖五两，当堂给领，再三逊谢，乃拜而受，两舍之跂踵而观，色为动也。

牌示将保枪之廪生简干城斥革，叶瑞春革廪。叶派而简认也。并示提调归案严讯，兼提本童。

牌示刘仕霖准先作佾生。

牌示绥阳教官，凡叶、简所保童生，如有挑覆，逐名换保，方许面试。

牌示提调严拏枪架柯姓，并缉余党。

遍阅府学文生正场卷，定一、二、三等，式金之属也。

辰初二刻盖戳，巳初毕。又二刻发次诗题，放牌，扫场。

童正场题：

桐：民可使富也。

绥：材木不可胜用也。

正：匹妇蚕之。

仁：北学于中国，北方之学者未能或之先也。

厅：以其所有易其所无者。

次题：民到于今受其赐。

赋得“华屋富徐陈”得“陈”字，五言六韵。

府试请人入场，院试本童乃到，谓之“带名子”，或当作“代”。枪手探知某童不到，买其名以入，为场中放枪计，谓之“买座子”，“座”义音俱未详，以“枪”字附会之，疑是此字。此何姓所供而李忠释之。

写信。复篁青信草，未毕。

会客。文巡捕刘弼臣便衣白事，言枪手已过堂三次，罗姓又供出谢姓，谢姓又供出作线过付本日入场之桐梓文童李世伦，俱拏获。其卖座子之本童李光昌亦到案。

定一等案，二更后发。府学取九人，县十一人，桐五人，绥六人，正四人，仁五人，厅四人。

十月十六日　晴　丁丑　遵义科覆文生

辰初二刻起。辰正一刻点名，午初盖戳毕，申初放牌，酉正扫场。

怀仁县一等二张义超，于点名时跪白：一等一周家相，平素文笔不高，正场文系假手于人。桐梓一等二谢体心，与府学一等三陈敏章连坐，陈以讲章授谢，而中夹一草稿，书小讲焉。令狐堃骤夺之，执而鸣。绥阳一等生有六人，其五俱上曰：吾等五人，俱坐一处，唯刘耀奎独否，羼入遵义之群，请察之。乃令周、谢、刘三人去其故处，坐诸堂之中，刘、谢之被揭也，在小讲已完之后。因别命一题以试谢。又发三题，使刘再作三小讲。

遵义廪生王元茭呈日记，由学面交。仁怀县廪生周家相呈日记，由学申送。

阅禀批六件。遵义文童册卷卯正入。

写信。接写答簠青信草，属荣卿缮之，十七日发。拟贺志青丈姻信草。

文生覆试题：

有人于此力不能胜一匹刍。

赋得"饮马长城窟"得"城"字，五言八韵。

十月十七日　戊寅　阴　遵义县文童科考　傍曙闻蛩

丑初二刻起。丑正点名，寅正二刻封门，卯初发题，共到五百七十七名。辰初盖戳，辰正发次诗题，申初放牌。

写信。写贺志青丈信，拟致李谢庭大令信草，为绥阳文生李扬芬请札。饬拨款购书增课事，属荣卿缮之。

阅一等覆试卷，并定甲乙，是日发卷箱。

阅改禀批十余件。

遵义一县文童科考题：谓夫莫之禁而弗为者也。

人能充无穿窬之心。

赋得“丈夫志四海”得“夫”字，五言六韵。

发复李篚青信，贺孟志翁信。戌正睡。

十月十八日　己卯　小雪节　遵义棚文童磨勘并续补欠考

辰初起。巳初点名，补考续到五人。

阅正安荐卷二十一本，略次甲乙，午后大睡。

晚拟明日文题解题，册卷三更到，督仆盖号戳，丑正睡。

续补考题。举贤才。

君子以立不易方。

赋得“廊庙非庸器”，得“非”字，五言六韵。

二次：富之。

三次：教之。

二、三次作小讲。经、诗免。

发寄李谢廷信，并寄书目一本。

十月十九日　庚辰　阴小雨　遵义选拔第一场

卯正起。辰初点名，到六十九人。辰正发题，午正起讲，盖戳毕。

看《朱子文集》，未点。头篇毕，复盖一戳，酉毕。上灯时交两卷，四更以后扫场。仁怀县周家相因病未完卷。

写信。复鹿芝丈夹篇，为收到壮节祠岁修银一千两，属荣卿缮之。

选拔首场题：

“仁以为己任”二句。

“海内之地”至“盖亦反其本矣”。

“石戴土谓之崔嵬”解。

阅遵义荐卷二十三本，式金荐也。又阅澄兄荐十八本，合取三十三。

丑正发草榜，县属取三十三人，桐十七，绥二十，正十九，仁十四，厅九。

十月二十日　辛巳　阴　遵义六属文童[1]面试

辰正起。补填面试卷面三十七本。午初点名，午初二刻封门。因座号不敷，分两次面试。先遵、仁、仁，凡五十六人，申初毕。次桐、绥、正，亦五十六人，酉初三刻毕。退堂后，腹痛剧，睡一时许，戌初醒，定遵义、正安两属卷，仁怀县卷式金定之，余三属皆澄兄定之。丑正后发榜。与澄、式议明日策论诗题。

绥阳、仁怀拨府各二名，相沿已久，此次仁怀佳卷较多，乃准乾隆十一年议准之案，不拘定数，绥拨一，仁拨三。

遵义棚面试题。

遵：文学子游子夏。

桐：善政得民财。

绥：故推恩足以保四海。

---

①“童”，原文作“章”。

正：又尚论古之人。

仁：禹稷躬稼。

厅：东里子产润色之。

十月二十一日　壬午　阴　遵义选拔第二场

辰初起。辰正点名，又一刻发题。午正诗稿盖戳毕，酉放牌，丑扫场。

周家相求入场兼补前作，未许。绥阳文童因拨府损一名，喧哄于学，两教官禀见，请拨还，不许。请牌示许之。

午后大睡，晚阅遵义二场拔卷，子正后睡。

会客。周、丁两广文。

收信。由省寄来崇智第二十七号禀，附锡侄禀，课本、诗稿附。益儿、勇儿禀各一，崇、益、勇、忠日记各一本，仿一包，曹宅议婚名号单。元端甫致崇智信。

仲敏信，八月十六作。附《译书事略》一本，《格致书室书目》一本，《广学会书目》一本，《申报·告白书目》摘抄一纸。

栗堂信。附寄诸公安刺各一。

袁观察谢寿信。

选拔二场题：

问贾谊、刘向学识孰优？

萧望之论。

赋得“李牧镇边城”得“边”字。

十月二十二日　癸未　阴

辰初二刻起。阅选拔二场卷，与澄兄议去取，子正发榜。发复鹿芝丈信。

府县柬邀二十七日觞乐于蹇公祠，辞之。

十月二十三日　甲申　遵义选拔磨勘

辰正起。写屏六、对八。

家兄生日，是日恰无事，略治具，与诸公小酌。

改拔生草稿两分。

十月二十四日　乙酉　遵义棚填亲供

辰初二刻起。改拔生草稿三分，读《拙尊园稿》，写扇四。

会客。府县彭委员，彭由黎观察处视疾归，以观察所著《拙尊园丛稿》《丁亥入都记》见赠。彭云：省城有德大森，带书甚便。

晚饭后，填亲供者只六人而已。

十月二十五日　丙戌　阴　遵义棚文童覆试

巳初起。写扇一，对二。申正二刻点名，至酉正，不到者四人，亥初乃毕至。

会客。张大令。

黎汝怀，字虚甫，壬午举人，现任广东盐大使。

黎尹融，字祝衡，己卯举人，庚辰贡士，癸未补殿试，知府用吉林，即升同知。以上二君，皆莼斋先生之侄，此次入府学之黎渊，祝衡子也。

文童覆试题：

申之以孝悌之义。

赋得“成人在始”得“成”字，五言六韵。

十月二十六日　丁亥　阴　遵义棚发落

辰初起。辰初头炮，辰正三炮。

拜客。王兰笙太守、黄瑞臣副戎、李星垣分统、张华庭大令、石正卿厘委、郑佩权都戎、马庶侯守戎、刘弼臣少尉、娄炳南帮委、马子高巡捕、彭谦少尉。

会客。石委员、府学两广文、绥阳周广文。

晚清文牍，子初睡。

十月二十七日　戊子　由遵义起马

卯正起。辰正二刻行，三十五里。未正尖八流水。申初行，三十五里。亥初宿鸭溪。太守、分统以下文武送至城外，新生、一等生、正陪拔生，次第继之。

文武巡捕送至忠庄铺，提调送至八流水。

刘镜蓉，字鼎臣。

十月二十八日　己丑

卯初二刻起。辰初一刻行，约五十里。未正一刻尖马蹄石。申初三刻行，约三十五里。亥正宿泮水。

天寒晷短，路仄且滑，夫逃甚多，师轿委诸中路屡矣。夫头以钱募途人充之，增至四五百，始勉强行，然且不能胜任，颠仆相继。

十月二十九日　庚寅

辰初二刻起。巳初一刻行，四十里。未正后宿新场玉屏书院。

书院掌教胡孝廉郊迎，复来见。胡名祖均，字道平，行三，黔西人。乙酉选拔，辛卯举人，年三十七，自去年五月来馆于此。应课者四五十人，间有住院者。

廖仪宾游戎患病，以手版迎。沙溪把总刘必元。

十月三十日　辛卯　晴

辰初一刻起。巳初二刻行，五十里，约足六十里。宿三重堰。

今日多坡坎，幸天晴不滑，又自新场至黔西，新修石路坦平一律，颇利行者。闻系新场盐商捐修。

十一月初一日　壬辰

辰初起。辰正行，三十里强。尖牛场泊。未初行，四十里强。酉正前宿黔西。曹刺史、程郃原吏目溥昌，来见。

刺史言：州属文童叶有霖，过州考时无异说，府考时被人攻冒，因袖出廪生刘祖沆、熊朝源。一禀略云：叶原系四川永宁人，自同治元年伊父移居新场，贸易多年。丁丑年在鲁木寨置有业产，有契可据。今叶来应科试，经本城局绅徐致平验明契据，与入籍年例合，而合城绅士犹以为未足服众，复令出银四十两，为修奎阁之费，即作为入籍之费。禀明州主，赏准在案，虽下欠十金，许考毕付齐。殊有童生李祖懋、熊光镜、萧正明、杨廷荣、龙鳞等，于府考时禀攻，府主批仰学师，饬生等查明，生等只得将叶入籍年分并功德银两，禀学转详，仍乞州主备案。

韩子厚游戎、谢子衡守戎均、成楚珍统带国柱、田福安哨官正邦俱郊迎。

十一月初二日　癸巳　晴

辰初起。巳初后夫具乃行，三十里。午正尖杨家海。未初行，三十里。酉正前宿甘荫棠，文巡捕经厅宋培炯迎见。

十一月初三日　甲午　晴　到大定棚

辰初起。辰正二刻行，二十里。尖乌溪。午正行，三十五里。至大定。陈镇臣太守、王定生分统率文武及各学官次第迎见。

会客六起。太守、分统、都戎、巡捕各一起，六学教官分两起。

十一月初四日　乙未　晴　大定谒庙放告

辰初起。午初谒庙，申初放告。

与澄兄议题。

经古册卷逾子乃毕至，盖号戳毕，丑正睡。

太守便衣见。

十一月初五日　丙申　晴　大定经古并补考

卯正起。辰初点名，经古生到九十七人，童二百十四人，补考三十五人。辰正后乃点毕，午后盖戳毕，申正放牌，戌初退堂。

经古题：

魏相好观汉故事及便宜章奏赋，以“务在奉行故事而已”为韵。

赋得“贾谊求试属国”得“求”字，五言八韵。

“度尺而午”解。

“禀廯也”解。

郭林宗见茅容因劝令学论。

胡安定学徒文章皆傅经义论。

童题：

丙吉不道前恩赋，以“有旧恩而终不言”为韵。

赋得“信陵佩魏印”得“陵”字，五言六韵。

余同生题。

算学题：勾七十二尺，弦和较五十四尺，求勾股弦。

战兵六千，守兵九千，月饷三万一千五百两。战兵八千，守兵七千，月饷三万四千五百两。问战、守兵每名月各若干？

今有数自乘之三，而一以减二十，则余八，问原数几何？

补考题：子路问君子，子曰：“修己以敬。”

昔我往矣，杨柳依依。

赋得“翰墨时间作”得“时”字，五言六韵。

二次：修己以安人。

三次：修己以安百姓。

十一月初六日　丁酉　晴　大定文生科考

寅正二刻起。卯初点名，辰初发题，到二百九十七人。巳初盖戳，巳正毕。阅[1]放告呈词十三件。抄成文三篇，酉初放牌，酉正后扫场。

晚看生古卷，去取未决。

文生科考题："夫谓非其有而取之者盗也。充类"至"义之尽也"。

问汉宣之治与汉文孰优?

赋得"贾君房畟珠崖对"得"房"字，五言八韵。

十一月初七日　戊戌　晴　大定续补考

辰初二刻起。补考到十余人，巳初点名毕，即退堂。

看童古荐卷，此次童古不出榜，暗记之。看大定生正场卷八本，式金属也。大定册卷申初至，以次毕至。戌正就枕。

十一月初八日　己亥　早阴午晴　大定合府文童科考

丑初二刻起。丑正点名，辰初二刻封门。辰正发题，到千二百四十一人。巳正盖戳，午初二刻发次题，申正放牌，酉正后扫场。

看水城生卷七本，取一等三人，二等一人，三等三人。补批生古卷。

---

① "阅"，原文作"问"。

文童科考题：

府：是天下之父归之也。

威：是为王者师也。

平：是欲终之而不可得也。

黔：是之谓以其所不爱及其所爱也。

毕：是鶂鶂之肉也。

水：是故无贤者也。

次：下必有甚焉者矣。

诗：“巧迟不足称”得“兵”字。

枪手冒陈和辅之名入，黔西。廪保张义珍、胡光瑢攻之，交巡捕押至其寓所，捕其同党及本童。

枪手冒黔西李步瀛之名入，而与大定之吴永鑫换卷，大定皆东号，黔西皆西号。故吴携李卷而坐于西迩七。黔西文童李祖懋、熊光镜侦之而哗，举号皆哗，提鞫得情，发交提调府，李步瀛之认保胡光镕[①]、派保熊朝源也。

攻枪之童李、熊二人奖于堂。

府训导杨庸庵树培，以七古一首见示，乃其寿熊劲侯协戎之作也。

平远东臣六文童羼入大定闰字号，盖戳时察出，视其卷题大定而文平远也，文绝劣。掣而挟出之。其左右两号，提坐之堂，东臣六之本童陈其姓，开榜其名。

二牌时发文生经古案，取十二人，府一，威二，平

① “镕”，前作“瑢”。

一，黔五，毕三。

晚定各学一等卷，丑初后睡。

十一月初九日　庚子　晴　大定棚文生古覆

辰正二刻起。巳初点名，毕节两周生因病母未到，余十人皆到。

房拟批词十二件，批改之。又阅未批呈词四件。午后又阅七件。定平远一等。

古覆题：

冬月治请谳饮酒益精明赋，以“定国食酒数石不乱”为韵。

赋得“汉武帝表章六经”得“章”字，五言八韵。

缙绅之儒守和亲介胄之士言征战论。

《定性书》书后。

拟任少卿《报司马子长书》。

枪手王友道，武昌人，陈和辅之所请也。两人昨已荷校，余恐冻之致毙，思困而释之。本日召之入，以昨日六属之首题，使成六艺，而命陈缮之。

子初扫场，发一等案，府学取十二人，威七，平四，黔八，毕十，水三。

十一月初十日　辛丑　晴　晚小雨　大定文生覆试

辰初三刻起。巳初点名，午正盖戳毕，戌初扫场。

早检成文，防诸生录旧。

午后大睡，晚阅威、黔、水三属文童荐卷，共七十余本。去取而甲乙之，其平远一属，正卷外仅多四卷，仍之。子正发草榜。阅府学一等覆试十二本，寅初睡。

收信。青溪饶星帆大令谢书瑞云书院楹联，张蓉轩方伯讣，孙英园讣。

崇智二十八号禀，附日记三本，课作三首，大、二、（四）。伯矩信一。抄《申报》一则。伯矩寄式金信二，式金家信一。百川通寄，九月初七日发。

十一月十一日　壬寅　晴　威、平、黔、水四属面试

辰正二刻起。午正点名，酉正扫场。

傍夕大睡，晚定去取，子正后发榜，批一等覆试卷三十本。寅初睡。

面试题：

威：如七十子之服孔子也。

平：今天下地丑德齐。

黔：治于人者食人。

水：生之者众。

十一月十二日　癸卯　晴　大定棚文生磨勘并续补考

辰正起。巳正点名，毕节两周生补覆试。盖戳后，午正退堂。午后大睡，看毕节荐卷十五本，子正后发大定、毕节草榜。

补古覆题：

暴胜之躧履迎隽不疑赋。

赋得“夏侯胜受诏撰《尚书》《论语》”得“侯”字。

补一等覆试题：

“富贵不能淫”四句。

会客。五学教官以考拔卷费事请见，谈许久。唯毕节教官不与。

忌辰 十一月十三日 甲辰 晴 大定毕节面试

巳初起。午正点名，酉初二刻扫场。

毕节卷澄兄定之，大定卷式弟定之。其有不决者，余决之。至戌而毕，子初发榜。

候选拔册卷不至，乃睡。

面试题：

府：管仲以其君霸。

毕：秦穆公用之而霸。

十一月十四日 乙巳 阴 大定选拔第一场

辰初起。册卷至辰正始毕入。巳初点名，巳正发题。

阅呈词，起讲，盖戳一次。首篇盖戳一次，亥初退堂。戌初时有一人交卷，即放牌，至退堂时，只交五卷。子初睡。

考拔前场题：

子曰：“邦有道，危言危行。”

阳虎曰：“为富不仁矣，为仁不富矣。”

“丰年则公旬用三日”解。

十一月十五日　丙午　阴

辰正起。闻孟成云：天明后始扫场。

黔西熊朝滨、熊膏、王有卿各呈所作古近体诗一册，题曰《印山社稿》。印山社，三人与同里之刘祖滨、史守瑗所结诗社也。刘、史俱故矣。是日取三册阅之，加圈识焉。

宋巡捕灯下入见，覆吴守鑫请枪一案。

十一月十六日　丁未　阴　雪　大定选拔第二场

辰初起。辰正点名，人数如前。辰正二刻发题。

诗稿盖戳，未初毕。首艺盖戳，戌正毕。酉正有交卷者，遂放牌。亥正退堂，交二十八卷，子正睡。

毕节电报局专人送来邵方伯电一封，凡八十六字。因去年平越因灾，请缓期考试之案，滇臬来文咨查也，当将折尾一段并批平越州禀，原批一条，照抄一纸，附以信，由排递寄之。午正二刻发。

拔场请代之风甚盛，防不胜防，虽终日坐堂，竟无益也。然察言省动，其可疑之数人，亦微得之。

> 遴选二场题：
>
> 问史公作《平淮书》，其大旨若何?
>
> 前汉酷吏论。
>
> 赋得"刘向称董仲舒有王佐材"得"刘"字。

冬至　十一月十七日　戊申　阴　极寒

孟成云：昨夜两钟始扫场。

卯初二刻起。卯正起，看大定、平远、毕节头场卷。

牌示大定、平越学官：传毛明德、丁体文、周焕典，本日未刻各带《史记菁华录》一部进场面试。皆昨日形迹可疑者也。戌初后毕。

子正后发榜，改拔卷诗，寅初毕。

毕节局送来省电，言方伯催电复，以昨已发排单，又电，恐不详，属其电答。

十一月十八日　己酉　大定填亲供　发起马牌

巳初起。写扇三，屏十二。

会客。水城朱广文，黔西瓦、李两广文。

批禀。看拔卷磨勘草二分。

十一月十九日　庚戌　阴　风寒加剧　大定文童覆试

巳初起。看磨勘草二分，写赠毕节佾生王世光五古三十韵、七律一首，写对四、竖条二。

候册卷，至二更到者止一两属，填亲供者止十一人耳，乃升堂点名。又候至丑正，陆续而至，凡到五十四人，乃退堂。题为“君子笃于亲”，作半篇，免诗。

赵辅臣回信。

收信。绍光属为鹿壮节祠题额。博泉、熙亭、艺圃、子丹、嗣香五前辈及慕皋侍御公信，属为王云师代散讣[1]文。省书局寄来《时务报》五册。

---

① “讣”，原文作“赴”。

十一月二十日　辛亥　阴而寒稍减　大定发落

巳初起。闻孟成云：夜来续到十人，尚缺二十一人。

未刻发落，发落后，补覆试者陆续到，至晚乃齐。

拜客。晤太守，余俱未晤。黔西廪生侯敦庞呈诗稿。

晚清文件，请澄兄相助。丑正睡。

十一月二十一日　壬子　阴　由大定起马

辰正起。补批文件，巳正二刻乃行。

会客。瓦广文来见，为王仕箴事。

陈太守、熊协戎、王管带、向都戎迎见于官厅，各学教官送于途，生童等郊送者四起，巡捕送于十里外。

申正尖乌溪，戌初宿甘荫棠。去大定十里，无雪迹矣。

梁瑄求见，谢之。

十一月二十二日　癸丑　阴

辰正起。巳初行，午正尖狗场。狗场去杨家海二里半，向来黔西办尖，皆在杨家海，其地较狗场逼仄殊甚，今竟改焉。

酉初至黔西，仍宿文峰书院。

沿途有绅士刘祖濬郊迎，熊朝滨之父日瑄，公服跪于途，递诉禀，为王仕箴控伊有案也。又绅士三人，亦公服郊立，递公呈控王仕箴。

文武迎者如前。

会客。曹刺史来见，与商赟仪事、王仕箴事。刺史代保枪革廪之胡光溶乞恩，不许。

梁瑄再请见，仍谢之。

十一月二十三日　甲寅　早阴　午微晴

辰正起。巳初二刻行，未初尖空桐树，酉正宿鸭池河。

文武送如例，拔生欧阳濬、文生杨锡光郊送。

晨起，景福白：今晚马驮除铺盖外，皆须宿滥泥沟，因鸭池河地仄，店不能容也。去空桐树二十里，为滥泥沟地，为烟贩之聚。廛舍整齐，设厘局焉。右行过大关，左行过小关，合路于鸭池小关，近五里而山陡绝，为黔山之最。马驮必由大关，轿杠则自小关而下。去年陟此，不觉其陡。今易陟为降，殊炫目。

鸭池有外委杨金福郊迎。

十一月二十四日　乙卯　晴

辰正起。巳初行，三十里强，午正尖王家庄。未初行，十五里，申初宿镇西卫。

会客。清镇大令聂静安定中迎至此。骆都戎、□□□千戎郊迎，先后来见。

收信。绍光、簠青公信，言黄玉屏不应主讲之聘。

十一月二十五日　丙辰　阴　小雨

辰初二刻起。巳初行，三十里强，未初尖站上。未正行，三十里弱，酉正宿清镇。

会客。两次延聂大令畅谈。

写信。写复严、李两太守信，又致张香帅电报。丑初睡。

十一月二十六日　丁巳　小雨

辰初二刻起。巳初行，三十里，未初尖芦荻哨。未正行，三十里，酉初后宿安平。

会客。聂大令送至尖所，邹孟仁大令毅洪偕少尉、把戎郊迎。大令两次见。

十一月二十七日　戊午　小雨

卯正二刻起。辰正行，三十里，尖石板房。午正行，五十三里，戌正宿安顺府。军门、太守率文、武迎，军门言：天已晚，不来拜，亦不必往。言之至再，从之，以柬谢焉。

会客。赵秀升前辈，邹大令。

批禀一。

十一月二十八日　己未　阴

辰初起。辰正二刻起，行三十里，尖幺[1]铺。未初后行，三十里，灯后至镇宁。郊迎者……[2]

会客。张西池刺史来见，余皆未来。

---

①“幺”，原文作“腰”。

②“者”后有欲记而未记者。

十一月二十九日　庚申　将晴渐暖　有蝇

辰初起。辰正二刻行，三十里，尖黄果树[①]。午行，三十里，酉宿关岭。

十二月初一日　辛酉　晴暖　蝇甚多　又见蝶

辰初一刻起。坐尖，巳初行，二十里，至大水桥茶尖。又三十里弱，宿永宁。

会客。沈刺史、孙吏目、黄千戎。

十二月初二日　壬戌　晴暖　去小棉袄

辰初一刻起。辰正三刻行，三十里，新铺茶尖。又三十里，宿凉水营，五人连榻，逼仄甚于去年。

会客。安南大令黄稼生迎至此。

十二月初三日　癸亥　晴风

辰正起。巳初行，三十里，午刻宿安南县署。

会客。黄大令、严都戎。都戎晚馈食。

赌徒伤纤夫，夫鸣之官，大令笞凶手三百而荷校焉。

十二月初四日　甲子　益暖　至晚牙痛　乃开箧取鼠褂

辰初二刻起。巳初行，尖廖箕箐，宿安姑。

安姑宿所颇整严，为他处所不逮，非去年故处也。

舁夫哄，诃之再。

① “黄果树”，原文作“黄角树”。

十二月初五日　乙丑　晴　牙痛　昨夜敷葵肤　顿止　今日微涨耳

辰初起。尖高五，宿新城。

会客。李湘帆贰尹、易管带。

十二月初六日　丙寅　小雨不甚　复衣狐

辰初起。

辰正三刻行，三十五里。尖屯脚，宿普坪。

文巡捕俞小廷参军培钊、熊荣廷千戎炳勋，又镇军差戈什等八人，又滕戎差哨官一人，兵三十八名，俱迎至普坪。

十二月初七日　丁卯　细雨　不能渍土

辰初二刻起。辰正二刻行，未初前到兴义棚。

晤蒋炳堂镇军、段少卿刺史及武营诸公于官厅，练军哨长、绿营千把以下阵迎。

八广文郊迎。

会客。镇军，史翔臣厘委，段刺史，提调，文武巡捕，赵哨官，俱饭前见。申刻饭毕，始见六学学师，盖学师候至未，亦[①]先去早餐而后来。

牌示明日谒庙放告，初九经古并补考，初十文生正场，又例牌数纸。

十二月初八日　戊辰　阴复寒　兴义谒庙放告

辰正二刻起。检题。

---

①“亦”字右上角有两点，即删除之衍文。

未初谒庙，申初放告。诉词四十余，为节孝乞题额者亦四十余。

孝廉蒋思超，曾宰任[1]唐山，解组归，今八十有一矣，以所辑《日省录》遣人当堂呈递。凡三册，分卷六，颇深洛闽之学，其禀自称门生。

督视承差排号并洒扫。

粗阅呈词，前由有涉考事者提出。

亥后册卷不至，乃假寐。丑初起，督同徐、王两仆盖号戳。

棚之北大火光烛天，窗纸皆赤，寻熄。

十二月初九日　己巳　晴　兴义经古并补考

辰初起。辰正点名，巳初后封门。生到九十六，童百三十二。发题后，巳巳正矣。普安厅郑绍孟呈日记四册，普安县姜凤阳呈杂作一册。

背经者五人，至少者五经，有兼《孝经》《尔雅》者，为之逐一抽试，其四皆烂熟，其一则否，至未初乃毕，盖戳。

普安厅有报考算学者两生，进而诘之，其一谦言未能，愿试经古。又进其一，诘曰："汝习何术？"曰："九章四元。""筹算乎？笔算乎？"初曰"笔"，又曰"筹"。"能演草乎。"曰："不能。"曰："汝曾阅何书？"曰："策学。"余大疑，问以梅氏、屈氏书，举未见也。问以开方术，亦未习也。乃亦请试经古云。

---

① "任"字右上角有两点，即删除之衍文。

申正放牌，戌初扫场，府学师送来宋之洪、宋绍锡杂作各一册。

生古：文景务在养民赋，以题为韵。

赋得“信陵之名若兰芬”得“名”字。

《王制》里亩算数考。

释算。

周亚夫论。

韩愈亦近世豪杰之士论。

童古：孝昭委任霍光赋，以题为韵。

赋得“光武揽其英”得“英”字。

余同生。

补考：言中伦。

乐天知命故不忧。

赋得“百川赴巨海”得“川”字。

二次：危行言孙。

三次：知者不失人亦不失言。

十二月初十日　庚午　晴暖　衣狐尚可支　兴义棚文生科考

寅正二刻起。卯初二刻点名，卯[1]正一刻封门，共到二百五人。卯正二刻发题，辰正二刻盖戳，巳正发、策诗题。

云南朱姓冒府学毛锦洲名已入号，忽众大哗，则黄志镛、宋绍锡、庄鹏、尚钟泰识而攻之也。讯以冒名欲何为，

① “卯”后有“刻”字，衍文。

供云：贫无奈，买坐子入场，冀遇新生之不能文者，射捉刀之利也。吁！童场之有枪手，人莫不知之，而莫不防之，孰知蓝衫雀顶中亦有此邪？点名后将朱交提调严讯。

看《形学备旨》。朱笔牌示："策不得一人创草众人传抄，及直写策略，毫无裁断，违则置三等。"

申正放牌，戌初扫场。

"万章曰一乡皆称原人焉"两节。

问西汉疆域。

赋得"张衡赋西京"得"西"字。

忌辰　十二月十一日　辛未　晴暖　兴义棚续补欠考

辰初二刻起。补考者止一人，仍前题。

晨阅古卷，午定案，晡拟古覆题。晚拟童正场题，嘿记。

会客。段大令以冒名入场之朱姓供词来见，谈两刻许。

大令单呈：风闻有随棚放枪数人，思南者三，李、陈、王；安顺者二，叶与洪也，皆称先生而不名。言已派差访拏未获，恐已闻风飏去矣。牌示攻枪之廪生黄志镛，俟发榜后提升等第；其增、附生尚、庄、宋三人，共奖十金，明日给领。

午发古案，生取十六人，府四，普二，贞二，兴六，厅二；童经古二人，首曰谈景彧，普安厅人；次曰赵显彬，兴义县人；背经三人，次曰杨明春，厅人；又次曰赵显国，显彬之昆弟也。第一则仍谈景彧也，谈背经最熟，讲解最明白，其所作两论，又颇熟史事。十六龄童子，可喜也。故两见其名，表而出之。

十二月十二日　忌辰　壬申　阴　兴义古覆

辰初三刻起。辰正二刻点名，盖戳，至酉初乃毕，退堂后写题，看普安厅、安南县一等荐卷。

古覆生题：陈汤每过城邑山川常登望赋，以“为人沉勇有大虑”为韵。

赋得“汉高帝过鲁以太牢祀孔子”得“高”字，五言八韵。

《王制》“东田”解。

释腊。

陈汤论。

汉文帝赏张武论。

诸葛忠武赞。

王文成赞。

效江文通《拟古诗》，不拘首数。

童题：申生论。

子皮子产论。

淮阴侯论。

赋得“不学亡术”得“光”字，五言六韵。

晚阅古覆卷。

册卷申正入，戌初盖座号讫。

十二月十三日　癸酉　细雨　兴义棚文童正场

丑初起。丑正一刻点名，卯初二刻封门，共到七百七十六人。卯正发题，辰正盖戳，巳初三刻发次题，申初放牌，戌初扫场。

文童科考题：

府：若挞之于市朝。

普：不逾阶而相揖也。

安：曰害于耕。

贞：其志亦将以求食与。

兴：而愿为之有家。

厅：而有时乎为养。

次：则将应之曰可。

诗：从谏若转圜[①]。

看《汉书》《形学备旨》。

兴义廪生吕声文，因学师呈杂作一本。

攻枪之奖十金，昨已当堂交宋绍锡矣。本日点名，熊广文持原银，固称该生等不敢领，而提调别以银一封，言府署代备。遂听之。

晚发一等案，府取八，普安三，安南五，贞丰三，兴义七，厅六。

十二月十四日　甲戌　阴冷　兴义棚科覆文生

辰初二刻起。巳初点名，未初盖戳讫，酉初退堂。

① “圜”字外有方框，即得“圜”字。

文生覆试题：“身不行道”一节。

赋得“以九九见齐桓公”得“桓”字，五言八韵。

看《形学备旨》，晚阅覆试卷十余。

十二月十五日　乙亥　阴

辰正起。阅覆试卷十余，发卷箱。

午后畅睡至酉。

候册卷，至寅初仍不至，遂不候。

十二月十六日　丙子　阴　极寒　兴义考拔第一场

辰初起。盖号戳讫，辰正点名，到三十八人。

看呈词及房拟批语，看《形学》。

首艺盖戳讫，戌初退堂，子正放牌，傍曙始扫场。

议草榜，子正发，凡挑八十人。

拔场题：宝藏兴焉。

“士止于千里之外”至“可得乎”。

“日至之景尺有五寸谓之地中”解。

十二月十七日　丁丑　阴　仍寒　复衣小棉袄　文童面试

巳初起。巳正二刻点名，到七十九人，申初扫场。

看《形学》，晚与澄兄议案。

子初发榜，除正额外，厅取佾生二人，普安背经佾生一人。

面试题。府：忠焉能勿诲乎？

普：“事亲弗悦”二句。

安：子为父隐。

贞：亲之欲其贵也。

县：爱之欲其富也。

厅：无道桓文之事者。

十二月十八日　戊寅　阴　傍夕晴片刻　考拔二场

辰初二刻起。辰正点名，到三十七人。

看呈词，改批语，看《形学》，戌放牌。

首艺盖戳毕，退堂，已戌初矣。

拔二场题：问梅福《上汉成帝书》有云：“士者，国之重器。”云云,又“爵禄束帛者，天下之底石”云云，能申其说与？

又其言曰：“今欲致天下之士，民有上书求见者，辄使诣尚书。”云云，其说信可施行与？

汉宣帝诏益小吏奉禄论。

赋得“杨子云作州箴”得“州’字，五言八韵。

收信。沈子敦郡伯回信，并言垫款已在津宅照缴，有兄收条附信内。崇智二十九号信，九月十六。附益、勇禀各一，总理衙门考取章京单，尹宅信件，由刘、杜两折弁带来。又《时务报》三册。崇智三十号信，十月四日。附陈表叔信，言接到思南、黎平两信，姚升支项、薛明赏项已照付。锡三信，锡三寄尹、二王信各一，尹宅家信一，五辂日记二本，益、勇课作二首，《时务报》三册，《西学书目表》《读西学书法》，功课单二纸。李、黄两弁。崇智三十一号信，附益、勇禀各一，王续雅谢信，锡三寄式金信，王成寄孟成信，彭顺家信，又油布包一件，内《玉堂谱》一本，《代数术》六本，《数学理》四本，谢仲鲁寄裕宅幛字一包，又夹袴一，小褂一。又谢仲鲁信，附景大令借券及寄福田信。又抄菊人复崇智信三纸。

收电。“鞠人丁，代假五百，复，献夫。”复电谕崇智云：“徐菊伯有急需，吾前汇款应余数百金，汝往见菊伯，问需若干，即日取送，勿迟。”

写信。致潘企曾信，托发京电。由排递寄省。

十二月十九日　己卯　仍阴　仍寒　兴郡文生磨勘

辰正二刻起。写屏、对。

晚发拔案，看《代数术》。

十二月二十日　庚辰　午晴　选拔磨勘

辰正起。诸生午刻至，升堂散卷。

写屏、对。

会客。段大令来见。

收信。绍光信，言鄂电已发，尚无回信。

十二月二十一日　辛巳　阴　兴义棚填亲供

辰正起。午时封印如仪。

改磨勘稿，写屏、对、匾额。

会客。石太守力疾来见。

写信。复绍光。

十二月二十二日　壬午　阴　兴义棚文童覆试

辰正起。写屏、对、匾额。

午正点名，至酉初，陆续毕到。

题：吾必谓之学矣。

十二月二十三日　癸未　阴　兴义发落

辰初起。辰正二刻发落，巳正毕。

拜客。晤蒋镇军、石太守。

晚清文件，丑睡。

十二月二十四日　甲申　晴阴半

辰初起。巳正乃行，申初抵普坪。

与诸君登真武山，遇邓道士，问其年，云：生于嘉庆十二年。盖八十有九岁矣。时已被酒，说少年出入军营时事，指挥顾盼，意殊健也。

看《形学》。新城遣长坝哨长陈德芳迎至普坪。陈以贵阳武生保守备，去年岁考列二等。

忌辰　十二月二十五日　乙酉　晴

辰初起。辰正行，午尖屯脚，酉宿新城。

会客。李贰尹，易管带，又厘员赵大令，寅臣太守之昆季也。

看《代数》中论八线各条。

十二月二十六日　丙戌　晴暖　牙痛　去小棉袄　易小毛褂

辰初起。辰正行，午尖高五，酉宿安姑。陈昌虞等文武生四人郊迎，其一曰陈文光，新生也。

看《代数术》，陈德芳禀辞。

十二月二十七日　丁亥　晴

辰初起。辰正行，午尖廖箕箐，酉宿安南。

廖基箐以纸名，是日买十刀，刀价二钱五分。

会客。大令一见，守戎再，并馈糕果。

安南黄果最多，大者如瓮，值二三钱耳。自南笼至习安，率亦有之，而味不如安南之甘美，橘则鸭池河为最多。

看《代数术》，兼《形学》。

十二月二十八日　戊子　晴

辰初起。辰正后行，午尖凉水营，酉宿新铺。

与澄、镜升小坡。

看《形学》。

十二月二十九日　己丑　晴

辰初二刻起。又一小时行，未初宿永宁。

会客。刺史再见，并馈食品。

与澄兄同看《代数术》。

十二月三十日　庚寅　晴

辰初起。辰正行，大水桥茶尖，申宿关岭。

同诸君登坡采石，往返约二三里。

饮酒猜枚。

光绪丁酉（1897）　正月初一日　辛卯　阴且寒

辰初二刻起。辰正二刻行，午尖黄果树，晚宿镇宁。

延见张管带，张刺史，李、雷两广文。

小饮，猜枚如昨。

立春　正月初二日　壬辰　阴益寒

辰初二刻起。巳初行，午尖幺铺，酉抵安顺。

会客。赵秀升前辈、熊筱岩太守、邹大令、十广文、两巡捕。熊天泽途迎，并呈所抄《辅轩语》。

收信。王少卓太守、李大令、胡海客大令、鹿制军、周玉书广文，俱贺年。

忌辰　正月初三日　癸巳　阴　仍寒

辰正起。周视前后。

会客。邹大令。

拟经古题，牌示初四日谒庙、放告，初五日经古，初六日文生正场。

正月初四日　甲午　雪　寒甚　复著小棉袄

辰初二刻起。巳初谒庙。

未正放告，收呈五。

各学文生呈札记、日记、杂作及批点读本者，约十余起，皆略一涉览。候册卷，子正乃至，盖号戳毕，丑正矣。

答贺王少卓、胡海客、李缄三信，是日发。

正月初五日　乙未　阴　安顺生童经古并补考

辰初起。辰初二刻点名，生到百二十八人，童百人。巳初始发题，午正盖戳，未初讫。考算者，生、童各四人，俱有门径。安平幼童韩兆穰，实年十二，默五经各一段，无伪。

申正放牌，戌初退堂，晚写题，册卷戌正至。

题：

张汤杜周俱有良子赋，以“继世立朝相与提衡”为韵。

赋得“孕虞育夏”得“唐”字。

《尔雅》“太岁”解。

“雨霓为霄雪”解。

林希谓扬雄为禄隐论。

一命之士苟存心于爱物于人必有所济论。

童：

言六艺者折中于夫子赋，以“众言淆乱折诸圣”为韵。

赋得“甄殷陶周”得“周”字。

余同生题。

正月初六日　丙申　阴冷　安顺文生科考

寅正点名，卯正封门，又二刻发题讫。辰正二刻盖戳，巳正发策、诗题。是日共到三百八十三人。申正放牌，戌初扫场。看生童算学卷八本。

题：教之树畜。

问汉高帝将将与光武孰优？

晁错《论守边[1]备塞书》。

晚有抛飞簧者，荣弟迹其声寻之，得纸一包，内裹郎岱众童呈一张，言传递之弊。

忌辰　正月初七日　丁酉　阴冷　再补欠考

辰正起。到二十余人，又科考误名求补者四人，升堂散卷，发题后即退。

批阅文生古卷，拟牌示，册卷酉刻至。

正月初八日　戊戌　文童正场

丑初起。又二刻点名，卯正毕，到一千六十四人。卯正二刻发题，辰正盖戳。巳正发次题，申初放牌，酉正扫场。

府学李登瀛雇枪入场，廪保龚绍先攻出。

发经古案，府取七人，镇宁四，永宁无，清镇三，安平四，普定四，郎岱三。算学生普定二。童，府、镇、清各一。

题：

府：则反诸其人乎。

镇：则援之以手乎。

永：则王许之乎。

清：则子食之乎。

---

① “边”字右上有“△”符号，即得“边”字。

安：则将纱之乎。

普：则鲁在所损乎。

郎：则齐其庶几乎。

次：相率而为伪者也。

诗：三年通[①]一经。

正月初九日　己亥　经古覆试

辰正起。巳初点名，未刻退堂。看清镇童卷七十三本。

定各学一等。发一等案，府十三，清七，普十一，余各五。

题：

张安世家僮七百人皆有手技作事赋，以“安世履道满而不溢”为韵。

赋得大宛诸国发使来观汉广大得“观”字。

张安世论。

伊川先生曰：“只为而今士大夫道得个乞字惯，却动不动又是乞也”论。

“上帝甚蹈”解。

“小人之中庸也”解。

国初名儒赞。

按，是日诗题系“下笔言语妙天下”得“房”字。“大宛”云云，乃翌日覆试题也。

---

① “通”字右上有“△”符号，即得“通”字。

正月初十日　庚子　文生覆试

辰正起。巳初点名，未初退堂。

看永宁童卷[1]六十四本，兼看生覆试卷。

发镇、永、清、安四属草榜。

题："孟子曰以佚道使民"一章。

正月十一日　辛丑　镇宁永宁安平清镇面试

巳初起。午正点名，申正放牌。

对连三卷，兼批看本日后比。安平一属请澄兄定之，余自定之。三更发榜。

题：

镇：晋国天下莫强焉。

永：国人皆曰贤。

安：五霸桓公为盛。

清……[2]

正月十二日　壬寅　安顺遴选第一场

卯正起。册卷始至，盖号戳讫，辰初二刻点名，到五十六人。终日坐堂，起讲及首篇盖戳再。

亥正放牌，退堂，丑正发府、普、郎三属草榜。

题：

"一则以喜"二句。

---

①"童卷"，原文作"卷童"。

②"清"后有欲记而未记者。

无政事则财用不足。

“奭周燕燕鸱”解。

正月十三日　癸卯　安顺普定郎岱面试

巳初起。午正点名，申正放牌。

连三卷荣弟校之，安顺卷式定之，普、郎澄兄定之。

题：

安顺：若汤则闻而知之。

普定：若文王则闻而知之。

郎岱：若孔子则闻而知之。

三更发榜。

正月十四日　甲辰　安顺遴选第二场

辰初二刻起。辰正点名。

终日坐堂，诗稿及策盖戳再。看《时务报》及《京报》。戌初放牌，退堂。

题：问，马端临曰“三代井田之良法坏于鞅”至“则以古今异宜故也”，能申其说与？

郦寄论。

赋得“得书多与汉朝等”得“王”字。

收信。赵辅臣贺信，俞秋浦贺信。

正月十五日　乙巳　安顺科生磨勘

辰正起。终日批阅拔场卷。

晚定案，四更发榜。

正月十六日　丙午　雪　安顺拔生磨勘

巳正起。午后升堂散卷。

写屏、联。出观风榜。

正月十七日　丁未　雪　安顺填亲供

辰正起。写屏、对。

会客。大令。

正月十八日　戊申　安顺科童覆试

辰正起。题大令小照，写屏、联。

初更点名，二更后退堂，到七十二人。

题：

子归而求之有余师。

诗免。

正月十九日　己酉　安顺发照

辰正起。巳正发落，补到覆试之文童十四人，先领花红，后补卷。午正开印。

拜客。晤军门太守，黄伯香同年。

会客。军门，伯香。

晚赴军门约，子初回。

正月二十日　庚戌　安顺起马

卯正二刻起。签判文牍，巳正行，太守及文武送于官厅，军门患喘，以柬送。安平邹大令来府就医，以柬送。众广文郊送，诸拔生郊送。任树铭，文荣兄弟也，送于五里外。此外有熊天泽、黄龙、黄夔、杨远庆等，或三或五不悉记。申正二刻，尖石板房。酉行，十五里，已曛，又炬行十五里，亥正抵安平。

牙痛彻脑，遍身不适，到即就枕。

少尉、把戎郊迎。又来见，辞以疾。

忌辰　正月二十一日　辛亥　午暂晴

辰正起。巳初一刻行，未正尖芦荻哨。申初行，酉正后宿清镇。

聂大令迎至尖所，到宿，又来见，晚复来见。余牙又痛，辞焉。

大令于鸭池一带放蚕，又于城外各山种茶，皆捐廉为之，惠政也。

茶房于起马时，向唐广文索钱不逊，唐送余时诉焉，三揖而言，余恨未息。本日追诘，茶房刘润新言：过官厅时，见皂班徐洪顺向唐老师索钱，诸老师怒詈之，渠为排解。呼徐诘之，亦称向门斗索钱属实。

正月二十二日　壬子　阴

辰初起。辰正一刻行，午尖龙场。未初行，酉初抵省。彭广文客周、石大令作栋、陈守戎廷栋、张少尉育璞、冷茂才尚儒、王茂才化行，三营四练，先后郊迎。

黄监院宝书，余、裘、黄三广文郊迎。

抚、藩、臬、道及府、州、县诸公候于官厅。

会客。首县张聚五正煃。

忌辰　正月二十三日　癸丑　阴

辰正起。

会客。冷先生、雷山长、严太守、裕福田、曹慧斋。

收信。鹿滋翁回信，熙小舫谢信，潘企曾回信。崇智三十二号禀，日记三本。锡侄禀，日记二本。华室娟信，松鹤甥信，金少安信，菊仁信，《时务报》三本。

崇智三十三号，诗一纸。锡智及益、勇两儿禀各一。

李润生信，子丹寄澄兄信，锡三寄式金信，式金家信，王成寄徐有、刑福信。①

正月二十四日　甲寅　驻省

辰正起。

会客。尚蕴斋，崇峻廷，蔺瑞珍，裘、黄两广文，黄监院万以，林大令庚尧，杨仲三。

拜客。晤抚、藩、臬、道、蒋观察，余皆未见。②

正月二十五日　乙卯　驻省

辰正起。

会客。抚、藩、臬、程辅羲年伯、柴珠泉、管书局廪生张景祥、裕福田。

拜客。补拜四五处，晤绍光。

晚陪福田演算。吴举人绪彬请见，谢焉。

---

① 页眉。景大令借券，是日面交福田。雷山长带来新到书单，言尚在镇远，又新刻《提要总序》样本。

② 页眉。绍光送来书院章程刊本，又序文。

正月二十六日　丙辰

辰正起。剃发。

会客。余广文、廖味三、陈镇臣、陈伯完、祁听轩、蒋观察。

收信。石小峰贺年，附信一封。

祁祖彝，字听轩，太原人，而生于上海。甲戌奏派出洋学生百二十人，祁与焉，则之美，前后居洋十年，通制造。辛卯来黔，帮办青溪矿务，去年为嵩中丞奏劾归案，追官亏，现在省城待质。年三十四，候补通判。

午后校书院章程刊本。①

正月二十七日　丁巳

辰正起。

会客。戴岫松、刘尽臣、吴厓州、陈佑之、黄让卿、潘企曾、乔汝为。

写信。答周玉书信，并代缴会券。廿九日发。

商改折稿。

正月二十八日　戊午

辰正起。

会客。丁衡三、符茂哉、杨馥滋德棻、饶德舆焕奎、雷玉峰。

---

① 页眉。余代呈诸生杂作。伯完借去《书目表》《读西学书法》，廿九日还。吴绪彬从祁学英文。黄永炘呈杂作。

收信。伯完送还《书目表》及《读法》。

写信。答全太守信，起草未完。写折底，荣弟謄真。

赴中丞诸公约于两广会馆。[①]

忌辰　正月二十九日　己未　是日电报传中丞议处之旨

辰正起。

会客。监院黄贻珊、汪巡捕世昌，以折稿托其恭缮。

写信。复全太守缮清，写第十八号寄兄禀，第二十二号家信起草，致雷院长信。发复全太守信，周玉书信。[②]

二月初一日　庚申　午后晴

辰初二刻起。

拜发考试完竣折，午刻。看诸生杂作。晚。

会客。试用训导刘鸿模，培良茂才之父也。雷院长，裕福田，黄镜虚。

拜客。丁衡三、祁听轩、雷玉峰、吴厓洲、刘尽臣、乔汝为。

发廿号信，附十八号禀，交折差。

二月初二日　辛酉　晴　去小棉袄

辰正起。

会客。陈佑之太守。裕福田午后来，谈至二更。

---

① 页眉。伯完借《教学理》一部，玉峰还《圣谕广训》《樗茧谱》《四礼翼》。

② 页眉。县学送来诸生札记并杂作。新书单还玉峰，玉峰借去《西学书目表》及《读西学书法》。

收信。倪书田广文，附课卷及日记、章程。[①]

二月初三日　壬戌　晴暖

寅正二刻起。与祭文昌，卯正回。

看《代数术》及《八线备旨》。

会客。丁俊侯。

拜客。晤方伯、绍光、子纯，又答拜丁俊侯、雷玉峰、陈佑之。

收信。孟志翁，回信。李篁青。贺年。[②]

二月初四日　癸亥　晴

辰初起。

会客。福田。

收信。段少卿信，附订[③]《时务报》银十两。

二月初五日　甲子　晴暖　去裘

抚部甄别贵山书院生、童，借考棚为之。自抚至县毕至，余地主也。辰初起，送迎至午而止。午后，黄观察便衣自考棚来谈。

看《代数术》。

二月初六日　乙丑　晴暖　去小夹袄

辰正起。点《朱子文集》十页，看《代数术》。

---

① 页眉。福田借去韩文十一本。

② 页眉。《贵阳府志》在张省三处，又《遵义府志》一部。

③ “订”，原文作“定”。

会客。汤肖安大令，严弼丞院长，福田。

二月初七日　丙寅　阴　风

巳初起。点《朱子文集》十页，看《代数术》，核对饩粮册。午后睡时许，傍夕到南书院，同绍光周阅前后。[①]

二月初八日　丁卯　寒　复袭

寅正起。上丁祀先师，寅正二刻往，卯正二刻归。

拜客。汤肖安、严弼臣。

会客。福田、彭广文客周。

点《朱子文集》八页，习算。

二月初九日　戊辰　阴

辰正起。点《朱子文集》十页。

会客。福田、杨馥滋、饶德舆。

习算。

二月初十日　己巳　阴

辰正起。点《朱子文集》十页。

会客。镜虚、福田。晚治具，饯王、许二君，遂留福田饮。

收信。玉久峰观察贺年。

① 页眉。杨馥滋以《武备志》三本、《知不足斋》一本见示，言友人托售也。一卅五金，一廿五金。《知不足斋》疑系廿集。

忌辰　二月十一日　庚午　阴

辰正起。习算。

会客。玉峰、福田。饯如昨。

写信。寄辅叔，稿，寄崇智。稿。

收信。崇智卅四号禀，附郑亲家信，华亲家信，仲敏信，锡三信，四弟信，王成贺禀，日记四本，帐单二纸，《时务报》四本，书目二纸，化坚膏一块，袜二双。

崇智三十五号禀，附日记二本，益、勇禀。

二月十二日　辛未　阴

辰初二刻起。

会客。杨子深、汤肖安。

拜客。贺中丞赐福字，答拜玉峰、子深。到官书局为威宁学选书。

写信。寄仲敏，拟寄伯兄稿。

二月十三日　壬申　午晴

辰初二刻起。点《朱子文集》十页。

会客。戴岫松、雷玉峰、裕福田。

写信。致绍光，为活字板及玉峰租房事。

唁菊人、友梅。

二月十四日　癸酉　晴

辰初起。点《朱子文集》十页。

会客。贻珊、镜虚、福田。

写信。缮寄伯兄禀，写寄沦敏侄信。拟答段少卿草，拟答谢仲鲁草，拟答李慕皋附篇。

二月十二五日　甲戌　晴　晚阴

辰正起。点《朱子文集》十五页。

写信。缮致仲鲁信，写致玉峰信。

拜客。答拜岫松、玉峰、李鲁岩，到南书院。

二月十六日　乙亥　阴

辰初二刻起。写马葑溪联一，写霖生款屏四。福田代。

写信。寄四弟信，缮家信，缮寄陈竹翁信，写复李润生信，补写寄仲鲁附篇，叙彭顺北旋。

二月十七日　丙子

辰初二刻起。写横幅二。

会客。伯完、福田。

式金、镜波明日启行，检点行李，余往来其间，为之心神不一。是日接中丞褫职之电，黔抚以王毓藻补，蜀藩以裕长补。

二月十八日　丁丑

卯正二刻起。式金、镜波率陈、彭、姚三仆，辰正行，大小箱十六只，衣包等物二十八件。

发信。十九号家禀。交式金。寄三侄信，附功课四本、诗稿。寄辅叔禀，附寄江孙四弟信。寄栗堂信。交镜波。二十四号家信，附日记五本，益儿文稿二纸，及体仁元信。

寄仲敏信，寄仲鲁信，寄润生信。秀文斋退货一箱，又一包。万顺对一付。唁菊人，附银廿两。《提要类叙》十本，曹慧斋托寄熙小舫信，附奠分十二两。尹宅家信。

拜客。中丞、绍光，俱晤。又答拜玉峰，晤。谢伯完步。

写信。寄崇智，又第廿四号信，由天顺祥汇千金。

二月十九日　戊寅

卯正起。考试各属保送之高材生，凡到四十六人。试以两论，早盖戳未毕，午继之，申乃退。交卷至三更乃毕。

会客。中丞。

晚阅六卷。

忌辰　二月二十日　己卯

辰初二刻起。阅卷，晨至夜，竟三十四卷。

会客。福田。福田自昨日安砚于西偏之左室，日一至，后不复书。

拟算题六。

二月二十一日　庚辰　午晴

辰初起。考算学，备调书院，到三人，盖戳，至午毕，遂退，交卷酉毕。

补阅六卷，与澄兄议去取，论取十八，算取二。

与澄兄议买西学书单，为书局谋也。

二月二十二日　辛巳　阴

辰正一刻起。

会客。石郑卿大令、陈伯完、杨馥滋。

接写书单，自巳至酉乃毕。[①]

二月二十三日　壬午

辰初二刻起。点《朱子文集》八页，写扇三，册页三。

会客。黄伯香、杨馥滋、饶德舆、绍光、玉峰。

拜客。吊曾观察之夫人，答拜石大令、陈伯完、伯香。

二月二十四日　癸未

辰初二刻起。点《朱子文集》十页，写屏八，对、册页二。

拜客。贺方伯寿，答拜绍光。

写信。答蒋军门贺年，（闪）清书始来抄写。

二月二十五日　甲申　晴暖

辰正起。点《朱子文集》十页。

会客。饶广文灿奎、尚蕴斋。

拜客。为蕴斋送行，并贺护镇远总镇之喜。

写信。答倪广文信、段大令信。

忌辰　二月二十六日　乙酉　晴　夕后阴

辰初起。点《朱子文集》十二页，写屏四、对一、扇

---

① 页眉。《武备志》《知不足斋丛书》，还馥滋。

一，看数学两卷。

写信。复慕皋附篇，缮讫。

二月二十七日　丙戌　阴晴半　晚风

辰初二刻起。看《申报》，看《时务报》，十八号。点《朱子文集》九页，看数学卷有半。

会客。邵方伯、李廉舫、雷山长、黄监院、崇俊翁。

写信。唁张仁甫。

二月二十八日　丁亥　阴　晚大雷雨

辰正起。点《朱子文集》九页，看《数学理》半卷，《代数术》一卷。

拜客。贺崇静廷，又答拜玉峰，答拜方伯、廉访，俱晤，过午乃返。

巳初至南书院，山长至，行交拜礼。余东向，山长西向，又行酬酢礼，礼各四拜，起止以揖。既毕，诸生叩见山长，又谢余，俱四拜，再揖。

偕绍光至鹿壮节祠，行礼后，小坐而去。

二月二十九日　戊子

辰正起。点《朱子文集》十页，看《数学理》半卷，拟算题五道。翻检《明史》《通考》《日知录》等书。

二月三十日　己丑

卯正起。点《朱子文集》十页，看《数学理》半卷，晚间因报考算学者太多，又拟算题五道，合前十而用其……[1]。

会客。杨馥芝[2]、饶德舆。

收信。华祝翁正月十八日信，言托寄尹琅师银、信，拟暂存，俟按试沂州，交府县专差寄日照。吕镜宇贺年。

写题，易稿者三，兼布算，寅初始睡。[3]

三月初一日　庚寅　晴

辰初二刻起。

月课算学，是为第一次，生监文童共三十人，辰至午，未至酉，俱在堂上监视之。

拜客。贺黄观察寿，贺中丞受福字。[4]

三月初二日　辛卯

辰初起。看算课卷二本。

拟书院条约，自辰至子，乃就初稿。

会客。杨馥滋、饶德舆、雷山长。

收信。式金自镇远发来安信，言二十八日开船。

安化周明远，周肃斋之子也，奉其父遗书及其师陈稚瑄杂著各一本，走千里来见。见之，酬以《提要类叙》《小

---

① 此处有欲记而未记者。

② “芝”，前作“滋”。

③ 页眉。绍光贻以《矩象测绘》二册。

④ 页眉。玉峰送来所拟买中学书单，又代拟书院条约。

学》《近思录》《尊经书院记》各一本。①

三月初三日　壬辰　清明

辰初起。看算课卷二本，抄书院条约，又删改一次，凡十二则。

会客。雷山长。

拜客。吊李太守，到南书院。

三月初四日　癸巳

辰初起。看算课卷五本。

到南书院，诸生分班来见。②

三月初五日　甲午　晴

辰初起。看算课卷，到南书院。

收信。刘博翁谢函，言会典馆本年二月起呈书，月六十卷，两年乃可毕。

会客。赵哨长殿邦，魏问秋刺史。周明远来辞行，赠以路费。十金。

拜客。过中丞一谈，访绍光不遇，答拜赵都戎、魏刺史。

晚与福田演算，因诸生课卷演式多误，属福田逐题推

---

① 页眉。山长《学规》付杨、饶二君，属院生缮清稿。山长送来《泰西新史揽要》一部。

② 页眉。《算法须知》一本，《算算大成》内《代数》三本，交黄禄贞传阅。

演，余辅之。[1]

三月初六日　乙未　晴暖

卯正起。看算课卷始毕，看《泰西新史》一卷。

方伯假考棚月课，辰刻来与周旋。绍光又谈片刻而去。

与福田演算，自申至亥。

写信。致绍光商《时务报》事。[2]

三月初七日　丙申

辰初二刻起。借看《耆献类征》。

到南书院，晤陈延策、张希文、熊继先、欧阳朝相等。

晚与福田演算。[3]

三月初八日　丁酉

辰初二刻起。点《朱子文集》九页。

会客。吴绪彬。

自午至亥，与福田演算。

写信。致绍光商三事：一、《时务报》以书局作代派处；一、铅板价昂，拟请方伯将署存活字木板发局；一、书院宜设斋长。

---

① 页眉。周肃斋、陈稚瑄两君以著述底本十八册暂存备校，将来交徐家驹。问秋言：选卿之姊，在尚节堂有年，前年回籍，选卿曾托问有无领款，因代查一略节来。

② 页眉。正续《经世文编》，书院取去。书院由局借书十种，此其一也。

③ 页眉。山长托问实收下场事。

三月初九日　戊戌

辰初二刻起。点《朱子文集》十一页，演算问答，看《四礼翼》。

拜客。吊刘杏城之太夫人。

到南书院，出算课案，取十五人，晤吴永祥、董正、刘思明、邱学慎、吴绪彬、周恭寿。

福田所演算稿，是日写完，订为一册，约二十余页。①

三月初十日　己亥　晴暖　有衣夹者

辰初二刻起。点《朱子文集》十五页，拟算稿小引并目录。

收信。绍光复前商三事，甚略。又代其堂弟隽鳌乞应乡试咨文。

到南书院，晤陈廷策、黄禄贞、饶焕奎。

三月十一日　庚子　晴渐热

辰初起。看《代数术》《八线备旨》。

会客。馥滋、德舆，到南书院，晤院生甚多。

三月十二日　辛丑　晴热

辰初起。点《朱子文集》十一页，看《代数术》《八线备旨》。

会客。祁听轩。

---

① 页眉。邱学慎以其父诗稿四册求作序。

到南书院。[1]

三月十三日　壬寅　早晴热　午后风　骤寒

辰初起。点《朱子文集》十三页，拟奏稿。

方伯得长沙钟太守复函，言算师因道远脩微，皆不肯就聘。[2]

三月十四日　癸卯　阴而风且寒

巳初起。点《朱子文集》十页，续拟奏稿，看《代数术》。

收信。裕将军贺年。[3]

三月十五日　甲辰

巳初二刻起。点《朱子文集》九页，看《代数术》。

到南书院散《时务报》。

会客。黄诒珊。

三月十六日　乙巳　晴

卯初起。点《朱子文集》十页，诵《大学》，看《代数术》，点《泰西新史》。

三月十七日　丙午　晴

卯初二刻起。诵《中庸》，点《朱子文集》十页，看

---

① 页眉。祁听轩送来洋文《代数》一本。

② 页眉。监院送来资善堂所送书目清册。

③ 页眉。首府送来《时务报》四十份。

《代数》，点《泰西新史》，看《申报》。

到南书院，唐桂馨昨日进院。

三月十八日　丁未　早寒　午热

卯初二刻起，诵《中庸》，写扇三，册页一纸，看《白芙堂算书》。

午睡抵昏。

三月十九日　戊申　晴

辰初起。诵《论语》，点《朱子文集》十页，演百鸡术。

会客。祁听轩。

收信。冯春圃贺年，自上洋厅发。

三月二十日　己酉　晴

辰初起。诵《论语》，点《朱子文集》十一页，演百鸡术。

三月二十一日　庚戌　晴

辰初起。演算，看《池上草堂记》，一名《劝戒录》。

到南书院，酉回。晚阅日记。

三月二十二日　辛亥　晴　太守祁雨

辰初起。阅诸生日记，为定画一例，朱书之。

到南书院，酉回。看《劝戒录》。

收信。丁衡三。

会客。陈劭吾。[1]

三月二十三日　壬子　晴

辰初二刻起。看《劝戒录》，拟算题。

会客。书局管书板张云晡铭。抚军以柬辞行。崇俊廷辞行，赴播接差。

夜丑初，兵部火票递到总理衙门夹板公文一件。

三月二十四日　癸丑　晴

辰初起。

拜客。为中丞送行，为崇俊廷送行，诣方伯商算学录科事。

会客。孟志丈。

三月二十五日　甲寅　晴

卯正起。南门外送中丞行。到南书院拜贺志青丈。

福田代买去年《时务报》。

会客。祁听轩。[2]

三月二十六日　乙卯　雨

辰正起。

到南书院。

会客。贵筑训导王以庄。

---

① 页眉。王怀彝借去《仪礼郑注句读》。

② 页眉。祁持画图器一包，又书一本暂留。

折差收信。崇智三十八号禀，益、勇禀各一，日记六本，崇、益、勇、忠各一，锡二。仲敏信，菊人信，道安信，辅唐信、惺安信，益斋信，菊人答崇儿原信，王成贺禀。张师相、孙燮师、崇鹤亭、谢味余、钱铭伯、谢棠洲、朱炳青、秦韶臣、佩鹤、毕尔修、周紫垣、雷惠杭、王铸言、王梅岑、沈兰秋回信。仲敏寄澄兄信，尹宅家信。

收信。孙绶堂回信。①

三月二十七日　丙辰　晴阴半

辰正起。覆看昨接各信。

未刻设席，约山长小聚，陪者陈邵吾、黄镜虚、黄渔珊，初更后散。

三月二十八日　丁巳　晴

辰初一刻起。点《朱子文集》七页，写屏八、对一。

写信。二十号寄兄禀。二十六次谕崇儿，起草未毕。

拜客。访志丈不遇，答拜曾大令。

会客。曾潄芝。

到南书院，晤祁听轩。②

三月二十九日　戊午　晴

辰初起。拟算题。

---

① 页眉。刘道湑以其叔祖与其父诗稿求序，姚华求书屏，严俨求书联。

② 页眉。陈稚瑄杂作、周肃斋遗书各一本，附底稿十八本，送劭吾，求订正。熊尚桓借去《算法须知》一本，《时务报》三本，助书院。

到南书院。

会客。李谢廷、杨子深、周广文泽钟。

拜客。李、杨两大令。

收信。王采臣。[1]

三月三十日　己未　晴

辰初起。拟算题，看苏诗。

会客。陈佑之、李缄三、刘广文鸿文。

拜客。陈大令，贺李大令回任。

到南书院。

四月初一日　庚申　晴

卯正起。考算课，自辰至申，退堂，到三十人。

收信。李云庄同年，张子笏师。崇智三十七号信，锡侄信。

四月初二日　辛酉　晴

辰正起。批阅算课卷终日。

收信。陈佑之为鹿祠置田事。

四月初三日　壬戌　晴热

辰初起。

会客。陈劭吾刺史。

拜客。劭吾。

到南书院，阅日记，与玉峰谈。

---

① 页眉。《农政全书》《续经世文编》送监院，交各生检查，初二日送回。

四月初四日　癸亥　晴热

辰初起。补批算课落卷，看《代数术》。

会客。张翼卿观察。

到南书院，发算课榜，取二十人。[①]

四月初五日　甲子　午小雨　复衣棉

辰初起。看《微分术》。

会客。李廉访、饶德舆。

拜客。张观察。

到南书院，发奖银。

晚为福田商改算说。

四月初六日　乙丑

卯初起。

会客。廉访月课，来小坐。因晤绍光、李兼山大令。

拜客。方伯、廉访俱晤，访志青丈不遇。

收信。折差罗姓，据云二月十七日始出京。崇智三十七号禀，附贺年禀，三河帐单，京寓帐单。辅叔信，附帐单。菊人与崇智信两封。益斋、乐农两回片，又谢信。封□□□。陈采卿、丁伯厚、陆申甫、李慕皋，尹宅家信，辅叔寄荣卿信，徐年伯母讣文。俱十二月二十八日发。

四月初七日　丙寅　阴

辰正起。抄《微积须知》五页。

---

① 页眉。立夏，换戴凉帽。

约志青丈便酌，酉初来，亥初去。

四月初八日　丁卯　阴　细雨

辰正起。抄《微积须知》五页半，写屏十二、对一。

为福田改算说。

四月初九日　戊辰　阴

辰初一刻起。抄《微积须知》三页半。

到书院。

拜客。贺玉峰移新居。

四月初十日　己巳　晴

辰初起。抄《微积须知》二页。

会客。魏问秋。

抄福田算草。

四月十一日　庚午　晴

辰初起。抄《微积须知》二页，演算。

到书院。

抄福田算草。①

先父忌日　四月十二日　辛未　晴

辰初起。抄《微积须知》一页。微分毕。

会客。郭竹居、崇静廷。龚少白，思州甲午优贡，云

① 页眉。从杨德懋假《代微积十级》一部。

南试用通判。

收信。叶肖韩。①

四月十三日　壬申　晴而风

辰初起。看《代微积十级》，写扇。

拜客。迎新抚军于北廓②关帝庙。答拜崇、魏、龚三君。

抄听轩所译算稿。

收信。曹慧斋托购书。

四月十四日　癸酉

卯正起。写扇，点《朱子文集》十三页，

拜客，中丞。会客，清镇附生杨绍莹，甲午举人向日葵。

始学洋文，延听轩每日来署口授，兼译算书，月酬八金。福田为介绍，听轩慨允，而逊谢束脩之议③，定以明日始。

抄祁译算稿。④

四月十五日　甲戌

卯正起。学洋文二十六字母，大楷。

---

① 页眉。祁听轩始来译书。

② “廓”，原文作“郭”。

③ “仪”，原文作“议”。

④ 页眉。曹刺史问前次托购之书，又续寄新场书院购书目。

会客。王中丞。

到南书院，晤山长、监院及镜虚、广文。

四月十六日　乙亥　小雨　复寒　重衣絮

卯正起。点《朱子文集》十二页，写屏四、对一，学洋文大草约两时。

写信。致段少卿，寄《时务报》。

收信。邹孟仁大令寄王云舫师奠敬五十金。

到南书院，阅诸生上半月日记。

晚同澄翁习洋文字母。

四月十七日　丙子　小雨

辰初起。点《朱子文集》十一页，学洋文字母小楷、小草约两时。

写信。答邹孟仁，致鹿滋翁附篇。

早，置酒酬听轩。

会客。绍光。

四月十八日　丁丑　小雨　午晴

卯正二刻起。点《朱子文集》十一页，洋文四体以学童认字号法认之。

会客。王介臣、朱菜香、吕声桂、尹承元。

到南书院。

习洋字。[①]

四月十九日　戊寅　阴

卯正二刻起。点《朱子文集》十一页，学洋文两字拼法，兼习写大小草。

会客。石郑卿。

到南书院。陶其淦以天元开方求长草呈阅，其长阔之首两位同数，仅能得阔而又能得长，思之，未得其故。

写信。复曹刺史，缮二十号寄兄禀，又二十六次寄崇儿信。交马折差。

收信。崇智三十九号信，附日记三本，炭敬册一，陈竹叔信，锡三信，帐单一，徐宅挽联抄一册，徐年伯母行述一册。又第四十号信，附忠儿日记二本，劭询家禀，画器四件，彭顺家信。

又收信。全庶熙。

陶生所呈开有草以示[②]福田，福田为借翻益法入之，似尚非通法。[③]

小满　四月二十日　己卯　雨

卯正二刻起。点《朱子文集》十页，习洋文。批阅札记，批阅杂作一本。杨耀宗。

---

① 页眉。张光辅以其父所辑《诗学过庭录》求作序。黔西玉屏书院议购书目，交玉峰。

② “示”，原文作“视”。

③ 页眉。折差回，赍到二月初一日奏报岁科竣试折本。朱批：知道了。

会客。饶星帆，修文附生吴骧。

收信。倪书田广文信，附生童日记四本。吴有福、邱世起、邵家声、杨昌隆、薛遇贤。石小峰。

看《申报》。福田复演前草，乃知实尽之后，仍可以偶商廉也。

四月二十一日　庚辰

辰初起。习洋文，评阅杂作二本。钟昌祚、宋云汉。

到南书院，陶其淦以彭述文解天元开方求长草呈阅，与福田之法恰同。改订代数译稿。

四月二十二日　辛巳　阴

辰初起。习洋文，评阅杂作一本。黄家琨。

拜客。贺方伯太夫人寿，答拜黄、饶、石三大令。

会客。黄稼生。

到南书院，熊继先以代数演益古题呈阅。萧万举说代数杂方化次项为空之理，且云：立方题能使次三两项皆空。因属其归而演草。

改订代数译稿。

四月二十三日　壬午　阴

辰初起。习洋文，评阅杂作一本。尹承光。

写信。复全太守。

会客。朱莱香。

到南书院。吕声文问《九数通考》买果树题，变为开长方题之理。杨德懋资刻《幼学操身》，因（极）赞成之。

改订代数译稿。[1]

四月二十四日　癸未　夜雨　至辰止

辰正起。习洋文，评阅古州书院吴在福日记。

到南书院，张寿龄问开带纵方用四因法之理。欧阳朝相问《形学备旨》与《平三角举要》孰要？

《算法须知》刻成。[2]

四月二十五日　甲申　早晚阴　午暂晴

卯正二刻起。习洋文，评邵、薛日记二本。

到南书院，欧阳、罗、姚、周四生问算。

四月二十六日　乙酉

辰初起。习洋文，因腹疾，疗[3]以酒，疾益甚。

晚拟算题。

四月二十七日　丙戌　晴

黎明如厕，如是者四五次。终日倦卧，无所事事，至晚乃差。

四月二十八日　丁亥

巳初起。体仍不适，勉习洋文，左臂患处作痛，以电机度之而瘳，体亦稍舒矣。

到南书院，略坐而返，因廉访加课，乃改算课于初

---

① 页眉。院生购书单，是日交杨德懋转请山长发局。

② 页眉。发寄鹿制军信，附抄贵阳府申文，及陈佑之信稿附篇。

③ “疗”，原文作“潦”，据上下文句，音近而误。

二日。

会客。孟志翁。[1]

四月二十九日　戊子

辰正起。习洋文，终日闲谈，晚温洋文片刻。

拟算题。

五月初一日　己丑　夜大雷雨　旦晴

辰初起。习洋文，拟算题并书。

到南书院。

晚同福田演算。[2]

五月初二日　庚寅　晴

卯正起。算课到五十五人，酉初退自堂，习洋文，三更卷毕交。

会客。劭吾来访，以月课辞。晚镜虚来谈甚久。

收信。王季樵前辈贺年。

五月初三日　辛卯

辰初起。学洋文，看算课卷三十九本。

五月初四日　壬辰

卯正起。习洋文，看算课卷六本。

拜客。访志青丈、劭吾。到南书院。

---

① 页眉。潘德明呈日记，姜斯美呈日记、札记，李廷章、杨泽烜呈算稿。

② 页眉。张希白呈日记。

收信。崇智四十一号信，附墨青信，陈竹叔信，王续雅信。

五月初五日　癸巳　晴

辰初起。洋文停课。

拜客。答贺中丞及祁听轩。

五月初六日　甲午　晴

辰初起。习洋文。

会客。雷山长。[①]

五月初七日　乙未　晴

卯正二刻起。习洋文片刻。

会客。竹居、佑之、劭吾。

五月初八日　丙申　夜大雨　至晡乃止

辰初起。习洋文。

拜客。闻志青丈将行，是日往谒，畅谈。系初九日。

五月初九日　丁酉

辰初起。习洋文。

会客。绍光。

到书院散《算法须知》，答拜山长。

---

① 页眉。山长带来《时务报》两号。

五月初十日　戊戌

辰初起。习洋文，拟答石小峰信草，拟算题。

会客。黄让翁、绍光，志青丈辞行。

与澄兄酌算课去取，共取超等八名，特等三十四名。

五月十一日　己亥

辰初起。习洋文，算课榜送书院。

晚便酌饯志丈。①

五月十二日　庚子

辰正起。习洋文。

会客。劭吾。

为志青丈送行。渔珊来，以廉访加课卷三十四本乞评算艺，廉访意也。

到书院散算课奖，并与山长畅谈。②

五月十三日　辛丑

辰正起。习洋文。

拜客。答拜中丞、绍光、劭吾。

会客。潘企曾乞咨文。

廉访加课卷，属福田校正，余拟评语，澄兄书签。

五月十四日　壬寅

辰正起。习洋文，点《朱子文集》三页半。

---

① 页眉。山长送来《西学书目表》并《读法》各五十部。

② 页眉。属诸生学洋文者备束脩，交山长送于仲方处。

会客。佑之、赵秀升前辈。

到南书院，定诸生算学月榜。罗、周、孙问算。

五月十五日　癸卯　夜雨　夕始晴

卯初二刻起。点《朱子文集》十二页，习洋文。

邹孟仁来拜，以剃头辞谢。

评书院四月日记八十本，自未至亥乃毕。

日记八

丁酉（1897）五月十六日驻省，至戊戌（1898）正月十二日泊舟牛鼻滩。一作牛皮滩。

五月十六日　甲辰

辰初起。习洋文，点《朱子文集》十页，是日全部点毕。

会客。陈劭吾。拜客，答拜秀升前辈，及邹孟仁。

到书院。

五月十七日

辰初起。习洋文。

春正二，雨正十七，惊二三，春二十八，清三三，谷三十九，夏四四，满四廿，芒五六，夏五廿，小暑六八，大暑六廿三，秋七十，处七廿六，白八十一，秋分八廿七，寒九十三，霜九廿八，冬十十三，小雪十廿八，大雪十一十四，冬至十一廿八，小寒十二十三，大寒十二廿八。

五月十八日

辰初起。习洋文。

会客。周玉书。

到南书院。

五月十九日

卯正起。习洋文。

会客。抚军假考棚观风，藩、臬、道、府毕至。

五月二十日

习洋文。

拜客。贺少[①]光寿，访佑之。

五月二十一日

习洋文。

到书院。

五月二十二日　庚戌　夏至

卯正起。习洋文。

黄观察扃门课经古，仍假考棚。是日余未出见。

到书院。

五月二十三日

辰初起。习洋文，写扇一。

写信。复倪书田，并寄还生童日记五本，附奖书数种。

到书院，晤玉峰。孙世杰、欧阳朝相问算。[②]

五月二十四日　阴

巳初起。习洋文，写扇二。

---

① “少”，前作“韶”或“绍”。

② 页眉。《代数备旨》交吴绪彬拆分，散给各斋传抄。

会客。佑之辞行，采臣新到，俱久谈。

到书院，评日记十余本。杨德懋等议立刻书会，拟先刻算书。作赠吕茂才诗一首。

写信。复墨青，起草未半而止。

五月二十五日

辰初起。习洋文，作遗欧阳生朝相诗一首，书之扇。

拜客。佑之、采臣。

会客。邵方伯。

到书院，评日记十余本。张、周、李问算。

收信。尚蕴斋贺节。

五月二十六日

辰初起。习洋文，作遗熊生继先诗一首，书之扇。

到书院，评日记毕，传观后仍交监院。

会客。子琛[①]大令。

五月二十七日

卯正起。习洋文，作赠李生维钰诗一首，书之扇。

会客。陈佑之。

到书院。

五月二十八日

辰正起。习洋文。

---

①“琛”，前作“深”。

到书院，奖吕、李、欧阳、熊四生诗扇，是日面授之。

晚约杨子深便饭，蔬食，不具酒。

五月二十九日

辰初起。习洋文，写屏、联数事。

会客。陈镇臣太守。

拟算题。

五月三十日

巳初起。习洋文。

会客。潘企曾。

晚拟算题既定，请澄兄书之，凡十八题。

六月初一日　己未

卯正起。算课到五十八人，酉正退堂，晚后至三鼓，卷乃毕交。

六月初二日

巳初起。习洋文，看算课卷一本。

会客。郭竹居。

到书院。

六月初三日

巳初起。习洋文，看算课卷七本，兼演乘方、开方两式。

会客。邓次溪名维璟，山西候补知县，丁忧在籍，系廉坡山长之胞侄，为鹿壮节祠岁修款事来见。

拟寄墨青信草，未毕。

六月初四日　晴

卯初二刻起。习洋文，看算课卷二本。

拜客。诣方伯不遇。答拜邓次溪及石小峰之两公子。

到南书院，晤玉峰、竹居，皆久谈。

由天顺祥寄来崇智第四十二号信，四月初四日发。附献夫说片，言缴贺折事，又陈香士索炭敬说帖，又尹宅家信。[①]

六月初五日　半阴

卯正起。习洋文。自昨日始读《读本》，此其第三本也。

会客。杨楚珍镇军、方伯、廉访。

收信。鹿制军回信。

六月初六日

卯初二刻起。首府考课假官厅，晨起即避让之。澄兄未起，自仓室入。习洋文终日。

收信。承同年为福田北旋事。

六月初七日

辰初起。习洋文，题杨馥滋之尊甫彝斋遗像。

会客。周玉书、黄镜虚。

---

① 页眉。福田还谢宅之款。天顺祥送来谢仲鲁名片一纸，名桐森。书云：三月二十日收到京呈银三百两云云，即日交福田。

写信。答肖韩、续雅。

收信。崇智四十三号禀，附尹宅家信，由百川通寄来。

六月初八日　丙寅　小暑

卯正起。习洋文。

会客。高令名、劭吾、史翔臣。

写信。写唁马积生丁内艰信。接写答续雅信，起草毕。复承述之。[①]

六月初九日

辰初起。习洋文。

拜客。答拜翔臣，又诣方伯及绍光处，为刘仲魁事。

写信。拟二十七号家信草。

六月初十日

辰初起。是日洋文停课，但温熟者，因澄兄以得孙觞客也。

会客。翔臣。

写信。答墨青信及二十七号家信，均缮讫。唁张兰圃世兄。

收信。华祝翁信，附尹琅师回片。

六月十一日　己巳

卯初二刻起。习洋文。

---

① 页眉。高令名代假《代数通艺录》于李紫芝孝廉，是日送来。

拜客。答拜翔臣，访中丞、观察，各坐良久。

到书院。未初往，酉初回。

阅五月札记，阅算课卷六本。

六月十二日

卯初起。习洋文，阅算课卷六本。

写信。又二十七号家信，十三日交折弁。二十七次信，是日折弁取去，闻须十六日行。

六月十三日

卯初起。习洋文，阅算课卷六本。

会客。中丞、观察、绍光。

六月十四日

卯初起。习洋文，阅算课卷六本，题杜氏《冥寿图》。

到书院。

六月十五日

卯正起。习洋文，阅算课卷六本，写对二、屏八。

到书院，与玉峰、竹居久谈。

六月十六日　晴

辰初起。习洋文，写对二、屏八、条幅一。阅算课卷六本，又四本。

写信。缮寄续雅信，并汇银，交百川通。

六月十七日

卯正二刻起。习洋文，写屏八，阅算课卷七。

到书院。

六月十八日

卯初二刻起。习洋文，写对四、屏四，补批算课卷七本。

到书院。互和折半之理与通分用公倍乘分子法，向俱未曾留心。本日周恭寿、罗椿以算草就商，因为讲解，己亦了然，足知相长之益。

六月十九日

卯正二刻起。习洋文，同福译代数题二，写对一、屏八，补批算课卷毕。请澄兄覆阅之，并商去取。

六月二十日

卯正起。习洋文，翻代数题一，终日与祁、裕诸君谈。

算课发榜，拟算题四。

福田言：勾弦、股弦两和题，以弦为天，开方得两正根，其一大于和，盖当得勾股，此论甚妙。

六月二十一日　己卯

卯正起。习洋文，翻代数题一，拟算题二。

会客，劭吾。拜客，史翔臣、马大令安礼。

到书院，为周生讲算。晚阅《通艺录》，载有公式，摘录之，拟翌日示周。①

六月二十二日

卯正起。习洋文，翻代数题二，为高令名之母拟坊联。

到书院，为熊、欧、张、周、罗诸生讲算。发算课奖，并散四、五两月卷。②

六月二十三日　辛巳　大暑

卯正起。习洋文，翻代数，拟算题，写屏、联。

六月二十四日

卯正起。习洋文，翻代数，拟算题。

到书院。

六月二十五日

卯正起。习洋文，翻代数，写屏、联，拟算题，因演算。

到书院。

六月二十六日

寅初二刻起。万寿宫行庆贺礼，卯初回，习洋文，检点故纸，无用者弃之。拟算题，翻代数，写对联。

到书院。

---

① 页眉。古州书院寄四月日记。

② 页眉。玉峰送来书局清单第三帮，《数学理》一本借与黄禄贞，旋取回。

六月二十七日　晴

辰正起。习洋文，拟算题。

六月二十八日　晴

卯正起。习洋文。

每月算课，人到虽多，大率因人成事，是以别拟一法，人各四题，黏之卷内，俾各尽所长，毋致竽滥。然以六十人计，便须二百数十题。本日自午抵亥，止黏二十卷耳。

六月二十九日　晴

卯正起。习洋文。

仍黏算题，乞澄兄相助，且演且校，且写且黏，至亥初足六十卷而止。此法偶一为之则可，不能以久。

会客。王采臣。

七月初一日　戊子　晴雨兼

卯初起。辰初二刻始散卷，终日答问无停时，至酉正后退归舍。是日到六十二人。

晚将两月来所识洋字类抄之。

七月初二日　终日雨

辰正起。习洋文，仍抄洋文。

会客。全庶熙。

七月初三日

卯正二刻起。习洋文，阅算课卷十本。

会客。乔汝为。郭竹居为书院火夫与黄大令之仆斗殴事来面禀。

拜客。全太守、乔大令、熊太守。

到书院。[1]

七月初四日

卯正二刻起。习洋文，算课卷分托澄兄与听轩、福田阅之。

到书院，晤玉峰。诸生不满于竹居，大相龃龉，傅而申饬之，并规竹居。

接兄来电，因字码多误，送局代译，局复问诸津局。

阅电抄，知益斋奉使秦之命。[2]

七月初五日

卯正二刻起。习洋文，阅绥阳会课卷一本。

到书院，演代数开方草，示欧阳、黄、熊诸生。

七月初六日　忽晴忽雨　仍夹衣　加背心

卯初起。抚军课经古，假官厅，晨起盥毕，避之澄兄室。受洋文，阅绥阳会课卷一本。

会客。王中丞。

收信。

写信。拟复华世叔信草。

---

① 页眉。善后局送来第廿号《时务报》，翌日送交玉峰。

② 页眉。书局第三帮书单还玉峰。

久不濯足，殆几半年，今午梳剃后，辄一濯之，轻快异常。若将心垢照此濯涤，其快又将何如耶？吁，其难矣！

七月初七日　大雨

卯初起。习洋文，阅绥阳会课卷二本。

拜客。中丞、中衡、熊太守。

会课，周玉书。写信，复华世叔，是日驿发。

七月初八日　雨　午后大睡

卯初起。习洋文，补批绥阳会课卷毕，批杂作二本。黄永炘、余钟。

收信。崇智第四十四号信，附尹劭询家禀，又熙小舫收到曹刺史奠分回片。[①]

七月初九日　晴

卯初起。习洋文，阅杂作二卷。吕声文、刘增礼。

收信。黄后田同年自四川来函，问琅师近况，其嗣君洪铭回黔乡试。

写信。致曹慧斋，附熙宅收银信回片。

到书院，张希白、刘思明问算，穆廷芳告退。

七月初十日　丁酉　晴　立秋

辰初起。习洋文，自四月十五日始，从祁听轩通守受

① 页眉。去年托玉峰购书于沪，上月始见发书之单，是日复将所托各种重写一单，送玉峰处，托其转属该局，新书一到，即检齐送来。李琳借《中西算学大成》内《几何原本》四本，初八日托听轩转交。

洋文，每日祈以辰正来，午初散，至今将周三月，祈未尝一日不至也。澄兄、荣弟俱肯著力，福田尤敏锐，余则虚应故事。虽已受八九百字，而开卷茫然，与不识一字者无以异。因念时日不居，事会难再矣，余不学后益何望。数日以来发愤早起，签判之后便治洋文，且读且抄，手口并用，其能有万一之效与否？盖不可知！少尽人事，以免他日之悔耳。拟自明日起，选洋译《聊斋》，手抄读之。

阅杂作卷一本。萧廷藩。

会客。劭吾。

七月十一日　戊戌　晴

卯初起。习洋文，读且抄。写扇二，阅杂作二本。萧开瀛、董正。

七月十二日　晴

卯初起。习洋文如前，阅杂作一本。陈元栋。

会客。李廉访、施秉教官赵本葵、饶焕奎。

七月十三日

卯初起。习洋文如前，午后抄读本，看杂作半本。马政仁。

牌示十八日开棚录科。

七月十四日　晴

卯初起。习洋文，批点算课卷十余本。

拜客。答廉访不遇。

会客。水城训导朱能溶、仁怀教谕黄毓芳、前开州训导刘仲魁。

七月十五日　壬寅　晴

卯初一刻起。习洋文，批点算课卷毕，晚定名次，取超等十人，特等十二人，一等二十人，不取者共二十人。

会客。兴义府训导熊济熙。

晚晴，月甚佳，与澄兄步于庭。因追忆前事，叹时光之速，式金归已五月，听轩授洋文亦三阅月矣，而皆如昨日事，后视今，由今视昔，今日追溯，相与流连，异日必且还念某年中元月夜，散步清话时也。书此志之。

是日口占一联云：事无姑待神常暇，食不多贪味始甘。余恒以因循废事，致心中无闲适之一境，体仁盖屡言之。又饮食不节，往往致疾，澄兄亦屡言之。拈此自惕，庶几勿忘，以对贤友。

七月十六日　晴　晚月仍昨

卯初起。抚军决科，假考棚官厅。避之澄甫舍，习洋文。

会客，李兼山大令。看杂作半本。马政仁。

发本月算课榜。

忌辰　七月十七日　晴

卯正二刻起。习洋文。明日开棚，与听轩约停课半月，定书院算学名次。

会客。思南府训导许。

到书院，散算学卷笔资，又书院月榜奖书籍。

看杂作一本。举人陈凤仪，黄禄贞之师也。

收信。崇智四十五号禀，附益、勇、忠禀各一，日记六册，字母一纸，注音一纸，《时务报》馆答崇智信。仲敏信，附字母音。雨人、卫瞻、润民信各一。四弟江孙信。尹宅家禀。王成寄孟成信。五月二十二日交折差。

看杂作。孙熙昌。①

七月十八日　晴兼雨　初次过堂

卯正二刻起。翻检洋文时许。

卯正升堂点名，到二百三十二人。看杂作卷五本。杨德懋、刘增礼、熊继先、徐天叙。周恭寿，未毕，次晨毕。

会客。李学正、胡训导。

拜客。答拜李大令。

收信。裕将军贺午。

各属录遗卷费。贵阳、贵筑百二十两，善后局。开州二十四两，戊子详准。贵定十八两，恩科减三之一。大定五十四两，恩科减三之一，甲午详准。镇远府、县八十四两，恩科减三之一，前守严详准。黔西六十两，甲午详准。平远四十两，甲午详准。兴义县二十四两，辛卯详准，恩科无。

录遗卷费缴一钱五分，过堂报名缴五十。

① 页眉。六月札记，并下半月日记，均还付监院。

号房收职官贡监文费四百，缴其半；文生二百，亦缴其半。贵定则统收五十，亦缴其半。其外收之半，各行分七十千零五百，茶、承、舍、皂六十千，轿缴外班十千零五百。

七月十九日　晴　初次补考　午后睡时许

卯正起。略看洋文一两页。

辰正升堂，到二十七人，散题后退堂。是日看杂作三卷。高令名、姚华、李立成。

会客。广顺学罗、潘两广文。

收信。崇智四十六号禀，附津邑科试新生全单，五月二十五日交百川通。鹿乔笙谢信。

收文太多，属荣卿代登册记。

七月二十日　晴　雨风相间　上游文生录科

卯正起。是日阅杂作三卷。游起鲲、黄德坚、黄德铣。

辰初二刻点名，在龙门，到一百五十九人，贵阳五十一、贵筑五十、定番一、修文二十一、安顺十、清镇九、兴义府二、县五、遵义府县各三、桐梓一、毕节三。发题后，巳初退堂。

号房收投文费，浮于原定之旧，牌示禁之。

拟牌示，因诸生向来试卷多沿误之处，恐其科场误事也，故拈示之，凡十一条。

七月二十一日　晴雨间　下游文生录科

卯正三刻起。

辰正点名，到四十三人。镇远府六、县二、黄六、施二、都匀府四、县一、清三、麻二、八寨一、思南一、安化三、石阡一、铜仁府五、县一、松一、余一、玉二、古一。

巳初退堂，与澄兄商订杂作卷名次。

会客。平越学正晋揆炘。

晚看录遗卷三十四本。

初四之电由津复至。昨信照办，现提黄芸孙长女，名如姑，年十岁，才貌双全，与侄五辂议婚。芸孙将婚合好，托兄作媒，非行不可。所有操作一切等事，皆随我家规矩，业已讲妥。兄实中意勿却，速复。

七月二十二日　晴　二次过堂

卯正起。补看下游录遗卷毕，点《四书反身录》十余页。

会客。毕节广文张、大定广文杨、修文广文陈、龙里广文谭。

拜客。答拜龚刺史。

到南书院。

辰初二刻升堂，点名，到一百四十八人，又府、县两学礼乐生二十八人。

七月二十三日　晴　午后雨　大雷　正途贡生教官录科

卯正二刻起。发上下游初次录遗榜。

辰正点名，到三十七人，发题后退堂，点《反身录》五六页，书扇五。

会客。贵定教官王之珍。

颜照奎呈其父《望眉山人年谱》一本、《仿南行记》一卷。望眉，名嗣徽，字义宣，贵筑庚午乡试第一，广西知县。

七月二十四日　晴　傍夕大雨一阵　例贡监录科

卯正起。辰初二刻点名，先收执照，封门，发题后逐一验讫，复唱名，逐一还之，巳正退堂，凡到六十人。翻阅《望眉山人集》，是日写对、屏十余事。

会客。署永从教官王敬仁、署荔波知县白建鋆。

七月二十五日　晴　二次补考

卯正起。辰正点名，到一百九十余人。

午后写屏、对十余事。

会客。黔西拔贡刘祖沛。

收信。曹慧斋、倪书田，附日记六本。

看《五十名家手札》。阅电抄，知高阳师薨于京邸。

处暑　七月二十六日　晴　三次过堂

卯正起。辰正点名，到三百七十三人。评阅龙冈书院日记十本。四月四、五月六。

会客。府学余、裘两广文，镇宁广文贾国桢，安顺广文江长春，大定广文杨智濬，代理首县杨仲三。听轩来，留晚饭。

终日或批牍，或判稿，或酬对，或校阅，神为之扰，是日适患咳。

七月二十七日　晴　上下游二次录科

卯正起。

辰正点名，到九百七十四人，至午初乃毕。号不敷，括义塾桌足之。

会客。黄镜虚、余教授。

午后批牍，与澄兄熟商，又商订呈杂作、札记诸生应奖某某书。是日榜示之。

收信。雷鸣叔谢炭敬。[①]

七月二十八日　晴　合棚大收　四次过堂

卯正起。

辰正点名，到四百五十九名。点名毕，日已向午。饭后验监照，约费三小时。及过堂点名，则申正矣，兼发札记。过堂到二百二十四名。

是日阅卷八九十本。

七月二十九日　晴　补考

卯正起。

辰正点名，到二百五十一名。

是日阅卷二百余本。

会客。石阡太守福。[②]

---

① 页眉。官书局送来新到书二十三种，共五十六部。

② 页眉。玉峰处存杂作四卷，余几忘之，是日偶忆而问之。午后玉峰遣人送来。

七月三十日　晴　二次大收　五次过堂

卯正起。是日阅卷六十余本，暇则批牍。连日当堂递呈者踵相属，求开复者居多。辰正二刻点名，午初毕，验照讫，退堂，未初矣。未正点过堂，到一百一十名。

会客。安顺太守赵秀生①前辈，派充内簾监试，昨到省，今日来拜。

晚发二次录科榜。二次大收，到六百七十名。

八月初一日　戊午　晴　补考

卯正二刻起。鹿公祠拈香，是日系壮节死难日也，绅士具柬相邀，余先至。

辰正二刻点名，到三十七名。

午后批牍，又阅卷二十余本。②

八月初二日　晴　截数大收　兼补考

卯正起。

巳初点名，到一百七十五名，验照后，午初退堂。午后过堂，到五十三名，后又补□名。

桐梓监生陈登州，以光绪八年捐照，并贵州藩司补四成，实收入场。余验之，不能辨其真赝也。稿房曰：光绪八年捐已停，黔亦撤局久矣。余复取而谛视，字迹、戳印俱可疑，呼陈诘之，嗫嚅也，掣其卷而出之。使传事将照询之方

---

①“生”，前作“升”。

②页眉。七月下半月日记，并昨借刘显治《朱子全书》，均送交监院。《代数术》二部交孙世杰，孙、唐二生，六月算课之奖也。

伯，方伯又转而询之善后局，如稿房言。且曰：其印小于真印四围各一界，伪照也。

是日阅五十余卷。

会客。张广文鸣盛、熊广文济熙。

八月初三日

辰初起。

看《曾文正家书》，批牍。

晚发截数榜。

八月初四日

辰初起。

生监续到四人，命仍作初二日题。

拜客。答赵秀翁、杨仲三，又诣方伯小坐。

批牍。看《曾文正家书》。

陈登州伪照，余欲发桐梓县究办，澄兄不谓然。本日谒方伯，亦谓不必深究，乃止。

八月初五日

辰初起。

批牍。看《曾文家书》《家训》。

会客。府学两广文、杨仲三、华广文之鸿。

申刻，赵伯埙经厅殿声代院私下会同茶帖，帖凡两份，一中丞署名，一署提调司邵、监试司李、提调道黄、监试道程。衔名帖皆长尺有三四寸，阔半之，如吾乡纳采所用龙凤帖，是为第一次，翌早尚有二、三次也。赵请见，见之，赵前在大定充岁试巡捕者也。

八月初六日　雨

辰初起。赵伯埙连下两次帖，辰正一次，午正一次。又俟听事差至乃行，到府署，中丞延入花厅小坐。余著朝裙讫，两主考已至，偕迎于大堂阶上，行拜阙礼于堂前之月台，两主考中，中丞在其北，余在其南，为一班。又西司道一班，又西府一班，皆东向，三跪九叩毕，升阶入座。两主考中坐，中丞在其东，余在其西，人一席。提调、监试司道东西坐，亦人一席，席设红茵结彩缬，茶三献。余易冠，去披肩先行，候于大十字街口，一一拱送之，乃返。

读杜诗，批牍。

八月初七日　半晴

辰初起。洋文复开课，习生字十四。

午抄洋《聊斋》一段，不足一页。

到书院，发诸生求写扇、联，交竹居转交。诣玉峰小坐，商刻书事。

会客。高赤纲。

收信。鹿制军、玉观察、陈德芳俱贺节。

诵《公羊春秋》二卷一遍，三十五页。杜诗[1]将五首十遍，看《时务报》。

---

①“诗”，原文作“诸”。

扳隐而立之；隐元。王者无外；又。吾为子口隐矣；隐四。孔父可谓义形于色矣，孔父正色而立于朝；并桓三。拉干而杀之；庄元。古者有明天子；庄四。其余从同同；又。恒星者何？列星也，不修《春秋》；并庄七。书其重者也，子沈子；并庄十。万臂摋仇牧，要盟可犯；并庄十三。曰：佞人来矣！佞人来矣；庄十七。非彼然我然也；庄二十三。枣栗云乎，腶修云乎；庄二十四。大瘠者何？疠也；庄二十。凶年不修；庄二十九。子司马子曰：盖以操之为已蹙矣；庄三十。三年之丧，实以二十五月；闵二。鲁人至今以为美谈；又。实与而文不与；僖九。夷狄也而亟病中国，南夷与北夷交，中国不绝若线，桓公救中国而攘夷狄，卒怗荆；僖四。[①]

八月初八日　雨

辰初起。批牍约六刻，习洋文，生字七。午后抄一段。

会客。朱能溶。

写信。复贺玉久峰。

诵《公羊春秋》二卷，二十八页。杜《前出塞九首》五遍。晚温洋文，就正澄兄。

一事而再见者，前目而后凡也；僖五。踊，豫也；僖十。君子之恶恶也疾始，善善也乐终；僖十七。其自亡奈何？鱼烂而亡也；僖十九。有西宫则有东宫矣；僖二十。[②]

---

① 页眉。王怀彝还《仪礼》四本。

② 页眉。澄兄赴贡院看点名，因恳到文玉山房购书。

忌辰　八月初九日　晴雨相间

卯正一刻起。批牍约两小时，习洋文，午后抄一段。

写复鹿制军贺节信，写邵吾昆仲对三，又写赏对六副。

诵《春秋公羊传》一卷；三十页。杜《前出塞九首》五遍，晚就澄兄正洋文。

以为有人心者，则宜于此焉变矣；文二。闰月矣，何以谓之天无是月，非常月也；文六。王者无求；文九。眣晋大夫使与公盟也；文七。唯诐诐善诤言；文十二。力沛若有余；文十四。子以其指，责接菑也四，矍且也六；又。许夷狄者不一而足也；文九。筭将而来也；文十五。[1]

八月初十日

子初三刻起。诣文庙丁祭，丑正归。寅初后睡，巳初乃起。习洋文，生字十四。午抄一页许。

会客。玉峰坐一时许。

客去，复习洋文，又听听轩谈，戌而散。

是日见电抄各省学政单，监临及两道皆咨送头场题。

忌辰　八月十一日　白露　晴

辰初起。批牍五刻许，习洋文，生字十余，约三小时。午后观福田演算，约一小时。

写信。复倪书田、黄厚田。

---

① 页眉。善后局送来廿六、七、八三号《时务报》，各四十一分，即送玉峰处。

诵《公羊春秋》一卷，十六页。杜诗《三吏》各五遍。

其诸为其双双而俱至者与；宣五。则赫然死人也；宣六。以斗棻而杀之，支解；又。愬而再拜，勇士入其大门，则无人门焉者，入其闺则无人闺焉者，上其堂则尢人焉。滋欲杀之甚。仡然从乎赵盾而入。躇阶而走。呼獒而属之，獒亦躇阶而从之，祁弥明逆而踆之；并宣五。而者何，难也；乃者何，难也。曷为或言而，或言乃，乃难乎而也；宣八。君之不令臣，交易为言，是以使寡人得见君之玉面于此；宣十二。嘻！甚矣惫！虽然，吾闻之也。围者，柑马而秣之，使肥者应客，是何子之情也？离于夷狄而未能合于中国并宣十五。

晚演算一题，温洋文，是日无投公文者。[1]

八月十二日

卯初起。温洋文两小时。批牍二，不足一刻，习洋文，生字十余，兼温熟者。午抄不足一页。

会客。黄渔珊、镇宁广文李。

写信。复曹慧斋。

写对联二副、屏八。

诵《公羊春秋》一卷，十七页。杜诗《三吏》各五遍。

革取清者。踊于棓而窥客。相与踦闾而语，移日，然后相[2]去。齐人皆曰：患之起必自此始；俱成二[3]。壅河，三

---

① 页眉。买《算学丛存》二册，华氏若汀之零稿也，石印价四钱。

② “后相”，原文后脱“相”字。

③ 此段文字出自《左传》“成公二年”。“成二”，原文作“成元”。

日不流；成五。其余皆通矣。齐侯归，吊死视疾，七年不饮酒，不食肉；俱成八。妇人以众多为侈也；成十。公凿行也；成十三。春秋内其国而外诸夏，内诸夏而外夷狄，王者欲一乎天下，曷为以外内之辞言之？言自近者始也；成十五。公不见，见也；成十六。[①]

八月十三日

卯初起。温洋文两小时，批牍二，剃发，习洋文一段。是日因看家信，未温熟者，亦未抄。

午后与福田谈算片刻。

收信。崇智四十七号，附日记大小九本，崇、益、勇各二，忠三，俱止五月。家谱序一本。荷包、抹胸、裈系各一，袜二双。崇文义塾《同善录》一本，徐少珊年伯《行略》、徐太宜人《行述》各三本。道安讣文二，哲臣昆季、幼樵谢炭敬信，高熙廷前辈谢信。辅唐、子光、哲臣、云甫、嗣香、瑞安、益斋、性安为道安征赙公函。劭询家禀。陈竹叔信。伯举信。索《提叙》及《书目答问》。

发电。"北京苏州胡同翰林严□□赙李高阳五十金，齐道安百金，速办"廿三字，四两八钱七分。

诵《公羊春秋》一卷。十四页。

写团扇二。

---

① 页眉。李广文开备调书院生监：高令名、赵元烇、黄龙、华鄂、黄桂莱。

八月十四日

卯初起。习洋文，福田未来。

会客。王采臣。

八月十五日

卯正起。洋文停课，与听轩闲谈。

拜客。贺听轩，答拜采臣。

会客。劭吾谈极久，与商奏设特科事，劭吾大以为然，余志乃定。

晚与福田闲谈，子正始息。

八月十六日　天气骤寒

卯正起。洋文复停一日。

拟折草，先与澄兄商确。

检查圣训及《诗人征略》《先正事略》《诸书考究》、康熙词科诸人官阶。

写信。致保益圃，因思南府署文昌阁，有外曾祖父王公竹坪撰书对联，恳其觅工拓寄十份，荣弟意也。附贺节信寄去。

八月十七日

巳初起。习洋文。

仍拟折草。

八月十八日

辰初起。习洋文。

会客。路仲量。

奏单一、附片一、请假片一，属草略就，先自书一底稿。

八月十九日

辰正起。温洋文。

午后，福田以代拟算题见示，因与讨论而演习之。澄兄来代眷奏草，未毕。

晚书算题，凡十六。

八月二十日

辰初起。补初一算课，到三十五人，辰正散卷，申初退堂。

澄兄代眷奏草，并附片。改通饬各学劝谕诸生购阅《时务报》札，原稿李孝廉拟。就澄兄商改奏草，复易两纸，因自书之。

八月二十一日

辰初起。洋文停课，因明日考优也。

拜客。诣劭吾，以奏草就正。抚部昨午出闱，是日候之，坐刻许。

午，到南书院坐一小时，诸生闱后多未回院。

看《曾文正文抄》。批牍。

晚就澄兄商考优题。

会客。仲量。熊太守为厘金缺额停委事，乞向中丞缓颊，谢不敏。

八月二十二日　考优第一场

卯正二刻起。辰正点名，府县学官堂参，旋点名，封门，到三十四人。

堂上批牍许久，又拟复石太守信草。

首篇起讲，盖戳毕，退堂时已午正。

批诸生所呈书，牌而示之。

酉初升堂，次艺小讲，盖戳至戌正，尚少两卷，暂退，晚饭，二鼓后升堂，放第一牌，只四人耳，门遂不扃。子正后就枕，思作先王父暨考妣事略，凝思许久，辗转不寐。

是日中丞答拜，又安平令邹孟仁闱后来见，均以考试辞之。

八月二十三日

巳初始起。孟成云：扫场在丑正以前。翻检各书，欲拟策题，而久不决。

写匾、对，午复大睡。

伤风，鼻塞，头微昏闷，神气索然。来此三年，体气羸弱，迥异旧观。澄兄云：吾三人俱无旭日初升气象。兼荣弟言之也。

黔居三年，所接人士不为不多矣。日来私窃比方而评骘之，姑记于左。

> 陈劭吾太守维彦，博洽能古文，通时务，尤留心义理之学，庶乎有体有用者矣。
>
> 熊劲侯副戎时敏，儒雅敦朴，所居民乐，大定一郡，知有协镇而不知有太守。
>
> 陈佑之之子伯完，文才绝奇，然不脱名士习气。

福田之于洋文、算学，俱有妙悟，且他无嗜好，用志不纷，将来必以著述鸣世。

兴义刘生显治，字希陶，好古文，笔下颇有奇气，可望有成。

务川申生云藩，敏悟绝伦，治四元二年，尽发其蕴，其八股文冰释理顺，尤为澄兄所赏。若资以书籍，而与良师益友俱，所造不可限量。

八寨欧阳生朝相，以孝行闻，其文长于箴、铭、颂、赞之体，庶几雅驯者矣！治算能究其理，而达于词，将来终有成就。

铜仁唐桂馨、孙士杰，贵阳熊继先、平越刘思明，皆少年而聪颖者也。唐长于赋，孙长于散文，其于算则与刘生相伯仲也。熊尤敏锐，然乏沉毅之气。

普定黄生禄贞，气平静，与人无争，心思栗密，尝以己意造正弦表，绘自行车图，又以纸为地球[①]，界画如法，其于格致之学，性尤近也。惜无名师为之前导，又无仪器、书图以资其用，使久于京、沪、楚、鄂之区，所造远矣！

镇远张生希文、黄平李生琳、麻哈周生恭寿，皆有志之士。

贵阳严生侀、贵筑张生寿龄、修文王怀彝，皆好学而修行检。

---

① “地球”，原文作“地毬”。

八月二十四日　考优第二场

卯正二刻起。辰初二刻点名，到三十三人，诗草盖戳讫，午正退堂。

午大睡，戌放牌。是日方伯来，辞不见，他客亦然。

看《曾文正文抄》，看儿辈日记。

写信。答石小峰。[1]

八月二十五日　寒

辰初起。批牍。

阅荐卷，晚发榜，正取刘显治、徐承锦；陪者胡光廷、严寅畏。

会客。杨馥芝、蒋广文沛霖。馥芝呈闱作。

看《曾文正文抄》毕，穆廷芳呈闱作。

八月二十六日　渐暖　午晴

辰初起。欲习洋文，客至而止。洋文日课始巳而终午，客之至也，多在此时。

拜客。熊太守、邹孟仁大令、赵都戎、兴戎，俱不见。

到书院坐一时许，诸生呈闱作。

温洋文，诵《公羊春秋》十页，阅院生闱作。孙熙昌呈闱作。

会客。陈劭吾，蒋、高二广文。

阅算课卷，此课卷均经福田阅讫，余但圈批耳。

---

① 页眉。换暖帽。

八月二十七日　甲申　秋分　日出卯正初刻　日入酉正初刻　二分之时刻　天下之所同也

辰初起。批牍。习洋文，午抄一页许。

阅算课卷，夕至三鼓，兼看《数理精蕴》。因课卷有互准差分法者，余未习其术也，实则不如代数远甚。[①]

八月二十八日　晴

辰初起。批牍，习洋文，午抄一页许，书扇五。

会客。抚部、张广文友棠。

阅算课卷毕，遂定名次：超等三、特等十七、不取者十五。

八月二十九日

辰初起。批牍，习洋文。

会客。刘广文鸿谟、陈山长。

拜客。抚部、陈山长。

收信。赵辅臣。

与福田商拟算题。

提调、监视道咨照揭晓日期，并礼节事宜。

抚部咨覆，初二日会考。

九月初一日　丁亥　晴

辰初起。巳初散卷，到三十六人，酉正后退堂。

会客。黄镜虚。

拟会考优生题。

---

① 页眉。听轩持来《保甲章程》一本。

九月初二日　戊子

辰初起。中丞巳初至，点名，散题讫，复至花厅小坐而去。首府及代理首县复坐片刻。

首县送上、中席各一，晚约祁、裕小饮。

优生交卷，丑正乃毕。

九月初三日　己丑

辰正起。抄洋文，习洋文。

酉正监临以柬来速，遂往贡院小坐，茶叙毕，饭于监临堂，毕，乃升堂。

填榜自戌正至子初，具毕，复至监临堂小坐而散，回署发优生榜。

拔生中五人，南书院肄业生中六人，一解元、一第四、一第八，余则十四、十七、二十也。

九月初四日　庚寅

卯正二刻起。夜不成寐，乃拣岁科名册，查新中姓名，至寅正始假寐。

祁、裕、尹、王四君谈科场事。洋文只课一日。

刘培良、金开祥、姚华、杨德懋俱来见，皆住院生，而杨又拔生也。

晚看闱墨。

九月初五日

辰初起。习洋文，抄洋文。

会客。程年伯、赵秀升前辈、刘广文仲魁。

徐承锦、刘显治来见，丁楙樾、李琳来见。

晚清案牍，看《诗人征略》。

九月初六日

辰初起。习洋文。

会客。穆廷芳、周诚、刘式谷、欧阳朝相、李铭忠。

拜客。程年伯、赵前辈、李廉访、雷玉峰。

到南书院，抄洋文。

差官唐下会同茶柬。

九月初七日

辰正起。因会同宴，洋文停课。

巳正，中丞司道差官下速帖，遂往，与中丞茶叙。候主考至，乃拜阙，复至小花厅，更衣升堂。入坐，新举人拜堂下，讫，各举杯，寻退，叙于大花厅。良久，各辞出。

会客。方伯、仲三、镜虚。

拜客。贺廉访寿。

晚清案牍，约一时许。

九月初八日

辰正起。受洋文。

会客。杜翘生、陈子砺两星使，王少卓太守、朱广文能溶、李玉峰孝廉、刘金堃。

拜客。两主考、方伯、王太守、杨仲三大令。杨以外皆晤谈。

晚抄洋文，温洋文。[①]

九月初九日

辰正起。受洋文。

会客。石郑卿、石敬亭、瞿子敬、陈国祥、王培忠、孙光祖、聂树榆、袁憬。

九月初十日

辰正起。受洋文。

会客。柴珠泉太守照、承述之大令、李紫芝、邓鼎光、张希白。

拜客。石郑卿、石敬亭、瞿子敬、李紫芝。贺丁监院。

申初赴公宴于四川会馆，陪主考也。[②]

九月十一日

辰初起。

会客。李缄三、朱菜香、吴光荣、欧阳朝相、黄稚田茂才洪铭。

拜客。柴太守、承大令。贺余广文、聂广文。

到南书院，为刘思明正算草，为熊继先正算草，与玉峰谈。

阅算课卷五本。

清案牍，看《申报》。

---

① 页眉。县学送还书两箱。

② 页眉。《代数通艺录》还紫芝。

湖广同乡请明午陪主考，辞之。

九月十二日

辰正起。受洋文，写屏、幅四者三。

会客。申云藩、李其芳、李彬、杨复寅、陈同亮、雷山长。

批算课卷十本，抄洋文。

九月十三日　己亥　寒露

辰初起。受洋文。

会客。余、裘、黄三广文。

到书院，吴绪彬问算，龚文柱、刘思明问读《汉书》法，张希文欲借农学书，周恭寿学几何，俱谈许久。

批算课卷十余卷毕，略定名次。抄洋文。批牍。

九月十四日

辰初起。受洋文，抄洋文。

会客。陈凤冈、谢桢材、黄玉成、杨鸿瑨、罗时清、李琳。

拜客。答拜朱菜香、李兼山，访绍光。

写信。答陈佑之，并贺其嗣君亚元之喜。①

九月十五日　辛丑　买缅甸布六丈　每尺银九分

辰正起。受洋文，写屏四、联一。

会客。刘鸿模、康煦、李琳。

---

① 页眉。劭吾送来代拟清折。

写信。答黄厚田同年，送其令郎处，并赠以《书院记》十本，《算法》《代数》各二本，《西学书目》并《读法》一部。名洪铭，号稚田。

八、九两月算课，是日榜示。八月取二十人，九月取十九人，皆申云藩第一。

到南书院。山长新立课程，诸生病其繁，竟无演算之暇，是日与之商改。与澄兄商改折稿。[1]

九月十六日

辰初起。受洋文，写屏四。

写信。答赵辅臣，拟稿未就。

中丞约陪两主考，酉正往，子初回。

今山东臬司毓贤，中丞盛称其能捕盗，曾守曹州。

九月十七日

辰正后起。未读洋文。

拜客。访方伯及两主考，俱谈片刻。

藩、臬、道约陪两主考游扶风寺、水口寺、雪厓洞，至暮，觞于道署。

晚改折稿。

九月十八日　雨

辰正起。早改折稿，未习洋文。

---

① 页眉。李琳借去约定到京见还。《万国公法》《呻吟语》《中西算学大成》《二十二子》，凡四部。

收信。崇智第四十八号信，由邮局。

午后至南书院，发算课笔资，日暮归。

晚仍改折稿。

会客。劭光。

九月十九日

辰初起。

廉访招游黔灵山，巳初往，过午同到臬署，晚饭在焉，初更归。

折稿略定。

九月二十日

卯正二刻起。

拜客。送赵秀升前辈行，送两主考行，贺方伯令侄中式。复至官厅送主考，巳正归。

折稿写一通，自巳正至申初毕，复请澄兄审定。是日，凡客皆谢不见。傍夕，清两日案牍。

晚，便衣诣劭吾商折稿，劭吾以为可用矣。

九月二十一日

辰初二刻起。改刘显治磨勘文稿，略习洋文片刻。

到南书院，熊、刘、周、滕问算，山长来谈。刘培良、姚华呈乡试朱卷稿。晚改刘显治文，至三鼓，其文心思刻入，气骨俊削，唯词颇不饬，改窜颇费手。

九月二十二日

辰正起。习洋文。

到书院。刘、周、罗、滕、吴问算。张寿龄、熊继先、杨文清不告假而赴私燕，召而诘责，勒令迁斋房。为刘思明演代数勾股一草甚久。

改刘显治诗。写屏一、八言联一。

发电。"北京苏州胡同翰林严，孟志翁已否赴任？现在何处？电复。"①

九月二十三日

辰正起。未习洋文。

会客。刘显治、徐承锦。汪巡捕来包折。申云藩。

到官书局，晤雷山长、杨馥滋学博、朱西平孝廉、陈鹤龄。

到书院，周、刘两生问算。

抚军咨覆二十八日会考拔生。

写信。寄兄二十一号禀，寄崇智二十八次信。

九月二十四日　武生过堂

辰正起。习洋文片刻，昨夜患痢五次，以白酒、胡桃医之而愈。

会客。汤肖安、陈劭吾、朱汇川。

午初点名，到六十二人。

---

① 页眉。赏对百，托馥滋书。取书局缩本《代数术》四部，《数学启蒙》二部。周恭寿借去《学算笔谈》四本。

与澄兄考棚散步。

是日拜发条陈设科折，附请假修墓片，交抚辕桂巡捕，附寄二十六号京信一包。

清案牍。

九月二十五日　连日阴雨　寒湿交作　夜复有腹疾　旋瘳　武生录遗

辰正二刻起。

午初点名于龙门，到百四十一人，升堂校射，至未正毕。

到书院，为刘思明演勾股草二，又属黄、周、张、熊、唐、孙、罗、刘八人联算课，请福田主课，合之二谈，共十人。

清案牍。

九月二十六日　武监录遗

武监十六人。

会客。黄镜虚。

九月二十七日　武生监大收　并补过堂

辰正起。

午初点名，申正校射毕。

会客。申云藩。

九月二十八日　会考拔生

辰初起。抚军辰正三刻至，点名后坐谈，两刻许而去，拔生到七十六人。

九月二十九日　武生监大收截数

辰正起。巳正校射，至昏乃毕。

接京电。"孟在京，未引见。"

九月三十日　选拔验看

辰初起。选拔验看，巳初至抚署点名。

拜客。访绍光不晤，答拜汤肖安，答拜罗虎臣军门。

晚与福田商算题。

会客。绍光、石郑卿。

十月初一日　丁巳　雨

辰初起。考算到二十六人，终日坐守，至夕乃退。

会客。方伯、杨德懋。

晚批算课卷数本。

十月初二日

辰正起。

会客。刘显治、徐承锦。

到书院。

十月初三日

会客。李亦翁、曹慧斋、朱汇川、龚体仁。

到书院，监院拟定续增章程。周、刘问算。周明远来省。[1]

---

① 页眉。顾定基、胡鼒立调院，是日令监院牌示。

十月初四日

辰正二刻起。写扇二，作《示周明远说》。

批文十余件。

拟《武乡试录后序》，未毕。

十月初五日

辰正起。习洋文一段。批文。

拜客。答拜方伯、廉访、曹刺史。

午刻接京电，“贵阳学院，朔得孙女，安”，凡八字。

书屏八，对、扇各二。

会客。李祖峰。

十月初六日

收信。崇智四十九号信，附日记，路费帐。王式金信。锐卿表兄信。傍夕到，由折差。

辰正起。

拜客。尚中衡、崇参戎昨日来贺，是日答拜之，兼答曹刺史、听轩、福田。

会客。绍光。

晚治酒觞诸君。

十月初七日

辰正起。巳初早饭，巳正后约澄、听、福、荣为黔灵之游，登蟠桃石，又游圣泉。暮而归，仍治酒小聚。

十月初八日　晴暖　前数日已换黑袖头矣　今日则虽不袭犹燥也

辰正起。巳正早饭，是日属徐家驹函询申云藩：愿就云南算师之聘否？

会客。李廉访、刘显治。

拜客。臬司、首府。

到书院，顾定基见，刘思明问算。

十月初九日　愈暖　澄兄赴府署观技勇　因热晕踣　良久乃解

辰正起。是日作《乡试录后序》毕。

绍吾辰正来，留早饭，午后去。

改李琳文并履历款式。

听轩、福田馈贺筵。[①]

皇太后万寿　十月初十日　晴阴半

寅正二刻起。卯初赴万寿宫行礼。改李琳文。阅会考卷十四本，随手删改。

晚改陈奇峰卷。傍夕睡一小时。

与福田谈算，至二鼓。

十月十一日　丁卯　微雨　暖稍平

辰初二刻起。批牍，清理书物，温洋文片刻。

---

① 页眉。劭吾借去《盛世危言》《五次问答》《时事新论》《阳明集》等书，凡十一种，属大文堂作套。

午习射片刻。

到书院，改定新增条约毕，交监院。端本奎新进院，来见。周、刘问算。

批牍。

十月十二日

辰正起。

到书院。

十月十三日　己巳　立冬

辰正起。

会客。周容皆前辈、张华亭、彭履谦。

到书院。

拜客。周、余两星使。

十月十四日　选拔会考磨勘

辰初起。

会客。选拔七十三人，凡七班，至午乃毕。

写信。拟寄王二表兄，起草未毕。

武闱填榜，酉往丑归。

十月十五日　辛未

改磨勘卷十八本。

十月十六日

辰正起。改磨勘卷。

赴鹰扬燕，午初归。举贡生童送扁、对。拔生送礼物，受其茶、酒。

拜客。答拜张华亭。

赴公燕于翠微阁，陪周、余两星使也。

十月十七日

辰初起。送周、余两星使于南门外。

改磨勘卷。率武举谒文庙，至则竟无一人。

会客。赵宾鹿同年鸿。

拜客。答拜彭少尉，访罗军门。

十月十八日

辰正起。

会客。陈劭吾、龚体仁、陶海门。

改会考磨勘卷一本。

觞罗军门，并藩、臬、道、府。

十月十九日

辰初起。

会客。玉久峰廉访、陈言洸、王显显荣、周缉熙。

改磨勘卷。

十月二十日

辰初起。

会客。杨日暄。

拜客。贺玉廉访。

改李琳文、孟艺毕。

十月二十一日

辰正起。

会客。罗军门辞行，旋答拜之。

赴李亦翁约。

十月二十二日

辰初起。西门外为罗军门送行。

拜客。答赵同年鸿，贺程年伯署西道。

会客。黄运升、周开忠、吴亲臣。

写屏、对数事。

收信。大定熊劲侯协戎，馈竹荪六匣。

十月二十三日

辰正起。圈贡卷五本，批算课卷。

会客。吕小仙声文、郭竹居。

到书院。

批文。是日因家兄生日，留祁、裕二君晚酌。[①]

十月二十四日

辰正起。

会客。李廉访、陶任臣其芬、海门起淦、陈元栋。

到书院。

---

① 页眉。绅士请立中西学堂，及攻冒名之监生两禀，是日移中丞。

访玉峰，小坐。

批文。改贡卷，补批算课卷毕。

十月二十五日

辰正起。

拜客。李亦翁。

到书院。

十月二十六日

辰正起。移居嘤鸣馆之右室。

拜客。贺玉廉访、程观察接印。

会客。蔺瑞珍、魏问秋、黄镜虚。

到书院，是日出算课榜。

批文。

十月二十七日

辰初二刻起。圈贡卷五本。

会客。李亦翁辞行。

拜客。送李亦翁行。答拜蔺瑞珍、魏问秋。

觞尚、崇、蔺、杨仲三。绍光适至，因并款之。

十月二十八　小雪

辰初起。送李亦翁于南门外官厅。圈贡卷六本。

会客。程观察辞行。绍光。

拜客。送程观察行。

到书院发算课笔资，薄暮返。

批黎古州、龙冈书院日记。

十月二十九日

辰初二刻起。

圈贡卷三本。

晚与福田共演所拟算题，题皆彼制也，三鼓乃毕。福田去后，余始写真，丑正寝。

十一月初一日　丙戌　寒　始衣裘

辰正二刻起。算课到二十六人，写屏八。

会客。李缄三。

申退堂。牌示：本日作三四题均可，过日有补作者，另卷誊写，限三日交卷，作全者优奖。

收信。张兰圃谢奠金，外寄云贵两省讣文五十八份。

十一月初二日　晴　仍寒　易棉履

辰初起。圈贡卷三本。清查《輶轩语》，择其佳者，盖以学政印。

会客。张省三、赵宾鹿、聂承轩太史。

拜客。答李缄三、张省三、朱华庭。绍光。晤谈约一小时。

十一月初三日

辰初起。装书箱。

会客。雷玉峰。

写信。复倪书田，并寄回日记十本。复邓服伊，并还算书五本。

十一月初四日

辰正起。

会客。调署贵阳营王游戎。锡吉，字子惠。

算课补交十余卷。

十一月初五日

辰正起。

会客。石小峰、杨文海。

拜客。贺王中丞寿。访玉久峰廉访，不遇。答拜王游戎、聂太史。

到书院，送杨馥滋润敬六金，酬其代写赏对百也。

十一月初六日

辰正起。

会客。劭吾来，留早饭。吴受之。

批点算课卷。

牌示十三日考试贵阳八属保送南书院肄业生，论题一，算题二。[①]

十一月初七日

辰正起。温洋文，午抄算课卷之佳者，又批本月课卷。

---

① 页眉。送劭吾《西学书目表》五部，《局书目》五本，又还其尊人《行述》一本。

会客。黄镜虚为其太夫人求作寿序。

看代数难题。

写信。咨部缴中式监照稿，送绍光阅之。①

十一月初八日

巳初起。批算课卷毕，温洋文两页。

拜客。石、吴两太守。

会客。绍光、周恭寿铭久。

晚与福田共看代数难题。②

十一月初九日

巳初起。习洋文二段，装书箱。

拜客。迎黄植庭中丞于威清门外，答拜赵宾鹿。

会客。黄渔珊。

收信。罗军门谢酒。

发沈子敦之本家托寄信。

批文。

十一月初十日

辰初起。习洋文一段，装书箱。

会客。黄植廷前辈、金开祥、姚华、刘培良、杨文海。

收信。龚绵元。

与福田共看代数难题。

---

① 页眉。刘培良还《经籍籑诂》。

② 页眉。陶其淦还《方舆纪要》，周恭寿还韩、柳、《朱子年谱》《二程文集》。

十一月十一日

辰初起。答拜黄植帅，又送诸南门外官厅。习洋文一段。

到南书院坐片刻，写屏十六、对四。

会客。黄禄贞、熊继先、周恭寿。

与福田共看代数难题，发本月算课榜。

十一月十二日

辰初起。装书箱，温洋文二页，看代数难题。

会客。蔺瑞珍、李兼山。

到书院发笔资，酉初回。熊继先呈所议《算会章程》。拟明日论题、算题。[1]

十一月十三日　考试贵阳八属保送南书院肄业生

辰初起。辰正二刻点名，到五十二人，午初退堂，午后复升堂盖戳。

会客。首府。

温习洋文，晚写纨扇三。

十一月十四日　大雪节

巳初起。看卷子二十六本，温习洋文。

拜客。蔺瑞珍、李兼山、严绍光、杨杞堂、严弼臣。惟晤绍光，谈半时许。

会客。李启煃、陶其淦、刘增礼、孙熙昌、牟文煊、

---

① 页眉。黄禄贞还《算学大成》，失迷一本。

张希文。①

十一月十五日　晴暖　夜月甚佳

辰正三刻起。阅卷十六本，温习洋文，写寿对一。

会客。王广文序桢。潘企曾以柬电见示，知青岛、文山、胶州、即墨一带，有德意志之变，翁、张奉诏往议。中丞属企曾秘勿播。

晚写纨扇三，答龚体仁信。②

十一月十六日

辰正三刻起。阅卷十本，习洋文。

会客。劭吾来，留早饭。

晚与福田商改《算会章程》。

十一月十七日　夜微雨　昼阴

卯正起。检书箱，习洋文。

夜濯足。

十一月十八日　夜风　旦极寒　暮仍不减

辰正三刻起。检书箱，温洋文。

会客。龚文柱、刘思明。

收信。傅新使言九月二十五日出京。周玉书送别，并覆购阅《时务知新报》札。

---

① 页眉。吴学海《天元算草》，交陶其淦还之。

② 页眉。湄潭举人李廷瑛时文二本，托黄镜虚便交。县学还归方《史记》。

是日购琥珀十余两，《韵会举要》一部。

高材生卷，原拟备卷十七本，请澄兄覆校，仅汰其三，乃定为正取四人，备取十人，翌辰榜示。

十一月十九日　寒

巳初起。监仆印解部卷，至申乃毕。温习洋文，抄洋文一段。晚批周贡生《封郊辩论》清折。

批文。

十一月二十日　寒

巳初起。洋文停课，约澄、听、荣共检解部试卷，核其漏印者补之。傍夕福田亦至，四人合作，至二更后具毕。

会客。龚体仁。

十一月二十一日　寒益甚　是日官场换白风毛

巳初起。习洋文。

到南书院，司鹤身、邓林来见。

晚收文，至二更后乃毕。

《京报》向由提塘寄送，各部科公文往往附焉。今年自正月起，止接《京报》三四本，亦无公文。本日忽接一巨束，高几盈尺，拆视之，中有公文十四件，其远者在去年十月，盖积至一年有余，幸皆通行照例之事。唯奉旨允济乐农之请，饬各省学政率属认真宣讲圣谕广训一事，乃系特举，亦迟至八阅月而始至，虽欲遵行，行将去此，无能为矣。

十一月二十二日　寒不可支

辰初三刻起。温洋文。

拜客。答拜李兼山、潘企曾、汪大令。

会客。黄冈汪友庚。

到书院小坐即返。

十一月二十三日

巳初起。温洋文，抄福田算草。

十一月二十四日

巳初起。劭吾来，留早饭，以小照暨其尊甫序宾先生墓志见投。

会客。余、裘两学师。

十一月二十五日

巳初起。温洋文。

会客。雷玉峰、龚仙槁。

拜客。答玉峰。访玉廉访，为欧阳朝相请火牌事。

到南书院，陶其芬、谢启明来见。

写信。致廉访为欧阳事。晚与荣弟长谈，议辛酬及大帐股分。[①]

十一月二十六日

巳初起。温洋文。

---

① 页眉。周铭久还《九章演代》。

会客。石小峰辞行，吴广文本基谋书院，陶海门、龚仙槁。

写屏、对、扁、额十余事。

晚标判解部文册暨谕帖，批回传牌等件。

收文。批文十余件。

收信。赵宾鹿谋书院。

首县饬纪禀知，云南学使张太史明日过省。①

十一月二十七日　晴暖

巳初起。温洋文，习屏、联十余事。

自上游试竣，回省后，屡与澄兄有照相之议，因循未果。近因劭吾以渠小照见遗，因理前说，劭吾亦欣然愿共。前日浼听轩向新街谢姓照相处商订。某日晴，则召之来。本日午前，天气朗晴，逮正午，则万里无云，苍苍正色矣。余方以为时已浸晏，猝不及也，而谢姓不召自至，乃柬邀劭吾，先令设镜于来鹤楼之栏，取黔灵诸山最佳处照之，甫毕，而劭吾亦至，度地数处，或失之明，或伤于暗，谢姓俱不以为宜，乃就考棚堂阶下设六座，在中者，左劭吾，而右听轩，劭吾之左为福田，又左为荣卿；听轩之右为澄兄，而余在澄兄之右。照既毕，劭吾小坐而去。视所照两玻片颇分明，不知上纸后又何如耳？是日天时人事，均极凑巧，他年追述，此一佳话也。劭吾，石埭人，由开州知州开缺，候

---

① 页眉。劭吾赠石埭桂坤三含章《四书益智录》一部，石刻陈勿斋艾联、额各一。米书《芜湖县学记》一，又竹参、普茶、雪梨。

补知府，现充厘金总局提调。听轩，上海人，以候选通判，帮办青溪矿务，被劾候讯，余所从受洋文者也。福田，汉军人，雨苍大令之次子，丁忧旅黔，余所从习算学者也。澄兄、荣弟不赘述。谢，遵义人。

张学使不至，县役云：明日、后日，未可定也。

收信。石小峰。

写信。答小峰。

县署禀知，明日五鼓诣皇殿，行冬至庆贺礼。

汪伯震堉，孟志丈之西席也，是日来见。以劭吾在坐，辞之。

禀见者，乃汪友庚也。[①]

十一月二十八日　癸丑　冬至

卯初起。诣皇殿，行庆贺礼，辰初回。批文牍。习洋文。

拜客。谢汪友庚步。答拜石小峰，并送行，谈一时许。

接京电，知请假已奉批准。

县署送来差信，知新任于二十一日宿便水，驺从极简，大轿一乘，夫十六名；丁拐三乘，夫十六名；红杠九，白杠四十七，包马二，引马六，上席、中席各一，折上、中各一，轿头钱一千六百，如是而已。差信言：此次夫差，诸事体恤，极为好办云云。

---

① 页眉。汪燕唐友庚，黄冈人，以与中丞同里来投，而谋不遂，谒余，乞援手，婉却之。前日以屏、联来遗，今日报以程仪四金。小峰馈滇缎袍褂料，专函送来，意恳而质，乃受之。

十一月二十九日

辰初起。温洋文三段。

会客。龚文柱、史翔臣。

批文。改贡卷一，圈贡卷二。

史翔臣之嗣君回平定原籍应试，在镇远赁舟以行，同舟九人，将至常德，其地曰麻衣洑，有散兵四人附舟，遂勾结船主行劫，九人死其八，而史在焉。其一袁姓，投水泅而免，鸣冤于炮船，追及之，获船主，因而正法者七人。翔臣権厘于陂脚，未之知也。院司借词调之回省，昨日石小峰始实告之，本日过余来谈，且谈且恸。余亦无术以慰解之，愀然而已。

酉派接差书役。

县署禀知：云南学使明日到此。

十一月三十日

辰正二刻起。习洋文。

申后，迎张季端学使于南门外官厅。

晚，季端来拜，询接印、拜门等礼节。

会客。新署首县江子厚良醇。

收信。袁杏翁排递送行信。

十二月初一日　丙辰　阴

辰初起。拜季端。答拜翔臣。送季端于威清门外。答拜江大令。

会客。采臣来，谈甚久，与约今晚同访劭吾。

督仆装箱。

晚访劭吾，谈至亥正，送以照相一纸，朱卷一本。

收文十余，批二十余，至丑乃毕。

县署禀知：傅学使明日晋省。

十二月初二日

未刻迎新使于东门文昌阁，旋即赴大公馆拜会，谈良久。

会客。镜虚、竹居。

十二月初三日

辰正起。

会客。中丞、方伯、张奎垣大令。

十二月初四日

辰正起。

会客。李谢廷大令、蒋蓬史观察。

收信。崇智五十号信，附日记二本，农学会信一。

拜客。采臣、张奎垣、谢廷、中丞、方伯。尚蕴斋、李勋臣、崇俊廷、蔺瑞珍、杨仲三、张奎垣，公饯于北省会馆。

新使约便衣过谈，三鼓乃返。

十二月初五日　晴暖

辰正起。

劭吾、采臣便衣来谈，申至亥散。

忌辰　十二月初六日　晴暖

辰正起。

到采臣处，劭吾亦至，三人同到资善堂一看，复回采臣处早饭。

到南书院。

会客。瑞珍，晴初、干夫、承之、俊之四茂才，翔臣二鼓后乃去，以铜炉、普茶见惠。

收信。李篚青。[①]

忌辰　十二月初七日

辰正起。

会客。傅新使坐一时许。

拜客。蒋观察。

收文。批文。写考试事宜，从新使之属也。

写信。复袁观察。

十二月初八日　雨

辰正起。请汪巡捕书交卸起程奏折。

会客。少卓、瑞珍、镜虚、馥芝、汪巡捕、玉峰。

收文。批文。写对一、屏四、扇二、册页二。

写信。复李太守。写考试事宜。

汪巡捕将折包好，初更时遣人送来。

收信。申云藩愿就滇中算师之聘，原信送邵方伯阅。

---

①页眉。买《贵州通志》二部，共价三两。

十二月初九日

巳初起。剃发，批发文件。

会客。翔臣、江子厚大令、黄家琮、唐尔镛。

拜折，拜题本。

写信。第廿九号寄崇智，言批折属折差送京寓，到时敬谨收存。

写夫马酒席单，朱笔。

驮马二十二匹，包杠二十四抬，共用夫四十八名。挑夫六名。大轿一乘，夫二十名。四轿二乘，共用夫八名。丁拐一乘，夫三名。家人骑马四匹，差役骑马十匹。以上八项，总共用马三十六匹，夫七十七名。

上席一桌，中席一桌，水席不用，亦不准折。

无前站，亦无轿头。所有家人、差役，概不准收受分文。①

十二月初十日　乙丑　交卸

卯初起。卯初二刻拜印。余教授来，延入花厅小坐，又二刻，授之印及移文，赍送新使，饬王顺捧印匣以从。

辞行。自抚、藩至府止，首县系现任，故特往。州、县中则有年谊、乡谊者往。此外，则两山长及听轩、福田与两票号。武自三营及练军、分统，至实缺都守止，凡二十余处。晤者方伯、张观察、傅新使、蔺瑞珍。辰出未返。

---

① 页眉。尚参戎馈点心、茶叶、火腿、革器，受前二，璧后二。劭吾托带帽盒一只，书籍一包，寄电报学堂，交其令四弟一甫；又衣料一包，信一件，寄中玉河桥西大理寺徐质夫。

会客。蒋观察、李勋臣、绍光、岫松、谢廷、傅新使。

本议十三日启行，方伯挽留甚殷，以十三日有公饯之局也，绍光复申言之，情不可却，遂改期十五日。[①]

忌辰　十二月十一日

辰初起。

会客。劭吾来，留早饭。采臣、翔臣、瑞珍。

晚便衣过傅新使。

收信。严绍唐。

忌辰　十二月十二日

辰初起。

会客。杨仲三便衣来谈。写对一。

晚新使便衣见访。

十二月十三日

辰初起。酌定上下游备调书院肄业生。

会客。抚军、瑞珍、尚中衡、阎正卿。

抚、藩、道、府公饯于两广会馆，申往戌回。

收信，蒋炳堂。

写信。复蒋炳堂、严绍唐。

十二月十四日

辰正二刻起。

---

① 页眉。部文、书籍、书板送傅新使处。

拜客。中丞、谢廷、蒋蓬史、雷玉峰。

到南书院小坐，诸生分四班谒见，各命之坐，勖勉良久。

会客。雨农、绍光、翔臣、劭吾、采臣。

劭吾、采臣言：明日在图云关备馔，并邀澄兄、荣弟。

福田代荣弟清帐目，至夜深，因留宿，丑正后乃睡。[①]

十二月十五日　庚午　任满　自贵阳起行　宿龙里

卯正起。巳初行，祁听轩通守、裕福田世兄送于本署。出大门，王鲁香中丞、方伯、邵实孚前辈，黄让卿、蒋蓬史、张亦勤三观察，傅雨农学史，严绍光、戴岫松、王少卓三太守，江子厚、汤肖安、李谢廷三大令，俱候于官厅，入坐片刻，揖别。黄镜虚、郭竹居、杨馥滋三广文候于途。杨仲三大令，尚蕴斋参戎，崇俊廷、王子辉游戎，李勋臣分统，蔺瑞珍游戎暨练营诸君候于三营官厅，入坐片刻，揖别。冷德清候于途。傅茶等跪送于途。张景山少尉，饶德舆、唐慰慈、于静方三茂才，又黄生家琨等候于图云关。劭吾、采臣设馔图云关之关帝庙，同坐者澄兄、荣弟外，有唐、于二生陪，采臣豪于饮，劝酒甚殷，连飞大白，微醉乃别。闵启文、平越房刘卬送于图云关之东，承差方元送过关乃去。书院肄业生设馔于黄泥哨客店，入坐，略饮酒，少许，辞而去。

---

① 页眉。穆廷芳代熊劲侯协戎托购《读史兵略》《海国图志》。

申初二刻尖于谷脚塘行台，戌正抵龙里。

接见大令吴绎如前辈、新添营管带刘虎臣参戎定光、谭广文彝德、普安厅学张树勋。

子正睡。

十二月十六日　发龙里　宿贵定

辰初起。辰正一刻行，午后尖新安塘，灯后抵贵定宿。李生维钰郊迎，朱大令廷劢、王广文之珍、曾少尉、朱广文能溶郊迎，复至行台来见。李生来见，孙生世杰、张生希文回里，本日亦宿此。

剃发。①

十二月十七日　午后雨　发贵定　宿马场②坪

辰初二刻起。辰正二刻行，四十里，尖黄丝塘恒丰客舍，时已逾未正矣。饭后行，二十余里，已曛暮，至黄花塘，始燃炬，又八里，戌初二刻抵马肠坪宿。平越州侯杨玉峰直刺亲至宿所，因丁忧未几日，凶服，不敢请见，禀叩而已，余亦仅答以柬，并送以奠敬八金。

十二月十八日　早大雪　午晴　发马场坪　宿清平

卯正起。辰初二刻行，二十五里，尖杨老驿。新添营练军送至此止。

---

① 页眉。送朱广文《算法代数》《提叙》各二本。

② “场”，原文作“肠”。下同。

未初行，四十里，薄暮抵清平县行台宿。杨老练军送至此。

邑候方式如人钰，迎见如仪。

连日见贩木炭者甚多。[①]

十二月十九日　早大雾　午畅晴　发清平　宿黄平

卯初二刻起。辰初二刻行，四十里，尖重安江。未正行，三十里，灯后抵黄平州宿。

李兼山刺史、杨辅臣管带国相、严子瑜都戎忠培迎见，皆旧识也。又晤卢学正郁萱。

收信。在重安江接幼芝信，附伯完朱卷一本，言伯完于本月十五由铜北上。

十二月二十日　发黄平　宿施秉

辰初起。辰初二刻行，三十里，尖蓝桥。午正后行，三十里，申正后宿施秉县行台。

杨生荣新于初八日行过蓝桥左近地方，失去一肩行李，并咨文、贡单、火牌悉失之，求请杨大令悬缉未获。大令因为具禀加给分向学、臬两署补领，乞余加函，允之。

杨大令两次见，两学师来见，杨生荣新来见。

十二月二十一日　由施秉至镇远

卯正起。辰初二刻行，四十里，午正二刻尖刘庄，未

① 页眉。瞿子璿调署平越，本日子时接印。余至杨老时，子璿以柬迎，并馈薏苡、葛仙米。

初后行，三十里，傍夕抵镇远。

杨楚珍镇军，全庶熙太守，及文武诸君郊迎。

会客。杨镇军、全太守、詹介亭大令、府县学四广文、孙生世杰、滕生学圣、曾生应星。

写信。复幼芝，交孙生带交。

十二月二十二日　止镇远

辰初起。

写信。复谢李勋臣，致雨农学使。

会客。李穆生贡生熙文，李琳之父也，来见，并馈食物六品，却之再四，不肯，受其半。张生希文，万生贤臣。炮船哨长周柏祥玉龙，江西人，贵州镇远镇震静水师。

晚写对三，写扇四。

拜客。谢步十余处，只晤楚珍。

属差纪代订艕船一，茅篷船一。艕船至常德价八十四金，按十五站均摊，每站五两六钱。茅船六十金，每站摊四两。如至汉口，则艕加三十金，茅加二十金，皆全太守所酌定也。向例，船价发溜单，每浮多其数，而又扣折之，如每站派三十余两，每两折银二钱几分之类。到站时，徒多争论，两不便之。太守始定实派实领之例，闻各站举称颂之。

十二月二十三日　在镇远登舟

卯正起。差人送军门、太守、大令扇、对，并辞行，太守旋来谒，谈一时许去；后大令至，又谈片刻。早饭后拜晤全太守，又谢詹大令步，遂登舟，舟系万寿宫前月珠亭下。四广文送至河干，揖别。舟中安置良久，晚宿舟中。炮船、火食船俱相并而宿。艕船主田光爵，家晃州之龙溪口；茅船主王孝堂，家镇远。护送差役十人，晚至舟中叩见，赏各二金，轿夫张学贵二百，火夫翁同一两五钱。李穆生亲来送行，以舟中仄，谢不延见。陶、刘、李、孙五拔贡来求见[1]，亦未见。炮船终夜更鼓。

十二月二十四日　自镇远开船　行不三十里泊　近蕉溪约二里

卯正起。火食船进小食讫，开船至官码头。镇军、太守、大令及三营至官厅候送，余下船，就而揖见，各谈刻许，揖别。太守命肩舆送上船，因水手不齐，久不开船。早饭讫，约午始开。行二十余里，过大王滩，河干有金龙四大王庙。水手下岸，倒挽竹缆，炮船自哨官以下，俱登岸助挽，未数武，缆中断，舟亦遂胶，炮船棹岸下，小舟迫舟，因浪急舟轻，不能近。舟子以缆遥掷，三掷乃中，后棹而送诸岸，水手数人乃下水，以�推舟，岸上十五人挽缆，久之乃行。花浪翻腾，澎湃之声，甚于骤雨，礁石立水，棱棱森立，众篙并举，左右避就，久之乃过。大王滩之名，夙所未闻，式金行记，亦未及之，而其险已如此。过滩行二三里，去焦溪不远矣，舟复胶，推以人力，至戌不动。炮船至，乃活之，以昏暮不敢进也，遂泊诸右岸。蕉溪练军长李□□以

① 此处云五人，实只四人，缺一人。

刺来。二更后睡，枕上再阅《皕斋随笔》一周。午后写折扇二，镇军之世兄之求也。

十二月二十五日　自焦溪行　二十五里　宿浦田

卯正起。开船，行二里许，至蕉溪复停，镇远火食船送至是处而止。辰正后，遂早饭，饭后遣之去，差纪亦去。于其将去也，问以舟设胶浅，青溪之船不至，则奈何？差纪乃饬听事赴青溪知照。舟行未三里而胶，推拥一时许，乃行。申初至浦田，以去青溪尚远，前路滩多，舟人不敢进，遂宿。青溪火食船不至，命张顺治晚膳，痛饮大嚼，既醉既饱而寝。因舟屡胶，移书箱七口于茅[1]篷船。

十二月二十六日　夜大雪　晓止　午后畅晴　自浦田行

卯正起。起后观舟人扫雪约一时许，辰正乃行，数里，过靠帮塘。又十里上下，至水极浅处，众水手肩船以行，炮船水师助之，许久乃过。未初至青溪，两广文、一百戎来拜，不言请见，遂不见；饶大令请见，见之。青溪不备火食船，但馈上、中席各一，以舟无炊蒸诸具，却之。始命张顺办炊具，并治早餐，入市采购，时许乃返，遂开船。又行十余里，泊于毛毛塘。青溪不供炭烛，晚饭后不久即睡。

十二月二十七日　早雾　午晴　自毛毛塘行　四十五里　宿玉屏县东里许万卷书岩下

辰初起。催榜人开船，以罩子太大，不能辨路对，候

---

①“茅”，原文作“毛”。

一时许，巳初后乃行，过梅背滩、响水洞。午后假寐片刻，既醒，已去玉屏不远矣。申正泊于城外官码头，大令孔鲁峰广垚入舟来见，又武营诸君求见，辞之。孔，滇人，己卯举人，己丑大挑。县纪备酒席，受之，食讫，复开船，行里许，至万卷书岩下泊焉，已昏暮矣。买箫九对，夙闻郑氏者良，本日所买凡四主，而郑姓者二，未知其谁贤？大约亦如镊子张、剪子王、杨村烘糕之杜，托名者多。究竟箫之良不良，不系乎主之郑不郑也。

孔大令款留甚殷，情文俱到，乃知青溪之例，盖偶见也。

大寒　十二月二十八日　早雾　午晴　自万卷书岩下启行约四十余里　泊九连塘

辰初起。前因水浅船重，舟人将桅橹诸具别编一筏，船主之子田保棹之，以减船重。今早复拆筏，一一还故处，因过此以往，水渐深也。纷忙许久，又因雾气未退，舟人趁此先用早饭，近巳乃行。万卷岩名称其实，但与《鸿雪因缘》所图迥不类。

始用大橹于船之两腰，或三或两，人摇之。午前过一滩，沿边而行，一山突出，船避不及，戛然一声，将游板碰裂，后闻茅篷亦有损折。搁浅一次，申初假寐，梦中闻人哗语，起视之，则田光爵在荣弟舱内淘水，田保执筲倾诸河，澄兄曰：船可辣住矣。出视之，两船水手暨炮船水军十余人，环船之头，裸立水中，或推或负，水师立待于对岸者又数人，峰头观者如堵墙，桅樯篙楫之属，纵横漂泊乎中流，茅篷船主之子凫水而泅。但闻人语嘈杂，浪涌如鼎沸，惊惶纷乱者久之，已而船渐移，滩渐远，系舟于岸，船主父子淘水，邻舟柁工来补漏，相庆慰也。酉初复行，约不足十里，日暮矣，泊于九连塘。或云距龙溪口十二里，或曰十四五里，或曰十里。

十二月二十九日　除夕　早雾　午微晴　自九连塘启行十五里　宿晃州

辰初起。候雾开，巳初一刻行，经大鱼塘、大树湾，凡历四滩，小浅一次，午抵龙溪口，剃发。

待诏夏姓，沅州人，居此三十年矣，言此地为水路口岸，去铜仁九十里，去沅州两站，每届集场，上自玉屏、青溪，北自铜仁，南自八弓，下自晃州，悉来会。今年除夕系月小，远者或不至。往年月大，倍形闹热，盖每月逢四逢九为场期云。又云：此地有绸缎布店。问以有典铺否？曰：无之，不特此地，沅州、铜仁皆无之也。河干有文昌阁，凡三重，各有题额，上曰“健笔书魁”，中曰“文教昌明”，下曰“镇江阁”。晃州厅差帖问泊何所，将备酒席，答以少顷即放船诣州。

申初饭毕，复行，先历两滩，平稳而过，见式金所纪小南海者，山势果佳。又至三滩，去晃州不及一里，望见之矣。而舟胶，石错船底如刀斧之刮削，断断有声，水、火推挽，约一小时乃得进。酉初泊官码头，冯仲泉通守至舟相见，差纪侍晚餐。泊处去岸数丈，食具悉以舟渡之。周柏祥辞岁，帖答之；冯通守柬辞岁，亦柬报之。

晚复小饮，食水角[1]、年糕，以规乡味。二鼓睡。

爆竹声彻夜不绝。是日犒炮船水手肉二十觔，坐船各十斤。

馈周哨长生鲤二尾，冯通守馈年糕二盘，柑、鸡各一盘，受糕而反其余。夜中歌声、吹篴声、拇战声，三船相续，颇不寂寥。

光绪二十四年戊戌（1898）正月元日　乙酉　日食不见　小雨终日　发晃州　行二十五里　宿曹家溪

辰初起。冯通守以柬贺年，周哨长亲来贺年，报如昨例。水手晏起，既起，复候早饭。巳初行，凡历三滩，第三滩阁浅少顷，第二滩左岸有桥，桥上楼两层，上层额曰“升逵”，下曰“挹秀”，其左曰“周道如砥”。未刻抵曹家溪。

厘局委员李芳、张藻诣舟，拜以元日，有贺年之文，谢之。正办委员冉□□晋省，亦以帖来，旋俱帖报之。三君有馈物，却之。张大令复馈鸡、鸭、茶、鱼，复以肉八斤、肠一挂赏船人，词曰“一路伺候辛苦，以此酬奖之也”。受鸡与肉与鱼，而反其余。佑之太守遣亲兵送信，并致竹参、山查、咸肉、川鸭之馈，受而信答之。张大令便衣来谈，约一小时许。

① “角”，疑当作“饺”。

曹家溪插入湖南境，周围仅半里，四届皆湘地。张大令曰：此瓯脱也，属玉屏地，无居民，居者皆厘局书丁，不过二三十家耳。曹局岁额三万金，进口税多，出口税少，进口布为大宗，出口洋药为大宗。洋药至此，已遍历黔境，大率已完厘矣，验票而已。

属田光爵，诘旦须早开船。

正月初二日　丙戌　阴　发曹家溪　行约八十余里　泊渔溪塘

辰初起。起时已将开船，历八滩，其第五曰次滩，距曹家溪十五里。第七曰黄梁滩，第八曰满天星滩，去次滩十里。此险滩之一也，长几半里，乱石错落，实如其名，左有石堆七行，编竹为梁，如筏形仰置其上，凡六架，似有意以之杀水势者，询之舟人，则曰是鱼梁也。六梁之右有路一条，迫近山麓，而夹于礁石之间，三船水手加以土人凡十八人，扯棹而过。既过，田光爵有喜色，自言曰：今日此滩过得好也！

又十里过便水，中间过一处，阁浅少顷。午后假寐，至申正乃醒，闻澄兄云：已过鹅滩。问以行几何里？过名区几处？曰：便水之后，白马硐绝佳，亦绝险，十人扯棹弯就而过。祁听轩开路程单，白马硐去便水十里。澄兄云似不足。白马硐之后，历星狼塘，舟人言。其下为鹅滩，祁单：鹅单去白马硐十五里。其间无名之滩尚有五六处云。余既醒，盥洗啜茗，良久乃出。旋经一滩，询之舟人，曰：此关洞滩。祁单云：去鹅滩八里。又行□□里。酉初泊于芷江属之渔溪口。舟人不曰口而曰塘。

忌辰　正月初三日　早微雾　俄晴　自渔溪口行二十余里泊炮台湾

辰初起。船已开，历石灰滩、祁单：石灰去关洞十里。马王滩、螺丝滩、药王塘、白民滩。巳初后至沅州，泊于龙津桥南官码头。祁单：沅州去石灰十八里。大令温锡纯，字九畴。己卯、壬辰。太守连前辈，培基，丁卯、庚辰，甲午保送知府，丙申署沅篆，现已准补永顺，其弟诒孙比部，名培型，乙酉、己丑。府经赵虞卿，郑新人，先后来拜。太守谈极久。

午后假肩舆于大令，入正南门，过中正楼，至府署，答拜晤谈。又拜赵参军，不见。拜大令，谈片刻，仍出正南门回舟。船户云：芷江应摊船价五站，而溜单溜辰溪。县差曰：不然，例付三站，而溜黔阳。争论往返三次，久不决。余曰：俟至黔阳再议。

舟人、仆人买物者、取物者，纷纷去不返，薄暮乃开船，行二里，泊炮台湾。

辰州新设武备学堂，太守言也。又言长沙将开铁路通广东。因英人发此议，故香帅电商陈中丞，毋宁我先之。

正月初四日　早雾　近午畅晴　自炮台湾开行　行九十里泊枫木塘

辰初后起。候雾开，巳初始行。午正过罗旧驿，历七里桥、蛤蟆口、火烧堡、八洲、沟阑崖，越无名之滩五。祁单：罗旧去沅州三十。过富连塘、张家湾，未正至公平，祁单：去罗旧三十里。又五里，懒码头，经贵筑滩，或云贵州，长约半里。又经四滩，次二曰鱼梁，或曰鱼浪。过石灰窑，两巨口如门形，峙于陂脚，其上有村落。又过榆树湾，祁单作“鱼水湾”，去贵筑滩十五里，式金作梨树湾。复过五滩，次三曰湾滩，日暮泊枫木塘。舟人云：枫木去榆树湾二十里。与祁单不合，以舟行之时考之，亦似不足。凡言过几滩者，皆据澄兄日记，余未尝心焉数之也。①

正月初五日　早阴　至夜未晴　自枫木塘行九十余里　泊黔阳县

辰初闻开船即起。过鸭子塘，又过一处，或曰是陬集塘，其地有炼铁炉，高数丈，凡三重，火熊熊出其上。中方、祁单：中方去鱼水二十里。似不止。竹站、祁单作独占驿，王记作豆站。祁云：去中方十五里。王云：去梨树湾三十里。鹿门滩，舟人口传。长滩、祁单：去独占十里。木根滩、排龙坳。午正至高丽洞，舟至此，迫就右岸，傍岸危壁上建重楼，舟从楼脚穿石而过，如高屋建瓴，湍急如驶，左右皆叠石，磊砢重沓，唯一线之路，可以通舟，舟过此弯环趋避，稍一差舛，必为礁触。是日平稳而渡，侥幸之至。午后过桐木坳、桐木洞，祁单：去高丽十里。红崖山、烟溪，舟人云：去黔阳十里。过烟溪后，黔阳县纪以舟持大令刺来迎，大令苏宣烈，字绍文，滇人，署事。申正三刻抵黔阳泊，大令来见，炮船哨官江镇卿登坤来见。余初以为即接替护送之船，晤询，乃知其非，此本处护卡者也，护送之船尚在洪江。

---

① 页眉。罗旧之下傍岸有亭，额曰“德盛亭”。

大令甚殷勤，为换溜单，并送船价八金。余始信黔阳本不在应溜之数，舟子之言非妄，乃婉却其船价，而道谢其溜单。又于烛炭外，致米肉之馈。余以非差信所有，亦谢却。

起信草。致杨镇军、全太守。

正月初六日　早阴　旋晴　自黔阳行六十里　至洪江遂泊

卯正二刻起。即开船，写信两封，致杨楚珍、全庶熙。又写两封，致尚蕴斋、陈劭吾。与采臣合。因镇远师船至洪江止，将附其便带回也，尚、陈两函托全太守加封递省。

开船时，启门眺远，波澄岸阔，气韵绝佳。闻澄兄云：连过十滩。余因写信，概不及见，但遇颠簸时，不能成字，则停笔以待，便知是过滩耳。巳正二刻至洪江，自起行以来，未有如是之速者。帮带曾镇卿总戎友亮，长沙人。来见，言已备舢板一只，派哨官熊玉麟护送至常德。曾去后，熊来见，字丹岩，沅州人，候补千总。洪江属会同县，澄兄、荣弟登岸游历。澄兄谓：市廛之盛，为铜仁、镇远所不逮。河分两支，苏大令云：自镇远来者非沅也，自靖州来者始有沅名，黎平之三江木货皆道此以抵常德。周柏祥禀辞，赠以扇、对，又以二十金犒其水手，周意似未厌也者。茅篷船主之子王希贤，先曾学贾，其东家杨氏以旧藏字画介以求售，有小字《麻姑仙坛记》，何子贞跋语甚多，又十七帖亦佳，二者皆索价三十二金，嫌其昂，舍之。

忌辰　正月初七日　晴　风逆　自洪江行七十余里　泊官坪

辰初开船，遂起。两川合流，江岸绝阔，晴而不雾，景色剧佳，唯风逆且大，船行极迟。十里过一滩，其地曰滩头，有炮船住扎，厘卡在焉。又一官艕悬官衔旗，文曰“洪江厘税”，滩头下卡巡查。先过反石崖，见式金所记官木厂者，唯式云去洪江十余里，似不足。滩头之后又过一处，橹人曰蔡头溪。

过沙湾，祁单：去洪江二十里。舟人郑、周皆云三十里，以时考之，似二十里不止。舟忽旋转一周，紧迫山脚，一石突出，船首掠而过之，札札有声，幸仅捎带，未至大损，然舟人已仓皇哗哄，晚泊之后，犹交口诵菩萨保佑不置也。又过一处，舟人以为卜冲坳，似即祁单所谓卜冲龄，去沙湾十五里，去玉环滩十里者也。未正过玉环滩，舟人呼为玉河山脚。洪江以前舟倒行，摇橹者迫近船窗，偶询地名，易于问答。自昨日掉转，舻人移前，相去两丈以外，音远难辨矣。假寐一小时，醒则闻荣卿呼三毛代买甘蔗，始知船停，问之，则已至安江矣。祁单：去玉环滩十五里。又十里至官坪，以风逆而日暮，前路有滩，不敢冒险，遂泊焉。舟人云：此地去安江十里。

澄兄、荣弟登岸游眺，见告示两张，一为黔阳县，一为石桥分司。又至一肆，买糕点，肆主云：此地向无街市，近有油商张继昌捐资起造，货别隧分，遂成闹热码头。澄兄曰：吾固疑廛舍何以一律崭新，街道何以一律坦平，而今恍然。官坪有炮船驻扎。

正月初八日　晴　逆风　自官坪行七十余里　泊龙头庵

辰初起。恰开船，行两三里，过黄狮洞滩，凡三断而屡折，日在窗右者，旋在左，已而又在右，已过之后回视，后至之船其疾如箭。祁单：黄狮洞上去安江二十里，下距新路河二十里。询之舟人，则异矣。官坪去安江十里，昨所询得者也。本日行未久，已过黄狮，是黄狮之去官坪决不及十里，则其去安江也，决不及二十里矣。舟人以为去官坪两里而至黄狮，似为近之。舟人又云：新开[①]河去官坪三十里，则其去安江也恰四十里，与祁单却同。然则黄狮去安江将十里而强，黄狮去新路河将三十里而弱与？已正三刻至新路河，有炮船。又二十里过桐湾，又二十里，酉正泊龙头庵。祁单：距桐湾三十里。未确。

沿路小村落颇多，询之舟人，或言人人殊，或方音难辨，悉不记。龙头庵有炮船驻扎。[②]

正月初九日　晴　自龙头庵行七十余里　泊龙舌塘

卯正二刻起。船方开，风息，行较速，十里，过黄溪口，时辰初二刻也。过小绿师滩，《鸿雪因缘》作“鸬鹚”，与舟人所呼合。巳初一刻过仙里湾，有驻扎炮船，以巨炮迎，以小炮送。祁单：距黄溪十五里。仙里湾之下石壁甚长，澄兄以为佳。祁单：仙里湾十五里而至虎皮溪，又十里而江口，又二十五里而沙滩，又十里而松溪口。本日过仙里之后，每见村落辄问舟人，有曰辰州滩，有曰扫木滩，有曰茶湾滩与羊桥滩，直至江口，并不闻有虎皮溪之名。江口而下又问之，则有曰沙堆，有曰

---

① “开”，下文作“路”。

② 页眉。黄狮洞有炮船驻扎。

息烽潭。卖柴童子撑小艇，并舟前问之，是本处人，地名息烽潭，与舟人言合，但息烽是否即此两字，潭之或为滩，或为塘，皆不敢知，里数亦未询确。据舟人言：茶湾去仙里湾十里，或曰十余里，江口去沙堆二十里，息烽潭距辰溪四十里，以祁单考之，距辰溪四十里者，乃松溪口也，姑拉杂暂记于此。江口有支流来汇。

江口、息烽潭，俱有驻守师船。今日所历，危岩削壁，奇峰怪石，目接不暇，大半在江口前后，澄兄记之颇祥。酉正泊龙舌塘。先过白面岩，舟人云：白面去江口二十余里，龙舌去白面十里。晨书扇一，备送师船熊哨长。

正月初十日　晴　午后逆风　自龙舌塘行　不足四十里　泊张家流

辰初起。船开已多时。行四五里，舟人云。过修溪口，有支流。又过木洲，有支流。大洑潭，祁单：去修溪十里。舟人曰：二十里。又八里，据舟人言也，祁单作十里。巳正至辰溪。

早饭换溜，至申初乃复行，风渐大，艕工费力，怨船主扶柁之非法，因而诟争。行七八里，酉初三刻泊张家流。辰溪发价一站，舟人云应两站，饬勿争。

夜风益大，船震撼有声。戌正即就枕，子正后醒一次，五更头醒一次，夜深人定，风声弥恐人，侵晓乃少定。

忌辰　正月十一日　早雨　午晴　风复作矣　自张家流行三十余里　泊铁水塘

辰初起。恰开船，十余里，至浦市。舟人买菜，厨役亦买菜，正泊时，雨至，候至午初一刻复行。过塘汉，舟人口传，澄兄笔记。至铁水塘，风大不得进，遂泊，去浦市才二十里耳，时申初二刻也。今日虽阻风雨，而所见佳山，则美不胜收。过浦市，始见《鸿雪》所记如蛾眉者，其后则或如卧狮，或如立凤，或如兔，或如猿，或如乱斫，或如叠铺，诡状百出，每转辄变。澄兄曰：将至神仙峡矣。宜山势之渐奇也。

正月十二日　阻风雨　止铁水塘一日

正月十三日　雨止　仍阴　微有风　自铁水塘行七十余里泊要溪

辰初起，俄开船，过邓攸流。巳初过神仙峡，祁单谓之马儿岩，《鸿雪记》谓之机岩，而舟人呼为马嘴岩者也。《鸿雪》所记洞中庋物不悉见，但见两筐、一船及木橰数十而已，神奇之说，举无足道，山势绝佳。舟人至此朝饭，行绝缓，恣意饱看。值渔舟自对面来，一翁撑小艇，绳新得鱼于舟下，呼而买之，两俱忻然。未至神仙峡之前，佳山甚多，莫不有洞，有若刀斧乱斫痕者，有若悬乳数千百条欲流而下者，有若书页重叠临风翻捲者。澄兄痴立神移，余亦心花怒开。过杨洑楼。午正二刻过泸溪县，有炮船住守。神仙峡之后有瀑布一处，自曲洞中三折流下，环以草树，雅有可观。

申初过山洲，祁单：马儿岩去浦市三十里，又三十为泸溪县，又二十为山州。酉初三刻至要溪泊，地属沅陵。

正月十四日　早阴　风定　自要溪行三十里　至辰州遂泊

辰初起。即开船，田天保云：夜来水涨四五寸。十里，过南溪河，又五里，过木关，有坊额曰“万商云集”，又五里，似不足。至辰州南门外。沅陵大令徐又穆方泰，卢江，癸酉拔，以刺迎，旋致酒席之馈。买木器约十金。舟子云：沅陵应发价四站。而差纪云：旱路则四，水路则三。饬舟人勿与竞。炮船水手云：今日水涨约两尺。龚体仁来见。

正月十五日　己亥　早雨　俄止　仍阴　晚晴　自辰州行百里　泊滩口

辰初起。钲鸣矣。雨至，停候二刻许，雨止遂行，过荷叶洲，巅有塔。

高丽浅，九矶滩，去辰州三十里。又十里，过横石滩。九矶滩甚长，横石亦长且壮。又二十里，过白溶，炮船哨官徐□□来敬贺。又三十里，过鸩角洄，又十里，泊滩口，时酉初一刻也。因有大滩在前，故不复进。过白溶之后，有群鸦绕船而飞，舟娃名三毛者，以肉掷空，辄扑得之。其势有横有斜，各具其妙。有下追几及水面而得之者，尤妙。

正月十六日　早微雾　终日阴　自滩口行百五六十里　泊柏子铺

辰初起。俄开船，约两三里即入滩，船疾如箭，两岸之山半为云气遮断，凡式金所记，不能全见。但见岸左一庙，额曰“心平水平”而已。辰正已过清浪滩，停洞庭溪，有炮船哨官戴式溶来敬。洞庭溪去滩口三十里。发神福犒赏，每船肉五斤，每名水手钱一百。巳初复行，田天保云：今日是顺风也。二十里，巳正一刻至缆子湾。又十里，午前过麻易湖，稍下为明月汇，即黔舟被劫处也。两岸有枭示之首四五处。又行过瓮子洞。午正三刻至上界首。祁单：界首去麻易三十里。似不足，有炮船。经螺狮山，凡四峰相并，一尖三圆[①]，尖者微偏，恰近螺形。假寐一时许，梦中闻巨炮声，呼三毛问之，曰：此兴隆街也。三毛之外祖熟于路，余常使三毛问之。炮船哨官张洪韬来敬，凡炮船哨官来拜者，随即差帖答之。过一山，上圆下哆，俗象其形而名之曰“脚板崖”。

将昏，过穿石崖，不类《鸿雪图》，式金记得之。又十里，泊柏子铺。

瓮子洞以下不复有滩，若顺风乘月，虽终夜行可也。

自镇远至常德，凡下水船皆不帆。由常德趋洞庭，乃用之。[②]

正月十七日　阴　无风　自柏子铺行　九十五里　泊河洑

卯正二刻开船，余辰初起，又三刻过简家溪，九号炮船哨长李宗乔来敬。熊守戎云：简家溪去柏子铺十五里，距桃源四十五里。过白马渡，午初后至桃源。大令汤味梅汝

---

①“圆”，原文作“员”。

② 页眉。清浪滩长而且阔，是以尤名，以余论之：险以高丽洞为最，壮以横石为最，清浪似俱不敌。然式金所记，惊心动目，却与《鸿雪因缘记》符合。彼皆在三月，当春水盛涨之时，或另是一番气势。

和，广西己丑即用，出星槎门，至船相见。闻英人将于长沙立埔头，陈中丞令绅士会议。大令又言：武陵之河洑，去年八月十五日赛会，游人如蚁，四方来观者，不远数百里。一童子年可十五六，戏言曰：今日之人多若许，若打教堂却好也。适为保正所闻，保正固奉彼教者也，疾其言，扭童子去，至其自设之茶肆。众知而哄曰：童子一戏言耳，胡至是？喧至肆，乃不见童子。有人曰：是殆致之死矣。众始愤不可遏，遂有毁撤教堂之案，偿九千缗而案始结。申初二刻行，过延泉陬溪，即陬市。昏后泊河洑。延泉去桃源二十里，又二十里陬市，又十里河洑。桃源、河洑俱有炮船。

正月十八日　晴　自河洑行　四十五里　泊常德

辰初起。船已放流多时矣，少选，始舻而行。午初至常德，炮船哨长杨春山元兴迎见，并持其统领卢吉甫迪秀之刺致意。武陵大令王陶卿绍钧来见。王，湖北乙酉孝廉，教习，知县。太守汤伯温似瑄差帖接，府经厅胡作霖来候。以帖致谢卢统领，误投于娄军门云庆所，娄旋以刺来答。船行，胡乾丰问换船否？与大令晤谈，询以过湖之宜，谓艕船太轻，以换为便。又云：拖带之小火轮，商制者刻尚未成，官备者止有两号，未必有求辄应也。初，余意不欲换船，一则惮移动之烦，再则田、王两船主及其诸水手，日久相稔，俱有依恋之意也。然大令及熊哨官皆云换之便。因恳澄兄登岸，略一省览。澄兄甫下船，则有两人追随，引至一艎船，此据船契所写字，其口呼则曰红船，疑即满江红也。规模宏敞，价亦相宜。澄兄返而告余，余复往看之，遂以四十金写定。船主名向义发，湖北汉川人。先支十金，已又求多支十金，许之。神福犒赏及一切小费，共大钱五千，悉付之。陶、李、刘、孙四拔贡自洪江同泊，以后每日皆然。今晚来船，晤谈片刻，孙将道洞庭航海入都，因奉母命，赴蕲水省其女弟也。已与某君引见者结伴。其三人则舍舟而陆，循驿而行。明日即投客栈，料理杠担，每人须用挑夫二名，其所携一仆一厨皆步行，闻如此省约，仍不免于贴赔，远省士子，其难如此。四人问余京寓住址，告之，并告以如有应办事件，可与崇儿言之，令其代办一二。写对二，送卢吉甫。

正月十九日　晴暖　留常德一日

卯正二刻起。巳后运行李。两船水手起视载，仆役报号数，荣卿持清折一一点识之。新船长年收而上，另仆一人监视[①]入舱。未初乃毕，余即登新船。送熊哨官八金，扇、对各一，众水手十二金，两船主各给酒钱两千，水手每名钱两百。

汤太守来拜，因船不近泊岸，船身又高，登降不便，谢不见，旋柬答之。

新派护送之炮船哨官廖光廷玉全来见，熊丹岩禀辞，亦见之。

① “视”，原文作“试”。

胡乾丰求赏，以例所无，拒之，无词而去。红船用水手十人，皆长年充当，不似前坐两船乌合而成也，疑“长年”之名，即由此而得。常德产木棉，故布贩最多，田清发谓不啻万家。前至洪江时，水手买洗手小木盆环铁箍两道者，每人十余或数十不等，问何为？但漫应耳。昨始见其向红船商卖，盖每具以八十钱买者，今则以百五十钱卖之，木价之悬殊若此，言黔利者，当知之。

常德之米价，亦较辰、沅为昂。常德通行钱、票，而绌于钱，若持银易现钱，不但掺和，而且短数，有每千短至百余者，通市皆然。若易票，则欣然应付，以之买物，人亦愿之。铜钱之短绌，于此可见一斑。以楮为币，济其穷可也。无币之楮，可常恃乎！

正月二十日　晴　风先顺后逆　自常德行　四十余里　泊牛皮滩

卯正二刻起。船家祀神，又买菜，巳初后乃开。熊船送至中流，与廖船各燃三巨炮，熊返廖从。初行时，西北风恰与东行宜，午后风定。向夕，东北风起，浪涌欲花，船行甚费力。将昏，水手五人登岸带纤，两人在船撑篙。戌初始至牛皮滩，船主云：去常德四十五里。炮船一人云：五十里。据祁单，则止四十里耳。今早水手以篙量水，篙长几两丈，未曾彻底。船主云：此船有三尺水，便足畅行。

船有鼠，夜吃烛及糕饵。余奇之，徐仆云：轮船此物尤多。式金之由常德赴沙市也，初日宿牛鼻滩，“牛鼻”似与“牛皮”一也，其分路当在次日。然式金日记云：由常德三十里至戴山，又三十里泊牛鼻滩。里数又不合。

常德下二十余里，为石马铺，有炮船驻守。祁单“石”作“白”，廖哨官以为误字。牛皮滩亦有炮船。

日记九

戊戌（1898）正月二十一日发牛皮滩，至五月初二日客新农镇。[①]

① 按，使黔日记实止于闰三月初九日入觐皇上。自闰三月初九日至五月初二日之日记，虽亦装订在“日记九”中，但此时严修使黔任已告完成，故本书不再收录。

戊戌（1898）　忌辰　正月二十一日　乙巳　晴　风顺少逆多　自常德下四十五里之牛皮滩开船　行约七十里　泊罗家湖

卯正二刻起。恰开船，二十里过苍港，时午初。舟人云：三十里。此据祁单，大约问里数于舟人，不免多报，亦不免杜撰也。又二十里，未正过龙阳县。船主云：去常德九十里。卖鱼者言亦同。

午前风顺而力微，午后稍大矣，而顺者逆矣。过龙阳后，船主嗔其水手不得力，趣之登岸曳纤焉。傍夕，有一叟棹扁舟来乞食，予之食。问以地名，曰："此冈湫潭也。""距龙阳几何？"曰："二十五里。""距绪港？"曰："此去二三里耳。"又行一小时，泊于岸右一小村之前，问过绪港未？则皆不知。以乞人之言计之，大约过矣。乞人又言：冈湫潭去常德百二十里。与祁单悬殊，祁单既不尽可据，而舟子又不熟地里，殊闷人也。行终日，不见山影。龙阳下数里，河分两支，澄兄曰：彼支必赴沙市之路也。问之船主，果然。分流之后，河顿仄，殆不及上游之半。

令船火夫登岸，询诸土人，曰：此地名罗家湖，去龙阳三十里。火夫名刘松元，年可二十许，澄兄喜其人。长年凡八人，刘之外有黄州陈大发，黄冈林兴发、廖启发，汉阳朱云祥，云梦林义泰，武昌涂洪贵、周锦廷。刘，汉川人也。

廖哨官云：此地下距岩板湖止两里。与祁单不合，祁单有岩英湘，无岩板湖。

正月二十二日　丙午　阴阳相间　大逆风　自罗家湖行　约六十里　泊茶关

夜醒，闻船开，即起，时寅正三刻，炮船初换五更，隔窗隙窥见江月澄波，水纹滉漾，岸边小树次第相衔，清气宜人，不可多得。初开即挂纤。辰正后过一村落，人烟较稠，且有炮船驻守。问诸橹工，无知名者。少顷，刘火夫以小舟渡纤者登岸，余令询之，则留心塘也。祁单：绪港下十五里为岩英湖，又二十里晋心塘，“晋心”似即“留心”之误。行未久，风益大。停约三小时，至未初又行，未久又停，未久又行。船主及水手皆不遗余力，无如风猛而流亦愈盛，人力不能与之争也。河汊纷歧，不能悉记。忽而岸仄，不过四五丈之距；忽而阔也，则一望无垠。远望对岸，一线界天，其远不知几许。凡两汊之间，洲多作锐角，盖已入东湖界中矣。舟人云：水盛时，洲皆没不见。本日船行，常有树枝捎船底，簌簌有声，大约水涸时，其下亦洲也。酉初过东湖杨阁老。祁单：杨阁老去晋心塘二十里。“阁老”作“阔老”。如祁单，则此地去常德已百八十里矣。

酉正一刻泊茶关，下距竹鸡塘里许，距沅江四十余里。廖哨官云。过杨阁老后，张帆行，来船亦张。盖皆所谓旁顺风也。傍夕写对一，又填款一，备送廖把戎。

忌辰　正月二十三日　丁未　晴　北风　自茶关行　约四十里　泊沅江县

卯初开船，卯正后起，行十余里，过一大聚落，有炮船驻守。当河鱼箔甚多，以祁单里数考之，似即罾埠，上距竹鸡塘十里，下距沅江县三十里者也。行过是处，遥见水光接天，四无畔岸，但见帆影。澄兄云：观此则知海上情状矣。出汊右折，循右岸而进，船之左水作紫色，舟人曰：此坡也，盖洲之没入水者，土赭而蒙以绿水，故色紫也。舟人又遥指曰：彼湖也。即上所谓四无畔岸者也。细审之，水中作紫色者，纵横交错，不止一处。循远舟之来路而注视之，则历历可辨，大约水涸时，皆成港汊也。当右折之初，舟入浅处，前有巨筏蔽江而当心，其长袤如一村落，然舟穿其右，筏人云左之，退而之左，则筏之首已斜逼于紫色之线，复退，仍之右，乃过。先是，未出汊之前，舟人曰：右折，即顺风矣。乃扬两帆，辍橹而饭，饭未毕，而筏阻纷拏约一小时，帆扬而复偃者再。既过，始复帆而行。午后至沅江，泊学宫前。

常德之炮船送至此为度，廖君言：是处有参将，可以刺借船，送至汉口。从之。参戎周松亭启茂，黄州人，派船一只，使外委贺黻廷弼臣带之，且复曰：本应送至汉，以现值操船，止可送至岳州，岳州自有人伺应也。廖来辞，赠以两联，又二金，犒其水军钱四千。沅江县叶星垣大令向辰，嘉兴人；少尉金福山宜善，荆州人，先后来拜。余适剃发，未得延见，旋以刺答之。贺外委来见，言时促矣，请明日成行。余初不肯，再请，乃许之。盖炮船远行，亦须备数日粮也。

泊舟之所，渔艇甚多，岸上有鱼行也。是处鱼多且佳，厨工市得两鳜，重各斤有半，每斤才二十八钱耳。澄兄云：麻行亦多。

正月二十四日　戊申　早雨　顺风　傍夕逆　自沅江行　约百一十里　泊湘阴县属之白马司

卯初二刻开船，又一小时乃起。风势甚顺，两帆并张，行约三十里，见一村落，有炮船驻守。疑即祁单所谓大塘口，但彼言去沅江二十里，此则似不止，舟子云三十里，近之。又十里过奇湖口，有炮船。奇湖口之前，有所谓蚂蝗①滩，前闻是处水最浅，善胶舟。今日过此，舟人预以篙量水，并撑拄以助船力，幸无阻碍，中间偶胶一次，片刻即活。过奇湖口十里，经大林港。大林港之后，河仄而迂，不半里辄一曲，殆数十曲不止也。迤逦帆影，历历可辨。帆随湘转，其谓是与？大林十里，过南湖洲，有炮船驻守，傍岸有寺曰洞庭宫。又约十余里，过弯丐塘。祁单曰关公塘，弯弓之名，盂仆询诸渡船也。是处河岸极长，足七八里，皆作斜坡，土色光黝。舟人云：以江米和灰筑成。果若所云，工亦巨矣。初见时，林舍联接甚密，其后渐疏，土房或三间或

① “蚂蝗”，原文作“马皇”，即水蛭。

两间，沿岸平列，不相连属，而相隔亦不远。自岸之彼端至岸之此端，络绎不绝，直至将近白马司，其岸乃右转，河亦曲矣。白马司去弯弓塘十里，至时才酉初耳。下距林子口十五里，舟人以前路河仄，日暮天阴，恐不辨路也，遂泊。是处属湘阴，有千总驻扎。弯弓塘之后逆风，弯弓塘临河有真武庙、碧云寺。

正月二十五日　己酉　东北风　小雨　自白马司行　约三十余里　泊杨雀潭

卯正二刻起。因雨且风逆，候至辰正二刻乃行。数里之后，恰得顺风，张帆驶进。巳正一刻至林子口，折而北，风又逆矣，遂泊，同行皆泊。午后，余觉风力不猛，商令开船。未初二刻复行，停船，觉风小；行船，乃觉风大。强行十七八里，申正一刻至一处曰杨雀潭，距庐陵潭十一二里。舟人云：转此湾，风益猛矣。遂宿焉。出林子口，河分两支，其溯而右者，长沙路也。林子口有炮船，临河有洞庭庙，其泊舟之处曰南阳渡。

早写两对，备送贺哨长。过林子口后见一船，以棕为帆，其左题字曰“救生船第五号”。早泊时，见火牌船，衔灯题“景山官学教习”，疑即龚体仁所乘也。

昨夕问贺哨官以小火轮能否借用？贺问：曾向省寄信否？余曰：无之。贺曰：非中丞之命，恐委员不敢专辄也。先是，余过黔阳时，询诸苏大令，大令曰：抵常德，可函致长沙。且曰：武陵王令自能筹之。比抵武陵，则又曰：湘阴令可与计。余知终不谐，且余与当道俱昧生平，贸然而借，亦嫌其突，迟速任之可也。

晚雨甚，助之以风，船摇动不稳。

正月二十六日　庚戌　夜大风雨　旦止　仍阴　逆风　自杨雀潭行　约六十余里　泊城墙望

卯正二刻开船，辰正三刻过庐陵潭。又十里，午初三刻过虞公庙。卖鱼者云吴公庙，以庙额正之，知是音讹。里数亦渔人言，谓是处上距庐陵十里而强，下距营田十里而弱，约足八里云。行终日，不见所谓营田者。未正过一塔，舟人谓之白鱼溪。前数日，船主述异事，有所谓金簪白鱼溪，殆即指此，其语诞，不足记。塔凡七级，中空有门，窥见对面天光，火牌船有止其下者，余见一紫衣人，立七级之心，当是公车中人也。

庐陵潭以下波益壮，风益逆，船行时左趋右就，曲折以取风力，迂回旷时，殊觉费事。两岸平旷，黄土、青草之外，一无所有，偶见小树，殊不多得。盖湖水涨落不常，所见黄土，至盛涨时皆没入湖心，虽洲而不可居，故无林木、田庐也。日已暮，无泊处。戌初一刻至所谓城墙望者，乃泊。地在右岸，深夜一无所见，但见一行灯火而已。庐陵潭河又分两支，右走长沙，其程百八十里，是处民居颇多，然皆编草为屋，架席为墙，屋山临岸而门在焉，屋与屋不相比，相距或数十步，或不止焉。澄兄曰：想亦因湖徙无定，便于迁避耳。庐陵潭有炮船。

今日复见以棕为帆，乃货船也。连日不见一山，并远山亦无。今日傍夕，见对面有一抹淡墨痕，以地度之，或是磊石。舟人云：城墙望三十里，至黑龙潭又三十里，即磊石，又三十里则东湖鹿角。与祁单不合。祁单：营田去磊石六十，磊石去鹿角六十。湖水黄而浊，似吾乡之河。而波澜壮阔，则吾乡所罕见也。

正月二十七日　辛亥　北风且雨　自城墙望行　不及二十里而泊

卯正一刻开船，数里后，昨所见远山已在船右，山半有寺，其麓有小河通平江，问之，即磊石山也。许久不见山，乍如创获，若以黔山例之，此直培塿耳。行不及二十里，雨至而风加猛，水光黄映天，如昏如雾，遂止不进。闻距鹿角尚有四十里。午后，见小火轮上驶，舟人呼问之，意将资其拖带，不思彼既南行，必有事事，焉有欲转之理。

闷坐无赖，温洋文，兼看《泰西新史》。晚饮酒四大杯以遣之。

正月二十八日　壬子　大风且雨　欲行　复泊琴棋望　昨记城墙望者　误也

终夜风雨，四更后声益猛厉，风声乌乌，水声洸洸，船震震若漂，心摇摇与之应。卯正二刻起，风急浪猛，船不中系，泊处又无居民，食用不具，乃解维退行，仍抵前日泊所。

唤一剃工来，问以地名，语不尽可晓，问答许久，书以示之，屡易而后首肯曰是矣。盖琴棋望也，上距林子口百二十里，下距鹿角六十里，岳州百一十里。是处草屋篾[1]墙，不相联接，与庐陵潭同。剃工曰：入夏水涨，则徙诸营田，吴公庙对岸也。每岁居此，约半年耳。剃工又言：磊落石山前之小河，不通平江。与昨闻不同，俟再考。甲午来时，携《水道提纲》及胡图，常在手下，每日考验甚便。此番治行，竟椟藏之，失计之甚。

正月二十九日　癸丑　风雨如昨　再留琴棋望一日

夜屡醒，反侧不安，以昨睡太早也。辰初二刻乃起，终日闷闷，看吕子恒《讼过记》一通，兼看《泰西新史》。

贵州文童额七百六十七名，武七百五十三名，廪、增各一千五百八十一名。

正月三十日　甲寅　风雨如昨　极寒　再留琴棋望一日

辰初二刻起。夜风号吗，万籁并作，贴其一耳抵于枕，其一则以指殿之，但闻若鸣鼓，若吹火，若沸羹，交集枕下，良久始睡。夜醒复然。及旦，风力稍杀，雨声反加。温洋文。当十九日午后移过是舟也，阳乌四照，玻璃[2]窗面面受热，心焦燥不可耐，乃去小棉袄而易以夹，其棉者则纳诸装。近数日守风阻雨，湿气甚重，寒若深冬矣。惮于解

---

①“篾”，原文作“蔑”。

②“玻璃”，原文作“颇黎”，以下径改。

装，但加一皮领而已，午后加灰鼠马褂。

晚饮酒六大杯，食鲤鱼。夜风益猛。

二月初一日　乙卯　风雪　再留琴棋望一日

辰初二刻起。见舟子扫雪，空中犹飞碎点若霰然。风力似稍杀，声亦稍远，然邻船之旗动摇甚紧。自下游来船，仅张半帆，而行已甚驶。岸上行人，皆疾趋而袂掩其口。盖大王之之雄，犹不可狎也。连日天气昏曀，今午云渐薄，间有黄色，然至夕并未放晴。晚坐，近处不闻风声，而船舵犹轧轧作响。谛听之，鸣鸣者在远处也。

温洋文，兼看《英字入门》。是处阻风，同泊之船，无虑数百，公车亦颇有之。

二月初二日　丙辰　大风　再留琴棋望一日

辰初起。三更以前风定矣，四更又作，至晓益狂。

写信致陈中丞，借小火轮一支拖带至汉口，并言：倘日内风定，即驶赴岳州祗候，不则，仍候于琴棋望，或轮船现不在省，亦候复函，别作计议。午正，信写毕，托贺黻廷差水军一人送长沙，贺云：明午以前，足可送到。

温洋文。严弼臣、龚体仁来访，谈一小时，亦阻风六日者也。龚云：前屡次南旋，俱道洞庭，每次辄阻风，然或三两日，或前后合计五六日，未有一阻不前，如是之久者。又云：自此至汉口，若遇顺风三日可到，无风则须七日。思南新科举人张丙熙，先与弼臣同舟，至常德而分手，至沅江又相遇一次，而到此六日不见其来，未知其突过而前与？抑阻[1]滞在后也？计覆试之期，为日已迫，若再淹留，必误无疑。弼臣与之同府，且受其父之托，心殊焦急云。龚又云：必欲求速，亦有一法，别雇小舟至新堤，候江轮之便。新堤滨大江，江轮由宜昌而下，必过此，可附以行，然至无定。盖江轮之赴宜昌，止有四艘，不必日日有之。或隔三两日，亦其常也。在沙市候江轮亦然。龚又云：长沙小火轮凡十艘，以两船备中丞之用，其余八艘，俱可拖带客船。余前闻总共止有三艘耳，俟再考。

二月初三日　丁巳　晴　风减 午后又大 **自琴棋望行六十里泊鹿角**

炮船初换五更，枕上已辨色，乃起，起未多时，已声明炮矣，盖炮船更鼓不可凭也。是船于更鼓之外，加之以钲。每过一更，则环船巡击一次，其声噌吰聒耳。自昨晚风定，船尾不闻轧轧舵声矣。起后，隔窗隙窥见天际有红光，知是晴矣。旋闻长年移橹声、扫船声、启锚声、锣声、炮声，船居然开矣。同泊之船，络绎解维，前后于我船者，帆影相衔，弥望皆是，时卯正二刻也。复过磊石山，少顷，见一小轮船，拖船两座，自下而上，后船之首系诸前船之尾，三船成一直线，船行绝缓，想载重之故耶。后两船皆张帆，轮船左面刻“湘帆”两字，中段有玻璃[2]窗，类可以居客

①“阻”，原文作“沮”。

②“玻璃”，原文作“玻黎”。

者，窗壁之髹皆赭。巳初后过一处，澄兄授予以远镜，曰：子视之中流，忽出若两桅者，何也？予视之果然，询之，则载煤之船，昨日风覆者也。距岸有数丈远，桅没水过半，其岸边泊一船，岸上有数人来往营营，衣物平铺于地，似是捞获而就曝，相距远，不能辨清。舟人云：泊船，渔船也。盖煤船沉而渔船救之也。触目不觉心惴，诸仆亦指挥相语，色然以惊。风势虽大减，余偶出舱，则拂面吹耳，犹不可堪。船东北行，恰与风逆，满江纵横参午，无直趋者。近午，水手用饭，因泊一小时许，岸头有贩夫经过，舟子询以距鹿角若干远，曰：二十余里耳。未初一刻复行，风加大，橹声涩如转磨。

船要强行，每乘风则其疾如箭，将至鹿角时，乘风而左，近岸处极浅，两丈之外插有标识。舟人捩舵不及，急撤帆，而船已胶。五人用篙抵之，不动，水军毕至，加数篙之力，仍不动，乃以船首绞轴绞之。其法：先以小舟载巨锚抛诸中流，锚孔之索联轴之索为一，锚既入泥，牢不可拔矣。乃转其轴，使索逼紧，愈紧则船渐移矣，其法甚善。又锚身别系一短索，索缠一木棍，锚沉而木浮，见木则知锚所矣，亦妙。澄兄云：吾乡固有之。予未之见也。舟以申正二刻胶，又二刻而活，风力愈猛，舟子登岸曳牵，水军助之。酉正至鹿角泊焉。

对面有山，近山有人家，距泊处尚远，仅望见之。日暮，辨认不清矣。上距琴棋望六十里。

二月初四日　戊午　早阴　午晴　自鹿角行五十余里　泊岳州

卯正二刻，闻船开，即起，行四五刻，始至昨所望见人家之前。是处泊船较多，大约昨日泊处，并未真到鹿角。昨日之行，亦似不足六十里也。昨以为山者，今就见之，非山也，乃阜也。临湖高耸，袤延甚长，过午回望，犹见之。远望若山耳，土皆赭色。鹿角之下有地曰高山望，以绵亘，不能分辨，意中但以为皆鹿角也。晚间闻剃工言，乃知之。未正，过便山，山居水心，上有兰若。

鹿角之阜既尽，有山出焉，其先为鹿角所蔽，既而若相连，既而始分，横黛一条，弥望不绝，其尽处即岳州矣。过午即望见之，稍西即便山，又西而渐远，一山横地，上微收，下微侈，浓树蓊郁，隐隐见舍宇，气佳哉！舟人曰：此君山也。君山又西，有一孤山，轮囷挺峙，然绝低，以君山较之，兹若一丘耳。

申正抵岳州，泊南门外万寿宫前，近岸，水极浅，舟不得近，距一矢之远而维焉。鹿角属巴陵，剃工云。贺外委便衣来谈片刻，在未抵岳之前，岳州镇张子初捷书以刺来拜，言病足，不得亲至。游戎赵兰圃俊秀以刺来，并派炮船护送。张，长沙人。赵，湘乡人，旋俱刺答之。炮船哨官胡外委来绍，号荣卿，长沙人[①]。既奉派，遂来见，船亦来。午后见一小火轮，近视之，拖八杆船三，火食船三，划船三，炮船一，凡十船。当初望见烟时，以为顷刻可至。迟之许久乃至，又久之乃过我舟之前，大约拖船太多，速率不得

①“长沙”后疑脱“人”字。

不减耳。轮船名长庆，拖带者广西学使冯之船也。贺外委与轮船人话良久，闻其以二十五日由长沙启行，行不二十里，遇风而阻，故至今始至。由此言之，遇大逆风，虽小火轮亦计无所施。又闻剃工言：去年五月香帅征长沙米千二百石，赴四川之赈，用轮舟拖带，行至高山望，遇风而覆，米尽沉，且伤人焉。然则恃小火轮以救风厄，盖亦未可深恃，聊胜无焉而已。“岳阳城下水弯环，金口新堤指顾间。八百洞庭糊眼过，闲看落日下君山。”①结句纪实景，上三句强凑耳。

午后见黑物，大如猪，出水一伸，其首尾瞥焉。又没，顷之又出而又没，前者没，后者又出，目应接不暇。以其没之倏，且相去稍远，不能细审其形状，但见首尾高而背若陷。张厨云：似和尚帽。澄兄云：见其鬣。王顺云：露小尾若猪。长年涂洪贵云：是物浑身肉稀软若豆腐，钩之不能致。刑福云：舟人名是物曰白鳍。孟成云：江猪也。澄兄云：江豚吹浪夜还风。

晨见一船，平置岸上，澄兄见之，午后复见一船，亦如是。舟娃云：北风吹上而浅阁，既而水退，遂不得出，须盛涨时，乃得行也。后见之船，据涂洪贵云：自去年六月即滞于此。

洞庭险阻不能臆度，阻风六日者余也；有火轮拖带，而阻风与余略相等者，广西学使冯也；舟阁浅处，水退而不得动者，今日所见之两船也；风覆而沉，仅露两桅者，昨日

① 杨传庆：《严范孙先生古近体诗存稿》收录此诗，题《泊岳州》。

所见煤船也；轮船拖带遇风沉溺者，今日所闻长沙米船也。近者数日，远者不过一年，或身经，或耳闻，或目见，类而记之，以见洞庭之险，远过江海。而余之仅仅阻风，卒平安而至此，真万幸也。

借轮船之回信，未见分晓，既借矣，无不候回信之理，因恳澄兄代拟电稿，明日交贺外委托电报局译发。文曰：抚部院陈年伯钧鉴，前在琴棋望阻风，专函恳假轮船拖带，以风息，现抵岳州，祇候钧命，如船不在省，亦请电示，闻江行较易，或不至久阻也。

二月初五日　己未　晴　南风

辰初起。夜风大起，晓问之，南风也。船之北行，帆樯相属，顺流而下，疾如驰马。而我舟以候轮船回信，牵制在此，不得徼宗悫之一快，徒有叹羡而已。荣卿云：电询湘抚，不如电局托省局代询①。余延贺君，与之商酌，因闻中丞新有安仁之戚，遂如荣议，写一情节交贺送去，并以柬拜委员。至午，贺返曰：已译发矣，局例，十钟始开机，故迟迟乃返。问以委员姓、贯，曰：江苏人，其姓之声若但云湖之“但”。且曰：委员已戒驾，将来拜也。少顷，果来，其名曰谈长康。余曰：是松筠庵旧相识也。恐其偶有同姓名者，询其字某，来纪曰季侯，果不误，乃延见。将遣划船迎之，彼已坐渡船而来。叙话良久，问季润生同来否？王晋翁近况何如？孟绂臣、赵星楼俱俊矣，冯星岩已以道员记名，

---

① 原文句末有“省局”二字，疑为衍文。

他日必海关道也。询伊近境，盖甲午会试后，其尊人捐馆，服满，遂就此差，以知县注选矣，然无期。视其冠，则五品顶，余亦未便细问之。

谈去后，雇夫拜客，出轿于舱，大费力夫，则贺船代觅也。答拜谈及张总戎、赵游戎，俱不遇。入自南门，仍自南门出，电局在城内，镇、游两署皆城外也。路经以巴陵学、长江水师提督行台、试院等处，又有上莲花池、观音庵诸刹。又见门额有曰“华邑廪饩”者，其内若粮店，然有曰“三鳣旧馆”，其门贴“何寓”两字，俱不知额字所谓。廛市以城外为盛，有辰油，云贵川土等牌。石路滑甚，大致似吾津既济阁、乐壶洞，而人数之多，不逮也。

回船后，澄兄登岸，余独坐，闷甚，翻看洋文读本，闻轮船放汽声，自下游来，以为是湖北之船，与己无涉也。少顷，有轮船之驾工来，言湖北接长沙电信，张制军派来拖带。余恐有误，饬徐仆持柬往，询其管带。俄而，澄兄回，盛言岳阳楼之胜，余艳之，私计失今不登，谁保复来，乃偕荣弟，复要澄兄驾小舟而往。周摇棹，朱刺篙，金有、祥生俱从，约里许，至楼下，君山落日，冉冉而下，天向昏矣。登岸入城，凡历二百余级，始至楼脚。澄兄导而先登，余继之，荣后，余两舟娃及王、邢二仆以次升，三升而至最上层，暝色侵寻，匆匆一览，然全势在目中矣。西望君山，北瞰湖尾，东南皆有远山。自西面外，余三面楼舍重重，鳞排栉比，环簇楼下，真登临之胜概。澄兄记之甚详，余所见无几耳。周览少顷，降至中层，与道人顾松亭茶话片刻，留香资四百，假其一炬，觅原路驾原舟而归。新月如眉，恰在天心，历落渔舟，远在泊所，水光山色，清无点尘。比至船，上灯已久矣。徐仆言：适见管带问之，如驾工言，且派有两艘。孟仆言：两船管带俱来见，管江清船者，兴义宋德明候补游击也。候良久而去；管楚威船者，济南孟宪德，字润芝，尚在此。乃延孟见之，言昨日香帅行香后派伊来迎，恐船多不敷拖带也。又命与江清俱，昨晨自鄂展轮，今乃至也。余谓当函致陈中丞时，但云借轮船一艘，未言坐船有几，其实某止一船耳。孟言：请择于二者，唯命是从。余曰：既与君先晤，劳君相送可矣。余之意以为，孟有香帅名刺之据，且先得见，又江清云明日开船须辰正，而孟则迟速唯命，是以舍江清而就楚威，而不知江清来在先，前楚威两小时不止。江清专应拖带差使，楚威则兵船兼拖带，宜用江清，固不待言。不特此也，孟之持柬而询者，固江清也。其时楚威固未至也。询之矣而舍之，于心未安。因遣徐仆复造江清道意，略言晤孟谈时，徐仆之言未及白也，辄面订之，既订而不可以改也，故遣来致歉，如虑复命无词，或同行亦可。幸宋君活脱，谓此不妨，亦不须定要同行也。

孟月支薪水四十金，公费三十金，年才二十九岁。晚饭后，贺哨官来辞，酬以两联，又四金，犒军六金，逊谢者再，而后受。贺年三十二，自言读书逾十年，既孤，乃失学。其父曾任岳州营都司，席其旧故就武职，六年外委未补也。其弟名赞元，亦知书，在汉阳镇标充外委，言及代其弟递一荐条，意在黄少保翼升长江水师提督也。余与黄素无渊源，谢之，但言有机会再说可也。余向不喜人递名号条，常色拒之。今贺不已之谋，而弟是代，差胜他人一等也。

二月初六日[①] **庚申　日出后旋阴　东北风终日　发岳州行三百里　泊簰洲**

卯初二刻闻轮船鸣汽，遂起，又一刻船开矣，天色未曙也，登船头望之，由岳阳楼下经过，约略可辨。荆湖口为岷洞合流之处，未及见之，闻下岳州八里耳。辰初一刻过县河港，行三十里矣。辰正三刻十分过螺山，祁单：去岳八十里。平平无奇。巳正一刻过新堤，祁单：去螺山五十里。舟人曰：四十。午正一刻过六溪口，祁单：去新堤四十里。新堤人家滨江，亘四五里不绝，六溪亦足亚之，六溪尽处，即宝塔洲。厘船索刺，予之。停轮少顷，时午正三刻也。

午后小睡，睡起，写对三付，备送轮、炮二船弁也。江面辽阔，迷茫不可尽辨。许久不得一地名，舟行之速，视顺风下水而又过之，水声淙淙，如挟风而行，轮船韛韛声，一抗一队，终日不绝，若钟摆然。

六溪后，江折入北，岸转如环。酉初复左折，过上簰洲。又三刻，泊下簰洲，以上多据尹记。祁单：六溪口六十里，至嘉鱼县；又二十里小凌峡；又五十里簰洲。嘉鱼、小凌峡均未及见。祁之里数与舟人言多歧，大约是日行程总在三百里外。卯初三刻开，酉初三刻泊，恰行十二小时，云每一小时行二十五里，不为不速矣。江清虽再速，其势亦不能

① 原文作“初十日”。

更倍之也。

备普茶、竹参、薏苡、五加皮，拟至鄂日送香涛世叔。初，余意决不过武昌拜客，今则不能不变计矣。

忌辰　二月初七日　辛酉　晴　北风　发簰洲　行百六十里泊武昌府鲇鱼套

卯正二刻闻船开，即起。北风甚大，船逆行，震动有声。辰正二刻，过东江脑岸，旋转左折。初南行，受顺风，继而左折，则又东北行矣。巳正过金口，穿大君山下而过。大君山临水，其对岸亦有山，上建炮台，有官署，似是驻兵之所，形势颇好。午初三刻，遥见两岸舍宇鳞接，余犹以为去汉口三十里之沌口，问之，则即汉口也。午正一刻，抵文昌门外偏南泊焉。孟润芝来见，酬以活计五事，楹联一副。予刺，俾销差。胡荣卿来见，言：候予拜客毕，再驶回岳州。而今日忌辰，不便拜客。胡因言：长江提督行令各营舢板，操演纯熟候调，每营十号。窥其意，似以早旋为便，余令即旋，而又不肯，小坐辞去。俄而，江夏县纪来问拜客日期，将备民壮，视其刺，则吾邑王聘卿廷珍，恰署是篆。告以今日忌辰，明日当往拜。傍夕，知会胡君，言拜客已有县差照料，请其勿候，酬二金及两联，犒军四千。少顷，胡又来辞，至暮开船而去。遣县纪借电报上谕于王聘翁得见正月者。又询通城姓字于县纪，晚间送来全省同官录。

午后梳发、濯足、易里衣。澄儿登岸一游，入织布局，归而述之，规模宏敞，其中有摇纱厂、花厂、织布厂、纺纱厂、折布房、储布房等等，总共用工二千余名，童子居大半，唯织布者童子无多。织布者每一匹发价二百，余则月领工价。有一人自言月二千，年十三四岁，余亦有多者，有少者，大约有一定章程。其街即名纱局新街。

始见湖北新造龙洋，重库平七钱二分。

船之将至也，有小舟迎而上，触橹戛然，水手方哗嗔，一人缘阳桥而上，水手驱之，不肯去。余问澄兄曰：是殆栈房伙友乎？澄兄曰：似之。既泊，相继而来者，纷纷环荣卿而缠聒，曰“长发”，曰“泰安”，曰“高升”，等等，不啻十余，皆上洋客栈也。余因陈君子砺之荐，又证之于听轩，固意在泰安久矣，乃留其号票，余人遂去。

汉口开船之例，招商局与怡和、太古两行，以次轮流，三日而一周，礼拜日不开，故七日而再周，今日适遇礼拜，明日轮应怡和，初九日则太古，初十日则招商局。澄兄闻之泰安栈伙也。又言：上海开往天津之船，自本月初八日始，是为开河第一次，其第二次当在十五六。又言：江轮搭客之价，官舱十六元，房舱十二元，大舱八元。较式金行时，价已增矣，与听轩所闻相符。又言：江轮开船，总在晚间，既开则昼夜不停。又言：江轮定舱，以早为妙，迟则不得佳处。又言：初九太古开安庆，初十招商局开江润。皆船名。红船长年等屡言，请原船送至上海，借小火轮拖带之，可六日到沪。与坐江轮劳逸烦简迥殊。盖由汉赴沪，可带之货甚多，借装差使之护符以免厘税，船主与长年交弋其利，利且厚。当在常德相船时，船主即与澄兄言：若由汉乘至沪，愿分文不取也。不知此必不能从，无论包庇夹私，余决不肯。且拖带之小火轮，向不出海口，孟管带昨面言之。就令能拖出口，遇风逆时，难保不阻。便谓不阻，昼行夜息，较之江轮迟速悬殊，六日可到之说，姑无论其不足信也，即以六日言，视江轮已倍之矣。

二月初八日　壬戌　晴暖　由武昌移汉口　泊龙王庙对岸

辰初起。王聘卿来拜，谈许。逢子政前辈来拜，适聘翁初至，因辞谢。先是，盥漱小食，将出门矣，寻香帅之差官来言，如欲往拜，此时恰好。告以固将往也，舆盖略具，而聘卿至，谈次知余将谒香帅也，乃促余行，而与澄兄叙话。谒香帅，须髯鬖鬖，非复甲申过津时旧观，然精神充溢，态度依然，自称衰老，殊不然也。答拜逢前辈，未晤。拜晤王大令，谈二刻许。府署距文昌门绝远，回舟午正矣。聘翁致酒席之馈。

未正开船赴汉口，行约一小时。北岸流急不得泊[①]，故泊于南岸。从澄兄、荣弟赁小舟赴太古行码头，登安庆船巡览，择上层右边两房舱，五大舱，取右者，计一路所经名区，胜迹多在南岸，便于凭眺也。下船步入洋街，折而西，穿芦蓆街，由龙王庙渡口历石级数十，下至岸边，复乘小舟回。往返俱以太古夥友张锡林从。张，益阳人，甚驯。傍夕，汉阳大令李□□观涛，遣纪以柬来候，言去岸远，不得备码头，明日当至轮船照料。据差纪云：香帅传语托之。差

---

① 原文脱“泊”字。

纪云：洋行轿船不比招商局也，装载必须有人照料。晚饭后，督仆整齐行李，粗有端绪，以明晨须登岸买物，午后即移船，恐卒不及事，故夜作以预之，零件可并则并，因江轮易失物也。

傍夕，饬邢仆以乡愚弟大柬投诸俞观察，恳其起单。从澄兄之嘱，另用单帖一纸开具情节，文曰："前任贵州学政严，差满请假回津，由汉乘安庆轮船开往上海，所有随带衣箱等件，数目开列于后，计开衣箱三十（文），书箱三十五（文），零物箱十二（文），铺盖、帽盒等杂件大小七十三件。"灯后回言，帖单交号房，号房云：大人适开饭，姑留帖单于此。明日下午四点钟，并护照送至安庆轮船可也。①

---

① 页眉。汉黄德道瞿赓甫观察，名廷韶，武进，庚午举人，原籍宛平。
谭中丞继洵，字敬甫，湖南浏阳人，已酉，已未。
王方伯之春，字爵棠，湖南清泉人，文童。
马廉访思培，字植轩，昌黎人，优贡。
督粮岑观察春萱，字馥庄，桂林荫生。
署盐法道朱君其煊，字少桐，萧山荫生，其本缺则安襄郧也。
荆宜施道俞君钟颖，字君寔，昭文，癸酉拔贡，丙子副榜。
武昌府逢子政前辈润古，胶州，乙卯，乙丑。
汉阳府余光衢，肇康，长沙，壬午，丙戌。
汉阳县薛诚伯大令福祁，无锡廪。
候补道凡廿三人，有殷厚培前辈李尧、陈复心前辈兆葵、陈□卿同年之令弟皕卿，名重庆。赵惠钦名滨彦，忠节公之嗣也。而不见王雪臣秉恩，志仲鲁同年。
候补府凡廿八人，有余尧衢前见、施鹤笙、张巽之三同年。
候补同知凡四十二人，有罗恒年名金寿者，现管宝塔洲厘局，昨过而闻其名，善化监也。余皆不知。
候补通判四十七人，有宁乡监程子文颂万，疑是辅羲年伯家人。
候补直隶州十八人，有武进附吴本义，字质甫，姓名极似曾见之，一时追溯不出。
候补县二百一十八人，有潘平朔名诵捷者，长洲附生，曾在冠九师幕，与先君相识，余廿岁时见之。

二月初九日　癸亥　风　小雨　舟泊龙王庙对岸

卯正二刻起。初拟遣仆取银买物，旋因风浪不大，遂偕澄兄、荣弟率仆王、邢、水手林义泰，驾小舟登岸，循街左行，经集稼嘴、威宁码头等处，过江汉大观楼，林曰：此汉口大茶楼也。仰视巍然，其高四重，乃入，三升，历梯五十八级，至其顶，三面玻[①]窗，环以长廊，其南面恰临汉水入江之口，二川交汇，波澜壮阔，帆樯骈拥，近在眼底。其西直汉水之上游，右为汉阳，左即汉口镇，鳞瓦衔接，蔓延若两长虹之环抱也。隔汉阳而望武昌，一山尽处，晴川阁杰峙其麓，云树雨中，濯如新沐，斯真揽胜骋怀最佳处也。小坐啜茗，因时迫不得久留。由江汉楼复左行良久，路左一牌坊，题"紫阳余泽"。其对面一街即新安街，街口有水桶，题"新安书院"四字。又有一楼，题"新安街某字号"。所谓新街，即此也。过而不遽入，复直行，诣百川通，在升基巷上首，入而小坐，晤其司事赵伯诚，平阳人，取汇项毕，出，却行，乃入新街，入姚春和铜铺选铜器，价不谐而出。先是，洪江炮船熊哨官屡与荣卿言，汉口新安有玉成斋天津鞋铺，主人马绪东，家津之东门，其人好交，能为人尽力。至汉时，可访之。余意不欲多累人，犹豫不决。是日自铜店出，前行遇邢仆，曰：奴至一处买鞋，肆主天津人，姓马，言识尹师老爷。语毕，已至其门口，相见话旧，言其尊人与先君故交，其令伯即以塑像著名之马先生

---

①"玻"，原文作"颇"，疑即玻璃窗。

也，其令尊曾在北门西开画铺，兼傅真。幼时习闻刘广泉世叔称及马二爷者，想即其人也。谈次，留便饭，余不肯，乃候伊饭罢，复同至姚春和，绪东代为议。是时已将未正，余以行李尚未捆齐，而时已仓卒，乃率邢仆先归。至今早登岸之处，遇张锡林与星记栈房一人田姓者，俱在岸边，立候迎余，而言曰：某等候此久矣，风大起，舟不能停泊，数人招架，以待大人之归也。乃令觅渡船，不能得，二人又引余登坡至龙王庙渡口，待渡者骈立岸[1]头，俱不得渡。官渡局悬牌曰“大风停渡”。余与邢仆在高处瞭望，江流汹涌，浊若黄河，远舟来者，泛乎浪锥之顶，使人心悸。张、田虽已觅得渡船，而余不敢渡矣，且恐澄兄、荣弟不知而误渡也。乃遣张、田赴舟，告以任择善处而止焉，毋余是待。余纵不能登舟，星记栈犹可宿也，总以慎重为主，并告张锡林，使退安庆轮船昨定之舱，及知照道署换票，去讫，余从原路复回，先遣邢福往迎澄兄、荣弟，余缓步在后，行过大观楼，遇其折回。知澄兄在玉成斋，因就之，日已近晡，尚未早膳。余意欲三人赴东昇楼小酌，而不欲绪东作东道，乃直言之，而绪东决欲同去，事已如此，只得同往。楼在新街之后巷，肆主天津人，司帐江姓亦津人，饮玫瑰酒，食六小碗，海参、大肠、虾子、笋干等类，宛然乡味，而以猪肉锅贴终焉，痛饮饱啖，各逾本量。复至玉成斋小坐，所买物存彼处。吾三人各乘肩舆，两仆、一长年步从，冒雨至星记栈

① “岸”，原文作“案”。

房，约计行四五里乃至。该处在洋街，与招商局码头甚近。悬有“（麦）边轮船洋行”竖牌，前有柜房一层，后有客房一进，楼复之内外清寂，不似常居客者。时已入夜，不能渡河，不唯不能，亦不敢。乃促栈伙呼张锡林，少顷来，问之，言船已放停妥矣，请屈此一夜，明早登舟可也。因导升后楼，中设三榻，衾枕假诸本栈，杂凑良久，乃仅敷用。两仆、一长年露宿楼下。余因日间行路较多，且乘酒，就枕即睡，了无所苦。

二月初十日　甲子　风　小雨　自汉口登江轮船

辰初起。先遣林长年瞭望舟泊之所，反命曰仍在原处，乃偕归。仍自龙王庙下，驾小舟回船，问昨日情[①]形，为之色骇。当昨日午前，风之骤起，舟大摇，邻舟纷徙，是舟忽断大锚之缆，锚遂失，举家惶迫，有号泣者。幸附近有红船，其主即向义发之族弟，闻而往救，略转船之方向，使不横受巨流，乃稍安。余既归，船主诉苦，因言失一巨锚，直十六缗矣。余曰：是易商，汝但思移船善策，设有不测之风，此处仍不妥也。诺而去，时伊方觅工循昨处捞其旧锚，备饭酬劳，了无移意。余恐其因小而失大也，乃许付资市新锚，伊始解颜。少顷，乃移诸对岸，与其族弟之红船并焉。遣邢仆赴道署，问若坐江裕船，换票犹可及否？反命曰：申初送至，轮船不误。遣张锡林定房舱，反曰定矣。又因向船不能放至码头，余亦恐其失事，乃令张锡林持刺赴官渡局，

① “情”，原文作“晴”。

借渡船两艘，亦名红船。午前即来，令其守候。官渡局即在龙王庙码头，其门外有牌二方，一曰“官渡便民”，一曰“概不应差”。遣王顺赴玉成斋取物，又因孟、徐两仆未得一游，使同王仆去。午正后，诸仆俱回，乃检点行李，应装装之，应捆捆之。申初后，始有端绪，因渡船不敷用，再借一艘，人随物同行。付七长年酒资各半元，刘佐庖、林随侍各加半元，两娃各二角五。

渡船要强以行，船倾侧，不能正坐，中流大波轩然，水掀船欲上，三人相视惴惴，悔不由岸上雇肩舆至码头，稳便多矣。后有过者，切勿更蹈此险。

抵码头时，星记田姓来渡船，手执护票，华、洋文各一纸，言行李一百数十件之多，买办不敢辄开舱，须以刺知照，招商局签字，乃肯纳。余不喜田姓之为人，遂至轮船，晤其司帐沈姓，问其实，沈言与田同，遂令邢仆偕泰安栈张锡林同赴局，以刺投诸局总施君。施君者，少钦之侄也。施为写一说帖付沈，遂开舱纳入。纳时，田与张一散筹一收筹，汉阳县雇工搬运，县差在旁监视，孟、徐、张三人亦在旁监视，顷刻而毕。纳舱者凡一百一十三件，随身者不在数。县纪请一刺销差，予之，酬两联。又言渡船三艘，请各酬两百钱，如数付之。道署来人请回片，予之，酬一元。星记栈茶房求赏，予两角。请益，乃倍之。马绪东先余而来船，照料殷勤，又荐一茶房，名顾洪贵者，上海人，面属其尽心服侍[1]，又赠梳篦、木盆等事，灯后始别去。

---

①“侍”，原文作“事”。

张锡林所定房舱，因过酉正，已订他主。余至时无可定居，略定矣，而仆役又无处所，将置两人于巷内，仆等既不欲，而此外三人且并巷居而不得，议许久乃定。官舱一，余与澄兄居之；一人之房舱一，荣弟居之；两人之房舱一，五仆居之。船例：官舱居一人，价十六元；一人房舱，价十二元；两人之房舱，价二十四元。以上各舱每加一人，则加统舱一人之价。官舱十六元，今居两人，则二十四元；两人之房舱二十四元，今居五人，则四十八元。荣卿所居，仍十二元，合之共八十四元。假令吾三人居房舱，五仆居统舱，共须七十六元。今只加八元耳，而上既得官舱之宏敞，且可开窗任意流览。房舱无玻窗，下则共居一间，衣物便于照料，呼唤尤（灵），殊出望外。澄兄云：因祸得福。良然。

先是，田姓代起船票八张，计房舱三张，统舱五张，余以名实不符，商令退换。田固言无妨，但交七十六元，保无异言，且自居为己功。余乃令邢仆要张锡林同到帐房问之，果须更换，以内无官舱之票，显有不符也。晚间张持洋（字）票来，曰：此不误矣。官舱票一，房舱票三，统舱票四，仍共八张，而数合矣。如数付以八十四元。开船之前约一小时，两洋人持小玻璃灯来余舱，略一照看而去。问之荣卿及群仆，彼两舱亦然，护照竟不用。

余问张锡林：星记栈照料两日，应得几何？张云：每船价十元，栈房得五角，此五角则栈主平分其半，而半给田姓。以八十四元计之，田止得二元一角耳。栈房迎客之夥友，随客附船以行，太古、怡和皆予免票，有免票则不取船价矣。招商局则无此例，故当初到武昌时，张锡林盛毁江裕轮船扒手之多，不便。问：太古、怡和独无扒手乎？则曰：洋人之船，司更特勤，不致有失云。昨日既退太古之舱，张曰：今日不上船，则须候十一日怡和之船矣。荣卿屡言：不乘招商局船，而以数十金饱洋橐，于心不快。而绪东亦言：江裕船之好，与扒手之无虑。故决意定今议。今日乃知张之不欲江裕者，为省此八元也。傍晚来向荣弟借银，问须几何？曰：在船买票，非八元不可，登岸则省四角。乃予以七元六角。少顷又来，曰：登岸不及矣，将开船矣，仍须八元。荣弟复补给之。张言：凡迎客随同上下者，每一人一日栈房扣四十文。予之。若无免票而付船价，则本人任其半，栈房任其半。荣卿为张计之，此次所得殊不能多，由汉赴沪先垫船价四元，余等上下八人，即令住沪十日，止得三千二百，况万不能十日也。由沪赴津之船价以百金计之，分伊名下者不过二两五钱，再多亦无几也！往返数千里，奔忙十余日，而沾润仅此，大非美事，恐其言犹有不实也。船例九钟开船，昨闻怡和之船鸣汽两次乃开，是船只鸣一次，且声极短促，即鸣即开，更不少停。时余之时辰表，已九钟三刻矣。因退转其刻针以准之。数月以来日记中时刻，皆应照此却退扣算。

舱设电灯，两间共一，其制一玻毯，穴壁而镶之，光发则左右皆明，不须更燃烛矣。若欲作楷，则光犹不敷，以远且高也。澄曰：此恐非电灯，电灯光十倍于此，子视此平地之上，能捡遗针乎？且电灯下安得有此处彼处黑影耶？此恐是煤气灯耳。灯终夜不息。

船不开，不供客饭，此通例也。晚饭就码头买油条、糖烘饼各数十，上下啖之。船开后，雇茶房送稀饭来，并小菜四簋，就荣卿舱共食，饭稠而热，火候颇好，菜则酱豆腐最佳。官舱既居两人，不能不作上下床之别。澄兄曰：余喜溲，宜在下。余莫决其孰佳也，遂从之。解衣而睡，睡甚甘，以昨有欠缺也。船价付后，遂不见田姓其人，伊之事至此毕矣，以后事皆在张。灯后步过统舱，其中纵横纷乱，无怪扒手之易展其才也。周容皆前辈，已定江裕船，买票矣。以事牵，日内不能上船，其仆无计，知余在此，来问计，余遣张锡林为经纪之。

二月十一日　乙丑　阴雨　大风　江船经武穴　九江　安庆

卯正起。卯正二刻过一处，舟停片时。余以为黄州，问之，乃武穴也，属广济。问黄州，夜已过，亦停片时。巳初至九江，依码头若船形者泊，帐房来索票一看，属邢仆索诸荣卿，予之。盖每过一码头，人有去有增，易于弊混，故必清查一次，然查法殊不见详密。

早点心供稀饭，四簋送来，约在辰正开可开[1]，至巳初，泊九江，来一剃工，遂命之剃。其人朱姓，武穴人，言：此地去汉口五百四十里，下距安庆四站，再两站而大通，由是而芜湖而仪征而镇江，皆两站，以下则不深知矣。

---

① 按，此文句不通，有误。

又言：此地买卖，鲜不谐价，且虚头甚大，唯（皮）丝烟与糕点，则价皆实。

昨夜漏雨，湿余衾褥，以告顾茶房，乃扫隔壁一间而移之，亦官舱也。问澄兄并未溲便，乃让澄兄居上，下层无他苦，唯与上层相距太近，坐不能植躬，此制造时百密之一疏，亦由向来叠居者甚少，故未尝讨论及此耳。张锡林云：虽会试人多时，叠居者亦少。

至九江，则开货舱出纳，凡有存行李其中者，须派人看守，以防舛失。今日张锡林同孟仆往焉，澄兄亦至其处。据云：吾等行李距他货绝远，看守甚易。盖因他人存货者多，存行李箱者少也。

九江停两小时而开，方停三刻时，即鸣汽一次。诸卖瓷者，皆疾走，闻有数十人，旋以人货未毕入，又候五刻。闻此处停泊，久暂无定，视货之多少为定。三、四月新茶入市，有泊半日之久者。

昨与马绪东坐谈，一客过门外，马延入，询姓名，青县赵幼江，名元熙，现在安徽候补知县，派在六安州帮审，请假来汉省亲者也。其尊人字楚江，湖北候补府充保甲局差，话片刻而去。今早，余凭窗望江，伊在窗外散步，目光相值，与之拱，乃入谈许久。问安徽省中官场与余旧识者数人，幼江亦问津人与伊有旧者数人，其最稔者菊人也。知菊人现在天津营参赞，事体颇可。午后余答拜之，又坐许久。

周容皆前辈退票事，张锡林言已办好，不退银而换票，银即不至落空，大约须再候三日，俟招商局二次之船矣。申初三刻过小孤山，在船之左，中流植立，与铜仁江心亭相类，而高阔皆过之，顶有层楼。澄兄曰：似亭，中腰有庙数层，随坡势而递高。初见时，其形立圆，上收而下侈，无奇也；既近，则平展而棱折颇多。其庙后一面，青葱而温润，夏秋湿翠，当益入妙。转过一面，润者忽枯，棱棱剔透，雅近黔石，不愧名迹，近脚处有横纹一道周环之。

早饭肴食俱冷，晚饭预属之，果热矣，且甚佳，己厨不能也。午后不见顾洪贵，先来一郭姓，扬州人，又来一徐姓，镇江人。徐颇驯谨，晚饭伊所供也。闻临睡时，例送稀饭一次。戌后至安庆，停约一小时许。赵幼江在此下船，因人少，照料不及，来借孟成往监视之。安庆上货绝少，但增客耳。闻幼江云：是处虽省会，而货物远不如汉口、天津，间有所需，恒求之于芜湖等处。时辰表忘上弦而停，晚间所记时刻遂不准矣。

二月十二日　丙寅　风雨雪　江船经芜湖　镇江

辰初起。据孟成所带时辰表也。夜醒，闻泊船，人语往来，知是到大通矣，时在丑正以前，余旋睡，不知停泊几许时。晨起，著衣未毕，已至芜湖，停四五刻，来往人太多，舱外又当风，未得纵览。开船时，余之表辰正三刻也。又三刻许过一处，南岸有山插入江中，西矗而东坡，其顶有房，腰有短堞环之，坡尽，复连一小山，堞亦连亘至其上，不知系何所也。两山各有两物，若亭而中不空，若团焦而（周）四植。雨结为霰，远山雪皑皑，零星相间。未初一刻至金陵，风利不得泊，掉头两次，许久乃傍码头。临江人家无多，有官署，有营盘，远望有两山，东大而近，西小而远。大山之下，见城楼及雉堞，云气迷茫，辨认不清。未正三刻复行，申正后，见南岸有山甚长，紧切江岸。长者方尽，又一短者，浑身雪裹，望之纯白。

戌初至镇江，金山在其左，焦山在其右。金左削而右坡，焦圆而扁，灯雪相交，略见亭阁，惜夜中不能细辨也。船停约一小时有余，复行。船顶每日鸣点，可以对表，一点钟时鸣点两声，二点时则两声者再，三点时则两声者三，至四点钟则两声者四，是为一周。及五点钟则又两声而止，以次而加，至八点钟则又两声者四，及九点钟则又两声而止，以次而加，至十二点钟时，则又四之矣。今午因彼之点证余之表，恰合。沿路码头搭船之客，俱不得房舱，多在巷中席地而处，其中衣裳楚楚者，颇不乏人，老耄妇孺亦有之。雪夜当风，苦况可悯。

二月十三日　丁卯　晴　北风　抵上海　宿泰安栈　在英界三洋泾桥

卯正二刻起。夜醒，闻停船两次，初次在子丑之间，停约四五刻，当是江阴；第二次在寅卯之间，鸣汽数次，人声寥寥，想是处乘[1]船者少也，停约两三刻，当是通州。晨

---

①“乘”，原文作“趁”。

起，日在船首，知是东行，行一小时许，折而偏南，迎船有树一层，远在水心，其北汪洋无际，似是海上，以为是即崇明也。俄而船抵其前，仍循其岸而东，乃知是仍江之南岸也。烟树相连，村舍间其中，揣其长袤，不止一村一镇而已，将毋常熟昭文之境耶？岸阔，目几不能穷，左右皆然。盥沐时，见红鼓一，在船右，散步时又见红鼓一，在船左。闻澄兄云，中间尚见一黑者，亦在右。时余步船左，故未见也。余初见之鼓，出水多，宛然鼓形，上下红而黑腰。二次所见，出少，仅见其顶，若笠然。巳正入吴淞口，又五刻至金利源码头，下船运装者，拥挤填塞，待其少定，乃乘肩舆赴泰安栈，澄兄、荣弟辞肩舆而乘洋车，到栈略坐，诸仆安排行李，至未正后始有规模。时早饭已过，栈房不肯再开，因自买糖包、鸡丝面充饥，二者皆颇不恶。泰安栈驰名久矣，寔则楼舍并不轩敞，行李少者即存本舍，或堆诸房门之外。余之行李太多，其势不能容，辄露积前庭之廊庑，而席封之。栈房住客，皆依间数编列号数，吾三人居三十二号，诸仆居三十一号。凡问所舍，而答以某栈者，则必问其在几号，此亦不可不知。傍夕，与澄兄步游棋盘街，至点石斋分局，余买《曾惠敏集》一部，五角。澄兄买《计里简明图》一张，八角五。又各买《城厢租界图》一张，每张一角。又历四马路等处，仍步归。晚与澄兄、荣弟观剧于天福茶园，始见电灯，较江船所设，光胜百倍。所历街巷多有之，子正乃归，足蹇神疲，心殊不怡。

付江船茶房酒资二元，争至再，又共加一元，厨房亦在内。又守货舱者求赏，告以运装毕后，再酌给，比运及半，余已下船，遂忘之。茶房求赏，俱在未到码头之前。栈房阅报甚便，《申报》《沪报》俱按日有送者，《申报》一张十钱，《沪报》五钱，午前可送到。栈房踵门卖物者极多，非玉器，即衣服，络绎不绝，答以不用，犹迟回良久而后去。居栈之客，每出必扃其门，夜则并熄[1]其灯，锁钥皆本栈预备，系木片子于钥首，而书其号数。澄兄夜归，将及栈门，一妇人用力攓其袂，力争乃脱去，灯已远，不能辨其面目。沪俗之恶，于此见一斑矣。

二月十四日　戊辰　阴　宿上海泰安栈

辰正二刻起。阅报，兼看《曾惠敏集》。遣人访小舫叔在沪否？未得确信。午后同澄兄、荣弟步出栈，行近五马路，各雇洋车，荣弟赴百川通取汇项，在后马路兴仁里。余与澄兄赴美华书馆，在北京路，与大马路隔两巷。期在四马路五层楼茶肆相见，比至美华书馆，因是日礼拜，阒其无人，乃却行，过鸿宝斋，代荣弟买石印《注疏》一部，四元五。《事类统编》一部，七角。复至三马路中腰街口，令邢仆东行，赴招商局送听轩家信。澄兄与余西行至申昌室，买书未谐，其隔壁即《申报》馆，又隔壁即格致书室也。入焉，选书甚多，但未齐备，因将买书之目一本存彼处，伊许以照数备好，明日往商。至五层楼，荣已先至，啜茗小食，坐许久。

①“熄”，原文作“息”。

楼实四层已是绝顶，栏临衢路，俯视目眩，不可以久留也。时方日晡，坐客尚稀，司茶者屡瀹，司巾者屡沃，卖物者聒于耳边。且有卖《上海花报》及《金瓶梅》之属缠扰，殊可厌。惟售报者差强人意，有《沪报》《申报》《新闻报》《大公报》《苏报》《捷报》等类，每纸或十文，或七、八文，或三、四文不等。余择《苏报》《新闻报》二纸留之，坐久向暮，加餐当饭，各进鸡丝面一巨碗，既饱而去。过大吉楼，亦在四马路。澄兄、荣弟买扇，余买东洋笺四匣，一元。信筒四匣，一元。四马路最为繁盛之区，礼拜又是闲旷之日。当买笺、扇时，门外之马车、人车，轨迹相叠，风驰雷动，震耳骇目。其人则士女混杂，良贱不辨，茫茫尘海，不知所终极也。买毕，澄兄、荣弟赴南城信，在法界大马路。余倦而返。闻百川通司事庞受之泰录，行五。来拜，又黔生邓琦来询在家否。午后，在四马路遇李体乾同年，问其几时来？言居此数年矣。问何为？曰作些小事情。问住址，语再三，不可晓，乃曰泰安栈知之，因问余所居第某号而去。归询栈主，并不知之。

在格致书室时，邢仆自招商局反命，知冕廷已随第一次轮船北上，听轩家信明日当送诸其家，其家在小东门内马姚巷，李鼎和笔铺隔壁也。邓琦求见，以夜深，约以来日，闻渠将赴江苏候补。

二月十五日　己巳　薄阴　宿泰安栈

辰初二刻起。本意今早拜客，栈房轿夫不得闲，因新裕轮船将开，运装上船者多也。李体乾求访，便衣。延见于柜房旁之客厅，谈次，知其现就洋务局事，因其妇翁之弟现任淮扬道，遂并眷口移居沪上新马路酱园巷第三巷，谆约明日便饭，固辞不获，因商改后日，十七日也。体乾与茂之叔有世交，因询知小舫叔现寓虹口三元宫后底。

午后，与澄兄、荣弟访照相馆，先闻五马路有英昌者，迹之不得。乃至四马路西头，折而东行，是路照相处颇多，其门外榜出者，俱不甚佳，最后至光绘楼。既入矣，问其价，甚居奇，貌岸然不可近，论其艺并未佳也。乃出，复退至一处字号曰“西成”者照之，澄兄中坐，余坐左，荣弟居右，孟仆、徐仆立后，顷刻而成。西成之价例：八寸者二元，六寸者一元，皆两张。此外每加一张，则八寸者五角，六寸者三角。若欲并玻片携去，则再加一元。此划一之价，不肯让减者也。乃于两张外多订两张，并索其玻片，共价四元，先付半价，伊给一执照，约定十八日下午来取。照相毕，澄兄、荣弟率徐仆寻别发洋行，买洋文书籍。余率孟仆回寓，乘二人肩舆，赴虹口谒小舫叔，行约五六里，过一长桥，许久乃至。至则叔已出门，有仆出，请余少坐，余不肯，问子均，亦出门。问“全家俱居此乎”？曰“然”。“经司胡同房何如”？曰“空闲矣”。问芝英？曰“殁数年已”。余曰：“异日吾当再来，来宜何时？”曰：“早十点钟，可及见也。”乃归。饬邢仆赴小舫叔公馆，致馈普茶二筒、金华火腿二只、瓜片四匣、小菜四碟。

过长桥时，周环四望，气象绝佳，似在诸马路之上，以尚有清气也。

初，余欲拜上海道，因临行须护照也。体乾曰：亲拜固周到，其实不亲到亦可，先差帖请安，言恐其公忙，不敢亲至相扰，他日订妥某船，再来恳发护照，如是足矣。体乾又曰：可并托其代留房舱，公车人众，舱至不易得也。

昏后，子均弟便衣来访，初延见于前厅，谈次，问同来者谁？实告之，坚欲相见，因约至楼上，备小食，讫。子均邀余三人观剧，遂共乘其马车而去，子正后乃归。[①]

二月十六日　庚午　宿泰安栈

辰正起。邓宝真琦尝三请见，俱未得闲。至是，始见之于前厅，颇有志于时务，习洋文月余矣，以县丞挈眷候补于江苏，寓盘门内大仓口。余劝以勿染名士派及佐杂恶习。其人似不至此，余过计也。论贵州兴利之法，颇有条理，余促其纂说见寄，将代投诸劭吾、采臣，以二君者为王中丞所倚任，采臣与宝真有世谊，宝真所说铸银钱之法，亦与劭吾意合也。

子均遣马车来迎，适栈房开饭，饭毕，梳辫，然后往。至则过午正矣，谒见小舫叔，命饭，复强食少许。子均在坐，又见两妹，一八岁，一七岁。又见两侄女，一七岁，一三岁。又见子均之长男，名智多，眉舒目阔，英物也。又见族兄楙勤义豫。行一，年五十余。子均邀游徐园，又至奇

① 页眉。邢仆至马姚巷送信，至则祁氏已栖居城内虹桥内首倒川巷中间。复访至其处，乃得投交，取有冕廷收条。

园，观南北花旗交战图，大观也。旋游愚园、张园，张园欲照相，余不欲而止。游毕，同子均至源通官银号，晤同族渔山，同辈而幼于余八岁。坐少顷，同子均至复新园晚饭，园在四马路，小舫叔觞客，命余陪也。凡三席，余同席者有宁波永生、武进赵竹君、顺天沈和甫，山东候补县，解饷至申。镇海吴纶元，己丑孝廉，年近六十。镇海陈新，甲午解元。湖州陆仲翔，存斋观察之次公子竺斋，比部之侄也，其令兄，己丑举人。江宁程彬士，原籍安徽，小舫叔所延同事也。其不同席而通姓字者，有江宁张道安，族中同辈勤甫。年六十七。

赵君，年可三十许，独多与余谈，谈皆时务。子均言其久佐香帅幕，以候补道被议，且道其人强记，过目辄不忘。余问其名，子均但记其下一字系“昌”字，余乃恍然，即徐季和所劾而刘岘帅查办时奏罢者也。

陈子砺今日到，宿本栈第一号。午后，以刺来拜，余已出，晚间余欲访之，伊又出矣。闻其明日遂行，不知何遽乃尔。

龚体仁来访，不遇，旋投一函附一词，又副纸言：“资斧不给，贷五十金。”余信答之，为送三十元，且劝其勿浪游，因黔中燕见时，伊言见梁卓如于优人某所，故余疑之。信拟明早送去。

徐园花木幽秀，但春寒未退，生趣尚少，是与夏宜。奇园只一楼，周为正圆形，环楼为壁画花旗战时情景，山水、楼舍、炮马、车旗，一一如真景。其状物也，炮之烟、树之影、火之焰、水之光、天之蔚然以青也，无不酷肖。其传神也，人受伤而痛苦，马畏死而蹶张，树中炮而枝折为两犹联属不遽落，屋中炮而顶穿木片纷纷坠也。循环注视，遂真疑亲履其地，四周不知几千里远，忘其身在一圆瓮中也。惜余短视，又未携远镜，其佳处犹未得全窥见之。

徐园每入一人付洋一角，仆役则无；奇园每入一人付二角，仆役减半；愚园、张园皆不取值。愚园有女戏，且卖饭，兼可抛毬；张园可茗，可饭，可照相。以规模论之，徐园幽，奇园奇，愚园侈，张园俗。若比较其优劣，唯奇园实有可惊可喜之处，且游人绝少，余三处则皆裙黛香薰入其中，但觉窘步而碍目，虽终身不至可也。

小舫叔屡劝余回原籍祭扫，余计之五日可往返，暂留澄兄住两三日，当无不允。遂与子均约定，十八日乘江轮同往。

二月十七日　辛未　宿上海泰安栈

辰正起。

体乾午后来约，同乘马车至张园，登楼小酌毕，复同至伊公馆小坐，又同至泰安栈小坐乃去。子均来约晚饭，谢之。

是日为澄兄生日，晚酌于雅叙园，菜甚佳，京式也。饭后阅市，买棉鞋〡〦元、小帽〥、表套〡元、洋钱包〦等事[①]，遂归。

---

① 此苏州码子记数，〡〦（16）、〥（5）、〡（1）、〦（6）。

二月十八日　壬申　由上海赴宁波

小舫叔暨渔山弟便衣来小坐，叔为余开写宁郡应拜亲友，及同族之有所事事者。

乘肩舆拜上海道蔡和甫观察钧，以与小舫叔共事也，故用愚侄帖，小叔意也。值其接差，未遇，又拜盛杏师，谈次，李前辈郁华至，坐许久。时已申初，去江轮开行时不远矣，乃辞出。回寓候子均，久之乃至，同乘马车至源通银号。候小舫叔写信毕，乃同子均赴金利源码头，登江天船。澄兄、荣弟皆先至，俄而，小舫叔亦至，皆小坐而去。此外，送行者有懋勤兄克家，同行者有勤甫弟。勤甫居下舱，余与子均居大菜间，大菜间每人船价十元，一上一下，若增一下则多一元。若定来回则十五元。

晚饭食番菜，吾两人之外，余皆洋人，余向食番菜，颇以为佳，今日殊不适口。盖向所食者，虽洋式而实兼华味，今则纯洋，故不宜也。饭后，有华、洋人各一在外间榻上闲谈，余散步过其前，彼此固未交语。比余回房，茶房言：洋人邀余过谈。余就之，则洋人并不通中语，其华人姓戴，字树芬，为之翻译。谈次，询知两人俱在宁波纺纱局。纺纱局者，小舫叔纠股开立者也。戴以吕宋烟、荷兰水款余，荷兰水红色，与向所见不同，亦酒类也。余饮半杯，时舟已至洋面，陡觉眩晕，遂告辞，立已不稳。回房后，腹觉翻搅，吐升许。子均来视，劝余就睡乃安。是日并无风浪，大约病在酒耳。

二月十九日　癸酉　到宁波　住江北岸源丰官银号一日

卯正起。少顷已抵宁波江北岸，上船来接者四五人，皆子均家所延司事也。同至子均公馆，公馆右通银号，银号主办者陈子琴薰，次则陈云辉运青，又有汤清甫嗣衔，费冕卿绍冠。公馆司帐者费序雨，又费缦云相卿，子均之表兄也；童小桥组逊，子均之舅也。小食后，同子均到外海商轮局，晤费缉甫辅溢，及陈部郎季台汉章。

午后拜客□处。汤仰高年伯，陆渔笙、张肖莽晤、盛省傅晤三前辈。又陈季台、汤秉三。又至公泰当晤陈源水。又至源长钱庄晤沈积三及芝英之长子振卿仁磨。至公泰当时，子均候于此，同由源长而归。源丰号请晚饭。商订明晨下乡。

子均代觅一茶房曰钱长生，随同拜客，极得力。

二月二十日　甲戌　由宁波赴慈溪东乡宗祠

辰初起。小食后，巳初同子均乘肩舆下乡，长生步从。子均之仆李升、辛贵暨邢福护行李，以舟往。舆行十五里，至章桥，廛市颇整，一路多循小河而行，章桥似亦水路小码头也。又八里，至东乡祖祠，见少臣七叔、诚甫三叔、梦香九叔、家声三叔、家斌四叔、怀素二叔，鸿志、和逊、品玉诸弟，及诚甫叔之内弟居忠元，费序雨表叔之兄楚南。童舅小桥，费表兄缦云亦至。

午正，具衣冠，行祭宗神礼，奠酒三次，每奠一次，皆三跪九叩。后闻子均云：应每次三叩，三次共九叩也。次行祭祖礼，先中堂，次左昭，次右穆①，皆四拜，拜毕，族人以次俱拜。次行见尊长礼，余预命长生设椅于上，请尊长入坐受拜。宗长、房长皆坐受，其余诸位叔父皆还拜，心殊不安。义行行团拜礼，智行以下拜余，余亦还之。礼毕，宴宗族于堂上，凡九席。长生引余至各席，每席一揖，讫，乃更衣。饭于客堂，余居主坐，同席者张杏林，镇海人，来乡施种牛痘者也。对张者为费表叔序雨之兄也，此外，则少臣叔、缦云兄、子均弟。

饭后，家斌叔率余谒应翘公墓，墓在祠前数十武稍右。随子均至茂之叔家、诚甫叔家、少臣叔家，皆小坐。日暮雨甚，乘肩舆回祠堂，佐宸八叔来焉，坐未定，诚甫叔谓余曰：家斌叔，汝亲房也，今晚治具，邀汝过其家，并谒见内眷。渠寒士也，经营大不易，汝必一往。余谨诺，候子均至，乃同往。

谒见大叔母、二叔母，皆寡居，家斌叔之嫂也，家声叔未娶。次谒四叔母，又谒叔祖母，族中所称继仕房也。皆一揖而退，从子均之教也。少顷入席，同席者居丈忠元，怀素、诚甫两叔，鸿志、子均两弟。主坐则家斌、家声两叔也，猜拳行酒，甚欢。叔侄兄弟皆校胜负，余不谓然，遇诸叔令行至，则满饮一杯。饭后回祠堂，查谱许久。为鸿志弟书扇，鸿志小痴，叔之嗣也，其号曰“痴孙”。梦香九叔居祠内，夜备水角子赐食。佐宸叔得孙，初弥月，明日假少臣

①“右穆”，原文作“左穆”。

七叔家设酒，命余往，余敬诺。八叔之孙，即勤甫弟之子也。傍夕，至法华庵小坐，是处旧为元济公养静之所。

二月二十一日　乙亥　由东乡回宁波

辰初起。研秀义守弟家作冥寿，同子均衣冠往行礼，旋祠更衣，复同至怀素叔家、痴孙弟家，并见叔母，皆坐少顷。还，同子均谒富燧公墓，墓去祠约五六里，恰倚骠骑山之麓。骠骑山者，即马鞍山也。富燧公者，吾迁津始祖应翘公之考也。家斌叔与余，自应行始分支，兹墓亦家斌叔一支所自出也。家斌叔本欲肩舆同往，以舆夫不具，乃让余与子均乘，已则步行先之，香烛、祭品皆叔备焉。

先行告土礼，望空四拜，奠酒焚楮，环墓撒米，复四拜送之。次行展墓礼，亦四拜送，礼毕，暂旋祠，时已过未初矣。因先赴八叔之召，同席者居丈、怀素叔、诚甫叔、缦云表兄、子均弟，主坐则七叔、八叔也。酒半，子均为照相。饭毕，申初矣。

同谒长坟，长坟者，自□□□俱葬于此。其长如带，故名。吾正支之祖元四公、宝栗公墓俱在焉。七叔、诚甫叔皆来会，七叔曰：清明必告土，今祭祖勿告也。

谒始祖宗八公墓。

馈族人之寒苦者，八元、四元有差，其花单则诚甫叔所酌定也。给法华庵香资二元。家斌叔代备祭品，以八元乞代为开销。费氏戚有穷乏者求周，予之两元。

同子均乘肩舆赴东角童舅家，留饭，同席者童舅之子稻香、童舅之侄缉孙、童舅之叔炳文、童舅之婿□□□。缉孙，邑诸生，曾游日本，风度端雅，酷似孟志丈。

饭毕，已近亥初，诸仆乘舟先至，遂登舟行。子均曰：此乌篷船也。惜太小，然小则行速也。舟中携有童舅之翁所著诗文及竹枝词，又《宁波府志》，与子均共卧观之，子正至江北岸。

东乡在宁郡东二十里，在慈邑东亦二十里。东角即童市，在东乡东八里，距宁郡亦二十里。

二月二十二日　丙子　由宁波回上海

巳初起。与子均买雕木人物。源长庄厉介藩、沈植三约昨晚饭，余未归也，乃改今早借源丰号地设席，同席者介藩之弟瞻乔，甲午举人也。此外则子琴、云辉、清甫、子均及主人介藩、植三，饭毕，已申初矣，清甫曰：可上船矣。给银号诸仆二元，公馆仆一人一元，长生一元。族中公赠木器，敬使二元。子琴、云辉赠食物四事，敬使一元。

源丰、源长、公泰及船局诸公，皆来船送行，将启柁，乃去。陈季（台）部郎今早请酒，以已诺源长之约也，辞之。季翁亦来船送行，船即欲开矣，匆匆而去。申正二刻开船，傍夕出镇江口，众峰参立于江心，绝好形势。同船有厉瞻乔、张树孙两孝廉。树孙，名镇元，与子均同学，己丑举人。晚饭在帐房，同席九人。是日微有风浪，然无所苦，戌正即睡。

二月二十三日　丁丑　晴　到上海仍回泰安栈

卯初起。出而视，沿岸电灯荧然，盖已抵沪矣。盥沐、小食毕，卯正同子均下船，行数武，子均之马车适至，遂同至泰安栈。子均别去，时阖栈俱未起，敲门而入。

答拜祁小槎，肩舆往。午后雇马车到小舫叔处，兼访子均，付船价三十五元。又以银杯盘赠智多侄，以贵州皮捧盒五套送两妹、三侄女。答拜汪穰卿，已于昨夕赴鄂。答拜百川通庞受之，小叙别去。回栈更衣，往拜招商局总办顾缉廷观察肇熙，从小叔之命也。观察与王朴臣师同乡同年，师与先君亲密也，故观察亦识先君。余以愚侄大柬往，晤谈刻许，恳其代订海晏船房舱。观察劝余缓行数日，待新裕船，谓会试人太多，恐不能得舱也。余以澄兄亦会试为言，乃遣人订海晏两舱，交执照一纸，揖谢而出。谈次，知再韩一二日将来沪。

拜朱子文太守，子文，听轩至友，同出洋举习，且同受业于一师也。余自黔行，听轩付一信致子文，言余至沪时，托其照料，且恳其代购洋文书籍。初闻其在电报局也，前日澄兄访之不得，今早余晤小槎，乃知其仕铁路公司也。谈片刻，始知其为直隶候补知府，但未到省耳。

澄兄、荣弟约候于江左书林，余拜客毕，往就之。买《江忠烈集》《三鱼堂集》《五纬捷算》《使俄草》《兵书五种》《毛诗品物图》等书。又到同兴洋帐铺，买洋纸不谐，因至实学报馆，买《卫生要旨》《俄史辑译》《中国度支考》《洋文书目》《列国变通兴盛记》《圆锥曲线说》等，馆为李提摩太所建，司事者极和雅。

宝丰楼四马路晚饭，主人张姓，天津人，住乡祠后。饭毕回寓，倦甚，早睡。是日李体乾同年来访，不遇。

二月二十四日　戊寅　暖甚　患咳　始去棉袴袄及棉鞋　宿泰安栈

辰初起。祁小槎来访，小坐而去。朱子文来拜，以无会客之处，谢不见。

接渔三弟信，言免税单已托道署，约明日可以送关签字，内附和逊弟一信，寄来阖族分馈花单。张锡林来言，海晏房舱虽定，刻下会试尚有二千余人在沪候船，第以本栈言之，已三百余人，船未抵岸，已携行李候于码头，恐船到时，不容分说，一拥而上，并存行李之所亦不可得。余然其言，乃与澄兄商订，请澄兄先乘海晏船归，余稍候两三日，待其少定，澄兄允之，遂令徐仆持刺到招商局顾观察处说明，并退房舱一间。

到源通银号访渔三，谢其起单之劳，并告以缓行之故，问单中船名可改否？渔三曰：无妨，俟定好某船，送关改过可也。又议为澄兄特起一单，渔三曰：可以无庸，随身箱两三只，伊定不过问也。谈间，小舫叔至，言由泰安栈来，知分行之说，甚以为妥。又云：子均将来栈见访，同游花园。余乃归而候之。顾观察来拜，未遇。

申后，子均来，三人同往，至张园小坐，晤体乾及张树孙孝廉，俱略谈。过九章缎庄，子均邀入，见本家，文行，字薇香。

同访天津同乡贾润生，不遇，五马路同和公。子均邀到华英大药房，余买洋刷一柄，又买胰二十匣，买墨铅笔二支，每支〢〥[①]元。遇子均内弟张蔚君，五人同到聚宾园晚饭，徽馆也，饭毕归。昨夕，祁小槎约晚饭，辞。

今早送小槎下楼，遇一人长揖，称余为师，细视之，孙明轩也，寓长青栈。[②]

二月二十五日　己卯　稍凉　宿泰安栈

卯正起。海晏船未来，补写日记未毕，小舫叔遣车来接，言候中饭，时余已饭毕，且自订马车，将往矣。乃告来车先回，午正同澄兄乘自雇车先至小舫叔公馆。筱叔出纸索澄兄书画，余乘间往拜张蔚君，兼晤其兄葆君，坐少顷，申初同澄兄到二摆渡信昌隆栈，拜赵君耕蓝，兼晤朱君拱之。耕翁遂同车至同和公，访贾君润生，兼晤孟君莲浦、王君心容，谈良久，回栈。酉正同澄兄、荣弟到四马路一品香，赴小舫叔之召，晤张让三大令美翔，施子青、施子英昆弟，秦槐青贡士，绍兴人。孙颂虞，幕韩之弟。费秀孙、费箴甫兄弟。贾润生亦在坐。是处为番菜馆，食番菜，饮洋酒，刀叉铿然。俄而歌妓三五入焉，各寻所识，近而侍坐，或歌

---

① “〢〥”，苏州码子，即25。

② 页眉。邓宝真由苏寄来《申报》，凡五条皆言特科事。贾润生，学芳，住河东，同和公老板。

或笑。余以事不干已，弗以为怀。忽一雏鬟至余侧，逊谦遂坐。问诸子均，乃知筱舫叔为余召也。愁然不适，然无如何，雏不过十三四龄，可惨也！菜毕，咖啡[①]上席，遂散。子均以己车与澄兄、荣弟共坐，筱舫叔亦命予同车，送至栈，叔自归。子均入，小坐乃去。闻子均言：上海道已代起免税单，洋人签字讫矣，但单中载明，如两日不到关，作为废纸。余之行期，迟迟莫定，两日限期，断无不逾之理。拟明日访渔三商之。筱舫叔再订明日在公馆中饭，临别叮咛[②]至再。

赵耕翁订明晚新（气）和便饭。贾润生订廿七早在同和公便饭。

二月二十六日　庚辰　小雨　凉　宿泰安栈

辰正起。张锡林报知海晏船已到，今夜即开，遂命邢仆运行李上船，使徐仆随之去。赵耕翁来，薇香来。巳正，筱叔遣马车同澄兄先到海晏船看舱，至则行李尚未运毕，舱仅两榻，通船皆然。澄兄云：风顺四榻。正揣量安置，忽一人持执照向张锡林言：舱不可得矣。欲缴执照，张厉声与争，且指余言曰：大人已亲来，何言无舱也？此人反身入，俄而，余同澄兄出，至船阑之内，见[③]持执照之人与一人哄，旋捽其发，盖亦因争舱之故。因思此来不为无益，又

①“咖啡”，原文作“加非”。

②“叮咛”，原文作“丁宁”。下同。

③“见”，原文作“且”。

思余去之后，设有凭空占夺者，将如之何？遂约澄兄同到招商局，拜王心容，恳其招护。心容延海晏买办吴蟾青来与吾二人相见，且谆托之，吴手持一单，名总单，凡总单已载，而明时无舱，便可据理诘之。心容言。内载严大人——盖指所定之房舱一间也。吴许诺而去，心容言：此无虑矣。既而曰：我再写一信，恐其事多致忘。遂就己室写好，交澄兄手，余二人乃辞出。

到源通银号晤渔三，告以行期难定，两日作为废纸之说，当如何？渔三曰：无妨。即托为代办，叮咛致托而别。同至筱舫叔家，晤王冕辅，仁和人。苏州纺纱局司事也，筱叔赞其精于工艺。饭毕，晤沈淇泉太史。卫，戊子，已丑，浙人。未正告辞出，到格致书室，澄兄买书数种，又到隔壁同兴字号，买洋纸十余张。

同到同和公，及门，澄兄入，余乘车回栈。张道安仲谋，源通老板也，便衣来访，并订明晚在一品香饭。孟仆言：午后，顾总办差帖来送行，并送来信一封，系致海晏买办，托其照拂者，徐仆已携此信赴船矣。余方疑之，适张锡林来云：闻新裕明日可到，若定房舱，宜及早，若俟船已抵岸，必无济矣。因令张持帖到局安驾，讫，便衣过顾缉翁，既晤谈，顾果误以为余犹同乘海晏归矣。前日退舱，彼忘之矣，乃曰：吾所去信误矣。命人请袁师爷来，复言：今日上船者，乃严宗师之幕宾也，可再写信知照。袁曰：今日非已托王心容乎？余曰：固然，但顾总办关切耳，此请无虑矣。乃已。袁号仲蔚，苏州人。由局出，道过铁路公司，因访朱子文，见之。朱言：洋文各书，凡单开者，皆可物色得之，惟“五经”十二元太昂，似可缓也。余曰：然。遂请其代订“四书”《荷包字典》《聊斋》各三部。又朱言：《自（经）集》甚便，亦订一部；又《化学机器名目表》三种亦便，订三部。言毕，辞出回栈。坐未久，张葆君来答拜，小坐而去，言将赴南京水师学堂就事，其岳丈柯观察铭总理堂事也。

贾润生以刺来约余及荣卿，余闻贾今日有花酒之局，其邀余乃明日。今早在筱舫叔处遇贾，（明）言，今晚不邀余。而今晚之邀余者，固赵非贾也，托辞谢之。遣张锡林持刺致语袁君仲蔚，问新裕船房舱可得否？不可得，即少候亦可。张回言：袁出门矣，明日再往可也。酉正，同荣弟乘洋车到新泰和，主人犹未到，坐少顷，耕翁偕孟莲翁至，次则王心容，次则纪锦斋。锦翁，余旧识，久别矣。又顷之，润生同澄兄至，乃入坐。润生之局，客尚未[1]齐，唯子均已到，润生先过此，一则耕翁固约之，再则意在要余赴彼局，而曰子均意也。余再三辞之，贾意似不怿。澄兄曰：吾同润兄去可也。一语解围，可感之至。饭毕，已戌正，同荣弟回栈。甫坐定，孟莲翁、纪锦翁至，坐许久，欲候澄兄送行。既而曰：尚有一处须送者。乃去。

亥正后，澄兄偕子均来坐片刻。遂同上船，访吴蟾

① “尚未”，原文作“未尚”。

青，子均亦与之习也。正谈间，耕翁亦至，耕翁亦与之习也。吴言：初八遇大风，甚可惊，唯两铁条系一划船于顶，被一浪打断飘去，船底洋布包满地翻滚，幸是下舱无居客，否则不知伤几许人矣。又言：津河正月已开，二月反冻，津中六七十岁老人言：二三十年来无此事。倘船以正月开，反平安进口矣。又言：新裕等船皆四十余舱，海晏止二十余。又言：海晏船最快，普济先两日开，而到反在后。谈毕告别，耕翁、子均及余皆向吴致托。余乘子均车至栈门，子均归。

贾润生约明日在其栈房中饭，诺之。

二月二十七日　辛巳　稍暖　宿泰安栈

辰初起。步行至海晏船，澄兄方沐。时已得船票，闻开船须俟巳初，与澄兄至船阑，立语片时。澄兄属余宜节饮食，当谨志之。余恐司事查询羡人，乃别澄兄，觅洋车而归。饬王顺买三月下旬《时务报》一册。格致书室特地为澄兄送来《西学课程》一本，余代留之。张锡林将持刺复诣袁君仲蔚，请与徐仆俱，凡再往，袁皆不在局。同荣弟赴贾润生约，同席者施子英则敬，蔡芝绂尔康，子均弟，又宁波陈望生，东来洋行。主客凡八人。申后席散，同荣弟到大马路天保栈内天来栈，答拜纪锦翁，晤张君佑之，其同事也，家在场院。谈次，锦翁谈及宋则久，新从栈内移出，余闻墨青称则久久矣，亟思见之，锦翁乃命人延之来，谈约两小时。则久颇留心西学，于商务利病亦能穷究，且爽直，无造作气，可人也。则久寓三马路外国渎山永裕栈，临别，约明日往访之。与荣弟暂回栈，知沈淇泉太史衣冠来拜，拟明日答之。

顾缉翁柬招廿九日复新园晚酌，以已定船，谢之。午后，徐仆承余命，以柬致王心容，托其引见袁仲蔚，适王外出而袁在焉，乃径见之，袁允留上舱两间，下舱四榻者一间。袁云：新裕之来在何时，尚未见电报，电到时即将执照送来。徐又言：行李甚多，上船时恳其招呼。袁亦许之。上灯后，到一品香赴源通官银号张道安之约，同席者王冕辅、沈淇泉，昨所识也。龚怀西心庶常。虞友三，源丰润老板，常在厦门，绍兴上虞人。张海帆，南京人，常在扬州。祝少容，苏州人，丙申年，幼樵来申与之习。新识也。并小舫叔、子均弟，主客凡九人。亥初席散，归。是席无携妓者，至[1]为难得。

子均言：邃翰昨日来申，寓老闸仁庆里善善堂张宅，拟明日访之。赴慈时，子均在家祠及七叔家各照相一次，是日以照片[2]各一纸赠余。

淇泉寓新闸聚庆里，怀西寓里虹口。

二月二十八日　壬午　暖　晚小雨　微风　宿泰安栈

辰初起。访宋则久，值伊未起，乃先访再韩，问三四处，不得其住址，正犹豫时，遇其仆王泰，乃引至寓所相见，谈许久，知再韩于二月初服满，今挈眷入都也。并晤其侄抚侯，抚侯，再韩伯兄之子也，去岁入泮，今赴都就亲。复访则久，谈片刻，因来往人多，不便多谈，遂辞归。

①“至”，原文作“致”。

②“片”，原文作“篇”。

但读其《论金钱不宜遽行》一论，及《与仲明辨用金钱之非论》信稿，文笔醒快，气尤雄肆，未易（才）也。东洋车夫李姓言：车例，每一点钟付力洋一角。照付之。回寓看《申报》，未毕，则久随至，谈一小时而去。午后赴新闸聚庆里，答拜沈淇泉，未遇。又访龚怀西于里虹口，晤之，并见其兄镜太史，谈一小时许而归，衣冠乘肩舆，以路远，阅时甚久，回栈已申初矣。假寐约一小时许，再韩来，知新裕船明日可到。伊亦定妥官舱二间，可同舟行也。再韩未去，而则久至，未几再韩去。同则久、荣卿赴纪锦翁约于西棋盘街金隆里口新太和馆，同坐者王心容兄、赵耕翁、孟莲翁，主客凡七人。亥初归，则久复同至栈，谈至子初乃去。则久前年生一女，去年生一男，现止此两孩，寓北阁外，在上海坐庄，敦庆隆新延之，旧由义德泰迁德生锦。初来上海时，年十九，今年三十二矣。

怀西论满汉划分之弊。则久论银钱虽已通行，而物价仍按铜钱论价，是银钱仍以货论不以币论也。必使物价照银钱论高低，而铜钱易银钱，定一不易之价最妙。是每千钱当一银钱，简明适中，然必官设一局，有来易者照定价给付，昭信垂久，自不至为商市所持。又云：英国专用金者币者也，其制，每十二□□易一先令，每廿先令易一金磅，用□□者不过四十枚，四十枚以上则概先令，先令不过二十枚，二十以上则概用金磅。□□与先令不过充畸零之小数，而正项着重者，仍在金也。今中国金银并用，亦可参用其法。九十九以下概用铜钱，百钱则用小银钱，至九百九十九皆然，千钱则用大银钱，是以铜钱充畸零，而正项着重则在银也。又言：铜钱价之昂，由于毁铸之多，盖毁钱铸（器），价可增数倍。莫如尽毁旧式之钱，而改铸之，精其式而轻其质，使销毁者无可冀之利，则此弊自绝。则久约明早在新太和中饭。

二月二十九日　癸未　阴　微凉　有风不甚　宿泰安栈

辰初二刻起。剃发，看《时务报》。巳正闻新裕船到，饬徐仆持刺访袁君仲蔚，未遇而回。午初，宋则久来。复遣徐仆寻袁君，俄而袁君亲来送信，延见之，信言：总办之（□）好严某，一切托照料。另纸开定上下舱各两间，致新裕船帐房许楚卿、郘荣楮。袁云：此信宜速投，行李下船，稍迟无妨，因兹船明早能开与否？尚在未定。袁，名嘉熙，五品衔，分省试用县丞，苏州人。谈次，知伊系原任杨村通判敬孙先生遂之侄，敬公与先君曾同办善举，因有世谊也。同则久到新太和，坐中有耕、润、莲、锦诸公，主客七人，饭毕归。方入门，栈友迎，谓曰：上舱两间定好，下舱则止得一间耳。余问：行李须何时上船？伊云：今日为妙，迟恐无地容之。孟仆言：徐有赴新太和去矣。余因乘间至源通银号，访渔三弟，问免验单事，则业将海晏改作新裕矣，乃携以归。徐仆言：适奉命持刺到铁路公司，问朱大人代买之洋书。朱云：两日礼拜未曾买到，俟买到，当送子均处。带去银钱五十元，已面交朱手矣。

局单送船，船为注明上舱十三、十四号，下舱二号，仍持回。申初后，督仆检行李，栈房小工搬运，以小剥船上轮船，仅留随身行李明日再上，遵王心容之教也。心容未正来，子均亦来，照拂俱极周到。令徐、孟、张三仆俱上船看守行李，栈房止留王顺一人。再韩来，小坐而去。心容言：新裕明日午正准开。

五钟后，到复新园赴顾缉翁约，同座有制造局总办林芝，电报局杨子轩，源丰润王砚，□□□内阁中书，癸巳举人。润芝，主人之戚。陶申甫，前知河间，肃宁陶石如大令之公子也。合之再韩、淇泉，主客凡九人。未终席，同再韩归，再韩坐片刻而去。

子文送来洋文书籍，并附说帖言：洋文四书，此地不可得，如欲购洋纸者，须购诸（□□），价必不实，三阅月可到；若用华纸者，不过二三元，可购诸香港，一月可到。问所欲，旋答以信言：有现买之数种，眼前已足敷用，四书可从缓。

荣卿算清栈房账，饭食、轿钱、脚钱、轮船价共一百十六元有奇。

赵耕翁送予及荣弟礼各二包。

三月初一日　甲申　微阴　不暖　由上海泰安栈乘新裕船将回天津

卯正起。辰初乘马车到贾润生、孟莲浦、赵耕蓝、纪锦斋、宋则久、王心容、袁仲蔚、张道安、小舫叔公馆各处辞行，天尚早，俱未起。辰正回，便道至三马路同兴号买洋纸十搭、墨水一瓶。发电报寄兄，凡二十九字，文曰：“天津文昌宫西，严。弟乘新裕船回津，初四早可到，请派三、四人到老龙头候。”令张锡林送局。巳初，同荣弟乘马车到法国大马路南诚信对门稻香村买点心、蜜饯等物，巳正上船。送行者纪、赵、贾、王、宋之外，陈禾村、懋勤哥、小舫叔、子均弟，俱谈片刻。又张道安、袁仲蔚未见，因客多，无地可坐也。廖镜生送其堂弟仙洲上船，来余舱坐许久。仙洲曾出洋，现以知府分广东，今将引见也，住大菜间二号。小舫叔至大菜，候陆申伯。申伯，仲翔之兄。余随叔去，叔为（通）见。同陆行者，有东来栈张黛，通英语。未初，食米饭一碗，旋食糕点数枚。

公车停候者尚多，船仍拥挤，往往将行李露积，以待开船后冀有空舱也。余舱外有一人，堆行李于船阑之内，而徙倚以待，余开窗，问姓名，曰：南海康姓。问：晋京何往？曰：访人。又细问之，乃知即长素之侄，因伴送梁君卓如而来也。卓如力疾行，康左右之。康名广任。晤景佩黄同年，来舱谈许久。未正三刻开船，梁君卓如偕康君来访，谈一小时许。康君谓梁君曰：数日来未曾说如许多话，今日话已多矣。乃去。昏后过茶山，船簸荡，微觉眩晕，余鉴于宁波之行，亟就枕。邻舍有呕吐声，荣弟亦吐。茶房刘顺云：凡过茶山，虽无风，亦不免摇荡也。约二更时，买办许楚卿率茶房推门入，因有一人欲拼房也，余已不能起，婉谢之，哭而去。

余舱茶房靳姓，住河东官讯；官舱茶房刘顺，住河北院署东；又货舱司筹者张云路，住塘沽。刘顺云：靳本河南人。刘顺，崔少泉之中表兄弟也，亦识宋则久，谓余曰：宋爷无嗜好，日唯向书上琢磨也。以手向目，作观书状。

三月初二日　乙酉　早微雨　暮晴　无风　在新裕船渡黑水洋

巳初起。刘顺来谈，张云路来谈，再韩来谈。诸客用饭毕，余仍不饥饿，靳茶房以挂面汤一碗送来，曰：请试尝之，佳美无匹。因食尽一碗。至大菜间第四号访卓如，坐中遇汪甘卿，钟霖，苏州癸巳孝廉。现主《蒙学报》。畅谈甚久，浑忘卓如之病也，既而汪①去，余又小坐，亦去。

张云路云：此次船驶较常日加速，因盛督办之公子在船，盛督办有吩咐也。至茶山，已较常速一小时，明日晚十点可抵大沽矣。又曰：天气好，大是福，设遇风浪，但过黑水洋四五日未可定也，今则半日可过。许楚卿来谈，楚卿之室亦让与人矣。晚，不饭而睡，闻刘顺与荣卿语，荣问：过黑水洋过否？刘曰：即刻将过矣！时戌正前后也。张云路云：由塘沽运行李，以用船为便。

三月初三日　丙戌　晴　无风　在新裕船经烟台

卯正二刻起。开窗见山，闻诸茶房曰：烟台也。惜已过，不能详视，但望见耳，又久之，乃不见。孟成来话。辰正食稀饭一碗。刘顺来话。

---

①“汪”，原文作“王”。

再韩来话。靳茶夫馈洋点及橙实。许楚卿来谈。

晚，茶房索酒资，付一元，酒钱有大小之分，大酒钱通船之茶夫皆获均分，小酒钱本舱茶夫四人分之，小酒钱亦付一元，另付靳姓二元。

夜半闻停船，知已至大沽口，时约两三点钟也。

再韩借仆一人，明日下船时照应行李，诺之。

三月初四日　丁亥　晴　午后大雨　到籍

卯初起。船已开许久矣，卯正抵塘沽。卸行李者，纷纭许久。闻每次进口，不能靠火车码头，故泊后须以剥船渡之，此次竟靠码头，由舟而车一转移间耳，省便之至。据张云路云：此次因有盛京堂之公子在船，故诸事破格也。

本日火车第一次九点半开，行人多，不能容，且余之行李堆积码头，仓卒不能遽上也，因候第二次。云路募夫运行李，由轮船移至泊[1]岸，索五元，已而让至四元，余辄付之。云路深咎余，云路初欲将行李雇船运至津，因船已靠火车码头也，遂改计。行李既移至泊岸矣，云路募小夫头来，与议装车之车价、脚价，索三十元，余昂其价，且不喜其人。乃自至车站寻其站长，广东人，与之议，伊引余视其例牌，牌曰：每重一石，车价五十文。余曰：适小夫头索价三十元，毋乃过乎？伊曰：以磅磅之何如？余曰：善。伊乃代募脚行搬运，占其一车，磅之共百廿二石。时余偕荣卿、云路至头等客站小食，有人伺应，酌给赏钱。站长开一清单，共

---

① 原文作“剥”，疑当作“泊”。下同。

用十七元有奇，照付之。买票八张，余与荣卿坐头等客座。徐、邢、王三仆坐二等座。张、孟暨刘茶夫押大车，亦照二等算。十一点半开车，一点半至老龙头，新河、军粮城，各停一次。甫下车，见一看道武弁，冠五品，持马杖辟人，余却避之。伊而进而问余姓，告之，则曰：二爷来耶，大爷候久矣！引余行，未数武，遇吾兄与八叔祖，辅臣叔，（王）雅亭，杨赓亭自对面来相见，毕，兄引余至客栈憩，候八叔祖偕诸公照料行李，余不复过问矣。将至栈房，遇一人，动问甚殷，且及澄兄。余不识其人，雅亭代访之，乃知系澄兄之戚，刘姓也。俄而，刘君偕吕泰来栈，问澄兄胡不来？余曰：廿七起身，计昨夕当到京矣。吕泰曰：否，吾昨晨甫自京来，今方在此守候也。余大怪之，雅亭为询海晏船进口否？则已三日矣，惊疑不定。因电询京寓，文曰："尹伯到京否？电复。"托赓亭送局，兄乃从余乘车同归，将登车，立盛高二爷进站，皤然老翁，矍铄犹昔，略话数语，告以发电等情。因兄立待，不便久谈，乃别去。申正后到家，郑亲家已候于此，谒七叔祖，见三侄。食蒸饼、汤面，乡味也，甘甚。饭后入见吾嫂，及大侄女、二侄女，吾妇亦在焉，兄于前月接之来也。八叔祖及赓亭，至上灯后始归，行李陆续至，冒雨奔忙，心殊不安。

夜与七叔祖话，问亲友近况殆遍。丑初后入内室寝。吾嫂言：欲接崇智夫妇、兄弟、姊妹来津[1]团聚。余唯命。

---

①"津"，原文作"京"。

三月初五日　戊子

辰初起。移动行李，未即就绪。崧生、哲生来候。剃发。

午后谒先茔新旧两处，申回。体仁、耘夫、锡三、莲西、树人已候许久，各谈片刻，匆匆未尽也。接性安信，为益儿议婚。江孙四弟来，幼臣弟来。写家信寄崇智，令初九日乘火车回津，遣邢仆、王媪往接，明日发。

三月初六日　己丑

辰初起。李叔岳来，墨青来，李茂翁、金少安先后来。巳刻后，乘肩舆谒见二叔母，并见四弟、五弟、七弟、四弟妇、六妹。

与莲西先生谈，莲西以五弟文字见示。谒子笏师，并见敏斋。

谒七叔祖母。到郑宅见献廷、伯华，余皆未遇，又到其东院投帖。

回家早饭后复出门，到李宅见叔岳，并崧生父子及叔阳，坐中遇唐焕高。到黄宅见幼山。到恒昌米铺见辅叔、幼臣弟。到董宅见姑母，并八表叔、十表叔、十一表叔。到沈宅见姑母，并子雨表弟。到武宅见二表伯母，并六、七、八诸表妹。到华宅见吾妹，并献臣、芷舲、鹤生甥，因日已暮，乃归。许镜兄来访。杨鉴兄来访。到李宅时过姜宅，投谒不见，留刺。午后到大栅栏陈宅见竹轩叔，吾兄偕奉周先生继至。辰，润川叔来。

三月初七日　庚寅　风

辰初起。午前胡明翁、沈子椿表弟来。午后，郑墨林姻伯、陆性初，性成和尚、姜云波姻伯先后来。是日未拜客。

三月初八日　辛卯

辰初起。黄芸孙来。陈五表叔来。南边。

午后答拜许镜兄，金家窑。到河东本家见二叔母、幼臣弟及弟妇。到王宅见三表兄。访五表兄住址，遍询不得。以上系初九日，误记于此。

到陆宅见丹林。到西（箭）道陈宅见润川叔。到宋宅见铁孙，并入谒太姻伯母，见少南表兄之次女。到武六叔家，未遇。

三月初九日　壬辰

辰初起。午前出门，答拜许镜波。到河东本家院见叔母、幼臣夫妇。到王宅见云浦表兄。访五表兄世卿住址，遍询不得。到荣卿处，并见聘卿，留早饭。饭后到荫卿表兄家，谈许久，见大表侄。到湍卿表兄家。答拜体仁、镜涵、渐逵、耘甫，俱不遇，投刺焉。

七叔祖、辅臣叔、竹轩表叔、杨赓兄，治具洗尘，并约荣卿。

崇智等申刻到家。

赵怀孙来访，未遇。晚，崧生来。

三月初十日　癸巳

辰初起。儿辈行礼。

午后，拜杨春农老伯，晤谈。谒香吟老伯，并见认斋。谒挹爽夫子。

到陆宅为董三表叔拜寿。拜姚斛翁、朱节翁、芮辅翁，俱不遇。

到金宅见沈七表叔。①

三月十一日　甲午

辰起。铁孙来言环姑亲事，拟议土城刘宅。陈劭吾令弟一甫，名惟壬，来见，谈许久，赠以黔中照相一纸。崇智等随其母展墓。

午后，率崇儿谒奉周先生，未遇。因访王幼卿，亦不遇。复同至陶宅，恕明未在家，晤仲明之哲嗣孟和。

吾兄备肴酒为余寿，吾侄、吾两侄女另备全席寿余，晚张圆桌，合而享之。陈鹤舫表叔偕七表叔同来，谈甚久。

三月十二日　乙未

卯正起。因己生日，展谒先茔，巳初回。易肩舆拜本城地方官，唯晤李少东前辈，余皆挡驾。答拜陈一甫，未遇。辅叔在恒昌备早饭，并邀体仁、锡三、墨青同酌。饭后同到体仁处，坐至夕。因同乘洋车到紫竹林，晚酌于赵桂馨，饭毕回家。甫上灯，大睡。

三月十三日　丙申

辰起。吊单治华老伯，贺崧生令堂寿，俱小坐而回。

---

① 页眉。发信寄华祝翁，询告假回籍，应否具呈报到？

蔚孙、认斋来。武六叔、王十二太姻叔来。

吴秀翁来。[①]

三月十四日　丁酉

辰起。张君□□来，先在北盐店，与（胡）明翁至戚，前日路遇于南斜街，故今日来访。武意如来。晚锐卿表兄来。是日原拟拜客，因内宅纷纷出门，轿不足用，遂同奉周访锡三于河东贺家胡同刘宅，谈许久。又同奉周渡河游紫竹林，晚饭于宴芳馆。路遇华卫瞻，新自京归也，言明日来访。

贺黄幼山寿，晤杨晴翁、华浩如及铁卿先生之世兄。

三月十五日　戊戌

辰起。

朱立翁、卫瞻、子雨、献廷先后来。

三月十六日　己亥

辰初起。昨日河水涨发，侵及先茔墙脚，是日往视，水环门，不得入。芥园早饭，答拜莲西、张小亭、晤其世兄梦仙。树仁。

献廷来约奉周及余，同访伯鹏、锡三于刘氏书塾。体仁亦在焉，同过河，至第一楼晚饭。饭后，伯鹏坚约观剧于鸣盛茶园。[②]

---

① 页眉。接华竹翁回信，言无须起文。

② 页眉。再接华竹翁信，附刘仲鲁说帖。

三月十七日　庚子

辰初起。答拜吴秀翁，不遇。晤俊翁。访墨青，未起也。到竹表叔处，亦未起。将留说帖，写未毕，竹叔已出，谈良久，傍午回家。

午后假寐，杨晴翁、查世兄、华浩如来访，未得见。

孟定生晚来谈，约定廿日晚仍来访。

三月十八日　辛丑

午后，拜娄允翁、刘桂翁、李菱翁，俱不遇。访晋贤，坐甚久。

答拜劳少尉。到齐宅，见道安之世兄三人。到曹宅，见年伯母。

答拜定生，未遇。

晚，写郭庆隆招牌、楹联。

三月十九日　壬寅

辰初起。仲敏先生来，昨至自京也，谈许久。同辅叔到恒昌更衣，同往祝宅，姑母寿，六十正庆，早客两席。饭后同辅叔访柘叔，不遇。遇竹叔，小坐。又同至葛宅访澄兄，小坐。顺道至立盛候高二爷，不遇，乃归。

孟雨亭来。李叔岳招饮于家，同坐献廷、铁安、继香、渭占。

三月二十日　癸卯

辰初起。奉翁来。李子勤来。候定生不至。

三月二十一日　甲辰

卯正起。是日借墨青处写信，并约体丈相助。辰往，因墨青欲寿尉凤翁，乃与偕往，不遇。因过王宅，入谒师母，谈家事许久。及回林宅，则体公已先至，既而柘叔、小山俱至。是日，余起信草二，写二封。体公代起信草六，又代写扇面六。戌正散，回家，澄兄与单锡九已候许久。留澄兄宿，谈至丑正。

三月二十二日　乙巳

辰正起。来访澄兄者，柘叔、魏梯云、王问青、张小亭，俱陪话。傍午赴黄继香庆升成之约，同坐者崧生、哲生、定生、性初。饭后，崧生欲访澄兄，遂偕归，奉周亦在焉。晚，锡九借地觞澄兄，留陈、李作陪，淡至子正，乃散。

三月二十三日　丙午

辰初起。澄兄回葛宅。

午后假寐。

性成来谈，赠以香炉一具。

赵春农老伯之约，同坐者杨香吟夫子、林墨弟。饭毕即归。

三月二十四日　丁未

辰初起。到墨青处，访李友竹。到陈柘叔处，复同访筱珊，遇诸途。三人复同诣墨青，四人又同访子贞。子贞闻今日有公局也，愿与焉。遂五人偕行，出西门，乘人车，至庆德楼。同坐者李唐仙、张文卿、镜涵、渐逵、耘夫、锡三、体仁，凡十二人，畅叙极欢。饭后同至乌立文洋行，见法人号懋堂者，并镜涵之兄立生、刘君智堂，皆旧识也。傍夕回家。

三月二十五日　戊申

辰初起。到沈宅，因夜有南邻火警也。见姑母，坐片刻。访墨青，同赵性初文会楼之约。同坐者华秋吟姻叔、崧生、定生、继香、冯介卿。申刻回家。芮卿翁、高彤阶弟皆来候，谈至夕。

辅叔来言，息假已谐。[①]

三月二十六日　己酉

辰正起。武柱卿来访，谈许久。柱卿意欲集股立经济学堂。

王六表弟来，言安葬事，已择四月廿八日或五月初十日。

午后大睡。为诸弟订日课册式，付工刊印。体仁信，为式金谋井陉县署馆。并约明夕来访。

晚将出门，而陈柘叔来，遂不出门，与柘叔谈至亥正。与妹话一小时，论鹤生承继事。

---

① 页眉。接陈柘叔信。接再韩信，言进城事已托江南道徐仲文前辈照拂。

三月二十七日　庚戌

卯正起。答拜王问青，不遇。访孟雨亭、张锦波。到本家与婶母谈家事极久。又在书房与莲西论诸弟课程，恳其格外从严，并面谕徐升谨门户，毋任七弟随意出入。访解文川、张子丹世叔，俱小坐。文川新自南宫回，子丹现在海大道益通洋行就事。访彤阶，并见杏斋、泽畲、幼竹。

与兄闲话。兄备酒肴飨弟及侄。伯呐、伯举来访，留饭止宿。

崧生同澄兄在茶叶店口饭馆，以柬来招，谢之。晚饭后，澄兄、崧兄俱来坐，至三更，崧去，澄宿。

三月二十八日　辛亥　晚雨

辰正起。耀卿来访。

伯呐代写楹联数副，屏四张。余自书楹联数副，澄兄书挑（山）四事。傍夕澄兄、伯举、伯呐先后去。赴墨青约，同席者郭方斋、阎可亭，奉周、仲明、宋则久、阎小山，皆可人也。饭前后写扇面六个，晚雨甚久，子初后雨止，乘洋车回家。路经辅仁书院，见灯火参差，盖是日分府补课也。

三月二十九日　壬子

巳初起。兰圃表弟来，因昨有事欲托之。伊来而吾事仍未集也，须再候两日，略与谈其大概。

午后睡，不醒，遂至夕。

莲溪来，崧生来，知少云挑二等。

三月三十日　癸丑　午风

辰初起。守墓者来告，花墙之根，水已退出。

答拜子诚，谈片刻。子诚自言：向来好胜，近日则否。深服其省克之力。

写对十余。沈子雨来。陈五表叔来。

答拜张小翁，不遇。答拜耀卿，晤谈许久。归，便道访继璞，谈片刻。华次远来，以算题相商，因共演之。奉周来，苏辅廷来。

墨青二更后来，持便面一，索书，灯下应之，又带写他人两件。

闰三月初一日　甲寅

辰正起。演算。荣卿来清算黔帐。陶仲翁偕小仙同来。

四弟、五弟、七弟同来。写信致学真，言入都假彼处暂宿。写信致再韩致谢，并告以初四五启行，至迟不过初十。写信致华祝翁，问到京隔日入见，有无干碍。写扇数事。金心栽，少安之长公子也，来演算。解文川来谈。华芷航来，为算学会事，兴致勃勃。

晚与四弟、五弟、七弟谈论功课及作文、看书等事。

写楹联八，是日书券二纸，假八千缗又两千金于益厚堂，使黔一行用财过度，致成债帅，追念所为，多为大疚。

演算一草，交芷航代致次远。

闰三月初二日　乙卯　风

辰初起。为体仁丈书仿格百数十字，书联八。镜涵来。幼臣来，以日记就正，兼问算。

崧生、哲生、少云先后来谈，至夕。崧生言：家眷宜另作一起赴京。

写信致星岩，问入都请安，以何日为宜？

闰三月初三日

辰初起。曹蔚卿来访，医士也，是日为嫂诊脉。姜泽生来访。

体丈来，为写屏、联数十事。

哲生、颂臣先后来。候竹轩表叔病，议延金君臣卿大廷。

写致臣卿信，恳其往医竹叔。回信言明日在第一楼觞客，须初五乃能往。答拜少云、泽生、苏辅廷，俱晤。同少云过崧生，略谈。闻哲生访予，乃归。先访则久不遇。

闰三月初四日

辰初起。哲生来，议家眷赴京乘火车事，言伊家有瓦工李姓，居于老龙头，一切熟悉，可以托其照料。体丈又言，马家堡栈长朱燕臣与李子赫相习，可代乞子赫一函。接学真回信，言已扫舍以待。

遣人往第一楼问臣卿，明日准何时到陈宅。答云三点钟。

写信寄再韩，托代见徐侍御，招呼进城事，告以行李、家眷初六到京。遣王成明早随第一次车入都。

闰三月初五日

辰初起。体丈送来子赫致燕臣信。哲生来，言崧生叔侄亦明日赴京。辅叔来，言在双（庙）街雇大车三两运行李。唤孟成来，明日押送行李车。到陈宅，臣卿已先至，臣卿言：竹叔之病在心经。今晚间遣人往取药水。

陪臣卿谈甚久，归而遇仲敏先生于途，假子贞之材厂小坐。

遣杨升赴武备学堂取药水，子初乃至。商诸奉翁，以为可服，即晚送陈宅。

信致星岩，言初七赴京，并问谢恩及换顶事。

闰三月初六日

卯正起。家眷赴京。夜两钟，大车来装行李，八叔祖率孟成、王禄同去，时天尚未曙，余不闻也。兄长率崇智辰初往，又少顷，领智、益、勇、忠乘洋车，七妹、姑侄乘车往，内子偕学智巳初肩舆往。送者自八叔祖、辅二叔外，有王三表兄，王六、七两表弟，沈子洲、哲生、仲翔、颂臣、德宝。巳正后，刘有回言，要护照一看，余未备也，乃请七叔祖往料理，七叔祖又约赓廷同去。余睡至未初，时诸公送行者俱回，乃知护照之说，不过有人一问，并非必需也。李瓦工为办理行李装车，省费甚多，而且省话，以津蚨两千送交哲生酬之。李茂翁来片刻。

晚为奉周先生书联一。

闰三月初七日

寅初起。小食毕，闻大哥尚未起，因请八叔祖代达，无庸惊动。寅正二刻乘车，率王禄赴老龙头，车初驻，而八叔祖、辅叔与大哥乘洋车踵至，笑声不止。盖大哥实已早起，恐余阻兄送行，故诡词以速其行，问侦余行，而遂追至也。余立意坐头等车，将登车，遇性成上人之仆，知性成亦赴京，已入二等座矣，乃入，邀之同坐头等。八叔祖、二叔、大哥俱登车。少顷，荣卿亦来。李瓦工来谢酬，又送点心两次。卯正后，车鸣汽，八叔祖、二叔祖、大哥、王七弟俱下，又前行数百步，候于道左，俟车过，隔窗一面而别。

与性成畅谈。子初到马家堡，崇智同劭询借谢宅两车来迎。孟成、彭顺俱至，遣孟成、王禄随二次车回津。接星岩回信言：皇上已驻颐和园，初七转寓松筠庵，初八再赴园，俟初九请安可也。若当日赴园亦可，只嫌太劳耳。又言：保案无庸具折谢恩，顶戴宜即换上。因属王禄面禀兄长，言请安须初九也。遣彭顺回五老胡同。余与劭询及崇儿率王成赴松筠庵，至，已过午久矣。陈顺先挈衣包、铺盖候于此。

与学真闲谈，言益斋去年差旋，亦暂寓于此。余因遣陈顺往请益斋来，问以事。小食后小睡，既醒而益斋至，谈竟[①]日，留之宿。

①“竟”，原文作“竟”。

星岩傍夕来访。饬王成到内城唤李苏拉，遍访不得其人而归。

劭询傍夕归。

闰三月初八日

卯正起。益斋以其车迎瑞安，少顷即来。已而竹轩世叔亦至，各谈许久。学真备素馔，邀余并瑞安、益斋小酌，崇智侍焉。酒半，劭询自城内来，亦邀入坐。午后，候苏拉不至，函询星岩，时瑞安、益斋俱去。余乃假寐，申后乃醒，傅雨令弟润沅来访，谈片刻去。星岩送信来，言：李苏拉虽未来，必已候于园矣，请即往，勿疑也。乃买车行。崇智陪劭询进城。亥初后至颐和园宫门外，宿九卿朝房。

闰三月初九日

丑正起。卯正后入觐，奏对十余句。另有记。午前回五老胡同旧寓，劭询在焉，劼谌闻余至，亦来见。午后命勇、智抄记奏对语。李润生来，谈一时许，赠余《成均课士录》一部。

后 记

关注严修《蟫香馆使黔日记》，算起来已经有了十个年头。记得是在2006年冬天的一个晚上，校园里一家旧书店的老板给我打电话，说是收到一批新东西，要我抽空去看看。那几年时间，我在学校图书馆工作，特别留心地方文献的搜集、整理和研究，尤其是民间历史文献的搜集，是我的兴趣所在。所以，在这段时期，与那些专营旧书的书商和走街串巷收废书废报的小贩有密切联系，并多有往来。半夜接到他们通报信息的电话，是常有的事情。许多在我看来极有学术价值和收藏价值的民间历史文献，就是通过这个渠道获得的。五年的大学图书馆工作经历，至今依然让我感到欣慰和颇有成就感的，就是通过这种“地下”渠道为图书馆搜集到的两万多件民间历史文献资料。这不仅丰富了图书馆的馆藏，成就了图书馆的特色收藏方向，而且在一定程度上改变和延展了我的学术研究方向。

这批所谓的新东西如期送到我的手中。其实，亦不是什么新材料，它是晚清民国时期著名教育家严修督学贵州期间撰写的日记的复印件，即《蟫香馆使黔日记》。在我得到这本日记的那段时间，我一直在思考这样两个问题：一是这本数十万字的日记，到底有何种重要的学术价值？或者说，我们能用它来研究什么样的学术课题？二是凭个人直觉，这本日记对于研究中国科举制度史和贵州区域社会史，有相当重要的史料价值，可是为何长期没有能够引起学术界的重视呢？

老实说，这种手稿本的日记，读起来是有相当困难的。在阅读过程中，我们需要集中精力去揣摩和辨认文字，故而会影响对其思想内容的认识和把握。尽管如此，在草草浏览之后，我发现这本日记对于研究晚清中国教育史和清末民初的贵州历史，具有相当重要的价值。至今依然记得，在当时的阅读过程中，我在笔记本上写下了这样两个课题：一是"《蟫香馆使黔日记》疏证"。日记记录晚清贵州政治、经济、文化、教育和社会生活等方面的情况，甚为详尽。若以晚清民国的贵州地方志和其他史料与之互证，并以地方志为基本史料，对日记进行"疏证"，则可大大丰富我们对晚清贵州区域社会史的认识和理解。二是"晚清贵州社会文化研究——以《蟫香馆使黔日记》和《辛丑日记》为中心"。《蟫香馆使黔日记》和《辛丑日记》为研究晚清贵州教育与文化提供了特别鲜活的史料，若能以这两种日记为中心，参之以贵州地方志和其他文献资料，复原晚清贵州社会文化生活场景，不仅是可能的，亦是极有学术价值的。

但是，要开展这些课题的研究，一个重要的前提，就是要能够方便而顺畅地阅读《蟫香馆使黔日记》。可以说，具有重要史料价值的《蟫香馆使黔日记》，之所以长期得不到学术界的重视，不能够发挥其应有的学术价值，就是因为阅读上的障碍而带来的使用上的困难。就目前出版的状况来看，除了1986年刘泳唐整理出版《蟫香馆使黔日记选辑》外，其他的均是手稿影印本。手稿影印本虽然颇具欣赏价值，但阅读起来确有诸多不便。出版商多出版手稿影印本，亦是不得已而为之。因为这本日记多用行草撰写，且常有涂改，辨认起来有很多困难，所以整理出版，确有相当大的难度。亦正是因此，整理出版《蟫香馆使黔日记》的全本，便成为我当时特别想做的一件事情。但是，由于种种原因，此项工作迟迟未能开展，只是在阅读过程中，随手在页眉上做了一些记录。后来，泰静、林薇、张晓芳、林自龙四位勤学好问的学生，知道我有这样的想法，而又苦于没有时间，便提出在我的指导下先期开展日记的整理和录入工作，我欣然同意这样一个不错的建议。于是整理工作就这样开展起来了，其间，书法家李华年先生又帮助辨识了若干行草文字，解决了不少疑难问题。经过半年多的努力，总算弄出一个初稿出来。因为距离公开出版的水平还有相当大的差距，亦就暂时放置下来了。这大概是2013年左右的事情。

贵州人民出版社的刘泽海先生，做地方文献资料的出版工作，特别有想法，非常有激情，相当地着迷，在我看来，是有点“走火入魔”了。他与我有同门之谊，数次在一起交流聊天，便生发出“贵州古近代名人日记丛刊”“中国乌江流域民国档案丛刊”“中国西南布依摩经丛刊”这样一些合作整理出版项目来。做“贵州古近代名人日记丛刊”，《蟫香馆使黔日记》当是首选书目。于是，我便在泰静等几位学生做的初稿本之基础上，开始进一步的整理工作。前后经过大约一年多的时间，四易其稿，总算做出目前的这个样子。虽然我已经很尽力了，但心中依然很忐忑。因为每一次校稿，总会发现一些新问题，纠正一些遗漏的错误。虽然问题和错误会随着校阅次数的增加而逐渐减少，但是，要穷尽解决其中的问题，确有相当的困难。文献整理之不容易，特别是手稿本整理之难度，这一次算是深有体会了。

在本书的整理过程中，如果没有泰静等几位学生的前期工作，我可能至今不敢下手做这样麻烦的事情；没有李华年先生的释疑解难，书中可能当有更多的问题；没有刘泽海先生的鼎力支持和多番催促，我极有可能半途而废。在此，我要感谢泰静等几位学生做的前期工作，感谢李华年先生的热心帮助，感谢刘泽海先生的有力支持。本书的出版，若能为学者研究中国教育史和贵州地域文化史提供一个方便的读本，于我而言，则是至感欣慰的事情。至于书中依然可能存在的问题和错误，则由我个人承担责任。当然，亦希望读者朋友不吝赐教。

汪文学

二〇一六年十二月十二日

图书在版编目（CIP）数据

贵州古近代名人日记丛刊. 第二辑 / 汪文学点校
. -- 贵阳 ： 贵州人民出版社， 2019.3
ISBN 978-7-221-13993-1

Ⅰ. ①贵… Ⅱ. ①汪… Ⅲ. ①日记－作品集－中国－古代②日记－作品集－中国－近代 Ⅳ. ①I26

中国版本图书馆CIP数据核字(2017)第041482号

贵州古近代名人日记丛刊·第二辑

汪文学　点校

责任编辑　刘泽海　陈丽梅
版式设计　陈　电
出版发行　贵州出版集团　贵州人民出版社有限公司
印　　刷　深圳市新联美术印刷有限公司
规　　格　889×1194mm　1/32
字　　数　460千字
印　　张　22.25
版　　次　2019年3月第1版
印　　次　2019年3月第1次印刷
书　　号　ISBN 978-7-221-13993-1
定　　价　138.00元（上、下册）